Amrûn
ROMANCE

ROAD TRIP

into your Heart

Lisa Foxx

Jürgen Eglseer, Traunstein

Covergestaltung: Rei
Lektorat: Julia Wilfert

Printed in the EU

ISBN TB 978-3-95869-465-1
ISBN ebook 978-3-95869-505-4

Besuchen Sie unsere Webseite:
amrun-verlag.de

Bibliografische Information der Deutschen Nationalbibliothek:
Die Deutsche Nationalbibliothek verzeichnet diese Publikation in der Deutschen Nationalbibliografie; detaillierte bibliografische Daten sind im Internet unter http://dnb.d-nb.de abrufbar.

v1/22

Für Julia

Meine Schreibschwester
und Geschichtenretterin

Prolog

Fuck! Es ist 16:23 Uhr und ich bin so was von nervös. Ich weiß gar nicht, was ich mir dabei gedacht habe. Eigentlich ist alles gut, wenn nicht sogar perfekt. Ja, meinetwegen, hier und da ist es ganz schön anstrengend, ständig aufpassen zu müssen, was ich sage. Es fängt bei Kleinigkeiten schon an.

Weich statt rau.

Zärtlich statt grob.

Sie anstelle von Er.

Gott, es ist wirklich lästig, aber das ist doch noch lange kein Grund, sofort alles zu beichten, oder? Shit!

Es ist 16:30 Uhr und ich laufe immer noch zentimetertiefe Gräben in den Parkweg, nur weil ich der Meinung bin, dass es langsam mal an der Zeit ist, meinem besten Freund endlich die Wahrheit zu sagen. Scheiße. Richtig, richtig scheiße. Vielleicht hätte ich doch lieber noch länger drüber nachdenken sollen. Oder mir möglicherweise erst noch die richtigen Worte zurechtlegen sollen. Immerhin ist das hier eine Sache, die man nicht einfach so zwischen Tür und Angel bespricht. Nein, da kann wahnsinnig viel schief gehen.

Lachanfälle.

Verachtung.

Okay, okay, es gibt sicherlich auch viele Dinge, die dafürsprechen. Aber mir würden genauso gut noch fünfzigtausend andere Gründe einfallen, warum es eine absolut bescheuerte Idee ist, sich jetzt zu öffnen.

Und ich hasse Veränderungen. Wenn ich jetzt sagen würde, was ich eigentlich wirklich langsam sagen sollte, dann könnte das eine ganze Reihe von Veränderungen nach sich ziehen. Und wenn ich ganz viel Pech habe, dann fallen diese nicht mal zu meinen Gunsten aus.

Scheißdreck.

16:41 Uhr und ausgerechnet jetzt läuft mir die Zeit davon, weil mein bester Freund gleich da sein wird. Plötzlich erscheinen mir die zwei Jahre, die ich schon mit mir kämpfe, nicht ausreichend genug. Ich will mehr Zeit. Noch ein kleines bisschen mehr Zeit, um noch einmal über alles nachzudenken, obwohl ich längst weiß, dass es nichts ändern würde. Selbst wenn ich mir noch ein paar Wochen, Monate oder Jahre nehmen würde, irgendwann stünde ich wieder hier und würde warten - auf meinen besten Freund.

Die ganzen Ausreden.

All die vorgegaukelten Frauengeschichten.

Ich will nicht mehr drüber nachdenken müssen, was ich sage. Ich will nicht mehr lügen. Aber am allerwenigsten will ich meinen besten Freund verlieren.

16:45 Uhr

Ich werde es sagen. Einfach und direkt.

Ein paar Worte und die Sache ist erledigt. Vielleicht geht er dann. Vielleicht schweigt er. Vielleicht lacht er auch und hält mich für einen Vollhonk, weil er glaubt, ich würde wieder einen meiner Scherze machen. Dabei ist es mir todernst, echt jetzt. Wenn Samuel mich stehen lässt, dann ... Oh Gott, ich will gar nicht soweit denken. Und zum Glück habe ich auch gar keine Chance mehr dazu, mir noch länger den Kopf zu zerbrechen. Sein schwarzer Wagen hält in der Seitenstraße, ganz in der Nähe der Parkbank, neben der ich stehe. Er steigt aus, ich lächle verhalten. Verdammt, mein Herz rast. Mit jedem Schritt, den er näher auf mich zukommt, droht es mir aus der Brust zu springen. Das ist nicht normal. Was soll denn schon Schlimmes passieren? Er wird mir wohl kaum den Kopf abreißen, richtig? Fuck!

»Hey, was gibt es denn so Dringendes? Ich habe leider nicht viel Zeit. Kyra und ich sind zum Essen bei meinen Eltern eingeladen«, sagt er mit dringlichem Blick auf seine Uhr. Kurz danach wirft er einen Flüchtigen nach hinten zu seinem Wagen und deutet mit erhobener Hand an, dass er nur ein paar Minuten braucht. Jetzt erkenne ich auch das Mädchen auf dem Beifahrersitz, von dem ich vorher gar keine Notiz genommen habe. Na toll, also doch eine Aktion zwischen Tür und Angel. Das Einzige, was ich wirklich nicht wollte, war genau das.

»Ja, dauert nicht lang«, verspreche ich, winke Kyra aus der Ferne kurz zu, was sie lächelnd mit einem Nicken erwidert, bevor sie sich wieder abwendet. Sie telefoniert. Ich versuche mich ebenfalls an einem Lächeln, als ich wieder zu Samuel sehe, auch wenn gerade alles in mir den Bach runter geht.

»Geht es dir nicht gut? Du siehst blass aus«, stellt er fest, doch ich schüttle den Kopf.

»Ne, alles bestens, es ist nur ... Keine Ahnung.« Da ist sie wieder. Diese nervenzerfetzende Ratlosigkeit, gepaart mit ganz viel Nervosität. Unruhig kratze ich mir den Nacken. Schreckliche Angewohnheit. Und noch dazu viel zu auffällig.

»Vielleicht setzt du dich lieber«, biete ich an, doch schon im nächsten Moment entscheide ich mich anders. »Nein, bleib lieber doch stehen.« Er hebt verwirrt eine Augenbraue an.

»Ist wirklich alles okay, Lucas?«, fragt er besorgt.

»Ja ... oder nein, eigentlich ... ach verdammt ...«, seufze ich entmutigt. Und es kommt sogar noch schlimmer, weil mir scheinbar nichts Besseres einfällt, als ausgerechnet meinem besten Freund einen hilfesuchenden Blick zuzuwerfen.

»Ist irgendwas Schlimmes passiert? Mit deiner Mutter?«

»Was? Nein, mit der ist alles super«, erwidere ich perplex.

»Okay, ich dachte schon ... Aber du bist dir sicher, dass alles okay ist? Du siehst nämlich nicht so aus«, sagt er, kann aber nicht ganz verbergen, dass er ein wenig ungeduldig wird. Was aber sicher nur an seinem Anschlusstermin bei seinen Eltern liegt.

Okay Lucas. Du hast zwei Optionen:

1. Sprich es einfach aus! Samuel wird es verstehen. Immerhin ist er dein bester Freund.

2. Brich ab. Vergiss die Sache, lass dir eine Notlüge einfallen und verkriech dich zu Hause, bis du neuen Mut gefunden hast für einen zweiten Versuch.

Ja, also ... Option zwei fällt leider gleich wieder raus. Mein Kopf ist gerade eine riesige Baustelle. Tausend Satzfetzen schwirren darin herum, bis sie so sperrig im Weg liegen, dass von einer passenden Notlüge jede Spur fehlt. Großartig.

»Okay, das … das ist etwas komplizierter«, beginne ich also zögerlich. Scheiße nochmal, ich hätte mir doch einen Zettel schreiben sollen.

»Ist in Ordnung, ich hör dir zu.«

»Ja …« Ich nicke. Suche nach Worten, die mir nicht einfallen wollen. Wie sagt man so was denn am besten?

»Allerdings habe ich wirklich nicht viel Zeit. Wenn es dir grade so schwerfällt, sollten wir vielleicht einfach morgen darüber reden?«

»Morgen?«, wiederhole ich entsetzt. Morgen? Allein der Gedanke, dass ich dann nochmal all meinen Mut zusammenkratzen muss, um ihm so gegenüberzustehen … Nein, Morgen ist definitiv keine Option mehr.

»Nein, es muss jetzt sein. Es ist nur … nicht ganz so einfach, weißt du.« Mein Mund ist trocken, meine Hände schweißnass und mein bester Freund wirft einen genervten Blick über seine Schulter, bevor er erneut die Hand hebt und seiner Freundin deutet, dass es noch einen Moment dauert. Ja, Kyra, ich kann so was eben nicht einfach mal so freiheraus sagen. Unsere ganze Freundschaft hängt an meinen nächsten Worten.

»Okay, ich weiß nicht genau was gleich passiert. Vielleicht redest du kein Wort mehr mit mir, willst mich vielleicht nie wieder sehen, weil du es eventuell total abartig und eklig findest und glaub mir, ich hab mir das auch oft ganz anders gewünscht, vor allem am Anfang, aber jetzt ist es so und ich kann es nicht ändern«, fange ich an zu reden, wobei ich ihm nicht mal in die Augen sehen kann. Die ganze Zeit fixiere ich nur unsere Schuhe und den doofen Kiesboden.

»Ich versteh wirklich nicht was los ist, vielleicht …«

»Okay, hör zu, ich … sag es jetzt einfach, ja?«, meine ich, woraufhin er bekräftigend nickt. Okay, dann los. Noch einmal tief einatmen und dann …

»Ich steh auf Männer. So richtig. Und ich hatte seit unserem Abschlussball kein einziges Date mehr mit einer Frau. Ich bin schwul, und das nicht erst seit gestern.«

16:55 Uhr. Stille.

Ernsthaft, Samuel erwidert nichts. Er steht einfach nur vor mir, schweigend. Nicht einmal eine Regung in seinem Gesicht lässt er zu und ich ... ich traue mich nicht ihm direkt in die Augen zu sehen. Ach scheiße!

Das war's wohl.

Aus.

Vorbei.

Endgültig.

Fuck! Vielleicht hätte ich doch lieber meine Klappe halten sollen. Vielleicht ist Samuel nicht offen für sowas. Vielleicht weiß er auch nicht, wie er damit umgehen soll. Oder ich habe ihn gerade maßlos überfordert. Vielleicht ja auch alles gleichzeitig.

Wenn er sich jetzt einfach umdrehen und gehen würde - okay.

Wenn er jetzt sagen würde, dass wir so keine Freunde mehr sein können - okay.

Es wäre verletzend. Es wäre verdammt nochmal richtig beschissen, aber ich würde es akzeptieren können. Nur ... Schweigen und gar keine Reaktion zeigen, das ist schlimmer. Er lässt mich in der Luft hängen. Da ist kein Boden mehr unter meinen Füßen und mein Hals fühlt sich so eng an, dass ich kaum atmen kann.

»Ähm ... Samuel?«, krächze ich vorsichtig und suche seinen Blick. Er sieht mich an. Ganz direkt - mit seinen tiefen, dunklen Augen. Auf seiner Stirn zeichnet sich ganz fein eine kleine Falte ab, als würde er nachdenken. Vielleicht über die Worte, die mir möglichst vernichtend, oder schonend, das Ende unserer Freundschaft vermitteln sollen. In diesem Moment fühle ich mich zum ersten Mal richtig elend. Hoffentlich macht er es schnell, damit ich mich für den Rest meines Lebens einigeln kann.

»Hm.« Ein Geräusch von Samuel, mit dem ich fast schon nicht mehr gerechnet habe. Seine typische Antwort auf alles. Mehr nicht? Was bitte soll ich damit anfangen? Oh mein Gott, vielleicht war das der Vorbote für ‚ich reiß dich gleich in Stücke', oder so? Oh Gott, mein Herz! Es schlägt so heftig, dass es beinahe wehtut.

»Das heißt, du hast mich angelogen, richtig?«, stellt er schließlich fest. Fuck, ja ... Ich kann es nicht mal abstreiten, nur schuldbewusst den Kopf senken und nicken.

»Das war alles gelogen? Die ganzen Geschichten? Die Eroberungen? Deine ... Experimente?«, fragt er weiter. Verdammt, wieso klingt er denn jetzt so nüchtern? Meinetwegen soll er wütend sein, schimpfen oder schreien, aber diese Gleichgültigkeit in der Stimme gefällt mir nicht.

»Nein, also ... nicht ganz«, verteidige ich mich und er zieht ganz leicht eine Augenbraue nach oben. Ich seufze. Jetzt wird es peinlich. Ich weiß genau, dass Samuel ein verdammt gutes Gedächtnis hat. Vermutlich habe ich über die Hälfte von dem, was ich damals alles getrieben habe, bereits wieder vergessen. Samuel nicht.

»Es stimmt alles, was ich dir erzählt habe. Nur waren es niemals Frauen. Es gibt keine einzige Geschichte, in der eine Frau vorkam«, gestehe ich leise.

»Hm. Der Blowjob auf der Herrentoilette?«, fängt er an zu fragen und mir wird heiß. Mein ganzer Kopf glüht. Scheiße. Samuel ist kein Freund. Er ist ein verfluchter Sadist. Ich nicke, oder soll ich besser den Kopf schütteln?

»Das war keine heiße Studentin, sondern ein Wirtschaftsstudent aus dem zweiten Semester«, gebe ich kleinlaut zu.

»Die Schwestern ...«

»Brüder ...«

»Und die geile Lesbe, die du klargemacht hast?« Uhh, dieses Erlebnis habe ich verdrängt. Ziemlich lange und auch sehr erfolgreich. Mir läuft direkt ein kühler Schauer über den Rücken. Das war damals so unfassbar unangenehm.

»Das war ein verheirateter Mann, dessen Frau uns erwischt hat, als wir grade richtig bei der Sache waren, und glaub mir, ich habe bis zu diesem Zeitpunkt wirklich nicht gewusst, dass er verheiratet war. Sonst hätte ich da nie mitgemacht«, erkläre ich.

»Hm«, macht er erneut und dann schüttelt er den Kopf. »Weißt du, ich hätte mit Vielem gerechnet, aber nicht damit«, sagt er und klingt unfassbar enttäuscht. Ich schlucke betroffen, ehe ich die Luft anhalte, weil Samuels angespannte Züge mich das Schlimmste ahnen lassen. Ich will nicht, dass es vorbei ist.

»Ich mag es nicht, belogen zu werden«, bemerkt er verletzt, während ich reumütig meinen Blick senke. »Schon gar nicht von dir.« Ich weiß. Ich weiß das schon mein ganzes Leben lang. Und doch konnte ich nicht anders.

»Ich weiß«, erwidere ich deshalb kleinlaut.

»Ich hasse es«, bekräftigt Samuel.

»Ich weiß. Es tut mir auch schrecklich leid, wirklich. Ich wusste einfach nicht, was ich tun sollte.«

»Weil du ein Idiot bist.« Er seufzt leise und fährt sich einmal durch die Haare, als würde ihn das Ganze mehr mitnehmen, als er zeigen will.

»Ein schwuler Idiot.«

»Hm.« Samuel schnaubt und dann, gerade als ich mir einbilde, dass auf seinen Lippen so was wie ein Schmunzeln entsteht, ertönt hinter uns ein Hupen. Kyra ... Verdammt. Dabei weiß ich doch noch gar nicht, wie es jetzt weitergehen soll.

»Ach Mist, ich muss wirklich los«, meint Samuel, bewegt sich aber keinen Millimeter.

»Okay.« Nein. Nichts ist okay. Es gibt noch so viel, was ich wissen muss!

»Also ... wir sehen uns«, sagt er und will sich doch tatsächlich umdrehen und zu seinem Auto zurückgehen. Shit.

»Warte«, keuche ich und halte ihn kurzentschlossen am Handgelenk zurück. »Ändert das jetzt was zwischen uns?« Meine Stimme klingt fremd. Irgendwie seltsam, weil ich mich selbst so noch nie gehört habe.

»Was sollte sich schon ändern?«, erwidert er jedoch und zuckt leicht mit den Schultern. Es gibt so vieles, was es verändern könnte. In den letzten Wochen sind mir tausende Szenarien durch den Kopf gegangen. Eines schlimmer als das Andere.

»Verdammt, Samuel. Du bist mein bester Freund. Ich will, dass das so bleibt. Auch wenn ich gelogen habe. Und egal, was ich fühle. Ich will weiterhin mit dir Zeit verbringen dürfen. Und mit dir endlich über alles reden können. Alles, verstehst du? Ohne Lügen zu müssen. Ich will zu dir kommen können, wenn's mir scheiße geht und ich will neben dir schlafen dürfen, wenn ich beim Feiern übertrieben habe. Meinst du, das geht?«

»Du bist echt ein Vollidiot«, schmunzelt er. »Ich denke ...« Erneutes Hupen, fast schon ohrenbetäubend laut. Ach Kyra, ich mag dich, aber gerade bist du keine Hilfe.

»Ich muss jetzt wirklich, bevor meine Mutter anruft und fragt, wo wir bleiben, sorry. Aber wir sehen uns morgen, okay? Um 18 Uhr bei mir, wie immer. Du besorgst das Bier«, sagt er noch, ehe ich mich nicht mehr halten kann und ihm in die Arme springe. Innerhalb von Sekunden fällt die ganze Anspannung von mir ab. Und Samuel reagiert wie immer. Es ist alles genau wie immer.

Haltung etwas verkrampft. Reserviert. Ganz leichtes Streicheln seiner Hand über meinen Rücken, bevor er mich mit einem Kopfschütteln von sich schiebt.

»Tz, Idiot«, sagt er schmunzelnd und ein befreites, warmes Gefühl erfüllt meine Brust. »Als würde sich dadurch jemals etwas zwischen uns ändern.«

1 – Männerabend

Es ist Freitag, vier Wochen später und fünf Minuten nach halb sechs, als ich meinen Stammkiosk mit Bier und Chips für den restlichen Abend wieder verlasse.

Mir geht es gut. Ich fühle mich super und bin noch immer unglaublich erleichtert. Meine gute Laune habe ich definitiv Samuel zu verdanken. Samuel ist nämlich der Beste, weil er recht hatte. Es hat sich nichts zwischen uns geändert. Alles ist wie immer. Total normal. Keine komischen Blicke, kein merkwürdiges Wegzucken, wenn ich ihn mal berühre - was tatsächlich immer noch sehr häufig vorkommt, obwohl ich durchaus versucht habe, das etwas einzuschränken - und neulich hat er mir sogar kommentarlos beim Flirten zugesehen. Samuel ist und bleibt eben der Beste. Ich finde, da darf man ruhig voller Vorfreude die Treppen zu seiner Wohnung nach oben hüpfen und enthusiastisch auf die Klingel drücken. Eine Sekunde, zwei Sekunden ... drei ... und die Tür öffnet sich.

»Hallo Lucas«, begrüßt mich Kyra mit einem bezaubernden Lächeln. Meins ist mir jedoch gerade etwas verrutscht, weil ... Kyra? Ich habe eigentlich nicht mit ihr gerechnet. Es ist doch Freitag! Unser Freitag. Männerabend-Freitag! Frauen sind da tabu, und das schon seit ... ja, seit der sechsten Klasse. Es ist jetzt nicht so, dass wir damals schon viel Frauenbesuch gehabt hätten - also eher gar keinen - aber das spielt keine Rolle, denn hier geht es ums Prinzip.

»Äh, hi Kyra«, erwidere ich verspätet, aber freundlich. Ich weiß nicht so recht, was ich jetzt sagen soll. Es ist noch nie vorgekommen, dass sie bei einem unserer Freitagstreffen anwesend war. »Gut siehst du aus.«

»Danke, du aber auch. Wir haben uns lange nicht gesehen, oder?«, sagt sie und zupft mit den Fingern kurz an meinem Hemdkragen herum, bevor sie ihre Hand flach auf meine Brust legt und den Stoff etwas glättet. Ach Mist, ich hätte wohl das Hemd vorher bügeln sollen.

»Joa, kann sein. Ein paar Wochen waren es schon, oder?« Ist sie deshalb heute hier? Weil wir lange keinen Kontakt hatten? Denkt sie, sie würde etwas verpassen? Das ist doch Blödsinn.

»Wohl eher zwei Monate. Und nein, der kurze Moment neulich im Park zählt nicht, da habe ich dich nur von Weitem gesehen.« Stimmt, da hat sie wohl recht. Aber das ist doch kein Grund heute hier zu sein. Also ... es ist nicht so, dass ich ein Problem mit ihr habe, nur ... es ist einfach anders, wenn sie dabei ist. Nicht so locker und entspannt.

»Also was ist jetzt? Willst du hier im Flur Wurzeln schlagen oder reinkommen?«, fragt sie amüsiert und geht zur Seite.

»Äh nein, also klar, ich meine ja.« Kyra kichert leise und ich gehe langsam an ihr vorbei in den Flur. Kyra schließt hinter mir noch die Tür, während ich schon dabei bin meine Schuhe auszuziehen.

Samuel hockt im Wohnzimmer vor der PlayStation und begutachtet ein paar Spiele, was mich dann doch irgendwie hoffen lässt, dass der Abend nicht so eintönig verlaufen wird. Zocken mit Kyra? Hah, ich glaube, da verlässt sie nach zehn Minuten freiwillig das Haus, echt jetzt.

»Hey«, mache ich auf mich aufmerksam. Samuel sieht zu mir hoch, gleich darauf deute ich zurück in den Flur, wo ich Kyra zwischen Küche und Bad verloren habe. Meine Lippen formen stumm ihren Namen und Samuel schmunzelt leicht.

»Keine Sorge, sie verschwindet gleich«, flüstert er. Dann hält er zwei Spiele nach oben. »FIFA oder Tekken?«, fragt er knapp und ich deute mit einem erleichterten Lächeln auf das Linke.

»Ah, du willst also wieder verlieren, hm?«

»Von wegen, heute mach ich dich fertig. Ich hab nämlich trainiert, weißt du?«

»Hm, abwarten.«

Sein ‚Keine Sorge, sie verschwindet gleich' war voll für'n Arsch, echt jetzt. Eine halbe Stunde später ist sie nämlich immer noch da und macht unnötige Kommentare zum Spiel. Außerdem verbessert es weder meine Konzentration noch meine Spielleistung. Denn das, was ich hier veranstalte, gleicht einer Katastrophe. Es ist ein wildes, unkontrolliertes Herumdrücken auf sämtlichen Knöpfen des Controllers. In einem Satz zusammengefasst: Ich bin am Verlieren!

»Oh, das war aber ein toller Trick«, bemerkt Kyra begeistert. Von wegen Trick. Es war eine fiese, absolut feige Attacke. Einfach von hinten angerannt kommen und mich durch die Luft schleudern ... das kann doch jeder Anfänger. »Samuel lässt dich ziemlich alt aussehen, was?«

»Hmpf.«

»Wolltest du nicht eigentlich los?«, mischt sich Samuel unerwartet ein, ohne den Blick vom Fernseher zu nehmen. Das klingt gut. Plötzlich scheint mein Gehirn wieder wach genug zu sein, um einen ganzen Haufen Endorphine auszuschütten. Sogar mein Lächeln ist wieder da und sieh mal einer an, auf einmal kann ich sogar wieder eine vernünftige Kombo-Attacke ausführen. Super Samuel, mach weiter so, damit ich dir endlich richtig den Arsch versohlen ... Oh, okay ...

»Jaja, gleich«, murmelt Kyra. »Sobald sie sich gemeldet hat.« Ach Mensch, warum kann sie nicht jetzt gehen? Freundschaft hin oder her, heute ist Männerabend.

»Oh, jetzt ... Das ging schnell. Sie steht schon unten.« Jetzt klingt sie doch tatsächlich überrascht.

»Wer?«, frage ich halbwegs interessiert.

»Anita. Wir wollten heute ins Kino und später noch etwas trinken gehen«, erklärt sie und ich nicke, konzentriere mich dann aber sofort wieder auf das Spiel und vor allem auf meine Abwehr.

»Viel Spaß«, meint Samuel. Im nächsten Moment stöhne und fluche ich laut, bin sogar kurz davor den Controller einfach wegzuschmeißen, weil ich gegen Samuel nicht mehr ankomme. Wie macht der das? Er ist vollkommen ruhig, aber hochkonzentriert und scheint immer genau im richtigen Moment die richtigen Knöpfe zu drücken, um mich durch sämtliche Ecken des Spielfeldes zu treten. Arschloch.

»Okay Jungs, ich sehe schon«, seufzt Kyra zwischen uns. »Gegen dieses Spiel habe ich gerade keine Chance, hm? Ich geh dann mal«, verkündet sie amüsiert und ich nicke, während Samuel zustimmend brummt.

»Jap, mach das.« Ich wage es für eine Sekunde, zu ihr zu sehen, um sie anzulächeln, und ärgere mich direkt darüber, weil Samuel dadurch genug Zeit hatte meinen Angriff abzublocken. Super. Samuel hingegen schweigt. Ich jetzt auch. Nur Kyra seufzt ein weiteres Mal auf. Im nächsten Moment merke ich, wie sich neben mir etwas verändert. Kyra bewegt sich. Auf dem Bildschirm landet mein nächster Angriff einen direkten Treffer und ich blinzle verwirrt. Wow! Samuel fliegt im hohen Bogen durch die Luft.

»Woaar, geil!«, bemerke ich und lege direkt noch eine Attacke nach. »Ich glaub's nicht, ich gewinne.« Seltsamerweise erhalte ich keine Antwort. Als ich zur Seite sehe, weiß ich warum. Hätte mir klar sein müssen. Kyra hängt an Samuels Lippen und verwickelt ihn in einen langen, zunehmend intensiveren Kuss. Na prima. So habe ich mir meinen Sieg nicht vorgestellt. Es erscheint mir regelrecht unfair. Immerhin bedeutet es nichts, wenn Samuel derartig abgelenkt wird. Ach verdammt. Ich kann es selbst kaum glauben, dass ich das Spiel auf Pause stelle und einfach mal abwartend zusehe, wie Samuel seine Freundin küsst.

Okay. Das ist vielleicht minimal merkwürdig. Nicht eklig oder so. Auf keinen Fall. Aber eben halt merkwürdig, seltsam ... anders. Und schon viel zu lang.

»Ähm, Sam ... ich glaub, du bist gleich tot«, räuspere ich mich zaghaft und bin ganz absichtlich zweideutig. So wie Kyra ihm die Atemluft stiehlt, muss man ja auch langsam mal eingreifen. Nicht, dass er nachher wirklich noch umkippt.

»Hm«, seufzt er und schiebt Kyra tatsächlich von sich, die etwas pikiert zurück auf die Couch rutscht, ehe Samuel seinen Controller wieder in die Hand nimmt, die Pause beendet und mich mit zwei gekonnten Angriffen endgültig platt macht. Was zum ... Fuck!

»Man Alter, ich war am gewinnen ... wieso hast du ...?«, springe ich aufgeregt hoch, doch Samuel schmunzelt nur. Ziemlich gemein. »Das hättest du wohl gern, hm?«, ist alles, was er sagt, während Kyra endlich mit einem Seufzen aufsteht. »Okay, Jungs, ich lass euch allein. Aber bleibt anständig«, kichert sie auf dem Weg in den Flur.

»Revanche«, zische ich und lasse mich wieder zurück auf Samuels Sofa fallen. Er grinst und nimmt erneut die Spieleinstellungen vor.

3 – 2 – 1 – Kampf beginnt.

Ich liege im Dreck.

Ich steh wieder auf – Samuel weicht aus – Ich fliege ... Gott ist das ein beschissenes Spiel.

Egal wie sehr ich mich anstrenge, Samuel ist einfach immer besser als ich.

»Sag mal, Schätzchen«, ruft Kyra. »Hast du meinen Schlüssel irgendwo gesehen?« Hat sie gerade ... Schätzchen gesagt?

»Samuel? Hast du gehört, was ich ...«

»Esstisch«, knurrt er, ohne den Blick vom Fernseher zu nehmen, während seine Finger geschickt, aber mit deutlich mehr Druck als zuvor, die aktuelle Runde beenden. Oh mein Gott. Samuel ... Schätzchen ... das ist mir neu! Ich muss mich grade echt zusammenreißen, um nicht laut zu lachen.

»Ah, stimmt. Hab ihn, danke«, sagt Kyra »Bis morgen. Und trink bitte nicht zu viel, ja?« Samuel erwidert nichts. Im Wohnzimmer herrscht Stille, jedenfalls solange, bis Kyra die Haustür hinter sich zuzieht.

»Alter ... Schätzchen?« Ich kann es mir nicht verkneifen, das nochmal anzusprechen.

»Halt die Klappe«, zischt er warnend.

»Awww, Samuel, Schätzchen, jetzt sei doch nicht so«, ziehe ich ihn auf, weil es einfach zu gut ist. Seine Ohren sind rot.

»Lucas ...«

»Oho, was ist denn, Schätzchen?«, frage ich mutig.

»Lass. Es.«

»Aaaach, aber Schätzchen, ich ... Oh fuck, nicht. Ich hör schon auf, versprochen!« Eilig hebe ich die Hände vor meine Brust und atme erleichtert aus, als Samuel seine Faust, die meiner Schulter sehr nah war, wieder sinken lässt. »Okay, sorry«, werfe ich schlichtend ein, bevor er auf die Idee kommt, noch irgendwas nach mir zu schmeißen. Der Controller liegt nämlich schon verdächtig locker in seiner anderen Hand. »Aber wieso nennt dich Kyra neuerdings Schätzchen? Weiß sie nicht, dass du sowas nicht magst?«

»Doch.« Er seufzt leise. »Aber sie ignoriert es.«

»Nett. Und da ist ihr nichts anderes eingefallen?« Er beißt seine Zähne fest aufeinander, bevor er antwortet. »Doch.«

»Und?«, hake ich neugierig nach.

»Häschen«, nuschelt er schnell und ich weite die Augen.

»Echt jetzt?«

»Aber das hab ich ihr verboten. Genauso wie Schnurzelpurzel, Schnuckel und ... eigentlich auch Schätzchen.« Aha!

»Okay, du tust mir leid, echt jetzt.« Und das meine ich wirklich so, auch wenn ich deswegen grinsen muss.

»Hm, willst du noch eine Runde?«, versucht er abzulenken und ich nicke. Dabei sollte ich langsam einsehen, dass ich in diesem Spiel niemals besser sein werde als er. Auch in den nächsten fünf Runden nicht.

Eine gute halbe Stunde später lege ich den Controller frustriert zur Seite. »Sag mal«, beginne ich, öffne das nächste Bier und reiche es an Samuel weiter. »Warum hat sie vorhin gemeint, dass du nicht so viel trinken sollst? Musst du morgen noch irgendwohin fahren? Habt ihr was vor?«

»Hm«, brummt Samuel und setzt seine Flasche an die Lippen, um demonstrativ lange davon zu trinken. »Nein«, erklärt er. »Aber sie ist der Meinung, das würde meine ‚Jungs' beeinträchtigen. Ihre Worte«, fügt er hinzu und deutet dabei auf seinen Schritt. Oh. Ohhh. Ich habe noch nie absichtlich auf den Schwanz meines besten Freundes gesehen. Und das auch aus gutem Grund. Immerhin ist es Samuel.

Und Samuel ist mein bester Freund.

Und besten Freunden guckt man nicht auf den Schwanz und auch nicht auf den Arsch. Niemals.

»Okay, aus welcher Klatschzeitung hat sie denn den Blödsinn?« Ich schlucke trocken, versuche mühsam meinen Blick wieder zu heben. Verdammt Lucas, jetzt hör sofort auf, in den Schritt deines besten Freundes zu starren!

»Hm, weiß nicht. Vielleicht aus der Bravo?«, kommentiert er nüchtern.

»Wie bitte? Die Bravo? Gibt es die überhaupt noch?«

»Keine Ahnung, du Idiot«, schmunzelt Samuel, drückt seine Hand gegen meinen Kopf und ich verstehe. Er hat mich verarscht, oder? Dieser Mistkerl.

»Mensch ... dann sag sowas doch nicht«, murre ich und lehne mich zurück in die weichen Sofakissen.

»Hm.«

»Jup«, stimme ich einfach mal zu, gedanklich hänge ich aber noch bei seinen Worten. »Ähm, Samuel?«, fange ich langsam an und versuche bereits, die Gedanken in meinem Kopf zu einer vernünftigen Frage zu formulieren.

»Ja, Lucas?«

»Kann sein, dass ich doof bin, aber ... warum ist es denn wichtig, dass deine ‚Jungs' nicht beeinträchtigt sind? Eigentlich zählt doch nur, dass sie überhaupt da sind, oder nicht?« Ich komme mir wirklich blöd vor, das laut auszusprechen. Als würde es dafür eine plausible Erklärung geben, die mir nicht bewusst ist. Und mal davon abgesehen, geht mich das überhaupt etwas an?

»Naja, Kyra ... sie will ein Kind. Also denke ich schon, dass es wichtig ist, dass sie auch funktionieren.«

»Ach so, ja, sie will ... bitte was?« Hat er das wirklich gerade gesagt? Allem Anschein nach ja, denn er seufzt schon wieder so komisch, dann steht er auf und fischt seine Zigarettenschachtel aus der Hosentasche. »Kommst du mit?« Natürlich folge ich ihm auf den Balkon. Immerhin will ich wissen, was hier Sache ist. Kyra möchte ein Kind. Jetzt macht das Gequatsche über seine ‚Jungs' auch Sinn, aber so plötzlich? Vor einem halben Jahr hat sie noch behauptet, dass sie sich selbst nicht als Mutter sieht und dass sie sich eher vorstellen könnte, Haustiere zu haben als Kinder. Zu viel Verantwortung und Einschränkungen und so.

»Also, Kyra will echt schwanger werden, jetzt?«, hake ich nach und kann weder verhindern, dass ich skeptisch klinge, noch dass sich meine Freude darüber in Grenzen hält. Hm, blöd, oder? Als bester Freund sollte ich mich mehr darüber freuen, oder? Ein klein wenig mehr Begeisterung an den Tag legen? Klappt grade nicht.

»Will sie«, nickt Samuel bestätigend und zieht an seiner Kippe.

»Krass«, murmle ich nachdenklich. Mein Blick fixiert sich dabei auf Samuel, der hellen Rauch in den Abendhimmel pustet. Samuel als Vater? Samuel, Kyra und ein Kind ... Eine Familie? Ich bin ehrlich, soweit habe ich noch nie gedacht. Die Möglichkeit, dass sich etwas so entscheidend verändern könnte, war für mich bis zu diesem Tag noch nie existent. Und auch jetzt fällt es mir schwer, mir dazu ein Bild vorzustellen, bei dem ich nicht gleich das Gesicht verziehe. Sich die beiden als Eltern vorzustellen, ist schwer genug. Aber mein Gehirn geht noch einen Schritt weiter und versucht allen Ernstes, auch für mich einen Platz in dieser Konstellation zu finden. Genau das ist aber das Problem. Egal, wie ich es versuche zusammenzubasteln, ich passe einfach nicht richtig rein.

»Worüber denkst du nach?«, bricht Samuel die Stille zwischen uns. Mittlerweile habe ich mich halb auf das Balkongeländer gelehnt und starre nach vorn, dahin wo die Lichter der Stadt flackern.

»Ich habe nur gerade festgestellt, dass wir nie darüber geredet haben, ob wir mal Kinder haben wollen«, entgegne ich ruhig.

»Hm«, macht Samuel und zieht in Gedanken versunken an seiner Kippe.

»Und ... willst du auch?«, frage ich ihn mit gerunzelter Stirn. Etwas an der Sache stört mich, aber ich kann nicht genau sagen was. Samuel wirkt unbeteiligt.

»Ich wüsste nicht, was dagegenspricht«, antwortet er reserviert und zuckt mit den Schultern. Kühl und distanziert, ganz so wie er immer ist, wenn es etwas gibt, worüber er sich selbst noch nicht ganz im Klaren ist.

»Es gibt Einiges, was dagegensprechen würde«, erwidere ich mürrisch und merke, dass ich sofort Samuels Blick auf mir liegen habe.

»Aha?«, hakt er nach.

»Naja, ein Kind bedeutet Arbeit und Zeit ... Und du bist erst fünfundzwanzig, Samuel.«

»Dir ist aber schon klar, dass es Menschen gibt, die ihr erstes Kind mit neunzehn bekommen? Manche sind sogar noch jünger«, schnaubt er belustigt.

»Ja, was ich im Übrigen auch für total bescheuert halte. Jetzt mal ernsthaft, Samuel. Wer schmeißt denn schon freiwillig so früh sein Leben weg?«

»Wer behauptet, dass man sein Leben wegschmeißt, nur weil man sich dafür entscheidet ein Kind zu bekommen?«

»Na hör mal, ein Kind bedeutet voll viel Stress. Du kannst nicht mehr feiern gehen. Nicht mehr einfach so verreisen, wie es dir gefällt. Du kannst nicht mehr machen was du willst, weil du ja Verantwortung hast ... Da gibt es so viele Dinge ...«, seufze ich, werde mir dabei immer mehr bewusst, dass ich wohl niemals Kinder haben werde. Mal abgesehen davon, dass ich schwul bin und noch nie darüber nachgedacht habe. Es wäre nicht grundsätzlich ausgeschlossen gewesen.

»Das sehen viele Eltern sicherlich anders. Ein Kind kann immerhin auch eine Bereicherung sein«, murmelt Samuel. Irre ich mich, oder klingt er gerade tatsächlich etwas vage und verunsichert? Sucht er Bestätigung? Bei mir? Ausgerechnet bei mir? Der gerade eben beschlossen hat, dass Kinder nicht so sein Ding sind?

»Vielleicht«, sage ich. »Aber dann sicherlich nur, wenn man den richtigen Partner hat.«

»Hm«, macht er müde und schnipst die zweite Kippe, die er kaum geraucht hat, über den Balkon.

»Habt ihr euch das denn gut überlegt?«

»Hm, sie redet seit drei Monaten davon«, gesteht er. Wow, seit drei Monaten schon? Erstaunlich und seltsam zugleich. Seit wann hat es Kyra denn so eilig?

»Ich glaube, es hat angefangen, nachdem sie sich mit Anita gestritten hat.«

»Okay?«

»Ja, die zwei haben sich vor ein paar Monaten heftig gestritten. Ich weiß auch nicht genau, worum es ging, aber angeblich wollten sie nie wieder etwas miteinander zu tun haben.« Ich nicke. »Danach hat sie jedenfalls zum ersten Mal von einem Kind gesprochen, allerdings kam es mir nicht besonders ernst vor«, sagt er und zuckt mit den Schultern.

»Und warum hast du mir nichts davon gesagt?«

»Keine Ahnung, ich dachte, sie beruhigt sich schon wieder.«

»Hat sie aber nicht?«

»Nein. Sie hat ihre Pille abgesetzt.«

»Oh« Klinge ich zu geschockt? Ich bin es jedenfalls. »Und du? Was willst du?« Er zieht viel länger als gewöhnlich an seiner Zigarette.

»Es spricht nichts dagegen. Wir haben beide Arbeit, verdienen gutes Geld. Wir haben eine Wohnung und alt genug sind wir eigentlich auch«, erklärt er in einem geschäftlichen Ton, als würde er irgendeinem seiner Klienten die derzeitige Aktienlage erläutern.

»Erst fünfundzwanzig«, werfe ich doch nochmal trotzig ein.

»Immerhin keine neunzehn«, schmunzelt Samuel zurück.

»Trotzdem noch viel zu früh.«

»Hm, möglich.« Die restliche Kippe raucht er schweigend neben mir. Meine Gedanken kreisen um ihn. Im Zentrum steht sein Kind, namenlos und ohne Gesicht, als könnte ich es noch nicht zuordnen, weil irgendetwas fehlt. Ein paar Details, ein paar Emotionen, vielleicht auch nur ein Wort oder eine Geste. Samuel wirkt alles andere als überzeugt und sicher und wenn es Samuel schon nicht ist, wie kann ich es dann sein?

»Sag mal, und gegen das Rauchen hat Kyra nichts?« Samuel seufzt, dann grinst er mich an. »Als ob.«

2 – Road Trip?

Zweieinhalb Monate später weiß ich nicht mehr, was ich denken soll. Samuel meldet sich kaum noch. Und wenn, dann geht es um Kyra. Oder den potentiellen neuen Kinderwagen. Oder um die Wickelkommode der Großeltern. Kyra macht Stress. Dabei ist sie noch nicht einmal schwanger! Denke ich jedenfalls. Wenn sie es wäre, wüsste ich doch bestimmt schon längst davon. Oder? Es nervt mich! Ich weiß gar nicht, wie Samuel das die ganze Zeit aushält! Nur Babygelaber, in jeder freien Minute. Schrecklich. Und außerdem ziemlich frustrierend. Mein bester Freund hat keine Zeit mehr für mich, dabei ist es doch noch gar nicht nötig, sich so viele Gedanken zu machen.

»Jean-Lucas« Die Stimme meines Kollegen hallt durch den Krankenhausflur und lässt mich abrupt herumfahren. »Können Sie bitte das Bett in der 169 noch neu beziehen, bevor Sie gehen?« Na aber klar doch, nichts lieber als das. Ich habe ja auch nur in fünf Minuten Feierabend.

»Natürlich, Vincent«, antworte ich höflich, mit einem Lächeln auf den Lippen, obwohl mir mehr danach wäre, genervt die Augen zu verdrehen und meinen Kollegen ein faules Arschloch zu nennen. Ich kann ihn nicht leiden. Ständig kommandiert er nur rum. Und wie man meinen Namen richtig ausspricht, hat er nach ganzen drei Jahren, die ich nun schon hier arbeite, immer noch nicht gelernt. Nämlich ohne dieses doofe Jean, dafür aber Lucas mit einem hörbaren s am Ende. Dabei habe ich ihm mehrfach gesagt, dass ich die französische Version meines Namens nicht leiden kann. Arroganter Schnösel. Ich schwöre, irgendwann werde ich ihm die Meinung geigen, und dann kann er mich mal kreuzweise und seine Betten selbst beziehen, aber hallo.

Als ich jedoch mit frischem Bettzeug Zimmer 169 erreiche, wird mir klar, warum Vincent, der Wichslappen, niemals auch nur einen Fuß in dieses Zimmer setzen wird, um sich die Hände schmutzig zu machen. Wundervoll. Da hatte jemand besonders guten Stuhlgang. Herzlichen Glückwunsch, Lucky, heute ist dein Glückstag, du darfst einmal kräftig in die Scheiße fassen. Besser kann es ja nicht werden.

Oh doch, kann es. Als ich das Zimmer verlasse, die versaute Bettwäsche noch in den Armen, sehe ich ihn. Fuck, ich hätte nein sagen und direkt in die Umkleideräume gehen sollen.

»Hey«, begrüßt mich Samuel, als hätten wir nicht seit ein paar Tagen totale Funkstille.

»Was machst du denn hier?«, erwidere ich murrend. Es passt mir gar nicht, dass er ausgerechnet heute unangekündigt hier auftauchen muss.

»Ich will dich abholen«, entgegnet er ruhig, beinahe so gelassen wie er am Türrahmen zum Dienstzimmer lehnt. Perfektion in jeder Zelle seines Körpers.

»Wozu? Waren wir verabredet?«, hinterfrage ich und atme anschließend kurz durch. Verdammt, ich kann gar nicht richtig sauer sein, immerhin ist Samuel hier.

»Nein, aber jetzt sind wir es«, sagt er bestimmt.

»Aha, und warum so plötzlich?« Auch wenn ich mich freue, ihn zu sehen, muss ich es ihm trotzdem nicht zu einfach machen.

»Erklär ich dir, sobald du in meinem Auto sitzt.«

»Wer sagt, dass ich überhaupt Bock drauf habe, jetzt mit dir Zeit zu verbringen?«, täusche ich mangelndes Interesse vor, während ich die Akte aus Zimmer 169 zurücklege. Samuel hinter mir schnaubt belustigt. »Jeder will Zeit mit mir verbringen«, entgegnet er schmunzelnd.

»Pff, ganz schön arrogant, Sam, bilde dir mal nicht zu viel ein.«

»Keine Sorge, nur so viel wie nötig. Außerdem kenne ich dich lange genug, um zu wissen, dass du alles tun würdest, um von mir zum Essen eingeladen zu werden«, sagt er, mit einem viel zu charmanten Lächeln. Ach verdammt, damit hat er mich jetzt. Ja gut, er hatte mich von Anfang an. Samuel einen Wunsch abschlagen? Wie käme ich denn nur auf so eine absurde Idee.

»Meinetwegen, dann komm ich eben mit.« Betont gleichgültig zucke ich mit den Schultern.

»Gut«, kommentiert Samuel. »Ich habe übrigens nichts anderes erwartet« Er schmunzelt und ich seufze leise.

»Jaja, tu wenigstens so, als hätte ich eine Wahl gehabt.«

»Aber du hattest doch eine«, erwidert er, die linke Augenbraue leicht angehoben, und grinst. Frechheit.

»Hmhm, klar. Wenn man es genau nimmt, dann hast du mich gerade mit einem Essen erpresst.«

»Wirklich?«, erwidert er erstaunt, während wir gemeinsam den Flur entlanglaufen.

»Ach sei still, ich hab recht!« Wir sind fast beim Ausgang, da taucht Vincent auf und versperrt uns den Weg. Sein Gesichtsausdruck verrät nichts Gutes. Oh fuck, bitte keine Überstunden. Nicht heute. Das ertrag ich nicht. Abfällig schnaubend drückt er mir ein dünnes Blatt Papier gegen die Brust und ich schlucke trocken. Hä?

»Ich weiß nicht, wie Sie das gemacht haben, aber der Heidenreich hat Ihren Urlaubsantrag bewilligt«, zischt er mir entgegen.

»Urlaubs- was?«, stammle ich irritiert. Wovon spricht er da bitte? Ich habe überhaupt keinen Antrag gestellt.

»Jetzt tun Sie nicht so scheinheilig. Ganze drei Wochen!«, faucht er mich an, doch ich kann nur blinzeln und entschuldigend die Schultern hochziehen. »Ich habe doch gar nicht …«, will ich mich verteidigen, doch Samuel rammt mir unvermittelt seinen Ellenbogen in die Seite. Aua! Sein Blick und das leichte Kopfschütteln irritieren mich.

»Gehen Sie mir einfach aus den Augen, bevor ich Ihren Antrag doch noch versehentlich verschwinden lasse«, knurrt Vincent, ehe er fluchend und mit hochrotem Kopf an mir vorbei stiefelt und im Dienstzimmer verschwindet. Er wirft die Tür so hart zu, dass sogar das Glas der Scheiben unter der Wucht erzittert.

»Was war das denn bitte?«, frage ich perplex. Samuel zuckt mit den Schultern und deutet mit einem Nicken auf den Zettel. »Ich würde sagen, du hast die nächsten drei Wochen Urlaub.«

»Ja, aber ... warum?« Samuel schmunzelt wissend, dann setzt er sich erneut in Bewegung. »Komm jetzt. Wir sind spät dran und du musst noch duschen«, erwidert er. Dieser ... Samuel, hat er etwa ...

»Okay, warte, wie hast du das gemacht?« Gemeinsam verlassen wir die Station und begeben uns auf direktem Weg zu den Umkleideräumen.

»Na, wie schon? Ich habe einen Antrag für dich gestellt und es offensichtlich gut genug begründet«, meint er gelassen.

»Aber ... Echt jetzt? Sowas kannst du doch nicht einfach bringen!«

»Klar kann ich, siehst du doch.«

»Ja, schon ... aber wie sieht das denn aus? Jetzt werden die alle über mich reden.« Vor allem Vincent, der keine Gelegenheit auslässt.

»Tun sie doch sowieso schon, Lucas. Die Leute reden immer, das liegt in ihrer Natur. Mal ganz davon abgesehen, steht dir der Urlaub auch zu«, sagt er und ich öffne die Tür zum Umkleideraum.

»Ja, natürlich, aber ... jetzt haben sie einen handfesten Grund über mich zu reden.« Samuel folgt mir, bleibt aber im vorderen Bereich stehen, während ich zu meinem Spind gehe.

»Und der wäre? Dass du einen tollen Freund hast, der dir gerade einen dreiwöchigen Urlaub organisiert hat? Das muss wirklich sehr schlimm sein.« Er nimmt mich nicht ernst.

»Ach, Sam, du weißt genau, was ich meine«, brumme ich gedämpft gegen den Stoff meines T-Shirts, das ich mir gerade über den Kopf ziehe.

»Lass sie halt neidisch sein, na und?« Er hat ja gut reden. Samuel würde sich sogar noch darüber freuen, wenn er nach drei Wochen zurückkommt und sein Mittagessen ganz allein in der Cafeteria einnehmen kann. Aber das trifft auf mich nicht zu. Ich mag Gesellschaft. Und den guten Kontakt zu meinen Kollegen. Jetzt werden sie sich das Maul darüber zerreißen und dann nie wieder ein Wort mit mir wechseln wollen. Mehr noch, sie werden mich bestimmt hassen, verachten ... ausstoßen. Shit, ich muss mir eine andere Arbeit suchen. Vielleicht ein anderes Krankenhaus? Aber in dieser Stadt gibt es nur dieses eine und wegziehen ist dann vielleicht doch etwas übertrieben, oder? Maaahhh, warum entscheidet Samuel sowas immer allein?

»Jetzt hör schon auf«, sagt er, als ich umgezogen wieder neben ihm herlaufe. »Ich kann deine Gedanken ja durchs ganze Krankenhaus hören.« Er seufzt leise, legt mir eine Hand auf die Schulter und lächelt. Sehr zaghaft. »Und ich gehe jede Wette ein, mindestens die Hälfte davon ist völlig übertrieben, oder?« Er hebt die rechte Augenbraue an, ich verziehe den Mund.

»Hmm, mag sein«, brumme ich, während wir auf den Ausgang des Krankenhauses zugehen. »Du hättest mich trotzdem vorher fragen können.«

»Hätte ich, aber dann wäre es keine Überraschung mehr gewesen«, entgegnet er schulterzuckend. Natürlich, so kann man das auch rechtfertigen.

Wenig später verlassen wir das Krankenhaus. Für die nächsten drei Wochen. Krass, so richtig glauben kann ich das noch gar nicht.

»Warum das Ganze eigentlich?«, frage ich neugierig. Als wir sein Auto erreichen, bleibe ich auf der Beifahrerseite stehen und sehe ihn an. Samuel betätigt die Zentralverriegelung und öffnet seine Tür. Bevor er einsteigt, lächelt er mich an. »Weil wir wegfahren«, sagt er und ohne ein weiteres Wort der Erklärung, steigt er ein.

»Aha. Okay, wohin und warum?«, frage ich direkt hinterher.

»Ist das wichtig?«

»Ja, natürlich.« Seufzend lasse ich mich in den Sitz neben ihn fallen, schnalle mich an und betrachte Samuels Profil, während er den Motor startet.

»Warum? Reicht es dir nicht zu wissen, dass ich einfach Zeit mit dir verbringen will?«, fragt er, legt den ersten Gang ein und fährt langsam vom Parkplatz. Konzentriert bleibt sein Blick auf der Straße.

»Hm, doch ... aber ...«

»Dann gibt es auch kein aber.« Schachmatt. Und für einen Moment bin ich tatsächlich fast sprachlos. Aber eben nur fast.

»Was willst du denn drei Wochen lang tun?«

»Wirst du schon sehen«, antwortet er und biegt oben an der Kreuzung links ab.

»Das ist nicht hilfreich.«

»Deine Neugier auch nicht«, erwidert er.

»Ich will ja nur wissen, was mich erwartet.« Ich finde, das ist voll logisch und total berechtigt, echt!

»Hmm, und ich will, dass du dich überraschen lässt.« Ein schwerfälliges Seufzen verlässt meine Lippen. »Keine Sorge, du erfährst es schon noch. Versprochen.« Mehr sagt er nicht und ich sehe ein, dass ich im Moment nichts Genaueres aus ihm herauskriege. Dieser Sturkopf.

Minuten später parkt er sein Auto auf dem großen Parkplatz vor dem Mehrfamilienhaus, in dem ich meine kleine Wohnung habe. Und ich bin genauso schlau wie vorher.

»Dann geh mal packen, ich warte solange hier«, meint er gelassen und steigt aus, um sich eine Zigarette anzuzünden.

»Aber duschen muss ich auch noch. Sicher, dass du nicht mit hochkommen willst?«, frage ich, doch Samuel schüttelt den Kopf. Die Zigarette in der einen und sein Handy in der anderen Hand.

»Schon okay. Ich warte hier und bestelle uns einen Tisch bei deinem Lieblingsitaliener.« Okay, Samuel meint das wirklich ernst, oder? Krass! Na gut, dann bleibt mir wohl nichts anderes übrig.

»Okay, okay! Ich beeile mich, bis gleich.« Eilig laufe ich los, steige die Treppen zu meiner Wohnung nach oben, um dann sofort einen Koffer und eine Reisetasche mit Sachen vollzustopfen, von denen ich glaube, dass ich sie in den nächsten Wochen gebrauchen könnte, bevor ich unter die Dusche springe, mich im Eilverfahren wasche und wieder nach unten sprinte. Hoffentlich fahren wir ans Meer. Ich will nicht umsonst drei Badehosen eingepackt haben.

»So, da bin ich. Wo geht's hin?«, versuche ich erneut mein Glück. Samuel, der neben mir im Auto sitzt und auf seinem Handy herum tippt, sieht jedoch nicht einmal zu mir auf. Das leichte Schmunzeln erkenne ich aber trotzdem. »Guter Versuch«, sagt er und ich seufze.

»Aber nicht so erfolgreich wie gedacht.« Trotzdem lache ich. Es ist ein schönes Gefühl, hier zu sein, neben ihm zu sitzen und zu wissen, dass die nächsten Wochen nur uns gehören werden. »Aber du weißt, dass ich vor Neugier gerade sterbe, oder?«

»Sicher weiß ich das«, schmunzelt er, legt den Rückwärtsgang ein und schenkt mir ein Zwinkern, als sich kurz darauf unsere Blicke treffen.

»Du bist echt fies. Darf ich wenigstens raten?«, frage ich, während er routiniert ausparkt und anschließend den Gang wechselt.

»Kann ich dich denn davon abhalten?« Ich schüttle grinsend den

Kopf. »Nein, keine Chance. Also … mein erster Tipp wäre Miami!« Erstaunt zieht er die Augenbrauen nach oben.

»Miami?«, wiederholt er und schnaubt anschließend leise. »Natürlich, liegt ja quasi um die Ecke.«

»Das heißt nein, stimmt's?« Samuel schmunzelt noch immer. »Exakt.« Verdammt, Miami wäre echt geil gewesen. Aber schon okay, es gibt noch mehr schöne Orte, zum Beispiel …

»Die Niagarafälle«, spreche ich laut aus. Samuel betätigt den Blinker und bringt das Auto an der nächsten Ampel zum Stehen. »Dafür müssten wir nach Kanada. Merkst du selbst, oder?«, fragt er und ich hebe die Schultern an. »Schon, aber ich dachte … egal, vielleicht … oh, ich hab's!« Begeistert lächle ich ihn an, lege meine Hand auf seinen Oberschenkel und lehne mich ihm etwas entgegen. »Rio! Rio de Janeiro«, hauche ich ihm vorfreudig zu. Samuel blinzelt, dann runzelt er die Stirn. »Brasilien?«, murmelt er. »Ist definitiv eine Reise wert, aber …«

»Auch zu weit weg, hm?« Er nickt. Die Ampel springt auf Grün und er fährt weiter. »Ach schade«, seufze ich.

»Einen Versuch hast du noch.« Oha, da muss ich jetzt ganz genau überlegen.

»Okay, dann … ähm, London?« Für einen Moment ist es ganz still im Auto. Samuel überlegt, dann zupft ein Lächeln an seinem rechten Mundwinkel. »Du wirst es erfahren. In frühestens sieben Stunden.«

»Na super, du bist so gemein. Aber gut, dann warte ich jetzt. Sind ja nur sieben Stunden. Hab ich voll kein Problem mit.« Am Ende sind es wahrscheinlich doch mehr, weil wir noch beim Italiener halten, aber damit komm ich auch klar.

»Ahm, was ist eigentlich mit Kyra?«, fällt mir spontan noch ein. Ich kann mir nämlich nicht vorstellen, dass sie begeistert davon ist, dass Samuel jetzt solange wegfährt.

»Die ist zuhause«, erwidert er knapp.

»Und was hat sie dazu gesagt?«, frage ich weiter nach. Samuel blickt stur geradeaus, als er nach einem deutlichen Zögern antwortet. »Nichts.« Nur glaube ich ihm das nicht. Ich denke, da steckt mehr dahinter, nur scheint er nicht darüber reden zu wollen.

Inzwischen sind wir in Frankreich unterwegs. Genauer gesagt in Amiens und ich bin immer noch total erstaunt. Damals, in der Schule, war das noch eine gemeinsame Spinnerei von uns, weil ich unbedingt meinen Vater kennenlernen wollte. Schließlich habe ich ihm einen Namen zu verdanken, den damals niemand meiner Freunde aussprechen konnte. Zumindest nicht so, wie er richtig ausgesprochen wird. Ich erinnere mich noch ganz genau daran, wie Samuel und ich einen Plan geschmiedet und stundenlang darüber geredet haben, wo wir mit der Suche anfangen sollen. Aber durchgezogen haben wir es nie. Um ehrlich zu sein, haben wir unseren Plan irgendwann aus den Augen verloren. Was nicht schlimm ist, ich will ihn nämlich gar nicht mehr suchen oder treffen. Der Zug ist für mich schon lange abgefahren, aber es ist trotzdem richtig geil, jetzt hier zu sein. Amiens hat wunderschöne Gärten. Wir haben sogar direkt am ersten Tag eine Bootstour gemacht und den Zoo besucht. Selbst die Kathedrale hat mich beeindruckt, dabei ist das erst der Anfang. Samuel hat eine richtig geile Tour geplant. Wir werden uns Lyon ansehen, Dijon, Grenoble, Toulouse und ganz am Ende natürlich auch Paris. Ich bin zwar nach wie vor etwas verwundert, warum er mit mir und nicht mit Kyra nach Paris fährt, aber er wird schon seine Gründe haben.

Amiens liegt bereits einige Kilometer hinter uns, als ich das Radio lauter drehe und anfange mitzusingen. Ich kann immer noch nicht fassen, dass er vergessen hat, eine Playlist für diesen Roadtrip zu erstellen. Gerade läuft How deep is your Love von den Bee Gees und mein Kopf wippt passend zum Takt mit. Samuel fährt und schweigt. Er ist generell ein wenig ruhiger geworden, seit wir wieder im Auto sitzen. Und immer, wenn ich zu ihm sehe, ohne dass er es bemerkt, wirkt er nachdenklich.

»Lucas?« Samuel bricht sein Schweigen genau in dem Moment, als Adele anfängt zu singen.

»Hm?«, erwidere ich, um ihm zu signalisieren, dass ich ihm zuhöre. Ich grinse, aber das merkt er nicht. Wie auch? Er guckt ja schon wieder voll konzentriert auf die Straße.

»Du hast mir noch gar nicht erzählt, wie es eigentlich passiert ist.« Zum Glück hat er das Radio leiser gedreht, sonst hätte ich ihn jetzt mit Sicherheit nicht verstanden.

»Was denn passiert?«, frage ich irritiert. Samuel seufzt und blickt stur geradeaus auf die Fahrbahn, die sich kaum verändert.

»Hm«, brummt er ausweichend, scheinbar um nach den richtigen Worten zu suchen. »Du sagtest, du bist schwul«, stellt er noch einmal fest und ich runzle die Stirn. Was ist denn jetzt los? Ich dachte, das Thema hätten wir längst abgehakt.

»Äh ja, hab ich gesagt und auch so gemeint«, erwidere ich, habe aber schon ein mulmiges Gefühl im Bauch. »Warum? Also ich meine, warum sprichst du das jetzt an?«

»Ich«, sagt er und räuspert sich leise. »Ich habe mich nur gefragt, wie es passiert ist«, sagt er gefasst, aber da ist auch Unsicherheit, die er versucht zu überspielen.

»So kann man das eigentlich nicht sagen. Es ist nicht passiert«, versuche ich eine passende Antwort zu finden. »Ich bin es einfach. Schon immer«, gestehe ich. Seltsam. Warum reden wir jetzt plötzlich darüber?

»Schon immer, hm?«, brummt er nachdenklich.

»Jap. Also zumindest schon sehr lange.« Vor uns verdichtet sich der Verkehr und Samuel drosselt ein wenig die Geschwindigkeit.

»Und wann ist es dir dann so richtig bewusst geworden?«

»Uhm, willst du eine ehrliche Antwort?«, frage ich, muss sogar ein wenig lachen, als er mir einen mahnenden Blick zuwirft, bevor er schnell wieder zurück auf die Straße sieht. »Sorry, war eine blöde Frage, ich weiß. Es ist nur so schrecklich klischeehaft«, gebe ich zu. Immerhin bemerkt er die Wärme nicht, die sich von meinem Nacken bis zu meinen Ohren ausbreitet.

»Ich möchte es trotzdem gern wissen«, sagt er und ich nicke.

»Also gut, ähm, du kannst dich an die Klassenfahrt in der Achten erinnern? Als wir alle in Bad Lausick waren?«, fange ich also an, obwohl es mir wirklich peinlich ist. Dabei muss es das gar nicht. »Also damals ... erinnerst du dich noch an Milo von der Jugendherberge ...«

»Der mit uns das Lagerfeuer gemacht hat?«

»Genau der.« Ich glaube, jetzt sind nicht nur meine Ohren rot, sondern auch mein ganzes Gesicht.

»Also ... ich fand den damals echt scharf, und ... ach Gott, ist das albern. Um es kurz zu machen: Ich hatte da meinen ersten feuchten Traum. Von diesem Typen«, murmle ich und sehe verlegen zur Seite. »Danach war es nur noch eine Frage der Zeit, bis es mir klar wurde.«

»Hm.« Samuels Antwort fällt knapp aus, ehe er wieder so wirkt, als wäre er überall, aber nicht wirklich hier.

»Warum?«, frage ich neugierig nach, doch mein bester Freund zuckt nur mit den Schultern.

»Warst du deshalb damals so durch den Wind am nächsten Tag?«, umgeht er stattdessen mit einer Gegenfrage eine richtige Antwort und lässt mich damit ertappt seufzen.

»Gut möglich.«

»Hm.« Ich sehe noch sein kurzes, wissendes Schmunzeln, bevor es wieder verblasst und einer starren Miene weicht. Hach, Samuel, manchmal würde ich echt zu gern in deinen Kopf sehen, nur um zu verstehen, was in dir vorgeht.

Keine zwei Minuten später dreht er die Musik wieder lauter und signalisiert damit unmissverständlich, dass sein Gesprächsbedarf vorerst gedeckt ist. Möglicherweise hat er auch einfach keine Fragen mehr. Ganz im Gegensatz zu mir.

Mein Kopf schwirrt. Da sind tausend neue Fragen, die nach einer Antwort verlangen und die ich selbst erstmal ordnen muss.

Tausend Fragen, die unbeantwortet bleiben, weil ich mich nicht traue, sie anzusprechen, während Justin Bieber zum neunten Mal sein Sorry im Radio zum Besten gibt.

3 – Gespräche

Justin Bieber lief heute, ungelogen, schon dreiundzwanzigmal. Ich habe mitgezählt und eine Strichliste angefertigt. Ich glaube, mittlerweile kann ich den Song auswendig. Zumindest kann ich ihn besser als Französisch. Mehr als ›Bonjour‹ und ›Salut‹ und ein paar wenige Vokabeln ist bei mir nicht hängen geblieben. Mir liegt diese Sprache einfach nicht, dabei habe ich wirklich versucht, sie zu lernen. Nur eben nicht erfolgreich. Dabei finde ich, dass die sogar echt schön klingt. Zum Glück habe ich Samuel, der sie fließend beherrscht und dafür sorgt, dass es egal ist, ob ich die Leute um mich herum verstehe.

Gerade befinden wir uns auf dem Weg nach Nantes, einer Stadt im Westen Frankreichs, von der ich noch nie zuvor gehört habe. Aber es ist aufregend, all das hier kennenzulernen und zu erkunden. Zusammen mit Samuel, der gerade lässig an seinem Auto lehnt, eine Kippe zwischen seinen Lippen und das Handy am Ohr, und auf mich wartet, weil ich eben auf der Toilette war. Er sieht gut aus. Wäre er nicht mein bester Freund, würde ich sogar sagen, dass er gerade richtig sexy aussieht. Trotz der Zigarette und dem angestrengt finsteren Gesichtsausdruck. Je näher ich ihm komme, desto mehr habe ich das Gefühl, dass etwas nicht stimmt. Meine Schritte werden langsamer und Samuel hebt seinen Blick.

»Mach, wie du denkst« Samuel klingt genervt. Als ich langsam neben ihm zum Stehen komme, höre ich ihn schnauben. »Ja, ich melde mich, bis dann«, würgt er sein Gespräch ab. Seltsam, mir war so, als wäre die Stimme am anderen Ende weiblich gewesen. Kyra? Oder seine Mutter? Allerdings würde sich Samuel niemals erlauben, so mit seiner Mutter zu sprechen.

»War das Kyra?«, versuche ich deshalb eine Bestätigung für meine Vermutung zu bekommen. Er nickt und zieht noch einmal kräftig an seiner Kippe, ehe er sie auf den Boden wirft und mit dem Fuß ausdrückt.

»Wir sollten weiter«, meint er, öffnet die Fahrertür und steigt, ohne ein weiteres Wort zu verlieren, ein. Oha, da ist aber gerade jemand sehr angespannt und genervt.

»Was wollte sie denn?«, frage ich ihn trotzdem, nachdem ich mich ebenfalls ins Auto gesetzt habe. Samuel wirft mir einen vernichtenden Blick zu und ich weiß genau, was er denkt. Warum kann ich nicht einfach die Klappe halten und hinnehmen, dass er schlecht drauf ist? Tja, weil ich zu neugierig bin, deshalb. Und weil er es seit Beginn unserer Reise vermeidet, Kyra auch nur mit einer Silbe zu erwähnen. Ich hatte sogar kurzzeitig gedacht, die beiden hätten sich eventuell getrennt.

»Reden«, antwortet Samuel knapp und startet den Motor.

»Ach was, darauf wäre ich auch selbst gekommen«, erwidere ich augenrollend, und schnalle mich an.

»Dann frag nicht.« Samuel fährt mit viel zu viel Gas los und lässt die Reifen quietschen.

»Und wenn es mich nun mal interessiert, was dich so beschäftigt? Scheinbar hat es ja irgendwas mit Kyra zu tun, oder?«

»Warum?«, seufzt er.

»Warum was?«

»Warum musst du dich überall einmischen?«, fragt er gestresst und schaut mehrmals zur anderen Seite nach hinten, bevor er die Spur wechselt. Samuel wirkt abweisend und angespannt.

»Na, weil man das unter Freunden so macht. Und du bist mein bester Freund!« Es ist nicht beabsichtigt, dass ich jetzt leicht gereizt klinge, aber es passiert einfach. Ständig muss man diesem Arsch beweisen, was er einem bedeutet. Manchmal ist das echt anstrengend. Samuels Kiefer spannt sich an.

»Kyra nervt, das ist alles.« Eine Antwort, die mich ruhig und zufrieden stellen soll, was sie aber nicht tut.

»Womit nervt sie denn?«, hake ich genauer nach. Samuel muss man immer alles aus der Nase ziehen. Immer!

»Sie nervt eben, reicht das nicht?« Ich schüttle den Kopf.

»Ne, ehrlich gesagt nicht. Und ich versteh auch nicht, warum du nicht darüber reden willst. Ist es so schlimm? Du weißt, dass du mit mir reden kannst, oder? Ich hör dir zu, du kannst mir alles erzählen«, biete ich ihm an, auch wenn ich bereits vermute, dass er es nicht tun wird. Warum auch? Samuel und Probleme, die er nicht allein gelöst bekommt? So was kommt doch niemals vor. Natürlich nicht.

»Ach ja? Erzählst du mir denn auch alles?«, fragt er stattdessen mit hochgezogener Augenbraue, was ich durch einen zufälligen Blick auf sein Profil erkenne.

»Hä? Aber natürlich«, behaupte ich, ohne eine Sekunde darüber nachzudenken. Auch wenn ich dafür keine Garantie geben kann, weil ich hin und wieder auch mal etwas vergesse. Dann war es aber meistens auch nicht wichtig.

»Und warum hast du dann noch nichts von deinem Date erzählt?«

»Ich hatte ein Date?«, frage ich ehrlich irritiert, weil ich mich an niemanden erinnern kann, den ich gedatet habe. »Wann denn? Vor einem halben Jahr, oder was? Also bitte, Samuel, daran kann ich mich absolut nicht mehr erinnern.«

»Vor zwei Wochen, Lucas«, erwidert er schnaubend. Fuck. Vor zwei Wochen hatte ich echt ein Date?

»Du hast es ernsthaft vergessen?«

»Ja, warte kurz. Vor zwei Wochen, da war ich auf dem Weg zum Sportverein, um mein Dauer-Abo zu kündigen, was ich aber nicht getan habe, weil ... ah, stimmt.«

»Du erinnerst dich?«, fragt Samuel derartig unspektakulär, dass mir das Grinsen eigentlich gleich wieder vergehen müsste.

»Jup.« Tut es aber nicht.

»Und?«

»Was und? Das war nichts Großes«, winke ich ab. Immerhin habe ich es selbst vergessen und an seinen Namen kann ich mich auch nicht mehr erinnern. Mike oder Kevin, keine Ahnung. »Ich habe ihn vor dem Studio getroffen. Wir haben uns ganz nett unterhalten und dann hat er mich gefragt, ob wir uns abends bei diesem Eventdings vom Fitnessstudio wiedersehen«, erzähle ich, runzle dabei aber die Stirn. Ich habe das, ehrlich gesagt, gar nicht als Date gesehen. »Woher weißt du überhaupt davon?«

Nicht, dass es mich stört, es wundert mich nur, weil, wenn ich ihm nichts davon gesagt habe, wer dann?

»Anita«, sagt er knapp, mit einem Grummeln in der Stimme. »Sie hat dich gesehen und es direkt Kyra erzählt.«

»Ah, verstehe.« Hätte ich auch von selbst draufkommen können.

»Und? Was war da jetzt?« Samuel presst die Worte angestrengt über seine Lippen. Warum regt ihn das so auf? Für mich war das kaum von Bedeutung.

»Ganz ehrlich? Das war eigentlich nur Sex, nichts weiter.« Ich zucke mit den Schultern.

»Ihr hattet Sex?«, fragt Samuel plötzlich eine Spur zu überrascht.

»Klar, warum nicht?«

»Springst du mit jedem gleich beim ersten Date in die Kiste?« Oha, warum wirkt er denn jetzt auf einmal so pissig? Ich kann doch nichts dafür, dass er in seinem Leben bisher nur mit Kyra gevögelt hat.

»Ne, nur, wenn ich merke, dass da nichts Ernstes draus wird«, erwidere ich, auch wenn ich ihm eigentlich überhaupt keine Rechenschaft schuldig bin. Zumal er mich kennt und das wissen müsste.

»Und woran machst du das fest?« Hm, gute Frage.

»Keine Ahnung, manchmal merkt man sowas einfach. Wir hatten ein paar gute Gespräche und definitiv auch Spaß zusammen, aber irgendwie ... da hat einfach das gewisse Etwas gefehlt. Außerdem ...«, sage ich und fange direkt an neckend zu grinsen. »Hatte er von Anfang an so ein deutliches ›fick mich‹ in den Augen stehen, da war direkt klar, dass es nur um Sex geht«, gebe ich zu und Samuels Augen werden minimal schmaler, bevor er antwortet.

»Hatte er das?«, fragt er voller nicht vorhandener Begeisterung.

»Jaha. Er hat es sogar gesagt, mehrmals. Er hat gebettelt und gefleht ... also, damit wir uns nicht falsch verstehen, ich find das an sich schon reizvoll, aber ... es war dann doch ein wenig langweilig.« Ganz im Gegensatz zu Samuels hochinteressanten Reaktionen, die ich nicht ganz verstehe.

»Also fandst du den Sex mit ihm langweilig?«, stellt Samuel fest. Sein Blick hängt auf der Straße - sicherlich nicht ungewöhnlich - aber seine Haltung ist trotzdem verspannt, dabei bin ich doch derjenige, der hier ausgefragt wird.

»Na ja, nein, so kann man das auch nicht sagen«, beginne ich zögerlich. »Der Sex war schon gut, aber …« Ich atme tief ein und neige nachdenklich den Kopf, weil ich nicht genau weiß, wie ich weitersprechen soll.

»Aber?«, hakt er nach. Seine Neugier ist genauso schlimm wie meine.

»Es hat halt nicht richtig zwischen uns gepasst … ach, ich weiß nicht, vielleicht steh ich auch auf was anderes«, weiche ich ihm aus, in der Hoffnung, dass er es dabei belässt.

»Und auf was genau stehst du?« Natürlich tut er es nicht. Und dann kommt er mir auch noch so direkt.

»Hm, du bist ganz schön neugierig, Samuel.«

»Bin ich?«

»Ja!«

»Dann weißt du jetzt, wie das ist.«

»Super, echt jetzt.« Ich stöhne leise auf, aber ein wenig lächeln muss ich trotzdem.

»Ich habe die Frage dennoch ernst gemeint.« Er lässt nicht locker, dabei habe ich gedacht, dass ich ihn irgendwie ablenken könnte. Ein Fehler, ja, weiß ich selbst.

»Also gut, ich steh mehr auf Herausforderungen, denk ich. Und ich mag es nicht so, wenn man sich mir direkt an den Hals wirft. Ich habe es lieber, wenn ich ein bisschen mehr tun muss, verstehst du? Für einen One-Night-Stand war das alles okay so, aber für mehr hat es halt nicht gereicht«, seufze ich und muss dann grinsen, als mir ein weiterer Gedanke kommt. »Man könnte auch sagen, ich steh halt nicht auf Schoßhündchen, die mir den Schwanz lecken.« Ein neckendes Zwinkern, das Samuel nicht bemerkt, folgt.

»Sondern?« Samuels Stimme klingt vorsichtig, leicht belegt.

»Keine Ahnung, vielleicht eher auf Raubkatzen?« Mein Grinsen wird breiter und wahrscheinlich auch wesentlich frecher.

»Raubkatzen?«, wiederholt Sam und ich bin über seine unstillbare, aber sehr vorsichtig dosierte, Neugier wirklich amüsiert.

»Ich denke schon, ja. Ich finde, es klingt auf jeden Fall interessanter eine Raubkatze zu zähmen, als ein Schoßhündchen zu dressieren, findest du nicht?«, necke ich ihn weiter und im selben Moment schluckt er. Ein wenig mehr Farbe ziert seine Wangen, dann räuspert er sich. »Hm, du bist ein Idiot«, sagt er und mir fällt es echt schwer, nicht zu lachen und stattdessen überrascht zu sein. »Huh?«

»Vergiss es«, grummelt er und wendet sich wieder der Straße zu. Keine zwei Minuten später räuspert er sich. »In Nantes gibt es übrigens die Insel der Maschinen. Willst du dir das ansehen?«, fragt er und damit wechselt wohl endgültig das Thema. Schade, gerade jetzt, wo es interessant wurde. Mal ganz davon abgesehen, dass es Samuel wieder einmal geschafft hat, dass ich das eigentliche Thema voll aus den Augen verliere.

»Klar. Klingt interessant«, erwidere ich und weiß, dass es keinen Sinn macht, jetzt wieder von Kyra anzufangen. Er hat letztendlich auch so schon deutlich genug gezeigt, dass er nicht über sie reden will.

Vielleicht bin ich zu voreilig, aber mit Samuel stimmt irgendetwas nicht. Er ist noch stiller als sonst und manchmal erwische ich ihn dabei, wie er versucht, mir verstohlene, prüfende Blicke zuzuwerfen, die ich nicht deuten kann. Angefangen hat es gestern, kurz nachdem wir Nantes verlassen haben. Samuel hat plötzlich gemeint, er wäre müde und könne sich nicht mehr richtig auf den Verkehr konzentrieren. Also haben wir die Plätze getauscht. Wir haben nicht geredet. Alles war ruhig. Die Musik nur ganz leise. So leise, dass Samuel tatsächlich nach kurzer Zeit eingeschlafen ist.

Ich habe ihn schlafen lassen, bin den Anweisungen des Navis gefolgt und habe sogar darauf verzichtet, das Radio wieder lauter zu drehen. Und dann ist etwas passiert, das mich total aus der Bahn geworfen hat. Samuel hat gestöhnt. Ziemlich zurückhaltend und leise, aber ich habe es trotzdem gehört. Dann hat er geseufzt und wieder gestöhnt - wieder und wieder. Er hat sich bewegt, wurde zusehends unruhiger und ich schwöre, wäre er nicht mein bester Freund, dann wäre ich an der nächstbesten Abfahrt runter und hätte ihn angefasst. Samuel war geil. Im wahrsten Sinne des Wortes. Das, was sich zwischen seinen Beinen zeigte, war eindeutig genug. Samuel hatte einen verdammten Ständer und ich Idiot hatte nichts Besseres zu tun, als ihn zu wecken und darauf anzusprechen.

»Na, hast du grade davon geträumt, wie du es Kyra so richtig besorgst? Bist wohl ein wenig auf Entzug, was?«

Ich wünsche mir immer noch, dass ich diese Worte niemals gesagt hätte. Seitdem herrscht Funkstille zwischen uns. Samuel fährt und bringt nur kühle Blicke zustande. Dabei habe ich doch gar nichts Schlimmes getan. Ich habe ihn aufgezogen, ja, aber das ist ja nun nichts Neues mehr. So etwas haben wir immer getan. Vor allem Samuel.

»Okay, Sam, ich habe genug!« Es reicht. Wir haben seit Stunden nicht mehr richtig miteinander gesprochen und von erholsamem Schlaf fehlt auch jede Spur. Immerhin kann ich sagen, dass ich von Nantes so viel gesehen habe, dass mir noch immer ein wenig der Kopf schwirrt. Und meine Füße brennen wie Feuer, weil wir gefühlt alles zu Fuß erkundet haben.

»Hm«, brummt er schulterzuckend.

»Sag mir jetzt, verdammt nochmal, was mit dir los ist, oder ... oder ich steige auf der Stelle aus!« Mitten auf der Autobahn, das wird spannend.

»Ach wirklich?«, kontert er und wirft mir einen unbeeindruckten Blick von der Seite zu.

»Nein, vermutlich nicht, aber ich will es trotzdem wissen«, beharre ich standhaft, auch wenn er sich wieder wegdreht.

»Es ist nichts«, entgegnet er abweisend.

»Das kannst du mir nicht erzählen.« Es ist so anstrengend, Samuel aus der Reserve zu locken. »Ist es Kyra? Ist sie schwanger?« Sofort verändert sich sein Blick.

»Oh Gott, sie ist schwanger? Echt jetzt?«, kombiniere ich, doch Samuels Hände umklammern das Lenkrad.

»Nein«, grollt er.

»Okay«, seufze ich erleichtert. »Was ist es dann? Es muss ja etwas mit Kyra zu tun haben. Du bist so seltsam, seit ... seit sie beschlossen hat, ein Kind zu kriegen«, stelle ich, überrascht von mir selbst, fest. Samuel beißt sich auf die Unterlippe. Volltreffer?

»Halt die Klappe, Lucas«, faucht er mich letztendlich an. »Du nervst.« Mir klappt der Mund auf. Ich will etwas erwidern, doch Samuel wirft mir einen Blick zu, der es mir unmöglich macht, jetzt etwas zu sagen. Er meint das todernst. Also schlucke ich hinunter, was mir bereits auf der Zunge liegt, und lasse ihn weiter durch die Landschaft fahren, die in unscharfen Konturen an uns vorbeifliegt. Solange, bis Samuel plötzlich unvermittelt nach rechts schwenkt und auf dem Seitenstreifen eine halbe

Vollbremsung hinlegt. Was zum ... mein Herz rast. Das war gerade ein verdammt irres Manöver von ihm.

»Sag mal, spinnst du?«, fahre ich ihn an. »Du hast nicht mal geguckt!«, werfe ich ihm vor.

»Hm«, macht er jedoch nur und sieht nach vorn, beide Hände fest am Lenkrad.

»Also? Sprich endlich. Erklär mir das?« Ich merke, dass ich allmählich wütend werde. So richtig. Weil er lieber schweigt, anstatt mit mir zu reden.

»Samuel«, dränge ich, doch er reagiert kaum. Sein Blick wird starr.

»Gott, was zum Teufel ist dein Problem? Was kann so schlimm daran sein, es einfach zu erzählen?«

»Lucas ...«, seufzt er schließlich und ich sehe zu ihm. Er erwidert meinen Blick. Sein Mund öffnet sich, ich richte mich unbewusst weiter auf, in der Hoffnung jetzt gleich alles zu erfahren, doch anstelle von Worten höre ich den Motor und spüre, wie wir uns wieder in Bewegung setzen. Okay ... Also immer noch nicht? Langsam wird es mir zu bunt.

Ich gebe ihm noch fünf Kilometer.

Na ja, oder eben zehn.

Von mir aus auch zwanzig.

Meine Güte, es dauert eine knappe halbe Stunde, dann betätigt Samuel den Blinker und führt das Auto erneut auf den Seitenstreifen.

»Gut, redest du jetzt?«, frage ich, doch ich erhalte keine Antwort. Stattdessen dreht er sich zu mir, hebt seine Hände und umfasst mein Gesicht. Im nächsten Moment lehnt er sich vor und ich spüre seine Lippen. Samuels Lippen, die sich gegen meine drücken, sanft, keusch. Ich kann nicht richtig begreifen, was er gerade tut. Er tut es einfach. Seine Lippen sind warm, er hat die Augen fest zusammengekniffen, und ich ... ich kann kaum klar denken, weil es in meinem Kopf gerade zu laut ist. Da sind Stimmen, eine lauter als die andere und gefühlt alle auf einmal.

Die eine schreit ein riesengroßes und überfordertes JA.

Die andere lacht und meint überrascht: Endlich, endlich küsst dich dein bester Freund.

Und zwischendrin ermahnen sie mich, mindestens genauso laut: Er ist dein bester Freund, verdammt, hör auf damit, das ist nicht richtig, drück ihn weg!

Aber ich kann nicht. Und ich komme auch gar nicht mehr dazu, weil sich Samuel von selbst wieder von mir entfernt.

»Was, bitte, war das denn?«, hauche ich sofort überrumpelt und blinzle ihn irritiert an.

»Ein Kuss«, murmelt Samuel und sieht dabei selbst ziemlich durcheinander aus.

»Aber warum?« hinterfrage ich atemlos. Das ist doch alles total irre. Was hat ihn denn bitte da geritten?

»Egal«, seufzt Samuel und dann tut er etwas, was noch viel bescheuerter ist, als mich zu küssen. Er dreht sich zur Tür und ist dabei das Auto zu verlassen, auf offener Straße, bei regem Verkehr.

»Woaaah, Sam, was tust du denn?«

»...«

»Samuel, steig wieder ein, du kannst doch jetzt keine rauchen? Bist du komplett durchgedreht?« Natürlich schnalle auch ich mich ab und steige aus. Samuel läuft ein paar Meter vom Auto weg, zündet sich eine Zigarette an und ich kapiere leider gar nichts mehr. Was stimmt denn hier nicht?

»Mensch Samuel, hier rasen Autos an uns vorbei und du hast nichts Besseres zu tun, als dir eine Kippe anzuzünden?«, schnaufe ich gehetzt, während er sich überhaupt nicht beeindrucken lässt.

»Geh zurück«, fordert er stattdessen und etwas in seiner Stimme lässt mich die Panik vergessen, die ich bis eben noch verspürt habe, weil das hier, verdammt nochmal, richtig gefährlich ist. Und gegen das Gesetz.

»Samuel ...«

»Nein, Lucas. Ich will nicht reden«, entgegnet er aufgebracht. Die Zigarette in seiner Hand zittert. Normalerweise sind seine Nerven so stark wie Drahtseile und doch, genau in diesem Moment, habe ich die Befürchtung, dass er kurz vor einem Zusammenbruch steht.

»Okay, aber dann setz dich wenigstens wieder ins Auto!«

»Ich rauche.«

»Kannst du später auch noch«, behaupte ich und fange mir daraufhin einen verdutzten Blick von ihm ein, bevor er sich verändert. Er wird zornig, als ich ihm die Zigarette aus der Hand schlage und sie glühend auf den Boden fällt.

»Komm jetzt«, fordere ich zischend und ziehe ihn hinter mir her bis zum Auto, wo ich ihn ohne Umschweife auf den Beifahrersitz drücke und mich selbst ans Steuer setze. Wäre doch wohl gelacht, wenn ich uns nicht einen geeigneten Platz zum Reden finden würde.

4 – Ein wenig Klarheit?

Einen Platz zum Reden finden …

Ein echt großartiger Gedanke, dessen Umsetzung sich als schwieriger herausstellt, als anfangs gedacht. Ich kann nicht sagen, was genau ich mir vorgestellt habe, aber ein heruntergekommener Rastplatz war es eigentlich nicht. Na, immerhin stehen hier ein paar Bänke. Nicht schön, aber zweckmäßig. Hoffentlich ohne frische Kaugummireste.

»So, jetzt kannst du meinetwegen deine ganze Schachtel auf einmal rauchen, Hauptsache du fängst endlich an mir zu erklären, was dein Problem ist.« Ich setze mich auf die Lehne der Bank, verschränke die Arme vor meiner Brust und warte. Samuel steht unschlüssig vor mir, mit einem mürrischen Gesichtsausdruck. In Gedanken erwürgt er mich wahrscheinlich gerade. Aber mir egal. Ich habe die Autoschlüssel!

»Ich warte.« Er knirscht mit den Zähnen.

»Was soll das, Lucas?« Er hat die Augen verengt und wirkt angespannt.

»Ich will, dass du endlich redest. Erklär mir, was dich so aus der Bahn wirft.« Und vor allem erklär mir diesen Kuss …

»Du nervst.«

»Wir nerven dich alle früher oder später, das ist nichts Besonderes. Also?« Er schluckt, dann seufzt er.

»Du wirst mich nicht weiterfahren lassen, richtig?«

»Richtig. Du hast jetzt meine volle Aufmerksamkeit.«

»Hm.« Er wird ruhig, setzt sich jedoch einsichtig auf die Bank neben mich, nur um erst mal ganz gelassen seine Zigarettenschachtel hervorzuziehen. Nachdem dann endlich eine Kippe qualmend zwischen seinen Fingern ruht, blickt er nachdenklich nach unten.

»Kyra ist anstrengend«, beginnt er dann mit einer Neuigkeit, die gar keine mehr ist.

»Und das überrascht dich? Das weißt du doch nicht erst seit gestern.«

»Du verstehst nicht. Es ist anders. Sie ist ... richtig unerträglich geworden.«

»Wegen der Schwangerschaft? Ich dachte, sie ist noch nicht ...«

»Das ist ja das Problem«, zischt er gestresst und inhaliert das Nikotin seiner Zigarette, bevor er weiterspricht. »Sie will es unbedingt. Wenn es nach ihr ginge, dann am besten schon vorgestern. Aber es klappt nicht. Dabei rechnet sie sogar die Tage aus, an denen sie angeblich besonders empfänglich ist. Sie hat mich am Tag vor unserer Abreise nur deswegen früher von der Arbeit nach Hause bestellt, um noch einmal mit mir zu schlafen. Sie dreht völlig durch.« Wieder ein Seufzen, dieses Mal aber von mir. Das klingt tatsächlich stressig und Samuel hat mein vollstes Mitgefühl, auch wenn ich nicht weiß, was ich darauf erwidern soll.

»Es nervt mich. Ständig dreht sich alles nur noch um ein Kind, das noch nicht mal da ist«, gesteht er dann und ich kann seine Qual verdammt gut verstehen. Auch wenn ich nicht gedacht hätte, dass es so extrem ist.

»Als wir neulich telefoniert haben, da hat sie gemeint, dass sie es notfalls sogar mit künstlicher Befruchtung versuchen will. Kannst du dir vorstellen, wie sich das anfühlt?«, fragt er aufgebracht. Ich nicke. Oh ja, ich kann es mir vorstellen. Es fühlt sich demütigend an. Als wäre man unfähig ... nutzlos. Und ich kann mir vorstellen, wie sehr es an seinem Stolz nagt, wenn sie so etwas ernsthaft in Erwägung zieht.

»Momentan lässt sie es so aussehen, als hätte ich Schuld daran, nur weil es nicht gleich beim zweiten Versuch geklappt hat«, brummt er gekränkt, während ich gerade echt überlege zu fragen, wie oft sie es denn versucht haben, doch ich verkneife mir das lieber. Samuel sieht im Moment echt fertig aus und ich habe das Gefühl, dass unglaublich viel Druck auf ihm lastet.

»Hm, irgendwie versteh ich das ganze Theater nicht. Was wäre denn eigentlich so schlimm daran, wenn ihr euch einfach noch ein wenig mehr Zeit nehmt?« Sein Blick ist resigniert.

»Wenn ich das wüsste. Sie hat sich diese Scheiße doch in den Kopf gesetzt«, entgegnet er zornig. Vor ein paar Wochen hat er noch anders darüber gesprochen, oder? »Und das alles nur, weil Anita ihre Klappe nicht halten konnte.«

»Anita?« Was hat die denn jetzt damit zu tun?

»Ja. Sie hat Kyra doch erst auf diesen bescheuerten Gedanken gebracht«, faucht er regelrecht erzürnt und wirkt auf mich, als hätte sich die Situation in eine Richtung entwickelt, die er gar nicht mehr will.

»Okay, ich weiß, ich hab das so ähnlich schon einmal gefragt, aber ... willst du überhaupt ein Kind?«, frage ich deshalb geradeheraus, weil mich allmählich die Vermutung beschleicht, dass es da noch viel mehr gibt, was er bisher verschwiegen hat. Samuel atmet schwer und senkt erneut den Kopf.

»Nein«, haucht er mit dem nächsten Ausatmen. »Im Moment jedenfalls nicht. Nicht so.« Hm, das hab ich mir gedacht. Was, wenn sie einfach nicht die richtige Partnerin für ihn ist, um eine Familie zu gründen? Was, wenn sie sich einfach auseinandergelebt haben? So etwas soll ja gelegentlich vorkommen, oder?

»Sag mal ... bitte flipp jetzt nicht aus, aber ... liebst du Kyra denn noch?« Er wird still, scheint überrascht und auf seiner Stirn bilden sich Falten. Tiefe, nachdenkliche Falten, obwohl die Antwort auf meine Frage doch eigentlich ziemlich klar sein müsste, oder?

»Ich weiß nicht so richtig, warum du das jetzt fragst«, flüstert er schließlich leise. »Aber ja ... sie bedeutet mir was. Ja, sie ... ich ...« Er greift sich verwirrt ins Haar, sein Blick gesenkt, doch auch nach weiteren langen Sekunden kommt nichts mehr aus ihm heraus, was eigentlich schon Antwort genug ist.

Was auch immer er für sie empfindet, Schmetterlinge flattern ganz sicher nicht mehr wild durch die Gegend.

»Verrätst du mir, warum du mich geküsst hast, Samuel?«, lenke ich daher vorerst in eine andere Richtung, auch wenn er vielleicht erstmal ein wenig Zeit für sich bräuchte, aber ich muss es wissen. Samuel jedoch zuckt nur mit den Schultern.

»Keine Ahnung«, nuschelt er zunächst, doch dann folgt ein ziemlich merkwürdiger Blick, ehe er noch etwas hinzufügt. »Zur Ablenkung?« So eine bescheuerte Erklärung. Genau das sagt auch mein Blick.

»Ja was, Lucas? Glaubst du denn, es ist einfach für mich?«, regt er sich auf und hebt die Hände an seinen Kopf, um sich verzweifelt durch sein schwarzes Haar zu fahren.

»Huh?« Jetzt bin ich verwirrt. Mit diesem Ausbruch habe ich nun wirklich nicht gerechnet. Warum greift er denn jetzt mich an?

»Was glaubst du, wie das ist, wenn dein bester Freund dir plötzlich gesteht, dass er nur noch auf Männer steht? Hast du gedacht, ich würde da nicht drüber nachdenken?«

»Äh ...« Was, bitte, geht denn jetzt ab? Will er mir gerade sagen, dass er darüber nachgedacht hat, wie es ist, auf einen Mann zu stehen, oder ... hä?

»Mein Gott, ich wollte einfach nur wissen, wie es ist«, erklärt er seufzend und steht anschließend auf, um endlich diese furchtbare Zigarette im Aschenbecher auszudrücken.

»Wie was ist?« Okay, ganz ehrlich, ich bin überfordert. Und der Groschen fällt viel zu langsam.

»Der Kuss.«

»Mit mir?«

»Mit wem sonst?«

»Aber warum?« Ich versteh leider immer noch nicht ganz, was Samuel scheinbar auch noch den letzten Nerv raubt.

»Als Vergleich, als Übung, was weiß ich ...« Hm, so wie er es sagt, könnte man meinen, er will das Thema abschließen. Abschließen - verdrängen - vergessen. Wahrscheinlich genau in der Reihenfolge.

»Du weißt schon, dass das so nicht richtig ist, oder?«

»Hm«, meint er abwehrend.

»Was hat es dir denn gebracht? War es anders als mit Kyra?«, frage ich und kann nicht ganz verstehen, warum sich in mir Nervosität breitmacht. Samuel zuckt mit den Schultern.

»Keine Ahnung, du hast nicht erwidert«, wirft er mir beinahe beleidigt vor, dabei hab ich doch nichts falsch gemacht. Wenn er mich so überrumpelt, dann muss er eben auch damit rechnen, dass es nicht so läuft, wie er es sich vorstellt. Es gab noch nie ein Anzeichen darauf, dass Samuel mal auf die Idee kommen könnte, mich zu küssen. Diese ... Option gab es einfach nicht.

»Können wir dann jetzt endlich weiter? Ich wollte eigentlich heute Abend noch ankommen.« Er versucht es schon wieder. Er will sich drücken, vor unangenehmen Gesprächen. Das tut er in letzter Zeit echt viel zu häufig.

»Hm, gleich«, nuschle ich und treffe eine Entscheidung, die meinen Kopf noch nicht erreicht hat.

»Samuel.« Er dreht sich um, fragend und angespannt. Wahrscheinlich denkt er, dass es noch mehr Gesprächsbedarf gibt. Und eigentlich gibt es den auch. Das ganze Gespräch ist noch lange nicht zu Ende, doch jetzt im Moment habe ich keine weiteren Fragen, Worte oder Gedanken. Mein Körper handelt von selbst. Ich greife seine Hand, ziehe ihn näher und alles, was anschließend passiert, spielt sich wie ein Film in meinem Kopf ab.

Meine Hand legt sich in seinen Nacken, meine Lippen formen ein Lächeln, ehe ich sie mit seinen vereine. Und dann küssen wir uns. Wir küssen uns tatsächlich.

Und es ist ein Kuss, der die Stimmen in mir lauter werden lässt.

Ein Kuss, den er nach kurzem Zögern erwidert und der zunehmend intensiver wird, als sich unsere Zungen treffen.

Fuck! Ich wusste ja, dass Samuel küssen kann - also ich mein, ich hab es vermutet - aber das jetzt? Er sorgt dafür, dass die Stimmen in meinem Kopf übertönt werden von Geigen und Violinen und ... ach, das ist das Gleiche, aber scheiße, ich bin dabei mich zu verlieren. In diesem Kuss, der mir den Boden unter den Füßen wegzieht. Shit. Was hab ich mir nur dabei gedacht? Ich hätte wissen müssen, dass das passiert. Hätte ahnen müssen, dass es mir gefällt. Mit jeder verdammten Sekunde mehr.

Oh oh. Lucky, zieh die Notbremse, und zwar schnell!

Doch alles, was ich tue, ist ihn noch näher zu ziehen. Seine Lippen brennen auf meinen. Er knabbert, zieht und leckt. Das alles so sinnlich und verführerisch, dass ich sogar den Geschmack seiner Zigarette kaum wahrnehme. Seine Hand wandert derweil an meinem Rücken herunter und fuuuck, zum Glück ist immer noch diese doofe Bank zwischen uns. Sie bildet Abstand, der gut ist, weil ich meine Beherrschung bereits jetzt wegschwimmen sehe.

Das sollte nicht passieren.

Das darf nicht passieren!

Bester Freund!!!

Immer noch bester Freund, verdammt!

Und doch kann ich erst aufhören, ihn zu küssen, als er sich von mir löst. Ganz außer Atem blicken wir uns an.

»Ich würde sagen, das war ein Kuss«, sage ich, mit einem sanften Kribbeln auf den Lippen und Samuel reagiert mit einem zaghaften Schmunzeln, bevor er zur Seite blickt.

»Hm«, summt er, greift in meine Jackentasche, um den Autoschlüssel wieder an sich zu nehmen, und dann geht er. Bringt mehr Abstand zwischen uns. Kommentarlos. Still.

Gott sei Dank.

Also manchmal bin ich echt blöd. Ich sollte gar nicht erst darüber nachdenken, ob man das noch einmal wiederholen könnte. Es war nur ein Kuss. Eine einmalige Sache, um ihm deutlich zu machen, dass er bei Kyra richtig ist. Oder? Ach Fuck!

Ein paar Stunden später liege ich halb in meinem Sitz neben ihm im Auto und sehe im Halbschlaf einer wilden Knutscherei zwischen mir und Samuel zu.

Ja, verdammt, dieser Kuss war echt eine bescheuerte Idee. Warum muss der Kerl auch so gut küssen? Fuck Mann, es war perfekt. So perfekt, dass ich es wieder tun würde. Jederzeit und am besten nicht nur in meinen Träumen. Aber das wäre idiotisch. Samuel und ich …

Samuel und ich, das ist Freundschaft.

»Hey … Lucas.« Samuels Stimme passt nicht zu dem Schauspiel, dem ich immer noch mit klopfendem Herzen zusehe. Sie ist neutral, nicht leise und erregt. Seine Berührung ist nicht zärtlich, obwohl ich es mir ganz anders vorstelle.

»Wach auf, Lucas.« Sanft rüttelt er an meiner Schulter. Das Bild vor mir verschwimmt, ganz langsam, als würde mein Unterbewusstsein krampfhaft versuchen, daran festzuhalten. Kann man Träume eigentlich wiederholt erleben? Wenn nicht, dann will ich nicht richtig aufwachen. Noch nicht. Ich will wissen, wo wir landen. Will wissen, wie weit wir in meiner Fantasie gehen würden. Es ist das erste Mal, dass ich überhaupt etwas in dieser Richtung in Erwägung ziehe. Das erste Mal, dass ich Samuel anders sehe.

»Komm schon, Lucas, ich weiß, dass du wach bist. Also mach die Augen auf und sieh dir die Stadt an.« Nein, nein, ich bin nicht wach. Ich will gar nicht wach sein.

»Welche Stadt?«, grummle ich trotzdem.

»Toulouse«, antwortet er und ich höre sein Schmunzeln nur, weil ich mich nicht dazu durchringen kann, die Augen zu öffnen.

»Wir sind da?«, frage ich müde.

»Hm, steig einfach aus dem Auto, Lucas.«

»Aber ich will nicht«, murre ich und drehe mich demonstrativ auf die Seite, sofern das hier, durch die beengten Umstände, überhaupt möglich ist.

»Okay, wie du willst, dann gehört das Hotelzimmer eben nur mir allein«, sagt er dann und mit einem Mal sind meine Augen offen. Überrascht drehe ich mich zu ihm um.

»Hotel? Wir übernachten in einem Hotel?«

»Ab jetzt immer«, erwidert er und ich seufze erleichtert. Ich würde ihm sogar am liebsten um den Hals fallen.

»Fuck, wirklich? Du glaubst gar nicht, wie sehr ich dich gerade liebe.« Er schnaubt und zieht eine seiner Augenbrauen nach oben, ganz so, als wolle er sagen, dass er das sowieso schon immer wusste. »Und mein Rücken erst. Spätestens nach den nächsten zwei Nächten wäre er tot«, gebe ich mit einem angestrengten Ächzen von mir. Ich strecke mich und es knackt. Da, sag ich doch.

»Können wir dann?«, fragt er mit einem ungeduldigen Schmunzeln.

»Klar, worauf wartest du?« Ich schnalle mich ab.

»Auf dich, du Idiot.«

»Ey …«

»Hm.« Wir steigen fast gleichzeitig aus. Das Hotel liegt vor uns und es ist einfach fantastisch.

Samuel erledigt den Check-in und kurze Zeit später empfängt mich ein warmes, weiches Bett mit superkuscheliger Bettwäsche. Der Himmel auf Erden, wenn man fast eine Woche lang nur im Auto geschlafen hat.

»Wann willst du mir eigentlich sagen, was mich in Paris erwartet?«, frage ich interessiert und lege das Infoblatt des Hotels zurück auf den Nachtschrank, der neben meinem Bett steht. Wir haben das Abendessen verpasst, was verdammt schlecht ist, da mir der Magen ganz tief in den Kniekehlen hängt.

»Wenn es soweit ist«, erwidert Samuel beiläufig, während er in seinem Handgepäck herumwühlt. Was sucht er denn da?

»Und wann genau ist es soweit?«, bohre ich weiter, lege den Kopf schief und betrachte sein Profil.

»Jedenfalls nicht jetzt«, murmelt er fahrig und hängt schon fast mit seinem ganzen Gesicht in seinem Rucksack. »Weißt du zufällig, wo mein Ladekabel ist?«

»Hm, jap. Das hängt noch unten im Auto.« Mein schadenfrohes Grinsen, als er genervt seufzt und sich neben mir aufs Bett fallen lässt, ignoriert er. Stattdessen schließt er die Augen und verschränkt seine Arme auf dem Bauch.

»Du kannst meins nehmen«, sage ich und beuge mich zur Seite, um mein Handy vom Kabel zu ziehen, bevor ich es ihm reiche. »Hier.«

»Hm«, macht er und nimmt es entgegen, dann zögert er. Seine Augen blicken direkt in meine und mir wird erst Sekunden später klar, wie nah wir uns sind, als er seine Hand hebt und seine Finger in meinen Nacken legt. Sie sind warm und lassen meine Haut kribbeln. Oh fuck. Es fühlt sich an wie in meinem Traum. Nur wesentlich realer. Samuel hebt den Kopf an und ich schlucke. Oh Gott. Ich fixiere ganz unbeabsichtigt seine Lippen und kann spüren, dass er gerade das Gleiche tut. Seine Finger wandern in mein Haar, ich schließe die Augen, seufze und genieße den Moment. Es wäre so leicht, so unfassbar leicht, jetzt weiter zu gehen. Seine Lippen sind meinen so nah, doch ich kann nicht. Hinter mir sind unsichtbare Fäden, die mich zurückhalten. Zu viele Gedanken in meinem Kopf, die mir zuschreien, dass das hier nicht richtig ist. Kyra ist ja nicht nur seine Freundin, sondern auch meine. Deshalb weiß ich, dass ich ihr das Herz brechen würde, wenn ich Samuels Druck nachgeben würde, den er in meinem Nacken ausübt, um mich näher an sich zu ziehen. Warum macht er das? Warum ...

»Samuel«, hauche ich und öffne zögerlich wieder meine Augen. Ich will das hier. Ich will ihn anfassen, fühlen und küssen. Und es ist verrückt zu spüren, dass er es scheinbar auch will, aber es geht einfach nicht. Was denkt er sich denn?

»Lucas, ich …« Sein Handy zwischen uns fängt an zu vibrieren.

»Du solltest da rangehen«, flüstere ich. Er schluckt, nimmt sein Handy und wispert Kyras Namen. Verdammt. Das ist gar nicht gut.

»Ich schau mal unten nach, ob ich noch was Essbares auftreiben kann«, lenke ich mit einem unsicheren Lächeln ab und drehe mich von ihm weg. Das Klingeln verstummt. Kurz darauf begrüßt Samuel seine Freundin mit seltsam belegter Stimme.

5 – Von Toulouse nach Marseille

Samuel, kannst du dem Typen bitte mal sagen, dass ich das andere will«, knurre ich verstimmt. So langsam nervt es mich, dass die mich hier alle nicht verstehen.

»Sag du es ihm doch«, entgegnet mein bester, fies grinsender, Freund.

»Ja, klar ... das versuche ich doch schon die ganze Zeit.« Beleidigt verschränke ich meine Arme vor der Brust. »Der Typ stellt sich einfach stur.«

»Natürlich.«

»Ja, er will mich einfach nicht verstehen«, beharre ich schmollend.

»Und du glaubst, dass das nicht zufällig an deinen mangelnden Sprachkenntnissen liegt?« Ach, wie kommt er denn darauf? Deutsch kann ich perfekt. Scheint hier nur niemanden zu interessieren.

»Ach was. Ich habe zwei gesunde Hände.« Erneut strecke ich meinen Arm aus und zeige ganz deutlich, was ich will, aber der blöde Verkäufer runzelt nur verständnislos die Stirn. Herrgott nochmal, dann eben nicht! Soll er sich seinen Scheiß doch in den Arsch schieben. Schnaubend lasse ich die Arme wieder sinken, drücke Samuel zur Seite und verlasse den Laden. Ich habe keine Lust mehr. Erst hat mich dieser dämliche Baguette-Automat geärgert und jetzt auch noch dieser dumme Verkäufer. Dabei hat der Tag so gut angefangen. Mit einem perfekten

Frühstück im Hotel und einer hervorragend geplanten Sightseeingtour. Samuel hat mit mir ein Museum besucht, dann waren wir in einem japanischen Garten und anschließend in der Basilika St. Sernin.

»Hier«, meint Samuel kaum zwei Minuten später, setzt sich zu mir auf die Bank neben dem Bäcker und drückt mir eine Papiertüte gegen die Brust.

»Du hast es mir doch gekauft«, stelle ich fest. Ein dankbares Lächeln zupft an meinen Mundwinkeln.

»Hm.«

»Hm«, mache ich ebenfalls, leicht grinsend. »Danke.« Samuel zuckt mit den Schultern und ich lehne mich gegen ihn. »Ich mein das wirklich ernst. Danke.«

»Ich weiß«, seufzt er und ich habe das Gefühl, dass er sich neben mir ein wenig mehr entspannt.

»Ich bin ganz schön anstrengend, oder?« Nachdenklich betrachte ich die Tüte auf meinem Schoß. »Zumindest kann ich mir vorstellen, dass es nervig ist, die ganze Zeit für mich dolmetschen zu müssen.«

»Schon okay, du bist nicht anstrengend.« Samuels Stimme ist ruhig und sanft. »Ich hab nur nicht gemerkt, dass ... ich hätte dich nicht auch noch deswegen ärgern müssen.« Ein ehrliches Lächeln schwingt in seiner Stimme mit.

»Hmhm«, summe ich, rutsche auf der Bank etwas nach vorn und lege meinen Kopf auf seine Schulter. »Das können wir halt gut. Uns gegenseitig ärgern.« Ich lache leise. Ganz nebenbei fühle ich mich grade auch echt wohl. Samuels Nähe tut gut. Es ist beruhigend und schön.

»Ja, und manchmal merkt man nicht gleich, wenn man eine Grenze überschreitet«, erwidert er. Mein Blick fällt auf seine Hände, die auf seinen Oberschenkeln liegen. Sein Zeigefinger schiebt sich unruhig über den Stoff seiner Hose und ich lege kurzentschlossen meine Hand auf seine.

»Stimmt, aber es ist nie böse gemeint«, sage ich und verschränke seine Finger mit meinen. Ein leises Lachen von ihm lässt mich erleichtert aufatmen. »Natürlich nicht«, sagt er.

»Gut, wird nämlich bestimmt wieder passieren.«

»Sowohl von mir als auch von dir, nehme ich an?« Ich nicke schmunzelnd an seiner Schulter.

»Ich fand übrigens, dass deine Hände ganz hervorragend kommuniziert haben.« Samuel bringt mich zum Lachen. »Ja, oder? Ich weiß auch nicht, was der Typ für ein Problem hatte.«

»Er hat sich wirklich unnötig angestellt«, stimmt er mir zu, was mir ein erleichtertes Seufzen entlockt. Ich dachte schon, ich hätte mir das vielleicht eingebildet.

»Definitiv! Was sieht dein Plan jetzt eigentlich vor?«, frage ich neugierig, gleichzeitig löse ich mich von seiner Schulter, um mich endlich dem Inhalt der Tüte zu widmen. Sofort steigt mir der angenehm süße Duft von Schokolade in die Nase. »Schau, wie geil das aussieht«, seufze ich und lecke mir über die Lippen. Das Eclair in meiner Hand sieht schon fast zu gut aus, um es zu essen.

»Wir könnten zur Pont Neuf Brücke«, meint Samuel überlegend. Ich bin für alles offen, also nicke ich. »Klingt gut. Wo ist die?«, frage ich noch, dann genieße ich den ersten Bissen von meinem Eclair. Samuel schmunzelt wissend, sieht sich kurz um und nickt dann knapp in eine Richtung. »Ich glaube, wir müssen dort lang. Oder da entlang«, sagt er und deutet beim zweiten Mal genau in die entgegengesetzte Richtung.

»Perfekt! Also ich wäre ja für diesen Weg dort.« Samuel kräuselt schmunzelnd die Stirn.

»Warum?«

»Weiß nicht. Riecht besser«, erwidere ich unbeschwert und auch Samuel lacht. »Du hängst gerade mit der Nase in deinem Eclair, ich glaube nicht, dass du das beurteilen kannst.«

»Ach wirklich? Wonach riecht es denn?« Der letzte Bissen verschwindet in meinem Mund, während Samuel kurz überlegt.

»Ich finde, es riecht nach Sommer. Allerdings überall.« Stimmt, jetzt, wo er es sagt. Es duftet nach Blumen und frisch gemähtem Rasen.

»Ja, und nach Schokolade.« Samuel lächelt mich mit angehobener Augenbraue an. »Weil du noch welche an der Nasenspitze hast.« Sein Daumen wischt schneller über meine Nase, als ich blinzeln kann. »Danke, zum Glück hast du ihn nicht vorher angeleckt.« Sein Lächeln verblasst.

»Ach Mist, das hab ich vergessen. Moment, komm her, das müssen wir korrigieren«, sagt er todernst, greift nach meiner Schulter und leckt sich tatsächlich über den Daumen.

»Oh Gott, nein.« Eilig lehne ich mich zurück, hebe abwehrend die Hände vor die Brust und schüttle den Kopf. »Bitte. Ich konnte das bei meiner Omi schon nicht leiden.«

»Verständlich.« Samuel zwinkert mir zu und wischt sich den feuchten Daumen an der Hose ab. »Okay, was meinst du, gehen wir?«, fragt er und steht langsam auf.

»Jap! Ich will die Brücke sehen«, stimme ich zu und folge ihm.

»Was soll ich ihr eigentlich schreiben?«, frage ich Stunden später, als wir wieder im Hotel sind. Es ist spät, ich habe zwei neue Blasen an den Füßen, bin total ausgelaugt, aber auch echt glücklich.

»Keine Ahnung, es ist deine Mutter.« Samuel liegt bereits auf seiner Bettseite und zuckt mit den Schultern. Ich bin auch ratlos. Ich kann mich nicht einmal entscheiden, welche Postkarte ich nehmen soll. Die mit allen Sehenswürdigkeiten von Toulouse, oder doch lieber die vom Capitol?

»Was würdest du denn deiner Mutter schreiben?«, frage ich ihn und entscheide mich spontan für die mit dem Capitol.

»Ich schreibe meiner Mutter keine Karte«, erwidert Samuel, sein Blick starr auf sein Handy gerichtet.

»Ich weiß. Darum fragte ich ja auch, was du schreiben würdest und nicht was du schreiben wirst.« Mein Kuli liegt locker zwischen meinen Fingern, als Samuel aufblickt. Er runzelt die Stirn, dann neigt er den Kopf.

»Vermutlich trotzdem nichts«, sagt er.

»Mann, Samuel ... du bist echt keine Hilfe!« Ich stöhne, er seufzt.

»Dann schreib halt, dass wir in Frankreich sind, schönes Wetter haben, du ein Idiot bist, der sich nicht verständigen kann und deshalb nicht mal ein Eclair bekommt«, meint er sarkastisch, weshalb ich ihm eine halblaute Beleidigung an den Kopf werfe, bevor ich einfach eine verkürzte Version seiner Worte auf die Karte schreibe. Ist ja nur für meine Mutter und nicht für die Liebe meines Lebens. Danach werfe ich mich ebenfalls zu ihm aufs Bett und schlüpfe unter meine Decke.

»Willst du Kyra eine Karte schreiben? Ich hab noch eine über«, frage ich neugierig. Wir haben nämlich seit gestern nichts mehr von ihr gehört.

»Wozu?«, fragt er kühl.

»Na ... sie ist deine Freundin?«

»Ist das eine Frage oder eine Feststellung?«

»Du weißt genau, wie ich das meine.«

»Hm, ich find gut, dass du deiner Mutter eine schreibst, aber mein Ding ist das nicht. Wenn ich Kyra sagen will, was wir gerade machen oder in welcher Stadt wir sind, dann rufe ich sie an.« Nachvollziehbar. Aber ich an Kyras Stelle hätte mich trotzdem gefreut, wenn mir mein Partner aus dem Urlaub eine Karte geschickt hätte. Wobei mir auffällt, dass Samuel selbst kaum Kontakt zu seiner Freundin sucht. Es ist immer Kyra, die sich bei ihm meldet.

»Stimmt schon, ich würde es trotzdem tun«, seufze ich und Samuel atmet leise aus.

»Kannst du ja, ich werde dich nicht davon abhalten«, erwidert er, legt sein Handy zur Seite und dreht mir den Rücken zu. Das war's wohl. Drei Worte zu viel über Kyra, wie es aussieht. Offensichtlich hat es keinen Sinn weiter nachzuhaken, also drehe ich mich ebenfalls auf die Seite und tue das, was ich am besten kann. Schlafen.

Wir sind auf dem Weg nach Marseille. Laut Samuel ist das die wichtigste französische Hafenstadt, die direkt am Mittelmeer liegt und wohl neben Paris die zweitgrößte Stadt Frankreichs sein soll. Der Legende nach entstand sie, als griechische Seefahrer die Mittelmeerküste erkundeten. Zumindest ist das der einzige Satz, der aus Samuels Vortag noch hängen geblieben ist. Alles andere war irgendwie seltsam. Er sprach von einem König und dessen Tochter, von einem Kelch und einer Hochzeit und dann plötzlich war die Stadt da und ja, Geschichte war noch nie mein Lieblingsfach.

»Ich muss pinkeln«, sage ich zum zweiten Mal und richte meinen Blick nach draußen, wo ich direkt aufs Meer blicken kann. Schönes, blaues Wasser, das im warmen Sonnenschein glitzert. Na wunderbar. »Samuel«, bitte ich verzweifelt und ignoriere den Drang, unruhig auf meinem Sitz herumzurutschen. Oh fuck. »Ich muss wirklich ganz dringend pinkeln.«

»Du wiederholst dich«, entgegnet er genervt und fährt bestimmt ganz absichtlich die Kurven schärfer als nötig.

»Aus gutem Grund«, zische ich hochkonzentriert. »Würde es dir vielleicht etwas ausmachen, einfach mal kurz anzuhalten? Oder willst du wirklich, dass ich es hier tue? In deinem Auto?«

»Hm. Ab jetzt keine Apfelschorle mehr für dich.« Er schnaubt, aber immerhin hält er, keine fünf Minuten später, tatsächlich an. Ich springe aus dem Auto und ziehe noch im Laufen meinen Reißverschluss nach unten. Mich am Straßenrand zu erleichtern, war zwar nicht ganz das, was ich wollte, aber der warme Wind fühlt sich ganz angenehm auf meiner entblößten Haut an, bevor ich alles wieder schön und sicher verpacke. Mit einem zufriedenen Lächeln auf den Lippen lasse ich mich anschließend wieder auf meinen Sitz neben Samuel fallen.

»Und jetzt hab ich Hunger«, eröffne ich meinem besten Freund strahlend, wohl wissend, dass wir, außer eklig scharfen Kaugummis, nichts mehr im Auto haben.

»Dein Ernst? Es ist noch nicht mal Mittag«, entgegnet Samuel, ganz wie erwartet, mit einem frustrierten Seufzen.

»Ja, und? Was hältst du von Cheeseburgern und Pommes?« Während ich anfange, breiter zu grinsen, wandern seine Mundwinkel noch weiter nach unten.

»Womit hab ich dich nur verdient?«, murmelt er, wirft einen kurzen Blick über seine Schulter und lenkt den Wagen wieder zurück auf die Straße. Ich muss lachen.

»Also ich finde, du kannst dich verdammt glücklich schätzen.«

»Kann ich das?«, erwidert er und seine Augenbraue zuckt nach oben.

»Na klar. Du bist der einzige Kerl auf der ganzen Welt, der so einen grandiosen Freund wie mich hat.«

»Du leidest schon wieder an Selbstüberschätzung.« Er schmunzelt leicht.

»Und dir mangelt es schon wieder an Komplimenten. Aber ich verzeih dir das, wenn du jetzt mit mir Cheeseburger essen gehst.« Im selben Moment fliegt ein großes Mäcces-Schild an uns vorbei. So ein perfekter Zufall.

»Muss es ausgerechnet das sein?«, fragt Samuel und ich kann aus seiner Stimmlage heraushören, dass er ein richtiges, vornehmes Restaurant bevorzugen würde. Vermutlich noch mit Meeresfrüchten, Gourmetlasagne und Sorbet-Törtchen.

»Ja, muss es.«

»Warum?«

»Weil es für mich einfacher ist einen Cheeseburger zu bestellen, als komische Froschschenkel runter zu würgen«, erwidere ich grinsend, meine es aber todernst. Samuel grummelt irgendwas Unverständliches vor sich hin. Aber letztendlich folgt er dem Schild und parkt sein Auto schließlich vor dem nächsten McDonalds.

»Oh ja, das ist eindeutig besser als Froschschenkel«, schnurre ich und atme genießend den Duft des ersten Burgers ein. Samuel hingegen verdreht die Augen.

»Froschschenkel und Frankreich, das ist auch ein ziemliches Klischee. Mal davon abgesehen, hast du noch nie welche gegessen«, meint er, beinahe so, als könnte ich das nicht beurteilen. Aber das kann ich. Allein die Vorstellung ist abartig. Frösche sind glitschig und schleimig und absolut nicht zum Essen gedacht. Dafür muss ich sie nicht probiert haben.

»Egal, ich bevorzuge trotzdem das hier«, schmatze ich. Samuel sitzt derweil vor einem Salat mit gebackenem Hühnchen, das er allerdings mit zusammengezogenen Augenbrauen an den Rand schiebt.

»Was ist?«, frage ich. Samuel sieht auf und seufzt.

»Die Konsistenz ist seltsam«, erklärt er zögerlich und spießt ein Stück Hühnchen auf seine Gabel, um es mir vor die Nase zu halten. Es fällt zu beiden Seiten gummiartig nach unten.

»Oh, also ich glaub, dieses Hühnchen kriegt keinen mehr hoch«, stelle ich lachend fest und selbst Samuels Lippen zucken, ehe er die Schale wegschiebt und gänzlich auf seinen Salat verzichtet. Typisch, da isst er lieber gar nichts. Normalerweise hätte ich ihm ja einen meiner Cheeseburger angeboten, aber ich weiß, dass er keinen wollen würde. Egal, bleibt halt mehr für mich.

»Lucas?«, fragt Samuel leise, fast vorsichtig und ich sehe auf. Er fixiert mich. So eindringlich, dass ich den Burger in meiner Hand sinken lasse. »Ja?«

»Kann ich dich etwas fragen?« Ich blinzle einmal irritiert. »Ja klar, immer.« Er nickt, atmet nochmal tief ein. »Gut, ähm …« Er wirkt ungewohnt unsicher. »Also, mal angenommen, du würdest mit jemandem …« Samuel hört sofort auf zu sprechen, als eine Frau mit zwei Kindern an unserem Tisch vorbeigeht, auch wenn das gar nicht nötig gewesen wäre. Zum einen hat er eh viel zu leise gesprochen und zum anderen unterhalten sich die Kleinen auf Französisch. Vermutlich hätten sie kein einziges Wort von dem verstanden, was Samuel sagen wollte.

»Sprich ruhig weiter, oder willst du warten, bis die Eiswürfel in meiner Cola geschmolzen sind?«, ermutige ich ihn schmunzelnd und bin gleichzeitig fasziniert von Samuels wechselndem Gesichtsausdruck.

»Ja, also ... wenn du mit jemandem schläfst, wo ...« Er schluckt, sieht kurz noch einmal zur Seite, überlegt und dann senkt er die Stimme so weit, dass ich mich näher zu ihm beugen muss, um ihn zu verstehen. »... wo befindest du dich dann?« Was?

»Na ja, vermutlich im Bett«, antworte ich grinsend und Samuels Mundwinkel rutschen weiter nach unten. Als hätte er die Frage anders beantwortet, wenn ich sie so gestellt hätte.

»Hm, Idiot«, zischt er deshalb und wirft mir einen fast schon beleidigten Blick zu.

»Was denn? Ich habe nur deine Frage beantwortet.« Ich grinse ihn trotzdem frech an.

»Du weißt genau, wie es gemeint war«, murmelt er. Ja, natürlich weiß ich das.

»Hm, vielleicht war deine Frage zu allgemein? Na komm, ich bin mal nicht so, wenn du willst, kannst du mich nochmal fragen«, necke ich ihn und sehe, wie er seinen Kiefer anspannt.

»Aktiv oder passiv«, knurrt er, kaum verständlich. Mein Lächeln wird breiter, während Samuels Augen ein wenig schmaler werden.

»War das jetzt eine richtige Frage?« Es ist zu amüsant wie er sich bemüht und doch nicht verhindern kann, dass er ein wenig rot um die Nase wird. »Jetzt frag halt. Es muss dir nicht peinlich sein.« Ich glaube nicht, dass ich ihm damit geholfen habe. Die Farbe in seinem Gesicht wird minimal intensiver. Aber er räuspert sich, faltet die Hände ineinander und sieht mir dann ganz direkt in die Augen.

»Bist du aktiv oder passiv beim Sex.« Geht doch. »Heh.« Ich lehne mich entspannt zurück. »Du bist schon wieder so neugierig, warum eigentlich?« Er atmet hörbar aus, die Ader an seiner Schläfe fängt an zu pochen und ich glaube, jetzt hab ich es zu weit getrieben.

»Vergiss es«, presst er mühsam hervor.

»Ach, komm schon, Sam. Du musst zugeben, dass du mir die Vorlage gegeben hast.« Seine Augen verengen sich. Diesen Blick kenne ich. Er will es nicht zugeben, aber er weiß, dass ich recht habe. »Okay, also gut«, seufze ich und neige mich ihm wieder entgegen. Er weicht nicht zurück. »Du willst es wirklich wissen, oder?«

»Ja.« Ich habe zwar keine Ahnung, woher dieser Drang nach Informationen auf einmal kommt und warum er sich dafür immer die ungünstigsten Orte aussuchen muss, aber ich kann nicht leugnen, dass es mir gefällt. Es ist sogar ziemlich ... aufregend.

»Also, kurz und schmerzlos, okay?« Wieder folgt ein Nicken. »Aktiv. Bis auf ein einziges Mal.«

»Bis auf ... ein Mal?«, hakt Samuel sofort nach, die Stirn gerunzelt.

»Ja, mein erstes Mal«, antworte ich, ohne groß darüber nachzudenken. Oh Gott, mein erstes Mal. Das ist ein Thema, an das ich mich nicht so gern zurückerinnere. Der Typ damals war unfassbar heiß. So ein richtiger Traum-Typ, aber im Bett war er leider eine absolute Niete. Tatsächlich ärgere mich noch heute darüber, dass ich mein erstes Mal an ihn verloren habe.

»Oh ... okay?«, murmelt Samuel, schon wieder halblaut und irgendwie nachdenklich.

»Ja, willst du wissen, wie es war? Ehrlich?« Sein Blick zuckt kurz in meine Richtung, bevor er die Schultern anhebt und mir zeigt, dass es ihm egal ist. Aber das, was seine Augen widerspiegeln, sieht eindeutig nach Interesse aus.

»Es war ziemlich scheiße und das, obwohl ich vorbereitet war. Ich wusste, was passiert und wie es geht und theoretisch auch, wie es sich anfühlen würde. Aber der Typ hat einfach alles falsch gemacht, was man falsch machen kann. Angefangen vom Blasen bis hin zum Kondom aufziehen.« Es war furchtbar.

»Na, immerhin habt ihr eins benutzt«, wirft Samuel unerwartet kühl ein.

»Na logisch. Dafür aber kein Gleitgel, was leider echt dumm war«, teile ich ihm wissend mit, weil ich wirklich davon überzeugt bin, dass es damals besser gelaufen wäre, wenn er wenigstens Gleitgel benutzt hätte.

»Aber ich versichere dir, es kann auch total angenehm sein«, beteuere ich überzeugt. »Vorausgesetzt man macht es richtig.«

»Und du glaubst, du machst es richtig?« Warum klingt er bei dieser Frage schon wieder so, als würde er mich herausfordern wollen?

»Ja doch, schon. Bei mir hat sich bisher noch keiner beschwert«, sage ich voller Stolz.

»Wie auch, es waren alles nur One-Night-Stands«, kontert er und ich verziehe das Gesicht. Trotzdem, ich glaube nicht, dass irgendeiner meiner Partner jemals unzufrieden war. Das hätte ich doch wohl gemerkt.

»Egal. Ich bin gut«, rechtfertige ich mich murrend, obwohl ich das eigentlich nicht müsste, verdammt nochmal. Ich weiß doch am besten, was ich draufhabe.

»Sicher.« Samuels Grinsen wirkt provokant.

»Ja, erzähl du doch mal, wie gut du im Bett bist, oder soll ich da lieber Kyra fragen, hm? Was würde sie mir erzählen? Treibt ihr es in besonders ausgefallenen Stellungen? Oder steht ihr mehr auf Blümchensex? Wie war euer erstes Mal? Leckst du sie eigentlich manchmal, obwohl ne, das will ich lieber doch nicht wissen. Erzähl mir lieber, ob sie gut blasen kann. Sie bläst dir doch einen, oder?« Mein Mundwerk hält einfach nicht still, ganz unabhängig davon, ob ich das überhaupt wirklich wissen will. Samuels Gesichtsfarbe wechselt erneut von blass zu zartrosa.

»Wir sollten jetzt gehen«, weicht er dann aus und steht auf.

»War klar«, seufze ich kopfschüttelnd, greife nach der Tüte mit den restlichen Burgern und folge ihm. Draußen zündet er sich sofort eine Zigarette an. Der erste Zug fällt kräftiger aus als der zweite.

»Mich hätte wirklich interessiert, wie euer erstes Mal war«, lasse ich ihn beiläufig wissen, während ich neben ihm her zum Auto laufe.

»Da gibt es nicht viel zu erzählen.« Er zieht erneut an seiner Zigarette. »Wir waren sechzehn.« Das ist wohl die selbsterklärende Antwort für ein schreckliches erstes Mal von einem viel zu stolzen Samuel.

»Nun sag schon, wie war es? Gut oder schlecht?« Er schnippst seine Kippe einfach auf den Boden.

»Ich rede nicht mit dir über mein Sexleben«, entgegnet Samuel.

»Merke ich. Aber für meinen Schwulensex interessierst du dich, was?«

»Hm«, macht er, bevor er sich ins Auto setzt. Milde lachend schüttle ich den Kopf. Samuel ... Er zeigt sich oft so kühl und desinteressiert, versucht sämtliche Neugier hinter einer Maske aus Arroganz und Überlegenheit zu verstecken. Eigentlich wäre es die Gelegenheit, um ihm mal ein wenig aufs Zahnfleisch zu fühlen. Vielleicht ist Samuel gar nicht so hetero, wie er immer vorgegeben hat? Ach Blödsinn. Nur weil er sich für Analsex interessiert, heißt das noch lange nicht, dass er sich vorstellen kann, einen Schwanz im Arsch zu haben. Möglicherweise will er ja auch eher den aktiven Part übernehmen? Dafür muss er nämlich nicht schwul sein. Kyra bietet sich da theoretisch auch an, obwohl ich nicht weiß, ob sie sowas tatsächlich tun würde. Hin wie her, bevor ich jetzt wirklich noch anfange, mir Kyra beim Sex vorzustellen, hör ich lieber auf. Ich wäre voll für eine Abkühlung. Für kaltes Wasser, das dafür sorgt, dass diese unbrauchbaren Gedanken schnell wieder weggespült werden.

»Weißt du, worauf ich jetzt richtig Bock habe?«, richte ich mich an einen ungeduldig wartenden Samuel, der mir nur mit hochgezogener Augenbraue signalisiert, dass er mich gehört hat. »Ich würde wahnsinnig gern schwimmen gehen. Was meinst du, bist du dabei? Da unten ist das Meer und warm genug ist es auch.«

»Hm.« Mehr erwidert Samuel nicht. Aber schon wenige Minuten später kann ich mich lachend in die Wellen schmeißen. Zusammen mit Samuel.

6 – Nachtleben

Dusche. Dringend. Jetzt.

Mit diesem Gedanken betrete ich, vor Samuel, das neue Hotelzimmer und ziehe mir direkt mein Shirt über den Kopf. Ich öffne den Gürtel meiner Hose und mindestens genauso schnell rutscht sie auf den Boden. Auf meiner Haut haften Millionen kleiner Salzpartikelchen, die ich förmlich riechen kann. Meine Haut fühlt sich schon ganz trocken und unangenehm an. Deshalb muss auch noch die halbfeuchte Badeshorts von meinem Körper weichen. Das darauffolgende Ächzen kommt allerdings nicht von mir.

»Hat dich was gestochen, Idiot?« Samuel. Direkt hinter mir.

»Was? Warum?« Völlig überrumpelt drehe ich mich um. Samuel steht einen halben Meter von mir entfernt. Ebenfalls mit nacktem Oberkörper. Aber er trägt, im Gegensatz zu mir, noch seine Shorts, während meine mit einem schmatzenden Geräusch vom Fenster rutscht und klatschend auf dem kleinen Vorsprung landet. Ups.

»Du bist nackt«, stellt er trocken fest.

»Ich wollte duschen«, erwidere ich nicht weniger trocken. Etwas hat sich verändert. Bei Samuel. Seine Blicke sind anders. Aufmerksamer, interessierter. Mir ist das schon häufiger aufgefallen, seit wir hier in Frankreich sind. Er mustert mich, immer, wenn er denkt, ich würde es nicht merken. Vorhin im Meer auch. Er hat mich angesehen, mich beobachtet, viel intensiver als sonst.

»Und deshalb ziehst du dich hier aus?«, fragt er, sieht mich an, auch wenn ich mich am liebsten umdrehen und verschwinden würde. Nur mein Körper reagiert nicht.

»Scheint so.« Mein Mund ist auch langsamer als sonst. Und dann bleibt für einen Moment die Zeit stehen. Wir schweigen. Die Luft zwischen uns schwirrt und ich könnte schwören, dass es leise knistert, wenn es nicht so absurd wäre. Es ist … fuck, es kribbelt wirklich, als Samuel seinen Blick langsam senkt.

Tiefer. Zum Bauchnabel. Und dann … noch tiefer.

Ich schlucke. Er schluckt. Wärme steigt mir in den Kopf. Samuel sieht gerade direkt auf mein bestes Stück. Ohne Scham. Fuck. Mir wird prompt noch heißer im Gesicht. Dabei habe ich ganz bestimmt nichts zu verstecken. Und eigentlich müsste es mich auch überhaupt nicht verlegen machen, weil … weil mein Schwanz hübsch ist. Genau! Er ist hübsch und man sollte ihn definitiv öfter so betrachten. Guter Gedanke. Wenn ich doch nur wüsste, was dabei in seinem Kopf vorgeht.

Warum mustert er mich mit diesem Blick, den ich schon wieder nicht deuten kann?

»Samuel.« Sein Blick wandert sofort wieder nach oben. Erst jetzt bildet sich eine leichte Röte auf seinen Wangen.

»Hm«, macht er, doch keiner von uns bewegt sich. Es fühlt sich an, als wäre alles um uns herum aufgeladen.

»Wolltest du nicht duschen?« Samuels Stimme klingt dunkel. Auf eine angenehme Art sogar lauernd.

»Wollte ich.«

»Aber?« Er ist es, der sich endlich bewegt. In meine Richtung. Direkt auf mich zu. Fuck! Wer hat meinem Herz erlaubt, plötzlich so schnell zu schlagen? Gerade eben noch war es ganz still. Aber jetzt ist es laut und kräftig, begleitet mit jedem Schlag Samuels Schritte, bis er vor mir steht.

»Samuel, ich …«, beginne ich, doch ich weiß überhaupt nicht, was ich sagen soll. Mein Kopf ist leer, meine Atmung stockend. Ich spüre seine Lippen an meinen, weil er mir jetzt näher steht, als gut für uns ist. Für uns beide.

Für ihn. Für mich.

Egal was er glaubt zu wollen, ich bin mir sicher, dass es nur der

Moment ist. Er denkt nicht mehr nach, lässt sich von einer Erinnerung leiten, ganz bestimmt. Warum sonst wandert seine Hand jetzt in meinen Nacken? Shit.

Samuel sieht so verführerisch aus, mit den halbgeschlossenen Augen, den unordentlichen Haaren und den leicht geöffneten Lippen, die mir immer näher kommen. Die mir signalisieren, dass sie mich küssen wollen. Hier. Jetzt. Während ich vollkommen nackt vor ihm stehe.

Nein!

Ich halte ihn auf, bevor es dazu kommt. Seine Brust ist warm. Unter meiner Handfläche schlägt sein Herz, in einem unruhigen, schnellen Takt.

Es wäre verrückt, sich etwas vorzumachen. Ich will es, genauso wie beim ersten Mal. Und Samuel will es auch. Aber genau das ist beunruhigend. Er dürfte es nicht wollen.

Seine Augen zeigen Unverständnis. Vielleicht ist er genauso verwirrt und irritiert wie ich?

»Kyra«, bringe ich erstaunlich fest hervor, obwohl ich nicht einmal genau weiß, woher der Gedanke jetzt auf einmal kommt. Seine Augen verengen sich. »Du solltest mit ihr reden. Du solltest ... mit Kyra reden.« Ich sehe noch, wie sich seine Augen weiten, ehe ich mich an ihm vorbeischiebe und eilig im angrenzenden Bad verschwinde. Ich verriegle die Tür und das kalte Wasser, das mir kurz darauf über den Nacken läuft, ist ein kleiner Segen. Verdammt.

Samuel wollte mich küssen. Schon wieder.

Harte, rhythmische Bässe aus einem englisch-französischem Chart Mix lassen Körper zittern, Haut kribbeln und bringen Trommelfelle zum Vibrieren. Die Atmosphäre ist herrlich und Sam ist einmalig. Wir befinden uns mitten auf der Tanzfläche, Sam vor mir und um uns herum tausend fremde Menschen, doch ich kann nur ihn ansehen. Wie er sich bewegt, ist faszinierend. Anmutig und perfekt. Jeder Muskel in seinem Körper scheint zu wissen, was er tun muss, um Sam gut aussehen zu lassen.

»Behaupte du nochmal, dass du nicht tanzen kannst«, raune ich ihm ins Ohr, lege meine Hand kurz auf seine Hüfte und folge seiner Bewegung. Sam neigt den Kopf über seine Schulter und schmunzelt.

»Ich kann nicht tanzen«, sagt er dann, zwinkert mir frech zu und bewegt tatsächlich seine Hüfte gegen mich. Dieser kleine, gemeine ...

»Dein Hüftschwung sagt aber was anderes.«

»Wirklich? Was sagt er denn?« Sam legt den Kopf in den Nacken, sein Rücken berührt fast meine Brust. Er zieht Blicke auf sich.

»Frag mal die Leute, die dich gerade beobachten.« Sam hebt die Arme über seinen Kopf nach hinten, legt sie in meinen Nacken, sein Hintern reibt gegen meinen Schritt, ganz leicht, aber schon ein wenig aufreizend. Wann haben wir jemals so miteinander getanzt? Ich ... kann mich nicht erinnern, aber es fühlt sich gut an.

»Ich frage aber dich.« Lachend lege ich mich mit ihm in den Rhythmus der Musik.

»Er ist ziemlich heiß. Aber ich denke, das weißt du, oder?« Er neigt seinen Kopf und ich kann im zuckenden Licht sein verschmitztes Grinsen sehen.

»Hab ich zumindest schon öfter gehört, ja.« Die drei Gin Tonic, die er getrunken hat, scheinen seine Zunge ein wenig zu lockern. Obwohl er generell gerade sehr gelöst und entspannt wirkt.

»Kann ich mir vorstellen. Schau mal nach links.« Samuels Hände rutschen aus meinem Nacken und dann wandert sein Blick zur Seite. Zwei Mädels sitzen an der Bar und sehen ziemlich auffällig zu uns rüber. Auch wenn ich eher das Gefühl habe, dass sie nur Augen für Samuel haben.

»Die fangen gleich an zu sabbern«, stelle ich neidlos fest. Samuel zuckt mit den Schultern und dann dreht er sich zu mir um, schwingt seine Hände um meinen Hals und grinst. Überrascht lege ich erneut meine Finger auf seine Hüfte. Wir sind uns nicht nah genug, um uns gegenseitig zu spüren, aber definitiv auch nicht sehr weit auseinander. Samuel neigt den Kopf nach vorn, sein warmer Atem streift meinen Hals. »Ich fürchte, das liegt an dem Shirt«, sagt er, lehnt sich mit leicht hochgezogenen Augenbrauen wieder zurück und mein Blick rutscht ein paar Zentimeter tiefer. Das schwarzgraue Achselshirt sitzt, trotz tiefem Ausschnitt, perfekt. Man kann die Ansätze seiner Brustmuskeln sehen.

»Gut möglich.« Mein Blick wandert wieder nach oben, genau in dem Moment als Samuel sich flüchtig über die Lippen leckt. Da war nichts Anzügliches, aber trotzdem komme ich kurz aus dem Takt. »Du kannst übrigens langsam zugeben, dass es eine gute Idee war«, lenke ich mich vom Anblick seiner Lippen ab. Wir hatten einen schönen Kuss. Einen einmaligen, schönen Kuss, bei dem es auch bleiben sollte.

»Das Shirt anzuziehen?«, erwidert er grinsend. Ich verdrehe amüsiert die Augen.

»Nein. Also klar, das auch, aber ich meinte was anderes.« Lachend schüttle ich den Kopf. »Auszugehen war schließlich meine Idee.«

»Ah, stimmt. Wie konnte ich das vergessen?«

»Hast du nicht«, raune ich ihm über die klangvollen Takte der Musik zu. »Du wolltest nur ein weiteres Kompliment für dein unverschämt gutes Aussehen hören.« Samuels dunkles Lachen wird von der Musik getragen. Zumindest so lange bis das Lied wechselt und wir beide irritiert blinzelnd stehen bleiben, weil man zu diesem Schlagerscheiß nicht tanzen kann. »Okay, jetzt bin ich bereit für eine Pause.« Samuel nickt und löst seine Hände von meinem Nacken.

»Holen wir uns noch etwas zu trinken?« fragt er, während um uns herum die Tanzfläche tatsächlich ein wenig leerer wird.

»Ja, bitte. Der Malibu Beach war super.« Samuel nickt und dann folge ich ihm zur Bar. Er bestellt für sich einen weiteren Gin Tonic, der geschmacklich nicht so mein Fall ist. Aber dafür ist mein Cocktail ziemlich geil.

»Oh Gott, weißt du noch, als Kyra damals voll auf diesem Schlagertrip war?«, frage ich und Samuel stöhnt leise auf.

»Erinner mich nicht daran«, sagt er, lächelt aber trotzdem. »Sie hat pausenlos Helene Fischer gehört.«

»Und Matthias Reim.« Samuel verzieht das Gesicht.

»Scheiße ja, ›Verdammt, ich lieb‘ dich‹ in Dauerschleife.«

»Sie fand es halt echt gut.« Ich zucke die Schultern und nehme dann einen großen Schluck von meinem Cocktail. Der süße Geschmack verteilt sich auf meiner Zunge. Lecker!

»Zum Glück war das nur eine Phase«, seufzt Samuel, dreht dabei die Eiswürfel in seinem Glas im Kreis. »Ich will gleich eine rauchen. Kommst du mit raus?« fragt er, den Blick nachdenklich auf den rotierenden Eiswürfeln.

»Öhm, ja, nach dem Cocktail, okay?« Er hebt seinen Blick und nickt.

Tja, eigentlich wollte ich meinen Cocktail jetzt genießen, doch einen Moment später leert Samuel sein Glas auf Ex und ich fühle mich minimal unter Druck gesetzt.

»Hast du's irgendwie eilig?«, frage ich in dem Moment, als die Musik wieder zu dem geilen Scheiß wechselt. Das ging jetzt aber schnell.

»Nein, nein, lass dir Zeit«, sagt er mit einem wissenden Grinsen, weil er mich viel zu gut kennt. Natürlich sehe ich jetzt zu, dass ich mein Glas leer kriege. Der Arsch ...

Viel zu kurz darauf stoße ich mich von der Theke ab und folge ihm durch den Club in Richtung Ausgang. Ich kann nur hoffen, dass nicht gerade jetzt irgendwas Cooles gespielt wird, aber natürlich wird mein stummes Flehen nicht erhört. Wir sehen die Garderobe bereits, da schallen die ersten Klänge meines absoluten Lieblingsliedes durch die Boxen und ich bleibe wie angewurzelt stehen.

»Fuck, Samuel! Hörst du das?« Ich halte ihn am Handgelenk zurück, bevor er seine Jacke holen kann. Flehend sehe ich ihn an und er seufzt. »Klar, geh schon«, sagt er und nickt in Richtung Tanzfläche.

»Wirklich?«

»Ja, ich weiß doch, dass ...«

»Du bist der Beste, danke!« Eilig laufe ich zurück und schmeiße mich wieder in die tanzende Menge.

Samuel habe ich seitdem nicht mehr gesehen, aber das ist nicht weiter schlimm. Ich nehme an, er ist noch immer irgendwo draußen in einer Traube von rauchenden Menschen, während er die Qualität der Gespräche bestimmt. Was er auch tut, es interessiert mich gerade nicht. Eine fremde Zunge in meinem Mund sorgt für ausreichend Ablenkung, genauso wie der Körper, die vorwitzige Hand und das leichte Reiben innerhalb meiner Shorts. Ich weiß nicht mehr genau wann und wie es dazu gekommen ist, aber es fühlt sich fantastisch an. Warmes Blut rauscht durch meinen Körper, treibt mich an, diesem Kerl näher zu kommen. Unsere Küsse sind hemmungslos, wild, unkoordiniert. Ein erregtes Keuchen brandet gegen meine Lippen.

»Ich kenne da einen geheimen Ort«, raunt er mir schließlich mit seinem unverkennbaren Akzent ins Ohr, aber immerhin spricht er deutsch. Ein absoluter Glückstreffer, mit dem ich kaum gerechnet habe. Gutes Aussehen. Geschickte Hände. Sprachkenntnisse akzeptabel, obwohl ich da auch noch drüber hinwegsehen könnte, solange er weiß, wie er mit seiner Zunge umgehen muss.

»Ist das so, hm?«, erwidere ich schmunzelnd.

»Ich könnte ihn dir zeigen«, versucht er mich zu locken. Seine Hand verstärkt ihren Griff und lässt mich automatisch genießend einatmen. Ihn umgibt eine angenehme, feine Note von Hugo Boss und Alkohol, der hier besonders freizügig verteilt wird.

»Was hältst du von einem Deal? Du zeigst mir deinen geheimen Ort und ich zeige dir dafür ...« Ich lasse meine Zunge langsam und anzüglich über meine Lippen gleiten, bevor ich ihm die nächsten Worte ins Ohr flüstere. Als ich mich zurücklehne, sind seine Wangen stark gerötet, während seine Hand aus meiner Shorts verschwindet und stattdessen zu meinem Handgelenk wandert.

Kurz darauf werde ich leise lachend von ihm mitgezogen. Raus aus dem Club. Raus aus stickiger Luft und hinein in ein Abenteuer, das schneller endet, als ich denken kann. Plötzlich stehe ich zwischen zwei Männern, die mich im wahrsten Sinne des Wortes zerreißen wollen. Während der hübsche Fremde mich vorwärts zieht, hält mich auf der anderen Seite jemand zurück, den ich nur allzu gut kenne. Samuel ist da und er sieht nicht begeistert aus.

»Was soll das werden?«, fährt er mich an.

»Äh ...«, mehr schaffe ich nicht zu sagen, weil mein Gehirn zu langsam arbeitet.

»Ich will wissen, was das soll«, zischt er und sein Griff um mein Handgelenk wird fester.

»Scheiße, Samuel ...« Verdammt, seine kurzen Fingernägel bohren sich in meine Haut und ich versuche mich augenblicklich aus seinem Griff zu winden.

»Ist das dein Scheiß ernst? Einfach abhauen? Mit dem?«, faucht er, lässt mich los, aber sein Blick ist umso wütender.

»Ich, ähm ...« Er spannt den Kiefer an, verengt die Augen. »Du kommst mit mir.« Ich blinzle verwirrt.

»Hä, warum? Ich versteh nicht …«

»Wir gehen, jetzt!«, betont er nachdrücklich. So langsam fängt mein Gehirn auch wieder an zu arbeiten.

»Wieso denn? Gefällt es dir hier nicht?« Warum genau lasse ich mich auf diese Diskussion ein? Ich habe eigentlich etwas ganz anderes vor und der Typ, der daran beteiligt wäre, signalisiert es mir überdeutlich mit Ungeduld.

»Du gefällst mir nicht«, zischt Samuel und wirft einen Blick von mir zu meiner Begleitung, die augenblicklich zusammenzuckt. Wen genau hat er damit jetzt gemeint? Mich oder ihn?

»Äh, Samuel, hör mal, ich …«

»Scheiße, ich glaube, wir sollten das lieber lassen«, wirft der hübsche Braunhaarige ein. Na huch? Wo ist denn auf einmal sein Selbstbewusstsein hin?

»Wie jetzt?«, frage ich ihn direkt. Samuel schnaubt.

»Ich will keinen Ärger, okay?«, sagt er, mehr zu Samuel als zu mir und dann lässt er mich los, nur um gleich darauf wieder im Club zu verschwinden. Na toll. Und was mach ich jetzt mit meinem Problem? Samuel hat mir den Abend versaut. Unglaublich.

»Bist du jetzt zufrieden?«, fauche ich ihn an.

»Hm.«

»Ist das alles, was du zu sagen hast?« Er sieht mich nicht einmal an. Strahlt nur pure Gleichgültigkeit aus. Der blöde Arsch.

»Manchmal bist du echt unerträglich, Samuel«, werfe ich ihm vor. Er hebt sofort seinen Blick. »Ehrlich, was sollte das? Was hat dich gestört?«

»Hast du überhaupt eine Sekunde lang drüber nachgedacht?«, fragt er unvermittelt und so kühl, dass mir die feinen Härchen im Nacken zu Berge stehen.

»Worüber denn? Es war doch überhaupt nichts«, behaupte ich.

»Und was wolltest du tun, Lucas?« Jetzt wird Samuel lauter, ungehaltener. »Wolltest du ihn in irgendeinem Hinterhof vögeln?«, fragt er vorwurfsvoll. Warum? Ist er … nein, das wäre unlogisch. Samuel kann nicht wirklich eifersüchtig sein. Worauf denn bitte auch. Wir sind Freunde und Sam hat Kyra.

»Selbst wenn, so funktionieren nun mal One-Night-Stands, was geht dich das an? Es ist immer noch meine Sache, mit wem ich mitgehe.« Seine Augen verengen sich.

»Wenn mein bester Freund anschließend irgendwo in einer fremden Stadt rumirrt und nicht mehr nach Hause findet, dann geht mich das sehr wohl etwas an.« Er ist angepisst, und das ziemlich deutlich. Mal davon abgesehen, habe ich soweit natürlich nicht gedacht. Keine Sekunde.

»Was hättest du gemacht, wenn er dich dann einfach zurückgelassen hätte? Woher nimmst du die Gewissheit, dass er dasselbe wollte wie du?« Seine Worte treffen mich. Unvermittelt und hart. Fuck, ich bin ein Idiot! Er macht sich Sorgen und ich ... Samuel hat recht, ich dachte ... ach scheiße ...

»Soweit hab ich nicht gedacht«, gebe ich zu, widerwillig und nuschelnd.

»Hm«, erwidert Samuel, doch ich kann an seinem Blick sehen, dass er gern noch mehr dazu gesagt hätte. Irgendwas, um seine Überlegenheit deutlicher zu machen, aber er scheint sich dieses Mal zusammenzureißen und ich bin dankbar dafür.

»Können ... können wir jetzt einfach nach Hause gehen?«, seufze ich müde. Ich mag nicht mehr feiern. Ich will auch nicht mehr reden. Zum Glück akzeptiert Samuel das kommentarlos und wir machen uns in angespanntem Schweigen auf den Weg zurück zu unserem Hotel.

Mir kommt der Weg kürzer vor. Keine komplizierten, verwinkelten Gassen, keine U-Bahn und auch keine besonders großen Kreuzungen, auf denen sich nachts um halb zwei verrückte Menschen tummeln. Alles wirkt wie ausgestorben auf den Wegen, die uns Samuel zurückführt. Allerdings ist die Stimmung zwischen uns seltsam reserviert.

»Willst du vielleicht noch was trinken?«, frage ich vorsichtig, um nicht weiter darüber nachdenken zu müssen, warum es sich zwischen uns jetzt auf einmal so kalt anfühlt. Außerdem sieht die kleine, bunt beleuchtete Hotelbar ganz nett aus.

»Ich verzichte«, erwidert Samuel jedoch knapp und geht direkt auf den Fahrstuhl zu. Ob ich dann auch ... nein. Ich kann mit ihm jetzt nicht dort oben allein sein. Samuel drückt den Knopf neben dem Fahrstuhl und die Türen öffnen sich sofort. Ich bleibe stehen.

»Geh ruhig schon mal vor. Ich hab irgendwie noch keine Lust zu schlafen«, murmle ich, sehe zur Seite, weil ich Samuels Blick gerade nicht aushalten kann. Dabei bin ich eigentlich wirklich müde. Aber vor allem auch total verwirrt. Er hatte recht, mit dem, was er vor dem Club gesagt hat. Definitiv. Aber ich habe ihn noch nie so ungehalten erlebt. Samuel erwidert nichts, drückt den Knopf für unsere Etage und dann schließen sich die Türen des Fahrstuhls. Leise seufzend atme ich aus, drehe mich um und gehe zur Bar. Der erste Martini schmeckt scheiße. Der zweite ganz passabel. Und der dritte sorgt letztendlich dafür, dass ich mitten in der Nacht mein Handy raushole und Phil anrufe. Seit der Grundschule ist Phil ein echt guter Freund von mir, der ein besonderes Gespür dafür hat, mich auf andere Gedanken zu bringen. Wenn mich also jemand von meinen Problemen ablenken kann, dann ist es Phil.

»Yo, Bro, was geht? Was macht Frankreich nachts um zwei, dass du auf die Idee kommst, mich um meinen Schönheitsschlaf zu bringen«, begrüßt er mich gut gelaunt, was sich sogleich positiv auf meine Gemütslage auswirkt.

»Hey, Phil. Ich dachte mir, du könntest mal ein wenig Abwechslung vertragen. Du zockst grade, oder?« Sein darauffolgendes Glucksen verrät mir, dass ich ins Schwarze getroffen habe.

»Ich bin so kurz davor den Highscore zu knacken«, meint er.

»Echt? Wie oft hast du's schon versucht?« Er stöhnt leise. »Fünfzig Mal, mindestens.«

»Und wie viel Prozent fehlen?« Noch ein Stöhnen.

»Zwei. Zwei lächerliche Prozent. So ätzend, sag ich dir!« Kaum, dass ich ihm zugestimmt habe, fängt Phil an, sein eigenes Spielverhalten zu analysieren. »Aber wo ich dich schon mal am Ohr habe, die Mädels auf der Arbeit vermissen dich, ich soll dir Grüße ausrichten«, meint er, nachdem er gefühlt eine halbe Stunde lang geredet hat.

»Ja wirklich?«, hake ich nach.

»Jo! Aber Vincent verflucht dich. So ungefähr in jeder freien Minute.«

»Weil er niemanden mehr hat, den er rumkommandieren kann?«

»Richtig. Die von Oben haben beschlossen, dass Vincent deine Schichten übernehmen soll, was meinst du, was da los war? Ich bin echt froh, dass ich momentan nicht auf der Geriatrie arbeiten muss«, sagt er und ich nippe ein weiteres Mal an meinem Martini.

»Aber schon krass. Ich hatte gehofft, dass sie sich um Ersatz kümmern«, erwidere ich, bin aber in Gedanken schon wieder woanders. Bei Samuel und seinem Blick und der versteckten Enttäuschung hinter der offensichtlichen Wut. Verdammt.

»Haben sie doch, irgendwie ... nur wirklich qualifiziert ist er halt nicht«, gluckst Phil. Ich antworte automatisch. »Ja schon, aber ...«

»Nichts aber, Vincent ist eine faule Sau. Das dürfen die aus der Chefetage ruhig wissen. Außerdem hab ich da noch was gehört«, meint er plötzlich verschwörerisch. »Es ist noch ganz geheim. Aber ich hab es sozusagen aus erster Hand.«

»Okay? Jetzt sag schon.« So kann ich wenigstens versuchen, mich abzulenken.

»Ja, also ... da wird eine Stelle frei ... Auf der Vier, die wäre perfekt für dich! Du wolltest doch eh weg von der Geri, oder?« Stirnrunzelnd nehme ich den letzten Schluck vom Martini.

»Hm, schon ... keine Ahnung ... « Ich bin ein bisschen überrumpelt.

»Glaub mir, du willst nicht zurück zu Vincent.«

»Wäre vermutlich besser, was?« Phil lacht.

»Na absolut! Ey, wenn du dich nicht bewirbst, dann mach ich das für dich! Wirklich, lach nicht, ich mache das.« Ich traue ihm das sogar zu.

»Na, mal sehen. Wer hört denn überhaupt auf?«, erwidere ich nachdenklich.

»Also, eigentlich hört sie nicht wirklich auf, sie wird nur vorübergehend in eine ruhigere Position versetzt und jetzt darfst du raten, warum«, meint er aufgeregt.

»Sie ist schwanger ...«, rutscht es mir unwillkürlich raus, ohne dass ich überhaupt eine Ahnung habe, woher dieser Gedanke so plötzlich kommt. Dummerweise habe ich direkt Kyra passend dazu im Kopf, auch wenn das sehr, sehr abwegig ist. Kyra ist weder schwanger, noch arbeitet sie in unserem Krankenhaus.

»Genau!«, lacht mir Phil ins Ohr und ich merke, wie sich mein Magen zusammenzieht. »Alev hat mir versichert, dass sie für dich ein gutes Wort einlegen will und ...«

»Moment mal, wieso Alev?« Ich war doch eben noch in Gedanken bei Kyra.

»Oh Mann, Lucas ... Stehst du auf der Leitung, oder was?«, seufzt Phil amüsiert.

»Ja, also nein, warte ... Oh mein Gott, Alev, echt jetzt?«

»Ja sicher, wer sonst?«, lacht Phil.

»Okay wow! Krass, das ist echt toll ... ich mein, mega krass!« Und die Freude, die ich gerade mit Phil teile, ist tatsächlich echt.

Ab diesem Moment verläuft unser Gespräch allerdings wieder eher einseitig. Phil erzählt mir von Jana, einer Kollegin, in die er seit Monaten heimlich verliebt ist. Er berichtet von seiner letzten Weiterbildung und sogar von seinem letzten Mittagessen in der Kantine, welches ihm schreckliche Bauchschmerzen bereitet hat und dass er deshalb jetzt nie wieder Kohlrouladen essen kann.

Phil erklärt mir innerhalb einer halben Stunde sein halbes Leben, während ich nur zuhöre, hin und wieder knappe Antworten gebe und darüber nachdenke, wie ich mein Problem mit Samuel zur Sprache bringen soll.

»Okay, Bro, wenn du nicht von dir aus anfängst, dann frag ich halt. Was ist los? Geht's um den Kotzbrocken? Du hast ihn heute noch gar nicht erwähnt.« Ich zucke tatsächlich ertappt zusammen, als mir Phil schließlich mit einem unschlagbaren Feingefühl zuvorkommt.

»Hm, schon irgendwie«, antworte ich zögernd. Phil und Samuel sind keine Freunde. Genaugenommen mögen sie sich nicht einmal, weil Jana angeblich gesagt hat, dass sie Samuel sehr anziehend findet. Für Phil ist er seitdem Konkurrenz auf ganzer Linie.

»Okay? Erzähl deinem Bro, was da zwischen euch abgeht.« Sofort ist das flaue Gefühl in meinem Magen wieder da. Der Streit mit Samuel, die Verwirrung und die Gefühle, die ich nicht ganz einordnen kann.

»Bisher geht noch gar nichts«, seufze ich einfach ins Telefon. Stimmt ja sogar fast. Bis auf unseren Kuss ...

»Was soll das heißen? Konkretisiere noch nichts.« Phils Stimme nimmt einen hochprofessionellen Lehrerton an.

»Das ist alles etwas kompliziert«, erwidere ich schnaufend. »Ich weiß nicht mal, wo genau ich anfangen soll.«

»Am besten ganz am Anfang«, sagt Phil und nach einem tiefen Einatmen, fange ich wirklich an zu erzählen. Alles. Angefangen beim Tag meines Outings und Kyras Plänen mit Samuel ein Kind zu bekommen. Ich erzähle ihm von den letzten Tagen, von unseren Gesprächen und den Dingen, die zwischen uns vorgefallen sind, einschließlich dem Kuss und der vermeintlichen Eifersucht vorhin im Club. Und zum Schluss erfährt er von der Auszeit, die sich Samuel hier in Frankreich erhofft.

»Meinst du wirklich? Eine Auszeit?«, hinterfragt Phil meine Vermutung.

»Ja, wie würdest du es denn sonst nennen?«

»Für mich klingt das eher nach Abstand und …«, er atmet leise.

»Und?«

»Neuorientierung«, flüstert er schließlich.

»Neuorientierung? Echt jetzt?« Etwas irritiert runzle ich die Stirn.

»Ich denke ja, warum sollte er sich sonst so verhalten? Mal ehrlich, wenn er sich sicher ist, was er für Kyra empfindet, warum gibt er dir dann diese zweideutigen Signale? Ich glaube, Samuel will herausfinden, ob da mehr sein könnte.«

»Und was, wenn das gar nichts mit mir zu tun hat? Wenn er einfach nur austesten will, wie es mit Männern ist?«

»Kommt letztendlich doch aufs selbe hinaus, oder nicht? Vielleicht ist Samuel nicht so hetero, wie wir alle geglaubt haben.«

Diesen Gedanken hatte ich ja auch schon. Ganz kurz. »Also klar, mag sein, dass er es nur austesten will, und am Ende eurer Reise wieder in den Armen seiner Freundin landet, aber sicher wäre ich mir da nicht. Dafür betreibt er nämlich einen ganz schön großen Aufriss, wenn du mich fragst.«

»Na toll, und ich spiele in der Zwischenzeit sein Versuchsobjekt?«, brumme ich. Der Gedanke gefällt mir nicht. Phil hingegen versucht sich an einem vorsichtigen Lachen.

»Na ja, es könnte dich durchaus schlimmer treffen. Immerhin ist Samuel wenigstens attraktiv«, meint Phil und ich lasse stöhnend den Kopf hängen.

»Ja, eben. Er ist verflucht attraktiv und leider auch total mein Typ. Ich weiß nicht, ob ich das kann.« Bedrückt fahre ich mir mit der Hand übers Gesicht und schließe die Augen. »Das würde doch bedeuten, dass er seine Grenzen austesten kann, während ich meine Gefühle dabei vollkommen außer Acht lassen soll, richtig? Ist das nicht etwas zu viel verlangt?« Phil schweigt einen Moment, dann brummt er nachdenklich.

»Keine Ahnung. Du könntest ihn auch einfach direkt darauf ansprechen«, sagt er und ich seufze. »Red mit ihm und dann sag ihm, was du willst.«

»Und wenn ich es selbst nicht weiß?« Es ist Phil, der jetzt einen Moment schweigt und dann leise seufzt. »Dann find es heraus. Und am besten so schnell wie möglich.« Ja Prima. Das ist die wohl beste Ausgangsposition überhaupt. Einfach großartig.

7 – Verführung

Nach dem Gespräch mit Phil bin ich nicht unbedingt schlauer, aber immerhin auch nicht mehr ganz so aufgewühlt. Zu entscheiden, was ich will, erscheint mir dennoch unmöglich. Samuel ist mein Freund und ich bin gern mit ihm zusammen, aber ... ach verdammt. Wäre es in irgendeiner Art und Weise denkbar, dann wäre er definitiv jemand, mit dem ich es versuchen würde. Aber so einfach ist das nicht. Ich kann mich nicht darauf einlassen, wenn es nur ein Experiment für ihn ist. Mal ganz davon abgesehen, dass ich das auch nicht sollte.

Ich stehe vor unserer Zimmertür, die Hand auf der Türklinke und atme tief ein, um die Gedanken wegzuschieben, die sich zu schwer anfühlen. Vielleicht ist jetzt nicht der Moment sich damit zu befassen. Doch als ich unser Zimmer betrete, stockt mir der Atem. Samuel ... Samuel sitzt, nur mit Boxershorts bekleidet, auf dem breiten Fensterbrett und raucht. Glücklicherweise hat er es ganz geöffnet, denn ich bezweifle, dass das hier erlaubt ist. Zumal es nicht mal legal ist, was er da raucht. Der Geruch, der sich trotz der hereinströmenden Luft im Zimmer verteilt, lässt leider keine Zweifel an der Substanz, die sich in dem selbstgedrehten Joint zwischen seinen Fingern befindet.

»Hey«, mache ich mich leise bemerkbar, während ich zeitgleich die Tür hinter mir wieder schließe. Samuel fixiert mich. Seine Augen glänzen und für eine Sekunde erkenne ich sogar Überraschung auf seinem Gesicht, ehe er mich angrinst, als hätte er nur darauf gewartet, dass ich wieder zurückkomme. Er springt sofort vom Fensterbrett. »Hey.« Er lächelt mir entgegen, zieht noch einmal, bevor er die Überreste des Joints aus dem Fenster schnippt.

»Geht's dir gut?«, frage ich, mit skeptischem Blick auf den Rauch, den er ausatmet.

»Jap«, antwortet er ungewohnt schnell. Das liegt an dem Zeug, das er eben noch geraucht hat, auch wenn er genau weiß, dass ich das nicht gut finde. Noch weniger als seine Zigaretten. Vor allem, weil ich oft genug mitbekommen habe, dass es ihm nicht guttut. Jedes Mal endet es halb in einer Katastrophe. Seufzend lasse ich die Schultern hängen. Samuel mustert mich, genauso eindringlich wie ich ihn. Dann bewegt er sich auf mich zu, langsam und geschmeidig, beinahe verführerisch, auch wenn ich mir nicht erklären kann, warum er das tun sollte. Eigentlich wollte ich zur Toilette, aber Samuel schneidet mir den Weg ab. Er stellt sich vor mich, seine Hand an meinem Arm. Seine Augen sind wach und weit, seine Atmung leicht erhöht.

»Wir müssen reden«, meint er eindringlich, beinahe hypnotisch. Ach echt? Scheiße.

»Okay, aber lass mich vorher wenigstens noch aufs Klo«, erwidere ich leise seufzend. Samuel lässt mich zum Glück los und tritt zur Seite.

Am besten denke ich gar nicht darüber nach, was er mir gleich sagen wird. In seinem Zustand kann das alles Mögliche sein. Früher hat er von den wildesten und absurdesten Dingen erzählt, wenn er gekifft hatte. Vom Fallschirmspringen über dem Grand Canyon oder einem Schauspielkurs in Hollywood. Ich habe schon alles aus seinem Mund gehört. Am nächsten Tag war aber meistens alles wieder vergessen. Jede Idee. Jeder Traum. Jede Illusion und jeder Versuch, anders zu sein. Einen Tag später war er doch immer wieder nur Samuel, 26 Jahre, in einer Beziehung mit seiner Freundin Kyra. Ganz normal. Kein Rockstar. Kein Schauspieler. Nur Samuel.

Genau der Samuel steht jetzt auch vor mir, als ich aus dem Bad komme. Nackt. Was zum Teufel ...

»Äh ... Samuel?« Ich blinzle irritiert. »Warum genau bist du jetzt nackt?« Meine Stimme ist zu hoch, um noch neutral zu sein.

»Ich will, dass du mich ansiehst. Genauso wie ich dich angesehen habe, als du nackt warst!« Seine Stimme ist erstaunlich fest und fordernd. Ich erinnere mich an den Moment heute Mittag. Aber das geht nicht. Stattdessen fixiere ich seine Augen.

»Lucas ...«

»Fuck, Samuel, warum tust du das?« Ich kann nicht einmal weg, da er mir den Weg versperrt.

»Weil es dadurch einfacher wird«, flüstert er und versucht mich mit Blicken festzuhalten, die ich kaum erwidern kann.

»Was soll einfacher werden?«

»Das ... das alles hier ...«, sagt er und drängt mich zurück gegen die Badezimmertür. Mein Gehirn arbeitet, versucht zu verstehen, in was für einer Situation ich mich befinde. Da sind Samuels Hände an meinem Körper. Samuels Lippen an meinem Hals. Er bewegt sich gegen mich, anzüglich und fordernd.

»Fuck.« Ich weiß nicht, was ich tun soll. Mir ist warm, mein Herz schlägt zu schnell. Samuel weckt Gefühle in mir, die ich nicht haben wollte. Haben sollte ...

Unter meiner Brust zieht es, je länger er seine Hände auf meiner Haut hat.

»Scheiße, Samuel, was soll das?« Mein Verstand sagt mir, dass das mein letzter Versuch ist. Ein letzter kleiner Versuch, die Situation nicht ausufern zu lassen. Ob sich Samuel bewusst ist, dass er mich damit vor eine unmögliche Wahl stellt? Er schweigt, lässt stattdessen seinen Mund andere Dinge tun, die mich nahezu verrückt machen. Scheinbar hat er kein Problem damit, sein Gewissen abzustellen. Jedenfalls nicht für den Moment. Ich allerdings schon. Ich kenne ihn. Ich kenne die Folgen.

»Samuel, hör auf«, sage ich leise.

»Warum?«, haucht er zurück. »Vorhin im Club hast du es doch auch getan.« Er küsst meinen Kiefer und lässt seine Hand tiefer wandern. »Und es gefällt dir«, stellt er fest. Ich weiß, verdammt! Natürlich reagiere ich auf ihn. Was hat er denn gedacht? Dass es mich kalt lässt? Dass ich nichts fühle?

»Ich kann das nicht«, keuche ich und halte seine Hand fest, die sich mutig gegen meinen Schwanz bewegt. Samuel scheint nur für einen kurzen Moment irritiert, ehe er grinst und mich küsst. Seine warmen Lippen pressen sich gegen meine. Überrascht und überwältigt zugleich, schließe ich die Augen, genieße das sanfte Kribbeln in meinem Bauch und bewege meine Lippen gegen seine. Ganz leicht und sanft. Dieses Mal zögert Samuel nicht, schiebt seine Zunge zwischen meine Lippen und bringt mich zum Keuchen. Er lenkt mich ab. Löst seine Hand von meiner und schiebt sie unter meine Hose, direkt in meinen Schritt. »Fuck, Samuel«, seufze ich gegen seine Lippen. »Du wolltest reden und nicht ...«

»Aber das ist besser als reden, findest du nicht?«, unterbricht er mich, seine Stimme so nah und warm an meinem Ohr. Unfair! Das ist sowas von unfair.

»Es ist aber nicht richtig.«

»Wer behauptet, dass es nicht richtig ist, wenn es sich richtig anfühlt?« Oh Gott, Samuel. Weißt du überhaupt, was du gerade sagst? Würdest du das morgen noch genauso sehen?

»Du hast gekifft«, sage ich mit trockener Kehle.

»Hmmmm«, summt er zur Bestätigung. Verdammt, ich find es scheiße, richtig scheiße. »Wie viele Joints waren es?« Enttäuschung liegt in meiner Stimme.

»Hm, zwei? Oder drei?«, murmelt er grinsend, seine Lippen nah an meinem Hals.

»So viele«, erwidere ich heiser. Das ist nicht gut. Das alles hier. Die Hitze, die seine Hände erzeugen. Der Nebel, den seine Lippen hervorrufen. Sogar die Lust ist falsch, die sich versucht in meinen Verstand zu fressen und mich bewegungslos macht.

»Du weißt nicht, was du tust«, flüstere ich halb keuchend, doch Samuel schnaubt nur, ehe er an meinem Ohr knabbert und leckt.

»Glaubst du das?«, haucht er mir verführerisch ins Ohr. »Ich halte gerade deinen Schwanz in meiner Hand, Lucas.« Ich schlucke.

»Aber du solltest es nicht«, erwidere ich, versuche mich gleichzeitig davon abzuhalten, aufzustöhnen, weil er den Druck seiner Hand erhöht.

»Warum nicht?«

»Weil du high bist, Samuel. Du bist nicht du. Du ... Shit, du ...« Ich kann nicht anders, als zu stöhnen. Sein Daumen kreist über meine Eichel.

»Ich hab so lange darüber nachgedacht, Lucas«, seufzt er mir ins Ohr, ehe sich seine Wange an meine schmiegt. Am liebsten würde ich nachgeben. Aber ich kann nicht. Das hier kann nicht gut enden. Nicht, solange er sich vorher dafür zudröhnen muss.

»Ich hab es mir vorgestellt, wie es wäre mit dir ... diese ... Dinge zu tun.« Bitte was? Ich schlucke trocken, mein Herz rast.

»Ich denke in letzter Zeit oft daran«, gibt er zu und haucht ganz leichte Küsse auf meinen Unterkiefer. »Schon vor dieser Reise.« Mir stockt der Atem. Sein Mund trifft meinen, doch ich bin zu geschockt von seinen Worten, als dass ich darauf eingehen kann.

»Lucas ... ich will, dass du mich berührst«, haucht er gegen meine Lippen. Küsst mich wieder und wieder, während er nach meiner Hand greift, um sie auf seine Hüfte zu legen. Samuel ist überall. Sein Geruch, seine glühende Haut, sein Atem und seine Zunge.

»Samuel ...« Seinen Namen auszusprechen kostet Kraft und Überwindung. In meinem Kopf überschlagen sich Gedanken, Möglichkeiten und Entscheidungen. Ich könnte nachgeben. Ich könnte mir nehmen, was ich will, weil er es mir bereitwillig geben würde. Für zwei tiefe Atemzüge schließe ich meine Augen, dann hebe ich meine Hände an sein Gesicht. Seine Wangen sind warm. Er sieht nicht aus, als würde er lügen. Er sieht nicht einmal danach aus, als wüsste er nicht, was er da von sich gibt.

»Bitte, Lucas ... fass mich an«, wiederholt er und verdeutlicht seine Bitte, indem er seine Hand schneller bewegt.

»Okay«, hauche ich zurück. Ich schlucke, lecke mir über die Lippen und dann lehne ich mich vor, um ihn zu küssen. Sein leises Keuchen entfacht ein Kribbeln in meinem Bauch. Meine Zunge spielt mit seiner und es ist so wahnsinnig angenehm, dass ich wirklich kurz davor bin, einfach alle Bedenken wegzuschieben, die noch durch meinen Kopf geistern. Aber das geht nicht. Es fühlt sich einfach nicht richtig an.

Sorry Samuel, aber so geht das nicht.

Ich treffe eine Entscheidung. Ziehe abrupt seine Hand aus meiner Hose und schiebe ihn entschlossen von mir. Samuel blinzelt überrascht.

»Ich kann nicht«, stammle ich atemlos, schüttle den Kopf und verschwinde, so schnell ich kann, wieder im Bad, wo ich die Tür abschließe und mich mit wild klopfendem Herzen dagegen lehne. Keine Sekunde später hämmert Samuel gegen die Tür.

»Was soll das, Lucas?«, ruft er und ich kann die leichte Verzweiflung heraushören.

»Sorry, Samuel. Aber so geht das nicht.« Er stöhnt hinter der Tür.

»Ich hab dir gesagt, dass ich das will.«

»Ja ...« Ich seufze leise und lasse meinen Kopf nach hinten gegen die Tür fallen.

»Wo ist dann das Problem?«

»Du bist nicht nüchtern, Samuel. Ich kann das nicht, solange du nicht bei klarem Verstand bist.«

»Ich hab noch nie klarer gesehen.« Seine Worte klingen ehrlich, aber es ändert nichts an meiner Entscheidung. Wenn er es morgen noch genauso sieht, dann ... vielleicht?

»Du bist high und hast nen Ständer«, erwidere ich, bin mir bewusst, dass Letzteres auch auf mich zutrifft. Ziemlich heftig sogar.

»Sieht ganz danach aus«, seufzt er. »Willst du nicht rauskommen und ...«

»Nein«, unterbreche ich ihn schnell, bevor wir wieder von vorn anfangen. Er hört gerade nur das, was er hören will, oder?

»Aber ... ich bin hart«, sagt er, so, als wüsste er nicht, was er damit anfangen soll.

»Du hast zwei gesunde Hände, Samuel.« Ich schüttle lachend den Kopf und höre ihn keinen Augenblick später wieder stöhnen. Dieses Mal jedoch eindeutig erregt.

»Stimmt, mit dir wäre es aber schöner«, murmelt er und ich kann nicht anders, als ihm gedanklich recht zu geben und zu schmunzeln. Ja, vermutlich wäre es das, aber verdammt nochmal, das geht nicht. Ich brauche Klarheit und die bekomme ich nicht, wenn wir uns gegenseitig nur den Verstand vernebeln. Immerhin hat er es geschafft, dass ich nun auch mein Problem unter der Dusche behebe, während ich seinen gedämpften Lauten aus dem Nebenzimmer lausche.

Minuten später traue ich mich wieder aus dem Badezimmer, in der Hoffnung, dass Samuel ebenfalls fertig und wieder angezogen ist. Letzteres scheint allerdings noch nicht im Bereich seiner Möglichkeiten gewesen zu sein. Er sitzt auf seinem Bett, noch immer nackt, hat den Kopf gesenkt, atmet flach und wirkt allgemein eher mitgenommen als erleichtert. Ein kleines Häufchen Elend, das seine Emotionen nicht im Griff hat. Toll. Genau das habe ich befürchtet. Ich hätte es gar nicht so weit kommen lassen dürfen. Aber dafür ist es zu spät.

Sein doofes Handy liegt zwischen seinen Händen und vibriert. Es ist Kyras hübsches Gesicht, das den ganzen Bereich des Displays einnimmt. Ich erkenne das Foto. Sie strahlt in ihrem neuen Kimono, den sie zum ersten Mal auf dem letzten Kirschblütenfest getragen hat. Ich erinnere mich an diesen Moment, denn ich habe das Bild gemacht.

Es fühlt sich scheiße an, Samuel so zu sehen, während ich die wenigen Schritte mit einem unangenehmen Gefühl im Bauch zu ihm gehe. Es sind keine einfachen Bauchschmerzen, sondern viel eher ein heranwachsendes Magengeschwür. Ein Geflecht aus Neid und Schuld, weil ich mir für eine Sekunde gewünscht habe, dass es viel einfacher wäre. Dass es Kyra nicht geben würde. Aber sie ist da und ihr Anruf ist der Grund, warum er jetzt in diesem Schockzustand ist. Ich kenne diesen Blick. Diesen traurigen, schuldbewussten Ausdruck in seinen Augen. Ich habe ihn zuletzt auf der Beerdigung seines Bruders gesehen.

»Hey«, spreche ich ihn behutsam an, noch bevor ich mich neben ihn setze. »Es ist nichts passiert, Samuel.« Erstaunlich, wie leise und einfühlsam ich klingen kann, obwohl ich ihn am liebsten anschreien würde. Was denkt er sich denn überhaupt bei all dem, was er hier tut?

»Ich … ich habe sie …«, er spricht stockend. »Ich habe sie … Lucas, ich habe sie betrogen. Ich habe Kyra …« Seine Stimme krächzt, erstickt an einem harten Schlucken, während sein Blick das Bild seiner Freundin fixiert, die nun schon zum zweiten Mal anruft. Auf seinen Fingern kleben Spermareste.

»So ein Unsinn«, erwidere ich schnaubend. »Eigentlich ist gar nichts passiert. Du hast gewichst, mehr nicht.« Meine eigenen Worte schmerzen, denn ich weiß, dass es auch anders hätte ausgehen können, wenn ich ihn nicht zurückgehalten hätte.

»Aber …« Ein heiseres Schluchzen verlässt seine Lippen. »Aber ich habe … ich habe an dich gedacht«, wispert er fahrig. »Ich habe dich gehört und ich hätte am liebsten mit dir … ich hätte wirklich mit dir …« Natürlich weiß ich, was er sagen will, und natürlich ist er zurecht aufgewühlt und geschockt, aber deshalb tut es nicht weniger weh. Sein Verhalten bestätigt nur meine Entscheidung, dass es nicht gut gewesen wäre, ihm nachzugeben, wenn er die Konsequenzen nicht einschätzen kann.

»Steh auf, Samuel«, fordere ich, vielleicht etwas zu schroff, denn er sieht entsetzt zu mir auf. »Komm schon, Samuel, steh auf und geh duschen. Versuch wieder nen klaren Kopf zu kriegen, bevor du irgendetwas Dummes tust«, seufze ich und versuche ihn nachdrücklich auf die Beine zu ziehen. Ja, verdammt, es nervt mich. Sein Verhalten ist lächerlich und erbärmlich. Er ist nur so, weil er diese dämlichen Joints rauchen musste.

»Aber ich ... ich muss ihr sagen, dass ...«

»Du musst gar nichts. Sie weiß nichts davon und sie muss es auch nicht erfahren«, entgegne ich, aber der richtige Weg ist es sicherlich nicht. Es dient nur dazu ihn zu beruhigen, denn er schüttelt panisch mit dem Kopf, wedelt mit dem Handy vor meiner Nase herum und schwankt bedrohlich, als wären seine Knie nicht stark genug, um ihn zu halten.

»Aber sie hört nicht auf ... sie hört einfach nicht auf«, stammelt er verzweifelt, ehe er sich fallen lässt. Ich bin da. Überrascht und überfordert, aber ich bin da. Seine Stirn landet auf meiner Schulter, während mein Arm über seinen Rücken streift.

»Schon gut«, flüstere ich ihm zu. Sein Oberkörper bebt, während ich versuche, ihn ins Bad zu dirigieren.

»Mach dir keine Sorgen«, meine ich mit einem aufmunternden Lächeln auf den Lippen. Er schluckt nur und atmet zittrig aus. »Ich kümmere mich um Kyra. Irgendwas wird mir schon einfallen.« Mit einem letzten Schritt steht er unter der ebenerdigen Dusche. Er nickt. Ich nehme ihm sein Handy ab, drehe für ihn das Wasser auf und lasse ihn allein. Sein Handy vibriert noch immer.

Zur Hölle, welche Freundin terrorisiert ihren Freund nachts um halb vier mit Daueranrufen? Was, bitte, ist so wichtig?

Ich seufze, schließe die Tür zum Bad hinter mir und nehme den Anruf von Kyra entgegen.

»Oh mein Gott, endlich. Ich habe mir solche Sorgen gemacht. Samuel, Schatz, geht es dir gut? Du hast dich schon seit drei Tagen nicht gemeldet und auf meine Nachrichten hast du auch nicht geantwortet und dann sehe ich, dass du eben angerufen hast - mitten in der Nacht. Kannst du nicht schlafen? Ich kann jedenfalls kaum schlafen, weil ich nicht weiß, was ihr macht und vielleicht ist dir ja was passiert? Liebling, warum antwortest du nicht?« Ihre Worte stolpern mir förmlich entgegen.

»Hey, Kyra«, gähne ich gespielt müde ins Telefon. Sie hatten tatsächlich seit drei Tagen keinen Kontakt? Und dann ruft er sie einfach an? Dieser Idiot.

»Lucas?«, fragt sie überrascht.

»Hmhmm.«

»Warum gehst du an Samuels Handy? Ist etwas passiert? Geht es ihm nicht gut? Lass mich mit Samuel sprechen, bitte.«

»Es ist spät, Kyra«, erwidere ich ausweichend. Jetzt fühle ich mich wirklich müde. Viel zu müde, um dieses Gespräch zu führen, das ich mir selbst aufgehalst habe.

»Sag mir, was mit Samuel ist, warum meldet er sich nicht?«

»Kyra, ihm geht es gut. Er hat nur eine leichte Magenverstimmung, fürchte ich, deshalb konnte er wohl nicht richtig schlafen.« Was Besseres ist mir auf die Schnelle leider nicht eingefallen.

»Magenverstimmung?«, wiederholt sie besorgt.

»Ja, schon seit zwei Tagen. Er rennt ständig zum Klo.«

»Oh Gott, wollt ihr dann nicht lieber abbrechen, und nach Hause kommen?«

»Ach was, es wird ja schon besser. Die Medikamente wirken und ich denke, morgen wird er wieder ganz der Alte sein.«

»Okay«, seufzt sie, doch es ist eindeutig zu hören, dass sie niedergeschlagen ist. »Vielleicht hast du recht.«

»Hab ich. Samuel wird es bestimmt bald wieder gut gehen.« Ich hasse es, zu lügen. Vor allem, wenn es sich dabei um eine so schlechte Lüge handelt.

»Das hoffe ich. Sagst du ihm, dass ich angerufen habe?«

»Natürlich.«

»Und er soll sich melden, wenn es ihm besser geht, ja? Ich liebe ihn«, sagt sie. Na wunderbar. Dabei bin ich es, der bei ihren letzten Worten einen schrecklichen Gedanken hat.

Nicht nur du. Nicht nur du, Kyra ...

»Ich sag's ihm«, erwidere ich. Mein Hals kratzt. Ich sollte dieses Gespräch beenden. Jetzt.

»Danke, Lucas.«

»Versuch zu schlafen, okay. Wir hören uns, bis dann.« Ich lege auf, bevor sie noch etwas sagen kann und sinke mit einem erschöpften Seufzen auf Samuels Bett. Ich kann nicht fassen, was ich eben gedacht habe. Wie bescheuert bin ich denn bitte?

Vielleicht fühle ich mich zu ihm hingezogen, ja meinetwegen. Mag auch sein, dass ich ihn erregend finde, ja, wer nicht? Er ist heiß. Also ist es vollkommen normal, dass mein Körper darauf reagiert. Aber Liebe?

»Was hast du ihr gesagt?« Ich schrecke hoch, als Samuel mich anspricht. Er steht im Türrahmen, trägt neue Boxershorts und hat noch sein Handtuch um den Hals hängen. Ich richte mich auf und versuche mich an einem Lächeln, das mir nicht so leichtfällt.

»Du hast ganz heftige Kotzeritis und Scheißerei. Das war leider das Einzige, was mir so spontan eingefallen ist, aber hey, sie liebt dich trotzdem.« Mein Lächeln fühlt sich genauso falsch an wie die Worte, die meinen Mund verlassen. Ich bin ein dämlicher Masochist. Und ein hoffnungsloser Idiot ...

»Hm«, macht Samuel und wirft das Handtuch zur Seite. Es landet neben dem Stuhl auf dem Boden.

»Geht's dir denn besser?«

»Etwas«, erwidert er nickend, nachdem er sich ein viel zu weites Shirt übergezogen hat. Es gehört mir, aber ich sage nichts dazu.

»Okay, dann lass uns schlafen. Ich bin echt fertig«, seufze ich müde, fühle mich erschlagen und kraftlos. Samuel nickt bestätigend und krabbelt hinter mir in sein Bett. Ich stecke ihm noch sein Handy ans Ladekabel und lege es auf dem Nachtschrank ab, bevor ich von der Bettkante rutsche. Ich will das Licht ausmachen, mich unter meine eigene warme Decke kuscheln und einfach an gar nichts mehr denken, doch ich komme nicht dazu. Samuels Hand hält mich auf.

»Bleib«, flüstert er und zieht mich zurück zu sich ins Bett. Ich erschrecke so sehr, dass ein Keuchen meine Lippen verlässt. Nun rutscht Samuel auch noch näher zu mir, legt seinen Kopf auf meine Brust und nuschelt ein paar Worte, die sich verdächtig danach anhören, dass er nicht allein schlafen will. Im Grunde ist das keine neue Situation für mich. Früher, als wir jünger waren, haben wir das öfter gemacht. Doch jetzt? Es wurde seltener, als Samuel mit Kyra zusammengekommen ist und irgendwann haben wir ganz damit aufgehört, ohne darüber zu reden. Es war einfach vorbei. Warum fängt er jetzt wieder damit an? Es verwirrt mich. Mein Kopf ist dagegen, ganz im Gegensatz zu meinem Herzen.

»Das Licht ist aber noch an.« Es ist ein schwacher Versuch, einer Situation zu entkommen, die ungewollt und angenehm zugleich ist.

»Egal. Es wird sowieso bald hell.« Da hat er recht. Die Nacht ist so gut wie vorbei, doch während er ganz entspannt die Augen schließt und einschläft, liege ich verkrampft neben ihm. Ich finde keinen Schlaf, obwohl ich todmüde bin.

Denn ganz egal wie es jetzt weitergehen wird, vergessen kann ich diesen Tag bestimmt nicht. Und ich hoffe ganz fest, dass er es auch nicht kann.

8 – Berührungen

Im Morgengrauen fallen mir endlich die Augen zu, aber richtig schlafen kann ich nicht. Es ist eher ein unruhiger Halbschlaf, der viel zu schnell wieder vorbei ist. Ich finde keine Ruhe. Am liebsten würde ich aufstehen und aus dem Zimmer flüchten, um draußen an der frischen Luft einen Spaziergang zu machen. Doch Samuel liegt schwer wie ein Stein auf mir und bewegt sich nicht. Als ich versuche, ihn wegzuschieben, rutscht er nur noch mehr auf mich. Sein linkes Bein liegt mittlerweile quer über mir, genauso wie sein rechter Arm, während sein warmer Atem warm gegen meinen Hals schlägt. Er ist so nah. Alles an dieser Situation macht mich schrecklich nervös und Samuel selbst bekommt davon noch nicht einmal etwas mit.

Ich kann nicht einschlafen, weil mich die Nähe zu ihm verrückt macht, dabei liegt das Problem gar nicht an der Nähe selbst. Es ist einzig und allein die Tatsache, dass es mir zu sehr gefällt und ich das eigentlich nicht empfinden möchte. Das, was da entstehen könnte, würde unterm Strich nur schlecht für mich ausgehen. Ich weiß es.

Samuels Handywecker klingelt, zerreißt die Stille und sorgt dafür, dass sich Samuel bewegt. Er brummt leise und streckt sich blind nach seinem Handy. Es wird wieder still, sein Arm fällt zurück auf meinen Bauch und dann hebt er langsam seinen Kopf. Mein Herz fängt direkt an schneller zu schlagen.

»Du bist schon wach?«, fragt er, mit kratzig rauer Stimme und ich nicke.

»Seit einer Stunde ungefähr«, behaupte ich und kann nur mit viel Mühe ein verräterisches Gähnen unterdrücken.

»Und du bist trotzdem liegen geblieben?«

»Du warst nicht wegzukriegen.« Auch jetzt weicht er nicht zurück, selbst wenn er langsam realisiert, wie nah er mir tatsächlich im Schlaf gekommen ist. Stattdessen seufzt er und lässt seinen Kopf wieder zurück auf meine Brust fallen. Fuck, Samuel ...

»Sorry«, nuschelt er gegen mein Shirt. »Ist es schlimm, dass ich dir in der Nacht so nah gekommen bin?«, haucht er und ich schüttle ganz instinktiv meinen Kopf.

Nein, Samuel ... es ist nicht schlimm. Es ist nur ... ziemlich irritierend. Ich weiß überhaupt nicht mehr, wie ich mich verhalten soll. Wie soll ich damit umgehen, wenn alles, was du tust und sagst, ein riesiges Chaos in mir hervorruft?

»Was denkst du gerade?«, fragt er dann leise, vorsichtig, ehe seine Hand über meinen Bauch wandert.

»Keine Ahnung, was soll ich denn denken?« Meine Stimme bricht.

»Ich weiß nicht«, seufzt er matt, dann schweigen wir wieder. Immerhin geht es ihm wie mir, auch wenn er doch viel mehr dazu zu sagen haben müsste, oder nicht? Er ist doch derjenige, der sich verändert, nicht ich. Er schmiegt sich hier gerade an mich und scheint dabei vollkommen zu vergessen, dass er zuhause eine Freundin hat. Er ist es doch, der hier für Klarheit sorgen kann, aber es nicht tut. Die Zeit schwebt. Sie vergeht zu langsam, stumm. Nur draußen zwitschern Vögel und hin und wieder bellt ein Hund. Vollkommen normal und so schrecklich nebensächlich, dass ich kaum fassen kann, dass mir das gerade jetzt auffällt.

Samuel atmet hörbar ein und wieder aus. Etliche Male hintereinander, sodass ich mich unweigerlich frage, ob es ihm gut geht. Vielleicht hat das Gras, das er gestern geraucht hat, doch ein paar Spuren hinterlassen, mit denen er nun zu kämpfen hat. Wäre immerhin nicht das erste Mal.

»Warum bist du geblieben?«, will er wissen, ehe er seine halbe Umklammerung noch einmal verstärkt. Was für eine Ironie. Auch wenn ich mir selbst diese Frage innerhalb der letzten Minuten mehrmals gestellt habe, kenne ich die Antwort nicht.

»Keine Ahnung«, flüstere ich leise über ausgetrocknete Lippen. »Vielleicht, weil ...« Ich breche ab, noch bevor ich überhaupt weiß, was ich eigentlich sagen will.

»Weil?« Doch Samuel hakt nach. Logisch, ich an seiner Stelle hätte es auch getan. Dieses Mal hebt er sogar ein wenig seinen Kopf an, um mich wieder ansehen zu können. Ist das Hoffnung in seinen Augen? Hoffnung worauf? Ich schlucke.

Weil ich es schön finde. Weil ich die Nähe zu dir mag und mich darin verlieren könnte. Weil ich kurz davor bin mich in dich zu verlieben.

»Vielleicht, weil ich denke, dass du das hier noch brauchst«, erwidere ich zögerlich, obwohl es nicht das ist, was ich eigentlich sagen müsste, um ihm eine ehrliche Antwort zu geben. Alles nur aus Selbstschutz. Reinem, egoistischem Selbstschutz.

»Hm«, brummt er unzufrieden, schließt die Augen und legt seinen Kopf wieder ab. Eigentlich würde ich gerne fragen, was er von letzter Nacht überhaupt noch weiß und was es denn nun tatsächlich zu bedeuten hat. Warum er nicht längst angefangen hat, mit mir darüber zu reden, und vor allem, was er sich vorstellt, wie es nun weitergehen soll. Doch stattdessen sage ich etwas, von dem ich selbst überrascht bin.

»Kyra möchte übrigens, dass du dich bei ihr meldest, sobald es dir ... besser geht.« Er spannt sich an.

»Okay«, sagt er. Es ist ihm unangenehm. Natürlich ist es das. Und eigentlich rechne ich damit, dass er jetzt geht, sich von mir entfernt, aber Samuel bleibt liegen. Seine Hand streicht weiter über meinen Bauch und dann hebt er ganz langsam seinen Kopf, sieht mir in die Augen und lehnt sich dann plötzlich vor. Er küsst mich, ganz kurz und flüchtig, viel zu sanft. Samuel macht mich sprachlos und bringt gleichzeitig meine komplette Welt durcheinander. Schon wieder. Wie soll man da noch wissen, wo oben und unten ist?

»Was ich gestern zu dir gesagt habe ...«, beginnt er leise und ich horche interessiert auf, warte mit ungeduldigem Herzschlag darauf, dass er weiterspricht.

»Ich ... ich habe das wirklich so gemeint.« Meine Augen weiten sich, nur um im nächsten Moment wieder zuzufallen, als seine Lippen erneut auf meine treffen. Meint er das ernst? Wirklich?

»Samuel«, nuschle ich leise in seinen Kuss. Doch anstatt mir zu antworten, drängt er seine Zunge zwischen meine Lippen und beginnt mich intensiver zu küssen. Mutig, verspielt, herausfordernd und so verdammt gut.

Scheiße, ja. Ich sehe es ein. Ich will ihn. Ich will Samuel.

Überall da, wo mich Samuels Haut berührt, entsteht brennende Hitze und ein angenehm prickelndes Gefühl überzieht meine Unterlippe, als er leicht hinein beißt. Samuel liegt auf mir. Seine Mitte an meiner. Sein Schwanz ganz nah an meinem. Und er ist hart.

Ich keuche atemlos, als er sein Becken kreisen lässt und mich damit noch mehr spüren lässt, wie geil es ihn macht mich zu küssen und zu berühren.

»Sam«, hauche ich erregt. Seine Augen glänzen vor Lust. Was machen wir hier? Was genau wird das?

»Soll ich es wiederholen?«, raunt mir Samuel mit heißem Atem in den Mund und ich will verflucht sein, weil ich nichts anderes machen kann, als zu keuchen und zu nicken. Er soll es sagen. Er muss es sagen, vermutlich nur noch dieses eine Mal.

»Ich will, dass du mich berührst, Lucas.« Ich schließe überwältigt die Augen, weil jedes Wort so intensiv und begehrend klingt, dass ich es ihm einfach glauben muss. Ganz anders als letzte Nacht. So viel besser. So viel glaubhafter. Selbst der folgende Kuss ist berauschender und erregender. Immer wieder streifen seine Hände über meinen Bauch, schieben das T-Shirt jedes Mal ein Stückchen weiter nach oben, bis seine Fingerspitzen meine Brust erreichen. Er kreist sein Becken, streichelt und neckt meine Brustwarzen in quälendem Wechselspiel zwischen Lust und Schmerz. Verdammt. Ich bin dabei zu fallen. Tief und hoffentlich lange genug, um nicht vorzeitig aus diesem heißen Traum aufzuwachen.

»Oh Gott«, keuche ich benommen. Samuels Blick liegt auf mir und ich weiß nicht, wie ich ihn beschreiben soll. Er sieht mich mit einer Mischung aus Sehnsucht und Gier an. Es fällt mir schwer zu glauben, dass das hier real ist. Samuel senkt seinen Kopf und lässt seine Zunge über meine Brust gleiten. Sie ist feucht und heiß. Und die Spur, die sie hinterlässt, kühlt mich nicht im Geringsten ab. Ganz im Gegenteil. Sie brennt, verstärkt das Verlangen, ihm meinen Schwanz entgegen zu drängen und mich an ihm zu reiben. Samuel stöhnt auf, als wir uns gegenseitig so intensiv wie noch niemals zuvor spüren und beißt mir lustvoll in die kleine, harte Brustwarze. Er leckt und saugt, bewegt sich wild und hemmungslos auf mir. Gott, er macht mich wahnsinnig. Seine Hände sind dabei, mich in den Himmel zu schicken, als er nach meinen greift und sie am Bund seiner Shorts ablegt.

»Hah ... warte«, wispere ich gegen seine rauen Lippen, die so rot und warm sind, dass ich sie am liebsten gleich wieder für mich beanspruchen würde.

»Was ist? Willst du mir jetzt wieder sagen, dass du das nicht kannst?«, sagt er, klingt vielleicht sogar ein wenig schmollend. Ich schüttle direkt den Kopf. »Was dann? Willst du wieder im Bad verschwinden?« Okay, die Abfuhr von gestern scheint er mir übel zu nehmen.

»Nein.« Mein Herz klopft so schnell, dass es fast schon wehtut. »Ich will nur ...«

»Was?«, hakt er ungeduldig nach und rutscht noch einmal mit seinem Hintern über meinen Schwanz, was mich wirklich, wirklich total verrückt macht und meine Finger zucken lässt, die sich in seine Haut krallen.

»Ich will nur wissen, ob du weißt, dass ... hmmh ...« Ich stöhne, noch bevor ich richtig Luft holen kann. Samuels Hände legen sich auf meine pochende Mitte und dann beginnt er mich durch den Stoff meiner Unterhose zu massieren. Oh Gott, fühlt sich das gut an. Himmel, ist das geil, dabei berührt er ihn noch nicht einmal richtig.

»Was wolltest du sagen?«, haucht er mir neckend zu. Denkt er, dass er mich so aus dem Konzept bringen kann? Dass ich mich und alles, was an Widerstand noch in meinem Kopf ist, vergesse? Doch da ist kein Widerstand mehr. Da ist nur noch der Wunsch, sich irgendwie abzusichern, falls das überhaupt noch in irgendeiner Weise möglich ist.

»Samuel«, stöhne ich und hebe mein Becken gleichzeitig soweit an, dass sich der Druck auf meine Erektion automatisch erhöht. Er darf nicht aufhören. Nicht jetzt. Verdammt, was macht der Kerl mit mir?

»Lucas«, entgegnet er und sein Grinsen verrät mir, dass er ganz genau weiß, dass er mich hier gerade kontrolliert. Er hält die Fäden in seiner Hand. Oh scheiße. Das ist übel. Richtig übel. Weil es mich anturnt. Es macht mich geil. Seine Blicke, seine Hände ...

»Du weißt, dass sie das nicht gut finden wird?« Ich weiß nicht, woher ich den Mut finde, diese Worte auszusprechen, doch als sie meinen Mund verlassen, ist es zu spät. Er neigt den Kopf zur Seite, zieht seine Augenbrauen zusammen und hört dann auf mich zu massieren. Nein, nein, verdammt, er sollte doch gar nicht aufhören. Er sollte nur … er sollte … Fuck, ich bin so ein Idiot.

»Ich weiß es, okay? Ich weiß, was ich tue, wirklich. Außerdem hatte ich nicht vor, sie um Erlaubnis zu fragen«, sagt er und fährt fort, mich zu verwöhnen. Mit seiner Zunge leckt er über meinen Hals, hinauf zu meinem Ohr. »Und jetzt fass mich an. Fass mich endlich an, Lucas«, stöhnt er mir halb entgegen. Seine Stimme schickt eine kribbelnde Gänsehaut über meinen Körper und sämtliche Nackenhaare stellen sich auf. Auch wenn ich tief in meinem Inneren weiß, was seine Antwort bedeutet, kann ich mich nicht mehr beherrschen.

Samuel stöhnt mir hemmungslos ins Ohr, als ich seine Erektion von seiner Unterhose befreie und sie in einem kräftigen Rhythmus massiere. Es fühlt sich unbeschreiblich an. Verdammt gut. Ihn zu halten, ihn zu fühlen, ist etwas, was ich mir nie zuvor erträumt habe. Es ist real und gleichzeitig so unwirklich. Ich halte den Schwanz meines besten Freundes in der Hand und hole ihm einen runter, während er mir zum Dank ins Ohr stöhnt. Samuel so zu erleben ist einzigartig. Und ich bin so angetan davon, dass ich mehr von ihm sehen und hören will.

Mit einem Ruck tausche ich unsere Positionen. Samuel stöhnt ergeben auf, als er sich unter mir liegend auf den weichen Kissen wiederfindet und drängt mir seinen heiß pochenden Schwanz entgegen. Er ist hübsch. Ein Gedanke, der mich grinsen lässt, während Samuel beginnt sich unter mir zu winden. Er verlangt mehr. Jede Bewegung seines Körpers zeugt von Ungeduld und wüsste ich nicht, dass es für ihn das erste Mal wäre, dann hätte ich schon längst meine Finger in seinem Arsch und würde ihn damit bis in den Wahnsinn ficken. Allein der Gedanke daran, lässt meine Erregung zucken, die gern mehr Beachtung hätte. Doch Samuel ist viel zu sehr mit sich selbst beschäftigt. Immer wieder stößt er in meine Hand, fordert mit einem Stöhnen nach mehr, wenn ich kurzzeitig kräftiger an ihm reibe und mit dem Daumen seine empfindliche Eichel streife. Sie glänzt und lockt mich, verführt mich regelrecht dazu, sie mit meinen Lippen zu berühren.

»Fuck, Lucas ... fester. Ich ...«, stöhnt Samuel dunkel auf. Es wäre ein leichtes, jetzt weiterzugehen. Ich könnte alles tun. Samuel wäre überhaupt nicht mehr in der Lage, etwas dagegen zu machen, aber es sind nur ein paar gehauchte Küsse, die ich auf die Spitze seiner Erektion setze, obwohl viel mehr durch meinen Kopf schwirrt. Viel intimere, viel versautere Dinge.

»Ich ... shit, ich ... küss mich«, fordert Samuel atemlos und versucht, sich mir entgegenzustrecken, bevor ihn die Kraft verlässt und er stöhnend wieder zurückfällt. »Jetzt!« Ich neige mich zu ihm und meine Lippen krachen auf seine. Der Kuss ist hart, wild und feucht und auch, wenn er ihn selbst verlangt hat, braucht Samuel ein wenig, um ihn zu erwidern. Er summt zufrieden, nur um im nächsten Moment wieder heiser in meinen Mund zu stöhnen. Ich spüre das Zucken, das heftige Beben, das durch seinen Körper geht, noch bevor ich sein Sperma an meinen Fingern spüre. Seine Zunge wird langsamer, träge. Trotzdem hört er nicht auf mich zu küssen, selbst dann nicht, als sein Orgasmus schon lange vorbei ist und ich aufgehört habe, ihn zu massieren. Es ist fast schon peinlich, dass es scheinbar nicht mehr gebraucht hat, als seinen Orgasmus, damit auch ich meinen Höhepunkt erreiche. Zwar mit Sicherheit nicht halb so heftig und intensiv, wie er gewesen wäre, wenn wir noch andere Dinge gemacht hätten, aber es war trotzdem befriedigend.

Das Einzige, was einen immer wieder ungewollt auf den Boden der Tatsachen zurückholt, ist der Moment danach. Der Moment, wenn der Rausch vorbei ist und man ungeschönt jedes Detail von dem präsentiert bekommt, was man getan hat und man nicht mehr weiß, was man sagen soll. So geht es mir gerade, nachdem der Kuss endet und ich nicht die Kraft aufbringen kann, Samuel direkt in die Augen zu sehen. Ich weiß nicht genau warum. Es ist nicht so, als würde ich mich dafür schämen, oder dass ich es bereuen würde. Ganz im Gegenteil. Es ist eher so, dass ich befürchte, dass mir das nicht reicht.

»Ähm ...«, beginne ich, fühle mich unbeholfen und unsicher. »Willst du dich vielleicht waschen? Ich meine, willst du ins Bad? Wenn nicht, dann würde ich schnell ...« Samuel nickt nur überfordert. Ich nicke auch und dann erhebe ich mich wohl ein wenig zu plötzlich und hastig von ihm, um ins Bad zu gelangen. Vielleicht kommt es total falsch an. Wie eine Flucht, oder so. Ich weiß es nicht, aber Samuel legt sich mit einem tiefen Seufzen seinen Arm auf die Stirn. Fuck. Ich habe doch geahnt, dass es komisch werden würde, wenn ich nachgebe. Ich habe gewusst, dass es kompliziert werden würde. Und jetzt die Bestätigung dafür zu kriegen, hilft absolut nicht. Dabei sind wir noch nicht einmal bis zum Äußersten gegangen.

Ich weiß nicht, ob ich froh, glücklich oder einfach nur todtraurig sein soll. Das eben zwischen uns war unbeschreiblich. Nur leider ist Samuel nicht mein Partner. Kyras Anwesenheit wird immer im Raum schweben, solange sie zusammen sind, auch wenn wir das beide eben gut ignoriert haben. Früher oder später taucht sie wieder auf, nicht einmal das erfrischende Wasser aus der Dusche sorgt dafür, dass sie verschwindet, denn als ich aus dem Badezimmer komme, hängt Samuel am Telefon und ich weiß sofort, mit wem er spricht.

»Ja, mir geht es gut. So schlimm war es gar nicht.« Samuel steht mit Blick zum Fenster, nur mit Boxershorts bekleidet, da und starrt ins Leere, während ich Kyra undeutlich reden höre.

»Hmm, ich weiß. Es tut mir leid«, murmelt er abwesend. »Wirklich, mir geht es gut. Eine leichte Magenverstimmung, nichts weiter.« Er lügt. Ohne mit der Wimper zu zucken, spielt er weiter dieses Spiel, nur um nicht sagen zu müssen, was wirklich hier passiert? Er verschweigt, dass er lieber mit mir rumgemacht hat, als sich bei seiner Freundin zu melden. Und was, wenn es keinen Grund gibt, ihr tatsächlich die Wahrheit zu sagen?

»Du kennst ihn doch. Er übertreibt halt gern mal, das ist seine Art. Deshalb ... ja, ja ... okay.« Ich fühl mich falsch, so lächerlich falsch an diesem Ort, während er sich mit seiner Freundin unterhält, als wäre nichts gewesen. Mir wird die Luft hier drin zu knapp und jedes weitere Wort aus seinem Mund schmerzt. Ich sollte gehen. Denn obwohl diese geheuchelte Normalität wahrscheinlich genau das ist, was wir brauchen, will ich sie nicht. Dafür tut es zu weh.

»Warum willst du das wissen? Ich weiß es noch nicht ... vielleicht ...« Möglicherweise habe ich mich ein wenig zu laut bewegt und eventuell auch ein abfälliges Geräusch gemacht, als ich versucht habe mir eilig meine Jogginghose anzuziehen, denn Samuel hört auf zu reden und dreht sich zu mir um. »Moment ...«, nuschelt er ins Telefon, zieht seine Augenbrauen fragend zusammen und hält anschließend eine Hand über das Mikro.

»Wo willst du hin?«

»Raus«, entgegne ich genervt.

»Warum?« Dass er das überhaupt fragen muss. Genau das vermittelt wahrscheinlich auch mein Blick.

»Verstehe …«, murmelt er und ich schnaube. Ich bezweifle das. Samuel versteht nichts von dem, was in mir vorgeht. Sein Handeln beweist es. Er kommt zu mir, drückt mich aufs Bett und setzt sich kurzentschlossen auf meinen Schoß. Kyra noch immer an seinem Ohr. Dieser verdammte Arsch. Und das Schlimmste daran ist, dass ich nicht fassen kann, dass ich das zulasse. Was läuft falsch mit mir?

»Kyra? Ab jetzt melde ich mich regelmäßig bei dir, versprochen.« Und schon wieder hat er seine Finger auf mir, schiebt sie unter mein Shirt und ich … tue nichts dagegen. Außer ihn böse anzusehen, aber das hält ihn nicht auf.

»Ja, Schatz, ich wünsch dir viel Spaß beim Yoga. Ich liebe dich.« Mir kommt fast das Frühstück wieder hoch, das ich noch nicht hatte. Wie kann man so was nur so überzeugend sagen, wenn man gerade erst in der Hand eines anderen Mannes gekommen ist?

Erst jetzt wird mir schmerzlich bewusst, in welcher Lage sich Kyra befindet, ohne dass sie auch nur den Hauch einer Ahnung davon hat, dass sich ihre schöne heile Welt verändert und Samuel lässt sie ganz absichtlich in diesem schwebenden Zustand. Warum? Will er sie vor einer Enttäuschung bewahren oder sich selbst nur alle Eventualitäten offenhalten? Genau in diesem Moment verspüre ich ehrliches Mitleid mit ihr, als er mit einem endgültigen Seufzen das Gespräch beendet und seine Aufmerksamkeit wieder voll und ganz auf mich richtet.

»Und warum schaust du jetzt so finster aus der Wäsche?«, fragt er mich und ich verspüre den Drang, ihm erst mal eine reinzuhauen, bevor ich ihm antworte. Dass es dazu nicht kommt, liegt einzig und allein daran, dass er immer noch mein bester Freund ist und nicht etwa daran, dass mein Körper gelähmt ist von seiner Nähe.

»Das fragst du noch? Ist das nicht offensichtlich?«

»Bist du sauer, weil du dir im Bad allein einen runterholen musstest? Wirklich? Kein Thema, das können wir gern ändern«, meint er und ist doch tatsächlich dabei, mir seine Finger unter die Hose zu schieben.

»Was? Nein … Ich musste mir nicht … verdammt, Samuel, hör auf.«

Eilig halte ich ihn davon ab, seine Hände noch tiefer wandern zu lassen. Langsam werde ich wütend.

»Darum geht es nicht, okay?«

»Worum dann?«

»Es geht darum, dass du ein mieses Arschloch bist«, zische ich ihm entgegen.

»Ach, bin ich das, ja?« Seine Augen werden schmaler.

»Ja«, beharre ich.

»Und warum?«

»Weil du deine Freundin belügst. Weil du ihr etwas vorspielst. Bei mir hast du mehrfach betont, dass du es hasst, wenn man dich belügt, und jetzt machst du das Gleiche bei ihr.«

»Moment mal, du warst es doch, der mir gestern noch gesagt hat, dass sie davon nichts erfahren muss.«

»Da dachte ich ja auch noch, dass du nur so drauf bist, weil du dieses beschissene Zeug geraucht hast.« Und weil da im Prinzip nicht so viel passiert ist wie jetzt.

»Und trotzdem hast du es vorhin zugelassen. Was bitte hätte ich deiner Meinung nach tun sollen?« Sein Brustkorb hebt und senkt sich heftig. »Hätte ich ihr sagen sollen, dass du sie belogen hast?«, hält er mir vor und ich schlucke. »Hätte ich Kyra sagen sollen, dass du mir letzte Nacht einen Korb gegeben hast, weil ich Drogen genommen habe und dir an die Wäsche wollte?« Mein Hals fühlt sich zu eng an, während er aufgebracht weiterspricht. »Sollte ich ihr sagen, dass wir uns gerade gegenseitig aneinander gerieben haben, um es uns zu besorgen, weil wir halt gerade scharf drauf waren? Sollte ich ihr sagen, dass ich vielleicht auch hin und wieder mal ein bisschen Spaß mit Männern haben will? Am Telefon? Ist es das, was du willst?« Erst, als seine Stimme verstummt, traue ich mich wieder zu atmen.

»Nein«, gebe schließlich ich ehrlich zu. Es wäre sicherlich nicht schön, so was am Telefon zu hören, aber es ändert nichts an der Tatsache, dass sein Verhalten falsch ist. »Es ist trotzdem mies, sie zu belügen.«

»Natürlich ist es das. Wenn das einer weiß, dann ich, aber warum soll ich ihr etwas erzählen, von dem ich selbst noch nicht sicher bin, was es ist oder was es überhaupt bedeutet?«

»Wie meinst du das?« Samuel seufzt und lässt sich unvermittelt nach vorn, gegen mich, fallen. Sein schwerer Körper drückt mich nach hinten auf die Matratze und als mein Herz wieder droht, verrückt zu spielen, weil er mit seinem Mund über meinen Hals wandert, ist sämtliche Wut verschwunden.

»Ich denke, du weißt schon längst, was ich meine. So blöd kannst nicht einmal du sein«, behauptet er und ich kann spüren, dass sich seine Lippen zu einem leichten Grinsen verziehen. »Kommt es dir nicht seltsam vor, dass ich plötzlich diese Dinge tun will?«, haucht er leise. Sein Atem verursacht eine Gänsehaut an meinem Nacken.

»Doch ... vielleicht ... ein wenig«, erwidere ich und lecke mir über trockene Lippen.

»Siehst du.«

»Willst du mir damit sagen, dass du nicht weißt, ob du vielleicht Bi bist?«, stelle ich dann zögerlich eine Behauptung in den Raum, auf die er erst mal nur mit den Schultern zuckt.

»Ich will damit erst einmal nur sagen, dass ich nicht weiß, warum ich dieses Verlangen danach spüre«, wispert er und ich schwöre beim Grab meiner Großmutter, dass Samuels Ohren gerade verdächtig heiß geworden sind.

»Verlangen? Heißt das, du willst das ... nochmal tun?« Oh Gott, ich sterbe.

»Nicht nur das. Ich will ... noch viel mehr tun, Lucas.« Mein Name aus seinem Mund hört sich unheimlich verführerisch und erregend an. So verboten geil.

»Und, warum ich? Warum suchst du dir ausgerechnet mich aus?«

»Weil du mein bester Freund bist«, sagt er so selbstverständlich, dass ich keinen Zweifel mehr daran habe, dass er vermutlich wirklich einfach nur in einer Probierphase steckt. Ein Selbstfindungsakt. Nicht mehr.

»Woher weißt du, dass es nichts kaputt macht? Du könntest dir jeden nehmen.« Es ist schrecklich, wie viele Schmerzen man sich selbst nur durch ein paar Worte zufügen kann. Auch wenn ich es gesagt habe, will ich eigentlich nicht, dass sich Samuel jemand anderes nimmt, und gleichzeitig glaube ich, dass er unsere Freundschaft ernsthaft gefährdet, wenn er wirklich darauf bestehen sollte, dass ich da mitmache.

»Wir standen uns doch schon immer sehr nah. Vielleicht ist das nur ein weiterer Schritt? Eine weitere Ebene in unserer Freundschaft, die wir gemeinsam betreten, verstehst du?« Ich bin mir nicht sicher, ob ich wirklich verstehe, was er da meint. Aber vor allem gibt es mir keine Sicherheit dafür, dass sich zwischen uns nichts verändern wird.

»Und was tust du, wenn sich einer von uns in den anderen verliebt?« Es folgt ein raues, bitteres Lachen.

»Als ob das jemals passieren würde«, sagt er und verpasst mir damit einen ziemlich heftigen Dämpfer. Ich wäre mir da nämlich nicht so sicher und genau das macht mir Angst.

»Du vergisst, dass ich derjenige von uns beiden bin, der ganz offiziell schwul ist, oder?«

»Nein, du bist derjenige von uns beiden, der definitiv häufiger betont, dass wir beste Freunde sind, als sonst irgendjemand«, entgegnet er.

»Ja, vielleicht hast du recht.«

»Natürlich habe ich recht. Also lass uns einfach ein bisschen Spaß haben.« Mein Bauchgefühl sagt mir, dass das eine verdammt blöde Idee ist. Warum ist es so schwer, einfach Nein zu sagen?

»Ich muss drüber nachdenken, okay?« Schon als er mir erneut leichte Küsse auf den Hals haucht, weiß ich, dass ich nachgeben werde. Samuel hatte bereits gewonnen, noch bevor wir dieses Gespräch überhaupt angefangen haben.

»Okay.«

»Gut, solange ich nicht zugestimmt habe, läuft nichts zwischen uns, klar?« Schwacher Protest in Form von verstimmtem Grummeln, bevor er seine Lippen auf meinen Kiefer presst.

»Nicht einmal so was?«, haucht er und arbeitet sich weiter vor. Er küsst meinen Mundwinkel und anschließend ganz sanft meine Lippen. »Keine Küsse?« Man verdammt, er muss es aber auch immer unnötig schwer machen.

»Küssen ist okay, denk ich«, erwidere ich und sofort breitet sich ein triumphierendes Grinsen auf seinen Lippen aus.

Als er mich daraufhin küsst, fange ich an, zu begreifen, dass dieses Gespräch ganz und gar anders verlaufen ist, als ich das wollte. Ich wollte doch gar nicht zu seiner Affäre werden. Ich bin ein Idiot! Ein masochistischer, selbstzerstörerischer Vollidiot.

9 – Überraschungen

Tatsächlich vergehen zwei Tage, in denen zwischen uns kaum etwas passiert. Samuel hält sich an meine Bitte und bis auf ein paar Küsse hier und da, hat er kein einziges Mal versucht mir näher zu kommen. Ich weiß nur nicht, ob ich mich darüber freuen soll. Theoretisch könnte ich sofort etwas daran ändern. Ich müsste nur etwas sagen und ich hätte alles, wovon ich die letzten Nächte geträumt habe. Ziemlich lebhaft und vor allem nicht jugendfrei. Mein Unterbewusstsein weiß ganz genau, was ich will und was mir gefallen würde, wären da nur nicht die vielen kleinen Hindernisse. Zum Beispiel die Tatsache, dass ich mich ungewollt ziemlich heftig verlieben könnte, ohne die Gewissheit, dass meine Gefühle erwidert werden würden.

Nein, solange ich aufpasse, wird es nicht soweit kommen. Auch wenn das bedeutet, dass es nur bei erregenden Träumereien bleiben wird. Wahrscheinlich ist das sogar der bessere Weg. Vernünftiger. Sowohl für Samuel als auch für mich.

Eine gute Möglichkeit, sich nicht damit zu befassen, ist durchaus sich einfach auf einen weiteren, schönen Urlaub zu konzentrieren. Darauf, mit Samuel durch die Gegend zu fahren und bei offenem Fenster den warmen Wind auf meinem Gesicht zu spüren. Keine Ahnung, wo wir hinwollen. Samuel hat es erzählt, aber ich bin zu sehr mit meinen eigenen Gedanken beschäftigt. In der letzten halben Stunde ist es still geworden zwischen uns. Das Radio läuft leise und draußen zieht die Landschaft an uns vorbei. An der nächsten Tankstelle lenkt Samuel das Auto vor die Zapfsäule. Der Motor verstummt und Samuel seufzt leise.

»Lucas? Denkst du wirklich immer noch darüber nach?«

»Huh?« Überrascht wende ich mich zu ihm um. Ich weiß nicht genau, was er meint. Es gibt derzeit unheimliche viele Themen, über die ich nachdenke. »Ähm, worüber?«

»Paris? Du hast mich vorhin beim Frühstück gefragt, was wir in Paris wollen, schon wieder vergessen?« Ach, das meint er.

»Stimmt, aber du wolltest mir nichts verraten«, erwidere ich.

»Vielleicht hat sich das ja jetzt geändert?«

»Ach, und warum auf einmal?« Er seufzt leise.

»Weil du mich nervst«, sagt er trocken.

»Was? Warum das denn? Ich mache doch gar nichts.« Ehrlich irritiert blicke ich ihn an.

»Eben. Dein Schweigen macht mich wahnsinnig«, gesteht er und ein leichtes Grinsen entsteht auf meinen Lippen. »Wirklich? Sonst stört es dich doch, wenn ich die ganze Zeit rede.«

»Hm«, macht er und zuckt mit den Schultern. »Nur manchmal, aber wenn du gar nichts sagst, dann bist du nicht du selbst.«

»Okay, also wäre es dir lieber, wenn ich dir ein Ohr abkaue?« Ich schmunzle ihm entgegen, bis sich sein Ausdruck verändert - von irritiert zu amüsiert.

»Vielleicht«, erwidert er und für die nächsten Sekunden wirkt sein Blick wahnsinnig fesselnd, sodass ich einfach nicht wegsehen kann. Ich merke eindeutig, dass er versucht, mit mir zu flirten.

»Samuel ...«, seufze ich und er legt seinen Kopf schief, ehe er sich näher zu mir lehnt. Mir ist unbegreiflich, wie jemand so eine Wirkung auf mich haben kann, dass ich kaum noch weiß, wo ich hinsehen oder was ich tun soll. Seine Lippen teilen sich und ich schlucke schwer. Sein Atem streift meine Haut.

»Vielleicht schaust du einfach mal im Handschuhfach nach«, wispert er mir dann entgegen. Ich soll ... »Was?«, hauche ich irritiert. »Wieso sollte ich ... ah, verdammt, Samuel ...« Ungewöhnlich sanft schnippst er mir gegen die Stirn. »Idiot«, murmelt er und schüttelt den Kopf. Selber Idiot, denke ich und öffne das Handschuhfach. Ich kann nicht fassen, dass ich da noch nicht selbst drauf gekommen bin. Das ist so naheliegend, dass es schon wieder das perfekte Versteck ist. Für Tampons.

»Dein Ernst?« Lachend nehme ich die Packung heraus. »Das ist deine …«

»Natürlich nicht, die sind von Kyra.« Dachte ich mir, witzig ist es aber trotzdem. »Schau weiter hinten nach, unter den Papieren.« Ich lege die Packung Tampons grinsend nach unten in den Fußraum und widme mich dann dem Papierkram, den ich nur zur Seite schieben muss. Dann stockt mir der Atem. Da liegen zwei Karten. Genauer gesagt, zwei Konzertkarten, die seit Monaten ausverkauft sind!

»Fuck, Samuel …« Ich bin geschockt und gerührt zugleich. »Du hast … du hast wirklich …« Meine Finger zittern sogar ein wenig, bevor ich die Karten in die Hand nehme. »Oh mein Gott, sind die echt?«

»Ja, natürlich«, erwidert Samuel sofort.

»Wie geil! Oh Mann, Sam ich … Ich liebe dich!« Glücklich drehe ich mich zu ihm und falle ihm um den Hals. »Scheiße, Mann, ich glaub's nicht! Wie bist du an die Karten gekommen? Wann? Ich dachte, die wären ausverkauft seit … seit …«

»Ewigkeiten, ja«, murmelt Samuel an meinem Hals und ich kann spüren, wie seine Lippen ganz sanft meine Haut streifen. Es fühlt sich gut an. So gut, dass ich meinen Kopf zur Seite neige und einen Kuss beginne, in dem all meine Dankbarkeit steckt. Diese Konzertkarten sind eine wahnsinnig schöne Überraschung! Einfach krass. Ich hätte damit nie im Leben gerechnet, aber … wir gehen zusammen auf ein Konzert unserer Lieblingsband! In genau einer Woche. In Paris. Mein Herz rast. Ob das nur an den Karten liegt oder auch am Kuss, der immer intensiver wird, je länger wir unsere Zungen aneinanderschmiegen, kann ich nicht genau sagen. Samuel schiebt seine Hand in meinen Nacken und ein wohliges Seufzen verlässt meine Lippen. Verdammt, ich bin da einfach viel zu empfindlich. Samuel zieht mich näher und krault meinen Nacken, nur um kurz darauf über mein leichtes Stöhnen zu schmunzeln. Ich kann es spüren, kann fühlen, wie sich seine Mundwinkel verziehen, ehe ich mich keuchend wieder von ihm löse. Ich rutsche zurück auf meinen Sitz, bevor sich das Kribbeln zu weit in meinem Körper ausbreiten kann. Das wäre jetzt nicht gut. Nicht hier und vermutlich auch noch nicht heute. Ich weiß noch nicht, ob ich dem tatsächlich nachgeben soll, obwohl es mir langsam echt schwerfällt, standhaft zu bleiben.

»Krass«, hauche ich und betrachte erneut die Karten in meiner Hand. Sie sehen schlicht aus. Schwarz mit Goldprägung. »Wir gehen da wirklich hin, ja? Echt jetzt?«, frage ich sicherheitshalber nochmal nach. Vermutlich kann ich das erst richtig glauben, wenn ich wirklich da bin, vor der Bühne stehe und den Gitarristen anschmachten kann. Samuel nickt schmunzelnd.

»Allerdings solltest du sie vielleicht lieber zurücklegen, bevor du sie vor lauter Freude aus dem Fenster schmeißt.« Oh Gott, niemals!

»Das wäre ziemlich dumm.« Noch während ich nicke, landen die Karten wieder sicher im Handschuhfach. Die Tampons stelle ich genau daneben und wende mich anschließend wieder Samuel zu. »Und jetzt, fahren wir nach Lyon?« Mir ist wieder eingefallen, wohin wir wollen. Neue Aufregung kitzelt in meinen Venen. Samuel grinst.

»Ja gleich, sobald ich getankt habe.« Sein Blick gleitet noch einmal kurz über meine Lippen, schweift aber sofort wieder zur Seite, dann steigt er aus. Ich bleibe sitzen, bin immer noch total überwältigt und für eine Sekunde sogar versucht, das Handschuhfach noch einmal zu öffnen. Samuel hat das scheinbar wirklich alles bis ins kleinste Detail geplant.

Die nächste Überraschung befindet sich in Lyon. Genauer gesagt im Hotelzimmer. Es ist schön, ziemlich modern, nicht zu klein und mitten im Raum steht eine Dusche. Okay, ich weiß, normalerweise sind Duschen nicht so besonders erwähnenswert, aber diese hier schon. Sie ist nämlich an allen Seiten komplett aus Glas und dient als Raumtrenner zwischen Schlaf- und Wohnbereich. Samuel ist, glaube ich, ein wenig geschockt von dieser Entdeckung. Ich hingegen find es genial. Und ich habe gerade eine wirklich dämliche Idee. Lachend ziehe ich die Glastür auf, stelle mich breitbeinig unter den großen Duschkopf und lasse die Hüften ein wenig schwingen. Samuel zieht die Augenbrauen nach oben. Meine Hände wandern kurz fahrig über meinen Körper, ehe ich sie frech grinsend auf die Scheibe vor mir klatsche, gefolgt von meinem Mund, der sich ebenfalls dagegen presst.

»Naa, Samuel, seh ich nicht heiß aus beim Duschen«, nuschle ich gegen das Glas und bewege mein Becken noch ein wenig deutlicher. Samuels Blick ist dunkel und das folgende Schnauben ein wenig dumpf.

»Oh Samuel, ich kann das noch besser«, behaupte ich und seine Augen werden schmaler. Gleichzeitig fummle ich etwas an dem Wasserhahn herum, nehme den Duschkopf in die Hand und halte ihn gegen das Glas. Das Wasser perlt wie Regen an der Scheibe herab und Samuels Konturen dahinter werden unscharf.

»Hmm, Sam … sieht das so geil aus, wie es sich anfühlt?« Von Samuel kommt nur ein weiteres gedämpftes Schnauben. »Du Idiot«, murmelt er, bevor er sich wegdreht und seinen Koffer aufs Bett schmeißt. »Pass lieber auf, dass du dich nicht nass machst«, meint er noch beiläufig. Na klar, als würde ich … ach fuck. Mein rechter Fuß rutscht zur Seite weg und ich lasse aus Reflex den Duschkopf fallen. Warmes Wasser spritzt mir entgegen, ehe er auf dem Boden aufkommt und ich ihn wieder zu fassen bekomme. Na super.

»Uff, das … war nicht sexy, oder?« Unbeholfen richte ich mich wieder auf und stelle das Wasser ab. Samuel sagt nichts, aber ich habe sein leichtes Kopfschütteln gesehen, bevor er sich ein frisches Shirt aus dem Koffer gezogen hat. Das brauche ich jetzt auch. Vorsichtig, um nicht noch einmal auszurutschen, verlasse ich die Dusche und gehe zu meinen eigenen Sachen.

»Hm, was haben wir jetzt eigentlich noch so vor?«, frage ich Samuel und öffne meinen Koffer. Sein Innenleben unterscheidet sich vollkommen von Samuels. Während bei ihm alles schön sauber und ordentlich zusammengelegt ist, herrscht bei mir ein wildes Durcheinander.

»Wie wäre es mit einem Spaziergang durch die Altstadt?«, meint er und richtet seinen Blick auf sein Smartphone.

»Klar, warum nicht.« Er nickt und tippt dabei eilig aufs Display. Ob er sich gerade bei Kyra meldet? Ihr wie versprochen Bericht erstattet? Ach verdammt, ich wollte da gar nicht mehr dran denken!

»Wenn du willst, können wir danach noch zum Place Bellecour.«

»Klingt gut.« Ich muss mich ablenken. Irgendwie. »Was gibt's da?« Samuel beendet seine Nachricht und sieht wieder auf. »Ein Riesenrad«, sagt er und ich erwidere erfreut sein leichtes Schmunzeln. »Ach tatsächlich? Wie cool. Fahr ich damit dann alleine oder kommst du mit?« Samuel kräuselt die Nase, dann zuckt er die Schultern. »Ich habe nicht wirklich eine Wahl, oder?«

»Wenn du sie hättest, wüsste ich, wie du dich entscheidest. Also nein, wenn schon Riesenrad, dann zusammen.«

»Dachte ich mir.« Das klingt wirklich gut. Und vor allem klingt es nach ganz viel Ablenkung. Ein Stadtausflug und Riesenradfahren. Was kann da schon zwischen uns passieren?

Eine ganze Menge. Theoretisch. Dachte ich. Aber tatsächlich passiert nichts. Nichts! Was genau habe ich denn auch erwartet? Dass er an jeder Ecke über mich herfällt? Dass er mir beim Eisessen sofort die Kleider vom Leib reißt? Verdammt, warum frustriert es mich, wenn nichts passiert, obwohl es doch genau das ist, was ich wollte?

Stattdessen erwische ich mich pausenlos dabei, wie ich mir vorstelle, einfach Samuels Hand zu halten. Wir flanieren durch die mittelalterlichen Straßen von Lyon und ich kann an nichts anderes Denken. Verdammt. Diese Stadt hat keinen besonders guten Einfluss auf mich und meine Gefühlswelt. Wie soll das denn in Paris werden? Dieses Hin und Her in meinem Kopf macht mich wahnsinnig. Ich sollte mich endlich entscheiden und einfach sagen, was ich will. Es ist doch sowieso schon längst klar, oder?

Möglicherweise bin ich aber auch nur zu romantisch eingestellt, weil Samuel im Riesenrad direkt neben mir sitzt und die bunte Beleuchtung nach Einbruch der Nacht einfach atemberaubend ist. Der Moment, mit ihm ganz oben über dem Boden zu schweben und dem Himmel zum Greifen nah zu sein, ist einmalig. Ich will ihn die ganze Zeit an mich ziehen und küssen. Nein, eigentlich will ich ihn festhalten und später von ihm und mir träumen.

Ein stetiges Rauschen weckt mich am nächsten Morgen auf sehr sanfte, ruhige Art. Blinzelnd öffne ich die Augen. Es ist so hell. Zu viel Licht dringt durch die großen Fenster. Wäre ich nicht so verflucht träge, dann würde ich aufstehen und die Vorhänge zuziehen. Warum habe ich da eigentlich nicht letzte Nacht dran gedacht? Murrend drehe ich mich auf die andere Seite, nur um im nächsten Moment stocksteif in der Bewegung zu verharren und die Luft anzuhalten. Das Rauschen kommt von der Dusche. Und in der Dusche ist ... Fuck.

Soweit ich mich erinnern kann, hat mich Samuel vergangene Nacht nicht in meinem Traum besucht. Dafür präsentiert er mir jetzt live und in Farbe seine pure Nacktheit. Wasser rinnt in Bächen über seinen Rücken, über seine Hüfte ... über seinen ... Himmel, mir klappt der Mund auf, als ich den Wassertropfen über sein Steißbein nach unten folge. Er bietet eine herrliche Ansicht, die mich vollkommen einnimmt, hypnotisiert ... erregt. Meine Zunge gleitet über meine Lippen, während ich gebannt auf den Hintern meines Freundes starre. Samuel steht mit gesenktem Kopf unter dem Wasserstrahl und bewegt sich nicht. Für Minuten, die dafür sorgen, dass es zwischen meinen Beinen anfängt zu ziehen und zu kribbeln, dabei wollte ich mich eben noch freuen, dass ich nicht mit einer Morgenlatte aufgewacht bin. Tja, Pech gehabt. Das, was jetzt zwischen meinen Beinen entsteht, ist eine Ich bin wach und sehe meinem geilen besten Freund beim Duschen zu - Latte. Scheiße.

Ich will mich berühren. Will dafür sorgen, dass es aufhört, so heftig zu pochen, und gleichzeitig will ich aufstehen und zu ihm gehen. Will wissen, wie sich seine Haut anfühlt, wie er riecht und wie es klingt, wenn ich ihn gegen die Wand presse, nur um meinen Drang nach Erlösung zu befriedigen. Aber ich tue es nicht.

Meine Hände krallen sich in die Bettwäsche, gleichzeitig beiße ich mir auf die Lippe. Oh Gott, ich bin sowas von verloren. Wenn er nicht gleich aufhört, so genießend unter dem Wasser zu stehen, sich sanft zu berühren, fange ich wirklich noch an zu stöhnen. Vielleicht hilft es, wenn ich die Augen schließe und Stoßgebete zum Himmel schicke? Einen Versuch ist es wert, den ich gerade noch rechtzeitig umsetze, bevor ich höre, dass das Wasser ausgeht. Samuels nackte Füße bewegen sich leise durchs Zimmer. Er lässt etwas fallen, direkt neben dem Bett. Kein Ton verlässt seine Lippen, während ich mich bemühe, still zu liegen. Es ist schwer. So verdammt schwer. Und ich versage, als ich nicht mehr anders kann und die Augen öffne. Samuel steht vor mir. Ich sehe alles von ihm und beinahe sehnsüchtig keuche ich auf.

»Lucas?«

»Hmm«, erwidere ich. Ob ich so tun kann, als wäre ich gerade erst aufgewacht?

»Wie lange bist du schon wach?«

»Ähm ...« Genau, ich bin sprachlos und noch dazu ziemlich abgelenkt von meinem Penis, der so verflucht heftig um Aufmerksamkeit bettelt.

Und ich Idiot komme auch noch auf die bescheuerte Idee mich zu drehen. Eigentlich wollte ich mich von Samuels Anblick lösen und nicht noch deutlicher stöhnen.

»Alles gut?«, fragt er mit skeptischem Blick. Was soll ich darauf jetzt sagen? Meine Möglichkeiten sind begrenzt. Schwanken zwischen Kopfschütteln und Nicken, zwischen Fluchen und erneut Stöhnen.

»Klar«, presse ich mühselig hervor.

»Sicher? Du klingst nicht so.«

»Doch, doch. Mir ist nur ... furchtbar warm.«

»Okay, verstehe. Vielleicht solltest du dann auch duschen«, meint er und ich brauche nicht einmal hinzusehen, um zu wissen, dass er sich gerade wieder eine Hose angezogen hat. Ich höre, wie er den Reißverschluss zuzieht.

»Ja, vielleicht«, keuche ich halb und weiß, dass er recht hat. Ich muss duschen, aber wie, wenn Samuel im Zimmer ist?

»Geh ruhig, ich bin eh fertig«, sagt er und ich werfe ihm einen Blick zu, der ihm mitteilt, dass er verschwinden soll, doch Samuel versteht ihn nicht. »Was ist? Hast du Angst mir etwas zu zeigen, was ich schon längst kenne?«, fragt er und ich unterdrücke ein Aufstöhnen.

»Nein, aber ...«

»Aber was?«

»Ich ... also ich habe ...« Ich werfe einen nervösen Blick nach unten.

»Was denn?« Ich schlucke und verfluche ihn innerlich, weil er nicht kapiert, was ich versuche ihm anzudeuten. Wer ist denn hier bitte grade der Idiot? Oder spielt er mit mir? Versucht er, mich absichtlich wahnsinnig zu machen? Wenn ja, dann schafft er es. Ich bin kurz vorm Verzweifeln und ... ach scheiß drauf! Ich seufze und schlage die Bettdecke zurück. Kaum, dass ich auf den Beinen stehe, wandern Samuels Augenbrauen interessiert nach oben. Und dann schleicht sich doch tatsächlich ein zufriedenes Grinsen auf seine Lippen. »Ah ...«, seufzt er.

»Ja, genau«, brumme ich und kann nicht fassen, dass er mir schon wieder ungeniert auf meinen Schwanz starrt. Auffälliger geht's wohl nicht, was?

»Samuel, hör auf damit«, murre ich und versuche, mich an ihm vorbeizuschieben.

»Womit?«

»Ihn anzustarren.«

»Ich starre nicht.«

»Doch.«

»Nein.«

»Samuel ...«

»Hm.« Auch wenn es komisch ist, weil mich Samuel nach wie vor mustert, ziehe ich mir die Boxershorts aus, mit der ich geschlafen habe und betrete die Dusche. Die Fliesen sind noch nass und warm. Mein Nacken kribbelt. Samuel beobachtet mich. Ich kann mich kaum richtig konzentrieren. Weder auf das kalte Wasser, noch auf meine Hände, die unstet über meinen Körper wandern, und versuchen das Duschgel großflächig auf meiner Haut zu verteilen. Nur eine Stelle lassen sie aus. Die größten Mühen bringe ich auf, um sie nicht zu meiner Körpermitte wandern zu lassen, bis Samuel ein unterdrücktes Keuchen entweicht. Na, immerhin scheint ihn mein Anblick unter der Dusche auch nicht kalt zu lassen.

»Hm, ich geh runter, kurz eine rauchen«, sagt er und ehe ich etwas erwidern kann, schlägt hinter ihm die Tür zu. Ich schwöre, so schnell wie in diesem Moment habe ich noch niemals zuvor erleichtert meine Hände an meinen Schwanz gelegt und angefangen mich unter lautem Stöhnen zu massieren.

Nach dem Frühstück liegen wir auf unserem Zimmer im Bett. Die letzten Tage waren so aufregend und anstrengend, dass ich heute irgendwie keine richtige Lust habe, etwas zu unternehmen. Mir ist mehr danach einfach hier rumzuliegen und zu entspannen. Meinetwegen können wir uns auch einen Film ansehen. Hauptsache meine Füße haben mal einen Tag Pause. Allerdings sieht Samuel das anders.

»Aber hier steht, dass es gegen dreizehn Uhr mit fünfzig prozentiger Wahrscheinlichkeit regnen soll. Meinst du wirklich, wir sollten da heute rausgehen?« Ich greife nach jedem Strohhalm, echt.

»Die Chance, dass diese Vorhersage zutrifft, ist ziemlich gering, Lucas.«

»Na, ich weiß nicht, die App sieht schon professionell aus. Was, wenn es stimmt?«

»Dann werden wir nass«, stellt er nüchtern fest.

»Aber immerhin nur zu fünfzig Prozent.« Ich seufze und Samuel runzelt die Stirn. »Das würde also bedeuten mein Kopf und deine Füße, der Rest bleibt trocken.« Samuel sieht mich an, als wäre ich gerade direkt vor seinen Augen unsichtbar geworden. »Im Ernst, Samuel, das ist eigentlich voll logisch. Sieh mal, da ich weiß, dass es höchstwahrscheinlich ...«

»Sicher nicht ...«

»Höchstwahrscheinlich regnen wird, werde ich also einen Regenschirm einpacken und eine Regenjacke mitnehmen und auch die geilen neonblauen Gummistiefel tragen, die noch in deinem Kofferraum liegen. Das würde mich eigentlich davor bewahren nass zu werden. Dich würde es also voll erwischen, weil du der App nicht vertraust. Aber ich bin kein Arsch und deine Frisur ist es generell immer wert gerettet zu werden, deshalb würde ich dir meinen Regenschirm überlassen. Die Gummistiefel natürlich nicht und weil deine Chucks nicht wasserdicht sind, passiert eben was passieren muss. Ich habe am Ende einen nassen Kopf und du nasse Füße.« Samuel blinzelt.

»Kannst du mir verraten, was du genommen hast?« Er meint das nicht so. Das leichte Schmunzeln auf seinen Lippen verrät ihn.

»Natürlich nichts, aber es ist doch wohl eindeutig, dass ich Recht habe.«

»Womit?« Stellt er sich jetzt absichtlich dumm? Er schafft es, dass ich genervt seufze und mit dem Handy herumwedle.

»Na, mit dem Regen. Es wird regnen, ganz bestimmt.«

»Natürlich«, erwidert er sarkastisch.

»Ja! Erinnerst du dich noch an das Grilltreffen bei Phil vor zwei Jahren? Da war es so heiß und sonnig, dass du den schlimmsten Sonnenbrand deines Lebens hattest und das, obwohl die Wetterapp heftige Gewitter angekündigt hat«, erzähle ich überzeugt und merke meinen Fehler erst, als sich Samuels Augenbraue triumphierend nach oben bewegt.

»Ach, was du nicht sagst, Idiot.« Er wirft mir einen auffordernden Blick zu, den ich versuche zu ignorieren, was mir nicht sonderlich gut gelingt, wenn er sich so nah bei mir befindet. Grummelnd denke ich darüber nach, was ich jetzt noch tun könnte. So einfach wie gedacht, wird sich Samuel wohl nicht von seinem Shoppingtrip abbringen lassen. Aber vielleicht ...

»Okay, ich hab eine Idee«, sage ich und richte mich auf. »Wir spielen gegeneinander, und der Gewinner darf entscheiden, was wir heute machen«, strahle ich ihn an. Er zuckt nur unbeeindruckt mit den Schultern.

»Meinetwegen. Was schwebt dir da vor?«

»Hmmm«, überlege ich laut, lasse meinen Blick durchs Zimmer wandern. Schere-Stein-Papier ist zu langweilig also ... »Ich hab's!«, rufe ich und schnipse mit den Fingern, bevor ich aufspringe und einen der Becher aus dem Bad hole und diesen mittig auf den Tisch stelle. Anschließend krame ich aus meiner Hosentasche ein wenig Kleingeld. »Wer als erstes fünfmal trifft«, sage ich und sortiere ein paar Cent aus meiner Handfläche. Samuel bekommt genauso viele wie ich, dann bringen wir uns in Position. »Du weißt wie, oder? Cent auf den Handballen und dann gegen die Tischkante?«

»Natürlich«, brummt er. Ich bin mir ziemlich sicher, dass ich gewinnen werde. Immerhin hab ich darin mehr Übung als er. Allein schon, weil mich Phil auf jeder Party dazu herausfordert, während Samuel meistens mit Kyra rumknutscht. Also klarer Vorteil für mich, den ich mit den ersten zwei Treffern auskoste, bis Samuel sich doch überraschend schnell ins Spiel findet. Fuck. Nach vier Versuchen steht es unentschieden und ich ... bin nervös. Und meine Hände schwitzen und ... »Ach scheiße, der zählt nicht«, sage ich sofort, als mein letztes Centstück direkt neben dem Becher auf dem Tisch landet. »Ich bin abgerutscht. Hast du gesehen, oder?«

»Hm, klar. Rutsch rüber, ich bin dran.« Die Arme vor der Brust verschränkt mache ich ihm Platz.

Stunden später betrete ich widerwillig das vierte Geschäft. Samuel erweist sich als unheimlich ausdauerfähig, wenn es darum geht Kleiderständer systematisch zu durchsuchen, während ich es bevorzuge, das Erstbeste vom Ständer zu ziehen und ohne Anprobieren wieder zu verschwinden. Samuel ist anders. Er sieht sich alles an, bevor er sich drei Teile, die in die engere Wahl gekommen sind, über den Arm legt und mit ihnen zu den Umkleidekabinen läuft. Inzwischen zum gefühlt fünfzigsten Mal.

»Sam«, jammere ich, weil die Tüten, die ich ihm hinterhertrage, immer mehr und allmählich auch schwer werden. Samuel reagiert nicht. Er hat das Spiel gewonnen, also bestimmt er, was gemacht wird. So war der Deal. Ich find es nur scheiße.

»Verdammt Samuel, ich will nicht mehr«, murre ich und stoße damit offensichtlich auf taube Ohren. »Mir tun die Füße weh und meine Arme und von dieser schrecklichen Klimaanlage bekomm ich Kopfschmerzen und ... Mann, Samuel, warum willst du denn jetzt schon wieder was anprobieren? Reicht das nicht langsam?« Widerwillig trotte ich ihm hinterher, während meine Laune irgendwo im Keller meines Unterbewusstseins mit sich allein Galgenmännchen spielt. Man glaubt es kaum, aber sie ist dabei zu verlieren. Und Samuel, dieser abscheuliche Arsch, ignoriert mich. Direkt vor meiner Nase verschwindet er in einer Kabine, um sich die nächste Hose anzuziehen, die er vermutlich sowieso kaufen wird, weil an diesem Arsch eh alles gut aussieht.

»Ich habe Hunger«, grummle ich, in der Hoffnung langsam mal Samuels Herz zu erweichen. Es raschelt hinter dem Vorhang. »Bist du jetzt bald mal fer... uh ...« Samuels Hand packt mich am Hemdkragen und zieht mich hinter den Vorhang. Er trägt gerade nur seine enganliegenden Shorts, als er mich gegen die Wand der Kabine drückt.

»Hör auf damit.« Seine tiefe Stimme erzeugt eine Gänsehaut auf meinen Armen.

»Äh was?« Ich schlucke und starre in seine Augen. Herrlich dunkel und nah.

»Du nervst, Lucas.«

»Ich kann nichts dafür, ich ...« Seine Finger krallen sich fest in meine Kleidung, dann schließt er seufzend die Augen. »Sei still.« Samuel wirkt angespannt.

»Aber ich habe wirklich ... Hmhm ...« Mehr schaffe ich nicht zu sagen, da seine Lippen direkt auf meine krachen. Wortwörtlich. Sie drücken mich nach hinten gegen die Kabinenwand, während sich Samuels Zunge fordernd in meinen Mund schiebt. Er teilt meine Lippen, beißt und zieht strafend mit seinen Zähnen. Bittersüßer Schmerz, der mir ein verräterisches Stöhnen entlockt. Fuck! In meinem Kopf herrscht Leere, als auch er sehnsüchtig in diesen groben Kuss stöhnt.

»Hm, schon besser«, nuschelt er gegen meine Lippen. Wir sind uns viel zu nah gekommen in den letzten Sekunden. Näher als gewollt, was mich beunruhigender Weise zufriedenstellt.

»Glaubst du, ich bin so einfach ruhigzustellen?« Meine Hände legen sich an seine Hüften.

»Wenn du nicht willst, dass ich über deinen Kopf hinweg etwas entscheide, was du noch nicht willst, solltest du jetzt ruhig sein.« Ich schlucke und grinse. Das, was er sagt, wirkt leider ziemlich anziehend. Ganz zu schweigen von seiner Hand, die sich um mein Handgelenk legt und es über meinem Kopf gegen die Wand presst. Das hat er sich aber schön ausgedacht. Funktioniert nur nicht so leicht mit mir.

»Und du denkst, dass ich das einfach so zulassen würde?« Seine Augen glänzen. Ein Grinsen schleicht sich auf meine Lippen, dann befreie ich mich aus seinem Griff, drücke ihn zurück und genieße den Moment der Überraschung in seinem Gesicht. Sein Rücken prallt gegen die gegenüberliegende Wand und ein Keuchen verlässt seine Lippen. Eigentlich denke ich, dass ich ihm gerade überlegen bin. Meine Hände fixieren ihn, kräftiger als er zuvor bei mir, sicherer und fesselnder, und doch schafft er es, mich zu überraschen. Sein Bein schiebt sich zwischen meine, sein Knie drückt gegen meinen Schritt und bringt mich für eine Sekunde aus dem Konzept. Nur eine kleine, kaum wahrnehmbare Sekunde, die ausreicht, um unsere Positionen wieder zu tauschen. Ich keuche heftig, als mein Rücken erneut schmerzhaft mit der Wand hinter mir kollidiert.

»Was meinst du? Willst du es drauf ankommen lassen?« Er raunt mir dunkel gegen leicht geöffnete Lippen. Ach fuck, ich finde es leider unheimlich erregend. Samuel, so wie er mich festhält und was er mir sagt, ist unfassbar heiß. Vermutlich weiß er das. Er leckt sich über die Unterlippe und grinst mich herausfordernd an.

»Ich bezweifle, dass du den Mut dazu hast, es hier zu tun«, flüstere ich ihm neckend ins Ohr. Als Antwort erhalte ich ein Schnauben, bevor sich sein Griff festigt.

»Meinst du?«

»Sicher, sonst hättest du es längst getan.« Ein wenig Unsicherheit schleicht sich in seinen Blick.

»Vielleicht ...«, beginnt er eine Erklärung, doch ich unterbreche ihn, indem ich leise lache.

»Nein, Samuel, du bist nicht hier, weil du Sex in der Umkleidekabine haben willst, sondern weil du Klamotten kaufen willst und dabei bist du schlimmer als Anita und Kyra zusammen.« Er zuckt merklich zusammen, als ich den Namen seiner Freundin erwähne. Ein Flackern in seinen Augen, dann lockert sich sein Griff und ich kann ihn von mir drücken. Ich brauche Abstand. Mehr Distanz. In meiner Brust zieht es, doch anmerken lasse ich mir nichts. Schiebe mich stattdessen an ihm vorbei aus der kleinen Kabine. Besser ich vermeide es, ihn anzusehen. Ich weiß auch so, was er mir für einen Blick zuwirft.

»Lass dir Zeit, ich warte einfach draußen auf dich.« Ich drehe mich um und verlasse leise schnaubend die Kabine. Und anschließend den Laden. Es dauert nicht lang, da folgt er mir nach draußen.

»Du verhältst dich wie ein Kleinkind, was seinen Willen nicht bekommen hat.«

»Ach, fühlst du dich genervt?«

»Hm.«

»Du bist selbst schuld, immerhin zwingst du mich dazu mit dir einkaufen zu gehen. Nicht einmal Kyra würde sich das trauen.«

»Kannst du endlich aufhören sie ständig zu erwähnen?« Ich verdrehe die Augen. »Ist ja gut, aber du hast gewusst, dass ich heute keine Lust hatte, shoppen zu gehen.«

»Ich … ich weiß«, erwidert er seufzend. Und einsichtig. Er nimmt mir sogar zwei seiner Tüten ab, um dann seine Hand in meine zu legen. »Entschuldige. Ich habe es wohl ein wenig übertrieben.« Ein sanftes Kribbeln entsteht in meiner Brust. Seine Finger fühlen sich gut zwischen meinen an.

»Na ja, du hast das Spiel gewonnen. Eigentlich habe ich nichts anderes erwartet.«

»Wir sind halt beide schlechte Verlierer.«

»Nur, dass du seltener verlierst«, erwidere ich und Samuels leises Lachen prickelt auf meiner Haut. »Schön, dass du zugibst, dass ich recht habe.« Ich schwenke leicht nach rechts gegen ihn.

»Hast du«, sagt er und im selben Moment grummelt mein Magen. Laut und kaum zu überhören. Samuel schmunzelt wissend.

»Ich hab Hunger.«

»Hmhm. Wie wäre es mit Pizza?«

»Oh Gott, ja, Pizza klingt perfekt!« Samuels Nicken bemerke ich aus den Augenwinkeln, bevor er sanft nach links lenkt. Ich folge ihm, meine Hand in seiner, als wäre es vollkommen natürlich.

10 – Kapitulation

Als ich am nächsten Morgen aufwache, ist es ruhig und warm, sanfte Sonnenstrahlen dringen durch den Vorhang, den ich dieses Mal nicht vergessen habe zuzuziehen. Samuel liegt noch hinter mir. Ich spüre sein gleichmäßiges Atmen in meinem Nacken. Offensichtlich ist er in der Nacht etwas näher zu mir gerutscht. Langsam drehe ich mich um. Sein Gesicht ist so nah, sieht ganz entspannt aus. Ein paar Haare liegen ihm über den Augen und ich hebe intuitiv meine Hand, um sie wegzustreichen. Er seufzt und ich lächle, dann öffnet er blinzelnd seine Augen.

»Hey«, hauche ich leise.

»Hey« Noch ganz verschlafen sieht er mich an und runzelt dann leicht die Stirn. »Hast du mich etwa beobachtet?«, fragt er und lässt ein kleines, kurzes Lächeln zu.

»Hmhm, aber nur kurz. Bin auch grade erst aufgewacht«, erwidere ich. Samuel brummt, dann reibt er sich über die Augen.

»Wie spät ist es?«, fragt er und gähnt leise.

»Weiß nicht, ist das wichtig?«

»Hm«, macht er, dann schließt er die Augen wieder. Auf meine Lippen schleicht sich ein amüsiertes Schmunzeln. Also ich finde, gerade ist Samuel echt süß und … meine Hand lässt sich nicht mehr aufhalten. Sie legt sich auf seine Wange, streicht über seine schöne, weiche Haut und gleitet anschließend nach hinten in sein Haar. Samuel seufzt und rutscht augenblicklich ein wenig näher. Langsam gleitet meine Hand über seinen Nacken nach unten, über seine Schulter und dann streichle ich schließlich über seinen ganzen Rücken.

»Das ist schön«, flüstert er, lehnt seinen Kopf nach vorn und findet mit seinen Lippen mein Kinn. Sie wandern höher, legen sich auf meinen Mund, während meine Hand auf seinem unteren Rücken bleibt. Sanft beginnt er mich zu küssen und sofort zieht ein Kribbeln durch meinen Körper. Ich öffne die Lippen für ihn und komme ihm mit meiner Zunge entgegen. Es ist ein angenehm ruhiger Kuss, der zunehmend intensiver wird.

Das Kribbeln breitet sich aus, überzieht meinen ganzen Körper mit einer Gänsehaut. Er hat auch eine. Ich spüre sie unter meinen Fingerspitzen und lächle in unseren Kuss. Samuel hingegen seufzt und dann schlüpft seine Hand unter meine Decke. Warme Finger legen sich auf meine Taille, gleiten über meine Haut und als sie meine Hüfte erreichen wird mir augenblicklich ziemlich warm. Samuel küsst mich fordernder, mutiger und lässt seine Hand noch etwas tiefer rutschen. Es kribbelt verdächtig in meinem Schritt und bringt mich fast zum Keuchen. Verdammt, wenn er nicht aufhört, dann ...

»Sam«, hauche ich gegen seine Lippen, bekomme jedoch nur ein Brummen zur Antwort. Er schiebt sich an mich, küsst mich und dann zupft er mit den Fingern am Bund meiner Shorts, hebt sie an und ... meine Hand legt sich um sein Handgelenk.

»Samuel.« Verdammt, ich weiß nicht, was ich hier gerade tue. Ich kann das nicht erklären, ich ... halte seine Hand fest und lehne meine Stirn gegen seine. »Das ...«

»Hm, ich weiß schon«, seufzt er eilig und es ist offensichtlich, dass er enttäuscht ist. Ach Mann, ich will doch gar nicht, dass er denkt, ich würde ihn nicht wollen, ich ... verdammt, es wird immer schwerer ihm zu widerstehen. Erst recht, als er zurückweicht, sich umdreht und ohne ein weiteres Wort aus dem Bett steigt. Samuel trägt nur eine enge Boxershorts, zumindest noch so lange, bis er bei der Dusche angekommen ist. Er zieht sie einfach aus, obwohl er weiß, dass ich hier bin und ihn beobachte. Oh Gott, ist das jetzt sein Ernst? Verdammt, wahrscheinlich hätte mir in dem Moment, als ich die Glasdusche zum ersten Mal gesehen habe, klar sein müssen, dass sie früher oder später zu einem Problem werden würde. Spätestens nach dem gestrigen Vorfall, aber leider realisiere ich das erst jetzt, während binnen Sekunden heißes Blut durch meinen Körper jagt. Er stellt sich unter die Dusche und fuck, sein Anblick erregt mich!

Das Pochen in meiner Leistengegend wächst, nimmt stetig zu, wird beinahe unerträglich. Ich will mich berühren, kann kaum widerstehen. Immer heftiger zieht es. Immer häufiger will ein Stöhnen meinen Lippen entweichen und je mehr ich versuche mich zurückzuhalten, desto schlimmer wird es. Es macht mich wahnsinnig. Nein. Samuel macht mich wahnsinnig.

Es gelingt mir nicht, meinen Blick abzuwenden. Ich kann auch nicht mehr still liegen bleiben und abwarten. Fuck, fuck, fuck … Okay, ich … das war's. Absolut. Endgültig. Ich habe es versucht. Gestern und eben auch. Aber jetzt … ich kann nicht mehr. Ich gebe auf! Ich kapituliere! Zum Teufel mit den Konsequenzen. Alles, was ich jetzt will, ist mit ihm in der Dusche sein. Ihn berühren. Ihn spüren. Egal wie. Ich will Samuel.

So leise wie möglich schlage ich meine Decke zurück, stehe auf und laufe rüber zur Dusche. Samuel bemerkt nichts davon. Er hat die Augen geschlossen, sieht nicht, dass ich noch halb im Gehen meine Boxershorts ausziehe. Woran er wohl gerade denkt? Seine Hände bewegen sich ganz langsam, ganz sanft über seine Haut, verteilen das Duschgel. Ob ich wirklich …? Wenn ich jetzt noch einen Schritt gehe, die letzte Barriere zwischen uns überwinde, dann gibt es kein Zurück mehr.

Das drängende Pochen in meinem Schritt bringt mich leise zum Keuchen. Dann liegt meine Hand auf der Glastür. Samuels Hand streicht über seinen flachen Bauch und ich schiebe die Tür zur Seite. Warmfeuchter Nebeldampf schlägt mir entgegen und Samuel öffnet die Augen.

»Lucas« Er ist vielleicht für eine Sekunde überrascht, aber dann senkt er seinen Blick und lässt mich zu sich unter die Dusche steigen. Schweigend dreht er mit seinen Rücken zu.

»Hmm«, summe ich leise und ehe ich noch länger darüber nachdenken kann, liegen meine Lippen auf seiner Haut, direkt auf seinem Schulterblatt.

»Was tust du?«, fragt er leise, klingt dabei alles andere als abgeneigt. Eher etwas vorsichtig und hoffnungsvoll.

»Aufgeben … Realisieren … Akzeptieren … Such es dir aus«, murmle ich zwischen sanften Küssen gegen seinen Nacken.

»Heißt das …«

»Ja«, unterbreche ich ihn. »Das heißt einfach nur ja.« Er dreht sich in einer flüssigen Bewegung zu mir um, legt schmunzelnd seine Arme in meinen Nacken und küsst mich. Ein erlösendes Seufzen verlässt meine Lippen. Samuel zu küssen fühlt sich so gut an und es ist dieses Mal meine Zunge, die sich Zugang zu seinem Mund verschafft.

Mir ist warm. Hitze steigt in meine Wangen, während warmes Wasser über unsere Körper fließt, überall dahin, wo unsere Hände nicht sein können. Samuel kratzt mir über den Rücken. Ich ziehe ihn an seiner Hüfte noch näher an mich heran. Er stöhnt, ich keuche. Unser Kuss wird wilder, feuchter, hitziger. Immer wieder stößt er mir sein Becken entgegen, drängt und fordert mehr, animiert mich ziemlich anzüglich, ihn tiefer zu berühren.

»Samuel«, hauche ich gegen seine Lippen, ehe ich ihn gegen die Glasscheibe drücke. Er stöhnt auf, blinzelt. Seine Lippen glänzen. »Hast du es so gemeint?« Ich lasse meine Finger über seine Seiten wandern, seine Hüfte, nach hinten zu seinem Steiß und tiefer. Mit den Nägeln ziehe ich Spuren auf seiner perfekten Haut. Und schließlich packe ich seinen Hintern, lasse ihn stöhnend den Kopf nach hinten legen. So schön. Ich lehne mich vor und lecke über seinen Hals nach oben bis zu seinem Ohr. »Willst du, dass ich dich so berühre?«

»Ja, fast«, keucht er und im selben Atemzug beißt er sich auf die Lippe.

»Nur fast? Reicht dir das nicht?« Er keucht schon wieder. Meine Finger üben mehr Druck aus.

»Nein.« Samuel greift über meine Schulter in mein Haar, zieht daran, bis ich ihm unterdrückt ins Ohr stöhne. Es ist gut. Es ist so gut.

»Fuck, du bist dir immer noch sicher?«

»Ja«, stöhnt er und presst seine Lippen auf meinen Hals.

»Dann sag mir, was du willst. Was soll ich tun?« Lustvoll hauche ich ihm ins Ohr. Egal, was gleich passiert, es ist seine Entscheidung, wie weit wir gehen. Keine Ahnung wie ich es aushalten soll, nicht direkt über ihn herzufallen. Es fühlt sich alles so überwältigend an.

»Mach's mir, Lucas«, flüstert er schließlich leise, halb keuchend. Eine Gänsehaut zieht über meinen Rücken.

»Wie?« Ich lehne mich zurück, sehe, wie er schluckt und wie sein Blick von meinen Augen zu meinen Lippen wandert. Sein Daumen gleitet über meinen Kiefer, streift meinen Mund und ich ahne, worauf er hinauswill.

»Mit deinem Mund«, haucht er und lässt seinen Finger zwischen meine Lippen gleiten.

»Hmhmh«, summe ich, lecke und sauge leicht an seinem Daumen, bis er die Augen schließt.

»Ja, genau so«, stöhnt er rau auf. Es kitzelt aufgeregt zwischen meinen Beinen.

»Du willst, dass ich dir einen blase, hm?« Küsse landen auf seiner Haut und ich kann spüren, dass sein Herz mindestens genauso hektisch pocht wie meins. »Ganz sicher?«, frage ich ein letztes Mal, auch wenn sein dunkles Stöhnen keine Fragen mehr offen lässt.

»Mach es.« Einen letzten, flüchtigen Kuss hauche ich ihm auf die Lippen. Erst danach sinke ich auf die Knie, spüre, wie mir, bei dem Versuch nach oben zu sehen, mehr Wasser über den Kopf läuft und Haare ins Gesicht fallen. Samuel blickt abwartend, vielleicht auch ein wenig nervös zu mir herunter. Seine Finger bohren sich in meine Schulter. Ist er ungeduldig? Oder aufgeregt?

»Bereit?«, frage ich neckend, in der Hoffnung, ihn noch ein wenig mehr in den Wahnsinn zu treiben. Er wirft mir einen Blick zu, der sich binnen Sekunden in völlige Zufriedenheit wandelt. Meine Hand umschließt seinen Penis und ich neige meinen Kopf nach vorn. Meine Lippen teilen sich, legen sich um seinen heißen Schaft und dann nehme ich ihn tief in meinen Mund.

Samuel stöhnt. Keucht. Und ist dabei unvergleichbar.

Samuels Männlichkeit auf meiner Zunge pulsiert, zuckt, fühlt sich hart an. So hart und heiß, dass ich genießend beginne kräftiger zu saugen. Er ist so perfekt. Seine Länge drängt sich vollkommen in meinen Mund, wieder und wieder – schneller. Er bewegt sich gegen mich, mit unkontrollierten Stößen, will mehr und ich lasse ihn. Für ein paar Stöße darf er tun, wonach ihm ist, ehe ich seine Hüfte packe und kräftig gegen die Duschwand presse. Er stöhnt so laut und erregt auf, dass ich befürchte, allein davon abzuspritzen.

»Fuck … oh fuck …«, stöhnt er und sucht mit seinen Händen fahrig Halt an der Glaswand. Meine Zunge umkreist seine Eichel und meine Hände finden seine Hoden. Ich massiere ihn sanft, während seine Finger immer wieder vom feuchten Glas abrutschen.

»Oh fuck …«, seufzt er, seine Knie zittern leicht. Mir wird fast ein wenig schwummrig, als ich sehe, wie er zuckt. Immer wieder kontrahiert seine Bauchdecke, sein Atem geht schnell und flach. Es fühlt sich gut an, ihn so zu sehen. Berauschend. Erregend.

»Lucas«, stöhnt er außer Atem, als ich die Lust von seiner Eichel lecke und sie immer wieder mit meiner Zunge anstupse.

»Hmhmm.« Quälend langsam nehme ich ihn wieder auf, lasse ihn bis zum Anschlag in meinen Mund gleiten, nur um ihn dann festzuhalten und zu saugen. Er ist so tief in mir drin, dass er mich herausfordert, meinen Würgereflex reizt, den ich bisher immer gut unter Kontrolle hatte.

»Scheiße, ich … fuck«, stöhnt er und als er erneut über meine Zunge gleitet, versucht er mich hastig von sich wegzuschieben. Seine Finger kratzen über meine Kopfhaut, doch ich lasse nicht nach. Zufrieden ziehe ich das Tempo an, steigere den Druck und verwöhne seine Hoden, bis er stöhnend warmes Sperma in meinen Mund spritzt.

Wann ich dazu übergegangen bin, mich selbst zu befriedigen, weiß ich nicht, aber ich komme wenige Sekunden nach ihm, still und unbemerkt, weil er sich stöhnend davon mitreißen lässt, dass ich sanft über seinen Schwanz lecke, bevor ich mich wieder aufrichte.

»Und?«, grinse ich ihm zwinkernd entgegen. Er braucht einen Moment, bis er wieder normal atmet und die Augen öffnet. Sein dunkler Blick prickelt auf meiner Haut.

»Du hast es geschluckt, oder?« Seine Stimme klingt heiser.

»Ja. Aber keine Sorge, du schmeckst ganz gut«, erwidere ich schmunzelnd. Bis vor kurzem hätte ich nicht gedacht, dass sich so was wie Scham in seinem Gesicht abzeichnen kann, aber jetzt weiß ich, dass das sehr wohl möglich ist. Er ist knallrot.

»Idiot«, murrt er und küsst mich anschließend. Es entsteht ein zärtlicher, ruhiger Kuss, der nicht mit dem zu vergleichen ist, den wir zu Beginn miteinander geteilt haben. Und er endet abrupt, als sich Samuels

Hand in meinen Schritt legt. Aber nicht das vorfindet, was er erwartet hat. Fragend sieht er mich an, ohne seine Hand zurückzuziehen.

»Bist du schon …«, beginnt er zögerlich zu fragen und ich senke zustimmend den Kopf.

»Hmhm.« Weil ich ihn ablenken will, hauche ich ihm ein paar leichte Küsse auf die Lippen. Vergeblich.

»Warum? Ich hätte dir auch …«

»Ich weiß«, unterbreche ich ihn leise. »Beim nächsten Mal, okay?« Ich küsse seine Stirn, lächle unsicher. Dann ziehe ich mich zurück und verlasse die Duschkabine.

Erstaunlicherweise verhalten wir uns nach der Sache in der Dusche relativ normal. Ich hatte kurz befürchtet, dass es vielleicht seltsam zwischen uns sein könnte. Oder krampfig. Aber Samuel ist wie immer. Und ich auch, wenn man davon absieht, dass ich noch immer darüber nachdenke. Wir haben … Ich habe … Ach verdammt. Das hätte nicht passieren dürfen. Aber es war so leicht, aufzugeben, und es hat sich so gut angefühlt. So richtig. Dabei muss ich … ich muss besser aufpassen, weil … weil ich mich nicht verlieren will. Vor allem will ich mich nicht verlieben. Und das würde ich zwangsläufig, wenn ich ihn zu sehr an mich heranlasse. Noch mehr als ohnehin schon.

Ach scheiße! Belüge ich mich, wenn ich mir einrede, dass alles nur für seine Erfahrung ist? Für sein Wohlbefinden, damit er seinen Drang nach dem Unbekannten ausleben kann? Meine eigenen Gedanken machen mich wahnsinnig. Und ich fürchte, allein drehe ich mich im Kreis. Aber mit Samuel kann ich nicht reden.

»Hättest du was dagegen, wenn ich kurz mit Phil telefoniere?«, frage ich und schwinge die Beine bereits aus dem Bett, doch Samuel schüttelt den Kopf.

»Nein, mach nur«, sagt er, stellt den Fernseher aus und legt die Fernbedienung zur Seite. Anschließend nimmt er sein Handy und die angebrochene Zigarettenschachtel von seinem Nachttisch und ich fühle mich direkt ein wenig schlecht, weil ich erleichtert bin, dass er das Zimmer verlässt, damit ich mir Luft machen kann. Ohne fremde Ohren im Raum, die meine Gedanken falsch auffassen könnten.

»Bin dann unten«, meint er, nickt mir kurz zu und dann geht er. Verdammt. Es ist doch nichts mehr normal. Warum erleichtert es mich, dass er nicht mehr hier ist? Warum, wenn ich doch gleichzeitig in seiner Nähe sein will? Ich bin von mir selbst verwirrt. Aber ich hoffe, dass mir Phil weiterhelfen kann. Selbst wenn er nur zuhört. Das würde reichen. Denke ich. Deshalb suche ich seinen Namen in meiner Kontaktliste und warte ungeduldig, bis er abnimmt.

»Wer stört denn da an meinem freien Tag?«, flötet er mir gut gelaunt ins Ohr, obwohl er eigentlich längst weiß, wer am anderen Ende der Leitung ist.

»Hey Phil. Stör ich dich wirklich, oder hast du grade Zeit?«, frage ich und schiebe ein schwaches Lächeln auf meine Lippen.

»Nein, alles gut. Du störst nicht. Was ist denn los? Geht es um Samuel?«, bringt er es direkt auf den Punkt und löst damit ein merkwürdig aufwühlendes Gefühl in mir aus.

»Naja, so mehr oder weniger«, murmele ich, entdecke Samuels Autoschlüssel auf dem Tisch vor mir und nehme ihn in die Hand. Ich bin nervös und irgendwie brauche ich was, um mich festzuhalten. Der Anhänger an seinem Schlüssel ist ein schwarzer Rabe, den er irgendwann mal von seinem Bruder bekommen hat. Am Schnabel ist die Farbe schon ein wenig abgeblättert.

»Was heißt das genau?«, fragt Phil und ich seufze schwer.

»Das heißt, dass du recht hattest. Samuel will sich ausprobieren und Kyra soll nichts davon erfahren.«

»Und du? Welche Rolle spielst du dabei?«

»Keine Ahnung ...« Ich drehe den Anhänger langsam zwischen meinen Fingern.

»Lässt du dich darauf ein, oder nicht?«

»Ja ... das habe ich schon«, gestehe ich zurückhaltend und Phil seufzt leise.

»Du wirst also mit ihm rummachen, obwohl du weißt, dass er eine feste Freundin hat, mit der du noch dazu selbst befreundet bist?«

»Willst du mir jetzt ein schlechtes Gewissen machen?«

»Hm, nein, eigentlich nicht. Ich will nur, dass du weißt, worauf du dich einlässt.«

»Das weiß ich.« Zumindest glaube ich, dass ich es weiß. Aber scheinbar klinge ich nicht überzeugend, denn Phil brummt überlegend ins Telefon.

»Bist du in ihn verliebt?«, fragt er plötzlich mit einer Ruhe in der Stimme, die mich sofort aufschrecken lässt.

»Was? Nein, natürlich nicht, bist du bescheuert?« Phil atmet durch, während mein Herz verrückt spielt.

»Wäre das so abwegig?«

»Ich ... nein, aber ...«

»Jaja, bester Freund und so, richtig?«, fällt er mir ins Wort. Ich kann sein überlegenes Schmunzeln geradezu vor mir sehen, weil er genau weiß, dass er genau das gesagt hat, was ich erwidern wollte. Eine Ausrede, ein Argument, aber sicherlich kein Grund und schon lange kein Hindernis mehr.

»Ich darf ihn einfach nicht zu nah an mich heranlassen, dann passiert schon nichts.«

»Du bist so naiv, Lucas«, lacht Phil humorlos auf, was mich dazu bringt die Augen zu verdrehen.

»Was würdest du denn an meiner Stelle tun?« Phil atmet tief ein und lang wieder aus.

»Ganz ehrlich, wenn ich mich nicht verlieben will, und genau weiß, dass es passieren wird, dann würde ich lieber gleich von Anfang an Abstand zu dieser Person halten.«

»Und wenn du das nicht kannst, weil sie dir viel zu wichtig ist?«

»Dann würde ich vermutlich alles dafür tun, um sie von mir zu überzeugen und darauf hoffen, dass sie sich irgendwann auch in mich verliebt. Vorausgesetzt man hat sich bis dahin selbst eingestanden, überhaupt verliebt zu sein.« Seine Worte stimmen mich nachdenklich.

Bin ich ... verliebt? So richtig? Würde ich wollen, dass sich Samuel in mich verliebt? Könnte ich zulassen, dass meinetwegen eine Beziehung kaputt geht? Unweigerlich muss ich an das Telefonat mit Kyra denken. An diesen einen, erschreckenden Gedanken. Ein schwerfälliges Seufzen verlässt meine Lippen. Je mehr ich darüber nachdenke, desto deutlicher wird, dass es kaum noch einen guten Ausweg geben wird. Aufhören geht nicht mehr, dafür haben wir die Grenze schon viel zu weit hinter uns gelassen.

»Ich kann es nicht«, flüstere ich erkennend in mein Handy und dieses Mal ist es Phil, der müde seufzt.

»Was genau jetzt? Abstand halten oder dafür sorgen, dass er sich auch in dich verliebt?«

»Beides. Aber allein der Gedanke, ihn nie wieder zu sehen, tut wahnsinnig weh. Lieber verliebe ich mich unglücklich, als Samuel für immer zu verlieren.«

»Oh man, Lucky ...«, seufzt Phil, während ich mich genauso fühle, wie er sich anhört.

»Scheiße verdammt, warum ist das auf einmal alles so kompliziert? Samuel ist mir so unglaublich wichtig und ich will nicht, dass sich etwas zwischen uns verändert, aber gleichzeitig weiß ich, dass ich nicht widerstehen kann, wenn er mir Angebote macht. Er ist so perfekt, Phil. Wenn er doch nur nicht ...«

»Lucas?«, unterbricht mich Phil. Ich bin sofort still, lausche auf seine Worte, die nicht halb so sicher klingen, wie ich mir erhofft habe. »Du musst mit ihm darüber reden, okay? Lass dich nicht kopflos auf irgendwas ein, nur weil du ihn toll findest. Denk einfach nochmal in Ruhe über alles nach und dann ... ach Shit ... ich muss auflegen. Tut mir leid, aber es hat geklingelt und ... fuck, ich bin noch gar nicht bereit, meine Frisur liegt nicht und auf meinem Pullover sind Flecken und das Essen ... scheiße, fuck, sorry Lucky, aber ich ... fuck bin ich jetzt nervös. Was wird Jana denn denken, wenn sie mich so sieht?«, plappert er vor sich hin und vermutlich rennt er gerade wie ein kopfloses Huhn durch die Wohnung, nur um alles noch schlimmer zu machen.

»Jana? Was will Jana bei dir? Habt ihr ... Oh Gott, habt ihr ein Date? Hast du sie ...«

»Ja. Scheiße ja, und sie ist überpünktlich. Ich bin noch gar nicht fertig.« Er klingt verzweifelt und gerade, als ich ihm Mut zusprechen will, bricht die Verbindung ab. Phil hat aufgelegt und lässt mich somit wieder allein. Allein mit meinen Gedanken und Problemen.

Die ich erstaunlich gut verdrängen kann, mit den Gedanken an Phil, der sich endlich getraut hat, die kleine, schüchterne Jana nach einem Date zu fragen. Meiner Meinung nach ist das schon lange überfällig gewesen. Immerhin hechelt er ihr seit einer Ewigkeit hinterher, ohne dass sie etwas davon gemerkt hat. Umso schöner und erleichternder fühlt es sich jetzt an. Phil und Jana. Diese Neuigkeit ist zu schön, um sie für mich zu behalten. Beschwingt stehe ich auf und verlasse das Zimmer. Ich nehme die Treppen statt des Fahrstuhls, um schneller nach unten zu gelangen, und schenke in der Lobby der alten Dame, die gerade griesgrämig ihre schweren Koffer durch die gläsernen Drehtüren schiebt, ein aufmunterndes Lächeln. Sie erwidert es nicht, scheint hingegen noch schlechter gelaunt. Ihr Pech.

»Samuel! Samuel«, winke ich ihm schon von Weitem zu, als ich ihn draußen auf einer Bank entdecke. Er raucht und telefoniert. »Samuel, jetzt rate mal, wer heute ein Date hat? Es ist unglaublich. Ich ...« Samuel hält mich davon ab weiterzusprechen, indem er mir seine Hand auf den Mund drückt.

»Ihr versteht euch doch, also ... ja ist er, keine Ahnung ... triff dich einfach mit meiner Mutter, wenn sie dich schon einlädt.« Ich runzle die Stirn. Er klingt so gereizt, während er die Augen schließt und der hellen Frauenstimme lauscht, die unaufhörlich auf ihn einredet. Dass es sich dabei um Kyra handelt, kann ich mir denken. Einzelne Worte und Gesprächsfetzen dringen bis zu mir durch, aber ich kann sie nicht wirklich verstehen.

»Kyra, es ist mir egal, okay? Geh mit ihr essen oder lass es, deine Entscheidung.« Eine kurze Pause entsteht, in der ich mich frage, was denn das Problem ist.

»Ja, gut ... meinetwegen«, brummt Samuel und legt auf. Die Hand mit seinem Handy senkt sich, ich lächle, hole Luft und komme doch nicht dazu, ihm von Phil und Jana zu erzählen.

»Du hast also ein Date, ja? Warum?« Seine Worte hinterlassen Leere in meinem Kopf, die mich dazu bringt, ihn blinzelnd anzustarren. Wie kommt er denn jetzt auf diesen Mist?

»Ähm, was? Samuel, wie ...?« Er ist angespannt und als er sich wieder zu mir dreht, sehe ich etwas in seinen Augen, das mich ziemlich verblüfft.

»Woah, Samuel ... glaubst du wirklich ich hätte ... oh Gott, du glaubst wirklich ich hätte mir grade ein Date klargemacht?« Wenn überhaupt möglich ziehen sich seine Augen grade noch enger zusammen, während meinen Lippen ein überraschtes Kichern entweicht.

»Du hast kein ...«

»Nein.« Kopfschüttelnd lache ich, weil er aussieht, als hätte man ihn mit einem Eimer kaltem Wasser übergossen.

»Und was ist jetzt so lustig?«, faucht er mich beleidigt an. Betont lässig fährt er sich durch die Haare, als versuchte er auf diese Weise, davon abzulenken, dass er gerade herrlich eifersüchtig war. Ich glaube, das sollte ich ihm besser nicht sagen. Er würde es sowieso nur abstreiten und, wenn man es genau nimmt, steht ihm das auch gar nicht zu.

»Ach nichts. Soll ich dir jetzt erzählen, wer wirklich ein Date hat, oder nicht?«, frage ich. Er zuckt mit den Schultern. In solchen Dingen ist er so ganz anders als ich. Während meine Neugier mich verrückt macht, scheint Samuel kaum welche zu besitzen.

»Okay, du hast eh keine Wahl«, stelle ich fest, woraufhin er die Augen verdreht. »Also pass auf. Du kennst noch Jana, oder? Meine Kollegin, mit der wir letztes Jahr auf dem Weihnachtsmarkt einen Glühwein getrunken haben?« Samuel runzelt die Stirn, aber dann nickt er. »Gut, so wie es aussieht, hat es Phil nämlich endlich geschafft Jana nach einem Date zu fragen. Unglaublich, oder? Gerade jetzt, in diesem Moment, sitzen sie zusammen in seiner Wohnung und vielleicht, wenn er Glück hat und es nicht voll versaut, knutschen sie bestimmt sogar«, sage ich.

»Aha, interessant«, erwidert Samuel und es ist eindeutig, dass er meine Begeisterung nicht so richtig teilt. Muss er auch nicht, solange ich mich darüber freuen kann, ist es mir egal. Samuel lässt mich noch einen Moment schwärmen, dann spüre ich plötzlich seine Hände an meiner Hüfte. Er zieht mich zu sich und dann legt er seine Lippen auf meine. Einfach so. Er küsst mich. Und es ist ein guter, intensiver Kuss, der mich innerlich ruhig und zufrieden stellt. Jedes Mal, wenn er mich küsst, könnte ich alles um mich herum vergessen. Noch während unseres Kusses beginne zu lächeln, bevor er sich wieder etwas zurückzieht. Samuel sieht mich an, mit seinen schönen, dunklen Augen. In meinem Bauch kribbelt es. Da ist ein Gefühl, das ich so lange gesucht habe, bei so vielen verschiedenen Menschen. Doch noch nie war es so wie gerade jetzt. Das hier, in Bezug auf Samuel, ist so viel schöner, so viel intensiver, dass ich kaum wage, es zu denken. Aber deshalb ist es nicht weniger real. Ach verdammt.

Seine Nähe ist so vertraut und ich gebe dem Impuls nach, leise zu seufzen, während mein Kopf auf seine Schulter sinkt. Ich drehe ihn zur

Seite, mit der Nase näher zu seinem Hals und atme. Leise und tief. Und Samuel ist da. Ich bin mir nicht einmal sicher, ob ich ihn näher zu mir ziehe, oder er mich. Am liebsten möchte ich ihn nie wieder loslassen.

»Ist alles okay?«, fragt Samuel leise in diesen stillen Moment zwischen uns und ich nicke.

»Ja, es ist grade einfach nur schön«, gestehe ich murmelnd an seinem Hals. Er stimmt mir zu, auch wenn er nicht mehr von sich gibt als ein zaghaftes Summen.

Gefühle sind scheiße, vor allem, wenn sie einen so unvermittelt und intensiv treffen, dass man keine Chance mehr hat, sich gegen sie zu wehren. Sie tauchen einfach wie aus dem Nichts auf und sind dann da. Sie nehmen keine Rücksicht, auf nichts und niemanden. Und sie verschwinden nicht einfach wieder, ganz egal, wie sehr man es sich wünscht. Sie werden nicht weniger, nicht schwächer und auch nicht schmerzfreier. Ganz im Gegenteil. Mit jedem Tag, der vergeht, werden sie stärker. Auch bei mir. Selbst wenn ich versuche, sie nicht zu beachten. Was echt schwer ist, wenn sich ständig eine Horde von Schmetterlingen in meinem Bauch befindet. Bei jedem Kuss, jeder Berührung, jedem Augenblick, der sich anders anfühlt als normal.

Es gibt Momente, da sind wir Freunde, ganz so wie früher. Solange bis uns der Rausch verführt und wir der Versuchung erliegen. Ich kann nicht ›nein‹ sagen und er vermutlich nicht ›ja‹, wenn ich ihn fragen würde, ob er bereit wäre, seine Freundin für mich zu verlassen. Für mich, um eine Beziehung einzugehen, die so ganz anders wäre, als all das, was er bereits kennt. Ich könnte Freund und Liebhaber zugleich sein, genauso wie er es für mich wäre. Doch ich bezweifle, dass es jemals so weit kommen wird. Kyra ist immer noch seine Jugendliebe. Und Samuel ist nicht der Typ, der so eine Liebe aufgibt, oder? Er würde sie nicht verlassen. Schon gar nicht, wenn er selbst nicht einordnen kann, wo er momentan steht. Und selbst, wenn er gerade glaubt, dass er irgendwie auf mich steht, hat das noch lange nichts zu bedeuten. Zumal ich nicht einmal genau weiß, was er sich überhaupt alles vorstellt. Es gibt schließlich so viel mehr Möglichkeiten als nur fummeln, küssen und Blowjobs unter der Dusche. Und fuck ja, ich bin bereit für alles. Theoretisch, glaube ich.

Vielleicht sollte ich herausfinden, was er möchte und wozu er tatsächlich bereit wäre, bevor ich mich deswegen verrückt mache.

»Samuel, weißt du noch, als wir damals diesen Pornofilm im Fernsehschrank deines Bruders gefunden haben? Wie alt waren wir da? Zwölf? Oder nein, dreizehn?«

»Möglich, warum?«

»Das war der erste Porno, den ich je gesehen habe. Und die bunten Fenstergläser der Kirche da vorne haben mich gerade daran erinnert.« Mit ausgestrecktem Finger zeige ich auf das hohe Gebäude, das an den Marktplatz grenzt, ehe ich meine Hände wieder lässig hinter meinem Kopf verschränke. Samuel brummt nur zum Zeichen, dass er weiß, wovon ich spreche.

»Dieser Film war eigentlich voll bescheuert. Bei jeder aufkommenden Sexszene haben sie diese verwirrenden bunten Mosaikbilder eingeblendet, wie bei diesen komischen Kinderspielzeugen, diese Ferngläser, weißt du, was ich meine? Jedes Mal, wenn man durchgeguckt und gedreht hat, haben sich die Bilder verändert, solange bis einem kotzübel wurde. Warum haben die das in diesen Film eingebaut? Also mal ehrlich, das hat doch voll von der Handlung abgelenkt«, überlege ich, während Samuel neben mir herläuft.

»Als ob solche Filme sonderlich viel Handlung haben«, bemerkt er, während wir zielstrebig an der imposanten Kirche vorbeigehen.

»Hm, stimmt auch wieder«, gebe ich zu und lege meine Stirn in Falten. »Aber von den vielen Penissen haben sie schon abgelenkt. Was viel schlimmer ist. Man hat nie wirklich viel gesehen, wenn neben dem ganzen Gestöhne ständig diese irritierenden Farben dazukamen, die sich so viel gedreht haben, dass mir manchmal richtig schwindlig war.« Ein wenig enttäuscht denke ich an dieses Erlebnis zurück. Wir waren so verdammt neugierig. Okay, eigentlich war nur ich neugierig. Samuel war eher ... zurückhaltend und übervorsichtig. Ich glaube, er hatte einfach total Schiss, dass seine Eltern uns dabei erwischen könnten. Oder sein Bruder. Was aber nie passiert ist.

»Was grinst du jetzt so?«, raunt mich Samuel plötzlich von der Seite an, was mich aus meinen Gedanken schrecken lässt.

»Ach, nur so«, sage ich schmunzelnd, doch Samuel betrachtet mich argwöhnisch. »Ich musste nur grade dran denken, wie ängstlich du damals warst und wie sehr du dich anfangs gesträubt hast, diesen Film anzumachen. War dir das echt so peinlich?« Samuel schnaubt zur Antwort und dreht sich wieder weg. Aber seine Augenbrauen haben dennoch ganz kurz ertappt gezuckt.

»Wir waren dreizehn und es war der Film meines Bruders. Es war einfach seltsam ... außerdem versteh ich immer noch nicht, warum du diesen Film damals unbedingt sehen wolltest.«

»Uff, keine Ahnung. Schätze, ich war einfach nur neugierig«, erwidere ich schulterzuckend.

»Neugierig? Worauf?«

»Na auf Sex. Phil und die anderen Typen aus der Schule haben ja ständig davon geredet, da dachte ich, kann's ja nicht schaden, wenn man sich so was mal ansieht, oder?«

»Hm«, macht Samuel, ehe er etwas fragt, mit dem ich nicht wirklich gerechnet habe. »Hat es dich damals eigentlich erregt?«

»Uhhh, nein, ich war dreizehn.« Ich fange an zu lachen, und merke zu spät, wie sich Samuel verkrampft. »Dich etwa?«, frage ich erstaunt. Samuels Schweigen reicht mir als Antwort. »Ja krass! Hattest du damals einen Ständer? Von diesem Film? War er so richtig hart? Echt jetzt? Das war dein erster Ständer, oder? Wow, warum hast du damals nichts gesagt?«, sprudelt eine Frage nach der nächsten aus mir heraus. Samuel knirscht mit den Zähnen. Scheinbar ist es ihm unangenehm, dabei finde ich gar nicht, dass das schlimm ist.

»Ich glaube, da vorne ist es«, meint er dann schließlich ablenkend und beschleunigt seine Schritte. Ich folge etwas zögerlich, weil ich gedanklich nicht so schnell umschalten kann. Viel zu sehr beschäftigt mich der Gedanke, dass Samuel damals neben mir einen Ständer hatte, ohne dass ich es gemerkt habe.

»Jetzt warte doch, Samuel«, rufe ich ihm hinterher, nachdem ich die wirklich unnötigen Gedanken abgeschüttelt habe. Als ob die Vergangenheit jetzt noch irgendeine Rolle spielen würde. Jetzt zählt nur die Gegenwart. Und das, was wir daraus machen.

11 – Neugier

Wir sitzen in einem amerikanisch angehauchten Restaurant und ich bin furchtbar genervt. Wir warten auf unser Essen, das wir vor über einer halben Stunde bestellt haben. Mein Magen hängt mir in den Kniekehlen. Ich war schon auf dem Weg hierher kurz vorm Verhungern. Samuel offenbar nicht. Er lässt sich zumindest nichts anmerken. Oder er ist zu abgelenkt, denn seit wir hier sitzen, ist er durchgehend mit seinem Handy beschäftigt. Seine Finger fliegen über das Display, stoppen, warten, und fliegen erneut. Er chattet. Vermutlich mit Kyra. Auch wenn mich sein konzentriert, geschäftig wirkender Gesichtsausdruck ein wenig irritiert. Vielleicht schreibt er auch mit einem Arbeitskollegen? Ach egal, er ist abwesend und bemerkt meine zunehmende Gereiztheit nicht.

Ungeduldig werfe ich einen Blick durch den Saal, dahin wo zwei Kellner hinter einem Tresen stehen. Der eine ignoriert mich gekonnt, der andere nickt eilig, ehe er sich umdreht und in der Küche verschwindet. Als er dann endlich zurückkommt, läuft mir fast schon der Sabber aus dem Mund. Mit vollen Tellern auf den Armen sieht er in unsere Richtung und marschiert dann mit einem ›Sorry‹ an unserem Tisch vorbei. Das darf doch nicht wahr sein. Ich glaub's nicht! Am liebsten wäre ich aufgesprungen und ihm an die Gurgel gegangen, echt jetzt. Stattdessen starre ich sehnsüchtig auf das Essen, über das sich jetzt andere freuen, bevor Samuel wieder meine Aufmerksamkeit erregt. Er seufzt leise und legt endlich sein Handy zur Seite.

»Das dauert aber ganz schön lange«, stellt er trocken fest, was nun endgültig meinen Geduldsfaden reißen lässt.

»Ach, fällt dir das auch schon auf, ja? Wir warten jetzt schon genau fünfundvierzig Minuten! Das ist unfassbar, was die sich hier erlauben, ich glaube, ich schreibe denen kein einziges positives Wort auf ihre dämliche Internetseite!« Während ich mich aufrege, fängt Samuel an zu schmunzeln.

»Du würdest selbst dann nichts schreiben, wenn sie dir nach zehn Minuten dein Essen gebracht hätten«, stellt er fest und hat damit natürlich recht, aber das weiß ja sonst keiner.

»Doch, hätte ich ... eventuell«, murre ich dennoch.

»Wie denn? Auf Französisch?« Jetzt grinst er, dieser Arsch.

»Natürlich, ich kann doch hervorragend Französisch!«, behaupte ich schnippisch. Samuels Augenbraue wandert verspielt nach oben. Seine Zunge gleitet über seine Lippen.

»Stimmt, ich kann nicht widersprechen«, sagt Samuel und sieht mich durchdringend an. Öhm okay?

»Was ist?«, frage ich etwas gereizt. Die vielen Gerüche um mich herum machen mich wahnsinnig. Samuel seufzt.

»Nichts, ich geh eben zur Toilette, bin gleich wieder da«, meint er, ehe er aufsteht.

»Hä?« Irritiert blicke ich ihm nach. Hab ich vielleicht irgendwas verpasst? War er jetzt irgendwie enttäuscht, oder sehe ich nur wieder irgendwelche Gespenster. Und wo, zum Teufel nochmal, bleibt eigentlich unsere Bestellung?

Jetzt ist auf einmal kein einziger Kellner mehr in meinem Blickfeld. Super. Schnaufend und langsam wirklich angefressen, stütze ich meinen Kopf auf meine Hände, dabei fällt mein Blick auf Samuels Handy. Es liegt neben der rotweißen Serviette und leuchtet auf. Ich weiß, dass man das eigentlich nicht macht und einen Grund sein Handy zu nehmen habe ich auch nicht. Es ist mehr so ein Impuls. Oder Reflex. Weil ich Ablenkung brauche, um nicht durchzudrehen. Vor Hunger, nicht vor Eifersucht! Warum sollte ich auch eifersüchtig sein? Auf was oder wen?

Ach scheiße, wem will ich denn hier was vormachen? Ich bin schrecklich neugierig und die Tatsache, dass Samuels PIN noch immer der gleiche ist, wie vor fünf Jahren, macht die Sache eindeutig zu einfach. Ich denke nicht einmal darüber nach, ob es vielleicht Dinge geben könnte, die ich möglicherweise lieber nicht lesen oder sehen sollte.

Aber der Boden der Tatsachen, auf den ich in Sekundenschnelle zurückfalle, ist hart. Samuel hat auch sein Hintergrundbild in all den Jahren nicht geändert. Er, zusammen mit Kyra. Sie blickt strahlend und verliebt in die Kamera, während Samuel einen Kuss auf ihre Wange haucht. Im Hintergrund schimmert ein Sonnenuntergang über dem Meer. Sie haben es in ihrem ersten gemeinsamen Urlaub aufgenommen. Ich habe ein seltsam rumorendes Gefühl in meinem Bauch, während ich mir dieses Bild ansehe. Merkwürdig. Ihr erster Urlaub hat sie in die Sonne, ans Meer, zum Badeurlaub, geführt. Obwohl das überhaupt nicht Samuels Vorstellungen von Erholung entspricht. Ich erinnere mich noch daran, wie er sich bei mir über das viel zu heiße Wetter und die gähnende Langeweile dort beschwert hat. Samuels Handy vibriert. Eine neue Nachricht geht ein und ich tippe sie an. Ups. Sie ist von Kyra.

Spätestens jetzt sollte ich wohl das Telefon wieder weglegen. Ich sollte nicht lesen, was sie miteinander schreiben. Es wäre richtig. Es wäre vernünftig. Aber ich tue es nicht, sondern scrolle stattdessen den Nachrichtenverlauf nach oben. Ich sehe die Dinge, die sie sich im Stillen anvertrauen. Dinge, die nicht für meine Augen bestimmt sind. Dinge, die so vertraut wirken und außerdem noch so intim sind, dass sich mein Magen zusammenzieht und verknotet. Meine Laune sinkt, je mehr Nachrichten ich lese, doch ich kann einfach nicht aufhören.

Sie vermisst ihn. Sehnt sich nach ihm. Und am liebsten würde sie jetzt bei ihm sein, in seinen Armen liegen, ihn spüren, ihn küssen.

Und während ich das lese, wird der Knoten in meinem Bauch fester. Kyras Nachrichten werden eindeutiger, anzüglicher. Sie schreibt von Verführung, von Versuchung und unanständigen Liebesspielen und Samuels Antworten ... Seine Antworten sind genauso eindeutig. Er hat sich auf dieses Spiel eingelassen, obwohl ich vor ihm sitze. Er hat ihr geschrieben, wie gern er sich von ihr berühren lassen würde – mit ihrem Mund, ihren Lippen und ihrer Zunge, mit ihren Händen und sogar mit ihren Brüsten. Es geht so weit, dass Samuel zugibt, dass er sie am liebsten jetzt auf sich hätte. Dass er sich vorstellt, wie sie sich auf ihn setzt, ihn eindringen lässt und sich bewegt.

Und mit einem Mal sind da gefühlt tausend Knoten, die sich zu einem Geschwür verbinden.

Ich hätte es besser wissen müssen. Ich bin selbst schuld. Ich kann mir nicht einmal genau erklären, warum ich davon jetzt so verletzt bin. Aber es tut weh.

Immerhin schaffe ich es, meinen Blick vom Display zu lösen. Mir gefällt trotzdem nicht, dass er noch immer an Sex mit Kyra denkt, auch wenn die Erinnerung an seinen konzentrierten, fast schon geschäftlich wirkenden Ausdruck nicht dazu passt. Und je länger ich darüber nachdenke, wieso er sich so verhält, desto verschwommener wird das Bild. Ich verstehe ihn nicht, ich ... mein Herz fängt panisch an zu klopfen, als ich eine Bewegung hinter mir wahrnehme. Fuck. Nervös blicke ich mich um, sehe aber nur einen der Kellner. Zum Glück nicht Samuel.

Eilig schließe ich den Chat mit Kyra und lege sein Handy erleichtert zurück an seinen Platz, neben die Serviette. Es wirkt alles ganz normal, vollkommen unauffällig. Und noch bevor Samuel wieder am Tisch sitzt, schreibt Kyra eine weitere Nachricht, sodass noch nicht einmal auffällt, dass ich zuvor ihren Chat gelesen habe.

»War das Klo jetzt irgendwo in der Kanalisation, oder warum hat das so unglaublich lange gedauert?«, versuche ich meine Nervosität zu überspielen.

»Nein, ich war noch eine rauchen«, erwidert er leicht lächelnd, bevor er einen Blick über den Tisch wirft. Mir rutscht das Herz in die Hose, als er die Augenbrauen zusammenzieht. Fuck, er hat es gemerkt, oder?

»Noch immer kein Essen?«, fragt er und lässt sich auf seinen Stuhl fallen. Gott, der Kerl macht mich fertig, obwohl er gar nichts macht. Er verhält sich ja ganz normal. Im Gegensatz zu mir. Ich lache nämlich etwas dümmlich, bevor ich nicke und seinem Blick ausweiche.

»Ne, und irgendwie scheinen die uns hier auch absichtlich zu ignorieren«, murre ich leise vor mich hin, während Samuel mit den Schultern zuckt und sich anschließend die letzten Nachrichten seiner Freundin durchliest. Er zeigt keinerlei Reaktion, bis er schließlich das Handy wieder zur Seite legt, ohne ihr geantwortet zu haben. Erstaunlich ... Es ist einfach erstaunlich und unfassbar ... irritierend.

Zum Glück kommt endlich unser Essen, bevor ich mich doch noch verraten und eine der hundert Fragen stellen kann, die mir auf der Zunge liegen. Mit einem überaus freundlichen Lächeln stellt der Kellner die vollen

Teller vor uns ab und beginnt irgendwelche Worte zu murmeln, die ich nicht verstehe.

»Was hat er gesagt?«, frage ich, nachdem der Kellner gegangen ist, und atme anschließend tief ein. Fuck, es riecht echt gut.

»Er hat sich entschuldigt …«

»Das ist wohl das Mindeste!«, fahre ich Samuel dazwischen, weil er es so klingen lässt, als müsse man Verständnis haben. Pah! Ich bin hier das Opfer. Ich musste warten. Nicht der doofe Kellner!

»Sie haben wohl einen neuen Koch und der Ablauf ist noch etwas unstrukturiert und deshalb …«

»Was können wir denn dafür, dass sie ausgerechnet heute einen neuen Koch anlernen müssen?« Samuel quittiert mein erneutes Zwischenquatschen mit einem genervten Augenverdrehen, ehe er unbeeindruckt weiterspricht.

»Deshalb hat er angeboten, uns so viel Nachschlag dieser Dinger da zu bringen, wie wir essen können«, erklärt er nüchtern und deutet auf den Berg Sparerips auf meinem Teller. Mir fallen fast die Augen aus dem Kopf. »Natürlich ohne Aufpreis«, fügt er ergänzend hinzu.

»So viel ich will … ohne Aufpreis? Echt jetzt?«, frage ich ungläubig, gleich nachdem ich hektisch die letzten Bissen heruntergeschluckt habe. Samuel beobachtet mich kurz, warum auch immer, doch dann nickt er knapp zur Bestätigung.

»Fuck, geil!«, schmatze ich. Gleichzeitig fällt all der Frust von mir ab. Ich habe die Aussicht auf Unmengen von Essen. Ganz viele tolle Rippchen mit einer echt guten Barbecuesoße. Es ist fast besser als Sex, obwohl nein … Sex ist noch geiler.

»Wie gut, dass du nicht auf Frauen stehst«, wirft Samuel plötzlich nach einigen Minuten des stillen Beobachtens ein.

»Hm? Wieso?«, nuschle ich mit vollem Mund, lecke anschließend die himmlisch geile Soße von meinen Fingern, bevor ich interessiert zu Samuel aufblicke. Er schmunzelt.

»Ich glaube, sie würden dir reihenweise wegrennen, wenn sie dich nur einmal so essen sehen würden«, behauptet er.

»Äh okay?«, erwidere ich perplex, weil ich nicht verstehe, worauf er hinauswill.

Mir kann doch vollkommen egal sein, ob die Frauen vor mir wegrennen oder nicht. Ich bin doch derjenige, der sie nicht haben will.

»Dein Essen steht gerade mal ein paar Minuten auf dem Tisch und du hast dich jetzt schon eingesaut wie ein Dreijähriger.«

»Ich esse ja auch Rippchen!«

»Du meinst, du versuchst es.«

»Nope, man kann die nur so essen. Es ist quasi unvermeidlich, dass man sich einsaut.«

»Ach, wer sagt das denn?«

»Ich sage das. Früher, so im Mittelalter oder so, haben sie nicht mal die Reste so ordentlich zurück auf den Teller gelegt, sondern haben sie einfach nach hinten über die Schulter auf den Boden geschmissen. Also beschwer dich nicht, sei lieber dankbar, dass ich das nicht mache.«

»Ich beschwer mich nicht.«

»Ach nein?«

»Nein, ich stelle lediglich fest.«

»Aha«, erwidere ich, ehe er sich nun auch endlich seinem Essen widmet. Ganz vorbildlich mit Messer und Gabel, natürlich. Mr. Akkurat, eben. Pha! Ich kann das auch, nur halt nicht bei Rippchen.

»Ja, vergiss es einfach und iss weiter, deine Rippchen werden sonst nämlich kalt, du kleiner Neandertaler«, sagt er und wirft mir beiläufig einen amüsierten Blick zu. Dieser viel zu hübsche ...

»Hmpf«, irgendwie habe ich das Gefühl, dass ich mich rechtfertigen muss. Dabei ist das totaler Quatsch. Ich kann essen, wie ich will und bisher hat er sich auch nie an meinen nicht vorhandenen Tischmanieren gestört. Oh Mann, ich werde einfach nicht schlau aus diesem Kerl, der jetzt seelenruhig sein Steak verspeist, hin und wieder eine Karotte aus seinem Gemüse sortiert, die dann auf wundersame Weise auf meinen Teller wandert und ansonsten einfach nur schweigt.

»Mann Samuel, jetzt komme ich mir voll blöd vor.«

»Entschuldige.«

»Hab ich vielleicht irgendwas Falsches ...«

»Nein, es ist alles genau richtig. Du bist richtig.« Ich erwidere den Blick, den Samuel mir zuwirft, bis er leicht und vor allem sanft zu lächeln beginnt.

»Weißt du …«, seufzt er und scheint kurz zu überlegen. »Ich bin froh, dass wir hier sind«, sagt er dann leise, überraschend ehrlich und so ruhig, dass ich ebenfalls spüren kann, wie sich meine Lippen zu einem glücklichen Lächeln verziehen. Ein sanftes, warmes Kribbeln breitet sich in mir aus.

»Heh, ich auch, echt jetzt!«

Fuck, bin ich voll! Stöhnend, aber zufrieden, lehne ich mich zurück und reibe mir wohltuend den Bauch. Ganze drei Mal habe ich mir Nachschlag bringen lassen und das, ohne lange warten zu müssen. Als hätten sie aus ihrem ersten Fehler gelernt. Oder aber es war mein mörderischer Todesblick, den ich bei der ersten Nachbestellung aufgelegt habe. Wie auch immer. Jetzt bin ich satt. Und mega glücklich. Samuel ist inzwischen auf Alkohol umgestiegen. Mittlerweile sitzt er an seinem vierten Glas Old Fashioned und auch er wirkt damit ziemlich zufrieden. Sinnierend schwenkt er den Whiskey immer ein paarmal hin und her, bevor er seine Lippen an das Glas legt. Er trinkt nie wirklich viel, nippt eher daran, bevor er genießend die Augen schließt, was ich ehrlich gesagt ziemlich faszinierend finde. Es wirkt beinahe wie ein Ritual, eine Abfolge tief verankerter Gewohnheit, die ich auch früher bei seinem Vater beobachtet habe. Allerdings besitzt Samuel diese besondere Ausstrahlung dabei. Eine, bei der ich Gänsehaut bekomme und den Wunsch verspüre, ihm den Whiskey von den Lippen zu lecken. Und das, obwohl ich Whiskey eigentlich nur in Kombination mit Cola mag, wenn überhaupt.

Meinen ersten Whiskey habe ich mit ihm zusammen probiert. Bei ihm zuhause, als seine Eltern nicht da waren. Samuels Bruder Raphael hatte uns verraten, wo der Schlüssel zum Whiskey-Schrank versteckt lag. Am Ende des Abends war der Schrank nicht mehr verschlossen und mindestens eine Flasche leer. Samuels Mutter war geschockt, als sie uns mitten in der Nacht auf dem Wohnzimmerteppich fand und sein Vater war außer sich vor Wut. Es war grauenvoll. Samuels Vater kann so unfassbar furchteinflößend sein. Ich mag mir gar nicht vorstellen, wie er reagieren würde, wenn Samuel seinen Eltern erzählt, was jetzt zwischen uns läuft. Ob sie es akzeptieren würden? Immerhin haben sie mit Kyra eine wirklich perfekte Schwiegertochter. Sie ist hübsch, intelligent und von ihr können sie viele kleine, süße Enkelkinder erwarten. Je länger ich diesen Gedanken verfolge, desto trübsinniger und nachdenklicher werde ich. Gibt es für Samuel überhaupt ein ›uns‹?

»Samuel.« Er sieht von seinem Glas auf, um mir dann mit abwartendem Blick zu signalisieren, dass er zuhört. Ich weiß nicht genau, was ich sagen will, aber nichts sagen bringt mich auch nicht weiter. »Wie stellst du dir das eigentlich vor? Das mit uns?« Samuel blinzelt überrumpelt.

»Lucas«, seufzt er schließlich und lässt sein Whiskeyglas sinken. »Worauf willst du hinaus?«, fragt er dann. Versteht er jetzt wirklich nicht, was ich will, oder tut er nur so?

»Ich möchte wissen, wie dein Plan in Bezug auf uns aussieht. Du musst dir doch Gedanken darüber gemacht haben, oder nicht?«

»Nicht wirklich.« Er zuckt gleichgültig die Schultern.

»Okay, dann mach es jetzt«, erwidere ich. Bei ihm ist doch sonst immer alles durchdacht und geplant. Samuel überlässt nie etwas dem Zufall.

»Was?«, sagt er dann allen Ernstes, während er mich provokativ mit hochgezogener Augenbraue ansieht. Dieser ...

»Nachdenken, Samuel. Denk darüber nach, wie du dir das vorstellst und dann sag es mir!«, entgegne ich und frage mich ernsthaft, wer von uns beiden hier länger auf irgendwelchen Leitungen steht. Obwohl ich glaube, dass Samuel sich absichtlich dumm stellt.

»Gut, aber dann sag mir auch, was genau du hören willst. Ich dachte, die Sache wäre längst geklärt? Wir wollten Spaß haben, oder nicht? Ganz locker, ungezwungen und vor allem ohne irgendwelchen Druck.«

»Ja, schon. Aber ...« Das ist genau das, was ich nicht hören wollte.

»Aber du machst es kompliziert, warum?«

»Weil ich nicht weiß, was genau du dir vorstellst«, erwidere ich, weil ich nicht sagen kann, dass ich mir mehr wünschen würde. Kurz, aber tief, atme ich durch. »Also gut, willst du nur rummachen? Hier und da mal ein wenig rumknutschen und fummeln? Gelegentliche Blowjobs unter der Dusche oder willst du alles? Willst du Sex?« Samuels Wangen werden eine Nuance dunkler.

»Ich denke schon«, gibt er dann schwammig zu.

»Was? Mensch Samuel, jetzt lass dir doch nicht immer alles aus der Nase ziehen.«

»Alles«, meint er einsilbig, und ich will meinen Kopf gegen die Tischkante schlagen, weil dieses Gespräch mich wahnsinnig macht.

»Okay, du willst also Sex, richtig?«

»Ja.«

»Gut, und wie willst du ihn?« Samuel schaut mich an, als hätte ich ihn gerade gefragt, wie er seine Beerdigung plant.

»Sex ist Sex, warum müssen wir das vorher besprechen?«

»Naja, nicht so ganz. Sex mit einem Mann ist schon etwas anders als Sex mit einer Frau, und ich finde, dass ich ein Recht darauf habe zu erfahren, was da auf mich zukommt.« Meine Worte scheinen ihn zum Nachdenken anzuregen, denn sein Ausdruck verändert sich. Nur eine Antwort bleibt er mir schuldig.

»Samuel«, versuche ich es nochmal mit einem ganz versöhnlichen Ton in der Stimme. Schließlich hat er mittlerweile genug getrunken, um nicht mehr nüchtern zu sein. Wer weiß, wie er reagiert, wenn ich ihn jetzt weiter unter Druck setze. Was ich ja nicht mal möchte. Eigentlich will ich nur, dass er sich klar darüber wird, wohin das Ganze führen soll. Mehr nicht.

»Du weißt es nicht, oder?« Samuel reagiert mit einem kurzen ertappten Blick in meine Richtung, ehe er ganz leicht den Kopf schüttelt.

»Okay, aber wie Sex zwischen Männern theoretisch funktioniert …« Sofort schnaubt er verächtlich. »Ja, schon gut, hätte ja sein können, dass …«

»Ich bin nicht blöd, Lucas«, faucht er und hält kurz darauf einen vorbeigehenden Kellner an, dem er eilig ein paar Worte entgegen nuschelt, während er auf sein Glas deutet. Na immerhin hat er nicht vor abzuhauen. Positiv! Eindeutig.

»Das hab ich auch nie andeuten wollen.«

»Sondern?«

»Keine Ahnung. Wir haben halt noch nie so direkt darüber geredet. Ich meine, hattest du denn schon mal Analsex mit Kyra?« Sofort als ich ihren Namen erwähne, stöhnt er genervt und verdreht die Augen. Als wäre allein ihre Erwähnung schon zu viel.

»Nein.« Immerhin antwortet er.

»Okay, und du hast es nie ausprobieren wollen?«

»Das habe ich nicht gesagt.«

»Heißt?«

»Es stand ein oder zwei Mal im Raum, ob wir …«

»Aber Kyra wollte nicht?« Er nickt, mehr sagt er dazu nicht. Im Grunde habe ich mir das auch schon fast gedacht. Aber das bedeutet, dass Samuel schon das ein oder andere Mal darüber nachgedacht hat, oder? Demzufolge scheint er zumindest von der aktiven Position nicht abgeneigt zu sein, aber ist es auch das, was er will?

»Hmm«, summe ich leise. Zwischenzeitlich hat er sich wieder etwas entspannter zurückgelehnt. Vielleicht rutschen mir genau deshalb, und weil auch ich mich wieder etwas sicherer fühle, die nächsten Worte einfach so raus.

»Kannst du dir eigentlich vorstellen, selbst mal gefingert zu werden?« Oh, Samuel verschluckt sich glatt an seinem Drink, bevor er mir einen Blick zuwirft, den ich ganz schlecht deuten kann. Könnte entweder ein ›ich töte dich gleich, wenn du nicht aufhörst‹ oder ein ›keine Ahnung, du Idiot, lass mich einfach in Ruhe‹ sein.

»Ehrlich, ich mein die Frage todernst. Kannst du dir das vorstellen? Also Finger in deinem Arsch zu haben. Beziehungsweise meine Finger in deinem Arsch?« Daraufhin zischt er mich an, fast so als wolle er mich darauf aufmerksam machen, dass das hier nicht der richtige Ort ist, um so ein Gespräch zu führen. Allerdings ist mir das egal, und Samuel merkt es. Ich will eine Antwort. Und die gibt er mir, nachdem er sich kurz zu beiden Seiten umgesehen und vergewissert hat, dass wirklich niemand in der Nähe ist und vielleicht etwas aufschnappen könnte. »Möglicherweise.« Anschließend sieht er mir für einen kurzen, aber ziemlich intensiven, Moment tief in die Augen, ehe er sich zurückbeugt und sich den letzten, kläglichen Rest seines Whiskeys in den Mund kippt.

»Möglicherweise ist kein nein.« Er nickt.

»Aber auch kein richtiges ja«, ergänze ich überlegend und wieder nickt er.

»Richtig«, seufzt er schließlich.

»Und was bedeutet das jetzt?« Er setzt sich aufrechter hin, wirkt müde und erschöpft.

»Ich weiß es nicht. Vielleicht denk ich noch drüber nach, okay?« Das war nicht das, was ich hören wollte. Aber akzeptieren muss ich es wohl trotzdem.

»Okay«, erwidere ich, auch wenn es das eigentlich nicht ist. Für mich wäre eine klare Entscheidung, ganz egal ob ja oder nein, eindeutig die bessere Antwort gewesen. So ist es leider ein klitzekleines Bisschen unbefriedigend und es hinterlässt ein ziemlich mulmiges Gefühl in meinem Magen.

12 – Katerleiden

Es ist spät, als ich Samuel endlich dazu bewegen kann, den Heimweg anzutreten. Während er sich seine Jacke überzieht und anschließend zum Ausgang des Restaurants geht, hat er sich erstaunlich gut unter Kontrolle. Das ändert sich jedoch schlagartig, als er den ersten Fuß aus der Tür raus in die kühle Nachtluft setzt. Mit einem Mal greift er sich an den Kopf, taumelt und stöhnt wehleidig auf. Samuel hat aber auch echt viel getrunken.

Nun höre ich zum gefühlt einhundertsten Mal, wie unfassbar schlecht ihm ist und dass sich alles um ihn herum viel zu schnell dreht und überhaupt will er doch lieber im Bett liegen und warum ich ihn jetzt noch durch die Gegend schleppen muss. Wir irren in der Gegend herum wie zwei Idioten. Obwohl Samuel in diesem Fall definitiv der größere Idiot ist. Wie kann er sich denn auch so volllaufen lassen, wenn er doch weiß, dass ich keine Ahnung habe, wie wir wieder zum Hotel kommen sollen?

»Boah Samuel, könntest du dich vielleicht mal weniger schwer machen?«, schnaufe ich angestrengt, rücke ihn an meiner Seite zurecht.

»Hm«, macht er müde und legt seinen Kopf näher an meinen Hals. »Du riechst gut«, nuschelt er träge. Seine Nase stupst fast bei jedem Schritt gegen meine Haut, während ich mich abmühen muss, dass wir überhaupt vernünftig ein paar Schritte vorwärtskommen. Wir gehen nicht. Wir schleichen! Sogar Schnecken könnten uns in diesem Zustand überholen. Ich genieße die Nähe zu ihm trotzdem. Ist das … seltsam?

»Hmm, vermutlich nach fettigen Rippchen«, brumme ich leise vor mich hin. Alles um uns herum ist so verdammt fremd. Waren da nicht irgendwo ein Brillengeschäft und ein Musikladen mit alten Schallplatten im Schaufenster?

»Nein«, seufzt Samuel auf meiner Schulter. Man könnte fast meinen, er hätte meine Gedanken gelesen, was natürlich absoluter Quatsch ist. »Du riechst nach … nach … weiß auch nicht, aber als Kissen bist du grade echt unbequem«, stellt er murrend fest, lässt seinen Kopf aber trotzdem auf mir liegen.

»Du sollst ja auch nicht schlafen«, erwidere ich, sehe mich um und ich glaube, wir haben uns verlaufen. Es ist stockfinster und keine Menschenseele ist zu sehen. »Fuck, ich hab keine Ahnung, wo wir sind.« Hier ist nicht mal ein Straßenschild. Nichts.

»Wir sind in Frankreich«, meldet Samuel sich wenig hilfreich zu Wort. Oh, großartig! Darauf wäre ich jetzt gar nicht gekommen.

»Sehr schlau, Sam. Wenn du mir jetzt noch sagst, wo wir langgehen müssen, um zum Hotel zu kommen, wäre ich dir wirklich sehr dankbar, echt jetzt.« Im selben Moment zieht mich Samuels Gewicht zur Seite und wir stolpern gemeinsam eine hohe Bordsteinkante hinunter. Ein Ächzen verlässt meine Lippen und auch Samuel macht komische Geräusche, als er versucht, seinen Kopf anzuheben.

»Hm, links«, bringt er keuchend raus, bevor sein Kopf wieder schwerfällig zurückfällt. Toll.

»Links? Hier geht's aber nur nach rechts.«

»Dann halt rechts lang«, behauptet er einfach und auch wenn ich merke, dass mein Geduldsfaden immer dünner wird, gehe ich mit ihm nach rechts. Was haben wir auch für eine Wahl? Vielleicht hab ich noch etwas Glück und die kühle Nachtluft sorgt dafür, dass er in ein paar Minuten wieder nüchtern ist. Oder zumindest nüchtern genug, um den richtigen Weg zu finden. Vorausgesetzt er schläft mir nicht vorher im Gehen ein. Ich würde so was definitiv schaffen, Samuel hoffentlich nicht. Ach verflucht nochmal, das ist doch scheiße.

Jetzt stehen wir hier mitten in der Stadt und weit und breit ist kein einziges verficktes Straßenschild zu sehen, nur so eine verkackte alte Bushaltestelle, während Samuel so aussieht, als müsste er jeden Moment heftig kotzen und … warte … Bushaltestelle?

»Warte hier«, sage ich, auch wenn ich das Gefühl habe, dass er mich kaum versteht. »Und bleib stehen. Komm ja nicht auf die Idee dich hier hinzulegen, klar!« Samuel grummelt ein paar Laute vor sich hin, ehe ich mich eilig auf den Weg mache. Noch im Laufen hole ich mein Handy aus der Hosentasche. Google hilft mir, ein Taxiunternehmen anzurufen und auch wenn ich keine Ahnung habe, was die Frau am anderen Ende gesagt hat, bin ich jetzt ziemlich erleichtert.

»Also, eventuell habe ich uns gerade ein Taxi gerufen«, erkläre ich, sobald ich wieder neben Samuel stehe. Er schwankt noch immer, also greife ich nach ihm, lege seinen Arm wieder über meine Schulter und versuche ihn aufrecht zu halten.

»Ey ich schwöre, nie wieder lasse ich dich so viel Whiskey saufen, wenn wir nicht zuhause sind«, schnaufe ich und fühle mich direkt bestraft, als er seinen Kopf zu mir dreht und mich einfach nur anhaucht, ohne ein Wort zu sagen. Super, danke. Er musste ja auch unbedingt weiter trinken, dabei hatten wir längst unser Gesprächsthema gewechselt und angefangen darüber zu spekulieren, welche Songs sie auf dem Konzert spielen werden.

Kurz darauf hält tatsächlich ein Taxi vor uns. Ich hieve mich zusammen mit Samuel auf die Rückbank, dann reiche ich dem Fahrer kommentarlos die Visitenkarte unseres Hotels.

Während wir fahren, lässt Samuel seinen Kopf wieder auf meine Schulter fallen. Ich befürchte fast, dass er eingeschlafen ist, aber dann fängt er plötzlich an zu sprechen. »Weißt du, dass ich dich manchmal hasse«, sagt er ganz leise und auch wenn sich seine Worte nicht so anhören, als würde er das ernst meinen, tut es weh, sie zu hören.

»Warum?«, hauche ich deshalb leise zurück und ignoriere das verletzende Gefühl, das mein Herz für den Moment schneller schlagen lässt.

»Weil du mich zum Nachdenken bringst«, seufzt er müde. Ich verstehe nicht, was er meint. Habe ich etwas so Unmögliches von ihm verlangt?

»Was ist so schlimm daran?« Schweigen. Straßenlaterne für Straßenlaterne rauscht an uns vorbei und eigentlich rechne ich schon nicht mehr mit einer Antwort, bis Samuel erneut seufzt.

»Ich wollte darüber nicht nachdenken. Ich wollte überhaupt nicht denken.« Er nuschelt nur, aber ich verstehe dennoch jedes einzelne Wort.

»Aber manchmal ist es gut, über bestimmte Dinge nachzudenken. Manchmal muss man es tun, selbst wenn es unangenehm ist.« Ich atme kurz und leise durch. »Manchmal ist es wichtig, weil es einen in die richtige Richtung führen kann.« Er schnauft und grummelt, als hätte ich etwas gesagt, was ihm nicht gefällt.

»Hör auf damit«, meint er dann und schafft es, trotz seiner Situation noch leicht gereizt zu klingen.

»Womit?«

»Du sollst aufhören so beschissen kluge Sachen zu sagen.«

»Dabei sage ich nur wie es ist und was ich denke.«

»Eben, hör auf damit. So was ... so was steht dir nicht.«

»Bist du jetzt neidisch, weil du sonst in Fünfundneunzig Prozent unserer Gespräche diese Rolle einnimmst?«

»Nein, ich darf das. Immer. Du nicht.«

»Aha.«

»Ja, mich macht das schließlich attraktiv«, behauptet er und bringt mich damit zum Schmunzeln. Ob ihm bewusst ist, was er hier gerade sagt? Weiß er, was er damit indirekt andeutet?

»Ach ja, und mich nicht?«, frage ich deshalb provokativ. Ich glaube, die Antwort zu kennen, weshalb das Grinsen auch nicht von meinen Lippen weicht, als er erneut, lauter und wehleidiger aufseufzt als zuvor.

»Ich sagte doch, ich will nicht drüber nachdenken.« Vielleicht ist es ja doch okay, dass ich ihn zum Nachdenken gebracht habe, und vielleicht ist es auch gar nicht so schlimm, dass er mich jetzt für den Moment ein klein wenig hasst. Vielleicht muss das sogar so sein. Möglicherweise bedeutet auch das einen Schritt in die richtige Richtung. Ich erwidere darauf nichts mehr. Lieber sehe ich schweigend aus dem Fenster, betrachte die Umgebung, die zügig an uns vorbeizieht, bis das Auto langsamer wird, und ich unser Hotel erkenne.

»Wir sind da«, stelle ich erleichtert fest. Der Taxifahrer redet mit mir, aber ich weiß nicht worüber. Erst, als er auf die Anzeige deutet, die unseren Zahlbetrag zeigt, fällt bei mir der Groschen.

»Ähm, Sam ... hast du noch Geld dabei?«, richte ich mich etwas verlegen an den mittlerweile halb schlummernden Samuel. Er brummt unwillig und versucht umständlich einen Geldschein aus seiner Hosentasche zu ziehen. Ich helfe ihm und der Fahrer wirkt zufrieden. Ich will gerade die Tür öffnen, da grunzt Samuel plötzlich ganz komisch, fällt nach hinten und versucht doch tatsächlich, sich seine Hose auszuziehen. Himmel Herrgott ...

»Samuel, lass das, wir sind noch nicht im Hotel«, sage ich und versuche, seine Hände einzufangen. Immerhin wehrt er sich nicht dagegen. »Komm jetzt«, fordere ich und helfe ihm, dabei aus dem Auto zu steigen.

Als wir dann endlich oben in unserem Zimmer sind, lässt sich Samuel sofort auf das Bett fallen und zieht mich direkt mit sich. Ich falle auf ihn und keuche überrascht gegen seine Lippen. Dass er noch immer so viel Kraft aufbringen kann, hätte ich nicht gedacht. Und egal, was auch immer ich eben noch denken oder sagen wollte, es ist weg. Verloren gegangen irgendwo in Samuels Augen, die mich mit ihrem intensiven Blick gefangen halten. Eine prickelnde Gänsehaut zieht sich über meinen Rücken. Seine Hand streicht über meinen Hals. Seine Finger wandern langsam zu meinem Nacken und krallen sich schließlich in meinen Haaren fest, ehe er mich näher an sich zieht. Meine Lippen schweben ganz nah vor seinen. Auch wenn das alles innerhalb von Sekunden passiert, fühlt es sich für mich so an, als würde die Zeit stillstehen. Die aufgeladene Spannung, das wilde Herzrasen und der immer noch anhaltende Blickkontakt, ist alles, was ich wirklich wahrnehme. Und dann verlassen Worte seine Lippen, mit denen ich niemals gerechnet hätte.

»Weißt du, dass du mich heute noch kein einziges Mal richtig geküsst hast«, sagt er und überrascht mich nicht nur mit seiner Aussage, sondern auch mit der Ernsthaftigkeit und Gekränktheit seiner Stimme. Er lallt nicht. Er nuschelt nicht. Er spielt nicht. Samuel meint das vollkommen ernst. Ich schlucke trocken. Mir ist es nicht aufgefallen. Aber jetzt, wo er es ausspricht, spüre ich auch, wie sehr ich es vermisst habe. Nur bin ich nicht in der Lage etwas dazu zu sagen, schaffe es gerade noch, ihn entschuldigend anzulächeln, bevor ich mich endgültig zu ihm hinab beuge. Unsere Lippen treffen sich und als ein überraschend sehnsüchtiges Seufzen von ihm kommt, küsse ich ihn. Lang. Leidenschaftlich. Und so hingebungsvoll wie ich kann.

Immer wieder finden sich unsere Zungen. Sie kämpfen, spielen und necken sich gegenseitig. Wieder und wieder, immer hitziger, immer wilder. Samuel keucht und ich weiß nicht mehr, wo mir der Kopf steht. Ich weiß nicht, was ich denken soll. Ich weiß nicht einmal, ob ich gerade überhaupt irgendwas denken will. Vermutlich nicht. Dafür ist das hier zu gut. Zu berauschend. Samuel liegt unter mir, stöhnend, die Augen halb geöffnet. Seine Wangen scheinen zu glühen. Ich richte mich etwas auf, platziere mich direkt auf seiner Hüfte. Sofort keucht er auf, leckt sich verspielt über die Lippen. Fuck! Weiß er, wie verflucht sexy er dabei aussieht?

Angespannt verfolge ich diese kurze, kaum sichtbare Bewegung, während ich ihn am liebsten sofort wieder küssen würde. Doch Samuel lenkt mich ab, denn mittlerweile haben es auch seine Hände geschafft an meinem Rücken hinabzuwandern. Sie schieben sich verheißungsvoll unter mein Hemd, streifen über meine Haut und schließlich packen sie mich so heftig an den Hüften, dass auch ich nicht anders kann als überrascht aufzustöhnen.

Ein Grinsen schleicht sich auf meine Lippen, als ich mich langsam zu ihm hinunter beuge. Mein Atem kitzelt seinen Hals, meine Lippen sein Ohrläppchen und ich spüre, wie sich Samuel unter mir windet. Ungeduldig und willig. So verflucht …

»Du willst es, hm?«, hauche ich ihm mit tiefer Stimme ins Ohr. Fast sofort verlässt ein leises Wimmern seinen Mund. »Du willst, dass ich mich bewege, richtig?« Samuel stöhnt als Antwort und kratzt mit seinen Fingernägeln fester über meine Haut. Fast schon zu fest. Shit.

»Samuel …«, zische ich daraufhin und als der Schmerz langsam verblasst, merke ich, dass es mich unglaublich erregt. Es ist so verdammt gut und es fühlt sich einfach nur richtig an.

»Mach, Lucas«, keucht er, bevor ich ihn erneut in einen heißen, feuchten Kuss verwickle. Mein Schritt reibt über seinen. Meine Hose an seiner und verdammt … Ich will stöhnen, keuchen, schreien und fluchen und das alles am liebsten gleichzeitig. Das hier ist einfach geil. Samuel ist geil, wie er mich animiert, mir entgegenkommt. Immer wieder versucht er, meine Hüfte zu führen und die kurzen, leichten Stöße zu kontrollieren. Seine Bewegungen werden fahrig, seine Stimme rauer.

»Samuel, wir …«, seufze ich gegen seine Lippen, die er jedoch sofort wieder auf meine drückt. Dabei wollte ich nur sagen, dass wir endlich die verfluchte Kleidung ausziehen sollten, weil mein Schwanz eindeutig mehr will. Mehr Nähe. Mehr Haut. Und vor allem mehr und intensiveren Kontakt zu Samuel. Aber gut, ich muss es auch nicht sagen. Dann zieh ich ihn halt einfach so mit hoch. Zu schnell. Er keucht und gleich, nachdem ich ihm zügig das Shirt über den Kopf gezogen habe, wirkt er plötzlich ziemlich blass. Kränklich blass. Und ich begreife zu spät, warum er schwankt.

»Oh scheiße«, krächzt er und noch im selben Moment stößt er mich so heftig von sich, dass ich von seiner Hüfte rutsche, während Samuel versucht, sich über die Bettkante zu lehnen, um seinen Mageninhalt auf dem Hotelfußboden zu verteilen. Na wunderbar.

Stunden später liege ich neben ihm. Als ich das letzte Mal auf die Uhr gesehen habe, war es kurz nach neun. Ich hatte gehofft, ein wenig länger schlafen zu können, aber mein Kopf kommt nicht richtig zur Ruhe. Sam hingegen schläft noch immer tief und fest, während ich daran denke, wie unglaublich faszinierend und erregend Samuel war, bevor er den Moment abrupt zerstört hat. Ja, Samuel hat die Romantik gekillt!! Es war echt widerlich und wer durfte es wegwischen? Natürlich, ich! Danach ging nichts mehr. Und jetzt denke ich nach. Über ihn und mich und die Dinge, die wir tun. Darüber, wie wir es tun und vor allem, wann wir es tun. Wahrscheinlich wäre es sinnvoll, es einfach passieren zu lassen. Aber es stört mich. Was, wenn am Ende doch nichts weiter zwischen uns läuft? Was, wenn zum Schluss keine Zeit mehr bleibt? Würde Samuel auch noch dieses Interesse an mir haben, wenn wir wieder zuhause sind? Wenn Kyra wieder da ist? Wenn er wieder die Nähe seiner Freundin hat und ... Verdammt nochmal, das macht mich verrückt.

Eventuell sollte ich endlich aufhören, mir die ganze Zeit den Kopf darüber zu zerbrechen. Das klingt leider leichter, als es ist. Ich will mehr. Weil ich mich verdammt nochmal in Samuel verliebt habe.

Ich bin verliebt. In meinen besten Freund, für den ich sogar mitten in der Nacht auf die Suche nach einem Eimer gehe, damit er nicht mehr auf den Fußboden kotzen muss.

Ich bin verliebt. In den Freund meiner Freundin, die wir beide hintergehen und belügen. Aber da sind nun mal diese Gefühle, die mich lächeln lassen, als er anfängt zu grummeln und versucht gegen das Licht zu blinzeln, ehe er es schafft die Augen zu öffnen. Sofort greift er sich stöhnend an den Kopf, der mit Sicherheit ziemlich heftig schmerzt.

»Guten Morgen«, sage ich so leise wie möglich und trotzdem kneift er zischend die Augen zusammen.

»Morgen«, erwidert er brummend, ehe er versucht sich umständlich auf die Seite zu drehen, damit die Sonne keine Chance mehr hat ihm permanent ins Gesicht zu scheinen.

»Na, wie sieht's aus, Lust auf Katerfrühstück?«, frage ich schmunzelnd und rutsche zur anderen Seite aus dem Bett, um das voll beladene Tablett vom Tisch zu holen. Sogar Schmerztabletten liegen schon bereit. Samuel antwortet darauf nicht, wirft mir nur einen leidenden Blick zu, ehe er sich ganz langsam aufsetzt. Das Erste, was er zu sich nimmt, sind die Tabletten. Tja, was soll ich sagen? Mein Mitleid hält sich in Grenzen. Er wusste, worauf er sich einlässt, als er angefangen hat zu trinken. Das, was er jetzt durchmacht, wird auch durch mein Mitleid nicht besser. Deshalb bekommt Samuel von mir nur ein verschmitztes Lächeln und immerhin ein geiles Frühstück, auch wenn er das momentan noch kein Stück würdigt.

»Hier riecht's ... echt abartig«, krächzt er und verzieht angeekelt das Gesicht. Jetzt muss ich tatsächlich ein wenig lachen.

»Du hast ja auch letzte Nacht das halbe Zimmer vollgekotzt.«

»Hab ich?«, fragt er total ungläubig. Filmriss. Wie praktisch.

»Jup, und das, obwohl ich dich grade voll krass verführt und geküsst habe.« Er runzelt die Stirn und scheint zu überlegen, wie viel Wahrheit meine Worte enthalten. Dann jedoch rümpft er die Nase.

»Dann warst du vielleicht einfach nur miserabel«, kontert er überzeugt, was mir ein amüsiertes Schnauben entlockt.

»Nope, du hast zu viel gesoffen, das ist alles. Außerdem war es verdammt widerlich und ich glaube, dein Bettlaken hat auch was abgekriegt. Wir sollten uns vielleicht ein neues Zimmer geben lassen. Ich fürchte, dieses hier braucht erstmal ne Grundreinigung«, berichte ich mit einer Spur Schadenfreude, während Samuel schon nach den ersten Worten seinen Kopf wieder zurück aufs Kissen fallen lässt. So wie es aussieht, wird dieser Tag wohl eher ruhig und entspannt, statt aufregend und actionreich. Und ganz nebenbei darf ich Samuels persönlicher Krankenpfleger sein. Yay!

Nach endlosen Diskussionen mit der Hotelleitung, die Samuels Zustand zunehmend verschlechterten, haben wir uns dazu entschieden doch schon heute zur nächsten Stadt zu fahren, weil diese Idioten nicht in der Lage waren uns ein Ersatzzimmer zur Verfügung zu stellen. Im Gegenteil. Sie haben sehr wenig Verständnis und Mitgefühl gezeigt und haben zum Schluss sämtliche Reinigungskosten auf unsere Rechnung gesetzt. Samuel war am Ende so erschöpft und müde, dass er es einfach hingenommen, die Rechnung bezahlt und sich wortlos ins Auto gesetzt hat. Ich glaube, so ein kleines Bisschen peinlich war ihm der Vorfall auch. Samuel konnte Schwäche noch nie gut zugeben. Es würde mich noch nicht einmal wundern, wenn er das ›Missgeschick‹ vor dem Hotelchef auf mich geschoben hat. Na ja, wie auch immer, wir haben diesen Teil der Reise jetzt jedenfalls abgeschlossen.

Am späten Nachmittag geht es Samuel dann zum Glück ein wenig besser, sodass er wenigstens etwas von der Umgebung mitbekommen kann, die wirklich beeindruckend ist. Frankreich hat verdammt schöne Ecken und als wir Orléans erreichen, sehe ich als Erstes diese riesige, absolut eindrucksvolle Kathedrale. Ich habe sie schon in einem der Reiseführer bewundert, aber sie jetzt zu sehen, übertrifft es dann doch um einiges. Hoffentlich kommen wir in den nächsten Tagen dazu, sie uns näher anzusehen. Normalerweise bin ich nicht so für Kultur und Sehenswürdigkeiten und schon gar nicht für Kirchen, aber manchmal ... Manchmal, wenn etwas so einmalig aussieht, dann will ich es auch sehen. Notre Dame gehört zum Beispiel auch dazu, einfach, weil es sein muss. Genauso wie der Eiffelturm, der nachts besonders eindrucksvoll sein soll.

Im Zimmer des neuen Hotels, das eine unglaublich schöne Aussicht auf diese Kathedrale hat, lässt sich Samuel sofort ins Bett fallen. Er schläft, noch bevor ich unsere Koffer abstellen kann. Wow. Wie es aussieht, ist er wirklich fertig und weil ich selbst weiß, dass Schlaf immer noch das beste Mittel gegen Alkoholschäden ist, lasse ich ihn schlafen. Dafür wird er dann sehr wahrscheinlich morgen wieder voll einsatzfähig sein und so, wie ich Samuel einschätze, wird er noch am Frühstückstisch anfangen die Besichtigungstour durch die Stadt zu planen, was mich wiederum zum Lächeln bringt. Mit einem letzten Blick auf ihn verlasse ich das Zimmer, um mir an einem der Automaten in der Hotellobby ein paar Chips zu besorgen.

Phil
Du hast es also endlich gecheckt, ja?

Immer wieder wandern meine Finger in die Chipstüte und anschließend in meinen Mund, während ich auf Phils Nachricht blicke. Ich habe ihm soeben alles erzählt, was seit unserem letzten Gespräch passiert ist. Er ist jetzt also auf dem neuesten Stand.

Lucky
Ja, ich denke, da gibt es keine Zweifel mehr. Ich bin total verknallt. Du müsstest mal sehen, wie er gerade schläft.
Er sieht verdammt süß aus.

Samuel liegt wie ein Stein neben mir im Bett. Aber er atmet ruhig und gleichmäßig. Sein Gesicht sieht entspannt aus.

Phil
Oh Mann, dich hat's wirklich erwischt, aber ganz ehrlich? Ich habe schon immer gewusst, dass das irgendwann passiert.

Lucky
Ach ja?

Ich bin etwas verblüfft und muss danach erstmal warten, bis Phils neue Nachricht erscheint.

Phil
Na ja, Samuel hatte doch schon immer einen besonderen Stellenwert bei dir, oder nicht? Man hat es dir einfach angesehen. Ich denke, Samuel war schon immer deine erste Wahl, du hast es nur nie wahrhaben wollen, weil du dachtest, er würde sich niemals darauf einlassen. Er hat dir ja auch nie

einen Grund dazu gegeben etwas anderes zu denken, bis jetzt ... Jetzt zeigt er nämlich plötzlich Interesse und ich denke, du solltest deine Chance nutzen.

Meine Chance nutzen? Was bitte will er denn jetzt damit sagen?

Lucky
Mir war das gar nicht so bewusst, echt jetzt! Und was meinst du, mit Chance nutzen? Denkst du, es besteht die Möglichkeit, dass sich Samuel auch in mich verliebt?

Mein Herz schlägt nervös, jetzt wo ich anfange, über diese Option nachzudenken. Wäre es möglich, dass ...

Mein Blick gleitet automatisch hinüber zu Samuels hübschem, völlig entspanntem Gesicht und alles, was ich denke, ist, dass es verdammt schön wäre, wenn ich diese Zeit hier in Frankreich festhalten könnte. Jeden Tag mit Samuel zusammen sein, ihn sehen, berühren und küssen ... ihn lieben. Das wäre so verdammt schön.

Phil
Jap, für mich war das ziemlich offensichtlich und genau das denke ich. Ich mein, nach allem, was du mir bisher erzählt hast, ist es ja nun wirklich nicht so abwegig. Du bedeutest ihm was, da bin ich mir sicher.

Vermutlich weiß Phil nicht, was er in mir auslöst, wenn er mir solche Dinge schreibt. Auf der einen Seite lesen sie sich unglaublich schön, wecken Freude und Hoffnung. Aber auf der anderen Seite vergisst er jemanden, der ebenfalls eine ziemlich wichtige Rolle in Samuels Leben einnimmt.

Lucky
Aber du kannst mir keine Garantie dafür geben, dass er Kyra am Ende wirklich verlässt, richtig?

Phil
Nein … leider nicht.

Natürlich nicht. Niemand kann das. Sie ist einfach zu präsent, das war sie schon von Anfang an. Und ich befürchte, dass Kyra niemals kampflos aufgeben würde. Da sind wir uns ziemlich ähnlich.

Lucky
Hm, dachte ich mir.

Phil
Sorry Mann, das ist echt beschissen …

Er spricht mir aus der Seele. Es ist halt wie es ist und letztendlich bleibt mir nichts anderes übrig, als zu hoffen. Darauf, dass das, was Samuel momentan empfindet, nicht wieder verschwindet, wenn wir Frankreich verlassen.

Lucky
Jup, aber vielleicht hast du recht. Ich sollte die Zeit, die mir bleibt, nutzen und dann abwarten. Manchmal regeln sich die Dinge ja von ganz allein, richtig?

Ich klinge dabei gerade zuversichtlicher, als ich mich fühle.

Phil
Hin und wieder ja. Versuch es einfach. Du kannst dich ja melden, wenn was ist.

Lucky
Ich weiß. Danke, echt jetzt!

Seufzend lege ich mein Handy zur Seite. Ich habe überhaupt keine Ahnung mehr, wie es weitergeht, zwischen mir und Samuel und den Gefühlen, die jetzt ohne Zweifel da sind.

13 – Auto oder Kino?

Jetzt komm schon, Samuel! Sei bitte kein Spielverderber«, dränge ich ihn seit bestimmt einer halben Stunde dazu, mir endlich zum Auto zu folgen. Wir waren heute auf einem Weingut, etwas außerhalb der Stadt. Samuel hat dort für seine ganze Familie Geschenke gekauft, während ich nur daran denken konnte, wie ich ihm näherkommen kann. Ich habe bestimmt tausend Szenarien in meinem Kopf durchgespielt, während er Weinsorten probiert hat. Und auf dem Heimweg ist mir dann etwas aufgefallen. Etwas, das meine Fantasie so sehr angeregt hat, dass ich es jetzt unheimlich gerne machen möchte. Samuel muss davon noch nichts erfahren. Die Gefahr, dass er dann einen Rückzieher macht, ist mir zu groß.

»Bin ich nicht. Ich habe nur einfach keine Lust«, entgegnet er, während er weiter in seinem Buch liest.

»Ach komm schon, ich will dich überraschen, bitte«, sage ich so schmeichelnd wie möglich, doch Samuel zieht nur skeptisch seine Augenbrauen hoch.

»Du willst mich überraschen?« Ich nicke eilig.

»Ja, also komm, bitte.« Für einige Sekunden sieht er mich noch abwägend an, aber dann schließt er das Buch endlich. »Na, ich bin gespannt.« Oh ja, ich auch. Vor allem darauf, wie er reagieren wird.

Ungeduldig warte ich an der Tür, bis Samuel endlich seine Schuhe angezogen hat und mir nach unten bis zum Parkplatz folgt. Viel zu langsam, aber immerhin erreichen wir sein Auto.

»Steig ein«, sage ich und öffne für ihn die Beifahrertür. Samuel zögert, zieht die Augenbrauen fest zusammen. »Wo willst du so spät denn noch hinfahren?« Er verschränkt die Arme vor der Brust und wirft dabei einen Blick auf seine Uhr.

»Mann, Samuel, jetzt lass dich bitte einfach überraschen, okay? Nur dieses eine Mal. Ich garantiere dir auch, dass du es nicht bereuen wirst, echt jetzt.«

»Ich hasse Überraschungen«, brummt er, lässt seine Arme aber wieder sinken.

»Ich weiß. Versuch es trotzdem.« Einen Augenblick später sitzt er auf der Beifahrerseite und schnallt sich an. Na bitte, geht doch.

Ich bin so aufgeregt, dass ich im ersten Anlauf den Motor abwürge, bevor ich endlich vom Parkplatz fahren kann. Samuel sagt, zum Glück, nichts dazu.

Die Fahrt verbringen wir größtenteils schweigend, weil Samuel leider kein Unterhaltungstyp ist und ich nicht versehentlich zu früh etwas verraten will. Es dauert ohnehin nicht sehr lange, bis ich unser Ziel erreiche. Jetzt kann auch Samuel das große Schild direkt am Eingang sehen. Sofort guckt er mich fragend an. »Du willst ins Autokino? Und dir einen Liebesfilm auf französisch ansehen, obwohl du die Sprache nicht verstehst?« Ich nicke eilig. Und irgendwie find ich ihn gerade zum Knutschen süß, weil er so gar keine Ahnung hat, weshalb wir wirklich hier sind. Schmunzelnd suche ich uns auf dem riesigen Parkplatz eine Parklücke – möglichst abseits der anderen Zuschauer. Samuel ist niedlich, wenn er so unwissend und unschuldig aus der Wäsche guckt. Tief in seinem Inneren ist er das aber nicht. Es muss nur erst von jemanden herausgekitzelt werden.

Als das Motorengeräusch endgültig verstummt, beuge ich mich leicht zu ihm. Ich lege meine Finger an sein Kinn und ziehe ihn sanft näher, sodass er meinen Lippen verführerisch nah ist, aber noch genug Abstand herrscht, um etwas zu sagen.

»Glaubst du wirklich, dass wir wegen eines Filmes hier sind?«, hauche ich gegen seine Lippen und kann sehen, wie er schluckt. Sein Kehlkopf bewegt sich, aber sonst passiert nichts. Er schweigt, was mich grinsen lässt.

Vermutlich überlegt er gerade, was ich meine, doch ich lasse ihm nicht viel Zeit zum Nachdenken. Ich beuge mich noch ein kleines Stück näher zu ihm, hauche ihm ganz sanft einen Kuss auf die Lippen, ehe ich weiterwandere, bis ich sein Ohr erreiche. Neckend beiße ich ihm ins Ohrläppchen, bevor ich es küsse.

»Also ich bin nicht hier, um mir diesen Film anzusehen«, raune ich ihm ins Ohr. Samuels Nackenhaare stellen sich auf.

»Sondern?« Noch während ich immer wieder ganz leichte Küsse auf seiner Haut verteile, halte ich sein Kinn zwischen meinen Fingern, aber ich spüre, dass er versucht, seinen Kopf zu neigen. Er will mir mehr Fläche bieten? Mehr Haut, die ich verwöhnen soll?

»Hm, was denkst du denn?«, schnurre ich und lecke langsam an seinem Hals hinab, nur um am Ende sein Schlüsselbein zu küssen. So ganz nebenbei riecht er auch noch unglaublich anziehend. Er trägt den neuen Duft, den er sich neulich gekauft hat und eines der neuen Hemden. Es ist schwarz, genauso wie diese verflucht enge Hose, in der er einen verboten heißen Hintern hat. Na hoffentlich wird die gleich nicht noch zum Problem. Aber vorerst scheint Samuel still zu genießen. Als ich mich etwas zurückbeuge, weil er nicht antwortet, hat er die Augen entspannt geschlossen. Seine Haltung wirkt abwartend.

Schmunzelnd widme ich mich wieder seinem Hals, arbeite mich nach oben, zurück zu seinem Ohr. Es fühlt sich heiß an.

»Ich würde gerne etwas Neues ausprobieren«, hauche ich ihm entgegen. Ich versuche es mir nicht anmerken zu lassen, aber auch ich bin ein wenig nervös. Dabei haben wir es in meiner Fantasie längst getan. Die Bilder in meinem Kopf warten nur darauf, endlich zur Realität zu werden. Strafend beiße ich ihn in den Hals, weil er schon wieder nicht antwortet.

»Etwas Neues?«, fragt er leise und dreht seinen Kopf zu mir.

»Ja. Vertraust du mir?« Eindringlich sieht er mich an. Mir schlägt das Herz bis zum Hals.

»Ja«, haucht er und mein Herz rast vor Freude, verdrängt die Nervosität und erzeugt ein buntes Gemisch aus beflügelnden, kribbelnden Gefühlen, die durch meinen Körper jagen, und scheinbar alle zeitgleich in mir explodieren. Ich ziehe ihn zu mir und küsse ihn. Er erwidert, kommt meiner Zunge geschickt entgegen. Vor uns flackert ein Farbenmeer mit musikalischer Untermalung durch die dunkle Nacht und ich weiß, dass soeben der Film begonnen hat.

Mein ganz eigener, persönlicher Film besteht aus Samuel. Samuel, der sich hingebungsvoll küssen lässt und der scheinbar nur darauf gewartet hat, dass meine Finger endlich aktiv werden, auch wenn sie bisher nur sein superschönes neues Hemd aufknöpfen, um die warme Haut darunter freizulegen. Sein Atem vermischt sich mit meinem und bei jeder Berührung unserer Zungen durchfährt mich eine neue, erregende Welle puren Verlangens. Auch in Samuels Blick kann ich es sehen. Dieses unwiderstehliche Begehren. Diese Neugier und Lust. Meine Hände wandern tiefer. Gleiten an seinem Körper hinab, necken seine leicht aufgerichteten, harten Brustwarzen und entlocken Samuel ein noch viel zu zaghaftes erstes Keuchen, das sogleich von meinem Mund verschluckt wird, weil ich einfach nicht aufhören kann ihn zu küssen.

Samuel schmeckt so unvergleichlich gut. Jedes Geräusch von ihm ist so präsent. Jede Bewegung ein Signal. Samuels Körper reagiert beinahe genauso gut auf meinen, wie ich auf seinen. Es passt alles so gut, fühlt sich richtig an. Sein Keuchen wird lauter und irgendwie auch drängender, als ich mit meinen Fingerspitzen den Bund seiner engen Jeans erreiche. Testend lasse ich die ersten Finger darunter fahren, merke, wie sich Samuels Bauchdecke anspannt und er hektisch einatmet. Die Hose bietet viel zu wenig Spielraum, um mit der ganzen Hand hineinzugleiten, aber ich habe eine andere Idee. Ich greife ihm unvermittelt fest in den Schritt und bewege meine Hand über den Stoff seiner Hose. In diesem Ding kann er definitiv nichts verstecken. Samuel wird allein durch diese Berührung und die leichten Bewegungen so groß und steif, dass ich mir ein zufriedenes Grinsen nicht verkneifen kann.

»Hmmm, da ist aber schon jemand ziemlich munter«, schnurre ich genießend, während meine Hand fester über die Beule in seiner Hose reibt. Ungeduldig rutscht Samuel mit seinem Hintern auf dem Sitz herum, hebt und senkt sein Becken in einem unruhigen Rhythmus. Er stöhnt laut und beißt sich verzweifelt auf die Lippe. Ein Anblick, der meine eigene Erregung steigert. Mittlerweile pocht es nicht nur unter meinen Handflächen, die sich immer wieder gegen hartes Fleisch pressen. Nein, auch mein Schwanz pulsiert, wird heiß und hart. Alles nur, weil Samuel so verdammt geil ist. Weil er stöhnt und keucht. Weil er seine Finger immer wieder fahrig durch meine Haare gleiten, vielleicht auch einmal über meinen Rücken kratzen lässt, nur um sich dann irgendwo an der Seite festzuhalten, während ich rote und gelbe Punkte vor Augen habe, die auf seiner blassen Haut tanzen. Die Leinwand strahlt auf seine Brust und es wirkt beinahe hypnotisierend.

»Fuck, Lucas ... ist das ... alles?«, keucht er plötzlich angestrengt über trockene Lippen hinweg, ehe er den Kopf noch weiter in den Nacken legt. Sofort findet mein Mund den Weg zu seinem freigelegten Hals.

»Hmmm«, summe ich und verteile sanfte Küsse auf seinem Kehlkopf.

»Fuck, ist das echt alles, was du draufhast?«, stöhnt er unzufrieden. Er reizt mich, und während ich versuche, nicht zu euphorisch zu sein, entziehe ich ihm meine Hand, um sie erneut an sein Kinn zu legen. Ich drehe sein Gesicht zu mir, bis mein Atem an seinen Lippen abprallt.

»Du glaubst gar nicht, was ich wirklich alles draufhabe.«

»Ich merke noch nicht sehr viel.«

»Gut, stell den Sitz zurück und rutsch nach hinten. Ich glaube, es wird Zeit dir ein bisschen was zu zeigen.« Als er mich daraufhin irritiert anblinzelt, könnte ich ihn glatt wieder küssen, so verrückt macht er mich. Aber dann scheint er zu verstehen. Seine Augen weiten sich für einen Moment, bevor er sich nach vorn beugt, um seinen Sitz zu verstellen. Endlich habe ich mehr Platz in seinem Fußraum. Obwohl er für meine Verhältnisse noch zu gerade sitzt, grinse ich vielversprechend und versuche umständlich über die Handbremse zu klettern. Es ist eng und ein wenig unbequem, auf der Matte zwischen seinen Beinen zu hocken, aber es geht. Natürlich geht das. Ich habe es schließlich vorher ausprobiert. Allerdings ohne Samuel. Jetzt jedoch ist er da und blickt erwartungsvoll zu mir herunter. Er folgt meiner Bewegung, als ich mich versuche aufzurichten, über ihn beuge und ihm dabei so nah bin, dass ich seine Körperwärme spüren kann.

»Wir sollten dafür sorgen, dass du dich entspannst«, raune ich zu ihm nach unten, als ich nach dem Griff an der Seite seines Sitzes suche. Samuel schluckt und legt den Kopf in den Nacken. Im selben Moment finde ich den Griff und drücke ihn nach hinten.

»Hmmm, das ist schon besser«, summe ich und küsse mich an seinem Körper nach unten. Über seine Brust und die Bauchmuskeln, bis hin zu seinen Hüftknochen und es ist so viel besser als vorhin. Samuel so vor mir liegen zu haben ist geil. Unglaublich geil. Meine Zunge gleitet über seine Haut und sein Becken zuckt mir entgegen. Samuel stöhnt verhalten auf und kann es offensichtlich kaum erwarten, dass meine Finger den Knopf seiner Hose öffnen. Sofort verliert der Stoff ein wenig an Spannung und ich küsse mich zum Bund seiner Shorts. Die Haut hier unten ist unfassbar warm und weich. Langsam schiebe ich meine Fingerspitzen unter den Rand seiner Hose. Samuel hebt sein Becken für mich an und ich kann ihm den lästigen, viel zu engen Stoff ausziehen, der wie eine zweite Haut an seinen Beinen klebt.

»Sam ...«, hauche ich leise über seinen Bauch. »Erzähl mir, was im Film gerade passiert«, fordere ich und male mit meiner Zunge feuchte Kreise um seinen Bauchnabel.

»Was?«, fragt er perplex und bringt mich leise zum Lachen.

»Du hast schon richtig gehört. Erzähl mir, was im Film passiert«, wiederhole ich und schlüpfe mit den Fingern unter den Bund seiner Shorts. Er atmet zischend ein, während er mir einen ungläubigen Blick zuwirft. »Erzähl mir, was sie grade tun ... was sie sagen ...«, flüstere ich weiter und mit jedem Wort wandert seine Shorts tiefer. Samuel schluckt trocken. »Sprich mit mir, Samuel.« Sein Name fliegt beinahe gehaucht über nackte, entblößte Haut.

»Los ...« Mein Atem streift über seinen Schwanz und ich kann spüren, wie sehr er sich bemüht nicht darauf zu reagieren. Er presst die Lippen aufeinander und dann gleitet sein Blick nach oben, weg von mir und hinüber zur Leinwand.

»Sie ...«, beginnt er und stockt sofort, als er merkt, wie unglaublich rau seine Stimme klingt. Selbst mir verpasst sie eine angenehme Gänsehaut. Ein Kribbeln zieht durch meinen Körper, kriecht bis in meinen Schritt, wo es zart an der Spitze meiner Erregung kitzelt. Erstaunlich schnell scheint Samuel sich zu fassen und spricht weiter.

»Sie steht im Regen und scheint ... scheint aufgewühlt, oder so.« Ein Grinsen schleicht sich auf meine Lippen, während Samuel spricht und sich versucht zu konzentrieren, aber scheinbar immer wieder nach Worten sucht, wenn meine Finger über seinen Oberschenkel gleiten und ich flüchtig seinen Penis berühre.

»Aufgewühlt, warum?«, frage ich dazwischen und hauche federleichte Küsse auf die pulsierenden Adern seiner Männlichkeit.

»Wegen ihm … glaube ich«, keucht er als Antwort und kurz darauf krallen sich Fingernägel in meine Schulter.

»Und weiter? Was passiert jetzt?«, frage ich, während es hinter mir leiser wird.

»Sie … ist bei ihrer Freundin und … spricht von … haaahh!« Samuel stöhnt auf. Meine Lippen gleiten über seine heiße, glatte Spitze und wieder zurück.

»Was sagt sie?«, raune ich ihm zu, während ich zuseh, wie sein Glied unter der fehlenden Berührung sehnsüchtig zuckt.

»Sie sagt, dass er nett ist und höflich … irgendwie … irgendwie einschüchternd und … heiß«, stöhnt er und klingt dabei rauer als zuvor. Sein letztes Wort wird von seinem Becken begleitet, das sich meinen Lippen entgegenstößt, doch ich drücke es bestimmt zurück.

»Weiter … erzähl weiter«, fordere ich, bevor Samuel erneut schluckt und blinzelnd die Augen wieder öffnet.

»Sie sitzt am Laptop, sieht sich Bilder von ihm an … hahh, sie … ahhh shit Lucas«, stöhnt und keucht er, während er versucht, zusammenhängende Sätze herauszubringen, die nur deshalb scheitern, weil ich meine Lippen wieder fester um seinen Schwanz schließe. Immer wieder fahren sie seine Länge auf und ab. Meine Zunge schlängelt sich über die gespannte Haut und ich spüre, wie er mit jeder Bewegung noch ein Stückchen mehr anschwillt. Sein Kopf fällt genießend zurück in den Nacken. Vergessen ist das, was auf der Leinwand passiert und auch mir ist es egal. Samuels Anblick ist für den Moment alles, was ich wahrnehmen möchte. Neben dem Geschmack der ersten Lusttropfen, die meine Zungenspitze aufnimmt. Leckend verweile ich für einen Moment an dieser Stelle, während sich Samuels Hände immer fester in mein Haar krallen, versuchen, mich nach unten zu drücken. Meine Hand legt sich fest um die Wurzel seines Schaftes und Samuel stöhnt auf.

»Fuck … mehr … fester«, keucht er atemlos und ich verwöhne ihn im Wechsel mit meinen Lippen und Händen, in der Hoffnung ihn völlig um den Verstand zu bringen.

»Sag mir, was sie gerade machen, Samuel«, hauche ich fordernd, sauge kurz, aber kräftig, an seiner Eichel. Samuel unter mir zuckt unkontrolliert und ich merke, dass sich seine Bauchmuskeln unter meiner Handfläche anspannen. Er hebt ganz kurz seinen Kopf an, öffnet nur für einen flüchtigen Moment seine Augen, bevor sein Kopf zurück auf das Polster fällt.

»Er will … er will Kabelbinder und … haah«, verlässt ein tiefes Stöhnen seine Lippen und ich hätte beinahe darüber gelacht, weil es auf der einen Seite so absurd ist, aber gleichzeitig hört sich Samuel so unglaublich geil an, dass ich nicht genug davon bekomme. Ich liebe seine Stimme. Ich liebe die Lust darin, die er nicht verbergen kann. Fuck … Ich liebe gerade einfach alles an ihm.

»Sprich weiter.«

»Sie … gibt ihm ein Seil, Klebeband und … fuck … sie hält ihn für … oh shit, schneller.« Wieder setzt ruhige, schmeichelnde Musik ein, während ich innerlich grinse und meine Hände schneller bewege. Er ist so heiß und hart. Tief schlucke ich ihn, sauge kräftiger und spüre jedes erregte Zucken, bevor ich ihn wieder entlasse und genau weiß, dass ihn diese Unterbrechung wahnsinnig macht.

»Gefällt dir das?«, frage ich leise, lasse meinen Atem über die feuchte Spitze seiner Erregung gleiten, die schon wieder vorfreudig zuckt.

»Jaaahh«, keucht Samuel. Langsam, bis zum Anschlag, senken sich meine Lippen erneut auf seine Erektion. Ganz unten verweilend schlucke ich und genieße sein dunkles Stöhnen.

Es kostet so unfassbar viel Kraft, nicht direkt über ihn herzufallen. Es ist so verdammt schwer mich nur auf ihn zu konzentrieren, während es in meinem eigenen Körper brennt und zieht. Mir ist so heiß, aber allein der Gedanke daran, Samuel so willig hier liegen zu haben, reizt mich weiterzugehen. Die Vorstellung ihm mehr zu bieten, ihn bis zur vollkommenen Ekstase zu treiben, ist alles, was mich dazu bewegt, die Kontrolle zu behalten.

»Scheiße … ich …«, keucht er, wirft seinen Kopf hin und her und sofort lasse ich von ihm ab. Ein stärkeres Zucken erfasst seinen Körper und ich verhindere geschickt, dass er kommt. Er stöhnt und gleichzeitig wimmert er. So verflucht heiß …

»Leck sie«, ist alles, was ich sage, bevor ich ihm meine Finger in den Mund schiebe. Ich glaube, er weiß gar nicht so richtig, was gerade passiert.

Sein Blick ist verhangen, seine Gedanken vermutlich komplett durcheinander, während ihn seine Gefühle verrückt machen, aber dafür scheint seine Zunge genau zu wissen, was sie tun muss. Sie umkreist meine Finger und automatisch muss ich mir vorstellen, wie sie das auch an anderen, intimeren Stellen meines Körpers tut. Wie geschickt und ... anregend ... Genau wie seine Küsse.

»Gut so, noch ein wenig mehr. Sie ... sie müssen feuchter sein.« Meine Stimme kratzt, weil sich meine Kehle trocken ist. Ich weiß nicht, wie ich diesen Anblick jemals wieder vergessen soll. Ich glaube, ich will ihn gar nicht mehr vergessen. Niemals wieder!

»Das reicht. Versuch die Beine etwas hoch zu nehmen.« Samuel blinzelt, kommt meiner Aufforderung aber nach. Keine Ahnung wie er es schafft, selbst dabei noch elegant auszusehen. Samuel keucht, als er versucht zu mir herunterzusehen. Meine Finger massieren noch einmal kräftig seinen Schwanz, wandern tiefer, verweilen für einen Moment an seinen empfindlichen Hoden, ehe sie zu der Stelle gelangen, die ihn zischend einatmen lässt. Ganz langsam fange ich an, mit dem Daumen leicht massierend über diese verführerische Stelle zu reiben. Samuels Atmung beschleunigt sich noch etwas mehr und ich spüre, dass er noch immer versucht, mich zu beobachten. Unter normalen Umständen hätte ich mich über ihn gebeugt und ihn zur Ablenkung geküsst, bis er sich von ganz allein meinem Finger entgegen drückt. Doch wir haben hier keine normalen Umstände. Wir sind in einem verdammten Auto, mit verdammt wenig Platz und meine Möglichkeiten sind dementsprechend begrenzt.

»Lehn dich zurück«, flüstere ich, doch er zögert. »Entspann dich einfach«, füge ich hinzu und kurz darauf leckt meine Zunge wieder über seinen Penis. Samuel keucht leise und sein Kopf fällt zurück. Gut so.

Noch einmal nehme ich ihn tief in meinen Mund. Spüre wie mein Herz dabei freudige Sprünge macht und das Kribbeln in meinem Bauch erneut einsetzt, während Samuel sich etwas nach unten rutschen lässt. Ganz leicht dringt mein Finger in ihn ein und bringt ihn zum Stöhnen. Es macht mich geil. Ihn so zu erleben ist berauschend. Faszinierend und erregend. Meine Hose ist mittlerweile so eng, dass es mich um den Verstand bringt. Ich will mich berühren, aber alles, was ich momentan zustande bringe, ist, Samuels Schwanz tiefer zu schlucken und die Laute einzusaugen, die er von sich gibt, während ich meinen Finger tiefer in ihn drücke. Hitze empfängt mich. Umschließt meinen Finger, wohlig warm und weich. Mit jedem Stöhnen, das seine Lippen verlässt, stoße ich tiefer und sauge kräftiger. Ich nehme einen zweiten Finger hinzu, stoße ihn zusammen mit dem ersten fest in ihn. Samuels Stöhnen wird lauter. Sein Becken bewegt sich mir entgegen. Schneller, rhythmischer.

»Oh fuck, jaahh ...« Mit einem überraschten Aufstöhnen bewegt er sein Becken nach oben, nur um es im nächsten Moment wieder hart gegen meine Finger zu pressen. Sie dringen tiefer, stoßen kräftiger zu, während Samuel kaum noch still liegen kann. Seine Hände suchen Halt an dem Innenleder seines Autos, rutschen über beschlagene Fensterscheiben und krallen sich am Ende in den Stoff meines T-Shirts. Seine Beine zucken, aber das ist nichts im Vergleich zu seiner Hüfte, die eindeutig mehr will. Mehr von mir. Mehr von meinen Fingern. Mehr von meiner Zunge, die immer häufiger seine Lust schmecken darf. Er ist kurz davor. Als ich den dritten Finger in ihn einführe, scheine ich endlich den Punkt gefunden zu haben, der ihn alles vergessen lässt. Samuel lässt los. Lässt sich fallen. Immer wieder treffen meine Finger gezielt diese eine süße Stelle in ihm und ich weiß, wie unglaublich verrückt es einen machen kann, wenn man sie immer und immer wieder reizt. Sein zutiefst erleichtertes Stöhnen brennt sich in mein Gedächtnis, genauso wie sein gelöster Ausdruck, als er kommt. Alles von ihm landet in meinem Mund, auf meiner Zunge, während meine Finger ihn weiter ficken. Ich schlucke. Ich schlucke alles.

»Fuck«, keucht er und streicht sich flüchtig ein paar verschwitzte Haarsträhnen aus der Stirn. Langsam ziehe ich meine Finger zurück, während Samuels Schwanz noch in meiner Hand ruht und von mir liebevoll gestreichelt wird. Unfassbar - aber ich brauche tatsächlich einen Moment, um wirklich zu realisieren, was gerade passiert ist, auch wenn es genauso abgelaufen ist, wie ich es geplant habe. Es hat mich überwältigt und irgendwie tut es das immer noch. Denn während Samuel noch seinen Orgasmus verarbeitet, bin ich noch immer unfassbar scharf. Mein Schwanz pocht, aber ich komme nicht an ihn ran. Samuel scheint auch nicht in der Lage zu sein, etwas zu tun. Seine Augen sind geschlossen, seine Atmung erhöht, aber alles in allem sieht er absolut zufrieden und entspannt aus, mit diesen leicht erhitzten Wangen. Nur in mir ... in mir ist dieses Verlangen. Ich will Erlösung. Ich will ... verdammt. Ich ...

»Ich hol mal Popcorn«, keuche ich mehr, als ich es sage und kann selbst kaum glauben, dass ich das jetzt tatsächlich ausgesprochen habe. Ich verdammter Idiot. Popcorn? Ernsthaft? Aber fuck ... ich muss hier raus. Ich muss mich anfassen. Muss diesen Moment ausnutzen und einfach irgendwas tun.

»Was?«, stammelt er perplex, doch ich bin schon aus dem Auto und stolpere über den Parkplatz. Antwort bekommt er keine mehr. Meine Füße tragen mich weg. Weg von ihm, obwohl ich es doch gar nicht wirklich will. Trotzdem schlängle ich mich durch ein paar andere Autos hindurch zu dem unscheinbaren Toilettenhäuschen. Niemand da. Zum Glück. Ich öffne meine Hose und mir entkommt ein befreites Keuchen. Wie gern hätte ich jetzt Samuels Hände an meinem Schwanz. Wie gern würde ich mich jetzt an ihn lehnen und genießen, dass er mich genauso will. Es sind Wünsche, die auf meinem unterdrückten Stöhnen ungehört in die Nacht hinaus gleiten, während ich anfange mich zu massieren. Allein. An irgendeiner verlassenen Stelle, während dieser bescheuerte Film übertrieben dumme Sexszenen zeigt, mit dem Wissen, dass Samuel im Auto auf mich wartet. *Samuel ...*

Noch immer hallt sein letztes Stöhnen durch meinen Kopf. Noch immer sehe ich ihn vor mir, wenn ich die Augen schließe. Und noch immer schlägt mein Herz doppelt so schnell, wenn ich an ihn denke. Samuel ...

Gott verdammt, ich bin so hoffnungslos verliebt, dass ich nicht einmal gemerkt habe, dass ich nicht mehr allein bin. Ich zucke erschrocken zusammen, als sich ein warmer Körper von hinten an mich schmiegt und sich schon im nächsten Moment kühle Finger auf meine legen.

»Was wird das, Lucas?«, haucht mir Samuel dunkel ins Ohr. Seine Stimme allein bringt mich dazu, die Augen zu schließen. Ich fühle mich schlagartig wohl, in seiner Nähe. Er zieht mich an seine Brust und ich schlucke trocken, weil ich ihm nicht wirklich antworten kann. Ich weiß selbst nicht genau, warum ich gegangen bin. Vielleicht, weil ich Angst habe. Angst davor, dass wir zu weit gehen. Angst davor, nicht mehr vergessen zu können. Doch eigentlich ist es dafür schon lange zu spät. Samuel ist jetzt genau da, wo er nie sein sollte.

»Warum rennst du weg?«, fragt er mich leise, während er meine Hand langsam zu führen beginnt. Aber auch darauf kann ich nicht antworten. Ich spüre nur, wie mein Herz nervös zu rasen beginnt.

»Ist es so schlimm, wenn ich …«

»Nein«, unterbreche ich ihn eilig, bevor ich meine Hand zurückziehe, und ihm meinen Schwanz überlasse. Ich kann nicht mehr. Es ist zu viel und gleichzeitig zu wenig. Ich will, dass er es tut. Ich will, verdammt nochmal, genau das. Während Samuel übernimmt, womit ich begonnen habe, lege ich stöhnend meinen Kopf nach hinten auf seine Schulter. Er küsst meinen Hals und es fühlt sich einfach nur gut an. Mir ist egal, ob man uns hier sieht. Mir ist sogar egal, ob man mich hören kann. Mir ist alles egal, solange Samuel nur nicht aufhört, mich zu wichsen. Seine Finger gleiten mit angenehmem Druck über meine Eichel, massieren meine gesamte Länge und bringen mich immer wieder zum Keuchen. Seine andere Hand stützt mich an der Hüfte, als meine Knie drohen nachzugeben.

»Weißt du, woran ich vorhin die ganze Zeit denken musste?«, raunt mir Samuel dann plötzlich heiß ins Ohr.

»Was?«, erwidere ich atemlos, weil er die Spitze meiner Erregung so gezielt reizt, dass ich mich, unsinnigerweise, frage, warum er das so gut kann. Himmel … es ist … fuck! Mir fehlen die Worte, für das, was er hier tut.

»Ich habe die ganze Zeit daran gedacht, wie es wäre, wenn du mich jetzt fickst«, flüstert er dann und das ist alles, was ich noch wahrnehme, bevor das Blut in meinen Ohren rauscht und mir schlagartig schwindlig wird, weil ich absolut gar nichts mehr zurückhalten kann. Ich komme schubweise in seiner Hand. Heftig. Unkontrolliert. Verdammt!

Für einen Moment stehen wir einfach nur da. Samuel hinter mir. Die Hand noch immer in meinem Schritt. Was er eben gesagt hat … Oh Gott, es kam so unerwartet. So plötzlich. Und allein der Gedanke daran, jagt eine Gänsehaut über meinen Körper, bevor ich mich aus seinem lockeren Griff befreie und mich zu ihm umdrehe, um ihn einfach zu küssen. Ich muss es. Viel zu lange habe ich es jetzt schon nicht tun können. Samuel erwidert sofort.

Es vergehen Minuten. Lange, schöne, intensive Minuten, in denen wir uns einfach nur nah sind und küssen. Nicht wild. Nicht grob. Einfach nur befriedigt.

»Wirklich? Du hast wirklich daran gedacht?«, frage ich und nun schlägt mein Herz schon wieder vorfreudig. Gott, ist so was normal?

»Vielleicht«, haucht er mir trocken, mit einem Schmunzeln auf den Lippen, gegen den Mund, das ich, nach einem Blinzeln, sogar erwidere. Das ist so typisch für Samuel, echt.

»Komm, lass uns zurückgehen«, sagt er, nimmt meine Hand in seine und zieht mich langsam mit sich. Ein warmes, ruhiges Gefühl breitet sich in mir aus. So verdammt schön.

Gemeinsam erreichen wir Samuels Auto und ich ziehe ihn noch einmal an mich, küsse ihn sanft, bevor ich seine Hand loslasse und auf der Fahrerseite wieder einsteige. Auch Samuel setzt sich wieder neben mich und dann wird es kurz ganz ruhig zwischen uns. Der Film spielt noch immer, aber so wirklich folgen kann ich ihm nicht. Ehrlich gesagt interessiert er mich auch gar nicht. Ich weiß nur nicht, ob ich jetzt einfach wieder fahren soll. Irgendwie ist es gerade ein wenig seltsam. Aber nicht unangenehm. Erstaunlicherweise ist es Samuel, der die Stille bricht und die Situation auflockert.

»Und dafür mussten wir jetzt extra hier rausfahren?«, fragt er und ich muss tatsächlich ein wenig lachen. Langsam lehne ich mich zu ihm, meine Hand findet seine, die auf seinem Oberschenkel liegt. Sanft streiche ich über seinen Handrücken. Meine Lippen streifen seine Wange, hoch zu seinem Ohr. »Aber klar! War doch romantisch, oder nicht?«, erwidere ich, hauche ihm einen Kuss unter sein Ohr und lehne mich dann grinsend wieder zurück. Genau rechtzeitig, um zu sehen, dass Samuel die Augen wieder öffnet und sofort eine Augenbraue anhebt.

»Natürlich ... Romantik ... bei dem Film ...«, nuschelt er und ich starte lachend den Motor.

»Hey... was hast du gegen 50 Shades of Grey? Der war voll passend«, entgegne ich, auch wenn es mich selbst nicht überzeugt. Ihn auch nicht, das sagt mir sein Blick, der mich noch mehr lachen lässt. So laut und befreit, dass selbst Samuel nicht mehr anders kann als leise zu lächeln.

Es ist ... perfekt. Für den Moment ist alles super perfekt.

14 – Realität und Wahrheit

Es wäre schön, wenn die Blase, in der ich mich momentan befinde, niemals platzt. Wenn ich mich weiterhin in ihr geborgen und geliebt fühlen kann. Es am schönsten, wenn dieser Zustand zur Gewohnheit wird, richtig? Aber ich fürchte, soweit wird es nicht kommen. Manchmal genügt nur ein Wort und die Blase zerfällt, in alle mühsam aufgebauten Einzelteile, und hinterlässt ein Trümmerfeld, das niemand mehr aufräumen kann.

»Könntest du bitte aufhören zu weinen? Das ist nun wirklich kein Grund.« Ich liege noch im Bett und höre Samuels müde Stimme. Er steht bei angelehnter Tür draußen auf dem Balkon. Das Handy an seinem Ohr. Ich weiß sofort, mit wem er spricht.

»Ich versteh dich ja, aber deshalb musst du nicht … doch natürlich«, erwidert er und klingt überfordert. Im nächsten Moment dreht er sich zur Seite, um die Zigarette im Aschenbecher auszudrücken.

»Was denkst du denn? Dass mir das egal ist? Natürlich ist es das nicht, aber momentan kann ich daran leider auch nichts ändern, also bitte, versuch dich zu beruhigen«, redet er auf sie ein, doch als er sich mit der Hand übers Gesicht fährt, weiß ich, dass irgendetwas nicht stimmt. Und das liegt sicherlich nicht an dem hässlichen Gefühl, das sich in mir ausbreitet, weil ich langsam realisiere, dass er mit seiner Freundin spricht. Mit Kyra. So wollte ich eigentlich nicht aufwachen.

»Was erwartest du denn von mir?«, fährt er sie plötzlich lauter und auch gereizter an, weshalb ich mich doch leicht im Bett aufrichte. Er hat noch nicht bemerkt, dass ich wach bin und ihn beobachte. Automatisch denke ich an gestern und … nein. Sie kann unmöglich wissen, was zwischen mir und Samuel läuft. Es sei denn er hat … oh mein Gott. Würde er ihr wirklich jetzt davon erzählen? Am Telefon?

Mit geweiteten Augen betrachte ich Samuels Profil, während Gedanken durch meinen Kopf rasen.

»Ich bitte dich, denk nochmal darüber nach. Findest du nicht, dass das alles zu schnell geht? Wir haben doch … jetzt fang doch bitte nicht schon wieder an zu weinen.« Heilige Scheiße nein. Ich glaub das nicht. Das wäre nicht seine Art, Samuel würde es niemals so erzählen. Davon bin ich überzeugt, auch wenn sich ein nicht unwesentlich wichtiger Teil in meinem Körper gerade für eine Sekunde gefreut hat. Es ist Unsinn. Und je länger ich dem Gespräch lausche, desto bescheuerter komm ich mir selbst vor, dass ich überhaupt die Möglichkeit in Betracht gezogen habe.

»Ja, ich habe neulich mit meiner Mutter geredet, aber ich denke wirklich, dass es dafür noch zu früh ist.« Zu früh? Wofür ist es noch zu früh? Während er schweigend den nächsten Worten seiner Freundin lauscht, überlege ich, wann er ein Gespräch mit seiner Mutter hatte. Ich habe nichts davon mitbekommen, aber das muss ja nichts bedeuten. Im Grunde geht es mich auch nichts an. Es stört mich trotzdem. Ich will nicht, dass er mich ausschließt. Ich will verdammt nochmal ein Teil seines Lebens sein. Selbst dann, wenn es um Dinge geht, die für mich unangenehm sein könnten. Das war schon immer so.

»Ich möchte doch nur nichts überstürzen, okay?«, höre ich ihn dann besänftigend sagen und allein die Art wie er es ausspricht erzeugt einen stechenden Schmerz. Er ist da und er tut mir weh.

»Vielleicht sollten wir nochmal darüber reden, wenn ich wieder zu Hause bin. So hat das keinen Sinn … Nein, Kyra, ich versuch wirklich dich zu verstehen, aber … wie stellst du dir das denn vor? Wir können nicht einfach … nein.« Zum Ende hin wirkt er aufgebracht, obwohl seine Haltung genau das Gegenteil vermittelt. Kraftlos lehnt er am Geländer des Balkons, den Blick in die Ferne gerichtet.

»Dann geh halt zu ihr, wenn du denkst, dass es das Richtige ist«, zischt er ins Telefon und beendet den Anruf seiner Freundin. Ziemlich plötzlich. Ziemlich ungewöhnlich. Und vor allem ohne ein liebes Wort zum Abschied. Er lässt den Kopf hängen. Die Sonne scheint auf ihn herab, doch irgendwie wirkt er nur nachdenklich und bedrückt. Noch bevor ich darüber nachgedacht habe, ob es wirklich klug ist, jetzt zu ihm zu gehen, schlüpfe ich barfuß und nur mit meiner Shorts bekleidet durch die Glastür, um Samuel von hinten zu umarmen. Fast so wie er bei mir gestern, denke ich kurz, bevor ich den Gedanken schnell wieder verdränge. Und doch kann ich nicht anders als einen Kuss auf seine Schulter zu drücken, weil ich merke, dass er angespannt ist.

»Hab ich dich geweckt?«, fragt er mich leise und eine Spur zu neutral.

»Hm, ich glaub schon«, erwidere ich ebenso leise, während ich weitere vorsichtige Küsse verteile. Er riecht so gut. Und es fühlt sich schön an, ihn im Arm zu halten. Aber es scheint nicht das zu sein, was er gerade will.

»Lucas«, seufzt er müde, dreht sich in meiner Umarmung und drückt mich weg. Sein Blick dabei ist betrübt. Woran liegt das? An mir, oder an dem Gespräch mit Kyra? Für einen Moment ergreift mich Panik. Und ich habe keine Ahnung, was ich dagegen tun soll. Es ist schrecklich und ich will so nicht fühlen. Ich wollte nie, dass es so weh tut, wenn er ... wenn er mich tatsächlich ablehnt.

Genau so fühlt es sich an. Vermutlich hat er seine Gründe und wahrscheinlich könnte ich sie sogar verstehen, wenn er sie mir mitteilen würde, aber deshalb tut es trotzdem weh. Die Gewissheit, dass er noch lange nicht da ist, wo ich jetzt bin. Die Realität zeigt ganz eindeutig, dass er Abstand möchte. Abstand zu mir.

Und der Grund dafür heißt Kyra. Er legt mir seine Hand auf die Schulter, öffnet die Lippen, um etwas zu sagen, wird aber von seinem Handy davon abgehalten, weil Kyra erneut anruft. Ihr hübsches Gesicht erscheint auf dem Display und ich sehe dabei zu, wie Samuel resigniert die Augen schließt. Er atmet schwer ein, bevor er den Anruf wegdrückt und mich leicht zur Seite schiebt, um zurück ins Zimmer zu gehen. Anschließend wirft er sein Handy einfach in einen der Sessel, die auf der anderen Seite des Raumes stehen und legt sich ins Bett. Samuel dreht sich mit dem Gesicht zur Wand. Mit Abstand zu ihm lege ich mich neben ihn, auch wenn es schwerfällt. Am liebsten würde ich ihn nämlich einfach in den Arm nehmen. Ihn so fest wie möglich an mich drücken und ihn spüren lassen, dass jemand da ist. Dass ich da bin. Stattdessen bleibe ich auf dem Rücken liegen und starre an die Decke, denke darüber nach, was ich sagen soll, bevor ich es wage, zu sprechen.

»So schlimm?«, flüstere ich in die Stille hinein, mehr Worte schaffen es nicht über meine Lippen und wie zu erwarten, reagiert Samuel nicht. Also drehe ich mich doch zu ihm. Vorsichtig rutsche ich etwas näher und lege meine Hand auf seine Schulter. Er zuckt zusammen und versteift sich.

»Nicht«, haucht er dann knapp und versucht, meine Hand abzuschütteln.

»Samuel.« Sein Name aus meinem Mund gleicht einem bittenden Seufzen, als ich mit meiner Nase fast in seinem Haar versinke und seinen angenehmen Duft einatme.

»Nicht jetzt, Lucas.« Samuels Stimme so zurückweisend zu hören, schmerzt. So sehr, dass ich tatsächlich nachlasse, aber nicht zurückweiche. Das kann ich einfach nicht.

»Okay, aber ... rede mit mir, Samuel. Erzähl mir, was passiert ist, bitte.«

»Was glaubst du denn, was passiert ist?«

»Öhm, keine Ahnung? Als ich aufgewacht bin, hab ich kurzzeitig gedacht, du hättest ihr davon erzählt«, erwidere ich das Erste, was mir einfällt.

»Was erzählt?« Er dreht sich zu mir und zieht fragend die Augenbrauen zusammen.

»Na ja, das zwischen uns, und so«, gebe ich etwas unsicher zurück.

»Oh Gott, spinnst du?«, schnaubt er und dreht sich wieder weg. »Jetzt wäre wohl der ungünstigste Zeitpunkt, um mit ihr über so etwas zu reden«, meint er dann, auf einmal wieder ziemlich nachdenklich. »Kyra ist gerade ziemlich emotional«, seufzt er und schließt für einen Moment die Augen. »Sie hat heute ihre Periode bekommen und jetzt ist sie enttäuscht, weil es offensichtlich nicht geklappt hat.«

»Ah, ich verstehe«, entgegne ich. »Allerdings dachte ich, dass der letzte Test vor unserer Abreise eindeutig negativ war?«

»Das dachte ich auch. Kam auch ziemlich plötzlich vorhin«, gesteht er leise, ohne mich anzusehen. Samuel gibt nicht gern zu, wenn ihn etwas derartig überrumpelt, dass er nicht weiß, wie er damit umzugehen hat.

Und dass ihn diese Situation überfordert, ist schon ziemlich deutlich zu erkennen.

»Vielleicht solltet ihr euch einfach noch ein wenig mehr Zeit dafür nehmen?«, sage ich dann zögerlich. »Also fürs Kinderkriegen, meine ich.«

»Vermutlich. Aber Kyra denkt anders. Sie will schwanger werden. Um jeden Preis, verstehst du?« Sein Kiefer spannt sich an und sein Ausdruck wird hart und kalt.

»Sie hat mit meiner Mutter darüber gesprochen.« Kyra hat was?

»Sie wollte, dass mich meine Mutter dazu überredet, dass ich noch einmal über die künstliche Befruchtung nachdenke, obwohl ich Kyra jetzt schon mehrfach gesagt habe, dass ich das nicht will. Hast du eine Ahnung davon, wie anstrengend es war meine Mutter per WhatsApp davon zu überzeugen, dass das total unnötig ist? Ich bin nicht zeugungsunfähig.« Seine Stimme trieft vor verletztem Stolz, aber ich kann schon verstehen, warum ihn das kränkt. Ich finde es sogar ziemlich dreist von Kyra, dass sie den Weg über seine Mutter einschlägt. Das ist nicht gerade fair.

»Als ich sie darum gebeten habe, dass wir erst wieder darüber reden, wenn ich wieder zurück bin, hat sie völlig überreagiert. Sie hat mir unterstellt, ich würde ihre Gefühle nicht verstehen. Hat mir vorgeworfen, nicht für sie da zu sein und zum Schluss sagt sie doch allen Ernstes, dass sie jetzt zu Anita gehen würde«, erzählt er und wird mit jedem Wort lauter. Inzwischen hat er sich aufgerichtet und sitzt nun im Bett, seine Hände zu Fäusten geballt. Er ist wütend.

»Ausgerechnet zu Anita«, spuckt er abfällig aus. »Ausgerechnet zu dieser hinterhältigen Kuh!« Sein plötzlicher Ausbruch überrascht mich. Ich setze mich auf und lege ihm sanft die Hand auf die Schulter.

»Warum regt dich das so auf? Ich denke, Kyra ist gerade irgendwie verzweifelt und du bist hier in Frankreich, also ist es doch verständlich, dass sie zu Anita geht. Sie ist immerhin ihre Freundin«, versuche ich ihn zu beruhigen. War aber wohl der falsche Weg.

»Freundin?«, knurrt er abwertend und wischt meine Hand von seiner Schulter. Sein zorniger Blick lässt mich etwas zur Seite rutschen, weg von ihm.

»Wäre sie ihre Freundin, würde sie nicht ständig so eine Scheiße abziehen und die ganze Zeit provozieren. Freunde würden gar nicht erst versuchen unsere Beziehung zu sabotieren. Nur ihretwegen haben wir seit Monaten ständig Streit. Weil Anita nicht aufhört mit ihren dummen Bemerkungen über dich und mich, hat dieser ganze Stress doch erst angefangen. Sie ist verantwortlich dafür, dass Kyra jetzt so durchdreht und unbedingt schwanger werden will. Und nur deshalb sitzen wir hier und verdammt nochmal, es kotzt mich an.« Samuel schreit. Jedes Wort. So laut, so hässlich, so verletzend. Seine Worte sind wie scharfe Pfeilspitzen, die ungebremst auf mich zurasen und obwohl ich sie kommen sehe, bin ich nicht in der Lage sie abzuwehren. Sie treffen ihr Ziel.

Er atmet hektisch und ich wünsche mir, dass er begreift, was er gerade gesagt hat. Wünsche mir, dass er es zurücknimmt.

»Bereust du, dass du jetzt hier bist?«, flüstere ich leise und muss mich unglaublich stark zusammenreißen, damit sich der Schmerz, der sich durch meine Brust zieht, nicht auch noch auf meine Stimme legt.

»Was?« Seine Reaktion fällt genauso nüchtern aus, wie ich es befürchtet hatte.

»Bereust du, dass du jetzt hier bist, mit mir?«, wiederhole ich eindringlicher und sehe nun doch wieder zu ihm. In seinen Augen tobt ein Sturm, in seinem Gesicht spiegelt sich Unverständnis.

»Wieso fragst du so etwas? Was hat das damit zu tun, dass Anita sich ...«

»Verdammt, Samuel ... merkst du überhaupt, was du gerade gesagt hast? Ist Anita auch für die Dinge verantwortlich, die hier passieren? Ist das, was hier zwischen uns läuft, auch ihre Schuld?«, fahre ich ihn aufgebracht an. Keine Ahnung, ob er sich überhaupt vorstellen kann, wie sich das anfühlt.

»Wie kommst du darauf? Das mit uns ist eine komplett andere Sache.«

»Ach ja? Ist es das? Im Moment fühlt es sich aber nicht so an. Sei ehrlich, Samuel, wenn Anita nicht gewesen wäre, dann wären wir doch gar nicht hier, oder?« Auch ich atme gehetzt und stehe auf. Samuel blickt zu mir. Seine Lippen liegen fest aufeinander und es breitet sich eine unheimliche Stille im Zimmer aus. Eine tiefe, belastende Stille, die schließlich durch sein Seufzen zerschnitten wird.

»Lucas ...«, haucht er und versucht, nach meiner Hand zu greifen, die ich aber wegziehe, bevor er sie erreichen kann.

»Nein, Samuel ... ich kann das gerade nicht«, sage ich und muss leider feststellen, dass meine Stimme zittert. Außerdem spüre ich ein Brennen in meinen Augen, weil die Realität so hart und grausam ist, dass jeder Traum sofort zerplatzt. Mein Traum ...

Mein Traum rückt gerade in weite Ferne, mit jedem Schritt, den ich der Tür des Zimmers näherkomme.

»Wo gehst du hin?«, fragt Samuel leise, während ich mir eilig Hose und T-Shirt überziehe. In seinem Blick ... ich weiß nicht, was das in seinem Blick ist. Vielleicht Erkenntnis? Vielleicht Resignation? Vielleicht ... Furcht?

»Ich brauche frische Luft«, antworte ich erschöpft auf seine Frage, ehe ich auf den Flur hinaustrete und die Tür hinter mir zufallen lasse. Anschließend stehe ich für ein paar Sekunden einfach nur regungslos da, lehne mit dem Rücken an der Wand neben unserer Zimmertür und lausche der morgendlichen Stille. Die Flure sind lichtüberflutet. Grelles gelbes Licht, das von der hohen Decke herabstrahlt und mir in den Augen schmerzt. Ich schließe sie, aber es tut nicht weniger weh. Es brennt und als ich sie wieder öffne, spüre ich, dass ich nicht mehr länger in der Lage bin, die Tränen aufzuhalten, die über meine Wangen laufen. Dabei hab ich mir doch so sehr vorgenommen, dass genau so was nicht passiert. Ich wollte nie seinetwegen heulen. Ich wollte nie so verletzbar sein. Aber genau das bin ich. Ein ersticktes Schluchzen entweicht meiner Kehle, bevor ich mir fahrig mit dem Handrücken über die Augen reibe. Aus unserem Zimmer dringt ein seltsames Poltern an meine Ohren. Möglicherweise ist es der falsche Weg, sich jetzt zurückzuziehen und vor einem weiteren Gespräch zu fliehen, aber ich brauche diesen Abstand. Ich brauche ihn, obwohl es sich verdammt beschissen anfühlt. Warum hat er das gesagt? Warum hat er nicht gemerkt, wie scheiße verletzend seine Worte sind?

Der Gedanke an sie schnürt mir beinahe die Kehle zu. Es macht mich atemlos, raubt mir die Fähigkeit, ruhig zu bleiben, und jeder Atemzug wird zur Qual. Es ist fast schon erleichternd endlich durch das Foyer nach draußen in die Freiheit zu treten und all die Beklemmung hinter mir zu lassen. Langsam laufe ich in Richtung des kleinen Parks, der direkt an das Hotel angrenzt. Normalerweise wäre heute ein sehr schöner Morgen. Normalerweise müsste man sich an den bunten, schillernden Farben der Blumen erfreuen, die im sanften Sonnenlicht summende Bienen anlocken. Doch meine Sicht ist verschleiert. Getrübt von Tränen, die ich immer wieder versuche wegzuwischen. Ach verdammt.

»Freunde würden gar nicht erst versuchen unsere Beziehung zu sabotieren.«

Samuels Worte sind Teil meiner Gedanken. Die ganze Zeit, während ich auf einer Bank sitze und mit starrem Blick kleine Vögel dabei beobachte, wie sie ihre Federn in dem kleinen Brunnen vor mir putzen. Wenn er Anitas Verhalten schon so empfindet, was genau mache dann ich?

»Nur weil Anita nicht aufhört mit ihren dummen Bemerkungen über dich und mich, hat dieser ganze Stress doch erst angefangen.«

Was für Bemerkungen? Was hat sie über uns gesagt? Anita weiß nichts über uns. Sie hat von nichts eine Ahnung, also was genau soll sie bitte gesagt haben, dass er sich deswegen mit Kyra streitet?

»Sie ist verantwortlich dafür, dass Kyra jetzt so durchdreht und unbedingt schwanger werden will. Und nur deshalb sitzen wir hier und verdammt nochmal, es kotzt mich an.«

Erneut daran zu denken, verstärkt das beklemmende Gefühl in meiner Brust. Mein Kopf ist voll und gleichzeitig so leer, dass ich keinen klaren Gedanken fassen kann. Keinen, der wirklich erklärt, warum er das gesagt hat. Er war aufgebracht und wütend. Wegen Kyra. Wegen Anita. Aber meint er das auch so? Was kotzt ihn an? Dass er hier mit mir in Frankreich ist? Oder meint er das anders? Kotzt ihn die Situation mit Kyra an, weil sie ihn immer noch so sehr unter Druck setzt? Oh verdammt. Ich habe vorhin nicht darüber nachgedacht, weil mich seine Worte einfach direkt getroffen und verletzt haben. Weil ich mir keine Zeit gegeben habe, um sie zu hinterfragen. Und jetzt … jetzt weiß ich erst recht nicht mehr, was ich glauben oder denken soll.

Angenehm warmer Wind trocknet auch die letzte stille Träne auf meinem Gesicht. Ich fürchte, wir haben vorhin beide überreagiert. Und eigentlich sollten wir jetzt reden, uns aussprechen, aber mein Weg führt mich trotzdem nicht zurück in unser Zimmer. Ohne zu wissen warum, lande ich an der Hotelbar, wo um diese Zeit niemand ist. Selbst die Stühle in der hinteren Ecke stehen noch auf den Tischen. Aber es vermittelt dennoch ein beruhigendes Gefühl, sich auf einen der Barhocker an den Tresen zu setzen und all den Alkohol im Blick zu haben, der jetzt theoretisch gar nicht mal schlecht wäre. Vielleicht etwas unklug, so auf nüchternem Magen am frühen Morgen, aber dennoch nicht schlecht.

Während ich noch über Tequila nachdenke, den Geschmack sogar kurzzeitig auf meiner Zunge spüre und dem Brennen in meiner Kehle nachsehne, taucht vor mir plötzlich eine Schachtel Zigaretten auf. Sie wackelt einen Moment vor meiner Nase hin und her, bis mir einer von diesen Stängeln beinahe entgegenspringt. Irritiert sehe ich auf und direkt in ein freundlich lächelndes Gesicht. Es ist aufmunternd, nicht aufdringlich, aber dennoch merke ich, wie schwer es mir momentan fällt, diese kleine Geste zu erwidern.

»Ich dachte, man darf hier nicht rauchen«, sage ich das Erste, was mir durch den Kopf geht, ohne daran zu denken, dass dieser Typ vielleicht gar nicht versteht, was ich sage. Allerdings überrascht er mich mit einem Schmunzeln.

»Für dich mach ich eine Ausnahme«, erwidert er in fließendem Deutsch, sogar ohne komischen Akzent. Er schenkt mir ein Lächeln, das bis zu seinen Augen wandert, die mich interessiert mustern.

»Das ist nett, aber ich rauche nicht. Trotzdem danke«, lehne ich sein Angebot ab. Er zuckt mit den Schultern und lässt die Zigaretten wieder irgendwo hinter dem Tresen verschwinden.

»Was ist passiert? Hat dich dein Freund sitzen lassen?«

»Wie bitte, was?«

»Der Typ von gestern. Ich hab euch letzte Nacht beobachtet, als ihr knutschend ins Hotel gestolpert seid. Sah ziemlich eindeutig und wild aus«, erklärt er und wirft mir vielsagende Blicke zu. Irgendwie weiß ich nicht richtig, was ich davon halten soll. Zumal mich seine Worte automatisch an gestern erinnern. An unseren Besuch im Autokino. An unsere Küsse. Unsere Hände, die nicht genug bekommen konnten. Doch jetzt … jetzt ist von dieser sexuellen Erregung nicht mehr viel übrig.

»Er ist nicht mein Freund«, brumme ich deshalb mürrisch als Antwort. Er nickt verstehend und anschließend verbringe ich etliche Minuten damit, ihn beim Gläserspülen zu beobachten. Solange, bis er mir plötzlich eines vor die Nase stellt. Der Inhalt geht mit Sicherheit in Richtung Whiskey, weshalb ich fragend zu ihm aufsehe.

»Scheint, als könntest du den gebrauchen«, sagt er, deutet auf das Glas vor mir und dann zwinkert er.

»Ich steh eigentlich mehr auf Tequila.« Er lacht.

»Den kannst du gern heute Abend haben, falls du den Weg zu mir dann noch findest«, meint er neckend und trocknet nebenbei weiter seine Gläser ab.

»Hm, vielleicht komm ich darauf zurück«, erwidere ich und lasse mich sogar zu einem kleinen Lächeln hinreißen. Irgendwie verwirrend, aber der Typ ist nett.

»Wie heißt du eigentlich?«, frage ich, als meine Finger über den Rand des Glases fahren. Vielleicht ist ein wenig Ablenkung im Moment gar nicht so schlecht.

»Ich bin Étienne und mit wem habe ich die Ehre?« Schon wieder hat er so einen leicht anzüglichen Blick. Es fühlt sich seltsam an. Nicht unangenehm, aber auch definitiv nicht nach etwas, was ich grade brauche oder möchte.

»Jean-Lucas. Aber bitte, nenn mich Lucas, oder Lucky.«

»Okay. Lucky gefällt mir. Freut mich dich kennenzulernen.«

»Mich auch. Ich bin ehrlich gesagt etwas überrascht hier jemanden zu treffen, der so perfekt meine Sprache spricht.«

»Kann ich mir vorstellen. Mein letzter Freund kam aus Deutschland. Wir haben uns gegenseitig ein Bisschen was beigebracht. Aber dann bin ich wegen des Studiums zurück nach Frankreich. Eine Weile haben wir es mit einer Fernbeziehung versucht, aber das hat nicht richtig funktioniert. Seit der Trennung versuche ich mit deutschen Netflixfilmen im Training zu bleiben, um nichts zu verlernen. Und was verschlägt dich hier her?«, fragt er.

»Ein kleiner Road Trip durch Frankreich. War eine Überraschung von meinem besten Freund. Außerdem ist Frankreich echt toll.« Sofort zieht Étienne beide Augenbrauen nach oben.

»Findest du?«

»Klar. Allein Paris ... die Stadt ist mega.« Zumindest glaube und hoffe ich das.

»Äh ja, nein ... Paris ist schrecklich. Hier sind viel zu viele komische Typen unterwegs«, sagt er und nickt bekräftigend. »Außer im Louvre, da geht es.«

»Das ist dieses berühmte Museum, oder?«

»Richtig. Ich bin ziemlich oft dort.«

»Ach echt? Ist das so interessant?« Étienne lacht und zuckt mit den Schultern.

»Naja, für jemanden, der Kunstgeschichte studiert, ist es das wahrscheinlich schon.« Während wir uns unterhalten, habe ich das Gefühl, dass es mir zunehmend besser geht. Hin und wieder lache ich sogar, weil seine Flirtversuche manchmal etwas dämlich sind. Aber er schafft es erfolgreich mich für den Moment vergessen zu lassen.

»Und, wie stehen jetzt meine Chancen auf ein Mittagessen zu zweit?«, fragt er mich, nachdem er mir ausführlich von der Geschichte der Mona Lisa erzählt hat, und bringt mich damit direkt erneut zum Lachen.

»Ich würde sagen, zu einem früheren Zeitpunkt und an einem anderen Ort gar nicht mal so schlecht«, erwidere ich zwinkernd. Er schmunzelt, auch wenn das sicherlich nicht die Antwort ist, die er sich erhofft hat. Kurz darauf wechselt sein Blick jedoch von mir nach links, ehe er sich mit einer leisen Entschuldigung in den hinteren Bereich zurückzieht, weil er irgendwelche Getränke sortieren muss.

»Lucas?« Diese Stimme, mit der ich grade wirklich nicht gerechnet habe, bringt mein Herz zum Rasen. Samuel steht hinter mir. »Können wir nochmal reden, bitte?«, fragt er dann in einem unsicheren Ton, den ich bei ihm zuvor noch nie gehört habe.

»Okay«, erwidere ich, samt Herzklopfen und Brennen im Hals. Samuel sieht erleichtert aus, als ich schließlich von dem Barhocker rutsche und ihm nach draußen folge. Zurück bleibt ein leeres Glas auf dem Tresen.

15 – Samuel

In letzter Zeit quälen mich Gedanken, die mich in eine Situation gebracht haben, die ich unmöglich vorhersehen konnte. Ich habe sie weder geplant noch absichtlich provoziert, weil sie eben nicht kontrollierbar sind. Sie kommen und gehen, unabhängig davon, ob man sie gebrauchen kann. Sie sind allgegenwärtig. Einfach nichts denken funktioniert nicht. Nie. Sie sind in meinem Kopf, treiben mich ständig von einem Gefühl ins nächste und momentan bringen sie, statt einer Lösung, nur noch größeres Chaos. Sie beeinflussen mich, mein Handeln, meine Worte … Manchmal versetzen sie mich in Panik und Verzweiflung und schon in der nächsten Sekunde erzeugen sie Freude und Lust. Das macht mich wahnsinnig. Dieses ständige Hin und Her, es kostet Kraft … so unfassbar viel Kraft.

In der vergangenen Stunde habe ich mir tausend Gedanken gemacht. Darüber, was eigentlich passiert ist. Warum der Moment, der sich doch eigentlich ganz ruhig und vertraut angefühlt hat, plötzlich so eskaliert ist. Seine Nähe, seine Worte, seine mitfühlende Art, haben mich dazu gebracht, einfach zu erzählen. Diese penetrant mitfühlende Art an ihm, der ich mich schon immer so schwer entziehen konnte. Und wohin hat es uns gebracht?

Ich habe Dinge gesagt, die ich nicht aufhalten konnte. Ich habe mich hinreißen lassen von diesem Gefühl, das sich nicht mehr unterdrücken ließ. Ich habe die Kontrolle verloren und weiß nicht einmal genau wann und wieso.

Von einer Sekunde auf die andere ist es einfach passiert. Um mich herum geschehen so viele Dinge. Da sind plötzlich so viele Eindrücke, so viele Wege und Richtungen. Es ist ein Labyrinth, aus dem ich nicht mehr herausfinde. Der Eingang ist versperrt. Der Ausweg hingegen scheint gar nicht erst zu existieren. Egal wohin ich gehe, ich komme nie an. Stattdessen eröffnen sich ständig neue Abzweigungen und Kreuzungen, die mich in neue Sackgassen führen.

Aber einen Weg zurück gibt es nicht. Nicht mehr. Es gab ihn am Anfang. Eine ganze Weile sogar. Ich habe ihn gesehen, habe mich immer wieder vergewissert, dass er noch da ist, habe ihn festgehalten. Aber irgendwann, je weiter ich gegangen bin, desto blasser wurde er. Und dann war er plötzlich weg. Verschwunden. Verschluckt von einem Nebel, der undurchdringbar ist und von dem ich mich auf ganz natürliche Weise entfernt habe. Immer mehr. Immer schneller.

Bis zu diesem Moment. Ich weiß nicht, wie ich die Situation zwischen uns beschreiben soll. Ich kann es nicht sagen, weil ich keine passenden Worte dafür habe. Da ist nur ein Gefühl, das ich nicht verstehe, obwohl es doch gleichzeitig so offensichtlich ist.

Es war der Ausdruck in seinen Augen. Der Schmerz in seinen Worten.

Vielleicht ... nein, dieser Moment zwischen uns fühlt sich schwebend an. Vorsichtig und abwägend. Kein Schritt, den wir nebeneinander hergehen, deutet darauf hin, dass wir in irgendeiner Art und Weise weiterkommen. Kein vor. Kein zurück. Wir gehen schweigend über feinen Kiesboden, während um uns herum warmer Wind durch die Blätter der Laubbäume raschelt. Mir ist bewusst, dass er wartet. Auf eine Reaktion, eine Erklärung, vermutlich sogar auf eine Entschuldigung. Worte, die wieder gut machen sollen, was ich angerichtet habe. Aber in meinem Kopf herrscht ein wildes Durcheinander. Seit Tagen schon.

Und nichts davon lässt sich ordnen. Mir entgleiten meine eigenen Gedanken, sobald ich versuche, mich ihnen zu stellen.

Und dabei wollte ich doch nur ein bisschen mehr Luft zum Atmen.

Jetzt allerdings glaube ich, weniger zu haben als zuvor. Lucas neben mir zu wissen, ohne sein Lächeln, ohne den Blödsinn, den er nicht für sich behalten kann und ohne seine gelegentlichen Berührungen auf meiner Haut, fühlt sich falsch an. Das ist nicht er. Das ist nicht seine Art. Und es gefällt mir nicht. Dieses schweigsame, nachdenkliche Verhalten irritiert mich. Er ist hier, neben mir, und gleichzeitig so weit von mir entfernt, dass es ein seltsam drückendes Gefühl in mir auslöst. Mein Magen fühlt sich unangenehm flau an und meine Hände schwitzen, sie zittern. Ich verstehe es nicht, und doch weiß ich, dass es mit ihm zusammenhängt. Mit ihm und dieser bedrückenden Distanz, die er aufgebaut hat, seit er vorhin aus unserem Zimmer geflohen ist.

Ich habe es gesehen. Habe es gefühlt. Und konnte dennoch nicht reagieren.

Lucas hat allen Grund dazu, wütend und enttäuscht zu sein. An seiner Stelle wäre ich es auch. Und es fühlt sich verdammt beschissen an.

Vielleicht sollte ich genau das sagen?

Vielleicht sollte ich ...

Vielleicht ...

Mein Kopf tut weh. Ich bin gefangen in einem Karussell aus Gedanken und Emotionen, denen ich nicht entfliehen kann. Immer, wenn ich glaube, einen Schritt vorwärts zu kommen, wirft mich wieder etwas zurück. Viel zu weit, um wieder aufzuholen, bevor die Wege sich für immer verschließen. Ich weiß nicht mehr weiter.

Dabei wollte ich doch nur ein bisschen mehr Luft zum Atmen.

Nur mit Mühe kann ich die wachsende Unruhe in mir wegschieben, bevor sie sich zu deutlich nach außen richtet. Es ist mir lieber, wenn er es nicht bemerkt. Ich will nicht, dass er denkt, ich wäre verunsichert. Das bin ich nicht! Nein.

Ich kenne nur den richtigen Weg nicht.

Aber Lucas sieht viel zu abwesend aus, mit seinem gesenkten Kopf und der bedrückten, kraftlosen Haltung. Selbst jetzt bildet er das genaue Gegenteil von mir. In meinem Rücken schmerzt jeder Muskel. Ein Resultat der Anspannung, die ich nicht loslassen kann.

»Willst du nicht rauchen?«, durchbricht er diese verfluchte Stille zwischen uns mit zaghaft ausgesprochenen Worten, die unvermittelt eine Reaktion fordern. Meine Finger zucken ertappt. Er kennt mich. Und es überrascht mich immer noch jedes Mal, wie gut er mich kennt. Eine

Zigarette könnte jetzt helfen, mit Sicherheit, aber ich habe sie nicht dabei. Sie liegen oben im Zimmer und, wenn ich ehrlich bin, dann habe ich keine Sekunde daran gedacht sie mitzunehmen.

»Ich bin nicht hier um zu rauchen«, erwidere ich deshalb bemüht ruhig, auch wenn ich das überhaupt nicht bin. Fuck! Jetzt, da die ersten Worte gefallen sind, bin ich erst recht nervös.

»Ah, okay.« Seine Stimme klingt rau und belegt. Ich vermute, das liegt an dem Whiskey, den er zuvor eilig ausgetrunken hat. Dabei trifft Whiskey doch überhaupt nicht seinen Geschmack. Hat er nie, aber es spielt auch keine Rolle, solange er ihm hilft. Solange er dafür sorgt, dass Lucas hierbleibt und sich anhört, was ich ihm sagen möchte.

Und reden will ich wirklich. Ich will so viel sagen, doch mein Mund reagiert nicht so wie gedacht. Er bleibt geschlossen, weil ich viel zu sehr damit beschäftigt bin die Aufregung herunterzuschlucken, die mich schlagartig überfallen hat. Aufregung, die ich so nicht kenne.

Ich bin verwirrt aufgrund meiner eigenen Empfindungen und gleichzeitig bin ich mir noch nie so sicher gewesen, dass ich die Worte gefunden habe, die er zuerst hören sollte.

»Es tut mir leid.« Sie verlassen meine Lippen, noch bevor ich sie richtig realisiert habe. Vielleicht ist es verrückt und zu abstrakt, aber ich habe diese Worte noch nie so ausgesprochen. Die Intensität überrascht selbst mich, bevor ich begreife, dass mein Herz viel zu schnell schlägt. Es droht mir beinahe aus der Brust zu springen, so heftig pocht es gerade. Liegt das an seiner Reaktion? An seinem plötzlichen Stillstand? Liegt es an seinem Blick? An der Traurigkeit, die er nicht verbergen kann, obwohl er ebenfalls ziemlich überrascht aussieht?

Es ist fast schon zu viel Ironie, dass um uns herum alles bunt und schön ist und Vögel in den Baumkronen fröhliche Liedchen zwitschern, während zwischen uns dieser riesige, dunkle Abgrund aufreißt, den ich verursacht habe, aber nie wollte.

Ich bin schuld!

Ich bin schuld, wenn er jetzt geht. Wenn er alles beendet, was zwischen uns ist.

Für einen Moment habe ich das Gefühl nicht mehr richtig atmen zu können. Dieser Gedanke schnürt mir mit einer ungeahnten Macht die

Kehle zusammen, dass ich viel zu hektisch einatme. Sauerstoff gelangt in meine Lunge, doch es fühlt sich unnatürlich an. Sein Blick bohrt sich in meinen, forschend und eindringlich. Es drückt mich beinahe zu Boden.

»Was tut dir leid?«, fragt er, nur weiß ich nicht genau, was ich antworten soll. Worte können so schnell, so leicht alles zerstören. Sie haben so viel Macht, so viel Einfluss und doch kann mir niemand die Gewissheit geben, dass meine Worte genau das bewirken, was ich erreichen möchte. Niemand kann das. Es bleibt nur der Versuch, weil es so, wie es ist, auch nicht bleiben kann.

»Das, was ich vorhin gesagt habe … das habe ich nicht so gemeint«, sage ich und komme mir dabei schrecklich unbeholfen vor. Es ist anstrengend, jedes Wort wiegt so schwer wie tausende.

»Was genau hast du nicht so gemeint? Du hast vorhin viele Dinge gesagt.« Lucas' Stimme klingt müde. Sie ist so, wie ich mich fühle. Sie unterscheidet sich nur in einer kleinen Winzigkeit. Nur in einem Detail. In ihr versteckt sich keine Angst. Er fürchtet sich nicht. Ich hingegen schon.

Das wird mir bewusst, als er den Kopf senkt, einen Schritt zurückgeht und andeutet sich zu entfernen. Das ist ein Moment, der meinen Herzschlag beschleunigt, so schnell. Ich spüre das zunehmende Zittern in meinen Händen, die Unruhe in meinem Blick, der fahrig über seine Gestalt gleitet, keinen Punkt findet, an dem er sich festhalten kann. Keine Zuversicht. Keine Nähe. Nur tiefe Traurigkeit. Dunkle Schatten überall, obwohl die Sonne am Himmel brennt.

Fuck. Ich habe Angst.

Angst davor, dass dieser Zustand zwischen uns so bleibt. Dass es nichts mehr gibt, was ich retten kann. Scheiße!

Ich will nicht, dass er geht.

Ich will nicht, dass er sich noch weiter von mir distanziert.

Und das meinetwegen, nur weil ich diese dummen, unbedachten Worte ausgesprochen habe, ohne ihre Konsequenzen abzuwägen. Verdammt und jetzt? Jetzt sollte ich tun, was schon längst überfällig ist. Ich sollte einfach …

»Lucas«, halte ich ihn auf, ein wenig überrascht von mir selbst, weil meine Stimme lauter und kräftiger ist, als ich gedacht hätte, und beinahe sofort liegt seine Aufmerksamkeit wieder auf mir. Suchend und hoffend.

Ich schlucke automatisch, weil es mir schwerfällt. Noch nie habe ich mich so gefühlt. Als müsste ich etwas retten, bevor es endgültig verloren geht. Ausgerechnet ich, der überhaupt keine Ahnung hat, wie man so etwas anstellt und doch fühlt es sich für einen Augenblick erleichternd an. Einfach nur ehrlich erleichternd, als ich beginne zu reden.

»Verdammt, es tut mir leid. Es tut mir wirklich leid, was ich gesagt habe. Ich wollte dich damit nicht verletzen. Ich habe für einen Moment einfach die Kontrolle verloren und als ich es gemerkt habe, war es zu spät. Ich hätte das niemals so sagen dürfen.« Lucas' Augen weiten sich, mit jedem Wort ein Stückchen mehr. Ob es an dieser Stelle okay ist, zu ihm zu gehen? Wäre es richtig, jetzt einen Schritt auf ihn zuzugehen?

Scheiße, ich bin nicht gut in solchen Dingen. Ich kann niemanden trösten, wenn ich derjenige bin, weshalb man sich schlecht fühlt.

Ich kann es nicht.

Nicht bei Kyra.

Nicht bei Lucas.

Zudem befürchte ich, dass ich bei ihm alles sogar noch schlimmer mache. Ausgerechnet jetzt, wo unsere Situation sowieso schon so schwierig ist.

Er und ich ...

Unsere Freundschaft ...

Wieder ein Gedanke, der dafür sorgt, dass der Knoten in meinen Bauch wandert und dort üble Magenschmerzen verursacht, die ich immer verspüre, sobald ich über das Thema Freundschaft stolpere. Immer.

Dabei wollte ich doch nur ein bisschen mehr Luft zum Atmen.

Und dennoch, vielleicht gerade deshalb, gehe ich einen Schritt auf ihn zu. Auf einmal kann ich mich bewegen. Sogar ziemlich sicher und schnell. Ich finde mein Ziel, als ich vor ihm zum Stehen komme und seine Hände in meine nehme. Sie sind warm, während mir gleichzeitig bewusst wird, wie kalt und zittrig meine sind. Auch Lucas bemerkt es, denn sein Blick verändert sich. Von unsicher zu mitfühlend. Das ist so typisch für ihn. Das ist Lucas, selbst wenn man es gar nicht verdient hat.

»Da vorne ist eine Bank«, sagt er und deutet an, dass er nicht länger hier mitten im Weg stehen möchte. Mir kommt das entgegen, obwohl es gleichzeitig wieder viel zu viel Raum für Gedanken bietet. Er wird still und ich werde es auch, weil ich nicht weiß, was ich meinen Worten noch hinzufügen soll, wenn er nicht darauf reagiert. Allerdings ist es auch ziemlich deutlich, dass er diesen stillen Moment braucht. Auch er braucht Zeit, um das Gesagte zu verarbeiten. Sein Gesichtsausdruck wechselt, während wir gehen, von einer Emotion zur nächsten. Von Verständnis zu Zweifel. Von nervös zu grübelnd. Aber meine Hand lässt er nicht los. Auch nicht, als wir die Bank erreicht haben und uns nebeneinander hinsetzen.

»Bitte, Lucas. Du musst mir glauben, ich habe das wirklich nicht so gemeint«, wiederhole ich leise, weil mich dieses nagende Gefühl eines Stillstandes wahnsinnig macht. Und so, wie er momentan aussieht, scheint es ihm genauso zu gehen.

»Ich will dir ja glauben, aber ... erklär mir bitte, wie du es gemeint hast«, fordert er und sieht mich flehend an. Eigentlich würde ich viel lieber alles vergessen. Es war dumm. Es war ein Fehler. Und ich habe mich entschuldigt. Aber das, was ich will, ist so groß, so breit gefächert, dass das hier nur ein kleines Teilstück des großen Ganzen ist. Nur ein kleiner Schatten, den ich überwinden muss, um die alte, gewohnte Vertrautheit wiederzuerlangen, die uns ausgemacht hat. Ihn und mich.

»Ich bereue nicht, dass wir hier sind. Dass ich mit dir hier in Frankreich bin. Ich wollte das so nie andeuten, weil es nicht stimmt.« Ein Seufzen verlässt meine Lippen und leider wird mir bewusst, dass Lucas das leichte Zittern in meiner Stimme bemerkt haben muss. Sein Händedruck wird für einen Moment fester. Und seltsamerweise hilft es. Natürlich tut es das. Es hilft, verdammt nochmal, immer.

»Ich hatte schon sehr viel länger geplant, dich mit diesem Konzert zu überraschen. Ich wollte mit dir hier sein.«

»Das klingt nach einem Aber«, fällt er mir ins Wort und, auch wenn ich damit gerechnet habe, erzeugt es doch ein ziemlich flaues Grummeln in meinem Magen. Die Antwort auf diese Frage wird ihm nicht gefallen.

»Ich hatte eigentlich nie vorgehabt ganze drei Wochen hier zu verbringen«, erwidere ich leise, weil lügen für mich nicht in Frage kommt.

»Und warum sind wir jetzt schon so lange hier, wenn das nie deine Absicht war?«

»Kannst du dir das nicht denken?« Vielleicht ist es ein kleiner Hauch von Hoffnung, der in meiner Stimme mitschwingt. Hoffnung darauf, dass er dieses eine Mal Schlüsse und Zusammenhänge zieht, ohne dass ich alles ausführlich erläutern muss. Doch als ich seinem Blick begegne, stirbt diese Hoffnung so abrupt, dass ich ein verzagtes Seufzen nur schwer verhindern kann.

»Nein, Samuel, ehrlich gesagt kann ich das gerade nicht. Ich weiß momentan überhaupt nicht mehr, was ich noch denken soll. Erst vermittelst du mir, dass du hier sein willst, bist mir so nah wie noch nie zuvor und dann stößt du mich plötzlich wieder weg. Sagst sogar, dass du das hier nie gewollt hast und dann sind da Kyra und Anita, die beide auch noch irgendwie eine Rolle spielen«, sagt er aufgebracht und gleichzeitig so voller Verzweiflung. Er wirkt verloren. So verloren wie ich mich fühle.

Ich habe es geahnt.

Ich habe geahnt, dass wir früher oder später an diesen Punkt kommen.

Ich habe es geahnt und konnte es nicht verhindern.

»Samuel, gerade fällt es mir schwer, dass alles zu verstehen«, meint er eindringlich und irgendwie auch ein bisschen flehend, was es aber, verdammt nochmal, nicht einfacher macht.

Manchmal ... manchmal hasse ich ihn.

Ich hasse ihn, weil er mich zwingt nachzudenken.

Weil er mich dazu bringt, zu reden.

Weil ich aussprechen soll, was ich fühle.

Allein die Vorstellung ist beängstigend, weil alles, was einmal ausgesprochen ist, plötzlich real wird. Man kann es nicht zurücknehmen. Man kann es nicht mehr leugnen. Es ist gesagt und damit wird es zur Realität.

»Samuel ...« Ein Seufzen entweicht meinen Lippen. Ein verzagtes, entkräftetes Seufzen, weil ich keine Wahl mehr habe. Ich kann nicht mehr weglaufen, dafür ist es zu spät. Lucas würde mir sonst niemals verzeihen. Ich schließe die Augen, vielleicht um ein wenig Mut zu schöpfen, doch als ich sie wieder öffne, sehe ich direkt in seine und noch im selben Moment schlägt mein Herz unbeschreiblich schwer gegen meine Brust.

»Es war plötzlich alles zu viel«, gestehe ich leise, als er den Druck auf meine Hände, die immer noch so wohltuend und beschützt in seinen liegen, erhöht. Es fühlt sich gut an. Sicher und warm. Vielleicht bilde ich es mir nur ein, aber es fühlt sich so an, als würde er tatsächlich verstehen, was ich sage. Möglicherweise spreche ich genau deshalb weiter. Und mit jedem Wort wird es ein wenig leichter.

»Du hast keine Ahnung wie das war. Die ganze Zeit war ich Anitas Anspielungen ausgesetzt, dass zwischen uns mehr wäre als nur Freundschaft. Manchmal hat sie sich so hineingesteigert, dass es mich wahnsinnig gemacht hat. Ich konnte mich nicht einmal mit dir treffen, weil Anita immer einen Grund gefunden hat, etwas hineinzuinterpretieren, was nicht da war. Irgendwann kamen Kyras Unterstellungen dazu, ihre Eifersucht, weil sie natürlich geglaubt hat, was Anita gesagt hat und was dann zu diesem bescheuerten Plan von einem Kind geführt hat ... sie hat mich bedrängt, jeden Tag ein Stückchen mehr und irgendwann war das einfach zu viel. Ich habe keine Luft mehr bekommen, war eingesperrt in meinen eigenen vier Wänden. Ich habe mich in dieser Beziehung, nach all den Jahren, noch nie so eingeengt gefühlt, verstehst du? Deshalb habe ich beschlossen, dass ich mit dir wegfahre, früher als ursprünglich geplant, ja, aber es war ein Entschluss, über den ich nicht lange nachdenken brauchte, weil ich nicht geglaubt habe, dass es nötig wäre. Es ist kein Entschluss, den ich bereue, weil es sich gut angefühlt hat. Die ersten Tage nur mit dir waren so befreiend. Es war so einfach, aber dann ...« Mit jedem Wort fällt ein kleines Stück der Anspannung von mir ab, nur um im nächsten Moment wieder doppelt so stark anzusteigen, weil Lucas' Emotionen so eindeutig sind, obwohl er nichts dazu sagt, nur schweigend zuhört, bis zu diesem kurzen Moment des Zögerns.

»Dann hast du gemerkt, dass deine Probleme nicht verschwinden, nur weil du auf Distanz gehst, richtig?« Seine Stimme klingt härter als vermutet und seine Worte sind schärfer und treffender, als ich gedacht hätte. Sie bohren sich auf so unangenehme Weise in mein Herz, dass ich ihm nicht länger in die Augen sehen kann.

»Ja.« Es ist nur eine gehauchte Zustimmung, und obwohl dieses eine Wort so klar und einfach ist, steckt so viel dahinter, was nicht einmal Lucas erahnen kann. Oder? Weiß er, was es bedeutet? Hat er eine Vorstellung davon, was mich dieses einzelne Wort an Überwindung gekostet hat?

»Verdammt, Samuel ...«

»Hm«, erwidere ich seufzend. Wir haben uns unbeabsichtigt in eine ziemlich beschissene Situation manövriert.

Mein Daumen streicht ganz leicht über seinen Handrücken, auch wenn mir bewusst ist, dass es keine Wunden heilen kann, die gerade noch frisch aufgerissen sind. Aber vielleicht lindert es den Schmerz.

»Deine Worte vorhin haben echt scheiße wehgetan«, sagt er und klingt immer noch verletzt.

»Das hab ich gemerkt«, flüstere ich leise, sehe auf und bin sogar kurz davor noch einmal meine Entschuldigung zu wiederholen, doch Lucas hält mich auf. Der entschlossene Ausdruck in seinen Augen lässt mich stumm abwarten.

»Allerdings habe ich auch nicht besonders gut reagiert. Ich war so verletzt, weil ich dachte, du wolltest nie mit mir hier sein und würdest die Dinge, die zwischen uns passieren, bereuen und das, was du über Anita gesagt hast … Samuel, ich will nicht, dass du mir die Schuld dafür gibst, wenn deine Beziehung irgendwann im Arsch ist.« Das trifft mich unerwartet, weil ich nie … niemals auch nur im Ansatz so etwas gedacht habe. Es gab nie auch nur einen Moment, indem ich Lucas für irgendwas Derartiges verantwortlich gemacht habe und ich bin überzeugt davon, dass ich das auch niemals tun werde.

Warum auch? Lucas kann doch nichts dafür.

»Du bist aber nicht schuld«, lasse ich ihn wissen, aufrichtig, mit all der Entschlossenheit, die ich momentan aufbringen kann. Es ist so abwegig, dass ich verbittert auflache. Ausgerechnet Lucas …

»Glaub mir, du bist hier vermutlich der Einzige, den überhaupt keine Schuld trifft.« Denn das hier ist mein Kampf. Nicht seiner. Kyra ist mein Problem und Anita erst recht. Es ist nicht fair, ihn damit zu belasten, auch wenn es unmöglich erscheint, es nicht zu tun. Ich habe ihn schon viel zu weit mit in diese Sache hineingezogen. Damit muss Schluss sein. Theoretisch. Eigentlich.

Es ist, verdammt nochmal, nicht sein Problem. Und doch steckt er mittendrin.

Das Schlimmste jedoch ist, dass ich nicht aufhören kann. Ich kann nicht loslassen. Ich kann das mit ihm nicht beenden, weil in mir dieses Gefühl ist. Vielleicht ist es Neugier. Vielleicht Lust. Vielleicht auch nur ein Wunsch nach Nähe.

»Lucas?« Sein Blick wandert langsam von unseren Händen, die sich irgendwie, irgendwann, unbemerkt ineinander verschränkt haben, nach oben. Als ich zum ersten Mal in seine Augen gesehen habe, war ich so fasziniert von diesem strahlenden blau, dass es mich sogar ein klein wenig neidisch gemacht hat. Und schon bald darauf habe ich festgestellt, dass sie am schönsten sind, wenn er glücklich ist. Dann leuchten sie, voller Lebensfreude und Begeisterung. Im Moment tun sie das nicht. Jetzt sind sie traurig. Zeigen noch immer ein Gemisch aus Trübsinn und Mitleid und ganz am Rande, fast nicht sichtbar, schimmert Verständnis. Und wo Verständnis ist, kann Vergebung nicht weit sein, oder?

»Lucas, du darfst nicht denken, dass ich das mit uns nicht will, hörst du?« Was ich hier tue, ist nicht gut. Im Hinblick auf Kyra ist es sogar verdammt mies, aber es ist die Wahrheit.

»Ich will das, was zwischen uns ist. Ich will alles, was zwischen uns passiert, auch wenn ich dir nicht sagen kann, wohin es uns führt. Ich will es, glaubst du mir?« Er sieht mir auf die Lippen, dann in die Augen, voller Zweifel und innerer Zerrissenheit. Und ich bin schon wieder so schrecklich nervös.

Lucas ist mir nah. Er ist direkt vor mir. Ich spüre seinen Atem auf meinen Lippen. Er ist einfach da. Und es ist verrückt, wie einfach es sich anfühlt, meine Hand an sein Gesicht zu legen, als er endlich wieder beginnt zu lächeln.

Und ganz gleich, was mein Verstand sagt, oder mein nagendes schlechtes Gewissen, es ist egal, weil sich das hier für mich, genau jetzt, in diesem Moment, einfach richtig anfühlt.

»Ja«, sagt er und ich spüre, wie zusammen mit seinen Lippen, die meinen entgegen kommen, sämtliche Unsicherheit verblasst. Bei mir und scheinbar auch bei ihm.

In diesem Kuss ist kein Platz für Zweifel. Kein Platz für Misstrauen. Und eigentlich ist auch kein Platz für schlechte Gedanken. Trotzdem ist einer da. Ganz leise und stechend. Irgendwo ganz weit hinten in meinem Kopf.

Ich betrüge Kyra. Ich betrüge meine Freundin.

Scheiße ... Ich hintergehe und belüge Kyra und das mit einer so erschreckenden Gewissheit, dass es beinahe genauso sehr schmerzt, wie der Gedanke, Lucas nicht mehr zu küssen.

Noch vor einem halben Jahr habe ich geglaubt, mein Leben wäre perfekt. Ich dachte, es könnte gar nicht besser sein. Jetzt jedoch ist es ein Chaos. Und ich stehe mittendrin, in diesem Labyrinth aus Gedanken und Gefühlen, umringt von zu vielen Entscheidungen.

16 – Paris

Louvre!« Zum wiederholten Mal schlägt Samuel jetzt dieses dämliche Museum vor, was für mich wirklich nicht so interessant ist, dass man da als Erstes hingehen muss. Also verschränke ich die Arme vor der Brust und schüttle den Kopf.

»Moulin Rouge!«, halte ich dagegen, nur um festzustellen, dass Samuel eine ähnlich abweisende Haltung einnimmt. Zu meinem Leidwesen sieht sie bei ihm auch noch wesentlich authentischer aus.

»Vergiss es! Wir gehen zuerst ...«

»Zum Moulin Rouge, ja! Bin ganz deiner Meinung!«, fahre ich ihm mit einem frechen Grinsen über den Mund.

»Kommt überhaupt nicht in Frage. Wir gehen zuerst den Louvre besichtigen«, stellt er klar. Samuel zeigt keinerlei Erbarmen. Da kann ich noch so sehr meine Wangen aufplustern.

»Mann, Samuel, warum willst du ausgerechnet als Erstes in den Louvre? Das ist ein voll langweiliges, blödes Museum, in dem irgendwelche alten Bilder rumhängen, die wir uns bestimmt auch im Internet ansehen können«, murre ich ihn halb schmollend, halb hoffend an. Leider ohne Erfolg.

»Es enthält Kunstgeschichte, Lucas! Und es würde dir sicherlich nicht schaden, wenn du dich mehr mit kulturellen Dingen befasst.«

»Ach ja, aber das Moulin Rouge ist doch Geschichte«, betone ich, ohne auf seine provokante Stichelei einzugehen. Der blöde Arsch braucht gar nicht zu denken, dass ich keine Ahnung von Kunst und sowas hätte. Immerhin kenne ich Rembrandt, dank meiner Abschlussprüfung in der zehnten Klasse.

»Es bleibt dabei! Wir gehen zum Louvre.«

»Nein.«

»Doch!«

»Moulin Rouge«, rufe ich so laut über den Platz, dass sich einige Passanten zu uns umdrehen. Aber das ist mir egal. Ich fixiere sowieso nur Samuel, mit einem hoffentlich einschüchternden Blick, der tatsächlich auch etwas zu bewirken scheint. Allerdings weiß ich nicht, ob das leichte Schmunzeln um seine Mundwinkel jetzt gut oder schlecht für mich ist.

»Okay, wenn wir nicht zum Louvre gehen, dann eben zum Arc de Triomphe!«

»Hä? Wieso denn jetzt plötzlich Arc de Triomphe? Und was ist das überhaupt?« Sofort zieht Samuel ungläubig eine seiner Augenbrauen nach oben.

»Sag mir nicht, du kennst nicht ...«

»Doch, natürlich, klar ...«, behaupte ich eilig, ehe es noch peinlicher werden kann, weil ich es wirklich nicht kenne. »Ich hatte nur einen kurzen Blackout, weil du so plötzlich vom Thema abgewichen bist«, erkläre ich.

»Hm, also doch Louvre!«

»Was? Nein, wir gehen zum Moulin Rouge, echt jetzt!« Mann, der Typ macht mich wahnsinnig mit seiner Sturheit.

»Zum Moulin Rouge sollte man besser nur abends gehen. Der Anblick lohnt sich mehr, und außerdem sollte man sich vorher Karten reservieren, für eine der Shows.« Es ist nicht Samuels Stimme, die sich gegen mein Vorhaben richtet und das auch noch ungefragt, während sich auf Samuels Lippen ein selbstgefälliges Grinsen ausbreitet.

»Siehst du«, flüstert er mir siegesgewiss ins Ohr, während mein Blick auf die Frau fällt, die es gewagt hat, sich einfach in unsere Diskussion einzumischen. Sie steht ungefähr zwei Meter von uns entfernt und sieht ziemlich selbstbewusst aus. Nur ändert das rein gar nichts an meinem wachsenden Unmut. Aber sie lächelt uns freundlich an, bevor sie es wagt, näher an uns heranzutreten.

»Ich an eurer Stelle würde erstmal eine kleine Tour mit dem Bus machen«, schlägt sie vor und lächelt schon wieder so komisch.

»Ach, sollten wir das, ja?« Ich bin eindeutig nicht begeistert.

»Aber klar doch. Dann habt ihr im Grunde alles schon einmal kurz gesehen und könnt danach entscheiden, was ihr euch näher ansehen wollt. Vertraut mir, ich weiß, wovon ich rede«, sprudelt es förmlich aus ihr heraus, als würde sie das tagtäglich sagen. »Ich habe gerade meine letzte Touristengruppe zum Bus gebracht. Wenn ihr wollt, zeig ich euch, wo ihr hinmüsst. Da sind bestimmt noch zwei Plätze für euch frei.« Noch bevor ich den Kopf schütteln kann, nimmt Samuel ihr Angebot an. Na super.

»Okay, perfekt. Dann folgt mir mal unauffällig.« Sie zwinkert in Samuels Richtung und wendet sich dann zum Gehen um. Samuel folgt ihr und ich schlurfe lustlos hinterher.

»Seht ihr, Jungs? Dort drüben könnt ihr einsteigen. Auf dieser Tour erlebt ihr die Hauptstadt Frankreichs auf eindrucksvolle Weise. Ein Muss für jeden Touristen! Ich könnte euch direkt eine Fahrt buchen. Na, was sagt ihr?« Skeptisch verziehe ich mein Gesicht, schaue rüber zu diesem großen, roten Bus mit einem Tour de France-Aufkleber auf der Seite, und anschließend wandert mein Blick zu Samuel.

»Danke, aber ich glaube, das schaffen wir alleine«, erwidert Samuel zu meiner Überraschung freundlich und sogar mit einem leichten Schmunzeln auf den Lippen. Er ist zu nett …

»In Ordnung. Falls ihr Interesse an einer kleinen privaten Führung habt, stehe ich euch natürlich jederzeit sehr gern zur Verfügung. Ruft mich einfach an«, sagt sie dann mit einem sehr sympathischen Lächeln, doch schon im nächsten Moment verfliegt dieser spontane Hauch von Sympathie. Sie wagt es nämlich, Samuel ganz offensiv und keck anzuzwinkern, während sie ihm ihre Visitenkarte in die Hand drückt. Das glaub ich doch wohl nicht. Sie hat doch nicht ernsthaft … ernsthaft versucht, ihn anzuflirten, oder?

»Klingt nach einem verlockenden Angebot, ähm …«

»Chloé. Mein Name ist Chloé.«

»Ah, schöner Name.«

»Vielen Dank«, lacht sie verlegen und während sich auf ihren Wangen eine leichte Röte bildet, klappt mir vor lauter Unglauben der Mund auf. Flirten die gerade? Ernsthaft? Mit wachsender Ungeduld folge ich dem weiteren Gespräch, bis es mir schlussendlich reicht und ich mit einem übertrieben lauten Räuspern Samuels Aufmerksamkeit auf mich ziehe.

»Wenn wir nicht bald gehen, fährt dieser dumme Bus bestimmt ohne uns«, knurre ich ihn an. Samuels Blick wirkt kurz erstaunt, ehe er sich mit einem sanften Lächeln wieder an diese Chloé richtet.

»Ich glaube, da hat er recht«, sagt er und verabschiedet sich höflich, während ich nur die Hand zum Gruß hebe, bevor ich Samuel hinter mir herziehe.

»Sag mal, kann es sein, dass du gerade mit ihr geflirtet hast?«, pampe ich ihn direkt an, als wir definitiv außer Hörweite sind.

»Kann es sein, dass du gerade ein bisschen eifersüchtig bist?«, entgegnet er und klingt dabei viel zu amüsiert. Findet er das etwa lustig?

»Ich bin nicht eifersüchtig, ich finde es nur einfach nicht richtig.«

»Nicht richtig? Du findest es nicht richtig, dass ich nett zu ihr war?«

»Quatsch. Ich finde es nicht richtig, wenn du in meinem Beisein mit anderen flirtest.«

»Also bist du doch eifersüchtig?«

»Nein.«

»Warum stört es dich dann?« Nachdenklich kräuselt sich meine Stirn. Verdammt, ich fürchte, er hat recht. Irgendwie bin ich schon ein klein wenig eifersüchtig, aber ich finde es in unserer derzeitigen Situation auch echt unnötig. Wir können gerade erst wieder halbwegs normal miteinander umgehen und dann sowas. Oder bin ich es, der zu viel hineininterpretiert, und sich dadurch provoziert fühlt?

»Lass sowas einfach, okay?«, seufze ich, ärgere mich jetzt zusätzlich auch noch über mich selbst, während Samuel zwei Bustickets kauft, für eine Fahrt, die ich eigentlich gar nicht will.

»Okay«, meint er dann versöhnlich und schon im nächsten Moment bekomme ich eine Gänsehaut, weil er mir seine Lippen auf den Hals drückt. Mitten im Gang des Busses. Zwischen all den fremden Blicken.

»Lass uns dort hinten sitzen.« Grummelnd schiebe ich ihn von mir, bevor er noch auf die Idee kommen kann, mir hier spontan ein paar schöne, frische Knutschflecke zu verpassen. Nicht, dass ich grundsätzlich etwas dagegen einzuwenden hätte. Im Gegenteil.

Obwohl ich Knutschflecke auf seiner Haut noch schöner finde. Das ist ein verlockender Gedanke. Samuel hat so eine schöne, blasse Haut. Nicht zum ersten Mal denke ich daran, wie es wäre, diese Stellen zu markieren, sie zu zeichnen und allen damit zu zeigen, dass ich dort war. Dass ich ihm so nah war.

Aber so schön und reizvoll der Gedanke auch ist, es wird nicht geschehen. Samuel würde das niemals zulassen, weil er ebenso wie ich weiß, dass es ein offizielles Anzeichen dafür ist, was wir hier tun. Ein Zeichen dafür, dass er seine Freundin betrügt.

Eigentlich ist es fast schon witzig … ich müsste mich nur ein wenig zur Seite lehnen, meine Lippen ganz kurz kräftig auf seinen Nacken pressen, ein bisschen an seiner weichen Haut saugen und schon hätte ich eine Situation erzeugt, der er nicht mehr ausweichen kann. Eine Situation, die so viel verändern könnte.

»Was ist?«, fragt er, als er bemerkt, dass ich ihn die ganze Zeit anstarre.

»Nichts«, erwidere ich und mit einem Lächeln lenke ich davon ab, dass ich momentan ziemlich eindeutige Gedanken habe. Ich will ihn. Ich will ihn ganz.

Ich will ihn für mich.

Seit wir Orléans direkt nach diesem nervenaufreibenden Gespräch verlassen haben, reden wir nicht mehr über Kyra. Oder dem Gespräch, das ich noch immer nicht ganz verarbeitet habe. Auch wenn ich mich bemühe, nicht zu oft daran zu denken, kommt es hin und wieder mal hoch. Meistens in stillen Momenten wie diesem. Keiner sagt etwas und sofort wandern meine Gedanken dahin zurück, wo ich sie eigentlich nicht mehr haben möchte. Es tut noch immer weh, auch wenn ich mittlerweile verstehe, dass Samuels Situation weitaus schwieriger ist, als meine.

»Anitas ständige Anspielungen, zwischen uns wäre mehr als nur Freundschaft. Manchmal hat sie sich so hineingesteigert, dass es mich wahnsinnig gemacht hat. Ich konnte mich nicht einmal mit dir treffen, weil Anita immer einen Grund gefunden hat, etwas hineinzuinterpretieren, was nicht da war.«

Der Bus fährt los und Samuels Worte gehen mir erneut durch den Kopf. Gestern habe ich nichts dazu gesagt, weil ich nichts dazu sagen konnte. Ich habe nicht geahnt, dass das alles bereits solche Ausmaße angenommen hatte, bevor wir überhaupt zu dieser Reise aufgebrochen sind. Und ich weiß nicht, was ich davon halten soll. Es macht mich wütend, wenn sich jemand ständig ungefragt einmischen muss, obwohl er überhaupt keine Ahnung hat. Weder von mir, noch von Samuel und schon gar nicht von unserer Freundschaft.

»Hier, die solltest du aufsetzen. Sonst weißt du ja nicht, was du dir hier ansiehst.« Samuels Stimme lässt mich zusammenzucken und sein Schmunzeln bringt meinen Herzschlag ein klein wenig durcheinander. Diese Reaktion meines Körpers ist verrückt, aber verhindern kann ich sie auch nicht. Er hält mir Kopfhörer vor die Nase. »Danke«, erwidere ich mit einem Lächeln und setze sie auf. Ich drehe mich wieder zum Fenster und lausche der neutralen Frauenstimme, die von irgendeinem geschichtlichen Ereignis spricht. Na klasse. Wen interessiert das jetzt? Mich nicht. Deshalb seufze ich laut auf, ehe ich meinen Kopf an die Fensterscheibe lehne. Der Pariser Straßenverkehr ist chaotisch. Viel schlimmer als bei uns zuhause.

Irgendwann wird die Fahrt so langweilig, dass ich beginne mit den Fingern gegen die Scheibe zu trommeln, nur um mich zu beschäftigen. Von wegen eindrucksvoll. Diese Tour ist sterbenslangweilig, echt jetzt. Wir sind ja noch nicht einmal am Moulin Rouge vorbeigekommen. Aber dafür am Louvre und am Eiffelturm und der Notre Dame. Und ständig habe ich diese Stimme im Ohr, die mich mit geschichtlichen Informationen zumüllt. Am liebsten würde ich die Kopfhörer wieder absetzen, nur kriegt Samuel das natürlich sofort mir. Er legt seinen Arm so geschickt um mich, dass ich mich kaum mehr bewegen kann. Es ist trotzdem angenehm, weil er dabei ganz sanft seine Fingerspitzen über meine Haut bewegt.

Der Arc de Triomph de l'Étoile ist ein 1806 bis 1836 errichtetes Denkmal an der Place Charles-de-Gaulle. Er gehört zu den Wahrzeichen der Metropole.

Sofort öffnen sich meine Augen, als mir die Stimme irgendwas von diesem Triumpf-Ding erzählt. Interessiert schaue ich aus dem Fenster, während mir die Stimme weitere Details ins Ohr flüstert.

Unter dem Bogen liegt das Grabmal des unbekannten Soldaten aus dem Ersten Weltkrieg mit der täglich gewarteten Ewigen Flamme, im Französischen

»Flamme du Souvenir« genannt, im Gedenken an die Toten, die nie identifiziert wurden. Das ganze Jahr hindurch finden Kranzniederlegungen und Ehrungen statt, die ihren Höhepunkt in der Parade am 11. November finden, dem Jahrestag des Waffenstillstandes zwischen Frankreich und Deutschland im Jahr 1918.

Es ist beeindruckend. Also das, was ich hier vor mir sehe. Nicht das, was mir die Stimme erzählt. Das ist genauso öde und einschläfernd wie damals im Geschichtsunterricht, als man uns etwas über die Französische Revolution erzählen wollte.

»Heh, das ist also dieses Arc de Triomph«, flüstere ich unbedacht, denn sofort nachdem ich es ausgesprochen habe, bereue ich es. Samuels Lachen kriecht mir über den Nacken, stellt die feinen, dünnen Härchen auf und wandert dann in Form von peinlich berührter Hitze direkt in meine Wangen. Er hat es geahnt und ich Idiot habe mich verraten. Verdammt, was bin ich denn auch für ein vorlauter Trottel.

Nach der Tour hat es Samuel tatsächlich geschafft, mich doch zum Louvre zu lotsen. Ich konnte gar nicht so schnell reagieren, wie ich plötzlich schon mittendrin war. Von außen ist das Ding, ehrlich gesagt, gar nicht mal so übel. Es sieht zumindest genauso aus wie in den Filmen. Im Inneren herrscht eine ehrfürchtige Ruhe, die mich ein wenig nervös macht. Man könnte bestimmt Stecknadeln fallen hören. Und wehe, man wagt es auch nur zu atmen. Könnte ja versehentlich Spuren auf den teuren Gemälden hinterlassen. Ja klar.

»Ähm, Samuel«, flüstere ich ihm zu, bin dabei schon so leise, dass ich mich selbst kaum verstehe.

»Was ist?«, antwortet mir Samuel. Ehrlich gesagt, vermute ich auch nur, dass er das gesagt hat, weil ich nur sehe, wie sich seine Lippen bewegen. Er ist ja so rücksichtsvoll, dieser …

»Müssen wir uns wirklich alles hier ansehen? Also alle fünfunddreißigtausend Exponate?«, frage ich, beinahe ein wenig fassungslos über die Zahlen, die mir von diesem kleinen Prospekt entgegenspringen. Leuchtend rote Warnsignale, die er einfach so missachtet. Außerdem werde ich ungefähr bei der Hälfte meiner Frage ziemlich scharf und unfreundlich angezischt, weil ich offenbar schon wieder zu laut gesprochen habe, aber das ist mir so was von egal. Wenn man sich gestört fühlt, dann kann man ja auch einfach weitergehen, oder? Ich verstehe nicht, wo das Problem liegt.

»Mal sehen«, haucht mir Samuel schließlich schmunzelnd ins Ohr und spätestens, nachdem ich sein Grinsen gesehen habe, weiß ich, dass ich hier vermutlich den schlimmsten Tod auf Erden sterben werde. Getötet durch gähnende Langeweile. Ich sehe sogar schon Schlagzeilen vor mir.

»Samuel, warum quälst du mich so? Ich dachte, du magst mich?«, rufe ich deshalb laut, lasse die wachsende Panik in mir sprechen und bekomme prompt die Quittung dafür. Sämtliche Augen liegen strafend auf mir, während sich gefühlt alle Leute über mein ungehobeltes, respektloses Verhalten beschweren. Meine Güte, was für eine Spießergruppe ist das denn? Oder ist das normal für den Louvre?

»Lucas«, knurrt mir mein Freund unterdrückt entgegen, bevor er meinen Arm ergreift und mich kurzentschlossen in einen anderen Raum zerrt.

»Musst du eigentlich immer so einen Aufstand machen?«, brummt er, nachdem er sich vergewissert hat, dass hier außer uns beiden niemand ist, der sich gestört fühlen könnte.

»War ja keine Absicht«, murre ich halbherzig zurück. »Ich will hier drin nur nicht verrecken.« Samuel seufzt und sieht mich dabei ungläubig an.

»Wie kommst du denn jetzt schon wieder auf so einen Schwachsinn?«, fragt er genervt und fährt sich dabei lässig mit der Hand durch die Haare. Das gefällt mir. Würde ich jetzt auch gern bei ihm tun.

»Keine Ahnung. Das Ding hier hat über sechzigtausend Quadratmeter, m da alles zu sehen, brauchen wir doch Jahre, oder nicht?«

»Jahre?«, hinterfragt Samuel skeptisch, bevor er ein seltsames Glucksen von sich gibt und den Kopf schüttelt. »Du bist unglaublich, Lucas«, sagt er dann und klappst mir mit der flachen Hand gegen die Stirn, ehe er sich umdreht und einen prüfenden Blick durch den Raum wirft.

»Also eigentlich wollte ich zum Abendessen wieder im Hotel sein«, murmelt er, legt den Kopf schief, direkt neben einer komisch verformten Statue. »Es sei denn, du möchtest tatsächlich lieber alles in diesem Museum sehen, dann könnte ich natürlich auch aufs Abendessen verzichten. Schließlich möchte ich deinem Enthusiasmus und Wissensdrang nicht im Wege stehen.«

Nein. Oh Gott, nein. Bitte nicht! Was redet der denn da für abgefuckten Blödsinn?

»Soll ich dein Schweigen jetzt als Zustimmung deuten?«, sagt er und wirft mir über die Schulter hinweg einen provokanten Blick zu, der mich schlagartig aus meiner Starre holt.

»Nein. Natürlich nicht.« Abwehrend schüttle ich den Kopf. »Lass uns das hier einfach schnell hinter uns bringen, okay? Also gut, hier hätten wir ... ähh, Venus von Milo – griechische Antike – hmm, sehr schön und hier ... hier stehen Amor und Psyche – auch nicht schlecht, wenigstens hat er darauf geachtet ihre Titten zu verdecken, sonst wäre das echt anstößig, was? Hm, okay, weiter ... hier hätten wir ... uhhh, der hat aber nen echt kleinen Schniedel«, bemerke ich erstaunt, während ich mit geheucheltem Interesse von einem Ausstellungsstück zum nächsten springe, natürlich verfolgt von Samuels aufmerksamen, bohrenden Blicken.

»Schniedel?«, wiederholt er langsam, als er plötzlich hinter mir steht.

»Na ja, du weißt schon, Pimmel ... Schwanz oder ...«

»Ich kenne die Bedeutung dieses Wortes, Lucas.«

»Oh, warum hört es sich dann so an, als würdest du das nicht wissen?«

»Weil ich nicht glauben kann, dass du tatsächlich so ein Kunstbanause bist.« Als ob. Ich finde viele Dinge schön. Samuels hübsches Gesicht zum Beispiel. Wäre das hier irgendwo auf einem Gemälde verewigt, würde ich das stundenlang ansehen. Oder hätte sich jemand mal die Mühe gemacht, seinen Körper in Stein zu meißeln, dann würde ich jetzt ganz still und mit vollem Respekt Samuels Penis betrachten.

»Das erstaunt mich jetzt allerdings auch. Dabei dachte ich, ich hätte mit dir einen echten Kunstliebhaber entdeckt, als du mir neulich so versonnen zugehört hast, oder warst du einfach nur so fasziniert von meiner Stimme?« Oh Gott, ich schwöre, wäre ich nicht kerngesund, wäre ich mit Sicherheit gerade fast an einem Herzinfarkt gestorben. Mein Herz bringt in Sekunden gleich mehrere, kurz aufeinanderfolgende, vollkommen arrhythmische Schläge zustande, bevor ich in der Lage bin mich zu dem Mann umzudrehen, mit dem ich nicht gerechnet hätte. Wie auch? Nur weil wir uns einmal in dieser Hotelbar ganz nett unterhalten haben? Das ist doch bescheuert. Niemand würde vermuten, dass man sich kurz darauf an einem ganz anderen Ort wiedertrifft.

»Fuck, Étienne, musst du mich so erschrecken?«, fauche ich ihn ein wenig atemlos an, weil mein Herzmuskel noch immer nach seinem normalen Rhythmus sucht.

»Ohh, du hast dir meinen Namen gemerkt. Darf ich das als Zeichen sehen, vielleicht doch noch eine Chance bei dir zu bekommen?«, sagt Étienne und zwinkert mir neckend entgegen, bevor im nächsten Moment sein Lachen in dem viel zu stillen Raum von den Wänden widerhallt.

»Junge, dein Gesicht«, prustet er höchst amüsiert. Seine langen, blonden Haare tanzen dabei leicht um seine Schultern herum. Irgendwie weckt das bei mir den Impuls, sie wieder zusammenzubinden. Und so ganz beiläufig bemerke ich, wie Samuel neben mir leise mit den Zähnen knirscht.

»Mann, verdammt Étienne, verasch mich nicht. Was machst du überhaupt hier?«

»Kunst ist meine Leidenschaft, schon vergessen?«, erwidert er prompt.

»Ah. Nein. Der Louvre, Studium und Kunstgeschichte, ich weiß noch.« Lache ich nun meinerseits etwas verlegen.

»Ich nehme an, du bist noch nicht in den Genuss der Mona Lisa gekommen, richtig?«, sagt er und grinst vielsagend, während sein Blick ganz kurz an mir herunter schweift und fuck, hat er sich gerade tatsächlich kurz über die Lippen geleckt?

»Heh, nein, bisher konnte ich mich noch nicht von ihrer Großartigkeit überzeugen«, sage ich und während in Étiennes Augen ein amüsiertes Funkeln aufblitzt, spüre ich neben mir eine dunkle Bedrohung in Form von Samuel, der sich nur mit einem deutlich verachtenden Knurren bemerkbar macht. Allerdings ist es zu leise, um von Étienne bemerkt zu werden.

»Was hältst du davon, wenn ich sie dir zeige? Es wäre wirklich schade, wenn du auf ihren Anblick verzichten würdest.« Grinsend wirft mir Étienne einen Blick zu, der eindeutig darauf schließen lässt, dass er nicht wirklich über ein Gemälde spricht. In gewisser Weise finde ich seine Hartnäckigkeit sogar recht amüsant.

»Das ist ein sehr verlockendes Angebot, aber ich muss leider schon wieder ablehnen. Ich habe nämlich schon jemanden, der mir mit ziemlich großer Begeisterung jedes einzelne Gemälde zeigen wird«, erwidere ich und verziehe gegen Ende doch ein wenig leidend mein Gesicht, bevor ich es wage, mich Étienne entgegen zu lehnen. »Außerdem steht er nicht so auf Konkurrenz. Er ist da einfach zu stolz und irgendwie auch ziemlich versessen drauf mit seinem Wissen vor mir zu glänzen«, flüstere ich Étienne hinter vorgehaltener Hand zu. Er lacht. Scheinbar findet er es witzig und ich befürchte schon, dass er darauf noch irgendwas Provozierendes erwidert. Zugetraut hätte ich es ihm, aber da kommt nichts mehr. Nur ein kurzes verstehendes Nicken folgt, als ich mich wieder von ihm entferne und dabei beinahe mit Samuel zusammenstoße, der mir näher ist, als ich dachte.

»Okay, aber falls du dich doch irgendwann einmal für die Schönheit der Kunst interessierst, möchte ich der Erste sein, den du anrufst, klar? Ich könnte dir da noch so einige besondere Stücke zeigen. Also dann, Lucas, man sieht sich.« Er zwinkert verspielt, während er nicht gerade unauffällig versucht, mir einen kleinen Zettel in die Hosentasche zu stecken. Vermutlich befindet sich darauf seine Nummer. Interessant, auch wenn ich ein mögliches Abenteuer mit Étienne momentan nicht wirklich reizvoll finde. Es ist nicht das, was ich will.

Das, was ich will, befindet sich hinter mir und presst mich einen Augenblick später plötzlich gegen die Wand. Verdammt, was stimmt denn jetzt nicht? Ich möchte fragen, was ihn offensichtlich so aufregt, doch ich schaffe es nicht, weil mir Samuel unvermittelt seine Lippen aufdrückt. Schneller als ich begreifen kann, dass er mich tatsächlich hier küsst, drängt sich seine Zunge in meinen Mund und fordert mich heraus, ihm genauso hitzig und wild zu folgen wie er dieses grobe Spiel begonnen hat.

Es ist gut. Es ist befriedigend.

Und ich hätte im Leben niemals damit gerechnet, dass er sowas ausgerechnet hier tun würde. Nicht so. Nicht mit dieser berauschenden Intensität. Samuels Hände gleiten unter mein Shirt und seine Finger kratzen über meine Nippel. Ich stöhne auf, wahrscheinlich viel zu laut. Aber es macht mich unfassbar geil. Hier, in diesem blöden Museum, hemmungslos rumzumachen ist definitiv reizvoller als die dämliche Mona Lisa. Es ist so viel schöner Samuels Hände auf meiner Haut zu spüren als leblose Statuen zu betrachten. Und natürlich ist es viel aufregender dem Gefühl entgegenzufiebern, als seine Hände tiefer wandern.

Fuck.

Seine Hand legt sich über meinen Schritt und ich keuche in den Kuss. Es ist zu wenig, um mich zu stimulieren, aber auch zu viel, um es nicht zu spüren. Jedoch scheint er mir nicht mehr geben zu wollen, denn schon kurz darauf entzieht er mir seine Zunge. Der Kuss endet und ich bin tatsächlich enttäuscht.

»Weißt du noch, worum du mich vorhin gebeten hast?«, fragt er mich. »Du sagtest, du möchtest nicht, dass ich in deinem Beisein mit anderen flirte. Das gleiche gilt auch für mich«, flüstert er mir rau zu und bestätigt damit, dass er sich genauso gefühlt hat wie ich mich, als er vorhin einfach nur nett zu Chloé war. Er gibt zu, eifersüchtig zu sein. Ein Geständnis von Samuel, mit dem ich niemals gerechnet hätte. Allein das reicht aus, um in meinem Magen ein viel zu kräftiges Kribbeln zu erzeugen, das mich lächeln lässt, sanft und versöhnlich. Und vielleicht auch ein wenig verständnisvoll, bevor sich meine Hände in seinen Nacken verirren und ich ihn näher an mich ziehe, um ihn erneut zu küssen.

17 – Ein Nachmittag im Café

Die Sonne brennt in meinem Nacken. Schon den ganzen Tag über. Es ist furchtbar heiß und ich schwitze. Kein Scheiß, ich glaube, ich koche innerlich.

Eigentlich steh ich voll auf so geiles Wetter. Vor allem, wenn man ein Meer oder einen See oder meinetwegen auch einen Pool in der Nähe hat. Aber da wir uns gerade mitten im Zentrum der Stadt befinden, wo es allerhöchstens Wasser in Plastikflaschen zu kaufen gibt, ist es leider weniger toll. Und Wasser aus Flaschen sorgt nur bedingt für Erfrischung, selbst wenn man es sich in völliger Verzweiflung über den Kopf schüttet. Hab ich gerade getan. Hat nur nicht viel gebracht. Außer einem irritierten Blick von Samuel.

»So kann man natürlich auch Blicke auf sich ziehen«, meint er und seine Augen wandern über meinen Oberkörper. Insbesondere über die Stellen, an denen mein weißes Shirt nass und durchsichtig an meinem Oberkörper klebt.

»Meinst du?«, frage ich grinsend.

»Du präsentierst dich zumindest recht aufreizend«, antwortet mir Samuel mit viel zu ausdruckslosem Gesicht. Schade. Er hätte ruhig beeindruckter sein können.

»Für dich ist das also aufreizend, hm? So, so …« Komm schon Samuel, zeig mir, dass es dir gefallen hat. Zeig mir …

Nichts.

»Du könntest mit so einer Performance bestimmt auch bei den Chippendales anfangen«, sagt er immer noch total nüchtern, sodass es mir schwerfällt, darin ein Kompliment zu sehen. Man könnte auch denken, hinter seinen Worten steckt purer Sarkasmus.

»Chippendales? Ich? Bist du wahnsinnig oder einfach nur geil darauf mich strippen zu sehen?«

»Vielleicht, aber nur, wenn ich ganz vorn in der ersten Reihe sitzen kann«, bemerkt er dann nachdenklich. Ob er sich das gerade vorstellt? Ernsthaft?

»Hey.« Leicht neidisch und auch etwas fassungslos über diese bemerkenswerte Coolness, die er wieder einmal unter Beweis stellt, stoße ich ihm mit dem Ellenbogen in die Seite. »Wenn du dir schon vorstellst wie ich halbnackt vor dir herumtanze, dann kannst du mich wenigstens an deinem Kopfkino teilhaben lassen.«

»Wer sagt denn, dass du nur halbnackt bist?«, meint er mit einem Schmunzeln.

»Wow, okay ... also bin ich in deiner Fantasie gerade nackt?« Ich grinse selbstsicher. Es gefällt mir, zu wissen, dass sich Samuel so etwas vorstellt, auch wenn der Marktplatz, über den wir gerade schlendern, sicherlich nicht der beste Ort dafür ist.

»Hm, nein. In meiner Fantasie trägst du den viel zu kleinen Batman-Pyjama, den dir dein Onkel zum zehnten Geburtstag geschenkt hat. Sieht ziemlich witzig aus.« Und prompt zerstört Samuel diese wunderschöne, vielleicht minimal erotisch angehauchte Illusion, eiskalt. Dass ich diesen Pyjama tatsächlich noch zu Hause in meinem Schrank habe - also er liegt irgendwo ganz weit hinten in einem der oberen Regale und schrumpft jeden Tag leise vor sich hin, obwohl ich den damals echt heiß und innig geliebt habe - verrate ich lieber nicht. Sonst kommt er am Ende wirklich noch auf die Idee, mir das Teil anzuziehen.

»Haha, ich lach mich tot«, erwidere ich mit vorgeschobener Oberlippe.

So ein Arsch, er hätte auch einfach zugeben können, dass er mich heiß findet.

Gemeinsam schlendern wir weiter über den Marktplatz. Zwischen den Obst- und Gebäckständen stehen auch vereinzelt ein paar Souvenirstände. Samuel bleibt hier und da kurz stehen, um sich irgendwelche Anhänger aus Holz anzusehen, bevor er sich wortlos wieder abwendet. Meistens genau dann, wenn ein Verkäufer ihn gerade ansprechen will. Er ist wirklich so ein Arsch. Erst Interesse vortäuschen und dann im entscheidenden Moment unverrichteter Dinge wieder abziehen. Unglaublich der Kerl.

Die enttäuschten Blicke der Verkäufer, die ihren Plunder loswerden wollen, ignoriert er.

»Heh, Sam, jetzt warte mal kurz«, rufe ich nach ihm, weil er schon wieder gefühlt zehn Stände weitergegangen ist. Kein Wunder, die letzten, an denen er einfach vorbeigelaufen ist, ohne sie auch nur eines Blickes zu würdigen, bieten nämlich ausnahmslos alle irgendwelches Essen an.

»Hm?«, macht er und bleibt tatsächlich wartend stehen, bis ich wieder zu ihm aufgeschlossen habe.

»Also, kommt jetzt vielleicht unerwartet, aber ...« Verlegen kratze ich mir den Nacken. »Irgendwie hab ich Hunger.«

»Schon wieder?«, fragt er, gefolgt von einem genervten Seufzen.

»Na ja, schon, ja.«

»Du hast drei Brötchen zum Frühstück gegessen«, sagt er.

»Jetzt übertreib nicht. Das waren nur zweieinhalb«, kontere ich.

»Und was ist mit dem vollen Teller Nudeln, den du zum Mittag hattest?«

»Schon verdaut, glaube ich«, sage ich. Im nächsten Moment kommt ein leises Grummeln von meinem Magen.

»Ich fass es nicht«, seufzt Samuel, fährt sich mit der Hand durch die Haare und ich stelle bestimmt zum tausendsten Mal fest, dass ich ihn absolut anziehend finde. Schon muss ich lächeln, ehe in mir der Wunsch heranwächst, ihn zu berühren. Als meine Hand sanft auf seiner Wange zum Liegen kommt, schlägt auch mein Herz schneller. Samuel blinzelt, atmet ruhig und neigt seinen Kopf etwas zur Seite, bevor er blinzelnd die Augen schließt. Ich glaube sogar, dass er kurz leise seufzt, als meine Finger die Strähnen, die in sein Gesicht fallen, nach hinten steifen. Der Moment ist schön, so simpel und doch gleichzeitig harmonisch, dass ich mich dazu hinreißen lasse, ihm einen Kuss auf die Lippen zu hauchen, bevor er seine Augen wieder öffnet.

»Und jetzt suchen wir mir was zum Essen«, beschließe ich und strahle ihn bis über beide Ohren an, während Samuel ein wenig verdutzt aussieht. Aber er sagt nichts, als ich seine Hand in meine nehme und ihn mit mir ziehe, von einem Stand zum nächsten. Nur um festzustellen, dass das alles nicht so mein Ding ist.

»Uhhh, was ist das denn?«, frage ich und beuge mich neugierig näher an diese fragwürdigen schwarzen Dinger, die da in kleinen Schalen herumliegen, und aussehen wie flache Steine. Die kann man bestimmt superweit über glatte Wasseroberflächen schnipsen.

»Das sind Muscheln«, haucht mir Samuel erklärend ins Ohr.

»Ach echt?« Ich hebe skeptisch eine meiner Augenbrauen an - weiß natürlich, dass mich das nicht so ansehnlich aussehen lässt wie Samuel - und sehe mir diese Dinger etwas genauer an.

»Die sehen aber gar nicht aus wie Muscheln. Sind die nicht eigentlich viel größer?«

»Das da sind Miesmuscheln, Lucas, und außerdem sind sie noch geschlossen.«

»Ach, echt jetzt? Die gibt es wirklich?« Überrascht von dieser Erkenntnis sehe ich zu Samuel, der die Augen verdreht.

»Natürlich gibt es die«, brummt er und dreht sich von mir weg, um sich kurz zu orientieren.

»Hm, pass auf Samuel, wenn du weiter so miiiesmutig schaust, komm ich vielleicht noch auf die Idee, dir ein paar dieser miesen Miiiiesmuscheln zu kaufen.« Sofort fange ich an zu lachen und boxe ihm, voll überzeugt von meinem Witz, kräftig gegen den Arm, was mein liebreizender Freund mit einem Knurren quittiert. »Das heisst missmutig, nicht miesmutig«, sagt er, ehe er leise murmelnd mit dem Kopf schüttelt. »Komm, da vorne gibt es Eis.«

»Oh fuck, ja! Eis klingt mega!« Allein bei der Vorstellung an eine kleine, süße Abkühlung, läuft mir schon der Sabber im Mund zusammen. Ich laufe neben ihm her, bis wir uns an einem der runden Tische gegenüber sitzen. Es ist typisch französisch. Niedliche kleine Tischchen, mit passenden Stühlchen, die hübsch verschnörkelte Lehnen haben, glänzen in ihrem strahlenden Weiß, während hinter uns die Fassade des Cafés größtenteils von grünen Pflanzen überwuchert ist. Hier und da bilden ein paar rote und gelbe Blüten schöne bunte Farbtupfer auf dem saftigen Grün und direkt hinter Samuel ragt ganz klein, aber deutlich zu erkennen, der Eiffelturm empor. Hier zu sitzen hat definitiv Charme.

»Weißt du, dass dir gerade der Eiffelturm aus dem Kopf wächst?« Grinsend sehe ich zu Samuel, der mich verständnislos anblinzelt. »Warte, ich zeig es dir. Bleib einfach so sitzen, ich mach ein Foto.« Ich ziehe mein Handy aus der Hosentasche und öffne die Foto-App, mit der man so hübsche Filter verwenden kann.

»Lächle mal«, fordere ich ihn auf und rutsche nebenbei etwas auf meinem Stuhl herum, um die beste Position für dieses Foto zu finden, nur um mich dann, für den perfekten Winkel, halb zu verrenken. Ich mache das Bild und natürlich hat Samuel nicht gelächelt. War klar. Dafür habe ich die Eifelturmspitze wundervoll in Szene gesetzt, weshalb ich, leise kichernd, das Bild abspeichere, bevor ich es ihm zeige.

»Da! Sieht voll witzig aus.« Samuel lacht nicht, ich dafür umso mehr. Trotzdem bilde ich mir ein, dass sich seine Lippen zumindest kurz gekräuselt haben. »Und jetzt noch eins zusammen, okay?« Schnell rutsche ich mit meinem Stuhl zu ihm herum, schlinge meinen Arm um seine Schultern und hebe den anderen Arm mit meinem Handy nach oben. Lachend blicke ich in die Frontkamera, während Samuel neben mir ein Auge zusammenkneift, weil ich ihn vermutlich zu fest an mich drücke.

»Heh, ich glaube wir brauchen noch eins«, murmle ich, als ich sehe, wie unscharf das Bild geworden ist. Ich speichere es natürlich trotzdem. Das mache ich grundsätzlich immer. Man kann ja schließlich nie wissen, wofür man das noch braucht. Und wenn es nur als Erinnerung dient. Samuel seufzt leise, als ich erneut mein Handy in die Höhe halte und kurz warte, bis er sich dieses Mal von selbst neben mir positioniert. Seine Wange streift dabei ganz leicht meine und ich mache direkt das zweite Bild. Es folgt noch ein drittes, mit meinen Lippen auf seiner Wange. Sein leises, protestierendes Grummeln ignoriere ich und speichere auch dieses Foto.

Es ist für mich. Nur für mich.

»Was willst du haben?«, fragt er mich dann, ohne noch einmal darauf einzugehen, nimmt gleichzeitig die Karte in die Hand und überfliegt kurz das Angebot. Ich sehe eine Vielzahl wunderschöner, verlockender Eisbecher, die so prachtvoll mit Früchten dekoriert sind, dass ich mich unmöglich für einen entscheiden kann. Von einer Seite auf die andere werden sie größer und bunter und fuck, ich will die am liebsten alle.

»Boaah, ich glaub, ich will das … oder nein, den … ach warte, der hier ist auch nicht schlecht, der hat Bananen drin, heh.« Anzüglich lecke ich mir über die Lippen.

»Also welchen jetzt?«, drängt er mich ungeduldig zu einer Entscheidung, da schon einer der Kellner mit erwartungsvollem Blick neben unserem Tisch steht. Hm, okay …

»Gut, dann den hier. Ich steh voll auf Bananen.« Ich grinse und Samuel bestellt mit leichtem Augenverdrehen meinen Eisbecher und für sich einen Cappuccino.

Während wir warten, lehne ich mich zurück und beschäftige mich erneut mit meinem Handy, genauso wie Samuel. Kurz beobachte ich ihn, wie er mit hochkonzentriertem Blick beginnt zu schreiben und weil ich mich leider an unseren Abend im Restaurant erinnern muss, frage ich ihn zur Abwechslung doch mal direkt, mit wem er textet.

»Geschäftspartner, warum?«, erwidert er. Ich zucke mit den Schultern.

»Nur so, war nur neugierig. Kennst mich doch.« Für Samuel scheint das eine plausible Antwort zu sein, denn er nickt und setzt seine Tätigkeit unbeeindruckt fort. Und weil ich weiß, dass mich Samuel niemals so direkt anlügen würde, glaube ich ihm und öffne in meinem Handy die Bildergalerie, um mir die Fotos nochmal anzusehen. In der gesamten Zeit, die wir jetzt in Frankreich sind, habe ich unzählige Bilder gemacht. Von Bauwerken, vom Strand, von dem superschönen Wasser und dem Wellengang, von der beeindruckenden Natur und natürlich von Samuel und mir, aber das letzte Bild ist das einzige, auf dem ich ihn küsse. Okay, es ist nur ein kleiner Kuss auf die Wange, aber ich hab trotzdem das Gefühl, dass Samuel auf diesem Bild entspannter wirkt. Ganz anders sieht das auf dem Bild mit dem Eiffelturm auf seinem Kopf aus. Er wirkt angefressen, aber das Bild ist dennoch voll witzig. Außerdem teile ich sowas ja unfassbar gern mit anderen Menschen, deshalb öffne ich den Chat mit Phil und schicke ihm das Bild von Samuel, mit ganz vielen lachenden Smileys und zwischendrin einem kleinen roten Herz, weil ich nicht darauf verzichten kann. Es dauert ein bisschen, bis das Bild zugestellt wird und vermutlich auch noch etwas, bis Phil seine Nachrichten checkt, also blättere ich einfach wahllos in meiner Galerie herum und merke, so ganz nebenbei, dass ich ganz schön dämlich grinsen kann.

Phil
Ja geil, Mann! Wie hast du es geschafft, dass dem jetzt auch noch Penisse aus dem Kopf wachsen?

Phil bringt mich direkt zum Lachen. Natürlich verzichtet auch er nicht darauf, seine Verwunderung und Belustigung durch entsprechende Emojis zu unterstreichen.

Lucky
Von wegen Penis, du Vollspast, das ist der Eiffelturm!

Phil
Was echt? Ich hätte schwören können, dass das ein Penis ist. XD

Lucky
Was kennst du denn für merkwürdige Penisse?

Phil
Frag lieber nicht

Er fügt ein Bild an, das mich direkt an unsere Arbeit erinnert. Ouuh, stimmt ja … Es gibt auch nicht so schöne männliche Genitalien.

Lucky
Toll, jetzt hast du mich an den alten Shimura erinnert, du Sack

Phil
XDDD Das war ein ganz besonders hübsches Exemplar, nicht? So klein und schrumpelig und alt =)))

Lucky
Lol Phil, ist dir klar, dass deiner mal genauso aussehen wird?

Phil
NIEMALS!

Phil ist bescheuert. Zumindest manchmal. Amüsiert schüttle ich den Kopf und sehe anschließend auf. Genau im selben Moment seufzt Samuel leise und massiert sich die Stelle zwischen den Augen.

»Komplizierter Geschäftspartner?«, frage ich nach und Samuel wirft mir einen seltsamen Blick zu.

»Ziemlich. Meine Vertretung ist ein hoffnungsloser Vollidiot.« Er knirscht mit den Zähnen und lässt seine Finger an die Schläfe wandern. »Er hat Akten vertauscht und ... ich geh kurz telefonieren«, sagt er und seufzt nochmal, als ihm eine weitere Nachricht zugestellt wird. Er steht auf und entfernt sich nur ein paar Schritte von unserem Tisch. Im selben Moment vibriert mein eigenes Handy.

Mum
Hallo mein liebes Kind, ich habe heute deine Postkarte bekommen. Es ist so schön, dass es dir in Frankreich gefällt! Geht es dir gut?

Überrascht blickte ich auf die Nachricht meiner Mutter. Ich habe die Karte doch bereits vor einigen Tagen abgeschickt. Seltsam.

Lucky
Jetzt erst?

Ich schicke die Nachricht ab, bevor mir klar wird, dass das ziemlich sparsam und unhöflich ist.

Lucky
Aber ja, Frankreich ist mega! Wir sind jetzt gerade in Paris! Und mir geht es fantastisch! Bei uns sind heute übrigens gefühlte vierzig Grad im Schatten.

Mum
Ja. Um ehrlich zu sein, ich war ein paar Tage nicht zuhause, also weiß ich nicht genau, wann deine Karte ankam. Wir haben jetzt übrigens Familienzuwachs.

Bevor ich genauer nachfragen kann, was sie damit meint, bekomme ich ein Foto von einem kleinen weißen Hund. Ein Mischling.

Mum
Ich habe sie gerettet, aus Griechenland!

Lucky
Bitte was? Du warst in Griechenland? Wegen einem Hund?

Mum
Aber nein, nicht doch! Der Hund kommt aus Griechenland. Ich musste sie aus Düsseldorf abholen.

Lucky
Oh mein Gott, dein Ernst? Du bist deswegen extra bis nach Düsseldorf gefahren?

Mum
Nein, Laurenz ist gefahren. Ich war nur dabei und habe den Sprit bezahlt.

Meine Mutter macht mich fertig.

Lucky
Ah, natürlich. Das macht einen riesigen Unterschied. Also Laurenz, ja? Läuft da etwa wieder was zwischen euch?

Mum
Mein liebes Kind, das geht dich gar nichts an. Genieß du mal einfach deine Zeit in Frankreich. Übrigens, mach bitte keine Fotos vom Eiffelturm bei Nacht, das ist verboten. Nicht, dass du da nachher noch Strafe zahlen musst.

Meint sie das jetzt ernst? Oder verarscht sie mich? Bevor ich ihr antworte, schaue ich lieber mal nach, ob das wirklich stimmt. Ich kann mir das gar nicht vorstellen. Es gibt doch tausend Fotos … oh. Google sagt, dass meine Mutter recht hat. Die Lichtershow ist urheberrechtlich geschützt und deshalb darf man tatsächlich von einem beleuchteten Eiffelturm keine Bilder machen. Krass. Und irgendwie auch echt dämlich. Wer hält sich denn bitte daran und vor allem, wie wollen die das nachverfolgen?

Lucky
Okay! Ich verspreche dir hoch und heilig, ich werde keine Fotos vom beleuchteten Eiffelturm machen!

Mum
Wehe dir, wenn du es doch machst! Ich muss jetzt mit Mimi raus, wir hören uns, ja? Ich hab dich lieb, mein Schatz. Küsschen, Mutti

Ihre letzte Nachricht bekomme ich, als Samuel wieder am Tisch erscheint und wesentlich gestresster aussieht als zuvor. Kurz treffen sich unsere Blicke und Samuel schüttelt resigniert mit dem Kopf. Direkt im Anschluss erscheint der Kellner und bringt uns unsere Bestellung. Was für ein perfektes Timing! Nur Phil hat keins.

Phil
Und sonst so? Was geht bei dir?
Mit Samuel alles gut?

Lucky
Jop, alles bestens!

Schreibe ich noch schnell zurück und verdränge die Erinnerung an das Gespräch in Orléans, von dem ich Phil tatsächlich nichts erzählt habe. Im Anschluss schicke ich ihm einfach ein Bild von meinem Bananeneisbecher.

Phil
Alter, noch mehr Penisse vertrag ich heute nicht, hör auf damit.

Lucky
Okay ;) ich bin dann kurz beschäftigt!

Noch ein zwinkernder Smiley am Ende, dann lege ich mein Handy zur Seite, um genießend Löffel für Löffel von diesem Geschmackserlebnis in meinem Mund verschwinden zu lassen. Und es ist so ... so ... so unheimlich lecker! Ich geh voll drauf ab. Die Schokostückchen ... das Eis ... Perfekt.

Ich schwebe auf einer herrlich weißen, fluffigen Eiswolke der Sonne entgegen, wo ein süßes Bananenboot auf mich wartet.

»Hmmm, oh ja«, stöhne ich, nicht nur einmal, leise vor mich hin und jedes Mal spüre ich Samuels Blick auf mir.

Phil
Sag mal Lucas, hast du eigentlich in letzter Zeit deine Mails gecheckt?

Gerade als ich mit meinem Eis fertig bin und noch kurz überlegt habe, ob ich die Schale wirklich auslecken soll, bekomme ich eine weitere Nachricht von Phil.

Lucky
Hm, nö. Sollte ich?

Phil
Wäre besser, oder willst du nicht wissen, ob du den Job hast?

Hä? Was für einen Job? Ich hab doch einen.

Lucky
Wovon sprichst du? Eigentlich dachte ich, dass ich noch einen Job habe?

Phil
Jetzt sag mir nicht, du hast vergessen, eine Bewerbung für die freie Stelle auf der Pädiatrie abzuschicken???? DAS WAR WICHTIG, LUCAS!

Oh verdammt. Der Groschen fällt in bodenlose Tiefe, um mit einem kleinen Platsch zu versinken. FUCK!

> ***Lucky***
> Ach Scheiße! Ich hab das voll vergessen, echt jetzt. Ich hab da überhaupt nicht mehr dran gedacht, weil … weil … fuck, und jetzt? Haben sie die Stelle denn schon vergeben? Weißt du was?

Automatisch fange ich an, nervös auf meiner Unterlippe herum zu kauen, während ich zusehe, wie Phil mir eine Antwort tippt.

»Ist alles okay?«, fragt jetzt auch noch Samuel.

»Nein verdammt, ich hab voll verpeilt diese blöde Bewerbung zu schreiben«, fluche ich ungehalten und plötzlich fühlt sich das ganze Eis in meinem Magen unangenehm an.

»Bewerbung?«, hakt Samuel nach und ich nicke … schüttle den Kopf … nicke …

»Ja, also … also eigentlich wäre das eher ein Versetzungsantrag, weil doch Alev ein Kind bekommt und Phil gesagt hat, dass ich gute Chancen habe dort anzufangen, um endlich von Vincent wegzukommen, aber jetzt … jetzt glaube ich, dass ich meine Chance verpasst habe.« Verzweifelt raufe ich mir die Haare.

»Hm«, macht Samuel, doch ich reagiere gar nicht darauf, starre stattdessen auf die neue Nachricht von Phil, die ich irgendwie nicht verstehe.

> ***Phil***
> Du bist echt so ein Idiot. Ich weiß, dass du jetzt deine Mails checken solltest, weil ich mir schon gedacht habe, dass du das vergisst und mich deshalb in deinem Namen drum gekümmert habe.

Lucky
Oh Gott, du hast … fuck, wie geil! Danke, ich schau direkt nach. Moment!

Ich glaube, so schnell habe ich noch nie versucht, mich bei meinem E-Mail-Konto anzumelden. Ich vertippe mich zwei Mal bei der Eingabe meines Passwortes, verliere fast die Geduld, aber dann klappt es schließlich und tatsächlich habe ich zwischen den ganzen Spammails eine ungeöffnete Mail von unserer Krankenhausleitung. Ich tippe sie an und …

Lucky
PHIL!!!! Erinner mich daran, dass ich dich abknutsche, wenn wir zurück sind!!! Danke, echt jetzt <3 <3 <3 Fuck, ich liebe dich! Du bist der Beste!

Phil
Das heißt, du hast die Stelle bekommen?

Lucky
JA MANN!!!

Ich grinse wie ein Idiot, während ich mir mit Phil abwechselnd eine ganze Menge Herzchen zuschicke.

»Langsam wird es gruselig, Lucas. Eben warst du noch sterbensunglücklich und jetzt strahlst du mit der Sonne um die Wette«, kommentiert Samuel nüchtern.

»Ich weiß, Sam. Ich bin verdammt glücklich grade, echt jetzt«, sage ich und er zieht verständnislos seine Augenbrauen zusammen.

»Hier, lies!« Mit schnellen Fingern öffne ich die Mail vom Krankenhaus erneut und halte ihm das Display direkt vor die Nase.

»Pädiatrie?«, fragt er ungläubig. Irgendwie habe ich mit einer anderen Reaktion gerechnet. Vielleicht nicht unbedingt mit Luftsprüngen, aber doch zumindest mit einem ehrlichen Ausdruck von Freude.

»Jap«, gebe ich dennoch zufrieden zurück und zucke über sein distanziertes Verhalten nur unbeeindruckt mit den Schultern.

»Warum Pädiatrie?«, hinterfragt er und ich versteh nicht, warum er sowas jetzt fragt. Ist das nicht vollkommen egal? Genauso gut hätte er mich damals auch fragen können, warum ich mich dafür entschieden habe alten Leuten den Arsch abzuwischen. Hat er aber nicht. Was stört ihn jetzt an Kindern?

»Warum denn nicht?« Irgendwie ist er gerade blöd. Kann er sich nicht einfach für mich freuen? Mein überschwängliches Lachen ebbt etwas ab, weil er gerade viel zu ernst aussieht.

»In der Pädiatrie behandelt man Kinder. Du würdest jeden Tag mit Kindern zusammen sein«, stellt er fest.

»Na und? Kinder sind toll.«

»Ach echt?«

»Aber sicher. Die Kinderstation ist toll.«

»Vor ein paar Wochen hat es sich noch so angehört, als würdest du Kinder nicht besonders mögen«, murmelt er leise.

»Hm, das habe ich aber so nie gesagt, glaube ich.« Ich kann mich nur noch sehr schwach an das Gespräch damals erinnern.

»Wenn du Kinder also grundsätzlich magst, hat es dich nur gestört, dass ich eins bekomme?«

»Du bekommst aber keins«, sage ich sofort.

»Stimmt. Dann ... herzlichen Glückwunsch zum neuen Job.«

»Danke«, hauche ich ihm, gefolgt von einem kleinen Kuss, auf die Wange.

Eine Stunde später befinde ich mich irgendwo ganz tief unter der Erde, im Untergrund von Paris und bin dabei mich in einen verdammten Eiszapfen zu verwandeln. Warum hat mir niemand gesagt, dass es hier so verflucht kalt sein wird? Samuel lässt sich natürlich nicht anmerken, ob auch er friert.

»Mahh, Samuel, wieso sind wir hier?«, frage ich mit einem erbärmlichen Zittern in der Stimme und schlinge meine Arme so fest wie möglich um meinen Körper.

»Katakomben von Paris klang interessant«, raunt er mir zu und ich verziehe unzufrieden das Gesicht.

»Ja, unheimlich interessant«, zische ich und sehe meinen warmen Atem vor mir. »Was soll hier schon interessant sein?«, frage ich, während wir immer tiefer hinab steigen.

»Hier soll es Totenschädel geben und …«

»Dein Ernst?« Meine Stimme ist viel zu hoch, als ich ihn unterbreche und abrupt stehen bleibe, sodass beinahe ein anderer Tourist in mich hineinläuft. Samuel nickt, und ich schlucke.

»Oh Gott, ich hasse dich«, flüstere ich leise und kurz darauf erreichen wir einen viel zu engen Raum, in dem sich tatsächlich unzählige Knochen und Schädel übereinander stapeln, die mir eisige Schauer über den Rücken jagen.

»Fuck, das ist nicht gut«, hauche ich mit viel zu kräftigem Herzschlag und einem beunruhigenden Rauschen in meinen Ohren. Shit, ich will hier raus, jetzt. Sofort.

»Können wir … können wir nicht einfach wieder umkehren, Sam?«, krächze ich heiser und hoffe, dass er kapiert, dass ich das nicht als Vorschlag meine. Ich komme mir vor wie in einer viel zu realen Geisterbahn.

»Wieso? Hast du Angst?«, fragt er und wirft mir einen herausfordernden Blick zu. Dieser elende Sadist! Und wenn er das so sagt, komme ich mir blöd vor, wenn ich jetzt auch noch zugebe, dass ich mir vor lauter Schiss fast in die Hose mache.

»Ich? Quatsch, wo denkst du hin. Ich dachte nur … ich dachte, also weil …«

»Ja?« Fuck, mir fällt nichts ein. Ich habe einfach nichts, womit ich ein Umkehren plausibel erklären könnte. Und Samuel merkt das. Sein heimtückisches Grinsen verrät es.

»Komm, Lucas … wir müssen weiter«, grinst er und geht einfach der Gruppe hinterher, die uns jetzt irgendwie überholt hat. Samuel und ich bilden das Schlusslicht. Oh Mann, ich werde hier unten ganz sicher sterben. Ich fühle mich ja jetzt schon lebendig begraben, zwischen all den Knochen. Und von jeder Seite starren mich tote, dunkle Augenhöhlen an, schwarze Löcher, die sich mit ihrer Anwesenheit in meinen Nacken brennen, während Unterarmknochen und Schienbeine wie nackte Finger auf mich zeigen. Jedes Geräusch hallt übertrieben laut. Unser Atem klingt wie kaltes Rasseln.

»Glaubst du eigentlich immer noch an Geister, Lucas?«, haucht Samuel dann plötzlich leise in die schaurige Atmosphäre und ich springe ihn halb von der Seite an, als ein kühler Lufthauch meine Schulter streift. Gott, bitte hilf …

»G-G-Geister?«, bibbere ich leise und klammere mich an Samuel, der leise lacht. So ein Arsch!

»Das heißt wohl ja, hm?«, summt er mir ins Ohr und wäre da nicht dieser beschissene Ort, würde ich das hier verdammt angenehm finden. Aber so sorgt es leider nur dafür, dass ich mich noch näher an ihn heran schmiege, seinen Arm fest umklammere und beschließe, nicht mehr von seiner Seite zu weichen, bis wir wieder ans Tageslicht gelangen.

»Das ist so … gruselig«, wispere ich und senke den Blick auf unsere Füße. Was ich nicht sehe, ist auch nicht da. Mir doch egal, ob das Licht flackert. Ist doch vollkommen normal, dass sich Schatten über den Boden schlängeln und überhaupt, das ist alles nichts Besonderes, vollkommen normal. Ja …

Mein Herz schlägt Purzelbäume, als wir endlich den Ausgang dieser schrecklich langen Katakomben erreichen. Die heiße Nachmittagssonne prallt auf meinen ausgekühlten Nacken und ich lasse mich, zutiefst erleichtert, auf den Boden sinken. Meine Hände zittern immer noch. Langsam komme ich runter, schaffe ein paar tiefe Atemzüge, nur um im nächsten Moment wieder zusammenzuschrecken, als es in meiner Hosentasche anfängt zu vibrieren.

Fuck.

Da sind Nachrichten …

Dreizehn Nachrichten von Kyra.

18 – Bei Sonnenuntergang

Kyra
Können wir reden? Bitte?

Kyra
Lucas??

Kyra
Bitte, ich … ich weiß sonst nicht mehr weiter.

Kyra
Es geht um Samuel, ich … melde dich, bitte.

Kyra
Du bist bestimmt gerade mit ihm unterwegs, oder? Verdammt, ich dachte, du könntest … du würdest …

Kyra
Ich brauche jemanden, mit dem ich reden kann.

Kyra
Lucas? Ich weiß, dass es echt scheiße ist, jetzt damit zu dir zu kommen, aber ich weiß einfach nicht, mit wem ich sonst darüber reden soll.

Kyra
Ich mache mir Sorgen, die ganze Zeit schon. Ständig denke ich daran, was ihr gerade macht und ob es euch gut geht und … ich vermisse ihn.

Kyra
Es ist so schwer. Ich weiß nicht, was gerade passiert. Samuel ist unerreichbar, dabei … dabei ist er doch mein Freund. Ich … hab ich mich so falsch verhalten? Ich wollte das doch nicht. Ich wollte doch nie, dass wir uns streiten. Ich dachte, er …

Kyra
Bitte, du musst mir helfen. Redet er mit dir? Hat er mit dir über uns gesprochen? Du bist doch sein bester Freund, vielleicht hat er ja etwas gesagt?

Kyra
Es tut so weh, nichts von ihm zu hören. Ich halte diese Ungewissheit kaum noch aus. Seit unserem letzten Gespräch schreibt er nicht mehr, spricht nicht mehr mit mir und ist viel distanzierter als sonst. Ich erkenn ihn überhaupt nicht mehr.

Kyra
Ich glaube … ich glaube, ich verliere ihn!

Kyra
Aber ich will ihn nicht verlieren. Ich liebe ihn doch! Ich liebe ihn wirklich. Bitte, Lucas, kannst du ihm das sagen?

Samuel unterhält sich noch mit dem Mann, der uns durch die Katakomben geführt hat, und ich stehe etwas abseits. Mein Telefon zittert leicht in meiner Hand, während ich mir Wort für Wort ihrer Nachrichten durchlese. Einmal … Zweimal … Aber es wird nicht leichter. Ihre Worte fressen sich wie Säure durch meinen Magen. Ihre Gefühle jetzt so klar und deutlich vor mir zu haben, ist die hässliche, vernichtende Wahrheit, die ich in den letzten Tagen viel zu leicht verdrängen konnte. Sie überrollt mich mit einer Macht, der ich nichts entgegenzusetzen habe. Nichts. Kein einziges Wort.

Was soll ich sagen? Wie soll ich reagieren?

Sie merkt, dass etwas nicht stimmt, aber sie hat keine Chance, etwas dagegen zu tun. Ihre wachsende Verzweiflung ist so greifbar, so schmerzhaft.

Was für ein mieser Freund bin ich, dass ich mich ausgerechnet in ihren Freund verliebt habe?

»Jetzt siehst du wirklich aus, als hättest du einen Geist gesehen.« Da ist er. Ihr Freund. Der Mann, mit dem sie eine Familie gründen will. Samuel, der sich mehr und mehr von ihr entfernt. Samuel, der mein Leben auf den Kopf stellt und mein Herz aus dem Takt bringt, wenn er mich berührt.

»Schlechte Nachrichten?«, fragt er und richtet seinen Blick besorgt auf das Handy in meinen Händen. Der Bildschirm ist zwischenzeitlich schwarz geworden, doch gelöscht sind ihre Nachrichten dadurch nicht. Sie existieren. Genauso wie ihre Gefühle.

»Ja … nein … ich, ich weiß nicht.« Ich merke, wie ihre Nachrichten versuchen, mich in die Knie zu zwingen. Sie erdrücken mich. Rauben mir Kraft. Schnüren mir die Kehle zu, sodass ich kaum atmen kann.

Kyra …

Ihr geht es schlecht, weil sie merkt, dass ihre Beziehung kurz davor ist zu scheitern.

Warum schreibt sie ausgerechnet mir?

Ich bin doch derjenige, der für ihren Schmerz verantwortlich ist.

»Lucas? Was ist los?« Samuel klingt beunruhigt. Vielleicht sollte ich etwas sagen, ihn aufklären. Doch ich kann nicht. Ich fühle mich so machtlos, so verdammt schuldig. Dabei hatte ich niemals vor mich in ihn zu verlieben. Es ist … es ist einfach passiert.

»Lucas?« Er legt mir die Hand auf den Rücken und ich zucke zusammen, obwohl sie so sanft ist, mich tröstet. Ich seufze leise und hebe den Kopf, um ihn anzusehen. Er will Antworten. Zu Recht. Aber ich kann sie ihm nicht geben. Nicht jetzt.

»Es ist alles okay, lass uns einfach gehen«, weiche ich stattdessen aus und stecke mein Handy zurück in meine Hosentasche. Ich kann auch Kyra jetzt nicht antworten. Es gibt nichts, was ich sagen kann. Da sind keine tröstenden oder aufmunternden Worte. Da ist nichts außer noch mehr Schmerz.

»Okay«, erwidert Samuel nach kurzem Zögern. Er akzeptiert, dass ich gerade nicht darüber reden möchte und schlägt mit langsamen Schritten eine Richtung ein, die uns wegführt von diesen grässlichen Katakomben. Ich folge ihm schweigend, auch wenn ich noch immer das Gefühl habe, dass mir meine Beine nicht mehr gehorchen wollen.

Wenig später sitze ich allein auf einer Bank neben einer Pizzeria und warte auf Samuel. Hin und wieder weht ein verführerischer Duft von gerade fertig gebackenen Pizzen nach draußen, doch mich beschäftigen andere Dinge. Gedanken, die sich quälend durch meinen Kopf fressen und nicht klarer werden, egal wie lange ich auf das Display meines Telefons starre. Kyra ist online, die ganze Zeit. Ich weiß genau, wie sie sich fühlt. Sie ist beunruhigt und das leider nicht zu Unrecht.

Meine Finger zittern, fühlen sich taub an, als ich beginne die ersten Buchstaben anzutippen. Ich weiß immer noch nicht, was genau ich ihr schreiben soll, und vermutlich brauche ich deshalb auch drei Anläufe, bis ich mich für eine endgültige Variante entscheide.

Lucky
Ich kann dir nicht so helfen, wie du dir das erhoffst. Aber ich denke, Samuel weiß, dass du ihn liebst.

Ich wünschte, alles wäre einfacher. Ich wünschte, es würde diese neuen Gefühle nicht geben.

Kyra
Oh Gott, Lucas … ich dachte schon, du ignorierst mich jetzt auch. Bist du dir sicher? Hast du mit ihm geredet? Hat er was gesagt?

Lucky
Nein. Samuel redet nicht so über Gefühlskram.

Lüge! Ich lüge und ich habe das Gefühl, dass sie es weiß!

Kyra
Aber könntest du ihm wenigstens sagen, dass er sich bei mir melden soll, bitte? Er hört doch auf dich. Dann wird bestimmt alles wieder gut. Bitte!

Ich habe Magenkrämpfe. Eklige, schmerzhafte Magenkrämpfe. Natürlich. Wie blöd kann man auch sein, zu denken, es würde sie beruhigen. Natürlich nicht.

Lucky
Es tut mir leid, Kyra.

Bei diesem Problem kann ich ihr einfach nicht helfen.

Ich kann nicht.

Und leider wird mir auf erschreckende Weise bewusst, dass ich es noch nicht einmal will.

Ich will nicht helfen.

Ich will einfach nur lieben, mit allem, was dazugehört.

»Willst du wirklich nicht erzählen, was los ist?« Samuel ist zurück und ich versuche mich an einem arglosen Lächeln. Ich glaube, es gelingt mir nicht, denn er zieht seine Augenbrauen tiefer zusammen. Also schüttle ich den Kopf.

»Du weißt, dass du es mir erzählen kannst?«, sagt er mitfühlend, nachdem wir uns wieder langsam in Bewegung gesetzt haben, und dieses Mal nicke ich. Natürlich weiß ich das, aber was würde uns das bringen? Das schlechte Gewissen hat sich so oder so schon längst gebildet, warum sollte ich Samuel ebenfalls damit belasten?

»Wo gehen wir jetzt eigentlich hin? Das ist nicht der Weg zurück ins Hotel.« Meine Stimme klingt genauso traurig und belegt, wie ich mich fühle. Ich sollte das hier alles nicht zulassen, und doch kann ich nichts dagegen machen, dass ich mich erleichtert fühle, als sich Samuels Hand wärmend an meine legt. Er nimmt sie, hält sie fest und im nächsten Moment treffen sich unsere Blicke. Samuel lächelt, dabei weiß ich genau, wie er reagieren würde, wenn er wüsste, was mich so bedrückt. Vielleicht erwidere ich es genau deshalb.

»Lass dich überraschen«, haucht mir Samuel verschwörerisch zu und dann schlendern wir gemeinsam, Hand in Hand, durch die Straßen der französischen Hauptstadt und nichts und niemand kann etwas daran ändern. Ich am allerwenigsten.

Weil ich nicht einfach aufhören kann, verliebt zu sein.

Selbst wenn ich weiß, was ich damit anrichte.

Letztendlich gibt es niemanden, der auch nur eine leise Ahnung davon hat, in was für eine gefährliche Richtung ich gerade gehe. Niemanden, nur mich, weil ich sie ganz bewusst und mit voller Absicht einschlage. Ganz egal wie unfair es Kira gegenüber ist.

Und doch leide ich. Weil es falsch ist, ganz egal wie gut und richtig es sich anfühlt. Mit jedem Schritt, den wir gehen, schwanke ich mehr zwischen Gut und Böse, zwischen richtig und falsch. Immer wieder betrete ich helle und dunkle Seiten in quälendem Wechsel, ohne zu wissen, auf welcher Seite ich sein darf.

Seine Nähe ist das, was sich gut anfühlt.

Seine Hand in meiner ist das, was sich richtig anfühlt.

Nur genießen kann ich es nicht, dabei möchte ich doch einfach nur lieben dürfen.

Im Grunde wünsche ich mir nichts sehnlicher als das auszuleben, was tief in meinem Inneren existiert. Nicht nur hier. Nicht nur auf dem Eiffelturm, der sich imposant vor uns aufbaut. Verdammt, allein die Tatsache, dass Samuel dieses Wahrzeichen von Paris mit mir besucht, lässt mein Herz vor Freude schneller schlagen, bevor es sich stechend zusammenzieht, weil ich daran denken muss, dass ich nicht das Recht habe, jetzt mit ihm hier zu sein. Obwohl ich nicht derjenige war, der diese Entscheidung getroffen hat.

Warum habe ich das Gefühl, dass ich mich schuldig fühlen muss, weil Samuel mit mir hier ist? Mein Handy vibriert in meiner Hose und ich bin sicher, dass es Kyra ist, die versucht mich zu erreichen. Ich kann kaum klar denken, merke zu spät, dass ich stehen geblieben bin.

»Was ist?« Unwillkürlich beiße ich mir auf die Unterlippe, versuche seinen Blick zu erwidern, doch es gelingt mir nicht. Alles, was ich momentan darin sehe, ist Kyra ... Kyras Freund, den ich am liebsten festhalten, umarmen und küssen möchte.

Mein Blick wandert nach oben zum Eiffelturm, während Samuel mir näherkommt. Seine Finger berühren mich an der Schulter.

»Oder willst du nicht auf den Eiffelturm?«, hakt er nach, mit viel zu sanfter Stimme. Verdammt ... doch. Doch, natürlich will ich. Ich will es. Ich weiß nur nicht wie. Ich weiß nicht, ob es gut ist. Gut für mich und mein Herz, das die ganze Zeit wie verrückt schlägt, seit du mir so nah bist. Seit du zugelassen hast, dass ich mich in dich verliebe.

»Doch ich ...«, erwidere ich langsam und lasse alle weiteren Worte nur stumm durch meinen Kopf ziehen. Samuels Finger wandern höher, legen sich an meine Wange. Es macht mich nervös.

»Bist du dir sicher, dass du mit mir da hoch willst?« Es ist nur ein raues Flüstern, das meine Lippen verlässt, als er meinen Kopf schließlich zu sich dreht. Sein Blick ist so intensiv. So voller Fragen.

»Natürlich«, sagt er. »Warum hätte ich es sonst für uns gebucht?«

»Ich weiß nicht«, erwidere ich leise und habe gleichzeitig absolut keine Ahnung, was ich denken oder fühlen soll. Ich stehe mit dem Rücken zur Wand. Meine Kehle ist trocken, während mein Kopf fieberhaft nach Worten sucht, die mich aus dieser beklemmenden Lage befreien.

»Keine Ahnung, er ist … ich finde, er ist irgendwie hässlich, jetzt wo wir so nah vor ihm stehen«, höre ich mich schließlich sagen und bin tatsächlich selbst überrascht über meine Worte, weil ich gar nicht wusste, dass ich das denke. Samuel hat es scheinbar auch nicht erwartet, denn er lacht, haucht mir einen Kuss auf den Mund, bevor er mich anlächelt.

»Ganz Unrecht hast du da nicht. Er ist hässlich«, meint er zustimmend und kurz darauf verlässt seine Hand mein Gesicht. Die Wärme, die sie ausgestrahlt hat, verschwindet, doch bevor ich darüber enttäuscht sein kann, taucht sie an anderer Stelle wieder auf, als er wieder meine Hand nimmt.

»Aber ich denke, dass die Aussicht dafür sehr schön sein wird. Komm.« Meine Füße stolpern ungeschickt hinter ihm her, bis wir die ersten Stufen erreichen. Und so ganz nebenbei stelle ich fest, dass mein Handy endlich aufgehört hat zu vibrieren.

Als hätte sie eingesehen, dass es keinen Sinn mehr hat.

Als wir ganz oben sind, habe ich tatsächlich das Gefühl, ich könnte mich entspannen und hätte hier die Chance, mich fallen zu lassen. Als könnte bedenkenlos neben ihm stehen und loslassen, einfach fühlen und mich gemeinsam mit ihm vom Wind dorthin tragen lassen, wo es keine Sorgen und Probleme gibt, während vor uns, am weit entfernten Horizont, allmählich, ganz langsam, die Sonne untergeht und den Abendhimmel in flammendes Orange taucht.

Für einen Moment ist das eine schöne, einnehmende Vorstellung. Aber letztendlich doch nichts weiter als eine trügerische Illusion, die ihren absehbaren Höhepunkt findet, als Samuel sich zu mir dreht, sich lächelnd vorbeugt und seine Lippen auf meine legt. Während ich begreife, wie schwerwiegend unsere Entscheidungen sind. Genau jetzt, in dieser verführerisch romantischen Situation, wird mir bewusst, dass am Ende über allem der Verlust steht.

Und während Samuel die Augen schließt, mich an sich zieht und küsst, kann ich das schmerzhafte Brennen in meinen Augen nicht mehr ignorieren. Kann es nicht aufhalten, nicht abwehren. Es tut weh.

Jede Sekunde wirkt wie eine Ewigkeit, seit sein Mund auf meinem liegt.

Jede Minute fühlt sich endlos an, als würde die Zeit stehen bleiben, während ich drohe zusammen mit ihm zu fallen. In ein bodenloses Loch.

Unser Kuss schmeckt salzig.

Etwas verändert sich. Der Kuss wird schwächer, seine Hände kräftiger, als sie sich um meinen Nacken legen und dann löst er den Kontakt. Nur ein paar wenige Zentimeter vor meiner Nasenspitze schwebt seine und ich weiß, auch ohne meine Augen zu öffnen, dass er mich direkt ansieht. Ich spüre seinen Blick so deutlich wie die Tränen, die vereinzelt über meine Wangen laufen, ohne dass ich es verhindern kann. Stumme Zeugen meiner Verzweiflung. Ich schlucke, als er seine Stirn plötzlich an meine legt.

»Ich würde gerne sagen, dass es okay ist, wenn du nicht reden willst, aber das ist es nicht«, flüstert er, so nah bei mir, dass ich beinahe jede Berührung seiner Lippen spüre. »Erzähl mir davon, Lucas«, haucht er fast schon flehend hinterher, was mich dazu bringt seine Umarmung fest zu erwidern. »Erzähl mir von den Nachrichten.«

»Es ist so schwer«, seufze ich schließlich, kann gerade noch so verhindern, dass meine Stimme in einem Schluchzen endet. Ich weiß, dass wir jetzt an einem Punkt sind, wo er mich nicht mehr loslassen wird. Er wird nicht gehen, nicht ohne Antworten.

»Viele Dinge im Leben sind schwer. Aber manchmal werden sie leichter, wenn wir sie aussprechen«, erwidert er langsam und weckt damit eine ganze Flut an Erinnerungen.

»Das habe ich dir damals gesagt, als Raphael …«, stelle ich fest, schwankend zwischen Erleichterung und Entsetzen.

»Du hattest damals recht. Und ich habe mich nie richtig bei dir bedankt. Ich habe dir nie gesagt, wie viel es mir bedeutet hat, dass du damals da warst und …«

»Du hättest das auch getan«, unterbreche ich ihn sanft und Samuel lächelt, aber es wirkt traurig.

»Und warum verschweigst du mir jetzt, was dich bedrückt?«, fragt er und wieder schlucke ich.

»Weil ich glaube, dass du es nicht hören willst«, erwidere ich und kann sehen, wie sich sein Ausdruck in Verständnislosigkeit verändert.

»Was will ich nicht hören?«, fragt er und zieht den Knoten in meinem Bauch noch ein Stück fester.

»Samuel.«, am liebsten würde ich gehen, oder die Augen schließen und den Kopf senken, doch Samuels warme Hand an meiner Wange hält mich davon ab.

»Lucas, bitte.«

Nur daran zu denken, tut schon verdammt weh. Und ich weiß, dass es nicht besser wird, wenn ich es ausspreche. Ich weiß es einfach. Und trotzdem gebe ich nach.

Ein resigniertes Seufzen ist das Erste, was meine Lippen verlässt, ehe ich Worte von mir höre, die mich so weit von meinen eigenen Wünschen und Bedürfnissen wegtreiben lassen, dass ich sie am liebsten sofort wieder zurücknehmen würde.

»Es ist nicht richtig, Samuel. Das hier, das, was wir machen. Wir dürfen das nicht mehr tun. Es macht so viel kaputt.«

»Wer sagt das?« fragt er, obwohl er selbst weiß, dass ich recht habe.

»Ich sage das.« Ich klinge viel zu unsicher. Er seufzt.

»Warum sagst du mir nicht einfach, wer dir vorhin geschrieben hat?« Samuels Hände wandern zurück an meine Schultern, sein Blick wird eindringlicher.

»Spielt keine Rolle. So sieht die Realität aus, Samuel. Wir sind dabei einen riesengroßen Fehler zu machen.«

»Ich versteh nicht, was passiert ist. Ich dachte es wäre alles gut und …«

»Für dich vielleicht«, seufze ich ihm entgegen.

»Lucas, bitte. Wer hat dir geschrieben?«

»Kannst du dir das wirklich nicht denken?« Jetzt fällt der Groschen. Sein Blick flackert, dann zieht er unsicher die Schultern hoch.

»Was genau hat sie dir geschrieben?« Da ich sowieso nicht weiß, wie ich den ganzen Mist in Worte fassen soll, halte ich ihm einfach mein Handy, mit dem geöffneten Chat mit Kyra, entgegen.

»Hier«, sage ich mit traurig belegter Stimme, die mir so fremd ist, dass ich mich selbst nicht mehr erkenne.

Die vielen Anrufe in Abwesenheit habe ich fürs Erste weggedrückt. Damit kann ich mich gerade nicht befassen.Ungeduldig warte ich, bis Samuel alles gelesen hat. Und dass er fertig ist, erkenne ich daran, dass er am Ende die Lippen aufeinander presst und tief durchatmet.

»Verstehst du es jetzt? Wir dürfen das nicht mehr. Wir ...«

»Ich klär das.« Er klingt entschlossen. Als hätte er sich bereits entschieden, als würde er wissen, was er tun muss, um die Situation zu entschärfen.

Aber wie will er das klären?

»Wie?«, hauche ich irritiert. Wir stehen immer noch auf diesem gottverdammten Eiffelturm. Er wirkt so kühl, so abgeklärt und viel gefasster, als ich es, nach den ganzen Nachrichten, erwartet hatte.

»Ich werde mit ihr reden«, sagt er ruhig, fast zu ruhig, bevor er näher kommt, seine Arme um mich herum und seine Stirn wieder an meine legt.

Er sucht immer noch meine Nähe. Warum?

Wie kann er ihr das antun und in mir zeitgleich ein Kribbeln erzeugen? Ein Hochgefühl, das eigentlich nicht da sein sollte.

»Samuel ... ich kann das nicht. Ich habe sie belogen, absichtlich, aber ich fühl mich so mies, richtig beschissen, jetzt, nachdem ich weiß, dass sie leidet, weil sie glaubt, dass sie dich verliert. Das kannst du nicht einfach ignorieren.«

»Ich sagte doch, dass ich mit ihr reden werde.«

»Und was willst du ihr sagen?« Mit viel zu starkem Herzklopfen kämpfe ich um Beherrschung. Am liebsten würde ich schreien, um diesen verdammten Druck in mir loszuwerden, der sich wie ein kalter Schatten über mich legt und langsam seine gierigen Finger nach meinem Herzen ausstreckt.

»Dass sie sich keine Sorgen machen muss.« Und keine Sekunde, nachdem er seine letzten Worte ausgesprochen hat, erreichen sie es. Sie greifen an, schnüren es ein und egal wie fest sie es umschließen, zum Stillstand zwingen sie es nicht. Mein Herz schlägt weiter.

»Ist es denn so?«, frage ich leise, spüre mein Herz bis zum Hals schlagen, und wünsche mir im selben Moment, dass ich den Mund gehalten hätte.

In seinem Gesicht beginnt es zu arbeiten und mir wird klar: Er weiß es nicht. Er ist genauso ratlos und unsicher wie vor ein paar Tagen in Orléans.

»Ich kann ihr momentan nur das sagen. Alles andere wäre unfair und feige.«

»Und dann? Machen wir einfach weiter? «

»Aber sie weiß es doch nicht! Und das zwischen uns ist anders. Wir sind Freunde und es ändert sich dadurch nichts.«, flüstert er sanft gegen meine Lippen und verstärkt das ohnehin viel zu kräftige Kribbeln in mir. Ich glaube, seine Worte sollen mich beruhigen, ein gutes Gefühl erzeugen, aber ich kann mich nicht über seine Worte freuen, wenn das bedeutet, dass sich seine Gefühle mir gegenüber scheinbar kein Stück geändert haben. Wenn es bedeutet, dass er zwischen uns nur Freundschaft will.

Es hat sich nichts geändert, dabei habe ich so sehr gehofft, dass da mehr ist.

In den letzten Tagen hat es sich nach so viele mehr angefühlt. Offenbar nur für mich.

Lucky
Phiiiil T_____T du musst mich liebhaben, jetzt!

Eine Stunde später sitze ich allein, mit angezogenen Beinen, im Hotelbett, während Samuel sich ins Badezimmer zurückgezogen hat, um zu duschen. Ich glaube, er braucht einen Moment für sich, um über das nachzudenken, was auf dem Eiffelturm passiert ist. Jedenfalls geht es mir so. Auch wenn ich mir gerade nichts sehnlicher als Gesellschaft wünsche, bin ich doch ganz froh darüber, dass er nicht hier ist. So sehr ich auch versuche, an etwas anderes zu denken, es gelingt mir nicht. Seine Worte ... sein Verhalten ... Die Schuld gegenüber Kyra ... Ich weiß nicht wohin mit meinen Gefühlen und Gedanken und Phil ist die einzige Person, der ich in Bezug auf Samuel offen und ehrlich alles schreiben kann, auch wenn es gerade extrem lange dauert, bis er endlich antwortet.

Phil
Immer, Bro, immer <3 <3 <3 <3 solange du deinen Penis bei dir behältst. ;)

Unwillkürlich muss ich schmunzeln, weil Phil es mit seiner unbeschwerten Art immer schafft, mir ein Lächeln zu entlocken.

Selbst, wenn mir eigentlich gar nicht danach ist.

Lucky
Als ob mein Penis in deinen Arsch will …

Phil
Stimmt, der will lieber in den Arsch von Sam, richtig?

Lucky
Ja, leider … es ist zum Heulen, Phil. =´(
Samuel ist so ein Arsch!

Phil
Das überrascht mich leider nicht … was hat er denn schon wieder gemacht?

Lucky
Ich weiß überhaupt nicht mehr, was ich denken soll. Die letzten Tage waren echt schön, wir haben so viel zusammen gesehen und unternommen, wir waren uns teilweise so verdammt nah, dass ich dachte … Und dann sagt er mir, dass wir ja nur Freunde sind, als wir auf dem Eiffelturm waren.

Phil
Ehrlich?

Lucky
Ja … nur Freunde und egal, was wir hier tun, daran würde sich nichts ändern und Kyra hätte nichts zu befürchten, weil wir ja nur Freunde sind … die hier die ganze Zeit miteinander rummachen, aber ändern wird sich natürlich nichts, ja klar … wen will der eigentlich verarschen?

Am Ende meiner Nachricht fühle ich mich so wütend und aufgebracht, dass ich kurz darüber nachdenke Phil einfach anzurufen, um meinen ganzen Frust loszuwerden, auch wenn er sicherlich nicht derjenige ist, der von mir angeschrien werden sollte. Letztendlich hält mich aber die dünne Wand zum Badezimmer davon ab, weil ich nicht möchte, dass Samuel davon etwas mitbekommt. Er muss nicht wissen, dass Phil bereits alles über uns weiß. Ich glaube, Samuel würde das nicht gut finden.

Phil
Oh man …

Lucky
=(warum ist er so? Und warum muss das so scheiße wehtun?

Phil
Ich glaube, du kennst die Antwort

Natürlich kenne ich die Antwort. Ich weiß, warum es sich so anfühlt, und ich weiß auch, warum es nicht aufhört. Sowas geht nicht einfach weg. Aber das zu wissen, macht es leider überhaupt nicht leichter.

Phil
Hast du ihm schon gesagt, was du fühlst?

Phils Frage, die plötzlich auf meinem Display erscheint, reißt mich ziemlich abrupt aus meinen Gedanken.

Lucky
Nein, ich dachte … irgendwie dachte ich, dass er es von selbst merkt.

Phil
Vielleicht hat er das sogar.

Behauptet Phil daraufhin ernsthaft, was mich allerdings nur wieder enttäuscht und sauer macht.

Lucky
Dann ist er aber ein noch größeres Arschloch, als ich dachte

Schnaubend betrachte ich meine letzte Nachricht. Eigentlich will ich nicht glauben, dass es ihm egal ist, wenn er mich verletzt. Vielleicht hat er wirklich keine Ahnung. Möglich wäre es, auch wenn ich dachte, dass ich mich nicht noch eindeutiger verhalten kann. Vielleicht ist er aber auch einfach verwirrt, überfordert, oder einfach zu feige, um sich selbst einzugestehen, dass eine normale Freundschaft, unter den momentanen Umständen, nicht mehr möglich ist.

Phil
Samuel ist manchmal so kompliziert

Lucky
Wem sagst du das? Ich dachte echt, wir wären schon weiter. Verdammt, ich dachte, er würde genauso fühlen wie ich.

Während ich die Nachricht eingebe, fühle ich mich so müde und verzweifelt wie vorhin. Es ist, als würde ich mich im Kreis drehen. Ich laufe, laufe und laufe, aber ich komme keinen Schritt vorwärts. Ob Samuel sich genauso fühlt?

Phil
Warum glaubst du, dass es nicht so ist? Nur weil er so ne Scheiße gesagt hat? Noch dazu in einem Moment, wo er mit den Problemen und Gefühlen seiner Freundin konfrontiert war? Weißt du, was man fühlt und was man sagt, muss nicht zwangsläufig immer übereinstimmen. Ich denke, du solltest jetzt nicht aufgeben. Noch nicht.

Dass Fühlen und Sagen manchmal zwei Paar Schuhe sind, weiß ich selbst, hilft mir gerade nur nicht weiter.

Lucky
Soll das bedeuten, dass ich Kyra weiterhin hintergehen und belügen soll?
Ich fühl mich so schlecht deswegen.

Phil
Aber als du neulich deine Finger in seinem Arsch hattest, hat dich der Gedanke an sie auch nicht aufgehalten, oder? Hör mal, ich will damit nicht sagen, dass ich es gut finde, was ihr macht, aber ich denke, für ein schlechtes Gewissen ist es ein bisschen spät. Außerdem ist Samuel derjenige, der sie betrügt. Du hast dich ja schließlich nicht absichtlich in ihn verliebt, um ihn ihr auszuspannen, oder?

Lucky
Nein, auf keinen Fall! Ich wollte Kyra nie den Freund wegnehmen, genau das ist ja das Problem. Bin ich schuld, wenn sie ihn verliert?

Phil
Ach Lucky, wenn es um Gefühle geht, kann niemand Schuld haben. Man kann doch schlecht beeinflussen, in wen man sich verliebt und wenn sich Samuels Gefühle im Lauf der Zeit verändert haben, wovon ich im Übrigen sehr stark ausgehe, dann kannst du da nichts dafür. Letztendlich entscheidet nämlich Samuel, mit wem er zusammen sein will. Das Einzige, was du dir vorzuwerfen hast, ist, dass du nicht mit offenen Karten spielst, weder Kyra noch Samuel gegenüber.

Lucky
Das heißt, ich soll es ihm sagen, richtig?

Phil
Ja, du solltest zumindest erstmal Samuel gegenüber ehrlich sein, und sagen, was du fühlst.

Lucky
Und Kyra?

Hoffentlich antwortet er schnell. Das Rauschen der Dusche ist nämlich inzwischen verstummt und Samuel kann jeden Moment zurückkommen.

Phil
Kyra wird vermutlich so oder so verletzt sein, egal, ob sie es nun jetzt von dir am Telefon erfährt oder später Zuhause. So was wird niemals angenehm sein, aber ich denke dennoch, dass es besser wäre, wenn man es nicht am Telefon macht und schon gar nicht per Chat! Außerdem sollte das immer noch Samuel übernehmen, nicht du. Immerhin führt er eine Beziehung mit Kyra. Lass das mal lieber sein Problem sein.

Lucky
Sowas in der Art hat Samuel auch gesagt ...

Jetzt fühle ich mich schon besser. Als hätte ich Phils Zuspruch gebraucht, um mein schlechtes Gewissen zu beruhigen und die Dinge zu rechtfertigen, die ich nicht verhindern kann. Ein klein wenig Bestätigung dafür, dass ich nichts dafür kann, wenn ich meinem Verlangen nachgebe. Ein bisschen Aufmunterung an diesem echt anstrengenden Tag. Noch während Phil schreibt, erscheint eine neue Nachricht in einem anderen Chat.

Im Chat von Kyra.

Kyra
Danke, Lucas! Ich weiß, dass ich es nur dir zu verdanken habe, dass sich Samuel jetzt gemeldet hat. Du glaubst gar nicht, wie erleichtert ich jetzt bin. Er hat mir gesagt, dass wir in Ruhe über alles reden, wenn ihr wieder hier seid. Das ist doch gut, oder?

Sofort richtet sich mein Blick auf die Badezimmertür, hinter der es noch immer so still ist, dass ich mich unweigerlich frage, was Samuel darin eigentlich treibt, obwohl ich ganz offensichtlich längst die Antwort habe.

Lucky
Ja

Mit einem schweren Gefühl auf meiner Brust antworte ich ihr und verzichte absichtlich auf das vielleicht, das mir noch durch den Kopf geht. Fragt sich nur, ob es am Ende wirklich gut ist, oder nicht.

Und vor allem für wen, denn als sich die Tür des Nebenzimmers wieder öffnet, erscheint Samuel, nur mit einem weißen Handtuch bekleidet. Er kommt zielstrebig auf mich zu und bringt meinen Herzschlag wieder vollkommen aus dem Takt, als er sich vor mir aufs Bett kniet. Er raubt mir mit seinem mehr als verführerischen Anblick den Atem. Nur allein durch seine anmutigen, eleganten Bewegungen, die dafür sorgen, dass mir schlagartig warm wird. So warm, dass ich kaum erwarten kann, bis er nah genug ist, um ihn auf mich zu ziehen. Und so ganz nebenbei registriere ich, dass mein Handy in meiner Hand erneut vibriert, doch ich habe nur noch Augen für Samuel.

Er schafft es einmal mehr, dass ich nur ihn wahrnehme.

Nur seine Wärme. Nur seinen Körper. Nur seinen Blick. Alles andere ist egal.

»Ist es noch okay?«, fragt er leise. So vorsichtig, als hätte er Angst etwas kaputt zu machen. Sein Atem schlägt gegen meine Lippen und fuck, ja … ich schlucke, lege meine Hände an seine Hüfte.

»Selbst, wenn nicht, ich könnte es nicht beenden«, hauche ich ihm entgegen, sehe, wie er kurz die Augen weitet, ehe ich beginne ihn zu küssen. Langsam, intensiv – leidenschaftlich.

Zwischen uns entsteht Hitze. Mir wird warm und Samuels Zunge wird fordernder. Sie schmiegt sich an meine und noch während ich versuche, ihn wieder zurückzudrängen, lässt Samuel seine Hüfte kraftvoll über meine kreisen.

»Ahh, Samuel …«, stöhne ich auf. Er lässt keine Sekunde zu viel verstreichen und nimmt meine Lippen erneut in Beschlag. So viel unausgesprochenes Verlangen liegt in diesem Kuss, dass es mich beinahe schwindlig macht, ihm zu folgen. Immer wieder bewegt er sein Becken, gleitet über meine Körpermitte. In mir zieht sich alles so heftig zusammen, dass ich nur noch dunkel gegen seinen Mund stöhne. Er steigert das Tempo, weil es nicht genug ist.

Ich habe keine Ahnung, was in ihn gefahren ist. Aber es gefällt mir. Es lenkt mich ab, von all den Dingen, die hier nichts zu suchen haben. Übrig bleibt nur ungestillte Lust, die in erregenden Wellen über uns hinwegrollt. Samuel bewegt sich hemmungslos auf mir, während sich meine Finger fest an seine Hüfte krallen.

»Hör auf zu denken ...«, haucht er mir plötzlich leise entgegen. Es klingt beinahe bittend, fast schon flehend, bevor er sein Becken nach vorn stößt und im selben Moment den Kopf stöhnend in den Nacken legt. Seine Haare fliegen dabei locker und anmutig nach hinten, während sich mir sein Kehlkopf unter seiner makellos reinen Haut in seiner unversehrten Pracht so präsentiert, dass ich mich einfach zu ihm vorbeugen muss.

»Ich denke schon lange nicht mehr«, flüstere ich rau zurück und dann finden meine Lippen seinen Hals. Ich küsse seine Haut, gefolgt von seinem erlösten Keuchen, wandere mit meinen Lippen nach oben, bleibe mit ihnen letztendlich an der Stelle, wo sein Puls am kräftigsten schlägt und fange an zu saugen. Meine Lippen pressen sich fest auf diese schöne, dünne Haut. Ich fühle mich so berauscht von seinem tiefen Stöhnen, dass ich nicht mehr aufhören kann. Überall kribbelt es. Mein ganzer Körper steht in Flammen. Ich fühle mich so lebendig und auf einen Schlag wie elektrisiert.

Samuel zerrt an meinem Hemd. Rücksichtslos und ungeduldig, fast schon besessen davon mich von dem Stoff zu befreien, sodass ich ihm lieber helfe, selbst wenn ich dadurch aufhören muss seinen Hals zu verwöhnen. Ein letztes Mal lecke ich über die, dank seiner unschuldig blassen Haut, deutlich gerötete Stelle, die verflucht befriedigend auf mich wirkt. Schneller als gedacht, landet mein Hemd auf dem Boden neben dem Bett, während Samuels Hände sofort damit beginnen meinen Körper zu erkunden. Seine Fingerspitzen sind sanft und kühl, streichen bedächtig über meine Brust. Als hätte er noch nie zuvor eine Gelegenheit dafür gehabt. Seine Lippen sind gierig und heiß. Sie verteilen erregende Küsse überall da, wo seine Hände kurz zuvor waren. Verdammt, ich bin bereits so unfassbar hart und ... Samuel geht es genauso. Seine Erektion ist so deutlich, so fest und groß.

»Fuck, Samuel ...«, keuche ich ungehalten und spüre kribbelnde Wärme unter seinem Mund, der sich quälend langsam zu meinem Bauchnabel vorarbeitet. Mit seiner Zunge zieht er Kreise und, scheiße verdammt, ich will mehr. Viel mehr als er mir gerade gibt.

»Oh Gott, Sam ... bitte«, seufze ich, lecke mir über die Lippen, während er meinem Hosenbund immer näher kommt. Allein die Vorstellung macht mich verrückt.

»Warte«, haucht er warm gegen meinen Bauch und da, wo sein Atem meine Haut berührt, entsteht ein brennendes Feuerwerk aus Gefühlen, die ich unmöglich alle zur selben Zeit fühlen kann, und doch spüre ich, dass sie da sind. So viele. Alle.

»Willst du ... willst du wirklich ... fuck.« Ich schaffe es kaum, einen klaren Gedanken zu fassen, geschweige denn auszusprechen. Mein Kopf fühlt sich an, als hätte er ihn in Watte gepackt, seit er seine Finger unter den Stoff meiner Hose geschoben hat. Dass der Knopf auf wundersame Weise von allein aufgegangen sein muss, ist irgendwie absurd, aber anders kann ich es mir nicht erklären, weil ich überhaupt nicht mitbekommen habe, wann er das gemacht haben soll. Immer mehr Haut legt er frei. Zentimeter für Zentimeter, Stück für Stück. Ich beobachte ihn dabei, wie er zwischen meine Beine rutscht. Samuels Hände halten mich fest, während er seinen Kopf senkt. Oh Gott, er wird doch nicht ... Er will das wirklich?

Meine Gedanken überschlagen sich und dann hebt er ein letztes Mal seinen Blick, sieht mich direkt an und, verflucht nochmal, ist das ein ... ist das ein Schmunzeln auf seinen Lippen? Ein verdammtes, viel zu verspieltes Schmunzeln bevor seine Lippen sich zärtlich um meinen Schwanz legen.

»Oh Gott, jah ...« Für einen Moment wird mir schwarz vor Augen. Alles dreht sich und irgendwas in mir explodiert. Fuck! Wie lang ist es her, dass ich das gefühlt habe? Wann hatte ich das letzte Mal eine fremde Zunge an meinem Schwanz? Ein Jahr? Zwei?

Fuck! Es ist definitiv eine Ewigkeit her.

»Oh fuck ...«, stöhne ich überfordert, während ich meine Finger in das Laken kralle. Samuels Mund ist so warm, so feucht und seine Zunge schlängelt sich anzüglich immer wieder um meine gesamte Länge. Ich glaube, da fehlt nicht mehr viel, bis er meine Erregung vollständig in seiner Mundhöhle verschwinden lässt. Nur noch ein kleines Stück. Ich muss die Augen öffnen und hinsehen. Ich muss mir ansehen, wie tief er meinen Schwanz schluckt, weil die Vorstellung allein nicht ausreicht.

»Oh Shit, so geil!«, denke und sage ich zeitgleich, als seine Lippen sich noch fester um mich legen und Samuel seinen Kopf senkt.

Es ist so berauschend, dass ich in sein Haar greife, um ihn genau dort zu halten. Er stöhnt, mit meinem Schwanz im Mund, gedämpft auf, bevor er sich animieren lässt schneller zu werden.

Mehr Kontakt. Mehr Reibung. Mehr Lust.

Ich muss mir auf die Lippen beißen, um nicht direkt zu kommen. Ich will das genießen. Solange wie möglich.

Ich brauche das hier! Ich brauche ihn.

Mein Unterleib brennt und Samuel krönt seine Arbeit jedes Mal mit einem anzüglichen Lecken über meine Eichel, bevor er wieder tief hinabtaucht und schluckt.

Fuck, hör bloß nicht auf. Hör bitte niemals wieder auf!

Nur dieser eine Gedanke kreist durch meinen Kopf, während ich hemmungslos stöhne und mein Becken gegen seinen Mund stoße, nur um kurz darauf einen bedauerlichen Verlust zu verspüren.

»Scheiße, warum hörst du auf?«, fahre ich ihn verzweifelt an. Mein Schwanz pocht und ich bin kurz davor, vor Lust zu explodieren.

»Ich dachte, du kommst schon …«, nuschelt er und wird rot. Oh Gott! Ist er verlegen?

»Fuck, nein! Wie kommst du denn darauf?«, entgegne ich, fühle mich etwas benommen und nutze den Moment, um durchzuatmen. Meine Kehle ist trocken.

»Na ja … die Anzeichen waren da?« Soll das jetzt eine Frage oder eine Feststellung sein? Und welche Anzeichen überhaupt? Okay, zugegeben, vielleicht war ich eben für eine Sekunde wirklich kurz davor, aber ich hatte das voll im Griff. Absolut!

»Ne, alles gut. Es ist nur ziemlich geil, was du da mit deiner Zunge machst«, erwidere ich und Samuels Wangen werden dunkler.

»Okay.« Er küsst mich kurz auf den Bauch. »Sag mir bitte Bescheid, wenn du … bevor du kommst«, flüstert er, wartet bis ich nicke. »Und noch was«, haucht er verführerisch heiß auf meine Haut. »Ich will deine Finger. Ich will sie noch einmal ganz tief in mir spüren«, raunt mir Samuel zu und ich vergesse fast zu atmen. Ein letztes Keuchen verlässt seine Lippen, bevor er sich wieder hinabbeugt und seine Hände durch seinen Mund ersetzt. Scheiße nochmal, wenn der so weitermacht, bin ich verloren! Dabei will ich ihm so gerne seinen Wunsch erfüllen und meine Finger tief und kräftig in ihn stoßen. Will sehen, wie gierig er sie empfängt und aufnimmt. Will zuhören, wenn er vor Erregung anfängt zu stöhnen.

»Warte ... Samuel, warte«, keuche ich abgehakt, berauscht durch meine eigenen Gedanken.

»Dreh dich um!« Meine Stimme klingt heiser, aber bestimmend. Für einen Moment sieht Samuel mich irritiert an, dann hebt er erst das rechte Bein, dann das linke und kurz darauf präsentiert er mir seinen muskulösen Rücken.

»Gut«, schnurre ich zufrieden. Jeder Muskel zeichnet sich unter seiner wundervoll weichen Haut ab. »Und jetzt rutsch weiter zu mir nach oben.« Gerade noch bemüht nicht zu sehnsuchtsvoll zu klingen, stöhne ich schon im nächsten Moment verräterisch auf, als Samuels Härte über meine reibt, weil dieser gottverdammte Typ keine Gelegenheit auslassen kann, um mich zu reizen. Er macht mich wahnsinnig und das Schlimmste daran ist, dass es mir gefällt.

Samuel lässt sich Zeit. Kostet den Moment regelrecht aus, bis sein reizendes Hinterteil endlich nah genug ist, um ihn ebenfalls verwöhnen zu können und meine Gedanken von vorhin in die Tat umzusetzen, während mich Samuel wieder in den Mund nimmt.

»Fuck, ist das gut ... so ... so gut«, stöhne ich und schließe die Augen, um für diesen einen Augenblick noch einmal nur zu spüren. Die Intensität, mit der seine Zunge arbeitet, ist schwindelerregend heiß. Meine Hände zittern leicht, als ich zum Nachtschränkchen greife, um das noch unbenutzte Gel hervorzuholen, weil ich die stille Hoffnung hatte, dass wir es vielleicht irgendwann noch brauchen würden. Und jetzt, wo es so weit ist, bin ich vielleicht doch ein bisschen nervös, oder einfach nur abgelenkt, weil Samuel dieses Mal nicht untätig abwartet und sich hingibt. Er bemerkt nichts von dem, was ich hinter ihm tue. Das Einzige, was ich ihn bislang spüren lasse, ist mein hektischer Atem an seinen Hoden, während ich kühles Gel auf meinen Fingern verteile und sie aneinanderreibe, um es ein wenig zu erwärmen. Das Gel riecht nach Erdbeeren, als ich mit meinem Daumen langsam zwischen seine Pobacken gleite, ihn wandern lasse und schließlich kreisend über seinen Muskelring bewege. Ihn sanft massiere, ehe ich in den atemberaubenden Genuss seines Stöhnens komme, als er meinen ersten Finger empfangen darf. Ich sauge seine anhaltenden Laute auf wie ein ausgetrockneter Schwamm.

»Oh Gott«, keucht er immer wieder, wenn mein Finger sich noch weiter in ihn drängt. Und es ist geil. Es ist verdammt geil zu sehen, wie er ihn umschließt, einengt und nur ganz widerwillig wieder freigibt, nur um ihn dann noch gieriger wieder aufzunehmen. Einen Finger, dann zwei, drei - immer fester stoße ich zu, genieße es, wenn er mir entgegenkommt. Solange, bis ich es nicht mehr aushalte, meinen Kopf hebe und Samuel einen Aufschrei entlocke, der mich beinahe überrascht kommen lässt, nur weil ich nicht anders kann als meine Zunge in sein heißes, geweitetes Loch zu stoßen.

»Ngaahh Lucas.« Seine Stimme ist höher als zuvor, und ich spüre Speichel auf meinen Schwanz tropfen, der in seiner Hand zuckt und von Sekunde zu Sekunde mehr anschwillt. Sein Kopf liegt weit im Nacken, seine Hand quetscht meinen Schwanz so unnachgiebig fest, dass es ein unglaubliches Gefühl ist, meine Zunge noch tiefer in ihn vordringen zu lassen. Schneller. Öfter. Fester.

Samuel stöhnt und keucht. Scheint damit vollkommen überfordert und doch weicht er nicht zurück. Ganz im Gegenteil. Er drückt sich mir entgegen, öffnet sich, und dann fahren seine Lippen wieder über meine Erektion. Zu zärtlich, zu sanft, bis er so heftig zuckt und zittert, gedämpft von meiner Männlichkeit, aufstöhnt und seinen Samen über meinen Bauch verteilt, ohne dass ich ihn berühren musste. Ohne, dass ich überhaupt noch etwas anderes tun musste, als meine Zunge zu benutzen. Und Samuel dankt es mir, indem er noch fordernder an mir saugt, bis sich auch in mir der Druck nicht mehr zurückdrängen und ignorieren lässt. Mein Höhepunkt rollt immer näher, mit unaufhaltbar großen Schritten und ich schaffe es gerade noch, ihn an der Hüfte anzutippen, damit er sich zurückziehen kann, ehe sich alles explosionsartig entlädt. Mein Kopf fällt überwältigt zurück aufs Kissen und Samuel gibt einen Laut von sich, der nicht ganz so begeistert klingt. Irgendwie so, als konnte er mit seinem Kopf nicht mehr rechtzeitig ausweichen, was sich leider bestätigt, als er sich zu mir umdreht. Oh Shit, da tropft Sperma von seiner Nasenspitze.

Mein Sperma. Auf seinem Gesicht.

Oh! Ich kann einfach nicht anders als es scheiße geil zu finden. Das ist so ... das ist so unfassbar befriedigend.

»Ich weiß, dass du das jetzt nicht hören willst, aber ... fuck, meine Wichse in deinem Gesicht sieht echt geil aus!«, teile ich ihm meine Gedanken mit, bevor ich meine Hand nach ihm ausstrecke, um ihn zu mir zu ziehen.

»Hm, Idiot«, nuschelt Samuel, lässt sich aber von mir küssen. »Manchmal bist du echt unglaublich ...« Heiß? Geil? Begehrenswert? »... bescheuert«, seufzt er und ich lasse leidend den Kopf hängen, bevor Samuel sich erhebt und noch einmal im Bad verschwindet.

19 – Samuels Gefühle

Seit fast zehn Jahren ist Kyra meine feste Freundin. Sie ist die Erste und bisher auch die Einzige gewesen, für die ich je etwas empfunden habe. Etwas, das anders war. Das man nicht mit den Gefühlen vergleichen konnte, die ich für Raphael, meinen Bruder, hatte. Auch meine Gefühle gegenüber Lucas waren so vollkommen anders als alles, was Kyra damals in mir hervorgerufen hat.

Es muss anders gewesen sein, denn sonst hätte ich mich doch all die Jahre selbst belogen.

Ich erinnere mich noch an unser erstes Gespräch. An ihre Worte, ihre Stimme, sogar an das schüchterne Lächeln. Ich erinnere mich an ihren hoffnungsvollen Blick und ihre Enttäuschung, weil ich nicht wusste, wohin sie mit mir gehen wollte. Wir waren so jung. Noch viel zu jung, um an Liebe zu denken. Ich konnte es zumindest nicht. Ich habe in niemandem das gesehen, was Kyra in mir gesehen hat. Und sie hat nie aufgegeben. Kyra hat jeden Tag meine Nähe gesucht. Sie brachte mich zum Lachen, hat sich ganz unauffällig in mein Leben geschlichen und irgendwann hatte ich mich so an sie gewöhnt, dass etwas gefehlt hat, wenn sie nicht bei mir war. Sie war da, genauso wie Lucas und Raphael.

Und doch war es anders.

Sie hat mich berührt. Sie hat etwas geweckt, das ich vorher nicht kannte. Nicht einfach nur Neugier, wie Lucas behauptet hatte. Nein.

Kyra hat mich berührt, innerlich, ganz tief im Herzen. Es ist einfach passiert.

Ich habe sie nach der Schule nach Hause begleitet, nur um länger in ihrer Nähe zu sein, obwohl ich danach den halben Weg wieder zurückgehen musste. Ich wollte bei ihr sein.

Das, was ich damals empfunden habe, war neu und doch so klar. Ich weiß noch, wie aufgeregt und nervös ich war, als ich ihr schlussendlich gesagt habe, was ich für sie empfinde. In diesem Moment habe ich mich so euphorisch und gleichzeitig verletzlich gefühlt, wie noch nie zuvor.

Als ich Kyra damals sagte, dass ich sie liebe, da habe ich sie geliebt. Ehrlich, aufrichtig, wahrhaftig. Und jetzt daran zu denken, tut weh.

Ich habe so lange versucht, daran festzuhalten. Habe versucht für die alten Gefühle zu kämpfen, die mit jedem Tag blasser und schwächer wurden, bis sie nur noch ein hauchdünner Schatten aus Gewohnheit und Sicherheit waren. Und es tut weh. Dabei habe ich geglaubt, das mit uns würde für immer bleiben. Ich war so felsenfest davon überzeugt, dass Kyra die Liebe meines Lebens sei, und dass ich mein Leben lang immer dieses warme Gefühl in meiner Brust spüren würde, wenn ich sie ansehe.

Ich habe sie geliebt, so viele Jahre lang.

Doch jetzt ... Ich hasse mich für das nüchterne Gefühl, mit dem ich ihr Bild auf meinem Handy betrachte. Ich versuche, mich zu erinnern, was ich dabei empfunden habe, wenn sie mich geküsst hat. Aber da ist nichts. Es ist vorbei.

Die Erkenntnis ist so bitter und erdrückend. Sie trifft mich, ruft unverzüglich letzte rebellierende Kräfte wach, die mich aufhalten wollen, etwas als vorbei zu betrachten, was noch nicht beendet wurde. Es bringt nur nichts, weil ich die Gefühle, die seine Bilder in mir auslösen, auch nicht mehr ignorieren oder verdrängen kann.

Es sind kürzlich entstandene Bilder, auf denen wir lachen. Bilder, auf denen er mich küsst. Ich sehe sie und spüre sofort wieder das Kribbeln seiner Lippen auf meinen. Spüre es genau da, wo er mich in den letzten Tagen so oft geküsst hat. Allein die Erinnerung an seine Lippen in meinem Nacken lässt angenehme Hitze über meine Ohren in meine Wangen ziehen, während ich sein strahlendes Lächeln erwidere. Und ich weiß, dass ich mehr davon will. Mehr Zeit mit ihm. Mehr Nähe, mehr

Kontakt. Mehr von Lucas. Ich fühle mich nicht vollständig, wenn er nicht da ist.

Ich sehe auf und mein Blick fällt automatisch auf Lucas, der vielleicht einen halben Meter von mir entfernt mit mürrischem Gesicht über einem durchwühlten Ladentisch hängt und das ohnehin schon herrschende Chaos perfekt macht. Er beißt sich auf die Lippe, zieht irgendein Shirt heraus und betrachtet es argwöhnisch. Dann schüttelt er den Kopf und lässt es wieder fallen. Ein Lächeln schleicht sich auf meine Lippen, begleitet von einem wohltuenden, warmen Gefühl in meinem Magen. Ich bin angekommen. Bin genau da, wo ich gerade sein möchte.

Ich kann nicht mal meinen Blick von ihm abwenden, stehe einfach nur da, in seiner Nähe und lausche seinem leisen Gebrummel, dass er jetzt lieber irgendwo nackt an einem Hotelpool sitzen würde, als sich T-Shirts auszusuchen.

»Ach scheiße! Was hältst du von dem hier, Sam? Geht das?«, stöhnt Lucas und dreht sich zu mir um.

»Nein«, entgegne ich knapp, weil das Shirt leider echt hässlich und auch noch braun ist.

»Ach Mann, das ist doch scheiße«, murrt er, was mich amüsiert Schmunzeln lässt.

»Und das hier?«, fragt er lustlos, hält mir erneut ein Shirt entgegen. Aber das ist genauso grauenvoll, weshalb ich nicht einmal mehr nein sage, sondern ihm einfach direkt einen angewiderten Blick zuwerfe.

»Argh! Warum nicht? Da ist ein Frosch drauf!«

»Das ist eher eine hässliche gelbe Kröte«, entgegne ich und bin absolut davon überzeugt, dass wir dieses Ding nicht mit nach Hause nehmen werden.

»Okay, dann eben keine Froschkröte«, sagt er schmollend und wirft es zu den anderen T-Shirts. Der Stapel wird in den nächsten Minuten höher und höher, während Lucas immer frustrierter wird.

»Also, wenn dir das jetzt auch nicht gefällt, dann weiß ich echt nicht mehr weiter«, murmelt er vor sich hin, greift ins Regal und hält in seinen Händen ein knallbunt leuchtendes Hemd, mit allen Farben, die es gibt. Allein der erste kurze Anblick tut mir so sehr in den Augen weh, dass ich sie zusammenkneife.

»Vergiss es! Du ziehst so schon genug Aufmerksamkeit auf dich, da musst du nicht auch noch anfangen zu strahlen wie eine Diskokugel.«

»Aber warum? Das ist voll cool!«

»Nein, ist es nicht.«

»Doch! Schau mal, das erinnert einen voll an Regenbögen und Party und …«

»Vielleicht auch noch an kotzende Einhörner?«, unterbreche ich, dezent genervt, seine Aufzählung und er schüttelt sofort energisch den Kopf.

»Neee, oh Gott, diesen Einhörnerscheiß find ich dämlich, echt. Aber so einen immer leuchtenden Regenbogen auf dem Bauch zu tragen find ich toll. Ich wäre der Hit auf jeder Party! Alter! Phil wäre so neidisch, ich glaub ich schick ihm davon ein Foto, vielleicht will der auch eins? Dann kauf ich zwei und gehe mit Phil im Partnerlook zur diesjährigen Weihnachtsfeier… oh, das wäre genial. Hier, halt das mal eben, schön weit hoch, sonst sieht man nur dein angefressenes Gesicht.« Lucas‘ Redeschwall überfährt mich regelrecht. Ich blinzle perplex, dann habe ich auch schon das blöde Shirt in den Händen. Und das will er ernsthaft auf einer Weihnachtsfeier anziehen? Freiwillig? Lucas hat einen Knall. Absolut!

»Okay, das ist perfekt, aber ich glaube, ich probiere es lieber noch an«, beschließt er im Plauderton, nachdem er das Foto gemacht und sein Handy wieder eingesteckt hat. Dann verschwindet er mit dem Shirt hinter einem Vorhang. Ich bleibe leicht fassungslos zurück.

»Oh ja, fuck! Das gefällt mir!«, höre ich ihn gedämpft staunen und leise vor sich hin wundern, bis er den Vorhang plötzlich zur Seite schiebt und seine nächsten Worte durch den halben Laden brüllt.

»Und? Was sagst du? Das steht mir doch, oder?«

»Du siehst aus wie ein Leuchtkäfer auf Ecstasy«, rutscht es mir über die Lippen, bevor ich auch nur eine Sekunde darüber nachgedacht habe, ob es klug ist, das jetzt zu sagen. Und Lucas … strahlt gleich noch ein bisschen mehr. Sein Lächeln ist einnehmend, faszinierend und … mein Bauch fühlt sich schon wieder ganz warm an und unter meiner Brust pocht es schneller, aufgeregter. Für einen Moment vergesse ich sogar das Kleidungsstück an seinem Körper, weil sein glückliches Lachen alles ist, was ich wahrnehmen möchte.

»Ja, geil! Find ich voll gut! Wenn Phil das jetzt auch geil findet, dann wird die Feier der Oberknaller und wir können ... oh Moment, es vibriert!«, meint er begeistert und lacht direkt noch lauter, als er Phils Antwort liest. Ich ahne Übles!

»Genial, Phil feiert das auch, schau«, sagt er aufgeregt und drückt mir sein Handy halb ins Gesicht. Ja, toll. Phil findet es natürlich mega, mega, ultra hammergeil und will es auch haben. Das war so klar. Die zwei verhalten sich manchmal wie eineiige Zwillinge. Einer verrückter als der andere und doch immer noch so gleich.

»Toll«, kommentiere ich seinen Chatverlauf mit Phil und wende mich anschließend davon ab, weil es mich eigentlich nicht interessiert. Vielleicht sollte ich die Zeit, in der Lucas abgelenkt ist, sinnvoll nutzen und selbst anfangen etwas Gescheites für ihn auszusuchen. Wenn ich Lucas zu viel Freiraum lasse, endet das, wie man unschwer erkennen kann, in einer Farbexplosion. Obwohl ich zugeben muss, dass ein wenig Farbe schon zu ihm passt. Tatsächlich mag ich es, wenn er diese orange-schwarzen Chucks zu dieser engen, blauen Jeans trägt und, dazu passend, sein orangenes Lieblingsshirt.

Lucas ist bunt, auffällig und alles andere als langweilig. Aber übertreiben muss er deshalb trotzdem nicht. Zumindest würde es nicht schaden, wenn ich ihm zeige, dass auch dezentere Farben an ihm gut aussehen können. Farben, die er liebt, aber nicht gleich in den Augen wehtun, sobald man ihn ansieht.

»Das wird so witzig, echt jetzt. Ich glaub, ich schenk Phil dieses Shirt hier zum Geburtstag und über... oh, oh - ohhh.« Lucas' helles Lachen erstickt so plötzlich, dass ich mich direkt wieder irritiert zu ihm umdrehe, nur um kurz darauf einem sehr seltsamen Blick von ihm zu begegnen. Er sieht mich so ... erschrocken an, fast genauso wie neulich, als er diese blöden Nachrichten meiner Freundin bekommen hat.

Oh nein ... Sie wird doch nicht ... oh bitte nicht. Ich kann mich damit jetzt nicht schon wieder befassen. Mir ist das ohnehin schon zu viel, legt sich schwer auf mein Herz, zieht mich runter, wächst mir über den Kopf, und alles, was ich tun kann, ist zu vertrösten und zu verdrängen, bis der Zeitpunkt für die Wahrheit unausweichlich gekommen ist. Aber nicht jetzt. Irgendwann später. Zu einer anderen Zeit, an einem anderen Ort.

»Fuck«, stöhnt er leise und keucht. Seine Wangen sind auf einmal ganz blass, während er immer noch sein Telefon in der Hand hält. Tausend Gedanken rasen durch meinen Kopf, während sich mein Brustkorb beschwerlich hebt und senkt. Ich bin angespannt. Bis er sich plötzlich, ganz unerwartet, peinlich berührt durch die Haare fährt und lacht, ehe er den Blick senkt und wortlos beginnt in sein Handy zu tippen. Okay? Das ... muss ich nicht verstehen, oder?

Ich weiß nicht, ob ich jetzt Erleichterung oder Nervosität verspüren soll. Sein Verhalten ist anders. Es sieht nicht mehr danach aus, als hätte ihm Kyra geschrieben und überhaupt wirkt er eher konzentriert, und nicht traurig.

»Hah!«, ruft er dann und schon im nächsten Moment strahlt er mich an. »Ich bin so ein Genie, echt!«, sagt er und ich verstehe die Welt nicht mehr. Ehrlich. Lucas macht mich sprachlos und keine Ahnung ... Ich schüttle den Kopf, bevor ich mich umdrehe und still darauf hoffe, dass mein Herz aufhört, so schnell zu schlagen, weil er es schafft, innerhalb von Minuten so viele Gefühle in mir hervorzurufen, die mich in ihrer Gesamtheit total überfordern.

»Ohh, Samuel, suchst du jetzt etwa doch was für mich aus?«, schnurrt mir Lucas plötzlich ins Ohr. Sein Atem ist warm auf meiner Haut und reißt mich unvermittelt aus meinen Gedanken.

»Vielleicht«, gebe ich mit rauer Stimme zurück und ignoriere die Tatsache, dass ich ein weißes Shirt mit orangegelbem Aufdruck in meinen Händen halte, das ohne Zweifel nur für Lucas bestimmt sein kann. Sein herrlich unbeschwertes Lachen erfüllt den Raum. Es fühlt sich an wie warme, prickelnde Sonnenstrahlen auf meiner Haut. Fuck.

»Hmm, das gefällt mir«, flüstert er hinter mir, schiebt seine Arme unter meinen hindurch, um den Stoff des T-Shirts etwas auseinanderzuziehen, während ich nur spüre, wie seine Haare meinen Nacken streifen. Jedes Wort, das er anschließend sagt, gleitet über meine Haut, und ich kann nicht anders, als dabei meine Augen zu schließen. Es fühlt sich so gut an. Seine Wärme an meinem Rücken ist schön. Seine Lippen an meinem Hals sind so nah, dass ich ihre Bewegungen fühle, auch wenn ich kaum ein Wort von dem, was er sagt, verstehe, weil ich nicht wirklich zuhöre.

Ach verdammt. Ich will, dass er mich küsst. Ich will, dass er aufhört zu reden, mich endlich zu sich herumdreht und küsst.

»Sam? Hörst du mir zu?« Nein ...

»Hm?« Ich schlucke trocken, als er wieder lacht.

»Ich hab dich gefragt, ob ich es anprobieren soll?«, wiederholt er und dann haucht er sanfte Küsse auf meinen Nacken.

»Ja«, erwidere ich abwesend, neige meinen Kopf mehr zur Seite, weil sich die Berührung seiner Lippen noch viel zu leicht anfühlt. Der Druck ist zu sanft, zu schwach und trotzdem perlt eine Gänsehaut über meine Arme. Noch immer macht es mich sprachlos, zu merken, wie intensiv und sensibel ich auf ihn reagiere. Mein Körper übernimmt jedes Handeln, sobald Lucas' Lippen meine Haut berühren, ganz egal wo. Die Situation wirkt so ruhig und ausgeglichen, obwohl in mir so viele Empfindungen gleichzeitig entstehen, die kribbelnde Hitze durch meinen Körper wandern lassen.

»Okay«, höre ich ihn flüstern, gefolgt von einem weiteren Kuss.

»Ich bin gleich wieder da.« Noch ein Kuss, fester als die davor. »Du wartest hier, oder?« Und noch zwei weitere folgen, als könnte er sich selbst kaum von mir lösen, doch dann nicke ich und Lucas seufzt mir leise ins Ohr, was meinen Herzschlag kurz zum Stolpern bringt. Eine Sekunde später ist er verschwunden und beraubt mich der einnehmenden Nähe und Wärme seines Körpers, was ein bisschen mehr Klarheit zurückbringt. Es ist verrückt, es ist einfach so unfassbar verrückt, was er in mir auslöst. Ich kann mir das selbst nicht erklären, habe noch nie etwas so intensiv gefühlt und gewollt wie Lucas. Der Gedanke, dass er gerade, abgeschirmt vom Rest der Welt, hinter diesem dunklen Vorhang steht, sich auszieht und dabei allein ist, macht mich beinahe wahnsinnig.

»Und?« Nur ein einziges, heiseres Wort verlässt meinen Mund. Verdammt. Ich will mich zusammenreißen, aber es fällt mir so schwer.

»Ich weiß nicht genau. Es ist irgendwie enger, aber auch nicht wirklich schlecht, vielleicht muss ich mich daran nur gewöhnen«, murmelt er hinter dem Vorhang. Und ich ... ach was, verdammt, ich halte das nicht mehr aus. Ich will ihn sehen, berühren, küssen! Jetzt! Schneller als ich darüber nachdenken kann, reiße ich den Vorhang zurück und sehe ihn an. Sehe ihn in einem perfekt sitzenden Shirt, das seine Bauchmuskeln betont, sein breites Kreuz hervorhebt und an seinem Rücken ansehnlich hinabfließt.

»Und?«, fragt er. Mein Blick gleitet über seine Statur und mit jedem Zentimeter, den ich von ihm aufnehme, kribbelt es mehr in meinen Fingern.

»Es passt.« Fuck, meine Stimme gehorcht mir nicht, klingt rau und dunkel, und dennoch spreche ich weiter, weil die Worte einfach raus müssen. »Du kannst so was tragen, es ... es steht dir und shit ...«, zische ich zum Ende hin leise, als ich merke, dass sich meine Hände nicht länger aufhalten lassen. Sie legen sich an seinen Bauch, streicheln fest über jeden Muskel und ich kann absolut nichts dagegen tun. Nicht einmal Lucas' überraschtes Keuchen kann mich davon abbringen weiterzumachen. Alles um mich herum wurde längst wieder von einem dichten Nebel verschluckt, der mich nur noch eines sehen lässt: Lucas.

»Samuel.« Seine Stimme zittert, als er meinen Namen ausspricht und anschließend keuchend einatmet. Meine Finger schieben sich unter den leicht gespannten Stoff. Seine Bauchdecke hebt und senkt sich schneller, Muskeln spannen sich an, während mein Kopf seinem so nah ist, dass ich jeden Atemzug auf meinen Lippen spüre.

»Samuel.« Lucas' Stimme schlägt sanft gegen meinen Mund. Er schließt die Augen, als meine Hände über seine Seiten nach oben streichen, den Stoff Stück für Stück mitnehmen, bis seine Brust vollständig frei liegt.

»Oh Gott«, seufzt er leise, lehnt seinen Kopf nach hinten und stöhnt dann verhalten auf, als mein Zeigefinger seinen Nippel berührt. Ein Stöhnen, das direkt in meinen Schritt wandert.

»Fuck, Samuel ... sie, sie können uns hier sehen«, raunt er mir entgegen und am liebsten möchte ich sagen, dass es egal ist. Mir ist vollkommen egal, was irgendwer sieht und denkt, solange ich bekomme, was ich will. Aber als sich Lucas' Finger um mein Handgelenk legen, mich aufhalten, ihn weiter zu reizen, brumme ich verstimmt und drücke ihn kurzentschlossen nach hinten, bis er mit dem Rücken gegen die Wand stößt und ein gepresstes Keuchen seine Lippen verlässt. Der Vorhang dagegen wehrt sich überhaupt nicht, als ich ihn ungeduldig hinter uns zuziehe und anschließend habe ich Lucas' Lippen hungrig auf meinen. Seine Zunge gierig in meinem Mund und seine Hände fordernd an meiner Hüfte. Na endlich!

20 – Samuel zwischen Vergangenheit und Zukunft

Meine Lippen kribbeln noch immer, als wir den Laden wieder verlassen. Sie fühlen sich heiß und vielleicht auch ein klein wenig taub an. In dem Moment, als ich mich an ihn gepresst habe, ist es mir so leichtgefallen, alles um mich herum auszublenden. Nichts anderes habe ich mehr wahrgenommen. Nur noch Lucas‘ dunkles Stöhnen, das in einer erregenden Welle aus Lust über mich hinweg gerollt ist, mich mitgezogen und animiert hat, mich gegen ihn zu bewegen.

Hätte man uns nicht gestört, dann weiß ich nicht ... ich habe wirklich keine Ahnung, wie weit wir gegangen wären. In meinem Kopf war alles möglich.

Ich hätte mich widerstandslos fallen lassen, gegen ihn oder mit ihm, vollkommen egal. Eine Tatsache, die mich vor Wochen noch ziemlich erschreckt hätte, doch jetzt erzeugt sie nur stetig wachsende Ungeduld und Nervosität, weil ich nicht vorhersehen kann, wann und wo wir Sex haben werden. Theoretisch könnte es jederzeit und überall sein.

Gerade jetzt ertappe ich mich dabei, wie ich mich nach dunklen, abgelegenen Gassen umsehe, in die man sich zurückziehen könnte, nur um da weiterzumachen, wo wir in der Umkleidekabine unterbrochen wurden.

Ich muss unbedingt aufhören, darüber nachzudenken. Vielleicht sollte ich mich mit anderen Dingen befassen. Zum Beispiel mit dem Konzert übermorgen. Seit Jahren träume ich schon davon, mit Lucas auf ein Konzert dieser Band zu gehen, weil Kyra für diese Musik nichts übrig hat. Sie findet sie zu laut, zu unmelodisch und auch nicht wirklich tanzbar. Sie hat noch nie Lucas erlebt, wenn er anfängt, sich zu seiner Lieblingsmusik zu bewegen. Wenn er seine Hüfte rhythmisch im Takt schwingt und auf engstem Raum ein Feuer entfacht, das auf jeden überspringt, der sich in seiner Nähe befindet. Ein Feuer, das meine Nerven jetzt schon auf eine harte Probe stellt, weil ich doch eigentlich an etwas ganz anderes denken wollte.

Aber immer wieder lande ich bei Lucas. Das ist ein Fakt! Verdammt. Langsam glaube ich, irgendetwas stimmt nicht mit mir. Ich war noch niemals zuvor so scharf darauf, mit jemandem zu schlafen. Und jeden Tag mehr, den wir warten, wird es schlimmer.

»Also eins versteh ich ja nicht«, murmelt Lucas neben mir nachdenklich. »Warum musste ich das Shirt jetzt kaufen, wenn du es mir eigentlich direkt wieder ausziehen wolltest?«

»Vielleicht genau deshalb«, erwidere ich mit einem neckenden Grinsen auf den Lippen. Lucas grinst auch. »Heißt das, du ziehst mich jetzt immer aus, wenn ich das trage?«, fragt er und seine Augenbrauen zucken nach oben.

»Das kommt ganz auf die Situation an.«

»Ohoo, was für Situationen wären das denn?«

»Andere Situationen.«

»Andere Situationen als …? Komm schon, Sam, sag mir, wo du mich am liebsten nackt sehen würdest.« Immer und überall. Ach Mist. Allein seine Worte erzeugen Bilder in meinem Kopf, die warmes Blut in meinen Schritt wandern lassen. Schon wieder. Ich sollte das Thema wechseln, ihn ablenken, nur ist es dafür leider zu spät. Das erkenne ich an seinem Blick, seinen wissenden Augen, die er keine Sekunde von mir abwendet.

»Also, was ist jetzt? Wo willst du mich ausziehen?«, flüstert er gegen meinen Hals, erzeugt einen leichten Schauer auf meinem Rücken und ich seufze angetan. »Du kannst ruhig ehrlich sein, Samuel.« Oh Gott. Seine Stimme zieht kribbelnd durch meinen Bauch. Verdammt nochmal, ich will nicht hart werden. Nicht jetzt, nicht hier!

»Wenn ich dir das jetzt schon verrate, dann ist es doch keine Überraschung mehr, wenn es passiert, oder?«, weiche ich aus, so selbstsicher wie möglich, und ein klein wenig hoffend, dass sich die Erregung wieder legt. Hier, mitten in der Stadt, mit einem pochenden Ständer in der Hose rumlaufen ist nicht das, was ich gerade brauchen kann.

»Okay, also ich liebe ja Überraschungen, weißt du das?«, flüstert er, leckt sich über die Oberlippe und ich verfluche ihn innerlich dafür.

»Oh, apropos Überraschung, in den Laden da vorn muss ich mal kurz rein. Phil meinte, dass Jana für ihre Mutter unbedingt etwas aus Paris haben möchte. So einen Anhänger mit Eiffelturmgravur, oder so. Was heißt gleich nochmal ... ach, ist egal, ich krieg das auch so hin. Ich beeil mich, warte hier, okay?« Bevor ich etwas darauf erwidern kann, drückt er mir kurz, aber fest, seine Lippen auf meinen Mund und schon im nächsten Moment stürmt er los. Irritiert bleibe ich zurück.

Verdammt, Samuel! Jetzt reiß dich mal zusammen, es war ja nur ein Kuss.

Ein ganz normaler, kurzer Kuss. Nichts Weltbewegendes. Und doch habe ich das Gefühl, es verändert sich alles.

Alles um mich herum dreht sich, stetig und immer schneller. Nichts lässt sich mehr aufhalten.

Und tatsächlich will ich es auch gar nicht mehr aufhalten. Ich mag dieses Gefühl. Die Aufregung. Die Nervosität. Die Lust, die er pausenlos in mir weckt. Ich mag es, dass er mit seiner Energie und Lebensfreude, den Stillstand aufhebt, in dem ich festgesteckt habe. Er bringt mich zum Lachen. Langsam gehe ich ihm nach, bleibe aber vor dem Geschäft stehen und beobachte durch das Fenster, wie er wild gestikulierend mit dem Verkäufer spricht. Und sie sind beide hoffnungslos überfordert. Vielleicht sollte ich, entgegen seiner Worte, reingehen und ihm helfen? Vielleicht ...

Ich komme nicht mehr dazu meinen Gedanken in die Tat umzusetzen, weil mich das Vibrieren meines Handys ablenkt. Und eigentlich sollte mich der Absender mit Freude erfüllen, doch gerade jetzt überkommt mich eher ein flaues Gefühl der Leere, als ich ihren Namen lese.

Scheiße.

Ich habe gerade keinen Kopf dafür. Und doch weiß ich, dass ich sie nicht ignorieren kann.

Kyra ist kein schlechter Mensch. Sie ist liebenswert und wir haben so viele Jahre unglaublich viel miteinander geteilt. Sie hat es nicht verdient, von mir belogen und weggeschoben zu werden. Nur leider sieht die Realität so aus, dass ich gerade einfach nicht ehrlich zu ihr sein kann. Ich kann ihr nicht sagen, dass ich … dass ich … Dass ich, verdammt nochmal, verliebt bin in diesen blonden Trottel, der sich seit unserer Kindheit mein bester Freund nennt.

Dieser Gedanke. Dieser klare, unausweichliche Gedanke in meinem Kopf, erschreckt mich, während er gleichzeitig Hitze auf meinen Wangen erzeugt. Es fühlt sich so neu und anders an, obwohl es kein unbekanntes Gefühl ist.

Ich bin verliebt.

Ich weiß nicht, ob es zwischen uns funktionieren kann. Vielleicht ist das nur eine schöne, berauschende Zeit hier in Frankreich und wir haben keine Zukunft, sobald wir wieder zuhause sind, aber auch das sind Dinge, über die ich nicht nachdenken möchte. Und erst recht nicht sprechen kann.

Kyra
<3 <3 <3 Eigentlich solltest du das erst morgen bekommen, aber … schau dir das Bild an, Schatz! Das hab ich heute mit Anita zusammen gemacht. Davon gibt es noch soooo viiiieeel mehr <3 <3 <3

Gleich darunter folgt ein Bild, auf dem sie, aufreizend lächelnd, nur mit Unterwäsche bekleidet, auf unserem Bett liegt.

Kyra
Und? Was sagst du? Gefällt es dir?

Hakt sie direkt nach, als ich nicht sofort antworte. Aber was soll ich dazu sagen, wenn ich nichts dabei empfinde? Nichts, nur ein beklemmendes Gefühl, das sich in meiner Kehle festsetzt.

Samuel
Es ist hübsch, danke.

Und natürlich war das viel zu wenig. Sie ruft an und ich starre wie gelähmt auf ihr neues Profilbild.

Jede Sekunde, die ich länger warte, lässt das drückende Gefühl in meiner Brust größer werden, doch ich kann nicht rangehen. Mein Finger verharrt regungslos über dem Display, während ich noch einmal zu Lucas sehe. Ich will nicht, dass er hört, was ich vielleicht sagen muss. Ich will ihn nicht nochmal verletzen.

Sichtlich ungeduldig steht er vor dem Ladentresen und scheint ebenfalls auf irgendwas zu warten, denn von dem Verkäufer fehlt jede Spur. Da ist nur Lucas mit einem unsicheren, nervösen Blick, als er beginnt das Geld in seinem Portemonnaie zu zählen. Er würde nichts davon mitbekommen, wenn ich jetzt mit ihr rede. Ich muss nur rechtzeitig wieder auflegen. Und ehe ich wirklich begreife, was ich gerade gedacht habe, fängt mein Herz an schneller zu schlagen, während meine Brust immer enger wird. Es ist kaum Platz vorhanden, um richtig zu atmen und doch schaffe ich es meine Finger dazu zu bewegen, ihren Anruf entgegenzunehmen.

Seufzend atme ich aus und direkt ins Telefon.

»Also, ich weiß jetzt nicht, was ich davon halten soll. Hast du wirklich nicht mehr dazu zu sagen?«, fängt Kyra an, auf mich einzureden, noch bevor ich überhaupt die Chance habe, sie zu begrüßen.

»Ich ... ähm ...« Wirklich geistreich ist meine Erwiderung leider auch nicht. Ich bin mit einem vollkommen leeren Kopf in dieses Gespräch gegangen.

»Ja? Kommt da jetzt noch was, oder willst du es wirklich bei einem »hübsch, danke« belassen? Ich dachte eigentlich, es würde dir gefallen.« Oh Gott, mein Mund fühlt sich ganz trocken an. Ich habe sie mit meiner Reaktion verletzt und sauer ist sie jetzt auch.

»Nein, ich meine, ja ... ich finde es toll, glaub mir. Es sieht richtig gut aus, wirklich. Es ist nur ... es hat mich überrascht«, stammle ich unfähig vor mich hin und fühle mich direkt noch schlechter.

»Tatsächlich ist das der Sinn von Überraschungen«, sagt sie beleidigt.

»Ich weiß, und es ist eine schöne Überraschung. Die Dessous sind neu, richtig?« Es fühlt sich seltsam an, so mit ihr zu reden. Seltsam diese Dinge zu sagen, weil es doch das Letzte ist, was mich gerade interessiert. Sie atmet hörbar ein und seufzt leise.

»Ja, stimmt, gefallen sie dir? Ich habe sie extra für dich gekauft, weil ... na ja, du weißt ja sicher, was morgen für ein Tag ist.« Natürlich weiß ich das. Wie könnte ich das vergessen, wenn sie mich jedes Mal vorher daran erinnert? Manchmal glaube ich, dass dieser Tag ihr mehr bedeutet als mir selbst. Für mich ist mein Geburtstag ein Tag wie jeder andere auch.

»Sicher weiß ich das.« Reicht das? Oder muss ich noch mehr sagen? Aber was?

»Ich finde es immer noch so schade, dass wir den Tag morgen nicht zusammen verbringen können«, seufzt Kyra bedrückt.

Die Pause, die anschließend entsteht, soll vermutlich signalisieren, dass dies der richtige Zeitpunkt wäre, um etwas zu erwidern. Worte, die ihr zustimmen und ähnliches Bedauern mitteilen sollen. Worte, die ich nur mühsam hervorbringen kann.

»Ich auch«, erwidere ich leise und weiß, dass es gelogen ist. Denn ich wünsche mir nichts mehr, als morgen mit Lucas zusammen zu sein. Morgen, übermorgen und jeden darauffolgenden Tag.

»Weißt du, ich habe gedacht, vielleicht könnten wir morgen trotzdem ein bisschen Zeit miteinander verbringen?«

»Wie meinst du das?« Sie klingt so entschlossen, dass ich befürchte, dass das Bild nicht die einzige Überraschung ist, die sie für morgen geplant hat.

»Ja, also, da ich ja nicht so einfach spontan nach Paris kommen kann, obwohl ich kurz mit dem Gedanken gespielt habe, dachte ich, könnten wir vielleicht miteinander skypen?« Mit jedem Wort wächst in mir das Unwohlsein. Ich kenne diesen Ton. Dieser leise Hauch von Verführung, den sie sich über die Jahre hinweg angeeignet hat.

»Ich könnte etwas von den neuen Dessous anziehen, die du noch nicht kennst und dann könnte ich mich für dich aufs Bett legen und du könntest mir sagen, was du von mir sehen willst! Ich könnte mich für dich anfassen, dich zusehen lassen und …«

»Kyra«, unterbreche ich ihre aufblühende Fantasie, als ich merke, wie heiß mein Gesicht wird. Es ist mir unangenehm, wenn sie mir so was hier auf offener Straße ins Ohr flüstert. Auch wenn der Ort eigentlich überhaupt keine Rolle spielt.

»Was ist? Gefällt dir das nicht? Ich dachte …«

»Ich kann das nicht. Ich kann nicht mehr. Ich kann nicht mit dir …« Eilig beiße ich mir auf die Zunge und presse meine Lippen fest zusammen. Fuck! Jetzt hätte ich es beinahe gesagt.

»Was kannst du nicht mit mir?«, hakt sie nach, tief bestürzt, verwirrt und traurig, als würde sie ahnen, was jetzt kommt, aber das ist nicht möglich.

»Das, was du dir vorstellst, geht nicht. Ich kann nicht mit dir intim sein, wenn…wenn Lucas dabei ist«, erwidere ich mit viel zu stark schlagendem Herzen und höre sie seufzend ausatmen. Ich kann nicht so ehrlich sein, wie ich sollte. Ihr das jetzt am Telefon sagen, ihr jetzt so das Herz brechen, geht nicht.

»Aber du könntest ihn doch wegschicken, oder? Es muss ja nicht für lange sein, vielleicht reicht schon …«

»Nein.«

»Aber wir haben so lange nichts mehr voneinander gehabt und du hast morgen Geburtstag, wir haben immer an deinem Geburtstag …«

»Bitte. Es geht nicht, versteh das doch. Ich kann Lucas unmöglich extra dafür rausschicken. Er würde …« Er würde es nicht verstehen. Mal ganz davon abgesehen, dass ich es selbst nicht möchte.

»Was würde er?«

»Nichts. Es wäre einfach nur nicht fair. Du würdest das auch nicht wollen, wenn Anita mit dir hier wäre, oder?« Sie seufzt erneut, dieses Mal jedoch einsichtig.

»Nein, ich würde das wohl selbst ziemlich scheiße finden«, gesteht sie leise.

»Versprichst du mir, dass du morgen trotzdem ein bisschen Zeit für mich finden wirst und dass wir es nachholen, sobald du wieder hier bist?«, fragt sie dann voller Hoffnung, was mein Herz gleich wieder schwerer schlagen lässt.

»Ich versuch es, okay? Ich kann es dir aber nicht versprechen.« Weil ich nicht versprechen will, was ich ohnehin nicht mehr halten kann.

»Okay, Schatz. Dann hören wir uns morgen, ja?«

»Ja.«

»Ich liebe dich«, haucht sie und meine Kehle schnürt sich so fest zu, dass ich keinen einzigen Ton mehr hervorbringe.

»Schatz? Bist du noch dran?« Ein Rauschen in meinen Ohren lähmt meine Gedanken, während neben mir die Ladentür aufgeht und Lucas mit einem breiten Grinsen auf mich zukommt.

»Ja, bin ich, aber ich muss jetzt auflegen, wir hören uns morgen, bis dann«, sage ich und noch ehe Kyra etwas erwidern kann, habe ich die Verbindung getrennt.

Mir ist bewusst, dass ich kurz darauf eine Nachricht erhalte, doch ich lese sie nicht, lasse mein Handy nur zurück in die Tasche gleiten und konzentriere mich voll und ganz auf Lucas, der sichtlich zufrieden aussieht.

»Hat alles ganz hervorragend geklappt! Ich glaube, wenn ich noch drei Wochen länger hier bleibe, dann spreche ich so viel französisch, dass ich uns locker ein hübsches Haus bauen lassen kann, mit Swimmingpool im Garten und Fitnessraum und Partykeller, ehrlich jetzt«, sagt er und dann landen seine Lippen auf meinen. Ganz selbstverständlich. Ganz natürlich. Und meine Hand verschränkt sich mit seiner. Bildet Wärme, die sich angenehm durch meinen Körper zieht, mich vergessen und genießen lässt. Zumindest für diesen Moment. Außerdem ist es mit Lucas' Anwesenheit unmöglich, länger schwermütig irgendwelchen Gedanken nachzuhängen. Dafür ist seine Laune viel zu gut. Er lacht und redet minutenlang davon, wie schön die Farben am Himmel sind. Blau, rot, lila und orange, für Lucas ist alles dabei.

»Astronomie war, glaube ich, das einzige Fach damals in der Schule, was ich echt geliebt habe. Das war so interessant. Ich hatte jeden Tag meine Sternenkarte dabei, selbst wenn wir kein Astronomie hatten, einfach aus Prinzip und vielleicht auch, weil ich immer gehofft habe, dass Mathe oder Englisch ausfällt. Ist leider nie passiert. Erinnerst du dich eigentlich noch an unser Projekt? Das Sonnensystem?« Lucas' Augen strahlen, während er davon erzählt.

»Du meinst, ob ich mich noch daran erinnere, dass du klebrige, noch feuchte, Pappmaché-Bälle als Planeten bezeichnet hast, obwohl ich uns extra Styroporkugeln besorgt habe?« Er lacht lauter und sieht mich mit diesem unwiderstehlichen Blick an, der sofort wieder Wärme in meiner Brust erzeugt.

»Genau! Ich hab deinen teuren neuen Teppich damit versaut.«

»Hast du, auch wenn mir der Teppich eh nicht gefallen hat.«

»Das hättest du mal deiner Mum erzählen sollen, bevor sie mich dazu verdonnert hat, das Ding wieder sauber zu machen. Ich hatte voll die wunden Knie danach. Sie war wie ein Feldwebel … oder nein, sie war schlimmer! Die ganze Zeit stand sie hinter mir, hat mich beobachtet und ich schwöre, ihr Blick hat sich in meinen Nacken gebrannt. Keine Ahnung, wie sie das gemacht hat, aber ich konnte zwei Wochen lang nicht mehr bei dir pennen, weil ich so Schiss hatte, dass sie mich plötzlich mit Putzeimer und Lappen in meinen Träumen verfolgt«, erzählt er und schüttelt sich.

»Immerhin weiß ich jetzt, warum ich seit dem immer zu dir kommen musste«, erwidere ich schmunzelnd. Lucas sieht mich daraufhin mit leicht gekräuselter Stirn an.

»Echt? Hab ich dir das damals nicht erzählt?« Ich schüttle den Kopf.

»Du hast ständig irgendwas erzählt, aber nicht, dass du Schiss vor meiner Mutter hattest.«

»Nicht nur vor deiner Mutter«, nuschelt er dann leise und ich weiß genau, was er meint. »Dein Vater war manchmal auch echt furchteinflößend.«

»Ach, und deine Mutter findest du harmlos?«, necke ich ihn.

»Hör bloß auf. Sie war nur minimal weniger schlimm und … oh Gott, Samuel … hörst du das?« Aufgeregt funkelt mich Lucas an.

»Was genau soll ich denn hören?«, frage ich, weil ich nicht wirklich weiß, ob er jetzt die Gespräche aus dem Café in der Nähe meint, oder doch etwas anderes.

»Na, die Musik. Mein Gott, das ist schon so lang her, erkennst du das nicht mehr? Komm, wir müssen da näher ran«, beschließt er grinsend und zieht mich hinter sich her.

»Aber wir müssen in die andere Richtung«, werfe ich noch ein, nur um zu merken, dass es ihm egal ist. Er biegt um eine Ecke, in eine Seitenstraße ein und bleibt abrupt stehen. Die Musik kommt aus dem dritten

Stock eines Mehrfamilienhauses und ist unfassbar laut. Die ersten Töne habe ich tatsächlich nicht erkannt, aber jetzt verstehe ich, warum Lucas so aufgeregt ist.

»Alter! Ich hab diesen schrecklichen Rap damals auswendig gelernt, nur weil ich dachte, ich könnte meine Mum genauso auf die Palme bringen wie du deinen Vater. Warte ... ich kann das bestimmt noch, gleich, wenn's losgeht ...«, sagt Lucas, während er begeistert mit den Füßen und dem Kopf hin und her wippt, bis er Luft holt und dann anfängt, den Rap von Limp Bizkits Hot Dog mitzusingen. Erstaunlich, dass er das noch kann.

Plötzlich außer Atem holt er Luft, nur um gleich danach hell und laut aufzulachen. Faszinierend schön. Einnehmend und so echt.

»Fuck, ich glaub, das hat mich geprägt«, keucht er schließlich erschöpft.

»Ich fürchte, das war unvermeidlich. Die Zeit damals war sehr ... aufwühlend«, entgegne ich nachdenklich. Dabei war es für mich in Wahrheit eine verdammt schwierige Zeit. Ich war fünfzehn, als ich damals diese Musik gehört habe, und extrem neidisch auf meinen Bruder, der in allem besser war als ich und immer bevorzugt wurde. Jedenfalls habe ich das gedacht.

»Aufwühlend? Du hast deine Eltern damit in den Wahnsinn getrieben, echt jetzt!«

»Ich weiß. Meine Mutter hat mir irgendwann mal gesagt, dass sie sogar jeden Abend gebetet hat, dass diese Phase schnell wieder aufhört. Sie fanden die Musik, und vor allem die Texte, ziemlich niveaulos.« So im Nachhinein tut es mir schrecklich leid, dass ich ihnen damit früher so viel Ärger und Sorgen bereitet habe.

»Trotzdem war es witzig. Ich weiß noch wie dein Vater damals plötzlich, schäumend und knallrot vor Wut, in dein Zimmer gestürmt kam. Er hat so laut geschrien, dass ich sofort aufgehört habe mitzusingen, auch wenn der Lachanfall anschließend vermutlich echt keine gute Idee war.«

»Er hat dich deswegen aus dem Haus gejagt«, erinnere ich ihn und Lucas' Gesicht verzieht sich leidend.

»Stimmt. Obwohl ich immer noch nicht verstehe, warum er so sauer auf mich war. Ich mein, gut, ich habe gelacht, aber nur, weil er echt lustig aussah, mit dieser schwarzen Fliege am Hals und so. Ist ja noch lange kein

Grund so auszurasten«, behauptet er dann und schiebt seine Unterlippe schmollend nach vorn.

»Dir ist nicht zufällig aufgefallen, dass sie dich damals dafür verantwortlich gemacht haben?«

»Hä? Mich, wofür? Warum?«, erwidert er verwundert.

»Sie dachten, du wärst schuld, dass ich ... so abrutsche. Sie dachten, du wärst kein guter Umgang, weil ich mich plötzlich von ihrer geliebten klassischen Musik abgewandt habe.«

»Oh Gott, Samuel! Das hast du sie doch hoffentlich nicht glauben lassen, oder? Sag mir, dass du das aufgeklärt hast. Oh fuck, denken die das immer noch?« Panisch fährt er sich mit der Hand durch die Haare, ehe er sie mir entgegenstreckt und meinen Kragen packt. Kurz darauf zieht er mich dicht an sich heran, sodass sein Atem meine Nasenspitze streift.

»Du hast ihnen gesagt, dass ich das nicht war, oder? Falls nicht, ich habe Beweise und ich kann jederzeit zu deinem Vater gehen und ihm sagen, wer damals die CDs gekauft und widerrechtlich vervielfältigt hat«, meint er selbstbewusst.

»Glaubst du denn, sie hätten dich je wieder ins Haus gelassen, wenn ich es ihnen nicht gesagt hätte?«, flüstere ich leise zurück. Lucas verengt daraufhin die Augen.

»Vermutlich nicht«, sagt er überlegend, aber ich kann sehen, dass er erleichtert ist. »Und besser so, ich hätte ungern zugegeben, dass ich versucht habe meine Mutter mit Kassetten zu ärgern«, murmelt er zähneknirschend hinterher.

»Was eh nie funktioniert hat«, erinnere ich ihn und Lucas seufzt theatralisch, während er seinen Griff lockert und wieder ein Stück zurückweicht. Schade eigentlich.

»Ne, egal wie laut ich das gemacht habe, es hat sie überhaupt nicht gejuckt. Im Gegenteil, ich glaube sogar, dass sie heimlich mitgerappt hat.« Er wirkt ein wenig beleidigt.

»Das ist ... befremdlich.«

»Oh ja ...«, stimmt er mir zu, während wir beide den letzten Klängen des Liedes lauschen. Nur mit dem danach hätten wir dann wohl beide niemals gerechnet. Ein Disneysong.

»Ernsthaft? Let it go?«, spricht Lucas aus was ich denke und dann sehen wir uns an und fangen beide an, zu lachen, weil das so kontrovers ist, dass man tatsächlich nur drüber lachen kann.

Eine halbe Stunde später sind wir zurück im Hotel, und während sich Lucas unter der Dusche befindet, habe ich leider die Zeit, mir den heutigen Tag noch einmal in Ruhe durch den Kopf gehen zu lassen. Neben all den schönen Gefühlen, ist da auch dieser eine Moment mit Kyra, der mir sofort wieder schwer im Magen liegt. Ich fühle mich schlecht, weil ich weiß, wie sehr ich sie enttäusche. Weil ich weiß, wie sehr ich sie verletzen werde, wenn die Wahrheit herauskommt. Jedes meiner Worte, das ich momentan an sie richte, ist halbherzig oder sogar gelogen, dabei ist sie mir wichtig. Kyra ist mir nicht egal. Sie ist nur nicht mehr meine große Liebe und trotzdem fällt es mir schwer, mich mit dem Gedanken zu befassen, dass ich sie loslassen muss. Mit allen Konsequenzen. Ein Teil von mir wünscht sich eine Freundschaft.

Kyra in meiner Vorstellung nur als gute Freundin zu betrachten, funktioniert überraschender Weise verdammt gut. Dabei hoffe ich nicht auf Vergebung und erst recht nicht auf Verständnis. Eigentlich. Denn tief in meinem Inneren beginne ich zu begreifen, dass sich mein Herz genau das wünscht - ganz naiv und dumm.

Vielleicht ist das die Folge eines schlechten Gewissens, das mir jetzt auf verhöhnende, schmerzende Art und Weise mitteilen will, was für ein riesen Arschloch ich bin. Weil es mir in seiner Gegenwart so unglaublich leichtfällt, sie direkt wieder aus meinen Gedanken zu verbannen.

»Du bist komisch, Samuel«, reißt mich Lucas zurück in diesen kahlen Raum, der zwischenzeitlich immer dunkler geworden ist, ohne dass ich es bemerkt habe. »Sitzt hier im Dunkeln und starrst Löcher in die Wand, ist alles okay?«, fragt er besorgt, nachdem er einen prüfenden Blick auf die Wand vor mir gerichtet hat.

»Ja, ich hab nur nachgedacht«, entgegne ich, noch immer leicht abwesend.

»Okay, worüber?« Ich schaffe es, ihn anzusehen und schüttle den Kopf.

»Nicht so wichtig« Er nickt unsicher, dann lächelt er verständnisvoll. Nur ich bin nicht in der Lage für klare Verhältnisse zu sorgen.

Ich habe das Gefühl, je länger wir hier sind, desto schwieriger wird es. Als würde es kein Ende nehmen wollen, dabei ist schon längst klar, wie es enden muss. Nur die Zeit und die Umstände spielen gegen mich. Wir sind zu weit von zuhause entfernt, um Gespräche zu führen, die alles verändern werden und einfach vorzeitig zurückfahren kann ich nicht, denn jeder Tag mit ihm, hier in Frankreich, ist so befreiend und voller Leichtigkeit, dass ich platzen könnte vor Glück. Ich will das noch ein bisschen länger genießen.

»Es ist schön.« Ein Flüstern verlässt meine Lippen, die sich anschließend zu einem Lächeln heben. Lucas trägt nicht mehr, als die enge Shorts, die er sich gerade frisch angezogen hat.

»Was ist schön? Meinen Hintern zu sehen?«, fragt er lachend.

»Nein ... Komm mal her«, fordere ich ihn leise auf und winke ihn zu mir. Lucas folgt, nach einem anfänglichen Zögern, und schließlich steht er zwischen meinen Beinen vor dem Bett.

»Dass du hier bist«, hauche ich sanft gegen seinen Bauch, halte ihn kurz an der Hüfte, bevor ich langsam mit meinen Fingern zu seinem Rücken streiche. »Es ist schön, dass du hier bist«, füge ich flüsternd hinzu und dann küsse ich seine Haut, ziehe ihn näher und höre, wie er zitternd einatmet. Seine Bauchdecke spannt sich an, dann habe ich seine Hand in meinen Haaren - Finger, die mich sanft zu kraulen beginnen.

»Samuel, ich ...«, beginnt er leise und als ich aufsehe, blickt er verlegen zurück. »Ich find's auch schön hier zu sein ... mit dir«, erwidert er ruhig, als würde er befürchten, dass zu laute Worte die Stimmung zerstören. Und dann folgt ein Lächeln, das mich bestärkt und mein Herz aufgeregt hüpfen lässt. Ganz automatisch folge ich dem Impuls, mich gegen ihn zu lehnen, meine Wange gegen seine warme, weiche Haut zu schmiegen und zu seufzen, weil Halt und Zuspruch gerade das sind, was ich brauche. Seine Arme, die mich an ihn drücken, ohne mich einzuengen. Seine Finger, die mich streicheln, ohne etwas zu erwarten. Seine Nähe, die mich einhüllt, beschützend und voller Zärtlichkeit, ohne fordernd zu sein.

»Samuel?«

»Hm?« Nach einer gefühlten Ewigkeit durchbricht er die Stille, drückt mich ein wenig von sich weg und hebt mein Kinn an, um mir in die Augen zu sehen.

»Möchtest du vielleicht doch lieber hierbleiben? Meinetwegen müssen wir nicht feiern gehen. Wir können uns auch einfach ins Bett legen und 'nen Film gucken oder so«, schlägt er vor und lässt seine Finger wieder langsam durch mein Nackenhaar gleiten. Oh Mann, wie soll ich mich denn so von ihm losreißen, wenn er direkt mit schönen Dingen weitermacht?

»Du würdest dich also für mich auf einen langweiligen Abend mit französischen Filmen einlassen?«, schaffe ich es schließlich zu sagen und bringe Lucas damit zum Lachen.

»Na ja, an sich schon, aber vielleicht hast du ja doch noch Lust auf ein wenig tanzen und schöne Musik und ein kleines bisschen Alkohol?«

»Hm, gut möglich, dass ich mich überreden lasse.« In Lucas' Augen blitzt es entschlossen.

»Okay! Was muss ich tun?«, fragt er aufgeregt.

»Im Moment reichen mir ein Kuss und das Versprechen, dass du später mit mir tanzt«, entgegne ich und muss mich leider an den Abend erinnern, als wir zuletzt gemeinsam feiern waren. Ich habe ihn und diesen Typen die ganze Zeit beobachtet. Ich will das nicht nochmal sehen müssen.

»Ich wüsste nicht, mit wem ich sonst tanzen sollte«, raunt Lucas mir zu, beugt sich zu mir hinunter und küsst mich. Seine Lippen verscheuchen jeden Gedanken und als sich unsere Zungen treffen, spüre ich nur noch Vorfreude und vielleicht ein ganz klein wenig Nervosität, die sich langsam in mir ausbreitet, bis in jede Fingerspitze vordringt und noch lange erhalten bleibt, selbst als er mich sanft von sich schiebt und anlächelt.

»Gehst du vorher noch duschen?« Seine Stimme klingt rau. Der Druck seiner Hände auf meiner Haut ist angenehm und verführt zum Bleiben.

»Ich denke schon«, höre ich mich dennoch sagen, auch wenn ich kaum wage, mich zu bewegen. Lucas' Wärme fesselt mich und ich hoffe, dass es ihm mit mir genauso geht. Dass auch er nicht zurückweichen möchte, nicht nachlassen und aufhören will, mir nah zu sein.

Ist es falsch, mir das zu erhoffen?

Ist es falsch, mir zu wünschen, dass er genauso fühlt wie ich?

21 – Samuel zwischen Eifersucht und Lust

Beschwingt verlässt Lucas, gefolgt von mir, das Zimmer. Seine Energie ist bemerkenswert. Er ist so aufgedreht und motiviert, als hätte es diesen ruhigen Moment vorhin gar nicht gegeben.

Ich glaube, ich fange jetzt erst an zu verstehen, warum er mir so wichtig ist. Ich habe ihn noch niemals zuvor so stark und intensiv wahrgenommen wie jetzt. Er könnte genau der Mensch sein, der mir in meinem Leben fehlt, seitdem Raphael nicht mehr da ist. Lucas weiß meistens intuitiv, was ich brauche, ohne viele Worte. Genauso auch für sich selbst. Ich bewundere ihn dafür, dass er, bei all den Empfindungen, niemals sein Ziel aus den Augen verliert. Selbst wenn der Weg noch so steinig, schwer und schmerzhaft ist. Lucas geht einfach weiter, während ich stillstehe, jeden Schritt tausendmal überdenke und am Ende unverrichteter Dinge zurückbleibe, während mir Lucas aus der Ferne zuwinkt.

Aber dieses Mal nicht. Vielleicht wäre es klug, den nächsten Schritt zu wagen und zuzulassen, dass er derjenige ist, bei dem ich mich fallenlassen kann, losgelöst von allen Konflikten und Gedanken, die mich einschränken und einengen. Aber was, wenn Lucas nicht dasselbe empfindet?

»Also, wenn die Tequila haben, dann will ich Tequila. Ich hatte schon ewig keinen mehr.«

»Warum sollten die denn keinen Tequila haben?« Meine Stimme kommt mir so fern und fremd vor, weil es nicht das ist, was ich gerne gesagt hätte.

»Ja, weiß ich doch nicht«, überlegt er laut. »Manchmal haben die halt nur ein kleines Sortiment. Wie in diesem ... äh, Fun-Ding, in dem wir Kyras Geburtstag gefeiert haben.« Nachdenklich kratzt er sich an der Wange, bevor er unwillig das Gesicht verzieht. »Da gab es auch nur Wodka in sämtlichen Variationen. Wodka-O, Wodka Energy, Wodka pur, Wodka oben ohne und Wodka ohne alles«, seufzt er. Seine Worte lassen Bilder durch meinen Kopf zucken. Fast verblasste Erinnerungen, die jetzt wieder für einen Moment aufleben. Es war ein ziemlich feuchter Clubbesuch.

»Ja, stimmt.« Vor allem aber erinnere ich mich daran, dass ich Alkohol von Kyras Brüsten geleckt habe – mehrfach an diesem Abend. Während Lucas ... während Lucas verschwunden war.

»Heh, das war auch eine sehr lange Nacht.« Er lacht und ich verziehe unweigerlich mein Gesicht. Ich weiß noch, dass Lucas irgendwann nicht mehr da war.

»Aha«, erwidere ich. Eigentlich habe ich gar kein Recht dazu, deswegen eifersüchtig zu sein, aber es zieht trotzdem ein wenig Unmut auf, wenn ich mir vorstelle, dass er mit einem anderen ...

»Ja, seitdem kann ich keinen Wodka mehr trinken«, meint er lachend, bleibt stehen und kräuselt die Nase. »Ehrlich gesagt, glaube ich, dass ich den noch nicht einmal mehr riechen kann, ohne direkt kotzen zu müssen.«

»Ah ja«, mühe ich mir noch einmal eine Antwort ab. »Also hast du an dem Abend auch mit jemandem rumgemacht?« Fuck! In meinem Kopf klang die Frage weit weniger vorwurfsvoll und vor allem weniger eifersüchtig. Lucas' Augen weiten sich.

»Ähm, du willst wirklich wissen, ob ich dasselbe gemacht habe wie du? Echt jetzt?«, fragt er irritiert und mit jedem Wort wird mein Gesicht heißer. Ich fühle mich ertappt und dämlich.

»Mir war nicht klar, dass du das mitbekommen hattest ...«

»Oh doch! Ich hab alles gesehen! Was meinst du, warum ich dann abgehauen bin? Ihr wart quasi kurz davor mitten auf der Tanzfläche zu vögeln«, meint Lucas belustigt, biegt nebenbei nach links ab, um die Treppen in die unteren Stockwerke zu nehmen. Meine Beine fühlen sich schwer und träge an und es ist mir ein Rätsel, wie ich unter diesen Bedingungen in der Lage bin, zu ihm aufzuschließen.

»Mir war nicht bewusst, dass wir so …«

»Intim waren? Samuel bitte, du hattest deine Finger unter ihrem Rock.« Tatsächlich waren sie nicht nur unter ihrem Rock, sondern auch in ihr, aber diese Kleinigkeit behalte ich für mich.

»Und du? Wo warst du mit deinen Fingern«, entgegne ich leider nicht halb so gelassen, wie ich gern würde.

»Willst du das wirklich wissen?«, raunt er dunkel durchs Treppenhaus, während sich auf seinen Lippen ein verdammt dreckiges Grinsen bildet.

»Also hast du dasselbe gemacht wie ich.«

»Nope, meine Finger waren ganz artig, ich schwöre!« Zur Verdeutlichung hebt er seine Hand und wackelt mit den Fingern.

»Aber?« Ich könnte mich dafür schlagen, dass ich nicht anders kann, als nachzuhaken. Von weiter vorn kommen uns jetzt außerdem die ersten Klänge lauter Clubmusik entgegen.

»Aaaber«, zieht er schließlich kunstvoll in die Länge, um die Spannung zu steigern. »Ich hatte einen geilen Blowjob auf den Toiletten und dann hatte ich …«

»Sex?«, kommt mir viel zu angespannt über die Lippen.

»Äh, nein. Dazu kam es nicht.«

»Warum nicht?«, frage ich ihn und Lucas lacht auf.

»Naja, die Toilette war nicht so klug gewählt. Wir wurden gestört und danach lief nichts mehr«, sagt er und zuckt mit den Schultern. »Vielleicht auch besser so. Wir haben danach nie wieder darüber gesprochen. Vermutlich weiß er davon auch gar nichts mehr, er war nämlich gut betrunken«, sagt er, läuft schweigend voraus, passiert die Flügeltüren, die uns von dem Clubgeschehen trennen und lässt mir in der Zwischenzeit die Gelegenheit über seine Worte nachzudenken. So lange, bis mir klar wird, dass er diesen Mann näher kennt. Gerade will ich ihn danach fragen, da dreht sich Lucas zu mir um und fängt an, peinlich berührt zu lachen.

»Oh Gott, Samuel! Du darfst Milan bitte niemals erzählen, dass ich dir das gesagt habe, okay? Der bringt mich sonst um«, sagt er gegen die gedämpften, leicht vibrierenden Bässe der Musik, während bei mir fast alle Muskeln zeitgleich einfrieren. Nur meine Mundwinkel schaffen es noch, sich mehr und mehr nach unten zu ziehen, bis auch sie am Gefrierpunkt angelangt sind.

»Milan?« Er hat … diesem Schleimer? Diesem eingebildeten Klugscheißer? Der uns alle angeschwärzt hat, als wir auf der Abschlussfahrt Bacardi unter die Cola gemischt haben? »Ist das dein Ernst? Der Sohn der Direktorin?«

»Oh fuck!«, formen seine Lippen fast lautlos. »Das hätte ich jetzt wohl besser nicht gesagt, oder?« Ich blinzle irritiert. Ich weiß gar nicht, was ich dazu sagen soll. Er weiß, dass ich Milan nicht besonders gut leiden kann.

»Keine Ahnung«, sage ich und zucke mit den Schultern. Milan ist hinterhältig und berechnend und er war es, der mich damals bei seiner Mutter verpetzt hat, als ich auf dem Schulhof meine erste Zigarette geraucht habe. Sie hat es schließlich meinen Eltern gesagt. Die Woche Hausarrest hatte ich somit ihm zu verdanken.

»Du sagst es ihm doch nicht, oder?«, fragt er und legt mit flehendem Blick seine Hand auf meinen Arm. Warum sollte ich?

»Nein … und jetzt komm. Ich will was trinken.« Ohne auf eine Erwiderung zu warten, schüttle ich seine Hand ab und setze unseren Weg fort. Lucas folgt mir still.

»Warum eigentlich Milan?«, frage ich, obwohl es mir lieber gewesen wäre, wenn ich es geschafft hätte, einfach meinen Mund zu halten. »Warum er und nicht irgendein fremder Typ?« Jetzt spüre ich auch noch leichte Wärme auf meinen Wangen, weil ich mir insgeheim wünsche, dass ich dieser jemand gewesen wäre. Auch wenn mir klar ist, dass dieser Gedanke vollkommen absurd ist. Die Situation zwischen uns war zu dieser Zeit eine ganz andere.

»Na ja, Milan war einfach da und … er wollte es. Und ich wollte auch und dann hat es sich eben ergeben.«

»Irgendwie schwer vorstellbar bei Milan. Allerdings habe ich auch immer gedacht, er wäre hetero.«

»Du hast dich doch nie wirklich mit ihm unterhalten.«

»Warum sollte ich? Er war eine Petze.«

»Oh ja, das war er wirklich. Das Ding auf der Abschlussfahrt ... das war richtig kacke von ihm. Aber willst du jetzt wirklich weiter über Milan reden? Ich hatte eigentlich schönere Dinge im Sinn.« Gänsehaut überzieht meinen Nacken.

»Was denn für Dinge«, erwidere ich und sofort bildet sich ein verspieltes Grinsen auf seinen Lippen. Seine Augen strahlen und mein Magen kribbelt, als er sich zu mir nach vorn beugt. Warm berühren seine Lippen meinen Hals, ehe sein Atem mein Ohr streift.

»Dinge, die nur uns beide betreffen. Nur dich und mich.« Ob ihm bewusst ist, was er mit diesen Worten in mir auslöst?

»Also, was ist? Hast du Lust auf einen geilen Abend? Ich hätte da nämlich schon die erste Idee.« Zielsicher wandert Lucas' raue Stimme von meinem Ohr über meine Haut, begleitet von seinen Fingern, die sich über meinen Oberschenkel nach oben schieben. Langsam und gerade fest genug, um sie durch den Stoff hindurch zu spüren.

»Hab ich denn eine Wahl?« Lucas selbstsicheres Grinsen schiebt sich in mein Blickfeld, genau in dem Moment, als seine Finger ihr vorübergehendes Ziel erreichen.

»Nein, eigentlich nicht«, sagt er und dann beugt er sich vor, um mich zu küssen. Sanft und ruhig. Die Bewegung seiner Lippen fühlt sich noch ganz harmlos an, aber ich weiß, dass das nicht lange so bleiben wird. Seine Finger geben Aufschluss darauf, wo er hinwill, als sie mit angenehmem Druck kurz über meinen Schritt reiben.

»Fühlt sich gut an, hm?«, summt er an meinen Lippen, übt mehr Druck aus, bis er seine Finger höher wandern lässt. Er grinst in den Kuss, schiebt mein Hemd nach oben und lässt seine Hand hauchzart über meine Haut gleiten. Meine Bauchmuskeln zucken leicht und ich keuche, als er oben ankommt, sein Ziel erreicht und mit der Fingerspitze ganz sanft meinen rechten Nippel berührt. Er stupst ihn an. Viel zu sanft.

Als hätte er meinen Gedanken gehört, nimmt er ihn zwischen die Finger, reibt und zieht, küsst sich derweil meinen Hals entlang und ja, das ist besser. Viel, viel besser, aber trotzdem noch lange nicht genug. Das Kribbeln an dieser Stelle fühlt sich aufregend an. Mein Körper reagiert darauf, drängt sich ihm entgegen, bietet ihm mehr Platz an meinem Hals und dann verlässt das erste gelöste Stöhnen meine Lippen, als er seine Zähne unerwartet fest in meine Schulter rammt.

»Fuck, jah«, keuche ich, spüre, dass mir mein Herz bis zum Hals schlägt.

»Genau das wollte ich hören«, wispert Lucas und küsst die Stelle, die er zuvor gebissen hat.

»Ich glaub, wir brauchen jetzt etwas Vernünftiges zu trinken«, beschließt er und Lichtblitze zucken über uns hinweg, lassen seine Augen aufgeregt leuchten, ehe er dem Mann hinter dem Tresen seine Bestellung zuruft.

»Und warum bestellst du dann Tequila?«. Ich genieße es, dass er eine Hand auf meiner Hüfte liegen gelassen hat, während ich am liebsten da weitermachen würde, wo er eben aufgehört hat. Aber Lucas hat irgendwas anderes vor. Sein Blick ist so … so intensiv und vielversprechend.

»Weil sich Tequila am besten eignet.« Er grinst verspielt.

»Wofür?« Er leckt sich anzüglich über die Lippen. Ohne ein weiteres Wort sinkt er vor mir auf die Knie. Irritiert sehe ich nach unten, stelle fest, dass er sich doch wieder etwas nach oben strecken muss, bevor er meinen Hüftknochen freilegt. Er grinst mich von unten an und mir läuft ein prickelnder Schauer über den Rücken, als seine Zunge auf meine Haut trifft. Ich schließe die Augen und lege meinen Kopf in den Nacken. Lucas amüsiertes Lachen rieselt genauso anregend über meinen Körper hinweg wie die Salzkörner an meiner Hüfte.

Fuck. Und das hier, zwischen all den fremden Menschen. Jeder, der sich zu uns umdreht, sieht genau, wo Lucas seine Hände hat. Sieht, wo er mit seiner Zunge ist und jeder, der nahe genug bei uns steht, kann hören, wie sehr es mir gefällt. Ich atme schneller, als er anfängt an meiner Haut zu saugen.

Es kribbelt heftig unter seinen Lippen und jegliche Wärme in meinem Körper wandert tiefer. Lucas so nah zu haben fühlt sich richtig an. Mir ist nicht einmal aufgefallen, wann ich in seine Haare gegriffen habe, um ihn noch fester an mich zu drücken. Nur jetzt, als er sich langsam wieder von mir löst, gleiten meine Finger in seinen Nacken, bevor Lucas sich lächelnd wieder aufrichtet, sein Glas nimmt und trinkt. Sein Kehlkopf hüpft, er schluckt den Tequila und dann ziehe ich ihn zu mir. Meine Lippen krachen auf seine und dieser Kuss ist nicht mehr harmlos und ruhig. So viel Spannung und Gier liegen in jeder Bewegung. Jede Berührung gleicht einem Stromschlag und zum ersten Mal an diesem Abend höre ich auch Lucas leise stöhnen.

»Samuel«, seufzt er und küsst mich wieder. »Du machst mich echt wahnsinnig, weißt du das?« Natürlich. Das sagt ja der Richtige. Schließlich ist er es doch, der hier vollkommen ungeniert an mir rumleckt.

»Deinetwegen habe ich jetzt voll die Zitrone vergessen«, schmollt er halbherzig, ehe er leise lacht.

»Ist das so, ja?«, erwidere ich neckend. Meine Lippen kribbeln immer noch so angenehm, dass ich ihn am liebsten direkt wieder an mich zu ziehen würde. Vielleicht sollte ich einfach? Ja, warum eigentlich nicht. Mein Blick fällt ganz von allein auf das zweite kleine Glas Tequila, dann auf den Salzstreuer und dann ... dann greife ich nach Lucas, höre sein überraschtes Keuchen, als ich seinen Kopf etwas zur Seite neige und meine Lippen seinen Hals berühren. Er seufzt.

»Oh Gott, Samuel.« Gänsehaut überzieht seinen Nacken. Und er riecht so unfassbar gut.

»Fuck«, keucht er leise, als ich ihm mit der Zunge über den Hals lecke, nebenbei ein paar sanfte Küsse verteile und schließlich die kleinen Salzkörner auf seine Haut rieseln lasse. Ein letztes Mal sehe ich ihm tief in die Augen, blende alles um mich herum aus, bis da nur noch Lucas im zuckenden Lichtermeer ist und dann beuge ich mich nach vorn.

»Oh Gott, fuck«, japst er, als ich beginne ihm das grobe Salz von der Haut zu lecken. Es ist so gut! Seine Nähe macht mich verrückt. Sein Keuchen lässt mich zittrig einatmen, bevor ich mich an seiner Haut festsauge. Immer mehr, immer fester, bis sich Lucas‘ Finger in meinen Hinterkopf krallen.

»Fuck, Sam ... Samuel, du musst, nghhaa, du musst trinken«, keucht er abgehackt und scheiß drauf! Das hier ist besser als jeder Alkohol. Das ist berauschend und wirkt wie ein Cocktail aus Salz und Hormonen, die ich viel zu lange zurückgehalten habe.

»Oh Mann«, seufzt er, nachdem ich ihm ein letztes Mal sanft über die deutlich gerötete Stelle lecke. Ich bin so zufrieden mit seinem überwältigten Gesichtsausdruck, dass der Tequila und die verdammt saure Zitrone fast zur Nebensache werden.

»Das war … fuck.« Lucas wirkt etwas überfordert. Hat er das nicht erwartet? Er tastet vorsichtig mit einer Hand zu seinem Hals, über den Fleck und dann grinst er glücklich.

»Okay, wow, aber jetzt will ich tanzen, komm mit«, meint Lucas gut gelaunt, lässt seine Hand in meine gleiten und schon zieht er mich hinter sich her, direkt hinein in eine Masse dicht gedrängter Körper, die sich alle, mehr oder weniger rhythmisch, zur Musik bewegen. Lucas ist dabei so euphorisch und überschwänglich, dass er mich plötzlich loslässt, und einen Augenblick später taucht er unter, mischt sich unter die Leute und fängt an, die Tanzfläche für sich zu erobern. Das kann er verdammt gut. Konnte er schon immer. Er zieht sämtliche Aufmerksamkeit auf sich, vor allem meine. Er bewegt sich zur Musik, er lacht und dreht sich. Hin und wieder wirft er mir einen Blick zu, der jedes Mal wieder auf meiner Haut brennt. Ihn nur zu beobachten ist faszinierend, aber ich will mehr. Ich will ihn anfassen, dabei sein, meine Hände an seine Hüfte legen, ihn an mich ziehen und so eng wie möglich mit ihm tanzen. Und ich weiß, dass er es auch will, also warte ich nicht länger und gehe zu ihm. Er hat mir den Rücken zu gedreht, ich schmiege mich an ihn und folge seinen Bewegungen. Meine Hände wandern nach vorn, streichen über seine Brust und Lucas seufzt leise, als sie tiefer gleiten, immer tiefer. Oh Gott! Das ist so gut. Sein angenehmer Duft benebelt mich. Ich denke keine Sekunde darüber nach, wie es aussieht, wenn ich meine Finger unter den Bund seiner Hose gleiten lasse, nur ganz leicht, nur, um ihn fester an mich zu ziehen. Sein Becken gegen meines presse und die zarte, allerdings sehr unbefriedigende Reibung genieße, die dabei entsteht.

»Na endlich«, raunt mir Lucas dunkel zu. Ich kann nur darüber schmunzeln, bevor ich mich nach vorn beuge und meine Lippen an seinen Hals lege. Sofort spüre ich seine Hände wieder in meinen Haaren, fühle mich animiert ihn zu küssen, während Lucas immer wieder seinen perfekten Hintern gegen mich drückt. Verdammt, er macht mich wahnsinnig. Ich war ja vorhin schon ein wenig erregt, aber jetzt … jetzt wandert definitiv zu viel Blut nach unten, lässt alles in mir kribbeln und fuck! Wenn er so weitermacht … wenn wir so weitermachen, dann bin ich schneller hart, als ich denken kann.

»Hmm, Sam«, schnurrt er, neigt seinen Kopf und krault meinen

Nacken. »Hast du schon mal …« Er unterbricht sich schon wieder, nur um sinnlich seine Hüfte kreisen zu lassen.

»Was?«, frage ich, neugierig und so unter Spannung, dass ich es kaum aushalte, wenn er so halb offene Sätze im Raum stehen lässt.

»Hast du schon mal bei einem Poledance zugesehen?«

»Nicht wirklich, warum?«, hauche ich ihm in den Nacken und würde am liebsten die ganze Zeit so bleiben, wenn Lucas sich nicht genau jetzt bewegen würde. Er dreht sich und so liegen meine Hände jetzt an seinem Hintern.

»Was würdest du sagen, wenn ich für dich tanze?«, sagt er und seine Augen funkeln dabei voller Vorfreude.

»Du kannst sowas?«, frage ich. Er nickt.

»Oh ja, ich kann, und wie. Siehst du die Stange da hinten? Das wird meine. Du darfst mich keine Sekunde aus den Augen lassen, okay?« Ich nicke überfahren und dann, nach einem flüchtigen Kuss auf meine Lippen, hat er sich auch schon umgedreht und ist weg. Hinterlässt eine Leere, die mir nicht gefällt.

Und weil ich es dumm finde, hier allein rumzustehen, drehe ich mich um und laufe zurück zur Bar. Ich bestelle mir was Neues zu trinken und suche dann nach der Stange, auf die Lucas zuvor gezeigt hat. Ich sehe ihn. Sein blondes Haar leuchtet wie ein Feuerwerk auf, als er sich um die Stange herumbewegt und jeder bunte Lichtpunkt darauf reflektiert wird.

Neugierig setze ich mich bequemer hin. Es gab noch nie eine Situation wie diese. Dass er tanzen kann, ist nun wirklich kein Geheimnis mehr, aber an einer Stange? Schmunzelnd beobachte ich, wie er lauernd um das glänzende Metall herumgeht, einen Kreis nach dem nächsten zieht, seine Hand langsam ausstreckt und als er die Stange berührt, stockt mir der Atem.

Er schwingt sich hoch, so leicht und schnell. Keinerlei Anstrengung zeichnet sein Gesicht, da ist nur vollkommene Entspannung. Meine Mundwinkel zucken, als er schließlich seine Hände löst, sich drehend nach unten rutschen lässt und den Kopf nach hinten legt. Er tanzt, bewegt seine Hüfte, nimmt die Stange zwischen seine Beine und, oh Gott, ich weiß gar nicht, wo ich zuerst hinsehen soll. Lucas hat innerhalb von Sekunden so viel Aufmerksamkeit auf sich gezogen, dass es mich nicht wundert, dass jetzt auch einige anfangen, ihn anzufeuern.

All die Menschen um ihn herum klatschen und jubeln, als er sein Hemd auszieht, es in die Menge wirft und dabei lacht. Er hat Spaß, genießt es, während ich ihn anstarre, jede Bewegung mit einem angenehmen Kribbeln im Körper verfolge. Jeder Schritt sitzt, jeder Schwung hat die richtige Geschwindigkeit und fuck, ich habe noch nie jemanden so tanzen gesehen. Das ist unglaublich. Ich habe das Gefühl zu ersticken, weil hier so viel Spannung im Raum ist, dass sie mich von innen heraus verbrennt. Sie wächst, wird mit jedem Blick stärker, den Lucas mir zuwirft. Ich habe das Gefühl, er sieht mich direkt an und zwischen uns ist ein leerer, stiller Raum, nur wir.

Verdammt, ich habe keine Ahnung, wie er das macht. Was er mit mir macht. Aber es ist geil und aufregend und dann lasse ich beinahe mein Glas fallen, als er sich auch das Shirt auszieht, seine perfekte Haut im Licht schimmert und jeder Muskel zu sehen ist, als er sich an die Stange hebt, seine Beine in der Luft schweben und ich mich nicht mehr länger an Ort und Stelle halten kann.

Ich lasse alles zurück. Sowohl das volle Glas als auch meine Selbstbeherrschung. So schnell ich kann, dränge ich mich durch die Menge und Lucas sieht mir entgegen. Seine Augen leuchten und dann lässt er sich ganz langsam an der Stange hinunterrutschen, vollzieht unten noch ein paar sinnliche Bewegungen zum Abschluss und springt dann von dem Podest, direkt vor meine Füße. Sein Grinsen ist so breit und glücklich, während er sich sein T-Shirt überzieht.

»Naaa, hab ich dir zu viel versprochen? Ich denke, da hat sich jede Stunde ... hmmpf« Ich unterbreche ihn, indem ich ihn küsse, hart und gierig, weil ich nicht anders kann. Da sind so viel Druck und Verlangen in mir, die einfach raus müssen. Ich muss ihn küssen, seine Zunge mit meiner berühren und gelöst in den Kuss stöhnen, weil Lucas genauso hitzig erwidert. Worte sind hier absolut fehl am Platz. Küssen ist besser. Genauso wie seine Hände, die mich grob an ihn pressen, während das Kribbeln in mir nicht mehr länger nur ein Kribbeln ist. Es ist eine Explosion aus Gefühlen, die sich in meiner Mitte sammeln, mich erregen und immer lauter stöhnen lassen, wenn er sein Becken gezielter bewegt. Und das hier. Auf der Tanzfläche, zwischen all diesen fremden Leuten.

Fuck! Ich will mehr. Seine Zunge erobert meinen Mund, kämpft mit mir und gelegentlich spüre ich seine Zähne ungeduldig an meiner Lippe knabbern. Da ist, trotz allem, immer noch so viel Kontrolle und Vorsicht, dass ich es kaum glauben kann, wie viel Beherrschung er noch aufbringt. Bei mir dreht sich alles. Mir ist schwindlig. Es ist, als würde er mich mit sich hinab ziehen, in einen Strudel aus purer Lust, dem ich nichts entgegenzusetzen habe.

»Lucas«, seufze ich.

»Du bist so verdammt heiß«, erwidert Lucas mit rauer Stimme, lässt seine Lippen kaum spürbar über meine Haut gleiten, während sich seine Hände wieder unter mein Oberteil schleichen.

»Weißt du, wie sehr es mich anmacht, nur zu wissen, dass du mich ansiehst«, haucht er. Jedes Wort wandert heiß durch meinen Körper und lässt mein Herz höherschlagen. So schnell, dass ich befürchte, dass es seinem eigenen Rhythmus nicht mehr folgen kann.

»Und weißt du, wie geil es mich macht, wenn du mir hemmungslos ins Ohr stöhnst?« Es ist nur ein raues Wispern, das seine Lippen verlässt und zum Glück nicht von der Musik verschluckt wird. Und dann stöhne ich wirklich, laut und genauso hemmungslos, wie er es will, als er seine Hand in meine Hose gleiten lässt, direkt auf nackter Haut. Shit. Mir werden fast die Knie weich, weil er mir so nah ist, so herrisch und besitzergreifend und so viele Sinne gleichzeitig reizt, dass ich überhaupt nicht weiß, worauf ich mich konzentrieren soll.

Da sind seine Lippen, seine Zunge und Hände. Überall ist Lucas und er hinterlässt ein weiteres Mal sein Zeichen auf meiner Haut. Es fühlt sich gut an! So verdammt gut in seiner Nähe und ich fühle mich berauscht durch den Druck auf meinem Schwanz …

»Nghh, oh Gott, ja«, stöhne ich ihm ins Ohr und mir ist vollkommen egal, ob mich hier jemand hört oder ob uns irgendwer zusieht.

»Scheiße, Samuel … wir …« Auch Lucas keucht schwer, legt seine Stirn auf meiner Schulter ab, sodass mich seine Haarspitzen kitzeln. »Fuck, wir können hier nicht bleiben.« Sein Atem streichelt über meine Haut hinweg und überall breitetet sich Gänsehaut aus.

»Was?«, frage ich heiser, bin ganz außer Atem, obwohl ich mich doch gar nicht bewegt habe. Ich stehe nur da, benebelt von seiner Präsenz und weiß noch nicht einmal, wann genau ich meine Hände unter sein enges Shirt geschoben habe.

»Wir sollten gehen«, wiederholt er sich, nur um anschließend gar nichts zu machen. Das Einzige, was sich bewegt, ist seine Hand um meine Erregung, die stetig wächst, weil es einfach nicht genug ist.

»Sollten wir wohl.«

»Ja.« Lucas seufzt ein letztes Mal, atmet an meinem Hals tief und lang ein, ehe er sich zurückzieht. Sein Gesicht sehe ich nur kurz, bevor er seine Hand aus meiner Hose holt und sich umdreht. Er greift nach meinem Handgelenk und zieht mich mit sich, runter von der Tanzfläche, direkt zu den Toiletten. Ich folge ihm, mit aufgeregt schlagendem Herzen. Mir ist egal, wo wir es tun. Hauptsache ... Hauptsache wir tun es.

Oh Gott. Schlagartig steigt mir Hitze ins Gesicht. Mir wäre es sogar egal, wenn es hier passiert, in dieser engen Klokabine des Clubs, wo wir uns kaum vernünftig bewegen können. Stürmisch presst er mich gegen die Wand und lehnt sich gegen mich.

»Du glaubst gar nicht, wie sehr ich dich will«, seufzt er leise und küsst mich, bevor ich etwas erwidern kann. Dabei hätte ich gesagt, dass es mir genauso geht. Ich hätte ihm so gern gesagt, dass es im Moment nichts anderes für mich gibt außer ihn. Stattdessen lege ich alles in diesen Kuss, der so viel intensiver ist als alles, was wir vorher hatten. Verrückt, weil jeder Kuss mit Lucas intensiv und besonders ist.

Mein Körper glüht unter seiner Berührung und Stromstöße ziehen durch mein Becken, lassen es zucken und mich gleich darauf stöhnen, als ich spüre, dass auch Lucas hart ist.

Für einen Moment bin ich davon so überwältigt, dass ich seinem Kuss kaum noch folgen kann. Kurz darauf hält er inne, bleibt aber mit seinen Lippen so nah an meinen, dass ich jede Bewegung spüre.

»Weißt du, dass es schon nach zwölf ist?«, flüstert er und noch ehe ich begreife, warum er das sagt, grinst er und lässt sich vor mir auf die Knie sinken.

Er zieht den Reißverschluss meiner Hose auf, um sie anschließend, zusammen mit meiner Shorts, runter zu schieben. Angespannt verfolge ich, wie er meinen Penis in die Hand nimmt, langsam auf und ab gleitet und fuck ...

Ich zucke in seiner Hand. Lucas schnurrt zufrieden, bevor er seine Zunge über meine gesamte Länge gleiten lässt.

»Oh scheiße, ja«, keuche ich, kralle meine Finger in sein Haar und drücke ihn tiefer, als er anfängt, mich in den Mund zu nehmen.

»Shit …«, nach Luft ringend stöhne ich auf, dringe Stück für Stück tiefer in seinen Mund vor, bevor mir wirklich schwindlig wird. Schwindlig vor Lust, weil sie sich direkt in meiner Mitte staut.

»Oh … oh, fuck, Lucas … nghaaa.« Ergeben fällt mein Kopf nach hinten, knallt dumpf gegen die Kabinenwand. Im harten Rhythmus bewegen sich seine Finger, während er fester an mir saugt. Immer mehr, schneller und tiefer.

»Hah, ich … fester, genau, ahh …« Losgelöst stöhne ich auf, als mir schwarz vor Augen wird und mein Becken ganz von selbst weiter nach vorn stößt. Ihm entgegen und tiefer in seinen Mund. Es fühlt sich unglaublich an. All die Wärme, die sich angesammelt hat, verlässt mich jetzt schubweise, landet auf seiner Zunge und hinterlässt ein sehr zufriedenes, leicht erschöpftes Gefühl, obwohl mein Herz noch immer rasend schnell schlägt.

Ich fühle, wie er schluckt, noch während ich in seinem Mund bin. Jeden Tropfen leckt er von meiner Spitze und sieht dabei so verflucht geil aus. Er hat die Augen geschlossen, sieht entspannt und genießend aus.

»Das war …«

»Teil eins von deinem Geburtstagsgeschenk«, sagt Lucas, küsst noch einmal die Spitze meiner noch halbharten Erektion, ehe er sich hochstemmt und grinsend über die Lippen leckt.

»Du schmeckst echt gut, Samuel«, neckt er mich. Lucas ist so schamlos und direkt. Immer. Und es gefällt mir. Also ziehe ich ihn an mich und küsse ihn. Lucas summt angetan, als sich meine Zunge zwischen seine Lippen schleicht, ihn sanft zurückdrängt, wenn er versucht, die Führung zu übernehmen. Die Hitze zwischen uns ist kaum auszuhalten und greift auf meinen Körper über, als er sich fest gegen mich drückt. Ich spüre ihn. Seine Erregung. Und ganz viel Ungeduld in jeder Berührung. Lucas will das hier genauso sehr wie ich.

Er will mich.

22 – Samuel – zum ersten Mal

Mein Herz rast und ich keuche gegen leicht geöffnete Lippen. Im selben Moment greift Lucas nach meinen Oberschenkeln und hebt mich hoch, positioniert mich auf seiner Hüfte und drückt mich noch kräftiger gegen die Wand. Augenblicklich wird mir unsagbar heiß. Lucas küsst sich zu meinem Hals, meine Hände suchen Halt an seinem Rücken.

»Du machst mich echt verrückt«, wispert er heiser, stößt sein Becken vor, reibt sich an mir, und entlockt mir ein Stöhnen. Seine Bewegung lässt kaum noch Fantasie übrig. Sämtliche Hitze, die zuvor noch in meinem Bauch war, wandert jetzt in meinen Kopf und von dort direkt wieder nach unten, als ich ihm entgegenkomme. Mein Rücken schrammt über jede Unebenheit der Wand, bevor ich ihn fester dagegen drücke, um so meinen Schritt näher an seinen zu pressen. Lucas stößt warmen Atem in einem dunklen Stöhnen gegen meine Haut. »Fuck, du ... weißt du überhaupt, was du hier tust?«, raunt er mir entgegen, küsst mich anschließend flüchtig, bevor er sein Becken erneut gegen mich rollen lässt.

»Ja«, hauche ich zurück. Wir bewegen uns, können nicht aufhören, ich ...

»Shit, Sam ... ich würde ... ich könnte direkt hier, fuck ...« Sein Kopf fällt nach vorn, bleibt auf meinem Schlüsselbein liegen, während ich stoßweise ausatme. Es ist zu viel. Zu viel Erregung. Zu viel Wärme und doch ist da immer noch zu wenig Haut, die sich berührt. »Ganz ehrlich, ich würde am liebsten direkt hier mit dir schlafen.« Sofort durchfährt mich ein intensives Kribbeln.

»Lucas, ich ... okay.« Sein Blick bringt mein rasendes Herz fast zum Stillstand, dann keucht er und senkt seine Lippen kurz auf meine.

»Aber nicht hier. Ich wollte das ganz anders, ich ... fuck, komm mit«, haucht er, fährt sich mit leicht zitternden Fingern durch die Haare, ehe er mich wieder auf dem Boden absetzt und wir gemeinsam aus der Kabine stolpern. Lucas zieht mich zurück in den Clubraum, dann hinaus in den Flur und direkt wieder die Treppe nach oben.

Knutschend erreichen wir unser Zimmer. Meine Lippen pochen, aber ich kann nicht aufhören. Ein angenehmes Prickeln überzieht meinen Nacken, als er seine Finger in mein Haar schiebt, dann lehnt er seine Stirn gegen meine. Mein Atem vermischt sich mit seinem und ich schließe die Augen.

»Ich habe lange drüber nachgedacht«, flüstert Lucas und hält mich davon ab ihn wieder anzusehen. »Nicht, lass sie geschlossen«, meint er. Jedes Wort streichelt sanft über mein Gesicht.

»Warum?«, hauche ich zurück. Das aufregende Prickeln schlägt um in pure Nervosität.

»Ich will dich überraschen«, erwidert er, legt seine Hände an meine Wange und küsst mich. Kurz und sanft. »Ich muss nur noch was vorbereiten«, sagt er geheimnisvoll. Ich glaube, auch er ist ein wenig nervös.

»Okay? Warum?« Eigentlich wünsche ich mir gerade nichts sehnlicher als seine Hände auf meiner Haut.

»Weil du Geburtstag hast und ich will, dass es besonders wird, also ... nicht gucken, okay?« Ich nicke, auch wenn ich nicht will, dass er sich von mir entfernt. Es raschelt, bevor ich ihn im nächsten Moment wieder vor mir spüre. Seine Hand legt sich an meine Wange, ehe er mich nochmal küsst. Langsamer. Intensiver. Seine Zunge leckt fordernd über meine, stupst sie spielerisch an und bringt mich einmal mehr zum Keuchen. Es ist aufregend, einfach nur hier zu stehen, nicht zu wissen und nicht zu sehen, was er vorhat. Mein Herz schlägt dabei ganz berauscht. Ob er das weiß? Ob man das spüren kann?

Die Wärme, die er ausstrahlt, ist so präsent. Er keucht sinnlich, als ich über seine Brust streiche. Er trägt kein T-Shirt mehr, seine Atmung ist schnell und schwer.

Mit einem sanften Lächeln beuge ich mich vor, dahin, wo ich Lucas' weiche Lippen vermute.

»Ich will dich«, flüstere ich entschlossen und Lucas seufzt sofort auf.

»Oh Gott, Samuel. Du … fuck, ich würde so gerne … willst du wirklich? Ich meine, wirklich? Oh Gott, warum rede ich überhaupt so viel.« Etwas verlegen lacht er, versucht, sich zu sammeln.

»Ja, ich will dich … wirklich.« Ich glaube, meine Stimme war noch nie so tief und rau, wie in diesem Moment.

»Oh Gott«, seufzt Lucas erneut, gefolgt von einem zittrigen Atemzug. »Ich will auch«, haucht er und der Kuss, der anschließend folgt, ist grober und ungeduldiger, während meine Hände zu seinem Rücken wandern und auf seinem Kreuz liegen bleiben. Das fühlt sich gut an. »Okay, warte, ich will dir vorher noch etwas schenken«, flüstert er, dann legt er seine Hände an mein Hemd. »Das hier können wir aber trotzdem schon ausziehen.« Ein vibrierendes Raunen liegt in seiner dunklen Stimme, schickt tausend kleine Schauer über meinen Nacken. Langsam öffnet er Knopf für Knopf meines Hemdes, bevor er es mir einfach über die Schultern streift. Kurz darauf pressen sich seine Lippen auf meine Haut, küssen federleicht über meine Brust hinab. »Und die hier auch.« Heiß geflüsterte Worte treffen auf meine Hüfte, nachdem er seine Finger unter den lockeren Bund meiner Hose geschoben hat. Sie fällt fast von selbst zu Boden. Innerhalb von Sekunden stehe ich komplett nackt vor ihm, mit geschlossenen Augen, Herzrasen und einer beginnenden Erektion, die zwischen meinen Beinen pocht. Ich spüre jeden seiner Blicke, noch bevor er seine Hände wieder über meinen Körper nach oben gleiten lässt.

»Das fühlt sich gut an, oder?«, schleicht sich seine Stimme in mein Ohr und ich seufze als Antwort. Natürlich tut es das. Aber gleichzeitig macht es mich verrückt, nur hier zu stehen und zu warten. »Weißt du, was ich gern mit dir tun würde?«, fragt er, lässt seine Finger dabei über meinen Körper gleiten. »Ich verrat es dir einfach, okay?«, flüstert er mir ins Ohr und ich nicke, angespannt vor Lust, die mich fast wahnsinnig macht. »Versprich mir, dass du die Augen nicht öffnest. Ich will sehen, wie dein

Körper reagiert.« Ganz eindeutig mit einer prickelnden Gänsehaut, jetzt schon.

»Versprochen.«

»Gut, dann stell dir jetzt vor, wie sich mein Körper an deinen Rücken presst. Wie er sich an dich schmiegt und dich fühlen lässt, wie geil du mich machst.« Lucas' Stimme schickt wohlige Schauer über meinen Nacken. Alles spannt sich an, jeder Muskel ist übersensibel gereizt, ich spüre es, mit jedem Finger, der über meinen Rücken gleitet.

»Stell dir vor, wie nah ich dir bin, deinen Nacken küsse …«, sagt er, sein warmer Atem streift meinen Hals.

»Sprich weiter«, fordere ich mutig, nur meine Stimme ist nicht halb so kräftig wie gedacht.

»Bist du so neugierig? Hm, gefällt mir«, sagt er neckend. Ich kann das Grinsen auf seinen Lippen hören. »Weißt du, ich würde meine Hände ganz langsam tiefer wandern lassen. Tiefer und tiefer.« Hitze wallt durch meinen Körper, sammelt sich in meiner Mitte. Ich bin hart und erregt. Und seine Finger tanzen zu sanft über meine Haut.

»Hmm, und weiter …«, seufze ich, lege den Kopf in den Nacken und lausche seinem leisen Summen, das jetzt wie feiner Regen über meinen Hals perlt.

»Was, glaubst du, würden meine Finger tun, wenn sie über dein Steißbein hinweg gleiten, noch tiefer wandern, über deinen perfekten Arsch?« Ich schlucke, dann keuche ich. Mein ganzer Körper kribbelt und brennt. »Würdest du stöhnen, wenn sie in dich eindringen? Gleich zwei oder drei auf einmal?«

»Oh Gott, jahhh!« Meine Knie werden schwach. Aber Lucas ist da, schlingt seinen Arm um meine Taille und hält mich, zieht mich an sich und drückt seinen Kopf ganz fest an meinen Hals.

»Okay, wow, du machst mich fertig, Samuel.« Das sagt der Richtige. Ich bin fertig, vollkommen fertig, weil das hier so gut ist. So viel besser, als ich gedacht hätte.

»Wie krass du reagierst«, schnurrt er weiter, voller Begeisterung. »Schon jetzt … dabei habe ich noch gar nicht gesagt, wie ich dich dann …« Sein eigenes Stöhnen unterbricht ihn, bevor er nach meinem Kinn greift, es zu sich zieht und ganz nah an meinen Lippen weiterspricht. »Willst du noch wissen, wie ich dich dann ficke, oder lässt du dich einfach überraschen?« Ich schlucke hektisch, bevor er seine Lippen auf meine drückt, ohne dass ich ihm wirklich antworten kann.

Ganz egal wie es passiert, ich bin bereit dafür. So bereit, dass ich an nichts anderes mehr denken kann.

»Samuel«, flüstert er. Jede Silbe meines Namens klingt aus seinem Mund nach grenzenloser Lust. »Sag es nochmal, Samuel. Sag nochmal, dass du mich willst.«

»Ich ...« Fuck, meine Stimme bricht. Keuchend ringe ich nach Atem. Verdammt, das alles hier, mit ihm ... das ist so intensiv.

»Ich ... will dich«, hauche ich dann Wort für Wort gegen seinen Mund, direkt gegen heiße, pochende Lippen.

»Oh shit, das ... das hört sich so gut an«, meint er. »Du glaubst gar nicht, wie gut sich das anfühlt und ... ich werde es tun. Bald, gleich ... versprochen. Aber vorher musst du noch was für mich tun«, sagt er, küsst mich und ist anschließend wieder verschwunden. Fuck. Spinnt der? Ich bin kurz davor hier alles zu verlieren. Meine Beherrschung, meinen Verstand ... Und was macht er? Er lässt mich einfach stehen.

Meine Finger zucken und verkrampfen sich, bevor ich nachgebe und sie schließlich, gefolgt von einem gelösten Stöhnen, um meine Erektion schließe. Oh Gott, ja ... das ist gut, wenn auch nicht das, was ich will. Aber es ist besser als nichts.

»Hey ...« Lucas reagiert auf mein Stöhnen und ich habe das Gefühl, dass sein Blick auf meiner Haut brennt. »Was wird das denn?«, fragt er. Ich kann nicht beschreiben, was seine Stimme in mir auslöst. Es ist, als würde sich alles zusammenziehen, ertappt und kitzelnd vor Aufregung.

»Wonach sieht es denn aus?« Nebenbei höre ich, wie er eine Schublade öffnet und wieder schließt.

»Hab ich dir erlaubt, dass du dich wichsen darfst?«

»Du hast es auch nicht verboten«, kontere ich, noch halbwegs bei Verstand. Und dann höre ich ein Geräusch, das mich fast dazu bringt, die Augen zu öffnen.

»Fuck, ist das kalt«, zischt Lucas, aber schon im nächsten Moment seufzt er wieder. Vor mir raschelt die Bettwäsche. »Okay, jetzt...«, sagt er. Gänsehaut bildet sich auf meinen Armen, weil ich mir vorstelle, dass er mich von dort aus beobachtet. Mir zusieht, wie ich meine Hand über meine Erektion gleiten lasse.

»Also eigentlich müsste ich dich dafür bestrafen, dass du es dir einfach selbst machst«, raunt er schließlich, viel zu weit weg für meinen Geschmack.

»Und du glaubst, dass ich mich von dir bestrafen lasse?« Oh Gott, ich weiß wirklich nicht, woher diese Worte kommen.

»Tatsächlich glaube ich das, ja. Und ich gehe sogar soweit zu behaupten, dass du darauf stehen würdest.« Sein amüsiertes Grinsen ist aus jedem Ton herauszuhören. »Aber vielleicht reicht es ja schon, wenn ich dir sage, dass ich es mir gerade ebenfalls selbst mache?«

»Tust du?«, hauche ich, verfluche meine Stimme, weil sie verräterisch zittert.

»Schau doch nach, du musst nur die Augen öffnen.« Sollte ich wohl langsam wirklich tun. Allein die Vorstellung bringt mich fast zum Stöhnen. Also öffne ich langsam die Augen und blinzle gegen das schummrige, flackernde Licht, mit dem ich nicht gerechnet habe. Wann, bitte, hat er Kerzen angezündet? Es sind nicht viele, aber sie werfen einen angenehmen warmen Schein auf seinen Körper.

Und er hat gelogen! Lucas holt sich keinen runter. Kann er gar nicht, weil er sonst alles, was er vorbereitet hat, verschmieren würde. Der Typ ist total verrückt. Durchgeknallt vielleicht auch ein wenig, aber ... fuck ... mein Körper findet es gut. Ich spüre, wie meine Erregung zuckt und sich meine Mundwinkel nach oben ziehen.

»Gefällt dir, was du siehst?«, schnurrt er direkt anzüglich und spreizt die Beine noch ein wenig mehr.

»Weiß ich noch nicht«, behaupte ich, obwohl mein Körper ganz anderer Meinung ist.

»Es war leider nicht möglich, in so kurzer Zeit eine richtige Torte für dich zu organisieren.«

»Und deshalb dachtest du, du wirst einfach selbst zur Torte?«

»Natürlich! Ein Geburtstag ohne Torte ist ja schließlich auch kein richtiger Geburtstag, selbst wenn es hier nur für eine Kerze gereicht hat.«

»Und was soll ich, deiner Meinung nach, jetzt damit tun?«

»Ich denke, Kerzen sollte man ausblasen, findest du nicht?« Gott, sein Ton macht mich wahnsinnig. Und sein Blick erst. Er ist so fesselnd. Wäre ich nicht schon nackt, würde ich glauben, dass er mich gerade auszieht, so intensiv mustert er mich.

»Darf ... ich mir dann auch etwas wünschen?« Mit der Zunge befeuchte ich meine Lippen, ehe ich es wage, ein paar kleine Schritte auf ihn zuzugehen. Sein Schmunzeln folgt mir dabei, und seine Augen beginnen zu glänzen. Er sieht genauso hoffnungslos erregt aus, wie ich mich fühle.

Er hält seine große, harte Erektion an der Wurzel aufrecht, bedacht darauf, dass er die Sahne nicht verschmiert, die sich über seinen Schaft schlängelt und oben auf der Spitze ihre Krönung findet, ansprechend dekoriert mit einer einzelnen, dunkelroten Kirsche.

»Natürlich darfst du«, antwortet er grinsend. »Und zwar alles, was du willst«, sagt er und dann falle ich vor ihm auf die Knie.

»Du glaubst gar nicht, wie heiß du grade aussiehst«, haucht Lucas mir entgegen, sorgt dafür, dass meine Wangen warm werden. Seine freie Hand legt er sanft um mein Kinn.

»Hmmm«, überlegt er summend und fährt mit seinem Daumen über meine Lippen. »Ich glaube, ich werde dir sagen, was du tun darfst«, flüstert er, mit einem gewagten Lächeln auf den Lippen.

»Vielleicht solltest du das«, entgegne ich, ziehe verspielt eine Augenbraue nach oben.

»Oh Gott, Samuel ... du bringst mich um, wenn du weiter so lächelst«, keucht er atemlos.

»Das wäre kontraproduktiv, wenn du mir noch sagen möchtest, was ich tun soll.« Lucas nickt eilig.

»Stimmt. Die Kirsche zuerst, Samuel«, haucht er und nickt der reifen Frucht entgegen. »Nimm sie ganz vorsichtig zwischen die Lippen«, fügt er mit rauer Stimme hinzu und, auch wenn ich es nicht mehr sehe, weiß ich, dass er jede meiner Bewegungen verfolgt. Seine Atmung wird ein wenig flacher, hektischer, als ich mich langsam über seinem Glied aufbaue, den Kopf extra zur Seite lege und den Mund ganz leicht öffne. Gerade so viel, dass die Kirsche zwischen meine Lippen passt.

Keine Ahnung, ob Lucas wirklich sehen kann, was ich tue, aber ich hoffe es. Nicht umsonst lasse ich mir Zeit, versuche das so anregend und sinnlich wie möglich zu machen, und werde schließlich mit einem leisen Keuchen belohnt.

»Hat dir deine Mum etwa nicht beigebracht, dass man mit seinen Freunden teilt.« Er schmunzelt herausfordernd, stemmt sich ein Stück hoch, ohne dass er mit der Sahne in Berührung kommt, und dann lasse ich mich von ihm küssen. Seine Lippen teilen sich sofort, geben der flinken Zunge freien Raum, um fordernd in meinen Mund einzudringen.

Mein Herz schlägt mir bis zum Hals. Zwischen unseren Zungen tanzt die Kirsche, wird von uns getragen und immer wieder hin und her gespielt, bis ich sie ihm einfach in den Mund drücke und dann ein Stück zurückweiche.

»Meine Mum hat mir vor allem beigebracht, dass man nicht mit Essen spielt«, keuche ich ihm, heftig atmend, entgegen.

»Der Punkt geht an dich«. Er lacht und scheinbar gibt es jetzt keine Kirsche mehr. Dafür aber ein versautes Grinsen. »Ich denke, dann solltest du jetzt lieber ganz schnell die letzten Beweise vernichten.«

»Sollte ich wohl.« Ich lecke mir über die Lippen, bevor ich mich von ihm abwende. Lucas war zum Glück relativ sparsam mit der Sprühsahne. Voller Ungeduld haftet sein Blick auf mir. Ich kann es spüren, in jedem Atemzug. Und es kitzelt, brennt in mir.

Mit einem letzten, zufriedenen Schmunzeln lehne ich mich vor, senke meinen Kopf und schon im nächsten Moment höre ich ihn gedämpft stöhnen.

»Oh Gott, Samuel ... du ... haahh.« Er schnappt nach Luft. »Shit, du ... das fühlt sich so gut an«, seufzt er, während sich schaumig süße Sahne auf meiner Zunge verteilt. Sein heißes, anregendes Stöhnen jagt in Wellen durch meinen Körper, direkt in meinen Schritt. »Verdammt, ja ...«, flüstert er erregt.

»Das ist so gut ... mehr, Samuel, nimm ihn in den ... fuck ja«, stöhnt er hemmungslos, während ich seinen harten Schaft in meinen Mund gleiten lasse.

Es fühlt sich gut an. Aufregend und anders, aber berauschend gut. Und sein verklärter Blick lässt mein Herz begeistert in meiner Brust hüpfen. Es überschlägt sich fast, als er genießend die Augen schließt und, mit leicht geöffnetem Mund, keuchend atmet.

»Samuel«, seufzt er zum wiederholten Mal, sieht zu mir hinunter und das intensive Blau seiner Augen schwimmt vor Lust und Begehren. Unglaublich. Schon wieder kribbelt alles und ich lasse mich dazu hinreißen, meine Finger in die restliche Sahne zu tauchen, nur um sie ihm hinzuhalten. Er grinst, öffnet den Mund und dann wandert seine Zunge über meine Finger, sanft, sinnlich ... und verflucht warm. Seine Lippen schließen sich und dann saugt er, nicht fest, aber kräftig genug, um mich zum Stöhnen zu bringen.

»Hmmmhh«, seufzt er, klingt dabei mehr als zufrieden, ehe er meine Finger wieder entlässt.

»Und jetzt wieder du«, haucht er seinen Atem gegen meine Hand, bevor er leichte Küsse darauf verteilt. Mit heftig schlagendem Herzen beuge ich mich wieder vor.

»Hghnn«, stöhnt er vollkommen benebelt und greift fest in mein Haar. »Schluck ... Saug ... mach was, mach irgendwas«, keucht er atemlos, klingt, als wäre er der Verzweiflung nahe. Das ist gut, oder? Er ist so kurz davor sich zu vergessen. So kurz davor einfach loszulassen.

Unglaublich viele, schöne Gefühle strömen plötzlich durch meinen Körper, während sein Griff drängender wird. Lucas stöhnt laut auf, lässt eine Gänsehaut über meinen Rücken wandern, während ich ihn tiefer gleiten lasse. Meine Zunge reibt über seinen harten, zuckenden Schaft. Gleichzeitig fange ich an, ihn zu massieren.

»Ngaahh, Sam ... fuck«, stöhnend wirft Lucas seinen Kopf in den Nacken und rutscht mit seinem Becken nach vorn, stößt sich mir gierig entgegen, während ich gar nicht so schnell schlucken kann, wie sich Speichel in meinem Mund sammelt.

Das ist Wahnsinn. Es beflügelt mich. Ich will, dass er kommt, dass er sich voll und ganz fallen lässt, nichts mehr zurückhält. Ich will, dass er mir alles von sich gibt. Jetzt. Hier. Heute.

»Oh, scheiße, Samuel, ich ...« Seine Finger verkrampfen sich, kratzen über meine Kopfhaut, doch ich lasse nicht nach. Dieses Mal nicht. Stattdessen sauge ich fester, drücke sein Becken härter gegen die Matratze. Lucas stöhnt ungehalten, windet sich.

»Fuck ... geh weg«, stößt er heftig atmend aus, zerrt ein letztes Mal kraftlos an meinen Haaren, doch da ist es schon zu spät. Sein Orgasmus verteilt sich schubweise in meinem Mund. Warmes Sperma landet auf meiner Zunge und noch ehe ich darüber nachdenke, wie ich es wieder loswerden soll, schlucke ich auch schon. Lucas verfolgt es fasziniert.

»Du bist unglaublich«, haucht er und dann lehnt er sich vor, greift um meinen Nacken und ... »Komm her«, sagt er, seine Stimme zittert, genauso wie ich, als er mich nach oben zieht. Dann liege ich auf ihm, nackt und erregt und sein Körper ist heiß. So verflucht heiß unter mir.

Seine Hände gleiten über meinen Rücken, packen zu und drücken mich fester gegen ihn. Meine Beine finden seitlich neben ihm ihren Platz.

Je länger unsere Zungen miteinander kämpfen, desto dichter zieht sich der Nebel um uns. Er verschluckt uns, hüllt uns ein, fast vollständig.

»Fuck, ich kann nicht mehr«, zischt er, als mein Hintern erneut über seinen Schritt reibt. Bei jeder Bewegung entsteht mehr Hitze zwischen uns. Mehr Lust, mehr Verlangen, mehr Härte.

Ich spüre ihn da, wo ich noch nie jemanden so gespürt habe. Bisher waren da nur Lucas' Finger. Allein der Gedanke daran, was folgen wird, lässt mich heiser aufstöhnen.

»Ich halt das nicht aus.« Ein dunkles Stöhnen verlässt meine Lippen. Lucas zieht mich zu sich nach unten, beißt mir in die Schulter und seine Hände wandern tiefer. Seine Finger sind viel kälter, als ich vermutet hätte. Kühl, glitschig und feucht, als sie schamlos in mich eindringen.

»Ngha ... shit«, keuche ich. Da ist definitiv nicht nur ein Finger in mir. Er bewegt sie, führt sie spielend leicht ein, ehe er sie zurückzieht, soweit, bis ich mich nach hinten drücke, weil ich befürchte, dass ich sie sonst verliere.

»Oh Gott, ja, fick sie«, flüstert er leise. Mir wird siedend heiß, mein Gesicht glüht und mein Unterleib steht in Flammen, während ich mich bewege, seine Finger in mich stoßen lasse und die Augen schließe, als Lucas' Lippen über meine streifen, ohne dass wir wirklich in der Lage sind uns zu küssen.

»Nur noch einer, okay?«, haucht mir Lucas gegen den Mund und ich nicke, weiß eigentlich gar nicht, wovon er spricht, weil ich sowieso nur noch fühlen kann.

Er erhöht den Druck, den seine Finger ausüben und ich lasse mich fallen. Gegen ihn, mit ihm.

»Du bist so verflucht heiß, Samuel«, raunt er mir stöhnend ins Ohr. Lucas' Stimme macht mich wahnsinnig, schickt neue prickelnde Schauer über meinen Rücken, während meine Erregung erste Lusttropfen verliert.

Gott, wenn der so weiter macht, dann ist es vorbei, bevor es richtig angefangen hat.

»Samuel ... Samuel, ich ...«, stöhnt er, verzieht das Gesicht, als ich mich besonders fest auf seine Finger sinken lasse. »Fuck! Ich mach's jetzt einfach, ja?«

Um Himmels willen, ja! Ich will es. Ich will das jetzt. Also nicke ich. Lucas entzieht mir seine Finger und es fühlt sich komisch an. Seltsam leer. Immerhin lässt er nicht zu viel Zeit verstreichen, schafft es, unter einem Ächzen, sich ein Kondom überzuziehen und Gleitgel darauf zu verteilen, ehe ich ihn spüre. Da, wo zuvor seine Finger waren. Sanft drückend, nur erahnend, was auf mich zukommt.

»Du willst wirklich, ja?«

»Fuck, ja ... ich will das! Ich will dich«, stöhne ich. Lucas seufzt, lächelt und zieht mich in einen Kuss. Mir wird fast schwarz vor Augen. Seine Hände drücken mein Becken nach unten, halten mich fest, während er seines nach oben stößt, vorsichtig und langsam, bis er ganz in mir ist.

»Fuck«, keucht er, scheint ansonsten vollkommen sprachlos zu sein, während er mich hält, auf sich und in mir ruhend. So tief! Fuck trifft es ziemlich. Mir ist so warm. Das Gefühl, ihn in mir zu haben, ist ... es ist ...

»Du bist so ... verdammt eng«, keucht er angestrengt. Seine Finger gleiten derweil sanft über meine Schultern.

»Samuel, darf ich ...«

»Jaa«, entgegne ich sofort.

Und Lucas bewegt sich. Zieht sich sanft zurück, stößt zu ... So tief. So gut. Mein Herz springt mir fast aus der Brust. Ich komme ihm entgegen, suche nach einem Rhythmus und schließlich finden wir ihn. Gemeinsam.

Lucas‘ Stöhnen hallt durch den Raum. Er schickt seine Hände erneut auf Wanderschaft, über meine Seiten, hinunter zu meinen Oberschenkeln. Nur zu meiner erregten Mitte gelangen sie nicht. Verdammt, ich will mehr.

»Du machst das so gut, Samuel«, lobt er mich und stößt noch einmal fest zu, bewusster, gezielter.

»Nghhaa, jaa.« Vielleicht macht er das nochmal, wenn ich einfach nur lauter stöhne? Wenn ich ihm zeige, dass er da richtig ist?

»Hmm ... du stöhnst so geil«, seufzt er. Immer wieder suchen und finden sich unsere Lippen, warmer keuchender Atem vermischt sich miteinander, bis Lucas' Hände fest an meinem Rücken liegen und er uns umdreht. Ich seufze angetan, als er tiefer eindringt.

»Lucas«, verlässt sein Name meine Lippen und ich merke sofort, dass ihm das gefällt. Sein Schwanz in mir zuckt. »Lucas ...«, stöhne ich direkt nochmal, woraufhin er sich, mit einem Funkeln in den Augen, aufrichtet. Er drückt meine Beine etwas auseinander, hebt sie an, zieht sich zurück, um dann so fest zuzustoßen, dass ich beinahe alles um mich herum vergesse. Immer wieder rollt er sein Becken gegen meins, hält mich, fickt mich und scheiße ...

Er sieht dabei so geil und heiß aus. Seine Muskeln spielen im Kerzenlicht und sein Gesicht ... Ich kann nicht aufhören, ihn anzusehen.

Noch einmal verändert er den Winkel, stößt nun noch härter zu, so fest, als würde er sich kaum noch zurückhalten. Und dann weiß ich wirklich nicht mehr, wohin mit mir und dem Kribbeln, das sich brennend durch meine Mitte zieht, weil er etwas in mir trifft, das ich nicht beeinflussen kann.

»Oh Gott, Lucas ... naghaa«, schreie ich lustvoll und drücke mich jedem Stoß entgegen. Er ist so unnachgiebig. Trifft diesen einen herrlichen Punkt immer wieder.

Fuck, fuck, fuck.

Mit den Händen suche ich Halt am Laken, in seinen Haaren und dann an seinem perfekten Hintern. Lucas keucht mir seinen heißen Atem ins Ohr.

»Komm mit mir«, flüstert er rau, schickt ein Prickeln durch meine Adern, bevor ich mich komplett verliere. Ich stöhne laut seinen Namen, presse mich an ihn und dann bricht alles über mir zusammen, als Lucas' nächster Stoß gezielt die Stelle in mir reizt, die mich erneut aufschreien lässt. Alles zieht sich zusammen. Alles kribbelt. Alles ist zu viel. Ich komme, spritze auf meinen Bauch. *Fuck.*

Unheimlich glücklich und zufrieden blicke ich zur Decke, als Lucas' Körper erschöpft und schwer auf mir zum Liegen kommt. Wir haben wirklich ...

Ein Lächeln bildet sich auf meinen Lippen. Wir haben wirklich!

23 – Geburtstagswünsche

Oh mein Gott. Mein Herz pocht wie verrückt. Meine Lungen brennen und meine Knie zittern vor Anstrengung. Das war ... Mir fehlen die Worte für das, was es war.

Wir hatten Sex, aber ... aber das war nicht einfach nur Sex. Das war ... der Hammer!

Samuel war unglaublich. Jetzt liegt er unter mir, schwer atmend, vollkommen befriedigt, während ich mich einfach auf ihn fallen lasse. Er beschwert sich nicht. Mein Kopf landet auf seiner Brust, auf verschwitzter weicher Haut und dann lausche ich seinem Herzschlag. Ein stetiges Pochen, das nach seinem gewohnten Rhythmus sucht und meinem auf erfreuliche Weise ähnelt.

Ich kann es immer noch nicht richtig glauben. Bin noch ganz benebelt. Es war atemberaubend, einmalig ... einfach verdammt schön. In Wellen schickt es immer wieder prickelnde Impulse durch meinen Körper. Fuck, ich habe wirklich mit Samuel geschlafen.

Scheiße Mann, ich glaub, ich war noch nie so verliebt in jemanden.

Ich seufze leise, bevor ich sanfte Küsse auf sein Schlüsselbein hauche. Seine Nähe fühlt sich gut an. Er strahlt so viel Wärme ab, dass eine Decke definitiv überflüssig ist.

Das Kribbeln in mir ebbt nur langsam wieder ab. Aber ich will nicht, dass es schon vorbei ist. Ich will mich nicht aus ihm zurückziehen. Dafür ist es zu angenehm, schön und richtig.

Als er dann auch noch seine Finger langsam über meinen Rücken gleiten lässt, will ich erst recht nicht mehr von ihm weg. Zufrieden seufze ich auf und schließe meine Augen. Das ist echt zu schön, um wahr zu sein. Ich könnte ewig hier liegen. Mit ihm verbunden, ruhig, während wir einfach die Nähe das anderen genießen und uns küssen. Ganz zärtlich treffen sich unsere Lippen, schmiegen sich aneinander und das, was in meinem Bauch passiert, als sich unsere Zungen schließlich berühren, zieht mir vollkommen den Boden unter den Füßen weg.

Oh Gott, ich glaube, ich schwebe. Ernsthaft. Die Gefühle, die er in mir erzeugt, tragen mich ganz weit weg. Irgendwohin, wo es nur uns gibt. Ihn und mich.

Bei ihm ist alles so viel intensiver, so viel größer und bedeutender. Vielleicht spürt er ja jetzt, was ich für ihn empfinde. Vielleicht merkt er, wie sehr ich ihn liebe.

Wir küssen uns solange, bis sich Samuel bewegt und mir signalisiert, dass es Zeit wird sich zu trennen. Ein Grummeln rutscht mir über die Lippen, während ich mich widerwillig aus ihm zurückziehe und dann neben ihn fallen lasse. Ich hätte absolut nichts dagegen gehabt, wenn wir so eingeschlafen wären.

»Kneif mich mal bitte, sonst glaub ich das hier nicht«, sage ich und merke, dass sich das Lächeln auf meinen Lippen immer mehr ausbreitet. Samuel dreht sich auf die Seite. Seine Hand taucht in meinem Blickfeld auf, steift über meine Brust, zeichnet kurz die Kontur der Muskeln nach, bis er seine Finger an meinen Nippel legt und dann …

»Aua, Samuel … doch nicht da«, schrecke ich auf und schlage seine Hand weg. »Da bin ich empfindlich.«

»Du wolltest das doch«, schmunzelt er amüsiert.

»Das war nicht ernst gemeint«, entgegne ich, während ich über meine Brust reibe.

»Dann solltest du aufpassen, wie du deine Worte formulierst.« Ich lache trocken, und er dreht sich wieder zurück auf den Rücken.

»Oh Mann«, seufze ich schließlich. »Das war echt so …« Nach einer richtigen Beschreibung suchend, ringe ich mit den Worten. In den letzten Minuten sind mir so viele passende Begriffe durch den Kopf geflogen, aber jetzt gerade lassen sie sich nicht zu einem Wort zusammenfassen.

»Gut?«, hilft mir Samuel auf die Sprünge, aber das ist eindeutig noch zu wenig. Für mich war es so viel mehr als nur gut.

»Ja ... auch«, seufze ich verträumt.

»Auch?«, flüstert er.

»Ja, es war eben so ...«

»So viel besser als gut?«

»Oh ja, absolut!«, schnurre ich zufrieden und bin direkt noch ein wenig glücklicher, als er zustimmend lacht. »Und jetzt? Würdest du gern kuscheln, oder findest du das nach dem Sex doof?«, frage ich und mein Herz macht mich fertig. Es stolpert von einem Rhythmus in den nächsten und kommt überhaupt nicht mehr richtig zur Ruhe. Samuel dagegen wirkt beneidenswert ruhig.

»Nein, ich finde das nicht doof, du etwa?«

»Absolut nicht«, erwidere ich sofort. Und dann haben wir offensichtlich denselben Gedanken, weil wir uns gleichzeitig auf die Seite drehen. Wir sehen uns an und mein Herz fängt direkt wieder an schneller zu schlagen.

»Hm, eigentlich wollte ich mich grade an dich kuscheln, aber ich nehm's gern auch andersrum.« Samuels linke Augenbraue wandert ein wenig nach oben, bevor ich mich zurück auf den Rücken drehe und meinen Arm anhebe. »Komm her«, sage ich leise und dann rutscht er langsam zu mir, legt seinen Kopf auf meine Brust und seine Hand über meinen Bauch. Das ist schön.

»Samuel?«, frage ich und streiche langsam mit den Fingerspitzen über seinen Arm.

»Hm?«

»Bereust du es?«, frage ich leise, fast zögerlich, weil ich nicht ganz glauben kann, dass ich das tatsächlich anspreche. Ich habe nicht das Gefühl, dass es so ist, aber ... keine Ahnung. Ich bin ein Idiot. Und ich bin verliebt und irgendwie auch ein wenig unsicher. Aber Samuel schüttelt den Kopf, bevor er ihn anhebt und mich ansieht. »Nein. Ich bereue keine Sekunde«, sagt er, so ehrlich, dass es in meiner Brust ganz warm wird und ich mich zu ihm hinab lehne und ihn küsse. Als wir uns wieder voneinander lösen, grinse ich ihn an.

»Ich steh übrigens voll drauf dich zu küssen, weißt du das?«, flüstere ich leise gegen seinen Mund.

»Es gibt einiges, auf das du stehst, oder? Schlagsahne an deinem Penis zum Beispiel?«

»Irgendwie schon, ja. Obwohl die Penistortenkerze eher spontan war, also das habe ich noch nie zuvor gemacht.« Samuel lauscht meinem verlegenen Lachen mit interessiertem Blick.

»Wirklich? Es kam ziemlich geplant rüber.«

»Na ja, spontan geplant eben.«

»Und woher hattest du die Kirsche?« Sein Atem streift meine Brust und hinterlässt eine Gänsehaut, als er zusätzlich seine Finger um meinen Bauchnabel tanzen lässt.

»Die ist vom Frühstücksbüffet, lag da so einsam rum heute Morgen.« Genießend schließe ich meine Augen.

»Du bist verrückt«, meint Samuel.

»Vielleicht, aber vor allem bin ich kreativ.«

»Ja, das bist du wohl«, bestätigt er und jetzt wandern seine Hände mit etwas mehr Druck über meine Hüfte.

»Und ... worauf stehst du noch so?«, haucht er dann fragend, richtet sich ein wenig auf, um Küsse auf meiner Brust zu verteilen, während ich seine Finger definitiv munterer über meinen Unterleib streicheln spüre. Er weckt gerade ein Kitzeln, das sich binnen Sekunden zu einem lodernden Feuer entwickeln kann, wenn er nicht aufhört. Es knistert bereits verlockend, als er ganz beiläufig, vielleicht auch versehentlich, meinen Penis streift.

»Hmm, wie wäre es, wenn du das einfach selbst herausfindest?« Er summt zustimmend und dann lässt er seine Hand tiefer wandern.

»Samuel«, seufze ich mit rauer Stimme. »Wenn du nicht damit aufhörst, dann kann ich nicht dafür garantieren, dass ich dich heute noch in Ruhe schlafen lasse«, murmle ich, obwohl es eigentlich schon fast zu spät ist. Mein Körper ist längst wieder bereit.

»Trifft sich ganz gut, ich bin nämlich noch gar nicht müde.«

Oh fuck. Samuels Körper bebt und ich komme ein weiteres Mal tief in ihm.

Als ich erschöpft meine Hände von seiner Hüfte löse, fällt Samuel kraftlos in sich zusammen und bleibt schwer atmend auf dem Bauch liegen. Dieses Mal ziehe ich mich direkt vorsichtig aus ihm zurück. Samuels Rücken glänzt verschwitzt. Er ist völlig fertig, bekommt nicht einmal mit, wie ich mir das benutzte Kondom abziehe, das ich dann verknotet zum Papierkorb werfe, genauso wie das erste, mit dem feinen Unterschied, dass dieses halb auf dem Rand liegen bleibt. Egal.

Samuel ist grade eh viel interessanter. Ich lege mich neben ihn und sehe ihn an. Sein Gesicht wirkt vollkommen entspannt. Absolut ruhig und befriedigt. Ganz leicht sind seine Wangen noch gerötet, aber das macht ihn nur noch anziehender. Der Kerl hat sich echt von mir vögeln lassen. Oh Mann. Ich könnte platzen vor lauter Glücksgefühlen und bunten, wild durcheinander springenden, Hormonen.

»Geht es dir gut?«, frage ich sanft.

»Ja«, antwortet er, rutscht ein klein wenig näher an mich heran.

»Tut dir irgendwas weh?«

»Nein.« Ich lächle zufrieden und lehne mich vor, unsere Lippen finden erneut zueinander. Ich kann einfach nicht aufhören.

»Du stehst wirklich drauf mich zu küssen, was?«

»Du hast mich durchschaut«, erwidere ich. »Aber pssst, Samuel darf das auf keinen Fall wissen.« Er verdreht amüsiert die Augen.

»Ach nein? Warum nicht?«, fragt er trotzdem.

»Ja, ist doch klar! Er würde das schamlos ausnutzen, da bin ich mir sicher, echt jetzt!«

»Denkst du?«

»Ja, will ich doch schwer hoffen!« Jetzt lache ich und Samuel stimmt, zu meinem Erstaunen, mit ein. Das ist toll, fühlt sich echt gut an. Da ist es fast nicht mehr so schlimm, dass er mich anschließend doch nicht mehr küsst, sondern sich stattdessen wieder an meine Seite kuschelt und den Kopf auf meiner Brust ablegt.

»Wie spät ist es eigentlich?«, frage ich und Samuel zuckt mit den Schultern.

»Keine Ahnung. Vielleicht drei ... oder halb vier?«, murmelt er und gähnt anschließend leise.

»Hmm, möglich ...«, erwidere ich, spüre wie die Müdigkeit langsam auch bei mir einsetzt, allerdings ... »Samuel?«. Er brummt und hebt müde blinzelnd seinen Kopf. »Ich habe noch was für dich«, flüstere ich und rutsche dann zur Seite aus dem Bett. Das kleine Päckchen liegt sicher verwahrt, und noch immer hübsch verpackt, zwischen meinen Socken. Zumindest so lange, bis ich es heraushole und Samuel überreiche.

»Was ist das?« Ich lächle und krabble hinter ihm ins Bett, um mich an seinen Rücken zu schmiegen.

»Mach es auf.« Ich bin schrecklich aufgeregt, während er viel zu langsam das Papier entfernt, unter dem ein kleines silbernes Schmuckkästchen zum Vorschein kommt.

»Lucas?«, haucht er, bringt mich dazu, meine Nase tiefer in seinem Haar zu verstecken.

»Öffnen«, nuschle ich deshalb verlegen gegen seinen Kopf und dann schaue ich verstohlen an ihm vorbei, als er den Deckel anhebt und sich den Inhalt ansieht. »Happy Birthday, Samuel«, hauche ich ihm sanft lächelnd in den Nacken. »Ich dachte, so hast du uns beide jetzt immer bei dir, schau ...« Vorsichtig löse ich den Anhänger aus der Verpackung und drehe ihn leicht im Licht, sodass vorn die Gravur deutlicher zu erkennen ist.

»Vorn ist der Rabe, den dir Raphael damals als Schlüsselanhänger geschenkt hat und hinten ...« Mein Herz schlägt viel zu schnell, als ich das kühle Metall drehe und wir nun beide auf die Zahlen sehen, die ich dort erst vor ein paar Tagen eingravieren lassen habe.

»... Das ist unsere Zeit hier in Paris. Also eigentlich wollte ich da noch ...« Samuel unterbricht mich, dreht sich zu mir und küsst mich. Seine Hand wandert in meinen Nacken und ich seufze in unseren Kuss.

Warme Sonnenstrahlen kitzeln mein Gesicht. Allerdings ist es nicht die Sonne, die mich geweckt hat. Samuels Handy klingelt.

Samuel grummelt leise neben mir, schiebt sich halb über mich, um nach seinem Telefon zu greifen. Ich drehe mich auf die Seite und halte ihn auf.

»Nicht, lass es einfach klingeln«, murmle ich müde, lege meinen Arm um ihn und streiche über seinen Rücken. »Ist bestimmt nicht wichtig.« Mit den Fingerspitzen gleite ich über seine Wirbelsäule und Samuel seufzt leise.

»Nicht wichtig?«, wiederholt er. Seine, vom Schlaf noch ganz raue, Stimme erzeugt Gänsehaut auf meinen Armen.

»Hmhm, falls doch, rufen sie nochmal an. Später.« Es ist viel zu schön hier, mit Samuel. Ich will diesen Moment für uns, am liebsten für immer. Er brummt noch einmal, dann verstummt sein Telefon. Ich lasse meine Finger weiter hoch in seinen Nacken wandern und genieße das Kribbeln in meiner Mitte, als ich mit meinen Fingerspitzen das Metall an seinem Hals berühre. Er trägt die Kette.

Verträumt fange ich an zu lächeln, spitze die Lippen für einen kleinen Kuss, nur um zusammenzuzucken, weil sein Handy erneut anfängt zu klingeln.

Scheiße nochmal! Warum? Es war gerade so schön!

»Ach Mann, können wir das einfach ignorieren?«, bitte ich seufzend.

»Ich fürchte, es wird nichts nützen.« Samuel klingt genauso begeistert davon, wie ich mich fühle.

»Warum nicht?«, frage ich und im selben Moment verstummt das Klingeln erneut. »Ach perfekt. So ist es viel besser.« Langsam hebe ich meinen Kopf und hauche ihm einen sanften Kuss auf sein Kinn, anschließend auf seine Lippen.

»Du weißt aber schon noch, was heute für ein Tag ist, oder?«, fragt er mit einem amüsierten Lächeln.

»Hm, Donnerstag?«, rate ich und Samuel neigt mit hochgezogener Augenbraue seinen Kopf. »Also nicht Donnerstag? Was dann, Mittwoch? Oder haben wir schon Freitag? Samuel, so früh am Morgen kann ich noch nicht denken, echt jetzt.«

»Wenn heute dein Geburtstag wäre, würdest du dann auch nicht ans Telefon gehen?«, meint er amüsiert und ich weite, gespielt überrascht, die Augen.

»Ach, du hast Geburtstag?«

»Du bist ein Idiot, wenn du es tatsächlich vergessen hast«, erwidert Samuel mit leichtem Kopfschütteln, ehe er sich noch einmal bereitwillig von mir küssen lässt. Nur ganz kurz. »Wie könnte ich das vergessen. Alles Gute, Sam.« Noch ein Kuss, länger und zärtlicher dieses Mal.

»Hätte ich tatsächlich auch nicht vermutet. Schließlich warst du über die Jahre immer der Erste, der mir gratuliert hat.«

»Ach echt?«

»Ja, schon, was aber kein Wunder ist, wenn du dich bis nachts um Zwölf wachhältst, nur um mir dann, Punkt null Uhr, deine vorgeschriebenen Nachrichten zu schicken.«

»Ah, das hab ich nur für dich gemacht.« Und auch nur bei ihm.

»Du bist ein Spinner«, meint er kopfschüttelnd und drückt mich nach hinten, um, über mich hinweg, nach seinem Handy zu greifen. Ich lasse ihn. Wenn es mein Geburtstag wäre, dann wäre ich schon beim ersten Klingeln rangegangen.

»Und, wer war heute die Nummer Zwei?« Ein kleines Lächeln zupft an seinen Mundwinkeln.

»Meine Mutter.«

»Oh verdammt, da hättest du rangehen müssen«, sage ich und fange an zu lachen.

»Du hast doch gesagt, dass wir sie ignorieren sollen.«

»Aber nur, weil ich nicht wusste, dass es deine Mutter ist und weil knutschen und kuscheln in dem Moment schöner war!«

»Hm, verstehe«, brummt Samuel und setzt sich anschließend auf.

»Willst du sie gleich zurückrufen?« Ich richte mich ebenfalls auf und lehne meinen Kopf auf seine Schulter.

»Ich denke ja.«

»Okay, gut«, hauche ich in sein Ohr und dann küsse ich sanft seinen Hals. »Würdest du mich mithören lassen?« Ich genieße es, dass er direkt eine leichte Gänsehaut bekommt.

»Von mir aus, aber lass sie zu Wort kommen«, sagt er und ich verdrehe die Augen.

»Schon klar, ich halte mich zurück. Versprochen.« Anschließend hauche ich ihm einen warmen Kuss auf seine Schulter. Samuel nickt, wählt die Nummer seiner Mutter und stellt dann das Gespräch auf laut.

Gespannt lauschen wir dem Freizeichenton.

»Guten Morgen, Geburtstagsliebling«, wird Samuel von seiner Mutter herzlich begrüßt.

»Guten Morgen«, erwidert er. Seine Mutter, am anderen Ende der Leitung, lacht. »Sag bloß, ich habe dich geweckt?«, fragt sie und ich kann mir ihr schelmisches Grinsen deutlich vorstellen.

»Nicht nur mich«, antwortet Samuel, neigt seinen Kopf und ich schmiege mich näher an ihn. Er riecht gut. »Lucas auch. Er hört übrigens mit.«

»Ah, na wenn das so ist, dann wünsche ich meinem zweiten Sonnenschein natürlich auch einen schönen guten Morgen«, sagt sie und ich lache an Samuels Hals.

»Danke«, sage ich und muss gähnen. Es ist echt noch viel zu früh für mich und die Nacht war verdammt kurz.

»Ach Gottchen. Hätte ich das gewusst, hätte ich später angerufen« Sie spricht so liebevoll, dass man ihr einfach nicht böse sein kann. Außerdem konnte sie ja nicht wissen, dass wir uns die halbe Nacht um die Ohren geschlagen haben. Allein beim Gedanken an Samuel, an seine Haut, an sein Stöhnen, wird mir warm.

»Ist schon okay. Lucas überlebt das«, sagt Samuel schmunzelnd und greift dann mit seiner freien Hand in meinen Nacken, krault mich und bringt mich leise zum Seufzen. Verdammt, das ist so schön. Fühlt sich so gut an. Es ist so... so perfekt.

»Gut, dann wünsche ich dir jetzt nochmal in aller Form alles Gute zum Geburtstag, Schatz und ... oh Moment, dein Vater kommt gerade. Liebling? Dein Sohn ist am Telefon!« Es folgt ein Poltern und ein Rascheln, dann kichert sie leise. »Oh, okay Schatz, dein Vater hat gerade den Garderobenständer umgeworfen« Im Hintergrund ertönt ein dunkles Stöhnen. »Aber er richtet dir auch alles Liebe und die besten Glückwünsche aus. Ich glaube, er kommt nicht ans Telefon. Es hat ihn nämlich gestern die Hexe geschossen, jetzt ist er ... na ja, beeinträchtigt und deshalb etwas grummelig, weißt du.«

»Oh, noch mehr als sonst?«, fragt Samuel. Ihr darauffolgendes Lachen klingt etwas gedämpft, als würde sie sich die Hand vor den Mund halten.

»Ich fürchte, ja.«

»Okay, dann bestell ihm mal liebe Grüße und gute Besserung.«

»Mach ich gleich, ach ... ach herrje, Moment ... Schatz, bitte, jetzt lass das einfach liegen, ich kann das doch später aufheben. Du kannst dich wirklich einfach wieder auf die Couch legen. Samuel lässt dich übrigens grüßen und wünscht dir gute Besserung.« Während sie mit ihrem Mann spricht, den man im Hintergrund nur undeutlich murren hört, seufze ich zufrieden, weil Samuels Finger auf meiner Kopfhaut wohltuende Kreise ziehen.

»Dein Vater, ein unverbesserlicher Sturkopf«, meint Samuels Mutter, als hätte sie das gerade erst festgestellt. »Aber jetzt erzähl, was habt ihr heute noch vor? Ihr habt doch bestimmt auch so schönes Wetter, oder?«

»Ja, die letzten Tage zumindest. Ich hoffe, das bleibt heute auch so.«

»Ach bestimmt! Du hattest bisher noch an keinem einzigen Geburtstag schlechtes Wetter, Schatz«, sagt sie voller Überzeugung. »Moment mal, wolltet ihr nicht heute auf dieses Festival gehen?«

»Konzert«, verbessert Samuel und sofort verspüre ich ein aufgeregtes Kribbeln. Stimmt ja. Heute Abend ist das Konzert. Oh Gott, wie sehr habe ich mich darauf gefreut. Wie lange habe ich daraufhin gefiebert, und jetzt ... jetzt sind es nur noch ein paar Stunden, bis es soweit ist.

»Ach ja, stimmt, das war es ... hmm, wann geht das denn los?«, fragt sie und ihre Stimme wird mit einem Mal ganz ruhig und nachdenklich. Seltsam. Samuel scheint eine Veränderung in ihrer Stimme jedoch nicht zu bemerken.

»Wir gehen gegen achtzehn Uhr los«, antwortet er.

»Ah, das hört sich gut an. Ähm, ich weiß, das ist vielleicht kein guter Zeitpunkt gerade, aber ... Kyra war hier«, sagt seine Mutter plötzlich und mein ganzer Körper spannt sich an.

»Wann?«, höre ich Samuel fragen. Sofort wechselt das Gefühl in meiner Brust von angenehm warm zu schmerzhaft stechend.

»Gestern und ... Schatz, ist alles okay bei euch? Sie wirkte so traurig, als sie hier war«, spricht sie weiter, schnürt mir mit jedem Wort mehr und mehr die Kehle zu. Jedes Wort ein kleiner feiner Riss, der die Macht hat, alles um mich herum niederzureißen. Ich höre nicht, was Samuel antwortet. Höre nur seine dunkle Stimme, die untergeht in dem dumpfen Rauschen meines Blutes und dem dröhnenden Schlagen meines Herzens.

Ohne ein Wort zu sagen, weiche ich zurück, spüre, wie Samuels Hand aus meinem Haar gleitet. Ich muss hier raus. Samuel stockt für einen Moment und sucht meinen Blick, als ich aufstehe. Seine Hand zuckt in meine Richtung, doch ich schüttle abwehrend den Kopf.

Zu viel, das nicht ausgesprochen wird, liegt zwischen uns. Viel zu viele

Gedanken, Gefühle und dann ist es nur ein Räuspern, das seine Lippen verlässt, ehe unser Blickkontakt bricht. Samuel wendet sich ab, nimmt das Gespräch mit seiner Mutter wieder auf und meine Schultern sacken kraftlos nach unten.

Das Recht, enttäuscht zu sein, habe ich nicht. Und doch spüre ich, dass ich mir gewünscht hätte, es wäre anders. Ich hätte mir gewünscht, dass die letzten Tage, die wir zusammen verbracht haben, mehr verändert hätten. Vor allem die letzte Nacht.

Aber nichts hat sich geändert. Gar nichts.

Meine Füße tragen mich ganz von allein ins angrenzende Bad, während das Brennen in meinen Augen zunimmt. Es tut weh. Samuel zu lieben ... fuck.

Ich stehe unter der Dusche, nackt, regungslos und das einzige Wasser, das meine Haut berührt, ist salzig.

Ist es das, was auch Kyra gerade fühlt? Diesen stechenden Schmerz im Herzen? Eine Wunde, die immer wieder aufbricht? So viel Schmerz, nur weil man liebt?

Verdammt, das ist so unfair.

Ein zittriger Atemzug, ein Schluchzen, dann ballt sich meine Hand zur Faust und trifft auf die Fliesen vor mir. Kraftlos. Taub.

Ich habe mich so gut gefühlt. So glücklich und zufrieden, dass ich für kurze Zeit alles andere vergessen habe. Ich durfte spüren, wie es zwischen uns sein könnte. Durfte fühlen, lieben ... Aber letztendlich nur für einen Augenblick.

Ich hasse die Realität, in der es nicht nur uns beide gibt. Nicht nur mich und Samuel, sondern auch Kyra.

Ich stecke fest. So tief und fest in dieser gottverdammten Scheiße und sehe keinen Ausweg. Mit jedem Tag, der vergeht, weniger.

Ich weiß nicht, wo ich stehe. Nicht wo Samuel steht. Nicht wo Kyra steht.

Das Einzige, was ich weiß, ist, dass ich ihn brauche. So sehr, dass ich mich seufzend in die Berührung lehne, als er sich von hinten nähert, seine Hand über meine Schulter nach vorn gleiten lässt. Er stellt das Wasser an und dann steht er so nah mit mir unterm Wasserstrahl, dass es sich gut anfühlt. Wärme, Halt. Ein Gefühl der Geborgenheit.

Ich greife nach seinem Arm, drücke ihn fester an mich. Seine Lippen liegen auf meiner Schulter. Zärtlich, beruhigend, doch mein Herz rast. Viel zu hektische Atemzüge folgen, die viel zu deutlich zeigen, was ich fühle. Aber Samuel bleibt ruhig, die ganze Zeit, während warmes Wasser über unsere Körper rauscht. Erst Minuten, die sich wie eine Ewigkeit anfühlen, später schaffe ich es, mich in seiner Umarmung zu drehen. Nasse Strähnen seines schwarzen Haares fallen ihm über die Stirn und vereinzelt hängen Wassertropfen an seinen dichten Wimpern. Sie fallen, als er blinzelt. Ich könnte versinken, mich verlieren, in diesem unendlich tiefen Blick, dem ich nicht standhalten kann. Nicht ohne Tränen. Also fixiere ich seine Lippen, die ich in jeder Erinnerung mit einem warmen knisternden Gefühl verbinde.

»Lucas, es …« Nein. Meine Finger liegen schneller auf seinen Lippen, als er weitersprechen kann. Ich halte Worte auf, die ich mir denken kann. Worte, die er nicht aussprechen muss und die ich auch gar nicht hören will. Ich weiß, dass es ihm leidtut. Ich kann es sehen und spüren. Auch er leidet.

Samuel atmet zittrig gegen meine Finger und seufzt schließlich leise, als ich meine Stirn an seine lege. Da ist nur ein kurzes Kopfschütteln zwischen uns, ehe ich meine Finger durch meine Lippen ersetze und die Worte von meiner Zunge vertreibe, bevor ich sie aussprechen kann.

Ich liebe dich.

24 – Konzertabend

Wir haben nicht geredet. Nicht über Kyra. Nicht über uns. Und erst recht nicht über das, was eventuell sein wird. Kein Wort. Dafür schmecke ich noch immer unseren letzten Kuss in der Dusche, obwohl wir die längst hinter uns gelassen haben und mittlerweile angezogen unten beim Frühstück sitzen. Schweigend, weil die Stimmung merkwürdig ist. Schrecklich ruhig, irgendwie kühl und distanziert. Kein Wunder, wenn man bedenkt, dass wir soeben beide aus einem wahrhaft schönen Traum gerissen wurden.

Samuel hat das Brötchen, das er sich zusammen mit einer Scheibe Käse und hauchdünnem Schinken auf den Teller gelegt hat, noch nicht einmal angerührt. Stattdessen starrt er die ganze Zeit auf den Strudel in seinem Kaffee, hervorgerufen von stetigem Rühren, obwohl er das nicht einmal müsste. Er trinkt Kaffee generell ohne Zucker und Milch. Er denkt nach, dreht sich vermutlich im Kreis und macht damit genau das, wozu ich zu müde geworden bin. Zumindest jetzt gerade.

Ich kann nicht mehr.

Und wenn ich ehrlich bin, dann will ich auch nicht mehr.

Ich kann das, was zwischen uns passiert ist, nicht mehr ändern. Auch meine Gefühle nicht. Ich will nur, dass es nicht vorbei ist. Das ist die größte Angst, die ich habe. Dass er es beendet. Dass er zu dem Schluss kommt, dass es ein riesiger Fehler war. Ganz gleich wie richtig und gut es sich gestern angefühlt hat.

Es ist ein erschreckender Gedanke.

Und eine verdammt beschissene Situation. Momentan tut es weh, ihn zu lieben. Aber noch mehr würde es schmerzen, ihn zu verlieren.

»Hmm, also ich weiß nicht, der Kaffee schmeckt heute komisch. So bitter irgendwie, findest du nicht auch?«, bemerke ich.

»Wie?«, erwidert er, wirkt aufgeschreckt. Er ist angespannt, schon die ganze Zeit.

»Der Kaffee ist komisch«, wiederhole ich und hebe die Tasse hoch an meine Nase. »Er schmeckt heute so bitter«, ergänze ich und ziehe zur Verdeutlichung meiner Worte die Nase kraus.

»Tatsächlich?«, fragt Samuel und ich nicke, schüttle mich kurz und stelle die Tasse wieder ab.

»Jap, eindeutig.«

»Aber ...«, beginnt er und atmet noch einmal durch, bevor er weiterspricht. »Aber schmeckt Kaffee nicht immer bitter?« Berechtigter Einwand. Theoretisch. Aber ich schüttle entschieden mit dem Kopf.

»Ne, sonst ist er nicht so. Irgendwie milder und ... keine Ahnung. Ist ja auch egal«, erwidere ich und zucke mit den Achseln. »Ich bin eh viel eher der Kakaotyp«, sage ich und schaffe es damit immerhin, Samuel wieder ein zögerliches Schmunzeln auf die Lippen zu zaubern. Das ist schon besser!

»Das stimmt«, sagt er und lässt dann endlich seinen Löffel los, um sein Brötchen in die Hand zu nehmen.

»Jap, deshalb geh ich mir schnell welchen holen, okay? Bin gleich wieder da.« Ich schiebe den Stuhl zurück, nehme das alte Tablett, mit dem fürchterlichen Kaffee und der leeren Müslischüssel, und gehe rüber zum Buffet.

Zeit für mich, nochmal kurz durchzuatmen. Das hier, dieses Stückchen Normalität zu schaffen, ist alles andere als leicht. Eigentlich sind da tausend andere Sachen in meinem Kopf. Ich bin verunsichert. Aber ich versuche, es mir nicht zu sehr anmerken zu lassen.

Das alte Tablett schiebe ich mit einem tiefen Seufzen in den Wagen, der bereits gut gefüllt ist und schnappe mir im Anschluss einfach ein neues.

»Oh Gott, Samuel!«, mache ich auf mich aufmerksam, als ich wieder am Tisch angekommen bin. »Schau mal nach hinten«, sage ich, deute mit dem Kopf die Richtung an. »Siehst du die Frau da, am Buffet? Die mit der blauen Gänseblümchenbluse?«, präzisiere ich, weil ich gerade festgestellt habe, dass da mehrere Frauen gleichzeitig am Buffet stehen. Samuels Blick schweift durch den Raum, dann nickt er. »Täusche ich mich, oder klebt der tatsächlich Klopapier unterm Schuh?«, frage ich, grinse breit, weil ich mich natürlich nicht täusche.

Seine Mundwinkel zucken nach oben. »Dabei hat sie sich doch solche Mühe gegeben mit ihrem Outfit.« Der Sarkasmus in seiner Stimme ist kaum zu überhören, bevor er meinem Beispiel folgt und lacht. Verhaltener und leiser als ich, aber es ist trotzdem wunderschön und so viel besser als dieser beklemmende Zustand von vorhin.

»Oh Mann, ey, das war echt nötig.« Samuel stimmt mir nickend zu.

»Sag mal, übertreibst du da nicht etwas?«, fragt er, als ich gerade voller Tatendrang meine Gabel auf das Rührei loslasse.

»Hm? Wieso? Womit?« Will ich wissen und seufze zufrieden auf, als ich die erste volle Gabel im Mund habe. Gleichzeitig deutet Samuel auf meinen gut gefüllten Teller und hebt seine Augenbrauen an.

»Ach, du meinst …«

»Ja«, antwortet er.

»Ach was, das passt schon. Ich hatte sogar kurzzeitig überlegt, ob ich noch Pancakes mitnehme. Bock hätte ich ja schon drauf, aber ich fürchte, dann platze ich.« Genießend beiße ich von dem knusprigen Speck ab und schiebe eine große Ladung Ei hinterher.

»Das wäre eine ziemliche Sauerei geworden«, erwidert er schmunzelnd, aber gleichzeitig so ernst, wie es nur Samuel sagen kann. »Das hätte mir mein bestes Hemd versaut.«

»Oh ja. Ich hätte bestimmt ganz fiese, hartnäckige Flecken hinterlassen.« Dieses lockere Gespräch fühlt sich gut an. Fast wie sonst. »Das hätte die Klopapierfrau sicher übertroffen.«

»Sehr wahrscheinlich, ja«, erwidert Samuel. Wir grinsen uns an, mein Herz schlägt schneller und alles fühlt sich wieder richtig an. Als gäbe es keinen dunklen Schatten zuhause, der unausweichlich auf uns wartet. Ein Unwetter, das nicht aufzuhalten sein wird, sobald es erstmal entfesselt ist. Das hier ist die trügerische Ruhe vor dem Sturm, der ich mich hingebe, weil es einfacher ist. So viel einfacher, als sich der Problematik direkt zu stellen. Man kann schließlich kein Unwetter verhindern, man kann nur versuchen, sich rechtzeitig in Sicherheit zu bringen. Nichts anderes tun wir hier. Wir beide.

Wenn wir ehrlich sind, dann war Frankreich nie etwas anderes. Ein Zufluchtsort. Ein Ort der Sicherheit. Eine Gelegenheit zum Durchatmen.

Bereuen werde ich dennoch nichts. Manchmal ändern sich Dinge. Das ist natürlich, oder? Der Lauf der Zeit, oder so ähnlich.

Als Kind habe ich Pflaumenkuchen total verabscheut, heute kann ich fast nicht genug davon essen. Genauso ist es. Vollkommen normal.

Quasi vorgestern dachte ich noch, Samuel wird mit seiner langjährigen Freundin eine Familie gründen, Kinder kriegen und heute ... heute liegt er neben mir und beschert mir atemlose Küsse. Es hat sich wirklich verdammt viel verändert.

»Lucas? Alles gut?« Samuels Finger schieben sich in meine. Mein Daumen streicht über seine weiche Haut und bringt mich leise zum Seufzen. Wir stehen vor unserem Zimmer.

»Klar, warum?« Er atmet hörbar aus, dann stellt er sich direkt vor mich.

»Na ja, du sahst gerade sehr nachdenklich aus«, bemerkt er und lässt seine freie Hand über mein Gesicht streichen.

»Hmmm, bringt wohl nichts, das zu leugnen, oder?«, gebe ich ihm Recht, schaffe ein leichtes Schmunzeln und lehne mich bewusst in die Berührung seiner Hand.

»Nein«, erwidert er. »Und ich nehme an, du wirst mir nicht verraten worüber, oder?« Was würde das bringen? Was, außer seinem Schweigen?

»Ne«, sage ich. »Außer du glaubst mir, dass ich mir vorgestellt habe, dich zu küssen.«

»Eigentlich nicht«, seufzt er schließlich, lässt seine Hand aber dennoch in meinen Nacken gleiten. »Ein Kuss wäre dennoch schön«, flüstert er leise und beugt sich langsam zu mir vor.

»Ein Kuss wäre verdammt schön, ja«, stimme ich ihm nickend zu, bringe ihn zum Schmunzeln und dann legt er seine Lippen sanft auf meine. Jetzt gehört jeder Herzschlag definitiv ihm.

Es ist verrückt und bezeichnend, dass er mit so einer simplen Berührung sofort alle trüben Gedanken vertreiben kann. Einfach so.

Fuck, ich glaube, ich war in meinem ganzen Leben noch nie sie so verliebt wie in Samuel. Genießend seufze ich in den Kuss, ziehe ihn näher und seufze gleich noch einmal, weil Samuel so bereitwillig folgt, seine Zunge um meine kreist und uns beide tiefer fallen lässt.

Erst ein Räuspern von rechts bringt uns auseinander. Langsam, nicht überhastet. Es ist einfach nur ein Aufhören und ruhiges Nachsehen, wer uns gestört hat. Wir blicken beide gleichzeitig nach rechts. Die Putzfrau, samt Putzwagen.

»Entschuldigung«, sagt sie in gebrochenem Deutsch, als könnte sie die Buchstaben nicht richtig aneinanderfügen. Samuel entschuldigt sich ebenfalls und zieht mich zur Seite, sodass sie mit gesenktem Kopf an uns vorbei gehen kann.

Und ganz egal, wie ertappt er sich gerade eigentlich gefühlt haben muss, er bleibt an meiner Seite. Weicht nicht zurück. Lässt seine Hand in meiner.

Ob das Zuhause auch noch so wäre? Wenn Menschen um uns herum sind, die uns kennen? Die wissen, dass Samuel eigentlich mit Kyra zusammen ... verdammt!

Ich hasse es! Ich hasse mich dafür, dass ich solche Gedanken habe. Dafür, dass ich sie einfach nicht mehr loswerde. Ich will das nicht. Ich will nicht ständig daran erinnert werden. Aber wie es aussieht, kann ich es nicht verhindern. Weil sie da ist. Weil sie nach wie vor ein Teil seines Lebens ist!

»Ähm, ja«, räuspere ich mich schließlich, um davon abzulenken, dass ich mich selbst verrückt mache. Samuels Blick ist warm und beruhigend, als hätte er dieses Mal nichts von meinem Gedankenkarussell mitbekommen. »Also, was machen wir heute noch? Ich meine, außer aufs Konzert gehen, natürlich! Oh Gott, du glaubst gar nicht wie aufgeregt ich schon bin!«, sage ich und Samuel lächelt.

»Keine Ahnung, was willst du denn machen?«

»Wie jetzt? Du hast nichts weiter geplant?«, frage ich überrascht, weil ich das nicht erwartet hätte. Er schüttelt den Kopf.

»Oh, okay ... dann ... lass mich mal überlegen. Also, es ist erst kurz vor neun. Noch zu früh fürs Mittagessen, oder?«, sage ich im Scherz, schaue aber trotzdem bemüht ernst auf mein Handydisplay.

»Du hattest gerade ein sehr ausgiebiges Frühstück, wie kannst du jetzt schon wieder an Mittagessen denken?«, fragt er schmunzelnd, während seine Hand von meiner Hüfte aufwärts wandert. Die Art, wie er sie an meine Wange legt, die feinen blonden Haare zur Seite streift und mir tief in die Augen sieht, fühlt sich vertraut an. Vertraut und … fuck. Ich könnte fast denken, er fühlt genauso.

»Na ja, Mittagessen ist eine voll wichtige Mahlzeit! Und wir müssen eine gute Grundlage für den Abend schaffen, also denke ich, sollten wir später richtig lecker essen gehen und bis dahin könnten wir vielleicht einfach einen Film schauen, oder?«

»Auf französisch?«, fragt er neckend und ich rolle mit den Augen. Würde ich meine Hände nicht gerade an seiner Hüfte haben, wo sie sich einfach wundervoll anfühlen, dann hätte ich ihm dafür gegen den Oberarm geboxt.

»Ne, auf Netflix.« Er grinst und nickt, dann schiebe ich ihn, trotz stummen Protests meines Herzens, von mir.

Samuel

Ich habe Angst. Vor dem Moment der Wahrheit. Das ist mir bewusst geworden, als mich meine Mutter heute Morgen daran erinnert hat, dass mein geregeltes Leben aus den Fugen geraten ist. Das zwischen mir und Lucas hat sich entwickelt, langsam, schleichend und jetzt ist es zu spät für Reue. Und ich bin schuld!

Ich habe es zugelassen. Ich hätte nur nicht gedacht, dass dieser Traum so schnell vergeht.

Verdammt, ja, ich gebe es nur ungern zu, aber ich habe Angst. Davor, allen zu sagen, was ich fühle.

Allein das Telefonat mit Kyra vorhin, nachdem wir vom Frühstück wieder auf unserem Zimmer waren, war ein Alptraum. Ich habe gewusst, dass es dazu kommt. Wusste, dass ich mich dem nicht entziehen kann und doch habe ich mich vollkommen unvorbereitet gefühlt. Es hat mich erschöpft, ausgelaugt und an Grenzen erinnert, die ich längst überschritten habe. Ich weiß nicht einmal mehr, was genau sie alles gesagt hat. Konnte mich kaum auf unser Gespräch konzentrieren, weil ich ständig im Kopf hatte, was ich getan habe. Letzte Nacht. Mit Lucas. Es entstehen Bilder, Empfindungen, ein Kribbeln in meinem Bauch, sobald ich daran denke.

Ich habe gelogen, betrogen und nicht den Mut es ihr zu sagen. Schlimmer noch, ich bereue es nicht. Auch wenn mich mein schlechtes Gewissen permanent begleitet. Mir ist bewusst, was ich getan habe, genauso wie mir bewusst ist, dass es falsch war. Auch wenn es sich so verdammt richtig anfühlt.

Scheiße! Ich habe mich viel zu tief in diesen Teufelskreis manövriert. Habe durch meine Gefühle, meine Wünsche, meine Sehnsüchte, alles nur schlimmer gemacht. Dabei dachte ich, nein, ich habe gehofft, dass es leichter wird. Aber das ist es nicht.

Das sehe ich in jedem Blick von ihm. Jeder Kuss schmeckt danach. Ich merke, wie sehr Lucas darunter leidet. Ich würde es so gern ändern. Aber ich kann es nicht. Noch nicht.

Und ich bin ihm unendlich dankbar dafür, dass er es versteht. Dass er es akzeptiert und für mich da ist. Ich schätze es sehr, dass er es ist, der für uns diese kleine heile Welt schafft, obwohl um uns herum längst alles in Scherben liegt.

Am Ende ist es egal, was ich tue, oder wie ich mich entscheide. Ich werde Menschen verletzen, die mir etwas bedeuten. Den einen mehr, den anderen weniger. Das ist wohl der Preis, den ich zahlen muss, wenn ich auf mein Herz höre, das so laut und deutlich für Lucas schlägt. Es lässt sich nicht leugnen. Da ist mehr als nur diese Freundschaft, die mich schon mein halbes Leben lang begleitet. Mehr, als ich mir zugetraut habe jemals für jemanden zu empfinden.

»Also, wenn wir hier langgehen, und dann dort abbiegen, dann … Fuck ne, das geht auch nicht, oder? Vielleicht wenn wir, hmm, aber dann kommen wir nicht mehr zur U-Bahn, also doch nochmal … scheiße, jetzt hab ich den Überblick verloren.« Das Kribbeln in meinem Bauch steigert sich, während ich Lucas dabei beobachte, wie er hochkonzentriert den Stadtplan studiert. »Ach Mann, ey, wieso ist das so kompliziert? Weißt du, wo wir lang müssen, Samuel?«, fragt er mich überfordert, dreht und wendet den Plan immer hektischer von rechts nach links.

»Nein, aber …« Noch bevor ich ihn aufhalten kann, hat Lucas das Chaos perfekt gemacht und den ganzen Stadtplan entfaltet. »Oh … das war jetzt dumm, oder?« Ich nicke, während er hilflos zwischen mir und dem Stadtplan steht, den er nun mit ausgestreckten Armen festhalten muss. Ganz Paris liegt vor uns, detailliert aufgeführt in kleinen bunten Linien.

»Na toll, warte, ich bring das wieder in Ord… fuck, wieso geht das denn nicht? Alter, wer war denn so blöd, solche Kackdinger zu erfinden? Da braucht man ja eine Anleitung für … ach Scheiße!« Ob er es mir übelnimmt, wenn ich lache? Lucas' Kampf mit dem Stadtplan endet tragisch, mit einem gigantischen Riss in der Mitte.

»Das ist nicht witzig, Samuel«, mault er mich an, weil ich jetzt wirklich lachen muss. Ein Schulterzucken später feuert er den Plan in die nächste Mülltonne. »So, und nun? Wie kommen wir jetzt zum Konzert? Mann, Samuel, ich wollte pünktlich da sein und jetzt … jetzt kommen wir vielleicht zu spät und dann verpassen wir den Anfang und …«

»Jetzt beruhig dich. Ich rufe uns ein Taxi, wir haben noch genug Zeit, okay?« Lucas ist aufgeregt, das hat er heute schon mehrfach betont, aber so langsam merkt man es ihm auch an.

»Taxi, dein Ernst? Und das fällt dir erst jetzt ein?« Na ja, eigentlich nicht, aber ich nicke dennoch. Die Wahrheit ist, Lucas war derjenige, der darauf bestanden hat zu Fuß zu gehen. Ich habe lediglich zugestimmt, weil es mir nichts ausgemacht hat.

Eine Stunde später sind wir im Parc Floral, genau da, wo wir sein wollen. Absolut pünktlich. Es ist sogar noch genug Zeit sich in einer weiteren lange Schlange anzustellen, um Getränke zu bestellen.

»Ich schwöre, ich bin am Verdursten«, beteuert Lucas. »Wenn wir gleich unser Bier haben, dann gehen wir so weit nach vorn wie möglich, okay? Ich glaube, erste Reihe können wir vergessen, aber ich will trotzdem versuchen ganz nach vorn zu kommen«, beschließt er und wirft einen Blick über seine Schulter. Die große Freilichtbühne ragt mitten im Zentrum hervor und zaubert ein begeistertes Strahlen in Lucas' Gesicht.

»Boah, ich bin echt so aufgeregt. Ohne Scheiß, meine Finger zittern richtig, sieh mal.« Und schon streckt er mir seine flache Hand entgegen, direkt vor die Nase. Ich muss etwas zurückweichen, um überhaupt eine Chance zu haben, etwas zu erkennen, was aber gar nicht da ist.

»Du spinnst«, entgegne ich und schiebe ihn zwei Schritte nach vorn, als sich die Schlange endlich wieder bewegt.

»Doch, doch, schau richtig hin! Ich bebe innerlich, so fucking aufgeregt bin ich«, sagt er und hält seine Hand noch einmal nach oben. Dieses Mal nicht ruhig, sondern in stetiger Auf- und Ab-Bewegung.

»Ah, ja, jetzt seh ich's«, erwidere ich schmunzelnd. Allein seine Füße, die kaum eine Sekunde stillstehen können, zeigen deutlich, dass er aufgeregt ist. Mal ganz davon abgesehen, dass er es gefühlt jede Minute erwähnt.

»Weißt du eigentlich, wen sie als Vorband haben?«

»Nein, dazu stand nichts auf der Homepage.«

»Hn, schade, aber egal, wird so oder so genial. Oh, ich hoffe so sehr, dass sie auch die alten Lieder aus dem vorletzten Album spielen werden. Die waren so genial«, schwärmt er, macht eine ausschweifende Geste mit den Armen und trifft beinahe die Frau vor sich am Hinterkopf. »Huch«, bemerkt er und zuckt mit den Schultern. »Na jedenfalls, selbst wenn nicht, die letzten waren auch echt der Hammer. Oh Gott, oh Gott, ich bin so ...«

»Aufgeregt, ja«, erwidere ich, schmunzle noch immer, weil sich das in seiner Gegenwart so natürlich anfühlt. Er steckt mich damit an. Mit seiner Fröhlichkeit. Seiner guten Laune. Seiner Euphorie.

»Scheiße, ja«, erwidert er, lacht herzhaft und reibt sich den Nacken. Sein Blick schweift zum Himmel und für einen Moment huscht ein Schatten über sein Gesicht, das Lachen verebbt.

»Oh je, ich hoffe echt das Wetter hält«, sagt er und zeigt besorgt nach oben. »Da sind ein paar fiese Wolken am Himmel.«

»Hm, die ziehen vorbei«, entgegne ich zuversichtlich. »Schau, da hinten ist strahlender Sonnenschein.«

»Na, ich hoffe, du hast recht. Und falls nicht ... tja, dann musst du mich später im Hotel wieder trockenreiben.« Er wackelt anzüglich mit den Augenbrauen und bricht dann in helles Gelächter aus. In mir jedoch kribbelt es. Verflucht intensiv, als würde eine ganze Horde Ameisen durch meinen Körper wandern. Mir wird heiß und ich habe Bilder im Kopf. Von nackter Haut. Lucas, der über mir kniet und ... Fuck! Ein Keuchen gleitet über meine Lippen, dann ein gepresstes Stöhnen, weil mich jemand von hinten nach vorn schiebt. Direkt gegen Lucas, der mich lächelnd auffängt und mit sich zieht.

»Heh, verrätst du mir deine Gedanken?« Ein neckisches Grinsen umspielt seine Lippen.

»Nein«

»Mahhh, aber warum nicht?«

»Vielleicht später.«

»Jaja, als ob. Du wirst es vergessen und dann so tun, als hätte es diesen Moment nie gegeben.« Schmunzelnd zucke ich mit den Schultern. »Siehst du ... obwohl, warte. Wir könnten den Moment auch einfach festhalten. So für später und eigentlich auch für die Ewigkeit«, sagt er, zieht sein Handy aus der Hosentasche und blickt dann mit gerunzelter Stirn wieder auf. »Boah, das klang kitschig, oder?«, fragt er und fängt an zu lachen. »Macht nichts, komm her«, fordert er, zieht mich im selben Moment am Kragen zu sich und hebt sein Handy nach oben in die Luft. Noch ein Selfie, auf dem ich mich glücklich und zufrieden neben ihm sehe, auch wenn Lucas' Strahlen weitaus präsenter erscheint.

»Perfekt! Verdammt, ey, wir sehen echt gut aus! Ich glaube ... oh, wir sind dran!«

Es ist mir schleierhaft, wie Lucas es geschafft hat, sich durch die Menge zu bewegen, mit einem randvollen Becher Bier, ohne etwas davon zu verschütten. Ich war der felsenfesten Überzeugung, dass das unmöglich ist. Aber nun steht er da, grinsend und unruhig, während sich um uns herum die Reihen schließen. Lucas schwingt leicht im Takt der leisen Musik, die über den Platz schwebt.

»So, also, ich weiß ja nicht, wie es bei dir ist, aber ich bin jetzt bereit. Aber sowas von.« Als hätte er ausgesprochen, was viele denken, geht ein Raunen durch die Menge, dann ein Johlen und ein anschwellendes Klatschen. Es ist faszinierend, Lucas dabei zu beobachten, wie er anfängt, begeistert mit zu jubeln. Und wie wenig es ihn stört, dass schließlich doch noch etwas von seinem Bier über seinen Handrücken läuft.

Die ersten Klänge der Band sorgen für Gänsehaut. Und während alle nach vorn zur Bühne sehen, auf den Moment warten, wenn endlich der Vorhang fällt, sehe ich Lucas. Nur Lucas.

Sein Strahlen.

Seine gebräunte Haut.

Das lockere Achselshirt mit weitem Ausschnitt.

Die enge Hose.

Langsam lecke ich mir über die Lippen, schmecke den Alkohol und wage einen Schritt nach vorn. Näher an ihn heran. Lucas' Blick trifft meinen und wir tauchen ab, in den Moment und vor allem in die Musik.

Neben Lucas ist es leicht, alles zu vergessen. Entspannt sein, loslassen. Er lässt sich treiben und ich schwimme mit. Füge mich in den Takt der Musik. Genieße seine Nähe, seine flüchtigen Berührungen, die kurzweiligen Blicke, weil auch er immer wieder zur Bühne sieht. Lucas hüpft auf und ab, singt grölend mit und erschafft eine Atmosphäre, der ich mich nicht entziehen kann. Ich will auch gar nicht.

»Oh fuck!! Oh, wie geil! Fuck, Samuel!« Lucas' Begeisterung schlägt über, als sich um uns herum die Menge aufteilt. Die Leute, die uns eben noch eingeengt haben, ziehen sich zurück und Lucas geht grinsend mit, schnappt nach meiner Hand und lässt mir keine Wahl. »Woahhh, ich liebe das!«, ruft er gegen die rhythmischen Gitarrenklänge, während ich den Atem anhalte. Ich weiß, was kommt. In wenigen Sekunden werden wir alle gleichzeitig loslaufen, direkt zurück in die Mitte, genau dann, wenn die beste Stelle des Liedes kommt. Genau jetzt.

Die Musik schwillt an. Ich kann Lucas' Lachen nicht hören, aber ich weiß, dass es da ist, als er der Erste ist, der losrennt. Hand in Hand zieht er mich mit, prallt mit jemandem zusammen, stößt sich weg und springt hoch, um dem Refrain des Liedes zu folgen.

Mir ist heiß. Die Luft um uns aufgeladen, fast wie elektrisiert. Mein Rücken ist feucht von Schweiß. Ich keuche, nachdem ich zum vierten Mal mit einem Ruck zurück in die Menge gezogen wurde. Lucas neben mir tanzt und lacht, bewegt sich zur Musik, als hätte er noch nie etwas anderes getan.

Erste Lichtpunkte zucken über uns hinweg. Wind kommt auf. Die letzten Sonnenstrahlen streicheln meinen Nacken, dann ein Donnern über uns. Gerade in dem Moment, als der Song wechselt. Die ersten Klänge sind so sanft wie der feine Sommerregen, der plötzlich auf uns herabrieselt.

Ich sehe, wie Lucas in seiner Bewegung stockt, dann herumwirbelt und die Arme nach oben streckt. Mit geschlossenen Augen hält er sein Gesicht in den Regen. Warme Tropfen auf heißer Haut. Er lächelt und wiegt sich in der Musik.

»Oh Gott, ich …« Lachend schüttelt er den Kopf und ich bin fasziniert. Von ihm. Glücklich grinsend zieht er sich das Shirt über den Kopf, schwingt es durch den Regen und wirft es von sich. Seine Stimme ist eins mit dem Liedtext.

Mein Herz rast. Überschlägt sich, bleibt stehen und schlägt wie verrückt weiter, als Lucas die Augen öffnet und mich ansieht.

Er lächelt. Ich halte den Atem an. Sein Blick ist so intensiv. Wie gebannt stehe ich da, folge jeder seiner Lippenbewegungen. Ich kenne die Worte. Kenne ihre Bedeutung. Kenne dieses Gefühl, das die ganze Welt zum Stillstand bringt.

Liebe.

Er singt davon. Seine Lippen formen die Worte, so federleicht, dass mein Herz stolpert. Seine Finger schieben sich in meine und für eine Sekunde, für einen so kurzen Moment, bilde ich mir ein, dass er es zu mir gesagt hat.

Lucas, der mich liebt. Mein bester Freund, der Gefühle hat, die größer und bedeutender sind, als alles, was wir jemals hatten. Und mit dem nächsten Herzschlag ziehe ich ihn an mich. Vergrabe meine Finger in seinem feuchten Haar und lege meine Lippen auf seine. Ich spüre Lucas seufzen. Er schließt seine Augen. Alles kribbelt, als er meinen Kuss erwidert.

25 – Zukunftsgefühl

Noch 22 Stunden

Wir sind zurück im Hotel, liegen im Bett und die Schwere auf meiner Brust kommt von Samuel. Sein Atem streichelt über meine nackte Haut. Sanft, schön, aber nicht beruhigend. Es ist fast so aufwühlend wie das Gewitter draußen, das die Nacht mit Blitzen erhellt und die Stille mit grollendem Donner zerreißt. Es legt sich wie ein schwarzes Tuch auf die letzten schönen Stunden, die bald der Vergangenheit angehören. Stunden, die ich nicht vergessen will. Das Konzert mit Samuel war berauschend. Er, seine Nähe, die Musik – es war perfekt.

Mein ganzer Körper kribbelt, sobald ich die Augen schließe und daran denke. Ich sehe uns im Regen. Spüre seine Hände, fühle mein Herz schlagen und höre mich immer und immer wieder sagen, das ich ihn liebe. Dieser Kuss … Ich hätte schwören können …

Ich bin müde, aber ich finde keinen Schlaf. Ganz im Gegensatz zu Samuel. Er sieht friedlich aus. Nur ich fühle mich schlecht. Das war unser letzter Abend hier in Frankreich und morgen wird der letzte Tag sein, den wir hier verbringen. Die letzten gemeinsamen Stunden, bevor es zurückgeht, in ein altes Leben. Zumindest für Samuel.

Ist es egoistisch von mir, zu behaupten, dass ich das nicht will? Ist es falsch, mir zu wünschen, dass ich die Zeit anhalten könnte?

Ich sehe zu Samuel. Strähnen seines schwarzen Haares fallen ihm locker in die Stirn. Ich weiß noch genau, wie er mich angesehen hat, als ich vorhin über ihm lag. Der Sex hat sich anders angefühlt. Intensiver und so viel inniger als gut für uns ist.

Ich will nicht, dass es vorbei ist.

Mein Seufzen verklingt schwer in der Stille. Das nächste Donnern scheint unheilvoll nah und plötzlich ist Samuels Nähe zu viel. Vorsichtig schiebe ich ihn von mir, drehe mich zur Seite und rutsche lautlos von der Matratze.

Es gibt keinen Ort, an den ich gehen kann. Und auch keinen, an den ich gehen will. Trotzdem führen mich meine Schritte vom Bett weg zum Fenster. Ein Blitz zuckt durch die wolkenverhangene Nacht. Der Regen ist so dicht, dass ich kaum noch was von der Stadt sehe. Nur vereinzelte, verschwommene Lichter.

Ich weiß nicht, wie lange ich so dastehe, in die Nacht starre und versuche, nicht an morgen zu denken. Irgendwann bildet sich Gänsehaut auf meinen Armen. Ein Schauer läuft mir über den Rücken. Mir ist kalt.

Ich sehne mich nach der Wärme seines Körpers, den Berührungen, der Geborgenheit. Ich vermisse ihn, obwohl er nicht mal fünf Schritte von mir entfernt ist.

Hinter mir raschelt die Bettdecke und ich seufze. Kurz darauf lehne ich mich der Wärme entgegen, die sich an meinen Rücken schmiegt. Samuels Hände streichen über meine Seiten nach vorn. Finger gleiten ineinander und er drückt mich an sich. Sein Kopf an meinem Hals.

»Du bist ganz kalt«, stellt er fest.

»Ich weiß. Ich kann nicht schlafen.« Ich spüre sein Nicken, bevor ich meinen Kopf in seine Richtung drehe. »Ich kann nicht aufhören nachzudenken…«

»Ich weiß«, unterbricht er mich. »Aber egal, was du denkst, es war richtig.« Nein, das war es nicht. Mit ihm zu schlafen war wundervoll. Es war so viel mehr als das, aber es war nicht richtig.

»Samuel…« Er schüttelt den Kopf und drückt mich noch ein bisschen fester an seine Brust. Ich seufze erneut.

»Komm zurück ins Bett«, haucht er mir leise ins Ohr und zieht mich mit sich. Er lässt mich erst wieder los, als wir am Bett stehen. Schweigend krabble ich auf die Matratze. Er legt sich vor mich, den Rücken zu mir, ganz dicht. Ich ziehe die Decke über uns. Mit seinem Geruch in der Nase schließe ich die Augen und öffne sie wieder, als Samuels Hand nach hinten greift, über meine Hüfte streicht und nach meiner sucht. Ich verschränke unsere Finger miteinander und lasse zu, dass er sie zu sich nach vorn zieht.

Das ist keine Freundschaft, oder? Das ist ... Ich kann es nicht aussprechen. Nicht einmal denken, solange ich keine Gewissheit habe. Aber gerade fühlt es sich nach mehr an. Als hätte ich eine Chance.

»Samuel?«

»Hm?«, antwortet er leise. Man könnte meinen, er wäre kurz davor wieder einzuschlafen, aber das stimmt nicht. Seine Finger streichen sanft über meine. Das ist schön. Vertraut.

»Schenkst du mir morgen einen letzten Tag? Nur noch einen, als wären wir ...« Ich stocke kurz, atme nochmal ein, bevor ich mich traue, es auszusprechen.

»Nur noch ein Tag, okay? Als gäbe es nur uns zwei.« Ich spüre, wie sich seine Brust hebt und wieder senkt.

»Ja.«

Noch 14 Stunden

Wir sind viel zu spät aufgestanden. Vermutlich haben wir gestern vergessen, einen Wecker zu stellen. Stress pur, denn der Check-out wartet leider nicht auf uns. Ich konnte nicht einmal das gemeinsame Duschen genießen. Am Ende haben wir es gerade noch so geschafft. Ich hoffe nur, dass ich in der Eile nichts im Zimmer vergessen habe. Mein Handyladekabel zum Beispiel, das ich jetzt eigentlich dringend bräuchte, aber nicht finde.

»Aber du bist dir sicher, dass ich es eingesteckt habe?«, frage ich Samuel und fange ein drittes Mal an, meinen Rucksack zu durchsuchen.

»Ich meine schon. Es hing auf jeden Fall nichts mehr in den Steckdosen«, erwidert Samuel und zuckt mit den Achseln, während ich entnervt aufstöhne und kurzentschlossen den ganzen Rucksack hochhebe, umdrehe und den Inhalt auf dem Tisch vor uns ausschütte. Wir sitzen im Starbucks, ganz in der Nähe vom Hotel, weil wir es bei der ganzen Hektik nicht geschafft haben, zu frühstücken.

»Gibt es doch nicht, ey ...« Schnaufend stopfe ich meine Sachen nach und nach wieder zurück in den Rucksack.

»Hast du mal vorn nachgesehen? In der kleinen Tasche?«

»Klar doch, schon gefühlt hundert ... oder warte, meinst du die?« Samuel nickt und ich ...

»Oh« Wärme kriecht mir vom Nacken zu den Ohren, als ich das dünne weiße Kabel hervorziehe. Samuel schmunzelt.

»Gib zu, du hast es da reingetan, oder?«

»Wann denn?«

»Als ich duschen war?«

»Wir waren zusammen, schon vergessen?« Punkt für ihn.

Dieser Tag fängt echt großartig an. Dabei sollte es doch ein letzter perfekter Tag werden, bevor morgen eventuell alles vorbei ist. Ach scheiße, genau das wollte ich jetzt eigentlich nicht denken. Das ist dumm und bescheuert und dämlich. Seufzend lehne ich mich nach hinten in den Stuhl und Samuel legt sofort seine Hand auf meine.

»Was hältst du davon, wenn wir nachher noch einen Burger essen gehen?« Mein verliebtes Herz springt vor Freude wild auf und ab.

»Lädst du mich gerade offiziell zu einem richtigen Date ein?«

»Wenn du das willst?« Er hätte auch einfach ja sagen können, echt jetzt.

»Blöde Frage, natürlich will ich.« Lächelnd lehne ich mich ihm entgegen. »Aber ich darf aussuchen, wo wir essen, okay?«

»Ich habe keine Wahl, oder?« Grinsend schüttle ich den Kopf.

Nach dem Frühstück hat mein Handy immerhin wieder fünfundzwanzig Prozent Akku und ich habe ein wenig Zeit mich Phils Nachrichten zu widmen. Samuel ist pinkeln und hat mich für den Moment mir selbst überlassen.

Phil
Also meine letzte Nacht war der Horror! Ich springe nie wieder auf der Geri ein, erinner mich daran, wenn es soweit ist xD Aber erzähl mal, wie war euer Konzert?

Lucky
Es war unbeschreiblich! Ehrlich, von mir aus hätte das gestern die ganze Nacht gehen können! Oder auch die ganze nächste Woche, aber leider ...

Phil
Ja, aber leider musst du langsam auch mal wieder nach Hause kommen xD

Lucky
Ja, auch wenn ich noch gar nicht will. Hab mich ganz schön dran gewöhnt.

Phil
An Frankreich oder Samuel?

Mir wird warm und für einen Moment weiß ich nicht, was ich antworten soll.

Lucky
Ganz ehrlich? Wenn Frankreich die einzige Möglichkeit wäre, mit ihm zusammen zu sein, dann würde ich hierbleiben. Aber das geht nicht. Ich weiß nicht mal, was ich ohne ihn machen soll …

Schlimmer noch. Ich frage mich sogar, ob ich es ohne ihn wirklich aushalten kann. Nur mit ihm befreundet zu sein, mit dem Wissen im Hinterkopf, was wir hatten und was wir haben können. Grauenvoll.

Phil
Jetzt bleib erstmal ganz ruhig. Es ist ja noch gar nicht raus, wie es zuhause weitergeht, oder?

Lucky
Nein.

Phil
Na siehst du, also kein Grund sich jetzt schon verrückt zu machen.

Lucky
Das sagt sich nur leichter als es ist. Ich hab echt Schiss davor wieder nach Hause zu kommen …

Phil
Glaub ich … Wie läuft es denn jetzt generell zwischen euch? Hast du es ihm schon gesagt?

Ein warmes Kribbeln breitet sich in meinem Körper aus, als ich ganz automatisch daran denken muss, was gestern auf dem Konzert passiert ist. Das war nicht geplant gewesen. Aber es hat sich richtig angefühlt.

Lucky
Na ja, es läuft viel zu gut. Das ist ja das Problem. Ich hätte es ihm mehrfach beinahe gesagt, aber ich will ihn auch nicht unter Druck setzen. Nur … gestern, da war dieser eine Moment auf dem Konzert. Ich hab ihm quasi gesungen, dass ich ihn liebe.

Phil
Gesungen?

Lucky
Ja, ich weiß, klingt bescheuert, oder? Ich war noch nie zuvor so nervös. Aber als das Lied kam und ich Samuel angesehen habe … ich konnte nicht anders. Es hat einfach gepasst und dann hat Samuel mich geküsst, im Regen und … oh je, jetzt klingt es schon ein bisschen kitschig, oder?

Phil
Aber nur ein bisschen XDDD Wann kommt ihr jetzt eigentlich zurück?

Lucky
Gute Frage. Wir fahren auf jeden Fall nachher los, aber ich habe Samuel gefragt, ob wir uns ein wenig Zeit nehmen können. Also denk ich mal, dass wir erst morgen Abend ankommen werden. Gerade sind wir noch im Starbucks.

Phil
Oh, wie geil. Kannst du mir vielleicht einen Gefallen tun? Meine Mum steht voll auf diese Starbucks-Tassen und ich wette, ich wäre an Weihnachten ihr Lieblingssohn, wenn ich ihr eine Tasse aus Paris schenken würde. Könntest du mir eine mitbringen? Zahl ich dir natürlich.

Lucky
Klar, mach ich. Bin dann auch jetzt wieder weg, mein Akku muss noch laden und Samuel kommt hoffentlich auch gleich wieder. Melde mich dann, sobald ich wieder zuhause bin, okay?

Phil
Klar und danke, Mann, bist echt der Beste!

Ich schicke ihm ein paar Daumen nach oben zurück und drehe mich dann um. Kein Samuel in Sichtweite, leider. Dafür aber der Verkaufstresen und dahinter die Tassen, von denen Phil eben erzählt hat. Ich werde mich blamieren, das weiß ich jetzt schon, aber egal. Ich kaufe jetzt diese Tasse.

»Hallo, ich hätte gern ... ach fuck«, sage ich sofort, weil der Typ vor mir mich nicht versteht. »Äh Moment«, denke ich laut und kehre zu unserem Tisch zurück, um mein Handy zu holen. Wozu habe ich mir vor dem Urlaub bitte die Übersetzer-App geladen, wenn ich dann komplett vergesse, dass ich sie habe? Zurück am Tresen tippe ich konzentriert »Ich möchte etwas kaufen – französisch« ins Eingabefeld.

›Je voudrais acheter quelque chose‹, steht da und ich kräusle die Nase, weil ich überhaupt nicht weiß, wie ich das aussprechen soll. Aber egal, selbst dafür gibt es eine Lösung. Ich grinse zuversichtlich, halte dem Mann mein Handy entgegen und drücke auf die kleine Schaltfläche, die meinen Satz für mich laut vorliest. Er schnaubt amüsiert, verunsichert mich etwas damit, aber dann nickt er lächelnd und antwortet in perfektem Französisch. Super. Hilft mir gar nicht, aber ich denke mir einfach, dass er mich danach gefragt hat, was ich möchte. Also tippe ich die Wörter »Tasse – drei« ins Eingabefeld.

»Coupe trois«, sage ich und sein breites Schmunzeln sagt mir, dass ich es unter Garantie falsch ausgesprochen habe. Um einem Missverständnis vorzubeugen, zeige ich deshalb mit den Fingern auf die Tassen und dann eine drei. Er antwortet. Und das, was er sagt, hört sich super an. Ich verstehe es nur nicht. Aber ist egal, ich bekomme die Tassen und er mein Geld. Als ich mich umdrehe, um zurück zu unserem Tisch zu gehen, bemerke ich Samuel, der gerade wieder reinkommt. Von draußen. Da sind keine Toiletten.

»Tut mir leid, es hat doch etwas länger gedauert. Ist alles okay?«, erkundigt er sich.

»Jop, schau mal, die hier habe ich für uns gekauft«, sage ich und grinse, als ich die Tassen vor uns auf dem Tisch abstelle. Samuel Augenbrauen wandern nach oben. »Die ist für dich. Ab jetzt gibt es jeden Morgen Kaffee aus Frankreich, zumindest optisch.«

»Die ist ... hm«, brummt er, nimmt die Tasse, dreht sie in der Hand und verzieht dann das Gesicht.

»Ja, mir ist schon klar, dass es hübschere Tassen gibt, echt jetzt. Aber wir kommen so schnell bestimmt nicht nochmal her und so haben wir beide etwas, was uns an Paris erinnert. Ich finde die Tasse auf jeden Fall cooler als Kühlschrankmagneten.«

»Ja, wenn du das so sagst...«, erwidert Samuel schmunzelnd. Anschließend bringt er meinen Herzschlag wieder leicht aus dem Takt, als er sich vorbeugt und mir einen Kuss auf die Wange haucht. »Danke«, flüstert er und ich neige meinen Kopf, um ihn richtig zu küssen. Genau diese Momente sind es, die ich brauche. Die mich an uns glauben lassen.

Noch 11 Stunden

Nachdem wir Starbucks verlassen haben, waren wir tanken und nochmal im Supermarkt, um uns etwas zu trinken für die Fahrt zu besorgen. Jetzt sitzen wir schweigend nebeneinander im Auto. Es könnte theoretisch losgehen. Zurück nach Hause. Das Navi ist bereits eingestellt, die Route berechnet, doch Samuel rührt sich nicht. Starr blickt er aufs Lenkrad und scheint gedanklich ganz weit weg zu sein. An was er wohl gerade denkt? Vielleicht wünscht er sich ja auch, dass wir hierbleiben können? Frankreich nicht verlassen und zusammenbleiben. Das wäre schön und ich wäre der Letzte, der es nicht für ihn tun würde. Aber wir dürfen das nicht. Wir müssen zurück und Samuel muss mit Kyra reden. Daran führt kein Weg vorbei. Aber ich kann mir vorstellen, dass es nicht leicht für ihn ist. Ständig daran denken zu müssen. An sie und an das, was wir getan haben. Er hat es jetzt so lange vor sich hergeschoben, aber irgendwann kommt der Punkt, an dem es nicht mehr weitergeht. Früher oder später wird man von der Realität eingeholt.

»Hey«, spreche ich ihn an, sanft, um ihn nicht zu erschrecken. »Vorschlag. Wir machen jetzt das Radio an, suchen irgendwas nicht Französisches und fahren erstmal einfach los? Wir müssen ja nicht zwingend auf die Autobahn, okay?« Ich hoffe, er versteht, was ich sagen will. Denn den ganzen Tag rumstehen bringt uns nicht weiter. Es wird ihm nicht helfen.

»Okay«, seufzt er schließlich und atmet tief ein. Er drückt meine Hand, lächelt unsicher und startet den Motor. Und ich kümmere mich um das Radio.

»Oh, oh, ich glaube das ... ohhh Samuel, das ist echt schon mega lang her, aber kennst du das noch?«, frage ich, als ich glaube, etwas gefunden zu haben.

»Ich weiß nicht, ist das ... wie hieß die? Christina ... nein, die andere, oder?«, lässt er sich darauf ein und lächelt zu mir rüber.

»Jop, das ist Britney! Oh mein Gott, sorry, aber das muss ich lauter machen.« Ohne Einwände lässt er zu, dass ich das Radio lauter drehe.

»You, you, you are. You, you, you are. Womanizer, womanizer. WOMANIZER!«, stimme ich in den Song mit ein und lache, als Samuel an der nächsten Ampel die Fenster herunterlässt.

»Oh Yeahh! Wuhuhu, Womanizer!« Im Takt der Musik wippt mein Kopf vor und zurück. Samuel schmunzelt.

»Ey, mach mit«, fordere ich ihn auf, stupse ihn leicht am Ellenbogen an. »Du kannst den Text, oder? Vergiss es, leugnen geht nicht«, ergänze ich, weil ich ihm ansehe, dass er kurz davor ist es abzustreiten. »Warte, gleich ... Jetzt!«, kündige ich den nächsten Refrain an und verpasse beinahe selbst den Einsatz, weil Samuel tatsächlich mitsingt.

»Oh Mann, wie geil.« Ich bin ganz außer Atem, als der Song vorbei ist und ich die Musik wieder etwas leiser drehe. »Wie lang ist das her? Neun Jahre? Zehn?«, überlege ich laut und blicke zu Samuel, der entspannter wirkt.

»Keine Ahnung. Könnte aber hinkommen«, erwidert er und ich nicke zustimmend. Das nächste Lied ist Mambo Nr.5 von Lou Bega und ich grinse.

»Das ist auch geil! Nicht so geil wie Womanizer, aber trotzdem cool!«

Noch 9 Stunden

»Kannst du hier abfahren, bitte? Ich müsste mal aufs Klo und außerdem könnten wir da gleich etwas essen.«

»Hast du schon wieder Hunger?«

»Ein wenig schon, ja.« Zumindest behauptet das mein Magen. »Da vorn rechts... genau und dann gleich hier, der Parkplatz ist super«, weise ich Samuel an, der sich ein kleines Augenverdrehen nicht verkneifen kann. Als hätte er gewusst, wo ich uns hinführen würde. Nämlich quasi direkt vor den Eingang. Ein paar Schritte nur, und wir stehen direkt im McDonalds und blicken gemeinsam nach oben zur Anzeigetafel.

»So, was willst du?«, frage ich ihn und ernte ein Schulterzucken.

»Gut, ich glaube ... hmm, schau mal, der hier ist neu, wollen wir uns den vielleicht teilen? Ein paar Pommes oder Gitterkartoffeln dazu und vielleicht noch eine Cola und einen einfachen Chickenburger. Ich denke, das sollte reichen, oder?« Noch ein Schulterzucken, aber keine Widerworte. Es wird etwas dauern, bis unser Burger fertig ist und so setzen wir uns erstmal nur mit den Beilagen an einen Tisch, der nicht ganz so umringt ist von anderen Gästen. Als wir sitzen, ist es Samuel, der nach meiner Hand sucht und unsere Finger wieder miteinander verschränkt. Genauso könnte es immer sein.

»Das war schon echt eine verdammt schöne Zeit«, seufze ich und lächle verträumt. »Dieser Urlaub war der Beste meines Lebens, echt jetzt.« Samuel stimmt mir mit einem Nicken zu. Seine Finger schließen sich fester um meine. »Irgendwie hätte ich echt Lust, das nochmal zu wiederholen. Vielleicht machen wir als nächstes einen Road Trip durch Italien? Rom soll ja auch toll sein, oder Athen, obwohl das dann schon wieder Griechenland wäre«, plaudere ich und meine jedes Wort davon vollkommen ernst. Mir ist bewusst, dass das Spinnereien sind, die vielleicht nie eintreffen werden. Aber für den Moment fühlt es sich richtig an, ein wenig zu träumen. Von einer gemeinsamen Zukunft.

»Spanien wäre auch noch eine Option, oder ...«

»London«, sagt er und lässt mein Herz höherschlagen. »Beziehungsweise Großbritannien.«

»Oh, ja!«

»Und am besten mieten wir uns dafür einen Caravan.« Gott, Samuel! Ich weiß nicht, ob er sich dessen bewusst ist, was er tut, aber mein Herz spielt gerade völlig verrückt.

»Fuck ja, auf jeden Fall!« Mir gefällt das. Ehrlich jetzt, das wäre fantastisch. »Dann müssen wir damit aber auch nach Norwegen und Schweden und hach, das wäre großartig!« Mein Schwärmen ist kaum zu überhören. »Ich habe mal gelesen, dass man in Norwegen so Wildwasser Rafting machen kann. Und Wale kann man da auch sehen. Ein richtiger Abenteuerurlaub, da hätte ich ja schon Bock drauf, vor allem mit ... oh, unser Burger, danke«, wende ich mich an die Bedienung, die unser Essen abstellt. Sie nickt freundlich und geht wieder.

»Okay, wie machen wir das jetzt?«, frage ich und begutachte den riesigen Burger vor mir, der verdammt lecker aussieht. Der knusprige Speck, der an der Seite herausragt, lässt mir das Wasser im Mund zusammenlaufen.

»Iss ruhig, ich muss nicht unbedingt«, meint Samuel mit gerunzelter Stirn, während ich mir mehrmals über die Lippen lecke.

»Ach was, komm schon, wir probieren einfach gleichzeitig, okay?«

»Gleichzeitig?«, wiederholt er, als hätte ich gerade etwas Unmögliches verlangt.

»Ja logisch, komm«, beschließe ich und rutsche näher an den Tisch heran, hole den Burger mit beiden Händen aus der Packung und halte ihn zwischen uns nach oben, sodass wir beide problemlos abbeißen können. Samuel sieht nicht so begeistert aus, aber er lehnt sich trotzdem etwas vor, nachdem meine Blicke ihm verdeutlicht haben dürften, dass er gar keine Wahl hat.

»Bereit? Dann los«, gebe ich den Startschuss und beiße zu. Sehe noch, das Samuel es mir gleichtut und seufze genüsslich, als sich der Geschmack von Speck und Zwiebeln in meinem Mund verteilt. Am liebsten würde ich die Augen schließen, um es noch mehr zu genießen, aber dann würde ich Samuels herrlich verkrampften Gesichtsausdruck verpassen. Und die Tatsache, dass der Idiot geschummelt hat. Ich schlucke meinen Bissen hinunter und funkle Samuel mahnend an.

»Dein Ernst? Du hast gerade nicht nur den Salat rausgezogen, oder? Du bist echt …« Lachend schüttle ich den Kopf. Er zuckt mit den Schultern, kaut auf dem Salatblatt herum und schafft es dabei immer noch, unverschämt sexy zu schmunzeln.

Noch 4 Stunden

Sinnlich weiche Lippen, sanfte Küsse, ein Rauschen in meinen Ohren und heiße Haut auf meiner. Ein Seufzen gleitet durch den Raum, dessen Konturen verschwommen sind. Ich weiß nicht, wo ich bin. Aber ich bin nicht allein. Warme, zärtliche Finger berühren mich. Streichen über meine Hüfte, meine Beine zucken, in meiner Mitte pocht es. Ich bin hart. Fuck.

Keuchend winde ich mich unter der Zunge, die sich schlängelnd über meine Haut leckt, weiter, tiefer, bis zu dem Moment, als ein erregtes Stöhnen meine Lippen verlässt. Mir ist heiß und schwindlig vor Lust. Mein Schwanz pocht und ich drücke mich automatisch nach oben, als sich Finger um ihn schließen und sanft, viel zu vorsichtig, anfangen zu streicheln. Ich höre mich grummeln, dann sein Lachen, das mir Gänsehaut über den Rücken rieseln lässt.

Samuel.

Ich öffne die Augen, begegne seinem Blick und bin bereit für seine Lippen. Für den Kuss, der unverzüglich folgt. Ich liebe es. Ich ...

»Ich liebe dich.« Ein Flüstern, hauchzart und dünn, vielleicht auch nur ein Gedanke. Raues Stöhnen an heißen Lippen und ich lege den Kopf zur Seite. Seufzend, genießend und mit einem Lächeln, während Samuel meinen Hals mit Küssen verwöhnt. Um uns herum nichts. Nur wir. Gemeinsam.

»Lucas.« Seine tiefe Stimme lässt mich erzittern. Fahrig wandern meine Hände über seinen Körper, bis weiches Haar an meinen Fingerspitzen kitzelt. Ich seufze und vergrabe mich darin, genieße sein dunkles Keuchen und stöhne ihm entgegen, als sich mehr Druck um meine Erregung bildet.

»Lucas!« Er klingt dumpf, fern und ich habe das Gefühl, sein Körper entgleitet mir.

»Nicht«, hauche ich und greife fester in sein Haar.

»Lucas!«

»Nicht aufhören«, höre ich mich seufzen, versuche, ihn fester an mich zu ziehen, doch ich greife ins Nichts.

»Womit?«, erwidert er weit entfernt und dann sitze ich plötzlich blinzelnd im Auto. Vor mir ein weites Gerstenkornfeld, draußen Vogelgezwitscher und neben mir ein amüsiert schmunzelnder Samuel.

»Fuck, was?«, frage ich, mit rasendem Herzklopfen und einer pochenden Erektion in der Hose. Für eine Sekunde habe ich die Frage danach wo ich überhaupt bin auf der Zunge, aber das schlucke ich eilig wieder weg.

»Du bist eingeschlafen«, erklärt mir Samuel und ich nicke. Das klingt so banal, dabei habe ich nicht einfach nur geschlafen. Ich habe geträumt. Von ihm und mir und verdammt viel nackter Haut und heißen Küssen und Händen, die sich ... Ohhh Gott, ich darf da nicht dran denken. Mein Penis erinnert sich für uns beide und zuckt auffordernd. Geradeso kann ich dem Drang widerstehen, meine Hand auf meinen Schritt zu legen.

»Scheint so. Fuck ey, wie spät ist es? Wie lange hab ich geschlafen? Sind wir schon da? Müssen wir uns verabschieden?«

Plötzlich ist mir heiß und kalt zugleich. Panisch wende ich meinen Kopf, sehe mich um. Erst Samuels Hand auf meinem Oberschenkel, lässt mich ruhiger atmen.

»Nein, keine Sorge, wir sind noch nicht da. Du bist eingeschlafen, kurz bevor der Stau anfing.«

»Stau?«, frage ich und blicke mich noch einmal um. Nichts. Wie es aussieht stehen wir auf irgendeinem Parkplatz, mitten im Nirgendwo. Um uns herum nur Natur und, bis auf ein weiteres, geparktes, leeres Auto, ist niemand sonst hier.

»Ja, Vollsperrung. Es hat drei Stunden gedauert, bis es weiterging und ich auf die Landstraße abbiegen konnte.«

»Oh Gott«, japse ich schuldbewusst nach Luft. »Und ich hab die ganze Zeit gepennt?«

»Na ja, und geträumt«, flüstert Samuel mit einem anzüglichen Lächeln und deutet auf meine Mitte. Peinlich, peinlich ...

»Heh, ich kann da voll nichts dafür, echt jetzt!«, beteuere ich und streiche mir durchs Haar.

»Natürlich nicht.« Mein Magen schlägt Purzelbäume, wenn er mich so anlächelt.

»Tja...« Unschuldig zucke ich mit den Schultern. »Und jetzt? Wo sind wir überhaupt?«

»Ich weiß nicht, aber ich dachte, es wäre Zeit für eine Pause«, schmunzelt Samuel und beugt sich zu mir. Sein Atem streift meine Wange, dann berühren seine Lippen mein Ohr. »Oder siehst du das anders?«, haucht er hinein und lässt seine Hand quälend langsam über mein Bein wandern. Trocken schluckend schüttle ich den Kopf.

»Nein«, antworte ich, neige mich seinen Lippen entgegen und fange sie ein. Küsse ihn. »Und ich weiß auch schon, wie wir sie nutzen, komm!«, fordere ich und deute ihm an, dass er mir nach draußen folgen soll. Wir hatten zwar schon viele schöne Momente, hier in diesem Auto, und ich weiß den Platz und die Größe durchaus zu schätzen, aber gerade schwebt mir mehr Freiraum vor. Samuel zögert einen kurzen Moment, ehe er ebenfalls aussteigt.

»Komm her.« Ich winke ihm grinsend zu und warte, bis er endlich vor mir steht. »Ich hab da etwas im Kopf«, murmle ich und greife nach seiner Hand. Samuel lässt sich von mir mit dem Rücken zum Auto drehen. Er schmunzelt. Verdammt, das ist mittlerweile zur Gewohnheit geworden, oder? Macht nichts, ich liebe es. Ich liebe alles an ihm.

»Etwa deinen Traum?«, fragt er, hebt neugierig eine seine Augenbrauen an.

»Hmm, nicht ganz, aber ähnlich. Sagen wir, er hat mich inspiriert.« Sanft drücke ich ihn mit der Hand noch etwas näher ans Auto. »Lehn dich an und schließ die Augen.« Es ist immer wieder faszinierend, wie leicht sich Samuel von mir führen lässt. Wie unfassbar nachgiebig er ist. Langsam fahre ich mit meiner Hand unter sein Shirt, das graue Hemd darüber trägt er bereits offen. Samuel hat den Kopf leicht in den Nacken gelegt und die Lippen einen Spalt weit geöffnet. Warmer Wind spielt mit seinen schwarzen Haarsträhnen und das warmgelbe Licht der letzten Sonnenstrahlen umschmeichelt sein entspanntes Gesicht.

»Weißt du …«, beginne ich flüsternd und schiebe meine Hand unter den Bund seiner Shorts. »Ich würde diese Reise, unser Abenteuer, gern so beenden, wie es begonnen hat«, beende ich und schiebe den kleinen Seitenhieb, den ich mir selbst zuzuschreiben habe, weg. Das stimmt nicht. In Wahrheit will ich gar nichts beenden. Weder diese Reise noch unser Abenteuer. Samuel sagt nichts, atmet nur tief ein, auch wenn ich die Hoffnung hatte, er würde mir widersprechen. Macht er nicht, aber seine Finger zucken und seine Bauchdecke spannt sich an, als ich vor ihm auf die Knie gehe und seinen Hosenknopf öffne.

»Erinnerst du dich noch daran, was du dir als Erstes von mir gewünscht hast?« Ich sehe und spüre seine Gänsehaut.

»Ja, aber … hier?«

»Warum nicht? Das wird auch ohne Glasdusche sehr gut sein …« Grinsend blicke ich nach oben und Samuel funkelt mir aufgeregt entgegen.

»Okay.« Er beobachtet mich dabei, wie ich seinen Reißverschluss langsam nach unten ziehe, meine Lippen an seinen Bauch lege und seine weiche Haut küsse. Er seufzt und sein Becken drückt sich mir entgegen. Gleichzeitig ziehe ich seine Hose über die Hüfte und warmer Wind streift seinen Penis. Er ist noch nicht hart, aber auf dem besten Wege dahin.

Samuel keucht leise, als ich ihn in die Hand nehme, meinen Daumen über seine Eichel kreisen lasse und mit der Zunge zu lecken beginne. Aus den Augenwinkeln sehe ich, dass er mit den Händen nach Halt am Auto sucht.

Kurz darauf stöhnt er auf und ich weiß, dass er soeben den Kopf weit nach hinten in den Nacken gelegt hat. Samuel kann so wundervoll genießen.

Mit diesem Bild vor Augen schließe ich sie und nehme Samuel tiefer in meinen Mund. Ich spüre jedes Zucken. Höre jeden Atemzug und jedes Stöhnen.

Ich will, dass er das hier nie wieder vergisst.

Es soll sich in sein Gedächtnis brennen und nie wieder verblassen.

Ich verdränge das schattenhafte Gefühl, dass das hier auch so etwas wie ein Abschied sein könnte. Es ist zu schön dafür. Zu berauschend. Aber es könnte das letzte Mal sein.

Fuck, nein. Es ist kein Abschied. Kein letztes Mal. Ich will das nicht denken! Nicht jetzt.

Es ist Samuel, der vor mir steht, der mir sein Stöhnen schenkt und der mir sein Becken entgegen stößt. Er ist es, den ich auf meiner Zunge schmecke und der Hitze in mir erzeugt. Mein Körper kribbelt und mein Schwanz pocht. Aber gerade zählt nur Samuel, wie damals in der Dusche. Die Erinnerung an den Moment lässt mich keuchen. Genauso wie Samuel, der mich plötzlich am Hinterkopf packt und mit einem Ruck fester an sich drückt. Sein Schwanz pulsiert heftig in meinem Mund und dann schlucke ich. Ich schlucke alles, während sein dunkles Stöhnen im herannahenden Sonnenuntergang verhallt.

Ein letztes Mal lecke ich über seinen Penis nach oben, hauche sogar noch einen kleinen, verspielten Kuss auf seine Spitze und grinse über das darauffolgende Zucken, ehe ich mich wieder aufrichte. Samuel zieht mich sofort in einen tiefen Kuss. Ich keuche erregt gegen seine Lippen und komme ihm entgegen, berühre seine Zunge und genieße es. Ein Seufzen und ein intensives Kribbeln später löse ich mich von seinen Lippen, nur um sie direkt wieder an seinen Hals zu legen. Langsam küsse ich mich zu seinem Ohr.

»Weißt du, was ich jetzt will?«, frage ich ihn mit rauer Stimme. Er keucht zur Antwort. Ein paar kurze, vielversprechende Streicheleinheiten mit meinem Daumen gönne ich seinem Schwanz, ehe ich ihn loslasse und beide Hände an seine Hüfte lege.

»Ich will dich von ...« Ich komme ins Stocken und runzle irritiert die Stirn. War da gerade etwas? Hinter uns? Im Wald? Ich will mich umdrehen, nachsehen, doch Samuels tiefe Stimme hält mich davon ab.

»Von?«, fragt er erwartungsvoll und drückt mir sein Becken reizvoll entgegen. »Sag schon, wie willst du mich?« Es kribbelt, oh Gott. Ich habe das Gefühl, Samuels Worte vibrieren durch meinen Körper.

»Sorry, ich dachte ... egal. Ich will dich von hin... Fuck!« Da! Mein Kopf fliegt herum, zu dem Geräusch hinter mir. Ein Rascheln, ein Knacken und dann eindeutig Schritte, die immer näherkommen. Keine Einbildung. Aber ich sehe nichts in dem Dickicht aus Bäumen, Blättern und Gestrüpp. »Da kommt jemand«, sage ich, und ziehe, gerade noch rechtzeitig, seine Hose hoch.

»Mami, Mami ich bin als Erster ... oh.« Es ist ein kleiner Junge, der plötzlich aus den dicht stehenden Bäumen hervorspringt, uns sieht und merklich ins Stolpern gerät. Er fällt nicht, auch wenn es kurz den Anschein hat.

»Adrien! Warte, da vorn ist die Straße!« Die zweite Stimme ist weiblich und noch zu weit weg. Etwas unsicher versuche ich zu lächeln, schließe Samuels Hose und trauere insgeheim der verpassten Chance hinterher. Es ist vorbei. Der Moment, die Lust, alles vorbei. Das bestätigt auch Samuels schweres Durchatmen.

»Adrien?« Mami kommt, schwer bepackt mit Schwimmreifen, Kühlbox und Picknickdecke, dazu. Sie wirkt erleichtert, als sie ihren Sohn sieht. »Du sollst doch nicht immer so weit vorlaufen«, sagt sie seufzend. Uns scheint sie gar nicht zu bemerken. Samuel rückt derweil ein kleines Stück zur Seite und richtet eilig seine restliche Kleidung. Ein paar Minuten später und sie hätten uns mittendrin erwischt. Das wäre verdammt unangenehm geworden.

»Das war knapp!«, stelle ich glucksend fest, nachdem sie endlich verschwunden sind. Samuel steht, dicht ans Auto gedrückt, neben mir.

»Ziemlich«, erwidert er, noch immer etwas angespannt. Langsam lasse ich meine Hand in seine gleiten und ziehe ihn wieder etwas näher. Samuel seufzt, als ich mit meiner Nase über seinen Hals streiche. Er riecht so gut. Für eine Sekunde überlege ich, ob ich es ihm sagen soll, entscheide mich dann aber dafür, ihn lieber zu küssen. Langsam, ruhig, dann lächle ich ihn an.

»Die Frau mit dem Kind ... die hatten Badesachen dabei. Vielleicht ist da hinten ein See. Was hältst du davon, wenn wir mal nachsehen, hm?« Ich warte sein knappes Nicken ab, dann gehe ich los. Samuel ziehe ich mit mir, den kleinen Waldweg entlang, der uns immer weiter wegführt von der Straße und dem Parkplatz. Es dauert etwas, bis der Pfad endet und der Sonnenuntergang im seichten Wasser glitzert.

»Wow, schau mal. Scheint ein echter Geheimtipp zu sein.« Vor uns liegt ein kleiner ruhiger See mit feinem Sandstrand.

»Das ist voll schön. Sieht aus, als könnte man gut in einer Stunde drum herum gehen«, stelle ich fest und lasse meinen Blick am Sandstrand entlang gleiten. Samuel stimmt mir summend zu.

»Na dann, komm.« Es geht eine leichte Böschung hinunter, an deren Ende ich mich niederlasse und meine Schuhe ausziehe. Außer mir und Samuel ist tatsächlich niemand hier. Vielleicht, weil der See so abgeschieden liegt und kaum einer Lust hat die Kilometer zu fahren, um hier baden zu gehen? Irgendwie dumm. Aber gut, mir ist es ganz recht so. Ich bin gern allein mit Samuel. So können wir die idyllische Ruhe ohnehin besser genießen.

Zufrieden bemerke ich, dass auch Samuel sich die Schuhe auszieht. Nur solange warten, bis er fertig ist, kann ich nicht. Es ist ein fantastisches Gefühl, den weichen Sand unter meinen Füßen zu spüren. Er ist noch ganz warm vom sonnenreichen Tag. Das Wasser bestimmt auch.

Kaum gedacht, stehe ich auch schon knöcheltief im See.

»Beeil dich, Samuel! Das Wasser ist arschwarm, echt jetzt!« Zumindest hier am Ufer. Je tiefer ich gehe, desto kühler und erfrischender wird es.

»Gleich«, erwidert er. Als ich meinen Blick vom klaren Wasser hebe und zu ihm schaue, sehe ich, dass er mich beobachtet. Nachdenklich sitzt er dort. Die Füße vor sich im Sand vergraben und die Hände ineinander verschränkt.

»Komm schon«, fordere ich und mache das, was für mich in dieser Situation logisch erscheint. Ich beuge mich hinab, tauche meine Hand ins

Wasser und ziehe sie mit Schwung vorwärts wieder heraus. Wasser spritzt in seine Richtung. Nicht weit genug, um ihn zu treffen. Wenige Tropfen landen direkt vor seinen Füßen.

»Hey«, sagt er, als würde er mich warnen wollen.

»Wenn du nicht kommst, treffe ich beim nächsten Mal«, entgegne ich herausfordernd und bringe mich in Position.

»Das wagst du nicht.«

»Wetten doch.« Er zögert. »Ich zähle ... eins ...« Noch immer sitzt er, lässig, abwartend und viel zu selbstsicher. »Zwei.« Er hebt den Kopf und verengt die Augen, als ich mit der Hand tiefer ins Wasser gleite. »Drei!« Noch bevor er reagieren kann, schießt meine Hand nach vorn aus dem Wasser. Und weil die eine Ladung nicht reicht, folgt eine zweite, die ihn dieses Mal auch wirklich erreicht. Ein paar Spritzer landen in seinem Gesicht, das er instinktiv zur Seite wegdreht. Die restlichen auf seinen Oberschenkeln.

»Siehst du, das hast du nun davon«, triumphiere ich lachend, als er sich mit der Hand über sein Gesicht streicht.

»Du hast ja keine Ahnung, worauf du dich eingelassen hast.« Ich lache lauter und verpasse fast den Moment, als Samuel aufsteht und mit wenigen Schritten ebenfalls im Wasser ist. Ich versuche noch, mich zu ducken, als er schon mit dem Fuß ausholt und mir Wasser entgegenschleudert. Nicht einmal, nicht zweimal, sondern so oft, dass ich nicht mehr mitzähle. Ich weiche nach hinten aus und schicke ihm mindestens genauso viel Wasser zurück. Bis ich irgendwann knietief im See versunken bin und unsere Kleidung von oben bis unten durchnässt ist.

»Okay, stopp«, keuche ich außer Atem und halte ihn mit ausgesteckter Hand davon ab, mir noch mehr Wasser entgegen zu spritzen. Mit der anderen streiche ich mir mein feuchtes Haar aus der Stirn.

»Gibst du auf?«, fragt er, immer noch in lauernder Stellung, bereit erneut anzugreifen.

»Hm, du hast gewonnen.« Für heute und auch nur bezogen auf diese kleine Wasserschlacht. Nun ist es Samuel, der sich, schmunzelnd und siegesgewiss, aufrichtet. Zwei schwere Schritte durch den See später, stehe ich vor ihm.

»Aber aufgeben... niemals«, raune ich gegen seine Lippen, dann küsse ich ihn. Langsam und tief.

Ich weiß nicht, was bald auf mich zukommt, aber eines ist mir gerade sehr deutlich klar geworden. Wenn ich kämpfen muss, dann werde ich kämpfen. Ich kann ihn nicht einfach aufgeben. Nicht, ohne es zumindest versucht zu haben.

26 – Zuhause

Seltsam, nüchtern und still. Worte, die nur halbwegs beschreiben, wie ich mich fühle, seit wir zuhause angekommen sind. Mit jedem Kilometer, den wir zurückgelegt haben, wurde es stiller zwischen uns. Mein Herzschlag schwerer. In meinem ganzen Leben habe ich mich noch nie so sehr dagegen gesträubt nach Hause zu kommen. Nicht äußerlich, nicht mit Worten, dafür innerlich umso mehr. Ich habe geschrien, lautlos und ungehört.

Vergeblich.

Wir sind mitten in der Nacht angekommen, standen viel zu plötzlich vor meinem Wohnhaus auf dem Parkplatz. Schweigend, aber mit rasenden Gedanken im Kopf. Ich konnte die Anspannung spüren, in jedem Atemzug. Minutenlang saßen wir wie gelähmt nebeneinander, nicht fähig auszusteigen oder etwas zu sagen.

Irgendwann, als Samuel den Kopf gesenkt hat, um sich über müde Augen zu reiben, habe ich den Mut gefasst, ihn zu fragen, ob er noch mit nach oben kommen möchte. Darauf gefasst, dass er ablehnen würde. Doch er hat genickt und damit ein freudiges, voller Erleichterung kribbelndes, Gefühl in mir erzeugt, das auch jetzt noch ganz leicht zu spüren ist, während ich für uns ein ziemlich spärliches Frühstück zubereite. Ein wenig Erdbeermarmelade ist noch da, aber die bringt uns nicht so viel, da ich weder Toastbrot noch Brötchen im Haus habe. Sonst ist nur noch eine Packung Eier im Gemüsefach und Würstchen sind auch noch da, von denen ich aber weiß, dass Samuel sie nicht mag. Und vermutlich erst recht nicht zum Frühstück. Ich entscheide mich für die Eier und stelle überraschend fest, dass die Packung noch fast voll ist.

Es wird sicherlich kein perfektes Frühstück, aber ich gebe mein Bestes, als ich die zwei letzten Zwiebeln schäle, sie unter Schniefen und Tränen in Würfel schneide und schließlich in die heiße Pfanne werfe. Die acht verbliebenen Eier schlage ich auf und verrühre sie in einer kleinen Schüssel. Salz und Pfeffer kommen dazu und dann lasse ich alles beinahe fallen, als ich den Küchenschrank schließe und Samuel, direkt neben mir, im Türrahmen steht.

»Morgen«, begrüße ich ihn, schaffe es nicht, meinen trommelnden Herzschlag wieder zu beruhigen. Er lächelt und nickt mir zu.

»Morgen«, erwidert er.

»Wie lange stehst du schon da?« Seine lässige Haltung, der gesenkte, nachdenkliche Blick und die leicht ineinander verschränkten Arme vermitteln nicht den Eindruck, als würde er erst eine Minute dort stehen. Eher ...

»Noch nicht sehr lang«, sagt er und löst sich vom Türrahmen, um mit den Schultern zu zucken. Mit einem Kopfnicken deutet er auf die Pfanne. »Du machst Rührei?«, fragt er und ich füge grinsend das vorbereitete Ei hinzu.

»Jap. Zum Frühstück.«

»Warst du etwa schon einkaufen?« Ich lache leise.

»Ne, wann denn? So lange bin ich auch noch nicht wach, aber ich dachte, vielleicht schaff ich das Frühstück, bevor du aufstehst und ... wie du siehst, hat das nicht ganz geklappt. Wieso?«

»Na ja«, meint Samuel und wirft den Eiern in der Pfanne einen sehr skeptischen Blick zu. Dann kräuselt er die Nase. »Glaubst du denn, die sind noch gut?«

»Wieso nicht?«, entgegne ich prompt und noch bevor Samuel etwas erwidern kann, bemerke ich meinen Fehler selbst. Fuck, natürlich! Wir waren keine zwei Tage weg, sondern Wochen. Und die Eier ...

»Scheiße!«, spreche ich meinen Gedanken laut aus und nehme die Pfanne von der Herdplatte, um gleich im Anschluss den gesamten Inhalt in den Müll zu werfen. Die Eier habe ich vor unserem Road Trip gekauft. Dass die jetzt nicht mehr gut sind, habe ich gar nicht bedacht. Wie dumm!

»Toll, und jetzt? Das war das Einzige, was noch da war«, erkläre ich niedergeschlagen und öffne erneut den Kühlschrank. Vermutlich ist selbst die Marmelade schon verschimmelt und die Würstchen ... tja, die landen, nach einem Blick auf das Verfallsdatum, ebenfalls im Müll. »Die Milch ist wahrscheinlich auch nicht mehr genießbar. Aber ich könnte dir einen Tee kochen, ich glaube, da hab ich hier irgendwo noch welchen, warte ...« In den oberen Schränken finde ich tatsächlich noch eine angebrochene Packung.

»Ist zwar nur Pfefferminztee, aber besser als nichts. Oder ... oder ich geh schnell los und besorge uns frische Brötchen vom Bäcker und einen Kaffee. Ist ja nicht weit und dann ...«

»Nein«, unterbricht mich Samuel schnell, mit einem Wort, das sämtliche Euphorie und Glücksgefühle unter einem schweren Tuch erstickt.

»Ich glaube, ich sollte langsam ...« Samuel zögert. Ich will ihn am liebsten aufhalten weiterzusprechen. Aber wie? Was kann ich tun, um das Unvermeidliche zu verhindern? »Ich sollte wohl langsam nach Hause gehen«, sagt er, so unentschlossen wie ich ihn noch nie gehört habe und doch weiß ich, dass er es tun wird. Jetzt. Tränen, die ich krampfhaft versuche zurückzuhalten, brennen in meinen Augen und zwingen mich dazu sie zu schließen. Ein Fehler, weil ich jetzt spüre, dass ich sie nicht länger aufhalten kann. Ich nicke, atme tief ein und wische sie mit meinem Handrücken flüchtig weg.

»Die Zwiebeln«, erkläre ich, auch wenn ich weiß, dass das eine ziemlich lahme Ausrede ist. Er weiß es, sagt aber nichts dazu. In seinem Blick spiegelt sich der Schmerz, der mich innerlich zerreißt.

»Ich gehe noch kurz ins Bad«, sagt er und räuspert sich. Dieser Moment geht auch ihm nah. Verdammt, ich will so unbedingt die schöne unbeschwerte Zeit zurück, die wir beide in Frankreich hatten.

»Okay«, erwidere ich, bemühe mich um Festigkeit in meiner Stimme, aber so richtig will es mir nicht gelingen. Und Samuel zögert, steht angespannt neben mir, ohne ein Wort zu sagen. Das ist alles so scheiße unfair. Schließlich seufzt er niedergeschlagen, dann nickt er und dreht sich um. Er geht zurück in den Flur und verschwindet im Badezimmer.

Scheiße!

Scheiße nochmal, das tut so weh. Und ich habe absolut keine Ahnung, was ich dagegen tun soll.

Als er wenige Minuten später wieder rauskommt, folge ich ihm zur Haustür. Er ist es, der sie öffnet, einen Schritt hinauswagt und wieder stehen bleibt. Mein Herz trommelt, schreit mich verzweifelt an ihn aufzuhalten, aber mein Kopf weiß, dass das nicht geht. Ich bin hin und hergerissen zwischen Vernunft und Sehnsucht.

»Ich«, beginnt er mit brüchig leiser Stimme. Seine Hand zuckt meiner entgegen, ehe sie an seine Seite zurückfällt. Er schließt die Augen. Seine Lippen wirken einladend, als er sie mit seiner Zunge befeuchtet und dann tief ein- und wieder ausatmet. Ich könnte ihn küssen. Ein letztes Mal.

Doch gerade als ich mich vorlehnen will, öffnet er seine Augen und lässt mich zurückzucken. Sein entschlossener Blick frisst sich in mein Herz und lässt die nächsten Worte schmerzhaft tief hinein.

»Ich melde mich bei dir«, sagt er. Ein paar einfache, nüchterne Worte. Unpersönlich und so weit weg von dem, was ich mir erhofft habe.

»Okay«, höre ich mich leise sagen, obwohl ich ihn am liebsten anschreien will. Ist das alles? Mehr nicht? Ein einfaches ›*Ich melde mich*‹? Wann?

In meinem Kopf überschlagen sich die Gedanken, während sich meine Gefühle nicht entscheiden können, was sie wollen. Wütend sein, enttäuscht, traurig oder müde und erschöpft? Es ist so viel und alles gleichzeitig und durcheinander. Ein Auf und Ab, das mich daran hindert ihn aufzuhalten, als er sich nach einem knappen Nicken umdreht und den Flur entlanggeht.

Ich lasse ihn.

Sehe mit stummen Tränen zu, wie er im Treppenhaus verschwindet, und schluchze ungehört auf, als unten die Haustür zufällt.

Er ist gegangen. Und mit ihm die Chance noch etwas zu ändern. Es ist vorbei.

Samuel

Ich weiß, was ich tun muss, aber ich kann es nicht. Mir ist schlecht, allein vom Gedanken daran, mein Auto zu verlassen und nach oben zu gehen.

Mich von Lucas zu verabschiedenden war schwer. Seinen Schmerz zu sehen und seine Sehnsucht zu spüren, hat es alles andere als leicht gemacht zu gehen.

Jetzt sitze ich im Auto, vor meinem eigenen Zuhause, und fühle mich müde und leer. Genauso unfähig und feige wie letzte Nacht. Mein Handy zeigt einige ungelesene Nachrichten und mindestens zwei Anrufe in Abwesenheit an. Von Kyra. Von meiner Freundin, die noch nicht weiß, dass ich schon längst wieder zuhause bin. Die auf mich wartet, sich auf ein Wiedersehen freut und keine Ahnung hat, in was für einem Gefühlschaos ich stecke.

»Und was ist, wenn sich einer von uns verliebt?«

Es ist beinahe lächerlich, wie furchtbar ich mich selbst getäuscht habe. Ich war mir so sicher, dass uns das nicht passiert. Lucas und ich, beste Freunde, nicht mehr und nicht weniger. Jetzt allerdings schon. So viel mehr, dass sich mein ganzes Leben verändert.

Beißend steigt mir der Rauch meiner Zigarette in die Augen. Das Stechen in meinen Lungen bringt mich beinahe zum Husten. Noch etwas, was jetzt anders ist. Ungewohnt und abstoßend und dennoch führe ich den Filter erneut an meine Lippen. Ziehe und kämpfe gegen das Kratzen in meinem Hals. Wann habe ich aufgehört zu rauchen? Wie lange ist es her? Warum? Lucas hat es noch nie gemocht.

»Ehrlich, Samuel, kalter Rauch ist so ekelhaft. Da kannst du auch gleich einen Aschenbecher auslecken.«

Wie oft hat er das gesagt? Damals war es mir egal. Die Antwort so einfach. Lucas müsste mich nicht küssen. Aber jetzt will ich, dass er mich küsst. Wahrscheinlich habe ich deswegen irgendwann aufgehört zu rauchen. Aber jetzt gerade ist es das Einzige, was mir Ablenkung verschafft.

Auch die zweite Zigarette schmeckt nicht. Hält mich nur davon ab auszusteigen.

Ob ich die Nachrichten noch lesen soll? Hilft mir das? Ich glaube zu wissen, was sie geschrieben hat und allein das verursacht schon ein beklemmendes, schweres Gefühl. Meine Brust wird eng. Nein, ich werde sie nicht lesen. Ich werde einfach nach oben gehen und sehen, was passiert.

Etwas in mir hofft, dass Kyra noch schläft, als ich endlich vor meiner Wohnungstür stehe. Der Schlüssel in meiner Hand zittert. Ich halte inne, atme durch und drehe den Schlüssel herum. Sofort strömt mir ihr vertrauter Geruch entgegen. Anders als bei Lucas verstärkt es hier meinen unruhigen Herzschlag. Macht mich nervös, nimmt mir die Luft. Kyra ist überall. Ihr Geruch. Ihre Schuhe, die Tapeten, ihre Dekoration, die vielen Fotos, sogar die Duftstäbchen im Flur sind von ihr. Binnen Sekunden strömt all das, was ich gewohnt sein sollte, so heftig auf mich ein, dass ich kurz davor bin die Tür wieder zu schließen.

Schon wieder ein Brennen in meinen Augen. Ein Stechen, aber dieses Mal nicht vom Qualm einer Zigarette.

»Samuel? Schatz? Bist du schon da?« Ich schließe die Tür und mein Herz rast. Sie schläft nicht mehr. Und jetzt? Ich kann nichts sagen. Die Stille ist zu viel und dann steht Kyra plötzlich vor mir. Im Bademantel und mit ihrem hübschen, liebevollen Lächeln. »Oh Gott, ich hab dich so vermisst.« Sie fällt mir um den Hals, drückt sich an mich, während das Rauschen in meinen Ohren unerträglich wird. Es ist zu viel. Und ich brauche einen kurzen Moment, bis ich meine Arme an ihren Rücken legen kann. Einen weiteren, um den Kuss zu erwidern, der unausweichlich folgt.

Ich fühle mich schlecht. Weil ich nichts mehr von dem fühle, was früher da war. Ihre Lippen schmiegen sich mit so viel Sanftheit und Sehnsucht an meine, dass ich aus Reflex erwidere.

»Oh Gott, das hab ich auch so vermisst«, haucht sie leise. Es wird nur schlimmer. Von Sekunde zu Sekunde, die wir hier stehen. Mit so unterschiedlichen Gefühlen, dass es einfach nur wehtut. Ich will etwas sagen, doch kein Wort kommt über meine Lippen.

»Du hast gar nicht gesagt, dass du jetzt schon kommst«, füllt Kyra die Stille zwischen uns, keinerlei Vorwurf liegt in ihrer Stimme. »Seid ihr etwa die ganze Nacht gefahren? Bestimmt, sonst hättest du meine Nachrichten gelesen, oder? Ich hab dich extra noch gefragt, wann genau ihr ankommt, weil ... ach egal, das hat Zeit bis später, komm erstmal rein. Du bist bestimmt schrecklich müde, oder?« Ich kann ihren Worten kaum folgen. Nicke nur überfordert und lasse mich von ihr in die Wohnung ziehen. Die Tür fällt leise hinter mir zu, bevor sich Kyra noch einmal an mich schmiegt und mich küsst.

»Eigentlich wollte ich gerade duschen gehen, aber jetzt, wo du da bist, können wir uns auch gern nochmal etwas hinlegen und ...«

»Nein … nein, ist schon okay.« Meine ersten Worte, die ich laut ausspreche, ohne dass ich vorher darüber nachgedacht habe.

»Geh ruhig, ich …« Ich brauche einen Moment. Einen Moment Ruhe. Einen Moment für mich.

»Es war eine lange Fahrt, ich würde gern erstmal ankommen.«

»Versteh ich«, sagt sie und haucht mir einen weiteren Kuss auf die Lippen. »Willkommen Zuhause, Schatz.« Mit diesen, sanft geflüsterten Worten dreht sie sich um und verschwindet im Badezimmer. Ich bleibe zurück.

Zuhause.

Das hier sollte es sein. Mein Zuhause. Der Ort, an dem ich mich wohl fühle. Geliebt, geborgen, frei. Es ist unsere Wohnung. In jeder Ecke sehe ich uns. Ein gemeinsames Leben. Eine gemeinsame Vergangenheit. Das Bild auf dem Regal im Wohnzimmer zeigt uns glücklich und verliebt. So wie jedes andere Bild in dieser Wohnung. Fast genauso wie die Bilder mit Lucas, die wir in Frankreich gemacht haben.

Aber das hier ist nicht mehr mein Zuhause. Das hier ist vorbei. Mich trennen nur noch ein letztes Gespräch, letzte klare Worte, von einer neuen Zukunft. Von mir und Lucas. Das ist so klar, dass ich nicht mehr länger überlege und mein Handy heraushole.

Samuel

Komm bitte vorbei, aber warte unten.
Ich rede mit Kyra.

Ich lese meine geschriebenen Worte mehrmals durch. Suche noch nach Möglichkeiten es anders, vielleicht etwas geschickter, auszudrücken, aber ich weiß nicht wie. Schließlich schicke ich die Nachricht ab, gerade rechtzeitig, bevor Kyra aus dem Bad kommt. Frischer, blumiger Duft begleitet sie.

»Eigentlich sollte das eine Überraschung werden«, beginnt sie zu reden. Wie soll ich anfangen? Wie soll ich sagen, was auf mir lastet, wenn sie so fröhlich und glücklich ist? »Ich wusste nicht genau, wann du wieder zurück bist, deshalb habe ich uns für heute Abend einen Tisch in deinem Lieblingsrestaurant reserviert. Wir hatten schon so lange keinen gemeinsamen Abend und ich dachte, dann könnten wir vielleicht …«

»Kyra.« Sofort ist sie still. Ich habe ihren Namen noch nie so resigniert ausgesprochen. Noch nie so voller Traurigkeit, die sich selbst in geschlossenen Augen sammelt. Ein Wimpernschlag davon entfernt die Mauern niederzureißen, die wir gemeinsam über Jahre aufgebaut haben.

»Ja? Was ... was ist denn? War das keine gute Idee? Ich dachte ...«

»Kyra, ich ...« Meine Stimme bricht und im selben Moment, als ich die Augen öffne und ihrem verwirrten Blick begegne, fällt alles in sich zusammen. Tränen laufen mir über die Wangen.

»Samuel, was ...?« Ihre Stimme zittert. »Was ist passiert?«, haucht sie brüchig in diese furchtbar angespannte Stille und ich senke meinen Blick. Weiß nicht, wie ich es sagen soll. Zu viel ist passiert. Erst nur ein paar Gedanken, dann Küsse, Gefühle und letztendlich ...

»Ich habe mit ihm geschlafen«, sage ich, sehe wie sie zusammenzuckt, ehe sie mich mit geweiteten Augen ansieht. Fragend, ungläubig, schüttelt sie den Kopf.

»Mit Lucas, ich habe mit ihm ...« Noch bevor ich es ausgesprochen habe, bereue ich, was ich gesagt habe. Verdammt, so wollte ich nicht anfangen.

»Kyra, es tut mir ...« Der Schmerz in meinem Gesicht kommt so plötzlich, dass ich scharf die Luft einziehe. Stille folgt. Kyras Hand zittert.

Das habe ich verdient. Ihre Reaktion ist nachvollziehbar. Und trotzdem sieht sie mich schuldbewusst an. Verletzt und verzweifelt und gleichzeitig schuldig.

»Das ... oh mein Gott, das tut mir leid. Samuel, das, das wollte ich nicht, ich ...« Jetzt fallen auch bei ihr Tränen, doch ich schüttle den Kopf.

»Es ist okay. Ich ... ich wollte gar nicht so anfangen, ich ... Kyra bitte«, flehe ich sie an mir zuzuhören und versuche ihre Hände in meine zu nehmen, die sie mir jedoch sofort wieder entreißt. Wankend tritt sie einen Schritt zurück. Ihr Schluchzen erfüllt den Raum. Verdammt.

»Wieso?«, haucht sie und raubt mir, mit dieser einfachen Frage, den Boden unter den Füßen.

»Es tut mir so leid, ich habe das nicht geplant. Das musst du mir glauben. Ich wollte nicht, dass das passiert, aber ...«

»Und warum dann?«, unterbricht sie mich, während sie versucht, die Tränen wegzuwischen, die über ihre Wangen laufen. »Warum tust du das?

Warum tust du mir das an? Uns!« Das letzte Wort kommt lauter, mit mehr Nachdruck.

»Ich ...« Ich habe doch nie gewollt, dass sich meine Gefühle verändern. Ich habe nie vorgehabt, mich neu zu verlieben. Aber es ist passiert.

»Warum sagst du nichts? Erklär mir das! Warum ... verdammt, warum erzählst du mir das überhaupt? Ich versteh das nicht, ich ...« Sie zittert. Ich kann ihr nicht folgen. Mein Kopf ist leer und doch voller Gedanken. Ihr Schmerz lähmt mich!

»Kyra ...«

»Bitte ... bitte nicht«, schluchzt sie auf und kommt wieder einen Schritt auf mich zu. Ich bin vollkommen überfordert, als sie ihre Arme um mich schlingt und sich Trost suchend an mich schmiegt. Sie weint an meiner Brust, während ich mich verkrampfe und nicht weiß, was ich tun soll.

»Ich versteh's nicht«, nuschelt sie tränenerstickt in mein Hemd. »Es gab doch gar keinen Grund. Wir ... wir waren doch glücklich, oder? Wir wollten doch reden und ...« Noch während sie spricht, stemmt sie sich wieder gegen mich, krallt ihre Finger fest in mein Hemd und wirft mir einen verzweifelten Blick zu. Ich schlucke und schüttle leicht den Kopf.

Wir waren nicht glücklich. Nicht mehr. Wir hatten Probleme und das weiß sie auch. Noch bevor ich ihr das sagen kann, schimmert Erkenntnis in ihren rotgeschwollenen Augen.

»Lucas wollte mir helfen! Er wollte mit dir reden, für mich, für unsere Beziehung! Er ... er hat es versprochen und stattdessen... stattdessen geht er mit dir ...«

»Nein. Nein, Kyra, so war das nicht«, werfe ich eilig ein, als ich verstehe, wohin ihre Gedanken gehen. »Lucas hat keine Schuld. Das war meine Entscheidung. Meine! Ich wollte das.«

»Du? Aber warum? Wir wollten eine Familie gründen. Wir wollten ...«

»Du wolltest das«, unterbreche ich sie schärfer als beabsichtigt. Erschrocken zuckt sie zurück. Ihre Lippen beben.

»Dann bin ich schuld? Willst du mir das damit sagen?«

»Nein, natürlich nicht. Niemand hat Schuld ... ich, ach Scheiße, ich schwöre, ich habe es mir nicht leicht gemacht.« Verbittert lacht sie auf. Verdammt, ja, das klang mehr als lächerlich. »Es tut mir leid, wirklich«, sage ich noch einmal. Mir ist so schlecht. Mein Kopf dröhnt und je länger dieser Moment dauert, desto schlimmer wird es. »Okay.«

»Was?« Ich glaube, mich verhört zu haben. Sie kann nicht okay sagen. Nicht in dieser Situation.

»Ich sagte, es ist okay«, wiederholt sie, sichtlich bemüht die Kontrolle über ihre Stimme zu behalten. Was soll das? Es ist doch offensichtlich, dass es das nicht ist. »Wir vergessen das einfach, okay? Sowas kann passieren, das bedeutet nicht, dass wir …«

»Hör auf.« Kyra verstummt. Sanft zwinge ich sie, mich anzusehen. »Ich kann das nicht mehr. Das mit uns …«

»Nein«, haucht sie und ihre Knie werden weich. Ich fange sie auf, halte sie, spüre ihre Finger fest in meiner Brust. »Das kannst du nicht … du kannst uns nicht …«

»Du hast gefragt warum, richtig?« Zögerlich nickt sie. Und ich fasse den Mut, endlich auszusprechen, was ich fühle. »Weil… ich mich verliebt habe. Ich liebe Lucas.«

Ich weiß nicht, wie lange sie geweint hat. Und noch weniger weiß ich, wie lange ich sie festgehalten habe, bis sie sich von mir gelöst und ohne ein Wort zu sagen ins Bad gegangen ist. Ich habe einfach gewartet, bis sie wieder rauskam. Jetzt ist sie im Schlafzimmer. Ich höre das Aufziehen eines Reißverschlusses, die Schranktüren und zwischendurch leises Schniefen. Es dauert nicht lange, bis sie, mit ihrer gepackten Tasche, erneut vor mir steht.

»Ich gehe erstmal zu Anita«, sagt sie und kurz darauf verlässt ein gebrochenes Lachen ihre Lippen. »Schon witzig, oder? Ausgerechnet Anita… sie hat es mir so oft gesagt… aber ich wollte es nicht sehen. Ich …«

»Kyra.«

»Nein, ist schon okay«, sagt sie, hebt abwehrend ihre Hand, bevor sie sich wegdreht und die Wohnungstür öffnet. Sie geht, noch bevor ich etwas erwidern kann. Es ist vorbei. Endgültig. Müde und erschöpft bleibe ich zurück, bis mir siedend heiß einfällt, dass Lucas bereits unten steht und wartet.

Lucas

Ich habe unfassbar starkes Herzrasen. Seit dem Moment, als ich seine Nachricht gelesen habe. Ich kann noch immer nicht glauben, dass ich jetzt hier stehe und auf ihn warte. Immer wieder huscht mein Blick von der Haustür nach oben zu seinem Balkon, aber nichts passiert. Es regt sich nichts, weder unten noch oben. Und das seit Minuten.

Die Fahrt hierher habe ich es, so gut es ging, vermieden, darüber nachzudenken, was genau Samuel damit meinte, dass er mit Kyra reden wird. Ich hoffe, dass er ehrlich zu ihr ist und ihr von allem erzählt, auch wenn das vermutlich bedeutet, dass sie mich jetzt hasst. Genauso gut könnte es aber auch sein, dass er ihr nicht alles erzählt, und scheiße nochmal, er hat auch nicht wirklich durchblicken lassen, was das letztendlich bedeutet. Für uns alle.

Mein Herz bleibt kurz stehen, als sich unten die Tür öffnet. Doch es ist nur eine Frau, die ich nicht kenne. Verdammt, ich bin so angespannt, dass ich kaum stillstehen kann. Erneut fällt mein Blick auf die Nachricht, die er mir geschickt hat. Bisher kam noch keine weitere. Und ich weiß, mit jeder Minute, die ich hier allein stehe und warte, immer weniger, ob ich mich freuen oder fürchten soll. Was passiert da oben? Gibt er sich und Kyra noch eine weitere Chance?

Scheiße, das wäre grausam.

Aber es wäre nicht ausgeschlossen, oder? Es tut weh, aber… ich schaffe das, egal wie schwer es wird. Im schlimmsten Fall…bin ich nur hier, um mir den schmerzhaftesten Laufpass meines Lebens abzuholen. Fuck!

Noch vor ein paar Wochen habe ich mich verrückt gemacht, weil ich nach Jahren der Lügen und Heimlichkeiten beschlossen habe meinem besten Freund zu sagen, dass ich eigentlich auf Männer stehe. Es war ein schreckliches Gefühl, nicht zu wissen, wie er darauf reagiert. Aber noch schlimmer war die Ungewissheit darüber, was es zwischen uns verändern würde. Allein die Möglichkeit, dass er sich von mir zurückziehen könnte, mich nicht mehr sehen möchte, war ein furchtbarer Gedanke. Nie im Leben hätte ich damals erwartet, dass ich heute hier stehe und darauf warte, dass Samuel sich für mich entscheidet. Ich hoffe es so sehr, dass ich mich kaum traue zu atmen, als sich die Haustür ein weiteres Mal öffnet.

Eine Sekunde. Ein Augenblick.

Herzstillstand.

Blicke, die sich treffen.

Kyra.

Mir wird schlecht und meine Brust zieht sich schmerzhaft eng zusammen, als ich sie sehe. Tränen haben ihr Gesicht gezeichnet. Selbst über die Entfernung kann ich die Spuren deutlich sehen. Ihre Lippen zittern, ihr Körper bebt, ihre Hand ist krampfhaft zur Faust geballt. Ich sehe ihr Leid, ihren Schmerz. Samuel hat ihr die Wahrheit gesagt. Zumindest einen Teil davon. Ihre gesamte Haltung spiegelt bittere Erkenntnis wider. Langsam setzt sie einen Fuß vor den anderen, genau in meine Richtung. Uns trennen nur noch wenige Schritte. Im letzten Moment lässt sie die Tasche fallen und hebt die Hand. Noch zwei Schritte und ich schließe die Augen, drehe meinen Kopf zur Seite. Ich weiß, was kommt. Und ich habe jeden Schlag verdient. Jeden. Ich kann mir nur entfernt vorstellen, wie unglaublich schmerzhaft es sich für sie anfühlen muss. Jetzt ihren Schmerz zu teilen, ist das Einzige, was ich noch tun kann.

Sekunden vergehen, stillschweigend, nur der Schmerz kommt nicht. Kein Brennen, kein Stechen ... nichts. Ich höre Kyras schweren Atem, dann ihr bitterliches Weinen. Ein Schluchzen, dass mich hart und rücksichtslos auf den Boden der Tatsachen zieht. Wir haben ihr wehgetan. So sehr. Ihre Hand zittert, schwebend neben meinem Gesicht, als ich mich langsam wieder zu ihr zurückdrehe.

»Kyra«, flüstere ich leise ihren Namen und nehme ihre Hand sanft in meine.

»Ich kann es nicht«, haucht sie mir dünne Worte entgegen, die eine neue Welle Traurigkeit hervorbringt. Schluchzend fällt sie mir entgegen. Was ...? Was passiert hier?

Kyras Finger krallen sich in meine Brust. Ihre Tränen sickern in mein Shirt und dann endlich, als ich eine Bewegung bemerke und Samuel oben auf dem Balkon stehen sehe, schaffe ich es, sie in den Arm zu nehmen. Fragend erwidere ich seinen Blick, doch Samuel nickt nur und zieht gleichzeitig die Schultern nach oben. Ich weiß nicht, wie ich seinen Blick deuten soll. Ist es Erleichterung? Sorge? Verwirrung?

»Es tut mir so leid.« Geflüsterte Worte, die Kyra nur noch mehr weinen lassen. Ich bin nicht der, der sie trösten kann. Nicht jetzt, wo der Schmerz in jedem meiner Worte sitzt. Ich kann nichts sagen, nichts, was es besser macht. Also schweige ich, streiche über ihren Rücken und warte, bis sie sich beruhigt hat.

»Liebst du ihn?« Als Kyra gegen meine Brust flüstert, fängt mein Herz an, wie wild zu schlagen.

»Was?«, frage ich ausweichend. Ich kann ihr doch jetzt unmöglich sagen, was ich für Samuel empfinde, oder?

»Lucas bitte, das bist du mir schuldig«, sagt sie und stemmt sich nun leicht gegen mich. Ich sehe, dass es ihr schwerfällt, ihren Blick zu heben und meinen zu erwidern. Sie kämpft. »Samuel, er ... er hat mir gesagt, dass er dich ... dass er dich liebt, also ...« Rauschen in meinen Ohren und ein Kribbeln, das durch meinen ganzen Körper zieht. Was hat sie gerade gesagt?

Samuel ... liebt ...

»Ja«, höre ich mich entfernt sagen, spüre, wie ein Lächeln an meinen Mundwinkeln zupft, das ich mir nicht erlauben kann. Noch nicht. Kyras Augen weiten sich. »Ich liebe Samuel, vielleicht sogar schon viel länger, als ich selbst gemerkt habe«, gestehe ich und sehe, dass sie nickt.

»Dann ... dann mach ihn glücklich, okay?«, sagt sie und wischt sich die Tränen aus den Augen. Obwohl sie gerade unglaublich stark und tapfer ist, ist sie auch wahnsinnig verletzt. Ihre Welt ist zerbrochen. Ihre Zukunft. Ihre Liebe. Und doch steht sie hier, aufrecht und kämpfend, mit Worten, die ich nie erwartet hätte. Überrascht ziehe ich sie wieder in meine Arme, drücke sie fest an mich und flüstere ganz leise an ihrem Ohr. »Danke.«

Ein letztes Mal schluchzt sie auf, dann schiebt sie mich zurück und wendet sich von mir ab. Sie hebt die Tasche vom Boden auf und geht langsam zu ihrem Auto. Kyra blickt nicht noch einmal zurück. Was hätte ich noch sagen können? Sie um Verzeihung bitten? Ich glaube, dafür ist es zu früh. Vielleicht irgendwann, wenn sie Zeit und Ruhe hatte, alles zu verarbeiten.

Erst als ihr Auto um die nächste Ecke verschwunden ist, wende ich meinen Blick von der Straße ab. Samuel steht noch immer oben auf dem Balkon. Seine Haltung ist lockerer. Er lehnt am Geländer und ein sanftes Lächeln schleicht sich auf meine Lippen, das jedoch nicht über die Schwere der Situation hinwegtäuschen kann. Ein knappes Kopfnicken von Samuel deutet an, dass er genau dort, wo er jetzt steht, auf mich wartet.

Mein Herz schlägt so unfassbar schnell, als ich die Wohnung betrete. Ich blicke mich nicht um, weiß auch so, wie es hier aussieht. Ich kenne jedes Bild, das an der Wand hängt. Vergangenheit, die ich nicht beachte, während ich das Wohnzimmer durchquere, bis ich schließlich neben Samuel auf dem Balkon stehe.

»Hey«, begrüße ich ihn und lächle, als er sich zu mir umdreht.

»Hey«, erwidert er und ich kann nicht glauben, dass ich gerade tatsächlich nervös werde. Nervös, aber glücklich.

»Kyra sah echt fertig aus.« Samuel nickt.

»Ich habe ihr alles erzählt und mich dann von ihr getrennt«, sagt er ruhig. Ich greife nach seiner Hand, um sanft über seinen Handrücken zu streichen.

»Und wie geht's dir damit?« Samuel erwidert meinen Blick und versucht sich an einem kleinen Lächeln. »Es war richtig«, sagt er und verschränkt seine Finger mit meinen. »Sie wird jetzt vermutlich Zeit brauchen«, meint er und ich nicke ganz automatisch.

»Ja, verständlich. Sie ... oh Gott, ich dachte gerade echt, sie schlägt mich.« Samuel nickt wieder.

»Dachte ich, ehrlich gesagt, auch.«

»Stattdessen hat sie gesagt, dass du mich liebst«, sage ich, und achte angespannt auf seine Reaktion. Samuel lässt sich jedoch nichts anmerken.

»Das hat sie dir gesagt?«, fragt er, ich nicke und nehme auch seine andere Hand in meine.

»Ja.« Ein Stück näher und unsere Lippen berühren sich fast. »Stimmt es?« Ich bemühe mich, ruhig zu sein, aber mein Herz verrät mich. Es ist vollkommen außer Kontrolle, als er nickt. »Sag es«, flüstere ich ihm gegen die Lippen. »Bitte.« Er schmunzelt, ehe er antwortet.

»Ich liebe dich.«

»Oh Gott«, hauche ich, überwältigt von dem Gefühl, das seine Worte in mir auslösen. Nie, niemals zuvor, hat es sich so gut angefühlt. Nie so befreiend, ehrlich und erfüllend. »Ich dich auch«, erwidere ich, ehe ich es nicht mehr aushalte und ihn in einen tiefen Kuss ziehe.

Es ist vorbei und gleichzeitig ein Anfang.

Unser Anfang.

Zukunft

Oh mein Gott! Oh mein …« Geschockt, mit rasendem Herzen, starre ich auf das Display meines Handys. Das ist … »Samuel! Verdammt Samuel, komm mal, schnell«, rufe ich durch den Flur und wische hektisch über das Display, weil die Story bei Instagram gerade gewechselt hat.

»Was ist?«, fragt er, als er neben mir steht und sich die Hände am Geschirrtuch abtrocknet.

»Hier, schau mal … sag mir bitte, dass ich nicht spinne, ja?« Aufgeregt halte ich ihm das Handy vor die Nase. Samuel runzelt kurz die Stirn, während er sich die Instagramstory ansieht.

»Hm, ist doch nett«, kommentiert er schließlich und mir klappt vor Verblüffung beinahe der Mund auf. »Dein Ernst?«, frage ich ihn, doch Samuel zuckt nur mit den Schultern. »Was soll ich sonst dazu sagen?«

»Was du sonst … na hör mal! Dass das ein fucking gutes Zeichen ist, vielleicht? Wir haben ganze drei Monate nichts von ihr gehört und jetzt das! Also, wenn das keins ist, dann weiß ich auch nicht.« Bekräftigend nicke ich und mache einen Screenshot von der Story. Ich habe schon fast nicht mehr daran geglaubt, aber jetzt …

»Oh Gott, wie soll ich denn jetzt darauf reagieren?«, frage ich überfordert und sehe zu Samuel, der, nicht sonderlich hilfreich, mit den Schultern zuckt.

»Gar nicht?«, bietet er mir an und ich schüttle entrüstet den Kopf.

»Du bist echt scheiße, weißt du das? Ich kann doch nicht einfach gar nicht reagieren, wie sieht das denn aus?«

»Dann sag halt einfach danke.« Na, der ist lustig! Aber vielleicht hat er recht, zumindest für den Anfang. Ich bin wirklich aufgeregt, als ich bei Instagram auf ihren Namen klicke, um das Chatfenster zu öffnen. Kurz bleibe ich an ihrem Profilbild hängen, das sie vor drei Monaten zuletzt geändert hat. Es zeigt nun ein hübsches Bild von ihr allein. Nachdenklich, ruhig, aber noch immer mit einem Lächeln. Genauso hübsch wie auf dem Bild, dass sie in ihrer Story gepostet hat. Ein Bild von uns beiden.

»*Happy Birthday*«, steht in bunten Farben dabei. Ich habe nicht damit gerechnet von ihr zu lesen, schon gar nicht heute, an meinem Geburtstag.

»Danke! Vielen Dank, echt jetzt!«, schreibe ich ihr zurück und drücke Samuel im Anschluss stürmisch einen Kuss auf die Wange. Vielleicht darf ich doch noch hoffen, dass sie mir eines Tages verzeiht.

***

»Meine Güte, du hast voll schwitzige Hände. Sicher, dass es dir gut geht?«, fragt Samuel, als wir vor seinem Elternhaus stehen. Ehrlich gesagt weiß ich es nicht. Vorgestern war ich noch überzeugt, dass es eine gute Idee ist, aber jetzt bin ich das nicht mehr.

»Ja, obwohl, nein... keine Ahnung«, erwidere ich und werfe ihm einen unsicheren Blick zu. Samuel seufzt leise, eher er meine Hand ein weniger fester drückt und versucht, zuversichtlich zu lächeln.

»Das wird schon. Ist ja nicht so, als würden sie dich nicht kennen.«

»Ja, schon, aber ... jetzt mal ehrlich, findest du nicht, es ist noch etwas zu früh?«, versuche ich der bevorstehenden Situation auszuweichen.

»Zu früh?«, wiederholt er und ich weiß sofort, wie dämlich das jetzt von mir war. »Nach über vier Monaten denkst du, es wäre zu früh?«

»Nein ... also, ach Mann, ich bin einfach nur schrecklich nervös, okay?«

»Versteh ich, aber es ist bald Weihnachten! Soll ich meinen Eltern sagen, dass ich meinen besten Freund mitbringe und dann den ganzen Abend darauf verzichten, dich zu küssen, nur weil sie nicht Bescheid wissen? Das geht nicht, das kann ich nicht und ich denke du auch nicht«, sagt er und sorgt einmal mehr für Herzklopfen. Ändert aber nichts daran, dass mir der Besuch bei seinen Eltern schwer im Magen liegt.

»Du hast ja recht, aber … fuck Mann, was wenn sie es scheiße finden? Deine Eltern haben Kyra geliebt, sie war die perfekte Schwiegertochter und ich bin …«

»Du bist der, den ich liebe und ganz egal, was sie sagen, ob sie es akzeptieren oder nicht, sie können nichts daran ändern. Also komm jetzt. Sie werden uns schon nicht den Kopf abreißen.« Oh Gott, ich bin nervös. Verdammt nervös und ein wenig Angst habe ich auch. Davor, Enttäuschung in ihren Augen zu sehen, weil sie sich etwas anderes für ihren Sohn gewünscht hätten.

Fuck, das gefällt mir nicht und einmal mehr fühle ich mich wie bei meinem ersten Coming-out. Schrecklich. Man sollte meinen, dass man sich irgendwann daran gewöhnt, aber es ist doch immer wieder anders. Samuel wirkt erstaunlich ruhig neben mir. Dabei ist er es, der sich heute vor seinen Eltern outet. Sollte er unsicher oder nervös sein, dann kann er das auf jeden Fall ziemlich gut verstecken, als er auf die Klingel drückt und darauf wartet, dass sich die Tür öffnet. Samuels Mutter empfängt uns mit einem Strahlen in den Augen.

»Hallo Schatz, schön, dass ihr da seid«, begrüßt sie uns.

»Hallo Mum«, erwidert Samuel. Und dann lässt er meine Hand los. Sofort wird er von seiner Mutter in eine herzliche Umarmung gezogen.

»Hallo, Lucas, kommt rein. Es ist schrecklich kalt geworden«, sagt sie, nachdem auch ich sie begrüßt habe. Samuels Vater sitzt im Wohnzimmer vor dem Kamin und schenkt uns ein freundliches Lächeln.

»Setzt euch doch, möchtet ihr einen Tee?«, fragt Samuels Mutter, doch sofort schüttelt er den Kopf. »Später vielleicht. Ich würde gern vorher mit euch reden.«

»Oh, okay? Das klingt aber ernst«, sagt sie lächelnd. Es verblasst, als Samuel nickt und tief einatmet.

»Ich weiß ehrlich gesagt nicht, wie ich anfangen soll«, beginnt er. Unter den aufmerksamen Blicken seiner Eltern, spürt man nun doch ein wenig Unruhe aufkommen. Für einen Moment denke ich sogar, dass er doch noch einen Rückzieher macht. Aber dann nimmt er so entschlossen meine Hand in seine, dass ich viel zu überrascht bin, um auf die Reaktion seiner Eltern zu achten.

»Lucas und ich, wir sind zusammen,« sagt er schließlich geradeheraus.

»Schon seit vier Monaten und es tut mir leid, dass ich es euch nicht früher gesagt habe.« Die Stille, die sich anschließend im Wohnzimmer ausbreitet, ist seltsam. Das knisternde Kaminfeuer verleiht ihr eine gewisse Wärme und trotzdem kann ich die Anspannung spüren, die sich über uns gelegt hat.

»Hast du dich deshalb von Kyra getrennt?«, will sein Vater wissen. Auch wenn er ruhig und besonnen klingt, fühle ich mich ein klein wenig eingeschüchtert. Samuel nickt. »Verstehe«, sagt er. Im selben Atemzug steht Samuels Mutter auf und geht Richtung Küche. »Ähm, Liebling?«, ruft er seiner Frau hinterher. Sie bleibt nicht stehen. Ihr Blick ist gesenkt, aber ich habe es trotzdem gesehen. Den Schock und die Traurigkeit.

»Gebt ihr einen Moment«, bittet uns sein Vater. Dann legt er seinem Sohn eine Hand auf die Schulter, ehe er ihn an sich drückt. Das Lächeln auf seinen Lippen ist ehrlich.

Minuten vergehen, bis Sams Mutter aus der Küche zurückkommt. Ohne Tee. Ich weiß nicht warum, aber ich kann nicht länger auf der Couch sitzen bleiben, als sie direkt auf mich zukommt. Ein vorsichtiges Lächeln auf den Lippen.

»Lucas«, sagt sie und nimmt meine Hände. »Du hast schon immer zur Familie gehört«, spricht sie weiter und ich glaube, ein paar Tränen in ihren Augen zu sehen. »Und du warst immer wie ein Sohn für mich, ich ...«

»Tut mir leid«, nutze ich den kurzen schweigsamen Moment, doch sofort schüttelt sie den Kopf.

»Nein, dir muss nichts leidtun, wirklich nicht. Ich bin nur ... ein wenig überrascht. Ich habe euch immer wie Brüder gesehen, aber jetzt ... ach, komm her, sonst weine ich wirklich noch«, haucht sie und zieht mich in eine feste Umarmung. Ein wenig überrumpelt bin ich, aber es fühlt sich gut an. Und verdammt, ich wollte auch nicht heulen, echt nicht, aber als sie mir ins Ohr flüstert, dass sie glücklich ist, wenn wir glücklich sind, da kann ich nicht anders.

***

»Lucas?«

»In der Küche«, rufe ich zurück, drücke eilig das letzte Stück Klebeband auf das Papier und zucke schuldbewusst zusammen, als ich Samuel leise fluchen höre. Kurz darauf betritt er die Küche und ich drehe mich hektisch zu ihm herum. Meine Hände hinter dem Rücken versteckt.

»Was habe ich über Schuhe im Wohnzimmer gesagt?«, fragt er vorwurfsvoll und hält zur Demonstration meine orangenen Sneaker nach oben.

»Öhm, dass die da nichts zu suchen haben?«, antworte ich. Samuel sieht mich abwartend an, ehe er die Schuhe wieder sinken lässt.

»Und warum liegen sie dann mitten im Weg rum?«, sagt er, stellt die Schuhe an der Seite ab. Müde und abgespannt sieht er aus. Kein Wunder, in letzter Zeit muss er mehr arbeiten, weil irgendein Kollege aufgehört hat und jetzt ziemlich viel an ihm hängen bleibt.

»Sorry, echt jetzt. Ab jetzt denke ich dran, versprochen«, erwidere ich, obwohl ich kurz darüber nachgedacht habe, dagegen zu protestieren. Aber das bringt nichts und einen Streit über ein paar Schuhe – nein, das ist es mir nicht wert.

»Gut«, erwidert er und lächelt versöhnlich. Zwei Schritte später steht er vor mir. Ich schließe die Augen und komme ihm entgegen, bis sich unsere Lippen berühren. Ihn zu küssen ist noch immer aufregend. Es kribbelt leicht, als seine Zunge meine berührt, jedoch nicht sehr lange. Bevor dieser Kuss intensiver wird, zieht Samuel sich zurück. Fragend öffne ich die Augen und sehe, wie er skeptisch die Augenbrauen zusammenzieht.

»Was machst du hier eigentlich?«, fragt er und mustert mich forschend.

»Nichts«, sage ich eilig. Samuels Blick wandert von mir durch die Küche, als würde er nach dem Grund suchen, weshalb ich mich so verdächtig verhalte. Was ich leider nicht so gut verstecken kann wie gehofft. Ich sollte in Zukunft echt daran arbeiten.

»Okay, sag, was versteckst du?«, meint er schließlich.

»Verstecken?«

»Hinter deinem Rücken«, sagt er und ich versteife mich etwas. Mist.

»Toll, das solltest du eigentlich erst später kriegen«, brumme ich und lasse die Schultern hängen. »Und fürs Protokoll, du hast die Überraschung versaut, klar?« Noch bevor er darauf antworten kann, halte ich ihm ein kleines Päckchen entgegen, dass ich, mehr schlecht als recht, in super kitschiges Geschenkpapier eingewickelt habe. Samuel beäugt es eher skeptisch, bevor er es an sich nimmt.

»Nun mach schon, pack aus!«, fordere ich. Fast schon quälend langsam löst Samuel das Klebeband vom Papier. Meine Güte, das ist wieder so typisch. Jeder andere hätte es einfach aufgerissen, aber nicht Samuel. Ich glaube, er macht das mit Absicht, weil er merkt, dass es mich wahnsinnig macht. Gerade überlege ich, ob ich es ihm einfach abnehmen soll, da löst er endlich den letzten Klebestreifen.

»Also echt, das nächste Mal lasse ich das Papier einfach weg. Ist ja nicht auszuhalten«, stöhne ich, aber Samuel lässt sich nicht aus der Ruhe bringen. Er macht weiter und lässt schließlich das Papier fallen. Endlich.

»Ein ... ein Plüschtier?«, fragt er mich und blinzelt irritiert.

»Jap, ein Löwen-Plüschtier, um ganz genau zu sein«, konkretisiere ich und strahle ihn an. »Aber das hier, das ist das Wichtigste daran«, sage ich und deute auf das Herz, das der Löwe auf der Brust trägt.

»Ich liebe dich«, liest Samuel laut vor und ich grinse, hauche ihm einen Kuss auf die Wange.

»Weiß ich doch«, flüstere ich ihm ins Ohr und genieße das schöne, warme Gefühl, als er seinen Kopf zur Seite neigt und mich küsst.

***

»Willst du das wirklich tun?«

»Ich weiß nicht. Es fühlt sich nicht richtig an, ohne sie.«

»Denkst du denn, dass sie kommt?«

»Keine Ahnung, aber ich finde, sie sollte es wenigstens wissen«, sage ich, starre aber immer noch unschlüssig auf mein Handy. Samuel sitzt neben mir und ist keine große Hilfe. »Mal ganz davon abgesehen, dass es auch richtig scheiße ist, wenn sie es von den anderen erfährt. Ich fände das auf jeden Fall scheiße, ganz egal, ob man gerade viel Kontakt hat oder nicht. Sie gehört trotzdem noch zum Freundeskreis, oder nicht?«

»Sicher, nur ... ach, egal. Versuch es. Schreib ihr«, lenkt Samuel ein, ich nicke und versuche mich und meine Gedanken zu sammeln.

»Okay.« Mit gestrafften Schultern entsperre ich mein Handy, öffne den Chat mit Kyra und dann ... lasse ich es wieder sinken. Wir hatten jetzt seit einer gefühlten Ewigkeit keinen Kontakt mehr. Das letzte Mal kurz, als sie mir zum Geburtstag gratuliert hat. Danach habe ich Phil ein paar Mal gefragt, ob er sich nicht bei Anita erkundigen könnte, wie es ihr geht. Aber die Antworten waren eher unbefriedigend Den Umständen entsprechend, hieß es am Anfang und irgendwann bekam ich nur noch ein »gut, mach dir keine Sorgen« zu hören. Schweren Herzens habe ich mich damit abgefunden. Was blieb mir auch anderes übrig?

»Du starrst schon viel zu lange auf dein Handy«, stellt Samuel neben mir fest. Seine Hand streicht über meinen Oberschenkel.

»Ich weiß einfach nicht, wie ich anfangen soll«, entgegne ich seufzend. Samuel lehnt sich etwas nach vorn. Sein Kopf liegt an meiner Schulter, sodass er einen guten Blick auf das Handydisplay hat. »Schreib einfach, was sich für dich gut anfühlt. Du kannst das, in der Regel viel besser als ich.« Die letzten Worte flüstert er nur. Gerade bin ich ziemlich froh, dass er da ist, mir nah ist und mir das Gefühl gibt, dass wir das gemeinsam machen.

»Gut, also ... jetzt oder nie, richtig?« Er brummt und ich glaube, ein leichtes Schmunzeln in diesem tiefen Ton herauszuhören. Einmal atme ich noch ein, dann fange ich an zu tippen.

Lucky
Hey Kyra, ich bin echt nervös, während ich hier sitze und diese Nachricht schreibe. Ehrlich gesagt hab ich auch ein wenig Schiss, dass du meine Nachricht gar nicht erst liest. Aber ich möchte dich etwas fragen. Oder nein, wir, Samuel und ich, wollen dich etwas fragen ...

Kurz wende ich meinen Blick zu Samuel, der aufmerksam beobachtet, was ich schreibe. »Gut so, weiter«, bestärkt er mich mit sanfter Stimme.

Lucky
Wir möchten dich gern zu unserer Wohnungseinweihung einladen. Auch wenn ich mir grade nicht sicher bin, ob das für dich noch zu früh ist, oder nicht, aber wir hätten dich echt gern dabei und ja … ich würde mich freuen, wenn du dich meldest.

Wieder gleitet mein Blick zu Samuel und als er bestätigend nickt, atme ich all die Luft aus, die ich bis eben unbewusst angehalten habe. Anschließend drücke ich auf Senden. Mein Herz schlägt gleich doppelt so kräftig, als ich sehe, dass sich ihr Status auf online stellt. Aufgewühlt betrachte ich das Display und ich glaube, auch Samuel ist jetzt etwas angespannt.

Kyra schreibt. Viel zu lange.

Kyra
Ihr seid zusammengezogen?

Ihre einfache, knappe Antwort zeigt deutlich, was sie fühlt. In diesem Moment weiß ich, dass sie nicht kommen wird. Dass sie noch immer leidet. Verständlich, aber ich bin dennoch ein wenig erleichtert, dass sie mir überhaupt zurückgeschrieben hat.

Lucky
Ja, wir wohnen jetzt in der Altstadt, ganz in der Nähe vom Universitätsplatz. Aber noch nicht sehr lange.

Kyra
Oh okay, ich glaube … das schaffe ich noch nicht. Vielleicht irgendwann … ich weiß nicht, vielleicht, wenn ich wieder zurück bin.

Lucky
Zurück? Wie meinst du das?
Gehst du weg?

Fragend sehe ich zu Samuel, der die Brauen zusammengezogen hat und dann sachte mit dem Kopf schüttelt. In der Zwischenzeit schickt Kyra mir die nächste Nachricht.

Kyra
Für ein paar Wochen, vielleicht auch länger, mal sehen. Ich brauche einfach einen Tapetenwechsel und da kam das Angebot meines Chefs ganz gelegen.

Lucky
Okay, das versteh ich! Samuel auch. Du kommst aber zurück, oder?

Kyra
Ich denke schon, nur jetzt brauche ich etwas Abstand. Von allem.

Lucky
Verstehe. Ich wünsche dir alles Gute und bis bald!

Ich zögere, doch mir will, beim besten Willen, nichts anderes einfallen. Alles, was in meinem Kopf herumschwirrt, erscheint mir unpassend und es ist definitiv zu früh für eine Hab dich lieb-Floskel am Ende. Über mich selbst den Kopf schüttelnd, schicke ich die Nachricht ab.

Kyra
Danke, bis bald ;)

***

»Oh Gott, jetzt machst du es aber spannend.«

»Das haben Überraschungen so an sich.«

»Dir ist schon klar, dass ich weiß, wo wir sind? Trotz der Augenbinde?«

»Natürlich, aber ich dachte, das erhöht den Spannungseffekt.« Ich lache, während Samuel mich langsam durch unseren Flur dirigiert.

»Du drehst mich jetzt aber nicht zehn Mal im Kreis, oder?«

»Ich denke, das wird nicht nötig sein«, sagt er und hält mich dann mit sanftem Druck auf meine Schultern fest. »Bleib hier kurz stehen, ich bin gleich zurück, okay?« Noch bevor ich nicke, lässt er mich los. Ich glaube, Samuel verschwindet im Wohnzimmer, aber ganz sicher bin ich mir nicht. Könnte auch sein, dass ich schon längst im Wohnzimmer stehe und er wieder rausgegangen ist. Mein Orientierungssinn ist wohl doch nicht so gut.

Hinter mir öffnet und schließt sich eine Tür. Dann höre ich langsame Schritte.

»Boah, ehrlich, kann ich jetzt endlich gucken? Ich sterbe hier fast.«

»Na gut«, beschließt er und ich reiße mir förmlich das Band herunter. Neugierig öffne ich meine Augen und dann quietsche ich vor Freude.

»Nein, wie süüüüß!« sage ich, als ich das kleine pelzige Fellknäul entdecke, dass er ganz ruhig in seinem Arm hält. Verschlafen blickt es aus großen, dunklen Augen auf und dann sterbe ich fast bei all der Niedlichkeit, als es ganz leise miezt. Ja richtig, es miezt, ein miau klingt anders.

»Oh mein Gooott! Du hast das wirklich … fuck, und ich dachte, du machst einen Scherz, als du meintest, dass wir uns ein Haustier holen!«

»Als ob ich sowas tun würde.« Samuel schmunzelt, als ich meine Hände ausstrecke und ihm das Kätzchen abnehme. Die kleine Nase stupst neugierig gegen meine Finger.

»Naaaaww, so süß! Und … oh mein Gott, jetzt leckt es mich ab, schau mal« Möglicherweise habe ich noch etwas von dem Vanilleeis am Finger, das ich mir vorhin gegönnt habe. Samuel schüttelt amüsiert den Kopf.

»Freust du dich?«

»Und wie! Ich meine, schau nur wie süß das ist! Die Stupsnase, die Augen … die Ohren! Fuck, Samuel, das ist eine Maine-Coon, oder?« Er nickt und ich grinse gleich noch viel breiter. »Die sind der Hammer! Echt!

Und … oh, weißt du wie wir es nennen?«, frage ich ihn aufgeregt und betrachte eingehend das hübsche Gesicht der Katze. Es ist perfekt!

»Joker! Das ist Joker«, sage ich und halte Samuel das Kätzchen entgegen. Er sieht skeptisch aus.

»Joker?«, hinterfragt er, dann schüttelt er den Kopf. »Aber es ist ein Mädchen.«

»Oh … ach egal! Das Geschlecht spielt doch keine Rolle. Ihr Name ist Joker, echt jetzt und … Samuel?« Langsam hebt er eine Augenbraue. »Danke, ich liebe dich«, flüstere ich gegen seine Lippen, bevor ich sie sanft küsse.

Epilog

Hätte man mir vor einem Jahr gesagt, dass ich, ausgerechnet in meinem besten Freund, die große Liebe finden würde, dann hätte ich vermutlich laut darüber gelacht. Genau vor einem Jahr habe ich mich vor ihm geoutet und damit wohl unser ganzes Leben umgekrempelt.

Unser Road Trip. Frankreich. Ich habe Gänschaut, wenn ich an diese Zeit zurückdenke.

Wir sind durch Höhen und Tiefen gegangen, aber jetzt sitzen wir zusammen hier, im Kreis unserer Freunde und ich bin glücklich. Samuel ist bei mir, hält meine Hand, während wir den sanften Klängen lauschen, die Phil seiner Gitarre entlockt. Vor uns flackert ein warmes Feuer, wirft romantisch schönes Licht auf unsere kleine Gruppe. Ich liebe Lagerfeuer! Aber vor allem liebe ich es, mit Samuel hier zu sein.

»Lucas? Gibst du mir noch eins?« Phil hält die Gitarre nur noch in seiner rechten Hand, mit der anderen hält er seine leere Bierflasche nach oben. Ich grinse, lehne mich zur Seite und ziehe eine neue aus der Kühlbox.

»Für dich auch?«, frage ich Samuel und nehme auch noch eins für mich, wenn ich schon einmal dabei bin. Samuel schüttelt den Kopf.

»Ich würde eher den Bacardi nehmen.«

»Mit Cola?« Er nickt. Natürlich bekommt er, was er will. Für ihn stehe ich sogar auf, um die zwei Sachen in einem Becher zusammen zu mixen. Schade ist nur, dass ich ihn dafür loslassen muss. Es ist echt unglaublich, wie sehr es mich erwischt hat. Hätte ich früher nie für möglich gehalten, aber Samuel hat alles verändert. Er hat mich verändert.

Ich bin definitiv angekommen.

Bei ihm.

»Boah, wir haben ja noch Marshmallows!«, stelle ich begeistert fest, greife nach der Tüte und den Stöckchen, die wir vorhin gesammelt haben. »Wollt ihr auch?«, frage ich in die Runde und erhalte, zumindest von den Mädels, eindeutige Zustimmung. Anita und Jana sitzen nah am Feuer und wärmen sich die Hände, während Milan sich von Phil gerade ein paar Gitarrengriffe erklären lässt.

Unser ganzer Freundeskreis hat die Nachricht von Samuel und mir gut aufgenommen. Nur Kyra ... sie fehlt. Seit sie weggegangen ist, haben wir nichts mehr voneinander gehört. Es ist schade und in Momenten wie diesem hier, vermisse ich sie. Weil sie dazugehört und einfach nicht da ist.

Ich seufze leise. Samuels Hand schiebt sich auf meine und erinnert mich daran, dass ich den Stock mit den Marshmallows hin und wieder drehen sollte, bevor sie ganz schwarz werden. Er sitzt hinter mir und lächelt, als ich mich zu ihm drehe. Sanft neige ich meinen Kopf und genieße das Kribbeln, als er sich wortlos zu mir beugt und mir einen Kuss gibt. Ich fürchte nur, dass mir das nicht reichen wird. Ob es wohl sehr auffällt, wenn ich kurz mit Samuel verschwinde?

»Hmh, du Sam? Ich glaube, ich müsste dir da hinten gaaanz dringend mal was zeigen«, sage ich und schenke ihm einen anzüglichen Blick. Er schmunzelt.

»Ist das so?«

»Oh ja, komm.«

Nach zahlreichen Küssen, seinen Händen an meinem Körper, meinen Lippen auf seiner Haut und einer Erektion, die nicht ignoriert werden konnte, kehren wir zurück zu den anderen.

»Sagt mal, wo sind eigentlich Anita und Tom?«, frage ich.

»Vermutlich auch vögeln«, bemerkt Phil lachend und wirft uns einen eindeutigen Blick zu, der meine Wangen zum Glühen bringt.

»Habt ihr sie nicht gesehen? Sie sind vorhin Richtung Parkplatz verschwunden«, wirft Milan ein. Ich schüttle den Kopf und lehne mich an Samuel. Sofort wandert seine Hand wieder an meine Seite.

»Ehrlich gesagt, nö«, erwidere ich und spare mir den Zusatz, dass ich mich lieber ausgiebig mit Samuels Erektion beschäftigt und nichts anderes um uns herum mitbekommen habe. Phils Lachen wir daraufhin lauter und er spricht das aus, was ich eigentlich in meinen Gedanken behalten wollte.

»So zervögelt wie Samuel aussieht, ist klar, dass ihr nichts mitgekriegt habt.«

»Eigentlich war es nur ein echt geiler Blowjob«, stelle ich klar und zucke zusammen, als mir Samuel unvermittelt in die Seite kneift. Aber bevor ich darauf reagieren kann, fängt Milan heftig an zu husten. Huch, da werden wohl ein paar Erinnerungen wach. Schnell ablenken, bevor ...

»Da hinten sind sie doch. Zusammen mit ... oh«, sagt Phil und lässt den Finger, den er ausgestreckt hat, langsam wieder sinken. Natürlich folgen wir alle seinem Blick und fuck. Ich habe augenblicklich Leere in meinem Kopf, als ich erkenne, wer Anita und Tom begleitet. Von den Gefühlen in meiner Brust kann ich keins so richtig einordnen. Aufregung vermischt sich mit Hoffnung, während ich nervös nach Samuels Hand greife.

Okay, ganz ruhig. Das wird schon.

Sie wäre sicherlich nicht hier, wenn sie noch nicht bereit dafür wäre, oder?

Trotzdem weiß ich nicht, was ich tun soll. Entsprechend überfordert springe ich als Einziger auf, als sie bei der Gruppe ankommen. Samuels Hand rutscht aus meiner. Sofort liegen sämtliche Blicke auf mir. Einschließlich Kyras.

Super. Und jetzt?

Erst denken, dann handeln. Fuck, wann merke ich mir das endlich?

»Du, äh ... du bist wieder da?«, frage ich überrascht und höre Phil sowie Anita leise aufseufzen. Kyra hingegen lächelt leicht. Es wirkt ... aufgeschlossen.

»Ja, aber erst seit gestern und ... ganz ehrlich, Lucas? Jetzt komm schon her, das kann sich ja keiner mitansehen«, murmelt sie und ich glaube, dass sich ein klein wenig Farbe auf ihre Wangen legt. Oder es ist der Schein des flackernden Feuers. Auf jeden Fall bin ich echt sprachlos, als sie die Arme ausbreitet, einen Schritt auf mich zukommt und ich mich in einer zögerlichen Umarmung wiederfinde.

»Na endlich«, stöhnt Phil leise. Anita ergänzt mit einem »wurde auch Zeit.« Erst dann begreife ich die Situation richtig. Kyra ist hier und sie ... sie umarmt mich. Sie ... oh Gott, das fühlt sich gut an. Viel zu spät hebe auch ich meine Arme, um die Geste zu erwidern. Als ich sie fest an mich drücke, lacht sie leise. So verdammt gut. Mir fallen tausend Felsbrocken von den Schultern.

»Schön, dass du da bist«, seufze ich an ihrem Ohr. »Ich hab dich echt vermisst.«

»Ich dich auch. Obwohl, euch alle trifft es eigentlich besser.« Ihr Lächeln ist sanft und lässt mein Herz vor Erleichterung ein wenig hüpfen. Das war echt nötig und wenn ich ganz ehrlich bin, dann muss ich mir auch eine kleine Träne verkneifen, weil ... einfach weil. Sie war das letzte Teil, das gefehlt hat, um alles perfekt zu machen.

Auch die anderen begrüßt sie mit einer herzlichen Umarmung, bis nur noch Samuel übrig ist. Für ein paar lange Sekunden sehen sie sich an. Die Stille, die sich um das Lagerfeuer gebildet hat, wird nur durch das leise Knistern und Knacken des Holzes durchbrochen. Sie machen es echt spannend. Aber schließlich, als ich es schon fast nicht mehr aushalte, geben sich dann doch beide einen Ruck.

Und während sich Samuel und Kyra in den Armen liegen und leise geflüsterte Worte austauschen, die ich nicht verstehe, die aber dafür sorgen, dass Samuel lächelt und Kyra zufrieden nickt, weiß ich, dass alles gut wird. Jetzt mit absoluter Sicherheit.

Ich bin trotzdem ein wenig befangen, als wir wenig später alle im Kreis sitzen. Samuel auf dem Baumstamm, genauso wie vorhin und ich, mit etwas Abstand zu ihm, davor, obwohl ich mich wirklich gern anlehnen würde. Ein wenig Nähe, und vielleicht auch eine Hand, die meinen Nacken krault ... Das leise Seufzen entweicht meinen Lippen ungewollt. Leider nicht leise genug, denn Kyra hört es und sieht skeptisch von mir zu Samuel und wieder zurück. Ich versuche zu lächeln, doch dann schüttelt sie den Kopf.

»Also echt, stellt ihr euch immer so an?«, fragt sie mit einem schelmischen Grinsen auf den Lippen. Sie deutet ziemlich unmissverständlich auf die Lücke zwischen mir und Samuel.

»Nein, also ... ich dachte nur, so ist es für dich vielleicht ...« Ich verstumme, als sie die Augen ein wenig weitet und dann seufzend ausatmet.

»Verstehe, aber das müsst ihr nicht, okay? Es ist alles gut, wirklich, sonst wäre ich gar nicht hier.«

»Wirklich?«, frage ich nach, merke aber, wie ich mich automatisch etwas entspannter zurückfallen lasse.

»Ja. Es hat zwar echt wehgetan, aber ich weiß auch, dass es richtig war. Niemand kann Liebe erzwingen.«

»Außerdem ist Kyra selbst frisch verknallt«, mischt sich Anita mit leichtem Lallen ein. Sie hat in der letzten halben Stunde mehrere Shots mit Phil und Tom geext. Kyra hingegen ist noch bei ihrem zweiten Becher Himbeersekt, der in etwa die gleiche dezente Farbe hat wie ihre Wangen jetzt.

»Ach, bist du?«, frage ich neugierig nach und verstärke ihre offensichtliche Verlegenheit noch ein wenig. Sie zuckt mit den Schultern und senkt ihren Blick. Plötzlich scheint sie das dringende Bedürfnis zu haben ihren Becher auszutrinken.

»Na ja, ich weiß nicht … Eigentlich war das nur so ein kleiner Urlaubsflirt, aber jetzt …«

»Ist es doch mehr?«, frage ich aufgeregt.

»Keine Ahnung, vielleicht? Ja, gut, ich denke schon. Es fühlt sich auf jeden Fall gut an!«

»Na, das klingt doch super!« Ich freue mich wahnsinnig für sie.

»Ja.« Und dann lachen wir, singen gemeinsam, rösten die letzten Marshmallows und trinken so lange, bis mein Kopf schwer in Samuels Schoß fällt. Mir ist ein wenig schwindlig und müde bin ich auch, aber ich fühle mich noch nicht bereit, aufzustehen und zu gehen. Nicht jetzt, wo alles so wunderbar perfekt ist. Meine Augen fallen mir trotzdem zu, weil es angenehm ist, dass Samuel mir durchs Haar streicht.

»Lucas?«, flüstert er irgendwann.

»Hm?« Träge versuche ich, meine Augen zu öffnen. Samuel sieht nachdenklich ins Feuer.

»Erinnerst du dich noch, als ich dich gefragt habe, was du lieber magst?« Ich weiß nicht genau, was er meint. »In Frankreich«, sagt er und leckt sich dann flüchtig über die Lippen, aber ich verstehe immer noch nicht. »Hmm?«, summe ich fragend. Damals in Frankreich hat er mich viele Dinge gefragt, wie soll ich da noch wissen, was genau er jetzt meint?

»Raubkatze oder Schoßhündchen?« Ah, okay ja, jetzt hat es leise geklingelt. Ich grinse, vermutlich ziemlich betrunken.

»Jap, daran erinnere ich mich.«

»Und?«, fragt er und ich ziehe die Augenbrauen zusammen. Oder ich versuche es zumindest, aber es will mir nicht so richtig gelingen. Irgendwie fühlt sich alles ein wenig taub an. »Was würdest du sagen, bin ich?«

»Uhm, muss ich?«

»Ja.«

»Ich bin mir aber gar nicht sicher... hmm, okay, also wenn ich mich festlegen muss, dann ... beides. Definitiv beides, also bist du ... ein Schoßkätzchen«, erwidere ich zufrieden und hoffe, dass mir ein kleines neckisches Schmunzeln gelingt.

»Schoßkätzchen?«

»Jap, mein Schoßkätzchen!«, schnurre ich und ziehe Samuel zu mir herunter, um meine Worte mit einem tiefen Kuss zu besiegeln.

ENDE

Danksagung

Da sind wir nun, auf der letzten Seite dieses Buches. Ich persönlich finde Danksagungen immer super interessant. Ich lese sie gern, aber selbst eine schreiben ... hab ich mir leichter vorgestellt. Ich weiß gar nicht richtig wie ich anfangen soll.

Road Trip hat mich über einen sehr langen Zeitraum begleitet, von 2016 bis jetzt! Unglaublich. Diese Geschichte ist mit mir durch viele Höhen und Tiefen gegangen. Durch eine Zeit, die viel Einfluss auf den Inhalt dieser Geschichte hatte. Es gab Zweifel und mindestens zwei viel zu lange Pausen.

Aber ich bin verdammt froh, dass ich in meiner Schreibschwester am Ende die Motivation gefunden habe, um diese Geschichte fertig zu schreiben.

Deshalb fang ich mit dir an, liebe Julia. Ich bin dir unendlich dankbar dafür, dass du für mich da warst und mir geholfen hast unter diese Geschichte ›Ende‹ zu schreiben. Ich war ganz sicher nicht immer einfach, also muss ich mich wohl auch für dein Durchhaltevermögen bedanken, hm? Werde ich, spätestens wenn wir zusammen in den Schreiburlaub fahren! Vielleicht nach Paris? ;)

Liebe Luise, du hast dieser Geschichte nicht nur das Löwen-Plüschtier in einer der Zusatzszenen geschenkt, sondern auch ganz viel Liebe und einen Großteil deiner Zeit. Danke für deine Hilfe und all die lieben Worte. Deine Kommentare zu den Kapiteln waren oftmals länger als die Kapitel selbst, du bist einfach verrückt, aber du hast mich damit immer sehr glücklich gemacht.

Lieber Rei! Da war diese Idee, von einem dunklen Hintergrund und einem beleuchteten Eiffelturm und ganz viele Hürden die wir überwinden mussten. Ich bin dir so dankbar, dass du nicht aufgegeben hast und für mich dieses wundervolle Cover gemacht hast!

Und bevor ich hier zum Ende komme, möchte ich auch noch meinem Verleger danke sagen! Lieber Jürgen, du hast meiner Geschichte eine Chance gegeben, trotz der schwierigen Zeit und das ist nicht selbstverständlich. Aber ich freu mich sehr, über dieses Buch!

Mein letztes Dankeschön geht an alle, die dieses Buch hier gekauft und gelesen haben! Das bedeutet mir wahnsinnig viel! Ich hoffe, dass ihr Lucky und Sam genauso lieb gewonnen habt wie ich. Die Zwei sind mir so sehr ans Herz gewachsen, ich mag sie gar nicht richtig loslassen. Vermutlich ist nur deshalb das Bonuskapitel entstanden ;)

Na gut, aber jetzt Schluss! Hier ist Ende! Wirklich!